KB165917

그림자 없는 밤

김미유 장편소설

II

초판 1쇄 인쇄일 | 2021년 7월 02일
초판 1쇄 발행일 | 2021년 7월 12일

지은이 | 김미유
펴낸이 | 박성면
펴낸곳 | (주)동아

출판등록 | 제406 – 3960100251002007000071호
주소 | 경기도 파주시 문발로 115, 세종대학교출판부 206호
전화 | (031)8071 – 5201
팩스 | (031)8071 – 5204
E – mail | bear6370@hanmail.net

정가 | 12,800원

ISBN 979-11-6302-507-8 (04810)
     979-11-6302-505-4 (set)

그림자 없는 밤

ZERONOVEL

김미유 장편소설

II

동아

CONTENTS

*

8 ·············· 007p

9 ·············· 117p

10 ·············· 205p

11 ·············· 237p

12 ·············· 316p

13 ·············· 388p

3부

14 ·············· 485p

8

축제 '그림자 없는 밤'부터 시작된 줄지은 연례행사에 바쁜 것은 일라베니아뿐만이 아니었다. 대륙에 위치한 크고 작은 나라의 고위 인사들은 대륙을 오랫동안 지배해 온 거대한 제국의 축제에 참석하기 위해 선물을 들고 문을 두드렸다.

여행으로 쌓인 피로를 풀고 하나둘 연회장에 모여들 즈음에는, 아름다운 음악과 눈으로도 즐길 수 있는 음식이 손님들을 반겼다.

매년 보는 고만고만한 얼굴들이라 특별하게 대화를 나눌 것이 없었던 터라,

"잘 지내셨습니까?"

"아, 저는 잘 지냈는데 경은 어떻게 지내셨는지."

와 같은 지루한 안부 인사를 나누기 일쑤였는데……. 올해의 파티 분위기는 최근 몇 년간 반복된 지루함이 무색하게 잔뜩 들떠 있는 모양새였다. 그것은 이번 건국제에 이례적인 일이 세 가지나 있기 때문이었다.

하나는 마인 '로젤린'에 관한 것이었다. 그녀에 관한 얘기는 일라베니아를 벗어나 대륙 구석구석, 커다란 왕국부터 작은 부족 단위의 무리에까지 전해졌다. 사람들이 혹시나 하는 설렘을 지니고 홀 입구 쪽을 계속 흘긋거리는 이유이기도 했다.

또 다른 하나는 발타와 비등할 정도로 강한 군사를 보유한 라고슈 왕국에서 아직 사절단이 도착하지 않았다는 점이었다. 라고슈에서 내전이 일어났다는 사실은 다들 알고 있으나, 그 이후의 일은 누구도 알지 못했다. 현재의 통치자인 바이페렘 플로에토가 이겼니, 졌니, 죽었니, 살았니. 정확한 정보가 없어 소문만 무성히 퍼져 나갔다. 일라베니아 측 사람들은 타국의 인사들이 라고슈의 내전 정보를 가지고 있는지에 대해 면밀히 살폈다.

그리고 그에 이어서 사람들이 주목하는 또 다른 일은 발타와 관련되어 있었다. 매년 많은 왕족과 귀족이 무거운 몸을 끌고 왔으나, 발타만은 항상 예외였다. 힉살라 아돈이 아파서. 날씨가 좋지 못해서. 발타에 큰 우환이 있어서. 온갖 변명을 대고 발을 들일 줄을 몰랐건만 이번에는 정말로 일라베니아에 도착했다는 것이다.

황성의 수많은 귀족들이 귀를 의심했다. 온다는 얘기야 들었지만, 또 이런저런 변명을 하면서 안 올 줄 알았지. 설마 왕위 계승자인 하카브가 직접 행차할 줄이야! 또한 3왕녀 간제까지 국경을 건넜다는 소식에 연회장은 한층 더 들썩였다.

아무리 사절단으로 친교를 맺은 직후라고는 하나, 오랜 적대 관계가 사라진 것은 아니었다. 심지어는 사절단 일로 2황자 리카르디스가 큰일을 겪은 지 얼마 지나지도 않은 이때. 발타는 언제나 하는 변명과 같이 '검은달과 발타 왕실은 어떠한 연관도 없다.'라는 입장을 내세웠으나 그것이 그저 입에 발린 소리임을 모르는 나라는 어디에도 없었다.

하카브는 스스로 위험한 길에 발을 들인 것이었다. 전의 리카르디스야 누군가가 등 떠밀어 어쩔 수 없이 사절단으로 발타에 가야 했다지만, 하카브는 경우가 달랐다. 어느 누구도 침범할 수 없는 지위를 거머쥔 왕자에게 누가 위험을 강요할 수 있을까.

발타의 현 왕인 힉살라 아돈마저도 하카브에게 명령할 수 없었다. 그렇다면 정말로 자의로 일라베니아에 발을 들였다는 것인데, 때문에 더 혼란스러웠다. 배포가 큰 건가? 아니면 그냥 미친 건가?

일라베니아 내에서도 급진적으로 전쟁을 주장하는 귀족들이 한둘이 아니었다. 먹잇감이 자신의 발로 들어온 지금의 상황을 놓치려 하지 않을 것이다. 리카르디스는 클로에에게 귀족들의 동향을 잘 주시하라 전달했다.

발타의 사절단이 도착한 이튿날, 리카르디스는 하카브가 머물고 있는 성을 방문하기 위해 마차에 올랐다.

'무슨 꿍꿍이속인 걸까……'

그 어떤 누구도 하카브가 순수하게 일라베니아의 건국을 축하하기 위해 방문했다고 생각하지 않았다. 계속되는 전쟁의 준비, 실패했던 리카르디스 납치 계획, 갑자기 나타난 강한 마인의 존재…….

그가 어떤 목적으로 발을 들였는지 모르니, 무얼 방어하고 무얼 공격해야 할지 정할 수 없는 상황이었다. 리카르디스는 머리가 아파 관자놀이를 꾹꾹 눌렀다.

전쟁에 유리한 포석을 깔고 가려 함인 걸까? 그렇다면 황제의 암살? 그나마 가장 가능성이 있긴 했다. 육체가 강화된 발타의 인간 병기들이라면 충분할 테니. 하지만 하카브도 바보가 아닌 이상, 발타의 사절단이 일라베니아에 온 그 순간부터 그 누구보다 경계받는다는 사실을 알 텐데. 무슨 수로? 일라베니아가 그를 포위한 것이 아닌, 하카브가 적의 중심부에 들어와 심장을 노리는 형국처럼 느껴졌다.

리카르디스는 몸을 곧게 펴고 눈을 한번 지그시 감았다. 숨을 크게 들이쉬었다. 생각이 많아지면 시야가 좁아진다. 직접 눈으로 보고, 읽어야 한다. 리카르디스는 열린 마차 창을 통해 로젤린을 바라보았다. 솔직히 하카브와 만나는 자리에 그녀를 대동하고 싶지 않았으나, 마력을 느낄 수 있는 사람이 오직 그녀뿐이었기에.

아. 한숨만 나왔다. 리카르디스를 실은 마차가 부지런히 달렸다.

"아니, 이게 누구야. 리카르디스 황자."

발타 왕성 내에서 봤던 것보다 화려했다. 금을 사용한 섬세한 장신구가 구릿빛 피부를 돋보이게 하고 있었다. 남자는 언제나 그랬던 것처럼 이를 보이며 사람 좋게 웃었다.

하카브가 성큼성큼 큰 걸음으로 리카르디스에게 걸어왔다. 리카르디스가 뒷걸음치는 것보다 하카브가 그에게 다가오는 게 빨랐다. 와락. 껴안기고 말았다. 리카르디스의 얼굴이 싸늘해졌다.

"……하카브 왕자. 그간 평안하셨는지."

"걱정해 주신 덕에, 그렇습니다. 황자는 여전히 아름다우시군요. 화려한 보석마저도 황자 앞에서는 빛을 잃어버리는 듯합니다."

귓가에서 속삭이던 남자가 리카르디스의 볼에 입술을 꾹 찍었다. 리카르디스는 상한 음식을 먹은 표정을 지었다.

"하카브 왕자도 정말…… 여전……하군요."

리카르디스가 하카브의 가슴을 밀어내어 그의 품에서 벗어났다. 순순히 풀어 주기에 무슨 꿍꿍이인가 했더니, 하카브의 눈이 자신의 어깨 너머를 향하고 있었다. 그의 시선이 바쁘게 돌아다니며 누군가를 찾았다.

하얀 옷을 입은 사내들 사이에서 검은색 머리카락은 유독 눈에 띄었다.

하카브의 검은 눈동자가 로젤린을 보고 멈췄다.

"로젤린 경."

봄볕의 따사로운 내음마저 느껴지는 목소리였다. 리카르디스의 눈썹 한 쪽이 치켜 올라갔다. 이 달달한 목소리는 대체?

"발타의 첫 번째 아들을 뵙습니다."

로젤린은 그에게 묵례했다. 그녀를 바라보는 하카브의 눈동자가 일렁였다. 나의 검은 달! 나의 크레안 티다니온! 외치지 못한 말들이 욕망이 되어 속에서 드글드글 끓었다.

하카브의 뜨거운 눈빛을 눈치챈 하얀밤의 기사단원들이 서로 눈길을 주고받았다. 하카브가 두 팔 벌려 그녀에게 다가갔다. 하지만 그는 로젤린 대신, 앞에 불쑥 나타난 레이몬드를 안게 되었다. 사내들의 단단한 가슴 근육이 서로 맞닿았다. 하카브도 레이몬드도 인상을 찌푸렸다.

"오랜만입니다, 왕자 전하! 이렇게 반겨 주시니 기쁨을 금할 길이 없습니다!"

레이몬드가 하카브를 와락 껴안았다. 하카브는 잔뜩 실망한 표정으로 레이몬드를 토닥이며 볼에 키스했다. 레이몬드도 하카브의 볼에 쮸와압 키스했다. 그쯤 되면 흡입이라는 표현이 더욱 가까웠다.

하카브가 로젤린에게 가려고 할 즈음이면 상급 기사 동료들이 앞으로 나와 그녀 대신 인사를 주고받았다. 다섯 번째, 수염이 까슬한 파르딕트에게 거칠고 긴 입맞춤을 받은 하카브는 결국 백기를 들었다.

무기 없는 전투가 소강된 후, 남자들이 불쾌해 보이는 얼굴로 제 입과 볼을 닦아 댔다. 리카르디스는 그 더러운 공방을 입을 가린 채 관전했다. 꼴 보기 싫었다. 안 좋은 쪽의 감정을 잘 드러내지 않는 하카브에게 잠시나마 미간을 찌푸리게 할 정도의 부정적인 영향을 끼친 건 좋았는데, 보는 사람마저도 우울해지는 기분이었다.

하카브는 로젤린을 여러 번 돌아보며 계속해 아쉽다는 눈빛을 보냈다.

하지만 아직 남은 기사만 열 명이라 포기해야 했다.

　시녀가 응접실에 손님을 대접할 준비가 끝났노라 알렸다.
　응접실에 들어선 로젤린은 잽싸게 주위를 훑었다. 미리 들어와 있던 호위들, 하카브와 같이 방문한 귀족들, 발타에서 같이 온 하인들과 숨 쉬지 않는 사물, 공간을 이루는 벽과 천장, 바닥까지. 하얀밤 기사단원들이 주변을 살피는 로젤린의 모습을 유심히 지켜보았다. 그녀가 인상을 찌푸리거나 한마디라도 하면 곧바로 튀어 나갈 태세였다.
　눈 깜짝할 사이에 로젤린은 판단을 마쳤다. 로젤린이 등 뒤로 기사들에게 수신호를 보냈다.
　[이상 무.]
　기사단원들이 시선을 서로 교환했다. 비치는 눈동자들에 의문이 담겨 있었다. 로젤린의 [이상 무] 신호는 다른 자들이 말하는 것보다 폭넓은 정보를 담고 있었다. 눈으로 확인할 수 있는 날카로운 비수와 같은 표면적인 위협뿐 아니라, 더 깊고 치명적인 '파편'과 인조적으로 만들어진 마인 부대의 기운 또한 감지하지 못했다는 얘기였다.
　그들도 데리고 오지 않았어? 하카브는 대체 무슨 배짱이지?
　리카르디스가 자리에 앉자, 하카브가 따라서 맞은편에 앉았다.
　"여정은 어떠셨는지."
　"녹음이 푸르고, 하늘은 쾌청하며, 과실이 영그는 아름다운 대지를 보니."
　하카브는 빙그레 웃었다.
　황폐한 대륙 위에 자라나는 것은 썩어 가는 시체 냄새뿐이더라. 부모가 아이를 빵 두 덩이에 팔아넘기고, 죽은 마을에는 짐승조차 살지 못하는 지경이던데, 신의 영광을 그러쥐고 있다는 일라베니아라는 나라가 죽을 날 받아 놓고 골골거리는 반송장이나 다름없으니.
　"아, 내가 일라베니아에 왔구나 싶더군요."

"좋게 보셨다니 다행입니다."

리카르디스는 눈을 내리깔며 찻잔을 들었다. 그는 발타 사절단이 여행길에 보아 온 광경이 어떨지 예상하고 있었다. 아름다운 대지는 무슨. 바싹 말라비 틀어지고 썩어서 굴러다니는 광경을 보고 나올 만한 감상은 아니었다.

그저 인사를 하고자 의례적인 대화가 오갔을 뿐이라는 걸 알면서도, 하 카브의 입에서 그런 얘기가 나오니 리카르디스는 이상하게 배알이 뒤틀렸 다. 눈이 어떻게 됐느냐며 시비 걸고 싶었지만 그런 유치한 짓은 열 살 전 에도 해 본 적 없으므로. 그저 생각만으로 그쳐야 했다.

리카르디스는 익숙한 홍차의 향기를 맡고 상념에서 벗어났다. 리엔타의 알리가르테. 그가 피식 웃었다. 우연도 이 정도면 신의 장난이 아닐까.

로젤린이 잠잠한 것으로 보아 지금의 홍차에 '파편'은 없을 것이지만 기 분이 묘한 것은 어쩔 수가 없었다. 하카브가 의아하다는 듯 리카르디스를 바라보았다.

"아, 손님을 앞에 두고 제가 실례했군요. 잠시 옛 생각에 빠졌던 터라."

"무엇이 황자를 웃게 했는지 궁금하군요. 그 미소의 이유가 제가 아니라 니 섭섭할 뿐입니다."

아…… 짜증 나, 이 남자. 리카르디스가 속마음을 숨기고 빙그레 웃었다.

"검은달의 '파편'을 마실 뻔했던 적이 있었는데, 그게 이 홍차와 똑같은 종류라."

"이런, 그다지 재미있는 추억은 아니었군요."

"그렇습니까?"

리카르디스도 하하 웃으며 잠시 날이 섰던 분위기를 전환했다. 하얀밤 기사단원들은 몸을 더욱 곧게 폈다. 지루한 대화 시간임에도 불구하고 누구 하나 경계를 늦추지 않았다. 온갖 위험에서 살아남은 단원들이 지금의 대화 에서 날카롭고 사나운 기류를 읽지 못할 리 없었다.

"사절단이 돌아가는 길에 습격당했다는 말을 듣고서는, 아."

하카브가 제 가슴을 쓸었다. 남자의 손에서 여러 개의 반지가 반짝반짝 정신 사납게 빛났다.

"제 심장이 멈춘 듯했습니다."

정말 그대로 멈춰 버렸다면 얼마나 좋았을까. 리카르디스는 얼음 같은 눈으로 그를 바라보았다.

"무사해 보이셔서 정말 다행입니다, 황자."

"걱정해 주신 덕에 무사히 돌아왔습니다."

"그게 어디 제 덕입니까. 들어 보니……."

하카브의 눈이 리카르디스의 뒤편을 향했다. 리카르디스는 돌아보지 않았으나, 그 시선이 닿는 곳에 로젤린이 있으리라 확신했다. 하카브가 로젤린과 눈을 맞추며 입을 열었다.

"대단한 활약이 있었다고. 실례가 안 된다면 듣고 싶습니다. 그녀에게 직접."

리카르디스는 그 어느 때보다 환하게 웃어 보였다.

"하하, 그녀는 지금 제 호위 중이라. 함부로 자리를 이탈하면 안 됩니다."

"아니, 잠시 이 앞으로 올 뿐인데……."

"앞으로 그 훌륭한 얘기를 나눌 기회가 있었으면 좋겠군요."

헛소리하지 말라며 싹둑 잘라 내는 태도에 하카브는 흠, 하며 턱을 쓸었다.

"이렇게 아쉬울 수가. 그렇다면 다음 기회에."

대답은 가볍기 그지없었다. 그러나 시선은 끈질기고 욕망은 무거웠다. 리카르디스는 그의 눈빛을 본 순간 이유 모를 한기에 둘러싸였다. 어쩌면, 정말 어쩌면 하카브가 일라베니아에 발을 들인 이유가 로젤린의 존재 때문일지도 모른다는 생각이 들었다.

이델라브힘의 나라, 일라베니아.

크레안 티다니온의 나라, 발타.

당연한 것이라 깊게 생각하지 못했다. 마인을 병적일 정도로 긁어모으는 그들에게, 로젤린이란? 마수의 결정으로 인위적인 마인을 만들어 내는 발타라는 나라에, 로젤린이란? 그 인간 병기들을 손놀림 한 번에 부숴 버리는 그녀의 정체를 알게 된, 하카브에게 로젤린이란……

만약 하카브의 목적이 온전히 로젤린에게만 국한된다면? 곤란했다. 차라리 황제를 암살하러 왔다는 말을 듣는 쪽이 마음이 편해질 것 같았다. 이 같은 위험 도사리는 곳에, 일국의 후계자가 로젤린만을 위해 발을 들였다? 제 안위의 안녕과 모든 것을 내려놓을 정도라는 것이다.

생각이 겹쳐질수록 하카브의 욕망의 무게가 얼마나 무거운지 느껴지기 시작했다.

* * *

하카브와 헤어진 후, 리카르디스는 곧바로 발타의 3왕녀 간제를 만나러 왔다. 그녀는 하카브가 머무는 성에서 조금 떨어진 작은 별관에 머물러 있었다. 구릿빛 피부의 전사들이 날카로운 눈빛으로 돌아다니며 경비를 서고 있었다. 수가 어찌나 많은지 하카브보다 안전할 것 같았다.

리카르디스의 일행이 도착하는 것을 본 시녀가 방 안으로 들어갔다. 곧바로 문이 열렸다.

'곧 다시 만나기를 기원하겠습니다.'

스치듯 짧은 만남 뒤에 나누었던 인사말이 떠올랐다. 또한 그녀의 마지막 말까지도.

'그때까지 몸조심하시기를, 황자 전하.'

상투적인 인사말이었지만, 발타의 고위 인사에게 들은 말이라 그런지 의미심장했었다. '내 오라비 하카브가 네가 집에 가는 길에 공격할 건데 몸조심해야 할 거다.'쯤으로 들렸다. 그러나 앞서 한 '곧 다시 만나기를 기원하겠습니다.'라는 말로 인해, '잘 살아남아서 다시 만나자.'로 해석되기도 했다.

15

한 사람을 파악하기에는 너무 짧은 시간이었다. 또한 3왕녀 간제에 대한 정보가 굉장히 한정적이고 적은 편이라, 그녀의 생각을 유추해 내는 일에는 어려움이 따랐다.

3왕녀 간제, 스물한 살. 연회를 즐기는 성격이 아니라 궁전에서 주로 생활함. 끝. 끝이었다.

발타는 이미 입지를 공고히 다진 후계자가 있었다. 하카브 위 리비타. 그 어떤 세대보다 강하고 냉혹한 후계자의 아래, 힉살라 아돈의 모든 자식들은 숨죽인 채 지내 왔다. 그것이 간제와 또 다른 자식들에 대한 정보가 알려지지 않은 이유였다. 알 필요가 없었기 때문에.

하카브의 눈에 띄는 형제는 어김없이 불의의 사고를 당하고는 했다. 많은 왕자와 왕녀가 있었으나, 성년이 되기 전까지의 생존율이 극악한 관계로 몇 남지 않았다. 그 몇 안 되는 왕족 중 한 명이 3왕녀 간제였다. 수많은 하카브의 형제자매들과 다른 점을 꼽자면, 그녀가 하카브와 동복 남매라는 것이었다.

문이 열렸다. 리카르디스는 시녀의 안내를 따라 방 안에 발을 들였다.

"간제 왕녀."

"어머, 리카르디스 전하. 오셨군요."

간제는 그가 이 성에 당도했다는 얘기를 미리 전해 들었던 듯했다. 테이블 위에 이미 간단한 다과가 차려져 있었다. 그녀가 일어서 리카르디스에게 천천히 다가왔다. 방 안의 향기와 그녀의 눈매가 간제를 한층 더 나른하게 보이게 했다.

쪽. 간제가 리카르디스의 볼에 입 맞추고서는 웃고 있었다.

"정말이지 너무나 오랜만입니다. 여전히 아름다우시군요. 어떤 달빛이 이보다 더 빛날 수 있을는지."

분명 아까 비슷한 말 들었던 것 같은데…… 리카르디스는 깊은 회의감에 휩싸였다. 별로 닮지 않은 남매라 생각했는데, 입을 여니 똑 닮았다. 리카르디스는 왕녀의 볼에 인사를 돌려줬다.

가벼운 입맞춤을 나누는 광경에 로젤린이 잠시 몸을 굳힌 채 입을 꾹 물었다. 이상하게 기분이…… 나빠졌다.

발타식 인사야. 아까 레이몬드와 하카브, 파르딕트와 하카브, 리카르디스와 하카브도 다 했던 것인데. 갑작스레 이상한 감정이 덮쳐 왔다. 먹던 디저트를 뺏긴 것같이 심통이 나기도, 서럽기도 했다. 가슴을 헛헛하게 떠도는 감정에 로젤린은 입 안쪽의 살을 잘근잘근 씹었다. 발로 카펫을 밟고 있다가 딴짓한다고 파르딕트에게 혼나기도 했다.

리카르디스와 간제는 테이블을 끼고 마주 앉았다. 양쪽 다 호위 인력이 많다 보니 전투 직전의 대치 상태처럼 보였다.

간제는 쯧, 혀를 차고는 고개를 까딱했다. 모르는 이가 보기에도 작작하고 좀 나가 있으라는 얘기처럼 들렸으나, 호위하는 자들은 꿈쩍할 줄을 몰랐다.

리카르디스가 괜찮다고 만류하려던 차,

"못 볼 꼴을 보여 드렸군요, 전하. 오라비의 사람들인지라 제 말을 잘 듣지 않습니다. 마인 부대니, 뭐니 하며 목을 꼿꼿이 세우고 다니던 놈들인데, 일라베니아에 와서까지도 저러고 있군요. 대신 사과드리지요."

간제의 발언 때문에 다들 잠시 멍하니 시간을 보냈다. 왕녀의 호위인 만큼이나 단순한 전사들이 아닐 거란 생각은 했으나, 하카브가 직접 붙인 사람들인 데다가, 마인 부대?

로젤린이 감지해 내지 못했으니 '파편'으로 만들어진 인조적인 마인 부대는 아니었다. 순수한 마인의 경우, 마력을 운용하지 않으면 로젤린도 알지 못한다고 했다. 하카브가 믿는 구석이 이것이었나 보다. 순수한 마인으로 이루어진 전사들.

그 전사들은 간제의 발언에 눈썹을 높게 올리고 눈을 크게 뜨고 있었다. 물론 찰나에 불과했고, 곧 표정을 수습했지만, 그 사실을 눈치채지 못한 기사단원은 없었다. 하얀밤 기사단원들이 그들을 뚫어져라 주시했다.

리카르디스는 가면같이 웃는 얼굴로 간제를 바라보았다. 이 왕녀는 대체 무슨 생각으로? 전혀 발타 쪽에 득이 될 발언은 아니었다. 무얼 바라는 걸까. 간제는 주위의 얼어붙은 분위기에도 아랑곳하지 않고 사르르 녹을 듯 미소 짓고 있었다.

"걱정 마시지요. 누구를 해하라는 말은 없더이다. 그저 광견병 걸린 미친 개처럼 날뛰는 제 입단속을 하라 붙여 놓은 자들입니다. 이놈들 기세등등한 게 꼴 보기 싫었는데, 마침 잘 와 주셨습니다. 전하께서 계시면 쪽도 못 쓸 인간들이니 말입니다. 뭐라 욕 좀 해 주시지요. 들어도 찍소리도 못 할 겁니다."

호위대의 대장처럼 보이는 자가 제 두 눈을 지그시 눌렀다.

리카르디스는 손으로 입을 가리고 당황한 기색을 숨겼다. 여러 이해관계가 얽혀 있는 정치판에서 그가 제 진심을 내보이는 것은 손에 꼽을 정도였으나, 지금은⋯⋯.

'미쳤나?'

그 감정이 얼굴에 고스란히 드러나 있었다. 곱게 자란 왕녀인 줄 알았는데, 곱게 자란 미친 왕녀였다.

"⋯⋯이토록 방문을 환대해 주시니, 기쁘군요. 음⋯⋯ 먼 길 오시느라 수고 많으셨습니다, 간제 왕녀. 여정은 어떠셨는지."

리카르디스는 그녀의 말에 에둘러 답하며 급히 화제를 옮겼다. 간제는 욕해 달라는 말이 진심이었던지 아쉽다는 듯 입을 삐죽였다. 하지만 곧 차를 홀짝이며 흑갈색의 눈동자를 굴렸다. 곰곰이 생각하는 모양새였다. 그녀는 곧 이마에 주름을 잡고 답했다.

"발타나 일라베니아나 사람 사는 곳이다 보니 비슷하더군요. 시체가 오죽 들끓는 게 아니라, 답답한 마차 생활만 했지 뭡니까."

들어 본 적도 없는 참신한 대답이었다. 리카르디스는 입을 가리고 풋 웃음을 터트렸다. 누가 들어도 무례한 말이었다. 하지만 간제의 말에 악의가 없음은 진즉에 파악했다. 정말 순수한 감탄과 감상뿐이라 그게 도리어 웃겼다. 잇세리온이 멍한 눈으로 간제를 바라보는 게 느껴졌다.

호위단의 단장도 잇세리온과 비슷한 표정이었다. 미쳤나? 봄날의 망아지 같은 왕녀라는 것은 알고 있었으나, 그 재앙 같은 입이 일라베니아라는 울타리 안에서 더 활개 칠 줄은 꿈에도 몰랐던 것이다.

간제는 주위 사람들의 얼굴에 서린 경악을 읽었는지 어설프게 웃으며 변명했다. 자신이 말한 것이 어쩌면 무례할 수도 있다는 생각까지 미친 모양이었다. 그녀는 손을 절레절레 내저었다. 당신들의 나라를 모욕할 생각은 없었다는 듯.

"아니, 그런 것이 아니라. 제가 비위가 좀 약해서."

안 하느니만 못한 말이었다. 리카르디스는 웃음을 하도 참아 배가 당겨오기 시작했다. 그녀 뒤에서 시시각각 얼굴색을 바꾸는 호위단장과 간제 왕녀의 천연덕스러운 표정이 자아내는 이 기묘한 분위기가 어찌나 웃긴지.

호위대의 대장은 아무래도 안 되겠다 생각해, 하카브 왕자가 불렀다며 그녀를 방 밖으로 끌어내고자 했다. 간제가 짜증 냈다.

"소식을 알리는 사람도 들어오지 않았고, 네가 나가지도 않았는데 오라버니가 불렀는지 안 불렀는지 어찌 알고 그래? 오라버니와 말하지 않아도 뜻이 통하는 사이더냐? 한 몸이기라도 해? 불쾌하니 썩 떨어져라."

그녀는 씩씩 성을 내면서도 자리에서 일어섰다. 입으로는 잔뜩 불만스러워해도 순순히 따르는 걸 보면, 그녀를 호위하는 남자에게 제법 많은 권한이 있는 모양이었다. 리카르디스는 웃음을 멈추고 간제를 염려의 눈으로 바라보았다.

'혹시나 하카브가 그녀를……'

해친다든가? 여러 정보를 일라베니아 측에 넘긴 상황이니 그가 가만히 있지 않을 것 같았다. 하카브에게 혈육의 정 같은 게 있어 보이지는 않았다. 다른 형제들의 목은 물론이고, 동복형제 두 명도 망설임 없이 살해한 인물이 아니던가. 그나마 장소가 장소다 보니 당장에 그녀를 어떻게 하지는 않을 테지만…….

리카르디스의 복잡한 속내를 눈치챈 것인지 일어서 있던 간제가 후후 웃었다.

"걱정 마시지요."

"……."

"오라버니는…… 하카브는."

호위단장이 또 쩍 입을 벌렸다. 왕자 전하의 이름을 감히! 이 왕녀를 진짜!

"나를 절대 죽이지 않을 테니."

계속 웃고 있던 그녀의 얼굴에 싸늘한 무표정이 떠올랐다. 그것은 잠깐이었고, 간제는 곧 어깨를 으쓱하며 달라붙었던 무언가를 털어 버렸다. 다시 웃은 그녀는 볼에 손을 가져다 대며 가련한 표정으로 리카르디스를 바라보았다.

"이번 만남도 짧았군요. 올해에 가장 아쉬운 순간이지 뭡니까. 곧 다시 만나기를 기원하겠습니다."

리카르디스는 이 뒤에 나올 말이 무엇인지 알아챘다. 그는 간제의 말을 가로채는 것으로 배웅을 대신했다.

"그때까지 몸조심하시기를."

간제가 아하하 웃었다. 간제는 시녀와 호위단에게 싸여서 곧 밖으로 나서야 했다. 그녀는 제 팔을 붙잡은 호위단장의 손을 장신구의 뾰족한 부분으로 푹 찔렀다. 호위단장이 앓는 소리를 냈다.

* * *

연회는 연일 계속 이어졌다. 참석이 의무는 아니지만, 여러 정보와 교류가 오고 가는 장소였기 때문에 어지간하면 붙어 있는 쪽이 이득이었다. 리카르디스 또한 그런 이유로 매일 연회장에 얼굴을 보여야 했다. 사람들과 대화하는 시간이 쌓여 감에 따라 그는 점점 지쳐 갔다.

"망해 버려…… 일라베니아…… 흔적도 없이……."

제국의 황자가 매일 밤 자신의 나라더러 망하라는 말을 내뱉고 풀썩 쓰러지는 진풍경이 벌어졌다. 로젤린은 일부러 데리고 가지 않았다. 그녀만큼 믿음직한 호위도 없지만, 그녀만큼 불안한 사람도 없었다.

더군다나 로젤린이 벌일 수많은 예상 범위 내의 사건을 제외하고도 불안 요소는 많았다. 로젤린의 이름이 유명한 만큼이나, 그녀를 탐내는 사람들이 여기저기 도사리고 있았나. 축복의 밤에 대한 비밀을 모르더라도, 강한 무기라고 하니 탐나는 모양이었다.

그들의 앞에 로젤린을 미끼로 내놓고 살살 꾀는 방법도 있으나, 미끼가 너무 생생하게 살아 있어서 어디로 튈지 모른다는 점 때문에 그 의견은 기각되었다. 파티에서 가끔 만나는 하카브는 리카르디스의 뒤에 있어야 할, 누군가의 부재에 그저 가만히 웃기만 했다.

리카르디스는 오늘도 어김없이 참석했다. 돌아다니다 보니 저 멀리 사람들과 얘기를 나누는 칼릭스를 발견할 수 있었다. 순간 그와 눈이 마주쳤다. 칼릭스는 스물일곱 번째 여인과 춤을 추는 리카르디스를 보며 짠하다는 듯한 표정을 지었다.

리카르디스가 울컥할 찰나, 칼릭스의 눈빛이 한층 더 슬퍼졌다. 비 오는 날 강아지를 보는 얼굴이었다. 알고 보니 스물여덟 번째의 여인이 리카르디스에게 다가가는 중이었다.

리카르디스의 뒤에 선 잇세리온이 속삭였다.

"힐리사고의 왕녀, 지옐입니다."

리카르디스도 마찬가지로 그에게 속삭였다.

"이래 보여도 아직 머리는 돌아가고 있다, 잇세리온. 어제 그녀가 나에게 다섯 번 찾아와 여섯 번 춤을 신청하고 내 발을 일곱 번 밟았는데 잊을 수 있을 리가."

내 상태가 그렇게 심각해 보이나? 리카르디스는 부드럽게 웃으며 힐리사고의 왕녀를 맞이했다.

"아름다운 선율에 발길이 절로 흐르는 듯합니다. 리카르디스 전하께서는 그렇지 않으신지요?"

힐리사고의 왕녀가 빙빙 돌려 말하며 빨리 춤을 신청하라 재촉했다. 리카르디스가 떨리는 입가를 애써 억누르며 그녀에게 손을 내밀려 할 때였다.

연회장이 소란스러워졌다. 몇 명의 시종이 빠른 걸음으로 제 주인들을 찾아갔다. 리카르디스는 자신을 찾는 상급 기사 르윈을 발견했다. 리카르디스의 눈이 가늘어졌다.

'무슨 일이…… 생겼나 보군.'

리카르디스가 살짝 고개를 숙이며 자리를 옮기자 힐리사고의 왕녀가 작게 혀를 쯧 찼다. 돌아보니 사냥감을 놓친 맹수의 눈빛을 하고 있어 리카르디스는 몸을 부르르 떨었다.

르윈이 다가와 리카르디스의 귓가에 속삭였다.

"라고슈의 사절단이 막 도착했습니다."

그 말이 이르는 사실은 명백했다. 라고슈의 내전이, 끝났다.

"생각보다 빨리 정리됐군."

리카르디스의 시선이 연회장 내부를 훑었다. 그는 저 멀리에 벽에 기대어 느긋하게 사태를 관전하는 하카브를 발견했다.

사람들이 떠들썩하게 입에서 입으로 "라고슈……."나 "플로에토……." 같은 단어를 서로 나르고 있으니 그 또한 라고슈의 사절단이 도착했다는 사실을 알아챘을 것이다. 그럼에도 안색 하나, 행동 하나 바뀌지 않았다. 하카브는 자신과 깊은 관계에 있는 바이페렘 플로에토의 승리를 추호도 의심하지 않는 듯 보였다.

하카브의 자만이 아니었다. 바이페렘 플로에토의 세력이 압도적이기 때문이었다. 라고슈에서 강한 영향력을 가지고 있는 사람이라 하더라도, 많은 왕족과 귀족을 규합시켜 그녀를 끌어내리기에는 한참 부족할 것이다. 이번 대의 라고슈 왕족은 불의의 사고로 많이 죽어 나가, 그녀 외의 걸출한 인물은 찾기 힘들었다. 어리거나 어리석은 자들뿐이니 내전의 결과는 불 보듯 뻔했다.

"바이페렘, 플로에토가 실각했습니다."

리카르디스가 굳은 얼굴로 목각 인형처럼 르원을 슥 돌아보았다.

"플로에토가 실각했다고?"

그녀를 끌어낼 만힌 인물이 라고슈에 남아 있었던가?

연회장이 다시 한번 소란스러워졌다. 커다란 아치 모양의 입구로 라고슈의 새로운 바이페렘이 걸어 들어왔다. 리카르디스는 그 인물을 보며 눈살을 찌푸렸다. 겨우 여덟 살이나 되었을까 싶은 어린 여자아이였다.

"귀족들이 나라를 쥐고 흔들려는 건가. 라고슈도 끝났군."

저 어린아이가 귀족과 왕족의 각성을 촉구하며 플로에토를 끌어내자 했겠는가. 다 꼭두각시놀음이다.

하카브를 쳐다보니, 한쪽 입꼬리를 올린 채 제 볼을 느릿하게 쓸고 있었다. 의외의 인물이 나타나기는 했지만, 뭐 썩 나쁘지는 않다. 그런 뜻인 듯했다. 내전으로 결속력이 약해진 왕국을 다스리는 꼭두각시 왕 하나 구워삶지 못하겠느냐 하는 자신감이 보였다.

발타가 나서기 전에 일라베니아가 손을 써야 했다. 북쪽의 거대한 땅덩어리를 지배하는 라고슈. 그들은 앞으로 급격히 변화할 대륙의 정세에 영향을 미칠 수 있는 충분한 힘을 가지고 있었다.

모두 라고슈의 어린 왕에게 우르르 다가갔다. 갑작스럽게 몰려드는 인파에 바이페렘이 눈을 동그랗게 떴다. 낯선 사람들이 주위를 둘러싸자 바이페렘은 눈에 띄게 긴장하는 모습을 보였다.

하카브는 어린 바이페렘이 허둥지둥하는 꼴을 보면서 즐거워했다. 그는 느긋하게 걸음을 옮기다가, 갑작스럽게 멈춰 섰다. 하카브의 시선이 소녀에게서 벗어났다. 그 순간 연회장에 있는 모든 이들의 이목도 입구로 모여들었다.

탁.

섬세하게 조각되어 있는 흑색의 지팡이가 홀의 바닥을 울렸다. 혼란과 소란을 잠재우는 묵직한 소리였다. 빛이 쏟아지는 입구에 한 사람이 우뚝 서 있었다. 고집스러운 인상의 노인이었다. 그녀가 입고 있는 옷에는 라고슈 왕족만이 사용할 수 있는 꽃문양이 수놓아져 있었다. 어린 바이페렘이 안도의 한숨을 내쉬며 그녀에게 총총 걸어갔다.

리카르디스가 르원을 돌아보았다. 누구냐고 묻는 눈빛에 르원은 어깨만 으쓱했다. 리카르디스는 머리를 굴렸다. 탁한 보랏빛 눈동자, 작은 체구임에도 감히 내려다볼 수 없는 기세. 70대 중후반의 왕족?

리카르디스는 머릿속으로 라고슈의 왕실 계보를 거슬러 올라가다, 한 지점에 멈춰 섰다.

'설마……?'

리카르디스가 당혹스러운 낯빛을 숨기기 위해 손으로 입가를 가렸다. 그는 곧 시선을 돌려 하카브를 찾았다. 아까 전 느긋하게 발걸음을 움직이던 남자가 제자리에 우뚝 멈춰 서 있었다. 언제나 모든 상황을 파악하고 있다는 듯 여유로웠던 남자의 표정이 조금 비틀려 있었다.

그의 주위로 발타의 사절단이 급하게 모여들었다. 정보를 물어 온 자들이 하카브의 귓가에 다급히 속삭이고 있었다. 하카브는 굳은 미소가 걸린 입술을 쓱 쓸며 나이 든 여인만 주시했다.

'곤란한데.'

리카르디스는 멀리서 그의 입 모양을 읽었다. 리카르디스는 하카브의 반응으로 노파의 정체를 확신했다. 연회장이 술렁였다. 나이 든 귀족 몇몇이 그녀를 알아본 것이다.

"바이페렘, 딤라……."

그녀는 작고 큰 부족으로 이루어진 약소국 라고슈를 규합하여 지금의 위치까지 끌어올린 장본인이었다.

플로에토 3대 전의 바이페렘. 딤라의 등장이었다.

* * *

100개가 넘는 크고 작은 부족이 하나의 이름으로 불리게 된 경위를 설명하기 위해서는 시간을 아주 오래 거슬러 가야 했다. 때는, 지도에 라고슈라는 이름이 없던 시절.

대륙 위에 자리 잡은 나라들이 서로 몸집을 불리고, 작은 부족들을 섬멸해 땅을 차지하고자 벌이는 정복 전쟁은 그 당시 아주 흔한 일이었다. 그러한 흐름에 따라 약한 자들끼리 뭉쳐 새로운 나라를 탄생시키는 일 또한 아주 흔했다.

라고슈도 그렇게 건국된 나라였다. 그전까지 서로 검을 겨누던 열세 개 부족은 외부의 적으로 인해 빠르게 결속했다. 서로가 서로의 등을 지키고자 동맹을 맺은 것이었다.

그들의 맹세는 검고 단단한 라고슈의 돌에 조각되어 왕성의 최하단부로 옮겨졌다. 라고슈의 땅을 밟고 살아가는 모든 자들이, 영원한 서약 위에 살아가고 있음을 명심하길 바라며.

초대 왕을 선출하는 과정은 열세 개 부족의 다수결로 이루어졌다. 만장일치의 결과로 팔 한쪽이 없는 여자가 왕관을 쓰게 되었다. 라고슈의 건국을 위해 수년 동안 쉴 틈 없이 추운 대륙을 떠돌아다니며 부족들을 설득하고 협박했던 공로는 시간이 지난다고 빛바랠 것이 아니었다. 그녀의 존재 자체가 서약이나 다름없었다. 라고슈 왕의 호칭이 '영원한 서약'을 뜻하는

'바이페렘'으로 불리게 된 이유였다.

라고슈를 지키기로 맹세한 나머지 열두 명의 부족장은 '제르타예'라 불리게 되었다. 지하 깊은 곳 영원한 서약의 주위를 밝히는 '꺼지지 않는 불꽃'을 의미했다.

그들은 힘을 모아 다른 나라의 침략을 막아 내고 서로가 서로를 지켰다. 영원한 서약의 내용 그대로. 그러나 한차례 대륙을 휘감아 몰아쳤던 전운은 세월의 흐름에 따라 흩어지게 되었다. 피 냄새 나는 대지 위로 평화가 서서히 깃들기 시작했다.

쟁취한 승리와 평화는 아주 잠깐 스쳐 지나가는 달콤함에 불과했다. 많은 것이 변했으나, 그들이 디디고 있는 땅이 춥고 척박하다는 사실은 변하지 않았다. 자원은 한정되어 있었고 그걸 필요로 하는 사람은 많았다. 싸움은 예견된 것이었다.

분쟁을 외부로 돌리지 못했던 이유는, 대륙의 모든 나라가 휴전 협정을 맺은 그때에 다시 침략 전쟁을 일으킬 수 없기 때문이었다. 자칫했다가는 다른 나라들의 동맹군에 라고슈가 흔적도 없이 사라질 수 있는 상황이었다.

그리하여 라고슈 내부. 그들끼리의 뺏고 빼앗기는 싸움이 다시 일어나게 되었다. 승패가 갈림에 따라 하나가 되었던 사람들 또한 갈라졌다. 비록 '라고슈'라는 이름에 묶여 있었다 하더라도. 보이지 않는 균열은 점차 선명해졌다.

그러한 분위기는 아주 오래 지속되어 지금으로부터 몇 세대 전까지 이어졌다. 덕분에 약소국의 처지에서 벗어나지 못했다. 뭉치지 못하니 약하며, 약하니 성장하지 못한다. 악순환의 굴레였다.

그런 때에 딤라가 즉위했다. 그녀는 바이페렘의 칭호를 달자마자 왕실이 몇 대를 걸쳐 쌓아 온 부를 조각내어 라고슈의 곳곳에 퍼트렸다. 작은 나라를 건국할 수 있을 정도의 방대한 금액이었다.

모두들 바보 같은 짓이라 했다. 돈을 쥐고 있기에 그 엉망진창인 나라를 통치할 수 있던 것인데, 딤라는 제힘을 전부 나눠 줘 버린 셈이었다.

왕은 백성을 보살피고 백성은 왕을 존경하며 서로 간의 유대로 나라를 형성한다? 그저 이상뿐인, 헛된 바람들이라며 욕하는 자들이 많았다. 그러나 딤라는 언제나 어떤 이상도 꿈도 가지지 않은 자는 위에 설 자격이 없다고 말했다.

순응이라는 말로 눈을 감아 봐야 할 것을 보지 못하고, 그럴 수밖에 없다는 말로 반드시 해야만 하는 싸움을 피하는 비겁자들이여. 왕은 비겁해서는 안 되고, 결코 눈을 감아서는 안 된다.

그러나 그녀가 가고자 하는 방향은 막 즉위한 철부지 여왕의 이상론으로 받아들여질 뿐이었다.

권력자들이 딤라를 멀리하기 시작했다. 아무것도 가지지 못한 왕의 말로가 어떻겠느냐. 그것은 비단 라고슈 왕국 내부만의 얘기는 아니었다. 인접한 다른 나라들이 라고슈를 넘보기 시작했다.

겔리츠 왕국이 라고슈 왕국의 국경을 무단으로 넘어서 하나의 마을을 섬멸했다. 본격적인 침략 전쟁의 서막을 알리는 사건이었다. 그러나 겔리츠 왕국은 이후, 한 달이라는 짧은 기간 안에 지도에서 흔적도 없이 지워지게 되었다.

서로 물고 뜯기만 하던 부족들이 딤라 아래 빠르게 뭉쳐 일어선 것이다. 언제나 싸움을 달고 사는 전투 민족. 눈 폭풍에서도 살아남은 강한 전사들. 저들끼리 치고받아서 몰랐다 뿐이지, 그 칼날이 제대로 벼려져 외부로 향한 순간 모두가 그들의 위험함을 알게 되었다.

[추운 나라에서는 혼자 살아갈 수 없다, 형제들이여. 서로가 서로의 등을 지키겠다는 맹세는 천년의 돌에 새겨져 열두 개의 꺼지지 않는 불꽃이 영원히 비추리라.]

모두가 알지만, 모두가 망각했던 서약을 딤라가 일깨웠다. 희미하게 꺼져 가던 제르타예의 불꽃들이 다시금 불타올랐다.

물론 오랜 균열을 한 번에 이어 붙일 수는 없었다. 왕실을 경시하거나 더 나아가 반反라고슈를 지향하는 무리도 더러 생겨나, 겨우 나아가고자 하는 라고슈의 발목을 잡았다. 그들은 온건하게 베풀기만 하는 젊은 바이페렘에게 이 세대를 이끌어 갈 만한 능력이 없다고 생각했다. 겔리츠 왕국과의 전쟁으로 방비가 허술해진 타 부족을 약탈하는 행위가 라고슈 여기저기에서 일어나기 시작했다.

딤라는 땅 위에 흐르는 형제들의 피에 분노했다. 경고는 없었다. 자애로운 군주, 그 모습 뒤에 가려져 있던 흉포한 전사는 형제를 해치는 자들을 결코 용서하지 않았다. 날뛰던 자들은 그녀의 검으로 인해 무릎 꿇었다.

이후로도 딤라는 때로는 당근, 때로는 채찍으로 라고슈를 움직이고, 묻혀 있는 자원을 발굴해 타국과의 무역 교류를 성사시키는 등 한 사람의 일대기라고 도무지 볼 수 없는 갖은 업적들을 이뤄 냈다.

딤라의 치세 이후 라고슈에 대한 인식은 급격하게 변했다.

'저들끼리 잡아먹는 무식한 야만인의 나라'에서, '자칫하면 잡아먹힐지도 모르니 건드리면 안 되는 야만인의 나라'로. 그 얘기를 들은 딤라는 왕좌 위에서 굴러떨어져 깔깔깔 웃었다고 한다.

그렇게 일생을 바쳐 나라를 우뚝 세우고 물러났더니…….

손녀, 플로에토가 라고슈에 다른 나라의 세력을 끌어들인 것도 모자라 국가의 자원을 야금야금 빼돌리는 만행을 저질렀다. 만약 딤라가 무덤 안에 있었다고 해도 관짝을 발로 차고 나올 만한 사태였으니, 지금의 상황에 그녀의 등장은 어쩌면 당연한 일이었다.

여태껏 하카브가 딤라의 존재를 미처 고려하지 못했던 이유는 그녀가 은퇴한 지 수십 년은 지났거니와, 그 이후로는 일절 왕국의 일에 손을 대지 않았기 때문이었다.

전설적인 바이페렘. 하지만 지난 시대의 인물이며 옛이야기에 불과했다. 그 옛날의 설화가 갑자기 튀어나와 살아 있는 인물이 된 지금의 상황이 당혹스러운 건 하카브뿐만이 아니었다.

플로에토는 유폐되고, 라고슈는 새로운 바이페렘을 맞이했다. 어린 왕 관디테는 실각된 플로에토의 조카로 딤라에게는 증손녀가 되는 셈이었다. 딤라는 아직 어린 바이페렘을 보호하기 위해 은거를 마치고 섭정으로서 나섰다. 몇 대 전에 물러간 노쇠한 여왕이었으나, 아직 그녀의 힘은 라고슈 전역 구석구석에 미치고 있었다.

바이페렘, 아니 이제 섭정이 된 딤라가 느긋하게 발걸음을 옮겼다. 어린 바이페렘이 총총걸음으로 그녀를 따랐다. 하카브가 있는 방향이었다.

그녀의 핏줄을 이런저런 수작질로 꼬여 내이 라고슈에 혼란을 야기한 자, 하카브. 그에 대한 딤라의 감정이 어떨지 대충 예상이 되었다. 암만 거친 라고슈 사람이라 하더라도 지팡이로 냅다 머리를 내려치지는 않을 테지만, 그렇다고 온건히 인사만 오가는 장면은 상상할 수 없었다.

사람들은 눈 하나 깜박이지 않고 라고슈의 사절단을 주시했다. 딤라가 하카브의 앞에서 발걸음을 멈췄다. 하카브와 발타의 귀족들. 그리고 딤라와 소녀의 뒤를 따르는 라고슈 사절단. 두 무리가 대치했다. 연회장에 라고슈의 싸늘한 북풍이 불어오는 듯했다.

하카브가 웃는 얼굴로 먼저 정적을 깨트렸다.

"이 즐거운 자리에서 라고슈의 새로운 바이페렘을 뵈어 영광입니다. 하카브 위, 리비타. 발타의 첫 번째 아들입니다."

바이페렘 관디테는 하카브의 반쯤 되는 키에도 불구하고 그를 내려다보는 듯, 도도하게 턱을 들고 인사를 받았다.

"힉살라의 첫 번째 아들. 얘기는 익히 들었노라. 축복이 가득한 날에 만나 나 또한 기쁘다."

익히 들었다는 얘기는 결코 좋은 게 아닐 것 같았다. 하카브가 웃으며 딤라에게로 눈을 돌렸다.

"제가 무어라 칭하면 실례가 되지 않을는지요."

"과거의 이름은 빛바랬으니, 지금은 섭정관에 족합니다."

"만나 뵈어 영광입니다. 섭정관 딤라."

그녀가 주름이 푹 들어갈 정도로 환하게 웃었다.

"나 또한 왕자와의 만남을 무척이나 고대하였습니다. 기쁨이 아닐 수 없군요."

리카르디스는 한기가 들어 제 팔을 쓸었다. 그의 옆에서 르윈이 제 가슴을 툭툭 치고 있었다. 먹은 것이 체하는 느낌이 드는 모양이었다.

"저라면, 저 자리에서 울 겁니다."

잇세리온이 결연한 표정으로 말했다. 리카르디스가 피식 웃으며 팔짱을 꼈다. 그럴싸한 미소를 띠고 있는 하카브도 잇세리온과 비슷한 마음을 가지고 있을 거라 생각하니 한없이 기뻐졌다. 리카르디스는 꽁꽁 얼어 있는 주위 사람들을 신경 쓰지 않고 샴페인을 한 모금 마셨다. 아주 꿀맛이었다.

"이런, 하카브 왕자. 표정이 좋지 않은데, 혹 만나고 싶은 사람이라도 따로 있었는지요."

리카르디스도 샴페인을 뿜을 뻔했다. 저렇게 대놓고 말할 줄이야. 하카브는 2초간의 공백 후 웃는 낯으로 대답했다. 그 2초간 무슨 생각을 했을지 대충 알 것 같았다.

"그럴 리가 있겠……."

"언젠가 한번 라고슈의 왕성에 방문해 주시길 바랍니다, 왕자."

딤라가 그의 말을 싹둑 끊었다. 하카브가 하하 웃음을 흘렸다.

"초대에 감사드립니다. 섭정관."

"플로에토도 왕자를 보고 싶어 하지 않겠습니까."

홀 안에 있는 많은 사람들의 시선이 그들로부터 벗어나 발치와 잔의 끄트머리, 샹들리에 주위를 배회했다. 너무나도 거북했다. 역시나 라고슈. 직진밖에 모르는 야생마 같은 나라였다.

달그락. 딤라의 지팡이가 바닥을 뒹굴었다. 일부러 떨어트린 것인지, 실수인지는 모르겠으나 리카르디스는 실수가 아닐 거라 생각했다. 하카브가 굳은 낯으로 그녀의 지팡이를 주워 주었다. 딤라는 하카브의 손길이 닿은 부분을 손수건으로 쓱쓱 닦으며 평온하게 말을 이었다.

"이런, 직접 주워 주시다니. 감사합니다, 하카브 위 리비타."

"······별말씀을."

"이만 다른 사람들에게 인사를 하러 가 보아야겠습니다. 다음에 만나 또 즐거운 대화를 나누길 바랍니다."

즐거운 대화··· 아······ 누군가가 탄식하는 소리가 들렸다. 그녀는 돌아서서 걷다 하카브를 돌아보았다.

"라고슈는 은혜와 원한을 잊지 않습니다. 이 빚은 다음에 갚도록 하지요."

지금 지팡이를 주워 준 일을 말하는 것인지, 플로에토의 일을 말하는 것인지는······ 정확하게 알 수 있었다. 르원이 인상을 찌푸리고는 잇세리온에게 손을 내밀었다.

"형, 손 좀 주물러 줘. 체한 거 같아."

잇세리온이 제 동생의 손을 조몰락거리는 그때까지도 하카브는 가만히 딤라의 뒷모습만 보고 있었다. 잠시 후 가볍게 숨을 내뱉은 그가 경직된 미소를 그대로 걸친 채 연회장을 떠났다. 하카브 주위에 있던 발타의 귀족들도 우르르 빠져나갔다. 보는 눈이 많은 자리에서 하지 못할, 회의가 간절해 보였다. 크게 팽창해 터질 것 같던 분위기는 그 분위기를 받치고 있던 한 축이 빠져나감으로써 완화되었다.

딤라는 다른 사람들과 대화를 나누지 않고, 어린 바이페렘을 끌고 다니며 이것저것 맛있는 음식을 먹었다. 한 나라의 왕과 섭정이라기보다는 증손녀와 증조모처럼 보일 뿐이었다.

누구 하나 그들에게 다가서지 못하고 조용히 눈치만 보고 있는 이 상황에서, 리카르디스는 한 남자와 눈이 마주쳤다. 붉은수레바퀴의 칼릭스. 테라스에 나가 있다가 막 연회장에 발을 들인 남자였다. 그는 지금 어떤 일이 일어났는지 미처 보지 못했으나, 직감적으로 무언가 있다고 판단한 것 같았다. 숨죽인 공간의 기류와 사람들의 시선이 흐르는 중심을 금세 파악하고는 그곳으로 고개를 돌렸다.

칼릭스의 눈동자가 딤라와 어린 바이페렘에게 닿았다. 그의 눈썹이 꿈틀거렸다. 누군지 알아본 것 같긴 한데 크게 놀란 것 같지는 않았다. 칼릭스는 곧장 걸음을 옮기기 시작했다. 라고슈의 사절단이 있는 쪽으로.

당황한 리카르디스는 스쳐 지나가는 칼릭스의 손목을 탁 틀어쥐었다. 의문스럽다는 듯 눈을 동그랗게 뜨고 있는 남자의 표정이 그의 누이와 똑 닮아 있었다. 사고 치고는 쳤는지도 모르는 그 표정. 리카르디스가 고개를 살짝 숙이며 속삭였다. 입술 하나 움직이지 않는 훌륭한 복화술이었다.

"칼릭스 경. 나는 경의 누이만으로도 충분하다."

"……이 갑작스러운 고백을 어떻게 받아들여야……."

"……아니. 그 말이 아니라. 지금 그대의 행선지에 대해 내가 불안함을 느끼는 것은 괜한 걱정이 맞나?"

칼릭스가 본인의 행선지, 딤라를 보고는 "아." 하고 고개를 끄덕였다. 그는 곧 어처구니없다는 듯이 웃었다.

"걱정 마시죠."

당당해도, 당당해도, 당당을 해도! 이렇게나 당당할 수가 없었다. 리카르디스는 망설이다가 그의 손목을 놓아주었다. 다시 발걸음을 옮기기 시작한 칼릭스는 조금의 흐트러짐도 없이 딤라를 향하고 있었다.

'대체 뭘 걱정하지 말라는…….'

모두 발이 바닥에 붙은 듯 움직이지 않는 이 정적인 공간 속에서 한 사람만이 여유롭게 거닐고 있었다. 사람들의 시선이 칼릭스에게 쏠리기 시작했다. 곧 그가 딤라에게 다가가고 있다는 사실을 눈치챈 사람들의 얼굴에 경악이 서렸다.

몇 대를 대물림해 오는 붉은수레바퀴 백작가의 성정은 유명했다. 휘어질 바에야 부서지는, 제 이득을 위해 달콤한 말 하나 할 줄 모르는, 융통성이라고는 없고 고집스럽고 깐깐한.

그런 붉은수레바퀴 백작가의 후계자가 타국의 유명하고 힘 있는 왕족에게 접근할 만한 이유? 감히 추론할 수도 없었다. 사람들이 혼란스러워하는 사이, 칼릭스는 라고슈의 사절단 앞에 당도했다.

리카르디스가 팔짱을 낀 채 손가락으로 팔을 톡톡 두드렸다. 그가 사고를 친다고 자신이 수습해야 하는 것은 아니지만, 로젤린에게 학습된 탓인지 눈을 뗄 수가 없었다.

칼릭스는 먼저 바이페렘 관디테에게 정중히 인사했다. 어린 바이페렘은 칼릭스와 몇 마디 나누더니 그 나이대의 아이처럼 방긋 웃었다. 아니, 무슨 이야기를 나누는 거지? 다들 궁금해 슬금슬금 그들을 향해 몇 발짝씩 다가갔다.

칼릭스는 곧 무릎을 꿇고 딤라의 손등에 제 이마를 가볍게 대었다. 라고슈의 아이들이 어른에게 보이는 예의였다.

"갈라·제르타예. 사벡의 큰아들 칼릭스입니다."

챙그랑.

누군가가 떨어트린 포크가 대리석에 부딪히며 청명한 소리를 울렸다. 홀에 있는 모든 사람들이 입을 벌리고 경악했다.

또 다른 증손주가 나타났다! 심지어는 그게 붉은수레바퀴 백작의 후계자라니!

그, 그러고 보면 붉은수레바퀴 백작 부인이 라고슈 출신이었죠? 왕족 방계 가문이라고 하지 않았나요? 딤라가 오죽 위 세대 사람입니까. 라고슈에 잡히는 왕족 적당히 붙잡고 물어보면 전부 딤라의 손녀 손자, 아니면 증손녀 증손자라고요. 시끌벅적, 자기들끼리 묻고 답하고 정신이 없었다.

리카르디스는 미간을 좁힌 채 머리를 굴렸다. 잇세리온과 르윈도 사태를 깨닫고 비슷한 표정을 짓고 있었다. 지금 당장 섭정관 딤라가 칼릭스의 증조모라는 사실도 기겁하며 놀랄 일이었으나, 그보다 이 성안에 있을 또 다른 증손주가 먼저 떠올랐기 때문이었다.

로젤린. 그녀 또한 붉은수레바퀴의 자식이 아니던가. 딤라의 등장으로 말미암아 로젤린을 둘러싼 정세가 어떠한 방향으로 흐를지, 휩쓸리기 전에 미리 준비를 해 둬야 했다.

잇세리온은 두통이 이는 듯 머리를 꾹꾹 누르며 얘기했다.

"타국에 있는 혈육을 반기지 않을 수도 있지 않겠습니까, 전하. 그렇게 된다면 딤라 섭정관과 로젤린 경. 두 사람의 관계는 실상 아무 의미 없는 것이라 볼 수 있습니다. 라고슈 왕족들은 대대로 일라베니아를 그다지 좋아하지 않았으니, 이쪽의 피가 섞인 증손주를……."

라고 잇세리온이 말하는 순간 딤라가 무릎을 꿇은 칼릭스의 볼에 진하게 입맞춤을 했다. 그러고는 주름진 손으로 칼릭스의 머리를 쓰다듬고, 볼을 쓰다듬다가 꼬집기도 하고, 다시 반대쪽 볼에 입을 맞추고 활짝 웃었다. 한 번도 보지 못한 핏줄을 대하는 태도가 매우 살가웠다.

어린아이를 대하는 태도에 칼릭스는 무척이나 당황하는 모습을 보였지만, 결국에는 딱딱한 얼굴을 부드럽게 녹이며 애정을 온전히 받아 내었다.

"매우 좋아하시네요. 일라베니아의 피가 좀 섞인 것은 문제가 되지 않나 봅니다. 큰 인물답게 큰마음을 가지신 것 같습니다."

르원은 여전히 체기가 가시지 않는지 제 명치를 툭툭 두드리고 있었다.

* * *

딤라는 칼릭스의 에스코트를 받아 연회장을 빠져나갔다.

30분 정도의 짧은 시간 동안 회장에 머물렀지만, 모두 딤라가 말하고자 하는 바를 알 수 있었다. '라고슈의 내전은 종식되었고, 어린 왕의 뒤에는 내가 있다'는 것.

라고슈 사절단과 붉은수레바퀴 백작가의 후계자가 빠져나간 연회는 한층
더 와자지껄해졌다.

마차를 타고 가는 길. 바이페렘 관디테가 가볍게 안도의 한숨을 내쉬었다.

"사람들이 몰려와 조금 당황했노라."

"처음으로 일라베니아의 연회에 오신 걸로 알고 있습니다. 각국의 주요
인사가 모이는 자리라 중압감이 크셨을 텐데, 아주 의연하셨습니다."

"음. 낚싯대에 달린 미끼의 기분을 알게 되는 날이 올 줄이야. 뜯어 먹히
는 줄 알았다."

관디테가 웃다가 칼릭스를 슬쩍 바라보았디.

"그래도 제르타예의 후손을 만나 마음 놓을 수 있었다."

"분에 넘치는 말씀입니다."

딤라는 두 증손주의 대화를 흐뭇하게 바라보다가 칼릭스의 손을 잡고 부
드럽게 쓸었다. 주름이 자글자글한 얼굴에 애정이 듬뿍 담겨 있었다.

"네 얼굴에서 사벡이 보이는구나, 칼."

사벡은 붉은수레바퀴 백작 부인, 에델바이스의 본명이었다. 높은 곳에
피는 에델바이스를 뜻하는 라고슈의 명칭, 사벡. 그녀가 일라베니아로 시집
올 때에 사벡이 지닌 뜻을 일라베니아에 익숙한 형태로 바꾸었다. 이따금
붉은수레바퀴 백작이 에델바이스더러 "사벡, 당신." 하고 꿀이 뚝뚝 떨어지
는 목소리로 불렀기에 칼릭스도 잘 알고 있었다.

"……네!"

칼릭스가 붉은수레바퀴 백작을 쏙 빼닮았다는 사실은 제국민 모두가 인
정하는 바였다. 대체 어머니의 흔적을 어디서 찾은 것인지는 몰라도 증조모
가 닮았다는데 아니라고 할 수는 없었다.

"특히 여기가."

딤라가 가리키는 곳은 눈이었다.

'음…….'

칼릭스는 속으로 신음했다. 제 아버지에게 물려받은 것 중 특히나 닮은 곳이 눈이었다. 딤라의 시력이 많이 나쁜 듯했다. 눈에 좋다는 음식을 찾아봐야 하지 않을까 생각하는 중, 딤라가 껄껄 호탕하게 웃었다.

"거짓말 못 하는 성미는 붉은수레바퀴를 닮았느냐. 외관이야 붉은수레바퀴를 찍어 낸 듯하다만, 눈빛이 사벡을 닮았다. 제 가진 만큼의 다정함을 담아낸 시선이야. 인간을 이루는 것 중 가장 중요한 것을 물려주어 다행이구나."

칼릭스는 어렸을 적부터 에델바이스에게 딤라의 얘기를 많이 들었다. 다른 사람들은 그녀를 어려워하거나 무서워했지만, 자신은 어릴 때부터 하나도 안 무서웠다고.

아름답고 멋진 왕실보다 조금은 예스럽지만 고즈넉한 딤라의 별장을 가는 게 훨씬 좋아 1년에 한 번씩은 꼭 들렀다고 했다. 딤라는 어린 손녀가 맹랑하게 제 발치에서 뒹굴거리며 노는 모습에 호탕하게 웃었단다.

요즘도 에델바이스는 주기적으로 딤라와 편지를 주고받았다. 그게 딤라가 말하는 다정함일까. 그렇다면 제 누이가 훨씬 닮은 것이리라. 그녀 또한 기사단 일로 바빠도 꼭 편지를 보내 주지 않던가. 먼 사람과 안부를 주고받는 일상적인 행위도 오랜 기간 쌓이고 쌓이면 다정함이 되곤 하니까.

솔직히 자신은 증조모 앞이라 갖은 귀여운 체하고 있지, 평소의 모습을 보면 그녀도 다정하다는 말은 꺼낼 생각조차 하지 못했을 것이다. 자신더러 냉혈한이니, 찔러도 피 한 방울 안 나올 것이라느니, 제 아버지랑 겉과 속이 똑 닮았느니 말하는 사람들이 딤라의 말을 듣고 어떤 반응을 할지 조금 궁금했다.

"한데, 붉은수레바퀴는 어디 갔을까…… 연회장 안에서는 보지 못하였는데."

딤라의 눈빛이 서늘해졌다. 굳이 따지자면 칼릭스도 붉은수레바퀴였지만, 지금 그녀가 찾는 붉은수레바퀴란 붉은수레바퀴 백작, 페르탄을 말하는 것이었다. 칼릭스는 창밖의 먼 풍경을 보며 말을 흘렸다.

"그…… 일로 무척이나 바쁘셔서…… 변경의 수비를……."

"안타깝게 되었구나."

딤라가 혀를 찼다. 칼릭스는 '죽이지 못해서.'라는 뒷말을 읽어 내었다. 라고슈는 발타와는 다르지만, 발타만큼이나 폐쇄적인 기질이 있다. 외부 사람을 극도로 경계하고, 저들끼리 꽁꽁 뭉친다. 그래서 여타 다른 나라처럼 일라베니아 제국 사람과 혼인하는 경우도 극히 드물었다.

그런데 딤라가 곱게 키운 에델바이스가 라고슈에 잠시 들른 붉은수레바퀴 백작에게 반했다. 칼릭스는 제 어머니가 대체 아버지의 어디에 반한 것인지 이해하지 못했지만, 어쨌거나 둘은 열렬한 사랑에 빠졌다. 딤라는 혈압이 올라 몇 번 쓰러질 뻔했다고 한다.

얼굴은 딱딱하게 사납고, 성격도 무뚝뚝하다. 저런 놈은 여자 팔자를 망칠 놈이라 말을 해도 에델바이스는 사랑의 열병을 너무도 혹독하게 앓았다. 고집이라면 어디 가서 지지 않는 딤라가 한풀 꺾어야 할 정도로.

그렇게 두 사람은 혼인하게 되었고, 딤라는 페르탄에게 덕담을 가장한 경고와 협박을 했다. 경고와 협박이 먹힌 것인지 원래 그럴 운명이었는지, 에델바이스는 나름 성공적인 결혼 생활을 보냈다.

딤라가 받는 편지에도 번번이 행복하다는 내용만 적혀 있었으나, 1년의 절반 이상을 다른 지역에 체류하는 남편을 둔 그녀가 외롭지 않을 리 없었다. 딤라는 가슴이 찢어졌다. 페르탄을 죽일 날만 받아 놓고 있던 그녀에게 일라베니아로 넘어온 이번은 좋은 기회였을 텐데, 그는 마침 며칠 전 국경을 지키러 떠난 상태였다.

칼릭스는 저번에 페르탄이 했던 말을 떠올렸다.

[감이 좋지 않다.]

발타의 움직임이 심상치 않아서 그랬던 게 아니었어? 잔소리가 듣기 싫어서 내려간 거야? 심지어 라고슈 사절단에 대한 정보는 황실에서조차 몰랐는데, 단순히 감 하나로 회피했단 말인가? 정말 기가 막혔다.

딤라가 이렇게 성을 내는데도 관디테는 꾸벅꾸벅 졸고 있었다. 분명히 라고슈에서도 욕을 많이 했겠지 싶었다. 칼릭스는 딤라가 제 아버지 욕을 하는 것에 열심히 맞장구쳤다. 맞습니다. 아버지가 좀…… 그러시는 경향이 있죠. 왜 그런지 모르겠네요. 너무 진심이라서 술술 말이 흘러나왔다. 딤라는 칼릭스의 호응에 마음이 풀렸는지 성난 기색을 누그러트렸다.

"칼."

"네, 증조할머님."

"로젤린은 언제쯤 만나 볼 수 있겠니. 일라베니아에서 너희들을 보는 것만이 오로지 내 기쁨인데."

로젤린을 불러오겠다 말하려던 칼릭스는 입을 다물었다. 연회장에서 만난 이후 줄곧 딤라를 집안의 어른처럼 대하고 있었으나, 그녀는 단순한 누군가의 증조할머니가 아니었다. 넓은 혹한의 땅의 충성을 받는 위대한 바이페렘. 제르타예의 불꽃을 되살린 자. 그리고 발타와의 동맹을 끊어 낸 자.

바라건 바라지 않건, 모두들 그녀를 그렇게 볼 것이다. 힘을 쥐고 있는 많은 사람들의 시선이 딤라를 향하고 있었다. 이것은 어쩌면…… 기회일지도 몰랐다. 누군가는 염치도 없다 할 것이다. 평생 만나지도 않던 혈육을 보자마자 그걸 이용할 생각부터 해? 솔직히 그런 부끄러운 마음이 들지 않는 것은 아니었으나, 본인의 미래고 안위고 다 버리고 뛰어든 판에 그 감정을 하나하나 음미할 만한 여유는 없었다.

'그러니, 염치 불고하고.'

칼릭스는 눈을 접으며 부드러운 미소를 띠었다.

"누님은 리카르디스 전하의 호위라 함부로 자리를 떠날 수 없습니다. 증조할머님, 혹시 괜찮으시다면 제가 월장석 성으로 모셔도 될는지요. 누이도 증조할머님과의 만남을 고대하고 있습니다."

딤라가 리카르디스에게, 로젤린에게 힘을 실어 주지 않아도 된다. 그녀가 월장석 성에 들어갔다는 소식 하나만으로도 충분했다. 무슨 대화를 나누건, 어떤 거래가 오고 가건. 그건 중요하지 않다. 모두들 보이는 것만으로 판단할 것이다.

딤라의 낯빛이 바뀌었다. 귀여운 손주를 바라보는 눈빛에, 과거 라고슈를 호령했던 바이페렘의 위엄이 언뜻 비쳤다.

"붉은수레바퀴도 확실히 보이긴 한다만……."

딤라가 칼릭스의 볼을 아프지 않게 꼬집었다.

"역시 사벡을 더 닮았구나. 내가 제 뜻대로 움직이리라는 건방진 생각을 품은 것을 보자니."

칼릭스는 겸연쩍은 듯 씩 웃고는 나름의 애교를 더했다.

"저는 증조할머니에게 생일 선물을 받는 것이 평생의 꿈이었습니다."

"태어난 날이……."

"한참 남았습니다."

딤라가 눈을 감고 고개를 절레절레 흔들었다. 웃긴다는 기색이 역력했다. 그녀는 한참 어이없어한 이후에 칼릭스의 볼을 토닥이며 그의 눈을 똑바로 쳐다보았다.

"빤히 보이는 수작으로도 언제나 나를 움직였다는 것이, 사벡의 대단한 점이란다."

"제가 어머니를 좀 많이 닮았습니다."

칼릭스는 입에 침도 안 바르고 거짓말했다.

* * *

월장석 성은 한바탕 뒤집어졌다. 칼릭스가 보내온 서신에 바이페렘 관디테와 섭정관 딤라를 모시고 월장석 성에 방문해도 되겠냐는 내용이 실려 있었기 때문이었다. 잇세리온과 리카르디스는 심각한 표정으로 칼릭스의 서신을 다시 읽었다.

"누가 남매 아니라고 할까 봐. 칼릭스 경은 정말 로젤린 경을 쏙 빼닮았군."

"사건 사고가 따른다는 점 말입니까?"

"시야 밖에서는 그 특징이 가속화된다는 점까지 더해서."

분명 좋은 기회이긴 했으나, 당황스러운 게 우선이었다. 딤라와 함께 마차를 타고 떠난 칼릭스. 대체 그 안에서 무슨 일이 있었기에 '그' 딤라가 무거운 몸을 일으킨 것일까. 딤라는 자신이 움직였을 때의 풍파를 모르지 않을 것이다. 그럼에도 월장석 성에 온다는 얘기는…….

"대체 뭘 한 걸까요, 칼릭스 경은."

"비스타에서 위명이 자자한 귀염둥이 칼의 진면목이 드러났겠지. 그 남자는 저가 좋아하는 사람 앞에서는 강아지인 체하는 게 특기인 것 같던데."

"설마 섭정관께서 그걸로 마음을 움직이셨을까요."

"어떤 거래가 오갔다고 하는 쪽이 더 마음이 섬뜩하지 않겠나? 대체 그녀가 뭘 요구했을 줄 알고?"

"아니요, 전하. 저는 칼릭스 경의 애교 쪽이 좀 더 섬뜩합니다."

"…마음만의 문제라면 충분히 이해는 간다만. 어쨌거나, 흠…… 바빠지겠군."

붉은수레바퀴 후계자의 이름을 달고 도움이 될 수 있도록 해 보겠다더니, 생각보다도 도움이 빠르게 왔다.

월장석 성 안에서 무슨 얘기가 오고 가는지 알 수 없으니, 다들 상상력을 발휘하며 소문을 크게 부풀릴 것이다. 딤라가 월장석 성을 방문하고 반나절도 지나지 않아 리카르디스 2황자와 라고슈가 동맹을 맺었다는 허황된 얘기들이 나돌아 다니리라.

힘은 힘이 모이는 곳에 모이기 마련이었다. 속이 텅 비어 있는 화려한 보석함에 불과하나 다들 보이는 것만으로 판단한다. 엘피디오에게 붙어 있는 기회주의자들이 흔들릴 것이다.

딤라의 방문이 반가운 이유는 그뿐만이 아니었다. 딤라의 혈육임이 밝혀진 지금, 로젤린의 가치는 더욱 올라갔다. 그녀를 탐내는 자들이 더욱 군침을 흘리는 문제가 발생했지만 반대로 더더욱 손을 대기는 힘들어졌다. 욕심을 잘못 부렸다간 그 딤라를 상대해야 하는 상황이 찾아올 수도 있기 때문이었다.

그것은 비단 일라베니아의 귀족과 타국의 왕족뿐 아니라, 일라베니아 황실에도 적용되는 이야기였다. 특히나 발타의 기류가 심상치 않은 지금에는 더더욱.

라고슈의 힘이 어디에 실리느냐에 따라 판도가 뒤집힐 가능성도 있었다. 딤라가 제 기분에 따라 행동하는 인물은 아니었으나, 그렇다고 그게 그녀의 심기를 거슬러도 좋다는 얘기는 아니었다. 딤라의 눈치를 봐서라도 황제나 엘피디오마저도 로젤린을 제멋대로 휘두르려 하지 못할 것이다.

적절한 때의, 아주 적절한 도움이었다. 리카르디스가 씩 웃었다.

언제나 빛나던 월장석 성은 한층 더 빛나기 위해 꽃단장에 들어갔다. 로젤린도 몇 가지 교육을 받았다. 라고슈의 왕실 계보라든가 역사 따위의 거창한 것을 제외하고서, 딤라가 과거 라고슈의 위대한 바이페렘이었다는 사실. 그리고 에델바이스의 할머니가 된다는 것. 딱 그 정도의 표면적인 정보만 일러 주었다.

딤라가 거대한 힘을 쥐고 있는 권력자이고, 도움을 받으면 좋다는 식의 언급은 조금도 꺼내지 않았다. 아무것도 모르는 로젤린을 회유하여 딤라를 포섭하는 일은 수단과 방법을 가리는 리카르디스가 추구하는 방향이 아니었다. 그보다 의욕이 넘친 로젤린이 판을 아주 엎어 버리는 불상사가 굉장히 높은 확률로 일어날 수도 있다는 이유가 더 크긴 했다.

애초에 딤라가 월장석 성에 방문하는 목적도 알지 못하는데, 뭘 하고 말고 할 것도 없었다. 준비도 없이 전장에 뛰어드는 일은 용기가 아니라 객기였다. 더군다나 상대는 백전노장. 어설픈 수작질은 금방 꿰뚫어 볼 게 뻔했다. 차라리 어떤 목적도 가지지 않고 최선을 다해 딤라의 기분을 좋게 만드는 편이 중간은 가는 방법이었다.

약속의 때가 다가왔다. 찬란하게 내리쬐는 햇살에 리카르디스의 장신구가 번쩍번쩍 빛났다. 로젤린은 시야를 가득 채우는 빛무리에 계속 눈을 끔벅거려야만 했다. 리카르디스가 그런 그녀의 모습을 보며 슬쩍 웃고 있을 때 마차가 도착했다. 칼릭스가 맨 처음에 내려, 딤라와 관디테를 에스코트했다.

"먼 걸음을 해 주셔서 감사합니다. 바이페렘 관디테. 일라베니아의 2황자 리카르디스입니다."

리카르디스가 살짝 묵례하며 눈을 느리게 감았다 떴다. 짙은 밤색 고수머리의 어린 바이페렘이 한 걸음 앞으로 나서며 그의 인사를 받았다.

"갑작스러운 방문에도 반겨 주어 고맙다, 2황자 리카르디스. 북풍의 냉기는 일라베니아에 미처 닿지 못하니, 닿는 걸음마다 피어나는 아름다운 풍경을 즐길 수 있어 아주 기뻤다."

"바이페렘의 기쁨을 위해 지고하신 분이 안배하셨나 봅니다."

리카르디스는 관디테에게서 딤라에게로 시선을 옮겼다.

"오는 길은 어떠셨습니까, 섭정관."

리카르디스의 질문을 들으며 딤라는 그의 뒤에 있는 로젤린을 바라보았다. 그녀는 여전히 번쩍이는 보석 빛에 정신 못 차리고 눈을 끔벅거리는 중이었다. 딤라의 표정이 약간 일그러졌다. 그녀가 고개를 살짝 돌려 칼릭스와 시선을 맞췄다. 저게 내 증손녀가 맞느냐 묻는 눈빛에 칼릭스가 어색하게 웃었다.

표정을 구긴 채, 왼쪽 오른쪽 번갈아 가면서 눈을 깜박이는 누이의 모습이 약간은… 좀…… 많이…… 영특해 보이지는 않았다. 일라베니아와 라고슈의 고위 인사들이 만나는 자리라서 함부로 입을 열지 못해 칼릭스의 마음은 답답해져 갔다. '아니, 평소에는 저렇게까지는 아니고요, 저것보다는 좀 낫습니다.'라고 말하고 싶었지만, 실상은 그 말 또한 안 하느니만 못한 말이었다.

자리를 옮기자고 리카르디스가 말하려던 차, 눈을 감고 있던 로젤린이 불쑥 움직였다. 그녀는 리카르디스를 지나쳐 딤라를 향해 빠르게 뛰어갔다. 관디테와 딤라의 호위 기사들이 깜짝 놀라며 칼을 반쯤 빼어 들었다.

캉!

반쯤 날을 보였던 검이 다시 검집에 처박히며 날카로운 소리를 울렸다. 로젤린이 손잡이의 끝을 콱 짓눌러 밟아 검을 뽑으려던 호위의 행동을 저지시킨 것이다.

호위가 당황스러워하는 사이 로젤린이 딤라를 향해 휙 주먹을 뻗었다. 눈 하나 깜박이지 않고 딤라를 주시한 채, 흉흉한 기세로.

"로젤린!"

"누님!"

악, 꺅, 비명 소리가 퍼졌다. 로젤린이 딤라를 공격할 이유는 없었으나, 갑작스러운 상황이라 거기까지 추론할 여유가 없었다.

몇 초가 지나도 늙은 섭정관의 비명 소리라든가, 병장기 소리가 울리지 않았다. 그저 쥐 죽은 듯 조용했다. 눈을 질끈 감고 있던 잇세리온이 한쪽 눈을 살짝 떴다. 로젤린의 주먹이 향한 곳은 딤라의 얼굴이 아니라, 그녀의 얼굴 바로 옆이었다.

모두 숨소리도 못 내고 그녀를 바라봤다. 로젤린이 주먹을 제 앞으로 가지고 와서 쫙 폈다. 손바닥 안에 거대한 벌이 한 마리 죽어 있었다.

"벌입니다."

눈이 있으면 그 정도는 보인다.

"등검은말벌. 도감에서 봤습니다."

그건 몰랐다. 이름이 유명해 들어 본 적은 있었다. 일라베니아 내에서도 독이 강하기로 유명한 종이었다. 관디테처럼 어리거나 딤라같이 노쇠한 사람들이 쏘일 경우에는 위험성이 더더욱 높아졌다. 미연에 사건을 방지한 것은 장하지만…….

로젤린은 자신이 밟은 검의 주인에게 사과하고 손잡이를 닦아 주었다. 남자의 표정이 몹시 이상해졌지만, 그녀는 개의치 않고, 구석구석까지 세심하게 마무리했다. 뒤에서 관디테가 까치발을 하고 기웃거렸다. 무얼 원하는지 눈치챈 로젤린이 등검은말벌을 소녀에게 보여 주었다. 관디테가 오, 하며 눈을 반짝였다.

"가지시겠습니까?"

어린 바이페렘이 수줍은 듯 대답하지 않고 주머니만 쏙 내밀었다. 로젤린이 그 속에 벌레 사체를 곱게 잘 넣어 주자, 시녀들이 뒤에서 기겁했다.

리카르디스에게 다시 돌아오며 손을 탁탁 터는 로젤린은 정말로, 너무나도 평온해 보였다.

"……."

다들 이 상황을 어떻게 흘려보내야 할지 몰라 입만 꾹 다물고 있었다.

탁탁.

주먹이 코앞까지 다가왔으나 눈 하나 꿈쩍 않던 딤라가 지팡이로 바닥을 두드리며 주의를 환기했다.

"놀라움으로 가득 차 있었습니다."

아까 리카르디스가 물었던 '오는 길은 어떠셨습니까?'의 대답인 듯했다. 리카르디스가 어색하게 웃었다. 확실히, 놀라움으로 가득 차 있었을 것이다.

리카르디스와 바이페렘 관디테, 섭정관 딤라와 로젤린, 칼릭스. 그리고 호위들까지 줄줄이 이동했다. 날이 좋아 정원에서 티타임을 가지기로 했다.

복도를 걷던 중, 관디테가 발을 헛디뎌 넘어질 뻔했으나 로젤린이 잽싸게 옷깃을 잡아채서 똑바로 세웠다. 대롱대롱 매달려 목이 졸린 소녀가 기침을 했다.

로젤린이 쩔쩔매며 관디테의 상태를 확인했다. 칼릭스도 당황해서 제 누이와 같이 자세를 낮추고 어찌할 바를 몰라 했다. 다행히 다친 곳은 없었다. 관디테는 이 상황이 웃긴지 줄곧 고수하던 무표정을 지우고는 살짝 미소를 지었다.

그러나 관디테의 의견이 어찌 되었건, 연이어 발생한 사고에 로젤린은 스타스에게 기둥 뒤로 불려 가 잠시간 혼났다. 먼저 보고하고 움직여라, 왕족에게 함부로 접근하지 마라, 왕족에게 함부로 손대지 마라. 둘 다 좋은 뜻에서 했는데 혼만 나서 그녀는 심통이 났다.

월장석 성의 녹음이 푸르게 드리운 중앙 정원. 큰 나무 아래 그늘이 진 곳에 자리 잡은 테이블을 끼고 딤라와 관디테, 리카르디스가 착석했다. 칼릭스는 빙그레 웃으며 관디테에게 말을 꺼냈다.

"바이페렘. 이맘때쯤 꽃이 만개하는 월장석 성의 정원은 아름답기로 유명합니다."

라고슈의 수도 모리엔은 바다 근처에 위치해 라고슈의 다른 지역보다는 기온이 높은 편이지만, 그렇다고 꽃을 흔하게 볼 수는 없었다.

관디테가 눈알을 굴리며 딤라의 눈치를 봤다. 딤라는 혼자서 아주 다 해 먹지 그러냐 하고 말하는 듯한 표정으로 칼릭스를 흘겨보았다. 그는 생글생글 웃으며 눈웃음을 쳤다. 잇세리온이 칼릭스를 보고 입을 가렸다. 저것이 소문의 그 귀염둥이 칼⋯⋯.

관디테는 로젤린과 칼릭스를 대동하고 정원을 구경하러 떠났다. 두 명의 성인이 어린아이의 보폭에 맞춰 천천히 걷는 뒷모습을 딤라가 가만히 바라보았다. 달그락. 리카르디스가 내려놓은 잔이 접시에 부딪히며 맑은 소리가 울렸다. 딤라는 그제야 리카르디스를 바라보았다.

"갈라·제르타예의 아이들이 따르는 분을 만나 뵙길 긴긴 시간 고대하였습니다."

'네가 내 아이들을 데리고 있는 리카르디스라는 작자냐.'와 같은 비꼼으로 들은 것은 결코 착각이 아니었다. 딱딱하고 사나운 미소였다.

"바이페렘을 비추는 도페·제르타예를 만나 뵈어 영광입니다. 섭정관 딤라. 다시 한번, 바이페렘 관디테 전하와 함께 먼 걸음을 해 주신 것에 대해 감사드립니다."

딤라의 주름진 이마가 꿈틀거렸다. 잠시도 그에게서 벗어나지 않는 시선이 리카르디스를 가늠하고 있었다. 옛사람들이란 제 찬란했던 과거를 돌이켜 볼 때 기분이 좋아지기 마련일 것이다…… 하고 생각하는 게 일반적인 탓이었을까.

딤라는 일라베니아에 도착하고 오늘에 이르기까지 만난 많은 사람들에게서 그러한 공통된 기류를 읽었다. 그녀를 섭정관이 아닌 과거의 위대한 바이페렘으로 보았다. 현재의 작고 어린 바이페렘은 보이지도 않는다는 듯이.

그것은 딤라를 띄워 주기 위함이기도 했으나, 그들 자신 또한 그 대단한 딤라를 만났다는 사실에 크게 흥분해 저지른 실수였다.

[위대한 바이페렘으로 이름을 새긴…….]

으로 시작하는 말을 얼마나 많이 들었던가. 딤라는 멍청한 놈들의 머리를 지팡이로 후려치는 대신 인자하게도 말로 설명해 줬다.

[케케묵은 과거일 뿐이니, 지금은 그저 바이페렘을 지키는 도페·제르타예 딤라. 그리 여겨 주시기를.]

그렇게까지 말해도 멍청한 놈들은 아이고 무슨 말씀을 하시냐, 하면서 다시 금칠하기 바쁘더라. 그것을 단순한 겸양의 한 종류로 보았던 모양이었다. 심지어는 황제, 라이노 기란테스 일라베니아까지도. 딤라는 황제라는 놈이 달고 있는 것이 머리인지 장식물인지, 눈인지 옹이구멍인지 아직도 결론을 내리지 못한 상태였다. 그 아비에 그 자식이라 그런지 첫째 아들 엘피디오 또한 비슷한 양상을 보였고.

그래서 딤라는 리카르디스에게 일말의 기대도 하지 않고 온 상태였다. 낮은 반반하니, 그나마 장식물로서의 가치는 있겠다 생각했는데, 이것 보아라.

깊은 호수 같은 눈동자가 달빛에 반짝이는 윤슬처럼 맑게 빛나고 있었다. 그나마 제정신 박힌 놈을 하나 만난 것이다. 딤라는 조금 흥미가 동했다. 갈라·제르타예의 두 아이들이 따르는 인물이라는 사실 또한 그에 한몫을 더했다.

딤라는 미소를 거두었다. 그녀의 강퍅해 보이는 인상이 그대로 드러났다.

"리카르디스 황자."

"예, 섭정관."

"이 늙은 몸에게는 남은 시간이 많지 않아, 길게 둘러 가는 법을 잊은 지 오래입니다."

"편하게 말씀하시지요."

"라고슈의 상처가 아물지 않은 이때에 제국의 어떠한 일에 관여할 생각이 없다. 이렇게 말씀드려도 되겠습니까."

굉장히 단도직입적이었다. 리카르디스가 생긋 웃었다.

"하나 말씀드리자면, 칼릭스 경을 회유해 섭정관을 모신 오늘의 일 뒤에 제 뜻이 있었던 것은 아닙니다."

"그러니, 모르는 일이시라?"

리카르디스가 더없이 근사한 미소를 지어 보였다.

"제가 명령하지는 않았지만, 그렇다고 이 상황이 기껍지 않을 리 없으니. 모르는 일로 하기에는 너무 아깝군요. 차 한잔하시며 편히 계시다 가시지요. 더 이상 섭정관의 뜻을 거스르는 일은 없을 겁니다."

리카르디스는 딤라의 잔을 직접 채웠다. 그녀는 차를 따르는 모습이 그렇게까지 우아해 보일 수 있다는 사실에 놀랐다. 헛웃음이 나왔다. 자신을 두고도 기죽지 않는 이는 몇 되지 않는데, 그런 척 위장하는 게 아니라 정말 대등한 위치에서 눈을 똑바로 바라보고 있는 느낌이었다. 이걸 배포가 크다 해야 하는지, 아니면 범 무서운 줄 모르는 하룻강아지라 봐야 하는지.

딤라는 나뭇잎 그림자 사이사이로 내리쬐는 햇빛에 그림같이 반짝이는 남자를 바라보다 의자에 등을 기대었다.

"일라베니아에 머무는 지금까지 사람을 끝없이 마주해 피로하였습니다. 권하신 시간을 감사히 받겠습니다."

딤라는 쉬겠다는 말을 한 이후로는 정말 대륙의 유일한 제국, 그 유력한 후계자 중 한 명을 앞에 둔 것 같은 태도를 보이지 않았다. 같이 앉아 있으나 대화를 나누지 않는 것은 고사하고 눈도 마주치지 않았다. 애초 딤라가 눈을 감고 있어 불가능한 일이었다.

그래서 리카르디스도 그녀에게서 시선을 떼고는 불어오는 바람결을 제 눈으로 그렸다. 화창하게 좋은 날. 구름이 예쁘게 하늘에 수놓아져 있는 날이었다.

눈을 감고 등받이에 몸을 기대어 편안히 앉아 있던 딤라가 어느새 주위를 구경하고 있었다. 푸른 정원, 색색의 꽃이 만발해 있고 따뜻한 바람이 불어오는 공간. 그 끝에 바이페렘 관디테와 칼릭스. 그리고 로젤린이 보였다.

리카르디스를 향할 때 매섭게 불타오르던 딤라의 눈동자는 한겨울의 난롯불처럼 따스한 온도로 그들을 담고 있었다. 리카르디스도 그녀를 따라 시선을 고정했다.

관디테가 무어라 말하자 로젤린이 살짝 웃었다. 그녀를 바라보던 리카르디스는 자신도 모르는 사이 입가에 미소를 띠고 있었다. 평소 웃는 모습을 많이 보지 못했던 탓일까. 햇살을 받으며, 눈을 살짝 내리깐 채 웃는 로젤린의 모습에서 눈을 뗄 수 없었다. 자주 웃으면 좋을 텐데. 저리 웃으니 얼마나 예뻐.

"리카르디스 황자."

덜컥, 로젤린의 곁에 있던 정신이 본래 있던 자리로 돌아왔다. 큰 나무 그늘 아래 북쪽을 다스리는 라고슈의 섭정관과 앉아 있던 그 테이블로.

"예, 섭정관."

리카르디스는 동요했던 마음을 숨기고 침착하게 대답하려 했으나 결국 깜짝 놀라고 말았다. 딤라의 표정이 한껏 구겨져 있었다. 너, 이 자식……하고 욕이라도 할 것 같았다. 갑작스럽게 심기가 불편해진 이유가 뭔지 몰라 리카르디스는 당황스러웠다.

딤라는 고개를 휙 돌려 세 증손주가 있는 쪽을 바라보았다가 다시 리카르디스를 향했다. 곧 그녀의 얼굴 위에 떠오른 감정은 경악이었다.

"……섭정관? 무슨 문제라도…….."

"사벽의 큰아이에게 일이 생겨 먼 추운 땅에서 무척이나 마음고생을 하였습니다. 그 마음고생을 끝나게 해 준 황자에게 감사 인사도 드릴 겸 온 것이었으나……."

리카르디스가 잇세리온과 슬쩍 시선을 주고받았다. 그녀가 월장석 성까지 무거운 발걸음을 한 것에 그런 이유가 있으리라고는 생각하지 못했다. 딤라는 여전히 경악스러운 표정으로 리카르디스를 아래위로 훑어보았다.

"이제 보니…… 그럴 필요는 없었는지도 모르겠군요. 본인을 위한 일이었으니 말입니다."

리카르디스의 얼굴이 달아올랐다. 그는 딤라가 말하고자 하는 바를 정확하게 눈치챘다. 로젤린을 너무 빤히 바라보았던 게 문제였을까. 발뺌이라도 하려 입을 열었으나, 딤라의 이글거리는 눈동자는 이미 모든 것을 꿰뚫고 있는 듯 보였다.

"……드러났습니까."

"드러나다뿐이었을까요. 차라리 얼굴에 써 놓고 다니는 쪽이 나았을 것입니다. 그나마 전하의 미모 덕에 시선이 분산될 테니."

리카르디스는 헛기침을 하며 다른 곳으로 고개를 돌렸다. 껄끄러운 상황을 외면하고자 무의식중에 한 행동이었는데, 시야에 로젤린이 들어와 더 당혹스러웠다. 하필 고개를 돌려도…….

쪼그려 앉아 관디테와 얘기하던 그녀의 옆모습이 햇빛에 은은하게 빛났다. 눈을 깜박, 깜박하던 로젤린이 서서히 얼굴을 돌렸다. 눈이 딱 마주친 순간 리카르디스의 숨이 멎었다. 로젤린이 이를 보이며 환하게 웃었다. 덜컹, 심장도 멎는 것 같았다.

그녀가 물을 뜨는 것처럼 두 손을 모은 채 쪼르륵 달려왔다. 아니야, 로젤린! 지금은 안 돼! 리카르디스는 등골을 따라 식은땀이 흐르는 것을 느꼈다. 딤라의 눈이 가느스름해졌다. 어찌하나 한번 보자는 모양새라 리카르디스는 애써 평정을 가장했다.

"전하, 섭정관."

"음, 로젤린 경. 무슨 일로?"

"이걸 보십시오."

테이블에 다가온 그녀가 모은 두 손을 불쑥 들이밀었다. 리카르디스와 딤라의 시선이 그녀의 손 안쪽을 향했다. 삐약, 빽. 꺅. 작은 소리를 내며 울고 있는 하얗고 자그만 새가 나뭇잎을 겹겹이 쌓은 더미 위에 올라와 있었다.

딤라가 감탄하는 소리를 냈다.

"라고슈에서는 볼 수 없는 짐승이구나."

"둥지에서 떨어진 모양입니다. 사람의 냄새가 나면 어미가 버린다고 해서, 나뭇잎으로 일단 감쌌습니다. 둥지로 올려놓기 전에 보여 드리고 싶어서 데리고 왔습니다."

로젤린이 뿌듯하다는 듯 리카르디스를 바라보았다. 리카르디스는 옆에서 이글이글 타오르는 딤라의 시선도 까맣게 잊은 채 미소 지었다. 예쁘고 귀여운 것을 보여 주고 싶어 소중하게 두 손안에 가지고 왔다니. 이 얼마나 귀여운…… 가슴이 울렁거렸다.

"전하를 똑 닮았습니다."

그 말만 하지 않았더라도 좋았을 것이다. 리카르디스의 미소가 쩍 굳었다.

"하얗고 부드럽고."

얼굴이 화르륵 달아올랐다. 건장한 남자를 아기 새에 비유하는 그녀 때문에 리카르디스는 쥐구멍이라도 찾고 싶어졌다.

"귀여워서 지켜 주고 싶지 않습니까?"

리카르디스의 마음은 그 짧은 시간 안에 너덜너덜해졌다. 내가 하얗고 부드럽고 귀여웠군……. 그래서 지켜 주고 싶었나… 그래…….

"그래…… 아주…… 귀엽다…… 로젤린 경, 덕분에 진귀한…….."

크으… 리카르디스가 테이블 아래로 주먹을 꾹 쥐었다.

"……경험을 했어. 어린 새를 이렇게 가까이서 보는 건 처음이다. 고… 맙다. 로젤린 경. 어, 어미가 찾을지도 모르니 슬슬 돌려놓는 쪽이 좋겠다. 나무……… 나무 위로 올라갈 때 조심하고."

"예."

로젤린이 방긋 웃고는 다시 관디테와 칼릭스에게 달려갔다. 딤라는 안쓰러움과 짜증을 반반 고루 섞은 시선으로 리카르디스를 바라보았다. 마음에 담은 여자에게서 하얗고 부드럽고 귀엽다는 말을 들은 남자의 심정이 어떤 꼴일지 대충 짐작이 간다는 표정이었다.

"……아무 말도 말아 주셨으면 좋겠습니다, 섭정관."

"딱히 별말 할 생각은 없었지만, 황자가 은연중에 기대하는 게 있는 모양이라 한마디를 얹자면."

리카르디스는 두 손에 얼굴을 묻었다. 증손녀와 증조할머니가 돌아가면서 공격하니 정신이 혼미했다.

"결혼 전 사벡에게 물어본 적 있습니다. 붉은수레바퀴의 무어가 그리 마음에 들었느냐 하니."

그는 칼릭스로부터 여러 가지 정보를 미리 들어 놓아 사벡이 붉은수레바퀴 백작 부인의 이름이라는 사실을 알고 있었다. 리카르디스는 가만히 고개 숙이고 딤라의 말을 경청했다.

"귀엽다 하더군요."

리카르디스가 얼굴을 손에 묻은 그 상태로 굳었다. 웃지도 울지도 못할 얘기였다. 그 험상궂은 아저씨를 보고 귀엽다는 말이 나오다니 붉은수레바퀴 백작 부인도 정말 보통은 아니었다.

"갈라·제르타예의 불꽃은 바이페렘 곁이 아니더라도 타오르는 모양이지만, 귀여운 것에 한정되는 모양입니다."

딤라가 차를 홀짝 마셨다. 아까 전 여유 만만하며 제 눈을 똑바로 바라보던 사내는 어디 가고, 아기 새같이 파들파들 떨고 있는 귀여운 남자만 남아 있었다. 딤라가 낮은 웃음소리를 내뱉었다.

그녀는 이곳으로부터 멀고도 추운 땅에서 일라베니아 신성 제국 2황자 리카르디스에 대한 정보를 여럿 들었다. 그러나 많은 정보와 수식어가 고스란히 그 사람을 나타내는 것은 아니었다. 그 정도 위치의 사람이라면 그럴싸한 가면 한두 개쯤은 있기 마련이고, 퍼지는 정보는 보통 그런 단편적인 모습으로부터 기인하는 것이었다.

일라베니아에 머무르는 짧은 기간 동안 몇 번 만나며 그를 알아볼 생각이었는데, 증손녀의 도움으로 진짜 모습이 활짝 드러난 셈이었다. 딤라는 아직까지 정신 못 차리는 리카르디스를 보며 웃었다. 적어도 여유 만만해 보이는 얼굴보다는 이쪽이 마음에 들었다.

딤라는 자신의 주름진 손을 보았다. 오래된 시야는 먼지 낀 듯 부옇고, 늙은 나뭇가지 같은 손가락은 간헐적으로 떨렸다. 몸 어디 한 곳 성한 데 없고, 있다 하더라도 앞으로는 고장 날 일만 남아 있었다.

그렇게 여기저기 삐걱거리다 보면 결국에는 멈추게 되리라. 허락된 시간은 길지 않았다. 과거 불같았던 때보다 성미가 급해진 것은 당연한 일이었다.

"리카르디스 황자."

"······말씀하시지요."

리카르디스는 손부채질을 하며 얼굴을 식히고 있었다.

"내가 머무르던 별장은 오래된 무덤이고,"

분주하던 리카르디스의 손이 딱 멈췄다. 그가 천천히 시선을 돌려 그녀를 바라보았다.

"나는 무덤을 기어 나온 산송장입니다."

바람에 꽃잎이 실려 와 찻잔에 떨어졌다. 짙고 맑은 홍차에 파문이 잔잔하게 일어났다. 딤라는 그 속을 들여다보고 있었다.

리카르디스는 노인의 눈빛 속, 꺼지지 않고 타오르는 불꽃을 보았다. 그것은 리카르디스에게는 아주 익숙했다. 로젤린에게서 항상 볼 수 있었던 종류였기 때문이었다. 리카르디스는 가만 딤라의 말을 곱씹나 대답했다.

"무덤에서 일어나셔야 할 이유가 있었습니까."

"영혼이 비명을 질렀습니다."

딤라는 기침인지 거친 웃음인지 모를 소리를 내며 흑단 지팡이의 조각을 손으로 더듬었다.

"나는 산송장. 바이페렘은 꼭두각시에 불과한 젖먹이라 불립니다. 라고슈는 상처로 너덜거려 두 살 난 아이처럼 부는 바람에도 울고, 발타의 더러운 들개 놈들은 그 상처의 냄새를 맡고 주위를 빙빙 돌며 군침을 흘리고 있는 지금, 대륙의 아버지는 보아야 할 것을 외면하는 비겁자에 불과해 기댈 곳은 어디에도 없습니다."

리카르디스는 당황을 애써 숨겼다. 딤라가 이런 말을 할 줄은 예상하지 못했다. 그저 차를 마시고, 로젤린을 보고 돌아가리라 생각했는데…….

"라고슈를 어두운 길로 끌고 들어가려는 그 모든 것들을, 무덤으로 데려가는 일이 산송장의 마지막 역할이지 않겠습니까."

딤라가 지팡이를 꽉 쥐며 저 멀리 바라보았다. 작은 걸음에 발을 맞춰 걸어가는 세 명의 혈육을 담는 눈길이 온화했다.

단순히 플로에토를 실각시키기 위해 오랜 은거 생활을 청산했다는 얘기가 아니었다. 딤라의 눈은 라고슈를 벗어나 대륙에 드리워진 전쟁의 기운에 닿았다. 거대한 두 집단의 싸움이다. 그 거대한 흐름 사이에 있는 것들은 휩쓸릴 수밖에 없었다.

전쟁은 일라베니아와 발타뿐 아니라 다른 나라에도 영향을 끼치며, 모두를 변화시킬 것이다. 그러나 피와 비명이 휩싸는 거대한 흐름이기에 결코 좋은 방향이라 말할 수 없었다.

딤라는 지금 분쟁과 전쟁의 한가운데에 서겠노라는 의사 표명을 했다. 라고슈를 위해 싸우고, 다음 대의 라고슈를 위해 물러섰던 인물은 다시 한 번 라고슈를 위해 몸이 가리가리 찢기는 격류에 몸을 던지고자 일어섰다.

사실 라고슈로서는 문을 걸어 잠그고 둘이 치고받고 싸우는 광경을 지켜보며 공멸하기를 바란다 해도 이상하지 않았다. 그러나 딤라는 잘 알고 있었다. 썩은 상처는 도려내지 않으면 새살이 나지 않는다. 눈을 감는다고 없어지는 게 아니다.

지금의 상황에서 왕국의 문을 걸어 잠그는 일은 그저 현상을 유지하기 위한, 후대에 미룰 뿐인 비겁한 일이노라고. 그녀는 미래의 라고슈를 위해 힘든 싸움을 감내하겠다 말한 것이었다.

"이 말씀을 하시는 이유를 물어도 될는지요, 섭정관. 혹…… 저에게 기대를 거시는 겁니까?"

너무 당혹스러워서 속마음이 그대로 나와 버렸다. 말하면서도 바보 같은 질문이란 건 알았으나, 이미 추한 꼴은 다 보인 후라 그런지 부끄럽지는 않았다.

"기대는 누군가에게 걸 수 있는 종류의 마음이 아닙니다, 황자. 저절로 향하는 마음을 어찌 걸었네, 마네 하겠습니까. 그저 그 본인이 기대를 이끄는 힘이 있어야 하는지라,"

딤라가 검지와 엄지를 아주 조금 띄워 얼굴 앞에 들어 보였다. 짓궂은 표정이었다.

"이만큼 이끌렸다는 얘기입니다. 그 아기 새 같은 귀여움 때문에 말입니다."

리카르디스는 크윽 신음을 삼켰다. 딤라가 웃었다. 놀리는 맛이 있는 귀여운 황자였다.

아이들이 있는 쪽을 다시 쳐다보니, 관디테의 무릎 위에서 고양이 한 마리가 뒹굴거리고 있었다. 관디테는 너무 좋아서 기절하기 직전 상태처럼 보였다. 칼릭스는 고양이를 내려다보며 가증스럽다는 표정을 짓고 있었다.

* * *

"미미!"

관디테의 무릎 위에서 고양이가 배를 보이며 뒹굴거렸다. 소녀는 몹시 흥분한 상태였음에도 불구하고 제 감정을 자제하려 노력하며 부드럽게 짐승을 쓰다듬었다. 털 한 가닥 상할까 염려하는 조심스러운 손짓에 고양이 미미가 가르릉거리며 기분 좋은 듯 울었다.

아름다운 정원을 구경하던 중, 분수의 가장자리를 도도하게 걸어가던 미미를 만나고부터 관디테는 걸음을 멈추고 말았다. 로젤린이 "미미." 하고 불렀으나, 미미는 그녀의 말을 싹 무시하고 고양이 세수만 했다. 관디테가 애절하게 고양이를 쳐다보는 모습에 칼릭스는 결국 힘겹게 걸음을 옮겨 미미에게 다가가야만 했다.

억지로 데려오려는 것인가? 작은 짐승이라고 해도, 발버둥 치면 어린 바이페렘에게는 위험할 텐데. 관디테의 시종들이 걱정스러운 눈으로 바라보았다.

하지만 칼릭스는 고양이의 뒷덜미를 덥석 잡거나 배 아래에 손을 넣어 들어 올리는 등의 행동을 일절 하지도, 할 생각도 없어 보였다. 자리에 쪼그려 앉아 짐승과 눈높이를 맞추는 그의 모습을 본 시종들의 표정이 점점 묘하게 바뀌었다.

칼릭스가 쪼그려 앉은 채, 고양이 미미의 귀에다 뭐라 속닥대었다. 미미는 한 번 하악질을 하고 두 번 고개를 젓다가, 마지막에는 '흠······.' 하며 고민하는 표정을 하더니 이내 고개를 끄덕였다. 그러고는 총총총 도도한 걸음으로 걸어와 관디테의 다리에 제 부드러운 몸을 잔뜩 비비며 애교를 부렸다. 관디테의 무표정은 산산조각 났다. 소녀의 볼에 발그레한 홍조가 돌았다.

"······."

소녀를 따르던 시종들만 이 상황에 혼란스러워했다. 지금 칼릭스 경과 고양이 미미 간에 무슨······ 모종의 거래가 오간 거 같은데 아니야? 하는 의문이 잔뜩 담겨 있으나 칼릭스는 그들의 시선을 회피함으로써 그들의 의문도 회피했다.

그러고는 제 누이한테 다가가서 저번에 간 그 음식점이 마음에 들었다는 것 같은데요. 거기에 더해서 일일 노예권이요. 아, 진짜······ 하면서 소곤거리는데, 시종들은 무슨 얘기인지 이해하지 못했다.

관디테는 분수에 앉아 고양이를 본격적으로 쓰다듬었다. 미미는 귀찮을 법도 한데 거래의 내용이 마음에 들었는지 그걸 다 감당해 내었다.

한참 놀다 돌아가니 리카르디스와 딤라가 가볍게 담소를 나누고 있었다. 칼릭스는 재빨리 그들의 분위기를 읽었다. 음, 뭔가 나쁘지는 않아 보인다. 딤라도 다른 귀족들을 압박할 때와는 다르게 편안히 있는 듯하고.

리카르디스가 웃으며 관디테를 맞이했다.

"구경은 잘하셨습니까, 바이페렘."

"음, 아름다운 곳이었다. 아주 마음에 든다."

"영광입니다."

"아기 새와 고양이를 보기도 하고, 나무에 달린 열매도 먹었다. 아주 맛이 좋았다."

잇세리온이 입을 턱 가렸다. 정원 여기저기에 널린 나무의 열매를 드셨다고요, 바이페렘? 제대로 씻지도 않고, 깎지도 않고, 접시 위에 예쁘게 장식해서 진상한 걸 드신 게 아니고요? 아무리 어리다고는 하지만 일국의 왕이 그럴 리 없었다. 로젤린의 소행이 분명했다.

"로젤린 경이 목말을 태워 줘서 내 손으로 직접 큰 열매를 딸 수 있었다."

부단장 나단이 살짝 뒷목을 잡았다. 하얀밤 기사단원들과 잇세리온이 로젤린을 노려보았다. 지금, 무슨 짓을 하고 온 거야!

모두의 시선이 로젤린에게 모이자, 관디테가 입을 가리며 푸훗 웃었다.

"너무들 그러지 마라. 이런 것 또한 어릴 때가 아니면 하지 못하는 일 아니겠느냐. 로젤린 경은 나에게 앞으로 오지 못할 어린 시절을 선물해 주었으니, 그 또한 나에게 큰 기쁨이다."

잇세리온은 눈물이라도 흘릴 것 같은 표정으로 관디테를 바라보았다. 리카르디스의 얼굴도 한결 편해졌다. 로젤린은 소녀의 뒤에서 제 허리에 손을 올려놓고 기세등등하게 서 있었다.

"그래도, 로젤린 경은 예법을 더 익히는 편이 좋겠다. 남을 존중하고 내가 존중받기 위해 사람들끼리 정해 놓은 규칙이니, 고리타분하다 생각하지 말고 부단히 익히도록 하라. 미숙한 내 눈에도 부족한 점이 많이 보인다. 제국인이 제르타예를 업신여기거나 하찮게 여기길 바라지 않으므로 노력하라."

아, 역시. 그렇긴 하지요. 잇세리온은 풀이 죽었다. 로젤린도 자신보다 한참 어린 소녀에게 혼나며 의기소침해졌다.

"예, 바이페렘……."

이후 딤라와 로젤린이 도란도란 얘기를 나누었다. 로젤린의 볼을 만지작거리며 어찌나 안쓰러운 표정을 짓는지. 그러고는 월장석 성에서는 애를 굶기냐고, 애가 이렇게 살도 하나 없이 말라비틀어진 게 안 보이냐고 리카르디스를 닦달해 대서 그는 좀 억울했다.

딤라는 정말 평범한 할머니처럼 로젤린을 귀여워했다. 리카르디스는 그 광경에 조금 놀라는 중이었다. 그것은 리카르디스가 딤라를 대단하고 무서운 바이페렘으로 생각해서가 아니라, 로젤린에 대한 인식이 현재 어떤 상태인지 알기 때문이었다.

그녀는 아직까지도 마인 파문에 휩싸여 있었다. 여러 공으로 인해서 악의가 누그러졌다고는 해도 아주 없어진 것은 아니었다. 라고슈에서는 마력과 성력이 가진 의미가 일라베니아와 다르다는 사실은 알고 있었으나 실제로 체감하니 느낌이 이상했다. 리카르디스의 의문을 눈치챈, 로젤린의 입에 케이크를 주입하던 딤라가 말했다.

"마력이니 성력이니 하는 것은 제국인의 문제가 아니겠습니까. 라고슈의 추위는 마력보다 사납고, 봄날의 햇빛은 성력보다 따뜻하니, 그저 그런 것 또한 자연의 일부로 받아들일 뿐입니다."

대신전에서 들으면 난리가 날 소리였다. 그 위대한 힘이 어찌 한낱 자연의 일부라고 말하느냐고. 역시 라고슈의 야만인이라며 펄펄 날뛸 것이다. 리카르디스는 제 턱 선을 손가락으로 훑다가 의미심장한 미소를 걸었다.

"섭정관은 신이 없다 생각하십니까?"

"있으면 대륙이 이 모양 이 꼴이지는 않을 것입니다."

리카르디스가 입을 가리고 쿡쿡 웃었다.

"그것도 그렇군요. 섭정관의 말대로라면, 축복의 밤 또한 신의 힘이 아닌 자연의 힘일 텐데. 지금은 어째서 자연이 순환을 멈춘 겁니까?"

"그 말을 황자가 하니…… 조금 웃기기는 하지만."

뼈 있는 대답이었다. 리카르디스가 정보를 취합하여 그려 낸 그림. 일라베니아 황실에 축복의 밤이 찾아오지 않는 지금의 사태와 큰 연관이 있을 것이라는 추측이 진실이라도 되는 양 말하고 있었다. 리카르디스는 크게 동요하지 않고 눈썹만 까닥였다.

"그건 제가 생각해도 그렇습니다."

"흐르던 계곡도 산사태로 인해 길이 끊기기 마련이지 않습니까."

"그러면 그 또한 자연의 흐름입니까?"

딤라가 피식 웃었다.

"산사태가 어떻게 일어났느냐가 중요한 게 아니겠습니까. 지진 때문인지, 누군가가 산을 부숴 놓았는지."

딤라는 로젤린과 칼릭스에게 용돈을 쥐여 준 후 월장석 성을 떠났다.

* * *

월장석 성, 리카르디스의 집무실.

"섭정관 딤라의 월장석 성 방문 건으로 로젤린 경에게 많은 시선이 쏠려 있습니다. 무투 대회 출전이 지금의 상황에 도움이 될지 회의적입니다."

"이미 로젤린 경의 이름은 알려질 대로 알려졌어요, 나단 경. 이제 와서 숨겨 보았자 더 궁금해질 뿐이에요. 자물쇠를 달아 놓으면 열고 싶고, 숨겨 놓으면 찾고 싶은 것이 인간의 본능인 걸요."

클로에가 쿠키를 오독오독 씹으며 말을 덧붙였다.

"황제 폐하처럼 말이에요."

리카르디스는 피곤함이 묻어 있는 얼굴을 쓸었다. 예상했던 바와 같이, 딤라와 리카르디스의 만남은 큰 화제를 낳았다. 하카브에게 적대적인 모습을 보였던 딤라가 일라베니아의 2황자를 만나러 그의 성까지 친히 행차했다. 단순히 안부만 물어볼 리 없으니 대단한 건이 오가지 않았겠냐는 소문이 돌았다.

여러 나라의 고위 인사들이 모인 일라베니아 황실이 들썩였다. 심지어는 황제, 라이노까지도.

그것이 리카르디스가 피곤한 이유였다. 몇 시간을 금강석 성에 붙잡혀 있다 겨우 풀려난 참이었다.

'정말이지, 아침부터 보고 싶은 얼굴은 아닌데…….'

황제는 딤라가 월장석 성을 방문한 이유가 오로지 로젤린을 보기 위한 것이라 생각하고 있었다. 그보다 위 세대의 인물이긴 하지만, 딤라의 성정이 어떤지 대충이나마 알고 있기 때문이었다. 라고슈의 핏줄들을 아끼고, 타국을 배척하는.

더군다나 하카브의 일로 라고슈가 큰일을 겪은 시점에서 후계자가 되지도 못한 타국의 황자와 동맹? 말도 안 된다고 생각하는 것 같았다. 합리적인 추론이었다.

그래서 리카르디스도 사실에 기반해, 딤라가 로젤린을 만날 겸 최근 발타의 땅에서 큰일을 당할 뻔한 자신을 위로하고자 방문하셨다고 대충 둘러 말했다.

황제는 고개를 끄덕이며 듣다가 먼 곳을 보며 그녀의 이름을 꺼냈다.

[흠… 로젤린, 로젤린 에스터라…….]

좋은 조짐은 아니었다.

리카르디스는 관자놀이를 손마디로 꾹꾹 눌렀다. 골치가 아팠다.

"로젤린 경을 숨기는 것은 임시방편도 되지 않을뿐더러 도리어 황제의 의심을 살 수도 있다. 무언가 찔리는 게 있으니 숨기지 않겠느냐는 식으로 말이다."

리카르디스는 시선을 멀리 두며 중얼거렸다. 손가락이 딱, 딱, 딱 일정한 박자로 탁자를 두드렸다. 그를 둘러싼 측근들이 귀를 기울였다.

"황제가 '축복의 밤'에 대한 정보를 알면서도 마인인 로젤린 경을 내 곁에 머물게 하는 이유는 내가 그 의식에 대해 조금도 파악하지 못했으리라 생각하기 때문이겠지. 거기에다 그녀가 붉은수레바퀴라는 사실이 이점으로 작용한 듯해. 황제에게 붉은수레바퀴는 충실한 사냥개. 그리고 로젤린은 그 자식이니. 황제는 그녀 또한 제 손 위에 있다 생각하는 것일지도. 또한 황제의 미약한 신성력으로는 축복의 밤을 부를 만한 조건을 충족시키지 못하니 로젤린 경의 존재가 무용지물이지 않나. 그러니 그녀를 그저 검은달의 대항마로 내세우려 내 곁에 뒀던 것이다. 내가 최전선에서 싸우는 인물이니."

클로에는 깃펜을 들었다. 종이는 회의 내용이 아니라 꽃이나 하트 모양의 낙서 따위로 도배되고 있었다. 그녀 나름대로 생각을 정리하는 방법이었다.

"그간 잠잠했던 이유를 따져 보자면 몇 가지를 더 말할 수 있지만……그 많은 이유에도 불구하고 로젤린 경의 존재가 점점 커져 가니 경계심이 드는 모양이야. 좀 달래야 할 필요성이 있겠어."

"어휴, 미운 마흔일곱 살."

클로에가 펜대를 손 위에서 휙휙 돌리며 말하자 나단이 웃음을 꾹 참았다.

"무투 대회가 코앞이로군."

"그대로 내보내실 생각입니까?"

"폐하께서 오늘 로젤린 경이 무투 대회에 나오는지 물어보더군. 나가야겠지. 준비된 무대에서 예정대로 활약하게 둔다. 마력은 보이지 않지만, 무력은 눈으로 확인할 수 있다. 부풀려진 소문이 입증되는 순간이며, 일라베니아 황실과 나란히 걸어온 붉은수레바퀴의 충실함이 그녀를 영웅으로 만들 것이다."

"우승자가 되어 수많은 자가 우러러볼 때에, 모든 영예와 영광을 황제 폐하에게?"

"생각보다도 그런 빤히 보이는 유치한 게 먹히기도 하는 법이거든. 그리고 우리 황제 폐하께서는 그런 것에 끔뻑 죽는 인간이고."

다들 잘 알고 있는지 고개를 끄덕였다.

"결승이 끝난 후에 어떻게 행동을 해야 할지 로젤린 경의 교육은……."

"레이몬드에게 맡기겠어요."

"그러고 보니 클로에, 결혼 준비로 바쁠 텐데, 오래 잡아 둬 미안하군."

"어머, 걱정 안 하셔도 괜찮답니다. 준비는 레이몬드가 혼자서도 빈틈없이 하고 있어요. 오늘은 제 드레스를 고르러 간다고 했던 것 같기도 하네요."

그 복잡한 결혼 준비를 혼자서 하고 있다고? 심지어는 웨딩드레스도 혼자 고르러 가는 거야? 남자들이 속으로 그의 명복을 빌었다. 두 눈을 꾹꾹 누르던 리카르디스가 중요한 게 생각났다는 듯 급하게 말을 꺼냈다.

"아, 로젤린 경에게 상대를 죽이지 말라고 얘기해 두는 편이 좋겠군."

"적당히 하라고 말을 해 두겠습니다."

스타스가 대답했다.

"내장이라든가, 눈알이라든가, 팔을 뽑는다든가, 머리를 이렇게 저렇게 한다든가. 아무튼 관객들이 잔인하게 느낄 법한 전투 방식은 안 된다고도."

"……적당히 하라고 말해 두겠습니다."

* * *

장관이었다. 로젤린과 그녀의 제자들이 대련하는 때가 되면 사람들이 어 김없이 우르르 몰려왔다.

클레이모어를 휘두르며 묵직한 일격을 날리는 레티시아, 정석적인 검술 이 눈에 띄게 노련해진 에버하르트. 그리고 새로운 수습 기사 헤사는 가볍 지만 날카로우면서도 변칙적인 공격을 사용했다.

같은 인물을 스승으로 두는 제자들은 비슷해지기 마련인데, 로젤린에게 가르침을 받는 자들은 모두 다른 양상을 보였다. 공통적인 점을 꼽자면 무 서울 정도로 빠른 성장세를 보인다는 것이었다. 막 하급 기사가 된 레티시 아와 에버하르트는 오랜 기간 하급 기사였던 자들에 비하면 아직 실전이 부족했지만, 실력만큼은 훌륭했다.

레티시아의 거대한 검이 로젤린을 향해 내려앉았다. 그녀의 붉은 갈색 머리가 머리끈을 탈출해 거칠게 흩어졌다. 하급 기사들에게 암암리에 붉은 사자라 불린다고 했던가. 레티시아에게 딱 어울리는 별명이었다.

챙!

무식한 힘의 대결에 검이 비명을 질렀다. 다른 건물에 있는 사람들이 들 을 정도로 큰 소리였다. 과연 로젤린을 업고 팔굽혀펴기를 100개 넘게 하는 탄력적인 근육의 소유자다웠다.

로젤린이 검을 사선으로 쳐올려 시선을 분산시키며 발로 레티시아의 무릎 관절을 공격했다. 퍽, 공격은 유효할 만큼의 타격을 입히지 못했다. 레티시아가 다리를 들어 올려 정강이의 단단한 부분으로 그녀의 매서운 발길질을 막았다.

보통의 대련이라고 하면 검투와 박투를 나누어 진행하고는 했다. 하지만 로젤린은 실제의 전투에서 검으로만, 주먹으로만 싸우는 경우는 극히 드물다는 사실을 직접 체감했다. 갖은 암기와 더러운 수를 사용하며 제자들을 공격하는 이유는 그 때문이었다.

실전에 가까운 대련을 숱하게 겪은 결과, 레티시아와 에버하르트는 초기 고전하던 모습을 탈피해 이제 제법 능숙하게 대응하고 있었다. 레티시아의 움직임을 눈으로 훑던 로젤린이 빙긋 웃었다. 큰 무기를 휘두르는 것치고는 빈틈이 크지 않다. 이 정도면 합격선이었다. 로젤린이 뒤로 풀쩍 물러서며 대련의 끝을 알렸다.

"하, 하아…… 로젤린 경. 시합 전에 너무 격하게 움직이시……."

태연한 로젤린의 얼굴을 본 레티시아가 급하게 말을 바꾸었다.

"지 않았군요…… 격하게 움직이지 않으셨습니다……."

레티시아는 바닥에 철퍼덕 앉아 에버하르트가 건네주는 물을 벌컥벌컥 마셨다. 헤사가 달려와 로젤린에게 시원한 홍차와 달콤한 쿠키를 내밀었다. 트레이 위에 티 매트까지 깔아 놓은 완벽한 차림새였다. 주위에서 지켜보던 기사들이 소년을 미친 사람 바라보듯 했다.

"로젤린 경! 오늘은 날이 더워 산미가 더해진 과일 차로 준비해 보았습니다!"

"훌륭합니다. 새콤달콤 맛있습니다."

"예. 새콤달콤."

헤사가 기대에 가득 찬 얼굴로 로젤린을 올려 보았다. 무언가를 깊게 갈

망하는 눈빛이었다. 로젤린이 혜사의 머리를 쓸자, 소년은 그제야 만족한
듯 쑥스러워하며 웃었다. 부드러운 머리카락이 손가락에 감기는 것이 기분
좋아 예상보다도 시간을 더 크게 할애했다. 혜사는 햇살 아래 조는 동물처
럼 눈을 나른하게 깜박였다.

"로젤린 경. 이제 슬슬 가 보셔야 합니다."

"이동하도록 합시다. 레티시아 경, 에버하르트 경."

두 사람의 입이 쭉 째졌다. 누군가에게 '경'이라는 호칭으로 불릴 때마다
얼마나 좋아하는지, 살짝 마카롱 같다는 생각이 들었다. 자신보다 커다란
제자들이지만 그래도 어쩐지 귀여웠다. 로젤린을 필두로 두 명의 하급 기
사, 한 명의 수습 기사가 뒤를 따랐다.

무투 대회에서 우승하는 자는 거액의 상금과 명예를 거머쥐었다. 다음
해의 무투 대회가 돌아오기 전까지는 대륙에서 최고로 강한 자라는 수식어
가 항상 붙어 다녔으니, 검 좀 다루고 싸움 좀 할 줄 아는 자들에게는 가장
의미 있는 축제라 할 수 있었다.

용병과 평민들의 참가 수가 참가 인원의 대대수를 차지했다. 하지만 기
사들의 신청 또한 적지 않았다. 개인적으로는 용기의 증명이고 자신감의 표
출이며, 공적으로는 자신이 몸담은 기사단의 이름을 드높이기 위한 하나의
선전 수단이었다. 때문에 하얀밤 기사단에서도 매년 많은 기사들이 참가했
지만, 이번만큼은 예외였다.

붉은수레바퀴의 로젤린.

하얀밤 기사단에서 무투 대회에 참가한 단 한 사람의 이름이었다. 기사
단장 스타스가 참가하라며 몇 명에게 권해 보기도 했으나 모두 심드렁한
반응을 보였다.

'아니, 삶이 지루합니까? 굳이 왜? 무엇을 위해 나가야 합니까?'라는 식이었
다. 그 어떤 다른 누구보다도 하얀밤 기사단원들이 그녀의 힘을 제일 잘 알고

있었다. 우승은 로젤린이 따 놓은 당상인데 대체 무슨 영광을 보려고 몇천 명이 지켜보는 가운데 두들겨 맞아야 하는지 그들은 도무지 알 수 없었다.

어젯밤. 파르딕트는 그녀의 어깨를 두드리며 "다 죽여 버려."라고 했다가 부단장 나단에게 몹시 혼났다. 진짜 죽이면 어쩌려고 그러냐고. 하지만 로젤린도 이제는 그런 말은 적당히 걸러 들을 정도로는 성장했기에, 뼈 한두 개 정도면 되는 건가? 하고 받아들인 상태였다.

타 기사단의 경우, 로젤린을 아니꼽다는 듯 바라보는 시선이 여전히 남아 있었다. 부풀려진 자극적인 소문들 사이에서 진실을 가려내기란 참으로 힘든 일이었으므로.

그나마 정확하게 밝혀진 것은 마인이라는 사실 하나뿐인데, 일라베니아의 기사가 고작 마인 한 명에게 겁을 먹을 수는 없는 노릇 아닌가? 그리하여 무투 대회는 여느 때보다 뜨거웠고, 강한 자들이 여기저기 도사렸다.

로젤린이라는 기사를 시험하고 싶은 자들이 반, 그녀의 강함은 충분히 인지했으나 호기롭게 도전하는 이들이 반. 대기실을 가득 메운 거구의 남자들이 날카로운 눈빛으로 로젤린을 훑었다. 어떤 긴장감도 보이지 않는 느긋한 태도가 호승심을 불러일으켰다. 실력에 기반한 자신감인지, 근거 없는 소문을 잡아먹은 자만감인지. 예선전은 비공개로 치러졌기에 아직까지 그녀의 실력은 베일에 싸여 있었다.

넓은 대기실에 익숙한 얼굴이 들어왔다. 잇세리온이었다. 로젤린 혼자 참가자들 사이에 덩그러니 앉아 있었다. 하얀 제복도 제복이고, 몇 없는 여자 참가자 중 하나이기도 하고, 머리색도 까맣기 때문인지 유독 눈에 확 띄었다.

"로젤린 경!"

"아, 비서관님."

설마 무투 대회에 참가한 건가? 매일 책상 앞에서 머리를 굴리는 사람답게, 잇세리온은 주위 남자들의 딱 반쪽이었다.

65

'하지만 체구가 강함을 결정하는 건 아니지.'

로젤린이 고개를 끄덕였다. 비장함이 감돌았다.

"봐 드리지는 않습니다."

"아, 아니, 아니. 저는 참가하지 않습니다! 멀쩡히 있는 사람을 죽이면 안 되지요. 전하께서 경을 찾으셔서 온 겁니다!"

잇세리온은 등골이 순식간에 서늘해지는 경험을 했다. 로젤린은 "아, 그렇습니까. 다행이네요."라는 말을 하고 대기실을 나갔다. 잇세리온은 다행이라는 그 말이, 자신에게 적용되는 것이리라 직감하고 가슴을 쓸어내렸다.

"전하."

계단 아래에 있는 리카르디스는 오늘따라 더욱 빛났다. 그저 관념적이고 추상적인 개념이 아니라 실제로 빛나고 있었다. 귀걸이, 목걸이, 반지, 심지어는 입고 있는 옷도 금사와 은사, 보석으로 치장되어 눈이 부실 정도였다.

건국일이 가까워질 즈음이면 황족들의 씀씀이는 헤퍼지고 치장은 화려해졌다. 오랜 기간 동안 대륙을 지배해 온 패왕의 저력을 보이는 것이다. 한낱 쓸데없는 허례허식이었으나 보여 주기식이 중요할 때도 있었다.

리카르디스도 그것을 잘 알았다. 평소에는 황족 반지만 착용하고 다니며, 화려한 것이라고는 제 얼굴뿐인 그도 온갖 장신구로 꾸며야 하는 때가 왔다. 피할 수 없으니 그저 최대한 장신구의 개수를 줄이기 위해 노력할 뿐.

건국제가 있는 달이 오면 월장석 성, 리카르디스의 집무실에서는 시녀와 그가 체스를 두는 게 어색한 풍경이 아니었다. 열 개에서 시작해, 시녀가 이기면 장신구 하나 더, 리카르디스가 이기면 장신구를 하나 빼는 식으로 진행되었다.

치사해도 치사해도 이 정도로 치사할 수가. 머리 좋기로 유명한 황자와 정규 교육만 겨우 받은 하급 귀족 출신 시녀의 체스 게임. 이게 말이 되냔 말이다. 애초에 성립할 수 없는 내기였다. 때문에 장신구의 개수는 항상 세

개를 크게 벗어나지 못했다. 그것도 시녀들이 클로에나 잇세리온에게 도움을 요청한 결과였다.

그런데 올해는 이게 무슨 횡재인지. 리카르디스가 치사하고 구질구질하게 체스 게임 운운하지 않고, 가만히 몸을 맡기는 것이 아닌가. 시녀들은 눈물을 흘리며 영혼까지 끌어모아 그를 치장했다.

밝아지는 시녀들의 표정만큼 리카르디스의 표정은 가라앉았다. 만나는 사람마다 아름다우시다, 누가 보석인지 모르겠다는 헛소리들을 해서 슬슬 열 받고 있었다. 반짝반짝한 것을 좋아하던 누군가를 위한 치장이었는데, 이게 뭐 하는 미친 짓인지 공허한 마음이 들 즈음이었다.

"……아름다우십니다, 전하."

영혼이라도 빼앗긴 듯한 멍한 시선으로 바라보는 로젤린의 표정에 리카르디스는 계속해서 올라가려는 입꼬리를 진정시켜야만 했다. 그녀의 살짝 열린 입술 틈새로 느릿한 숨이 내뱉어졌다. 열에 가득 찬 눈동자였다. 리카르디스는 목을 가다듬으며 달콤한 고뇌와 함께 꿀꺽 침을 삼켰다.

"흠, 음. 로젤린 경, 몸 상태는 어떤가?"

형식적인 질문에 로젤린의 눈빛이 싹 바뀌었다. 구름같이 부드럽고 봄바람처럼 따뜻한 감정을 단 한 번도 담은 적 없다는 듯. 매섭고 사납게. 덕분에 리카르디스도 진정할 수 있었다.

"만전의 상태입니다."

눈빛이 형형했다. 그 한마디로 전투 상태로 돌입한 듯했다. 리카르디스가 피식 웃었다.

"다치지 마라. 그대는 이런 쓸데없는 행사로 다쳐도 될 사람이 아니야."

로젤린은 크게 충격받았다. 중요한 행사라고 들었는데? 그녀의 생각을 읽어 낸 리카르디스가 입가를 만지며 웃었다.

"그대가 이겨 봤자 좋은 거라고는 고작…… 내 기분?"

"아."

로젤린은 제 가슴 중앙에 손을 내려놓고는 안도의 한숨을 쉬었다. 그리고 살짝 미소 지었다.

"그럼 무척 중요한 행사로군요."

리카르디스는 잠시 누구한테 한 대 얻어맞은 것 같은 표정을 지었다. 곧 그의 얼굴이 붉게 달아올랐다. 리카르디스가 입을 가리고 몇 초간 붉어진 얼굴을 가다듬었다. 로젤린은 그의 태도에 개의치 않고, 무투 대회를 성공리에 끝내겠다는 의욕에 가득 차 있었다.

"전하."

"그래, 로젤린 경."

"결승전에서 이긴 다음의 절차에 대해 레이몬드에게 배웠습니다."

무투 대회의 우승자는 황제에게 직접 검을 하사받는 영광을 얻게 된다. 그런데 아직 32강전도 치르지 않은 로젤린이 당연하다는 듯이 제 자리라고 얘기하고 있었다. 하지만 전혀 어색함이 없었다. 당연한 일이었다. 리카르디스가 고개를 끄덕였다.

"우승자의 영예를 전하께 바치고 싶었는데, 계속 황제 폐하께 바치라고 그래서……."

로젤린이 우물우물 뒷말을 흐렸다.

"꼭 하라고 해서 폐하에게 하기는 할 겁니다만, 정말 그래도 되는 겁니까?"

리카르디스는 로젤린이 말하는 요지를 깨달았다. 그가 숨기지 못하고 웃음을 터뜨렸다. 그러니까 황제에게 무릎을 꿇고 영예와 영광을 바친다 어쩌고 하는 의례적인 말들이 마음에 걸린다는 거다. 자신이 충성한 것은 리카르디스, 2황자이니.

"해도 된다. 그래도 그대는 나의 기사가 아닌가."

목소리가 잔뜩 웃음을 머금고 있었다. 리카르디스의 눈이 예쁘게 휘어졌다. 로젤린이 급하게 고개를 끄덕였다.

"예."

"다치지만 마라."

"다치지 않습니다."

"빨리 돌아와라."

"금방 끝내겠습니다."

잇세리온이 대기실에 있을 모든 참가자들에게 애도를 표했다.

리카르디스는 머뭇거리다 한 발짝 그녀에게 더 다가갔다. 사이로 사람 하나도 못 지나갈 만큼 가까운 거리였다. 로젤린이 시선을 위로 올려 리카르디스를 쳐다봤다. 당혹스러운지 눈동자가 조금 흔들리고 있었지만, 결코 다른 곳을 향하지는 않았다. 속눈썹이 깜박거렸다.

어떤 경계도 의심도 없이 이 거리를 받아들이는 로젤린의 모습에 리카르디스의 가슴 안쪽이 간지러워졌다. 리카르디스가 고개를 살짝 숙였다. 그의 흐르는 머리카락이 그녀의 얼굴에 닿았다. 간질, 간질. 얼굴 표면부터 느껴진 감각이 손끝까지 퍼져서 로젤린은 몸을 굳혔다.

리카르디스의 큰 손이 로젤린의 귀와 턱, 목 부분을 덮었다. 긴 손가락이 머리카락 사이를 파고들어 목의 살갗을 스쳤다. 닿은 부분이 예민하게 일어나는 것 같았다. 얼굴이 가까워져 로젤린은 눈을 꾹 감았다. 곧 이마에 부드러운 감촉이 느껴졌다. 잇세리온이 뒤에서 제 눈을 가렸다.

"이것은 내 가호다."

따뜻한 기운이 밀려들었다. 그가 엄지손가락으로 그녀의 말랑한 볼을 쓱 쓸었다.

"그러니 반드시 승리해라."

막 볕에 말린 이불에 폭 싸인 기분이었다. 한참 몽롱한 꿈의 경계선에 걸쳐 있던 로젤린은, 달큼한 냄새에 눈을 번쩍 떴다.

여태껏 리카르디스의 미모가 너무 충격적이어서 미처 다른 감각을 느끼지 못했던 것이다. 눈을 감고 있자 마치 꿀 같은, 황홀한 디저트 같은 향기가 흘러 들어왔다. 달콤한 향수 냄새가 그의 체취와 섞여 그녀의 본능을 일깨웠다.

로젤린이 코를 킁킁 움직이며 한층 그에게 다가섰다. 목에 다가갈수록 향이 짙었다.

그녀의 얼굴을 만지작거리던 리카르디스가 몸을 움찔 떨었다. 로젤린이 점점 다가오고 있었다. 부지런하게 냄새를 맡던 그녀가 고개를 확 들어 올렸다. 리카르디스는 다시 한번 소스라치게 놀랐다. 고개를 들던 와중, 그녀의 코가 리카르디스의 턱을 가볍게 스친 탓이었다.

"전하에게서……."

시선이 딱 닿았다. 리카르디스는 로젤린의 눈동자 속에서 욕망을 읽어냈다.

"맛있는 냄새가 납니다."

리카르디스의 얼굴이 붉어졌다. 이, 이 분위기 지금 뭐야. 나쁘진 않은데 뭔가 좀…… 그가 주춤주춤 뒷걸음질 쳤다. 의미 없는 반항은 끝을 맞이했다. 등에 벽이 턱 닿았다.

"부드럽고."

로젤린의 눈이 나른하게 가늘어졌다. 그녀가 리카르디스의 허리 옆 벽을 제 손으로 짚었다.

"달콤한."

리카르디스는 비명을 지르고 싶었다. 아니, 이 사람! 왜 이렇게 잘생기고 박력이……. 심장이 마구 뛰기 시작했다.

"하얀밤 기사단의 로젤린 경? 어디 계십니까?"

바로 그때, 시합 준비를 돕는 사람이 그녀를 찾았다. 한 마리의 맹수와, 그 맹수에게 먹히고 싶어 하는 이상한 먹잇감의 기묘한 대치는 끝을 맞이했다.

로젤린이 한쪽 무릎을 꿇었다. 리카르디스를 올려다보는 눈동자에 자신감이 가득했다.

"이기고 오겠습니다. 모든 것은 전하를 위해."

아, 그러고 보니 그런 얘기 중이었지. 굳어 있던 리카르디스도 퍼뜩 정신을 차리고 로젤린을 배웅했다. 잇세리온이 저 멀리 뒤에서 손수건으로 눈물을 훔쳤다.

전하…… 가시밭길을 걸으시는…… 우리 가엾은…….

* * *

예선전은 이틀 전에 끝났다. 대기실에 모인 사람들은 1차적으로 걸러진 실력자들뿐이었다. 한 번의 승리로 자신감을 얻은 남자들의 태도는 거칠고 호기로웠다. 어깨를 툭툭 부딪치며 다닌다거나, 시선이 마주치면 눈을 부리부리하게 뜨고는 기 싸움을 했다. 여기저기에서 험악한 기류가 형성되기 시작했음에도, 로젤린은 찬찬히 제 검을 훑어볼 뿐이었다.

"2조 32강전 준비해 주십시오. 붉은수레바퀴의 로젤린 경."

그녀가 일어서자 모든 사람이 쳐다보았다. 로젤린은 그들의 시선을 무심히 떨치고는 대기실을 나섰다.

남자들에게는 영웅을 눈앞에서 볼 수 있는, 여자들에게는 꿈에 그리던 멋진 기사님에게 말 한마디라도 건넬 수 있는 기회의 장, 무투 대회. 그 인기는 매년 폭발적이었으나, 올해는 암표 상인이 다섯 배로 늘어날 만큼 열기가 더욱 뜨거웠다.

붉은수레바퀴의 로젤린! 하얀밤 기사단의 로젤린! 소문의 그녀! 일라베니아의 마인! 상상만 하던 그녀의 무위를 직접 눈으로 확인할 수 있는 기회였다. 30년, 아니 평생의 자랑거리가 될 수 있을 것이다.

로젤린의 출전으로 무투 대회 관할 행정원들만 죽어 나갔다. 로젤린이 미리 좋은 자리를 구해 놓은 덕에 칼릭스는 느긋하게 움직일 수 있었다. 마차가 무투회장 앞에 도착했다. 하인 한 명이 부리나케 달려와 마차의 문을 열었다. 그는 어떤 문양도 새겨져 있지 않은 평범한 마차 속의 남자를 보고 깜짝 놀랐다. 검은 머리, 녹색 눈동자! 붉은수레바퀴였다.

"어어! 아, 죄송합니다. 어, 어디서 오셨습니까?"

어디서 왔는지 뻔히 알면서 귀찮게 묻기는. 하지만 그 또한 열심히 일하는 중이니 딱히 타박할 수는 없는 노릇이었다. 칼릭스는 표를 건네며 입을 열었다.

"붉은수레바퀴."

"자리를 안내해 드리겠습니다!"

"필요 없다."

들뜬 기색으로 친절을 발휘하려던 남자는 제안이 거부당하자 하늘이 무너진 듯한 표정을 지었다. 칼릭스는 남자의 태도가 '칼릭스'가 아닌, 제 누이 '로젤린'에 대한 관심에서 나오는 것이라 직감했다.

평민들이 들어가는 입구 쪽을 흘끗 바라보니, 한 중년 남자가 [내 전 재산을 부탁해 로젤린!]이라고 적힌 반듯한 직사각형의 천 조각을 들고 있었다.

"……."

뭐, 인기가 대단했다. 비록 삐뚤어진 일확천금의 꿈을 가진 자의 성원이라 할지라도, 평판이 나쁜 것 같진 않아 안심이었다.

'2-7……2-…….'

계단을 오르며 표에 적힌 자리를 찾던 칼릭스의 걸음이 잠시 멈췄다. 지정된 자신의 좌석 옆에 낯익은 여자가 앉아 있었다. 짙은 남색 머리카락, 은색 눈동자. 순한 인상의 얼굴과 작은 체구를 가진 황금정원 자작의 장녀, 클로에였다. 클로에가 기척을 느끼고 고개를 돌렸다가 눈썹 한쪽을 쓱 들어 올려 보였다. 의외라기보다는, 왜 이제 왔느냐 하는 타박성 짙은 표정이었다.

"클로에 영애. 평안하셨습니까."

"덕분에요. 앉으시는 편이 좋지 않을 것 같아요, 칼릭스 경. 뒤에 계신

분이 기다리시네요."

"아, 이런. 무례를 용서하십시오, 영애."

우물쭈물하던 여인 한 명이 칼릭스의 사과에 얼굴을 화르륵 붉혔다. 두 손 꼭 쥐어 용기 내고 그에게 무어라 말을 걸어 보려 했으나, 칼릭스는 이미 자리에 앉은 후였다. 여자가 아쉬워하며 발걸음을 옮겼다.

칼릭스는 자리에 앉은 채 주위를 둘러봤다. 클로에가 있다면 레이몬드도 있을 줄 알았는데. 큰뿔산양의 기사들은 보이는 반면 그는 보이지 않았다.

"레이몬드는 요즘 굉장히 바쁘답니다. 매년 어김없이 반복되는 축제라 해도 익숙해지지는 않는 모양이에요."

"수도로 사람이 몰리는 시기이니 말입니다."

두 사람의 대화가 잠시 끊겼다. 슬슬 시작하려는 것인지 대회의 진행을 원활하게 도울 병사들이 나와서 여기저기 자리 잡고 있었다. 사람들이 축제의 분위기에 취해 시끄럽게 떠들어 대었다. 칼릭스는 붉은수레바퀴 가문의 반지를 돌리며 손장난을 하다가 입을 열었다.

"혹시 이 만남이 우연이라고 말할 생각이시라면……."

옆을 슬쩍 보니 클로에가 풋, 웃음을 터트리는 중이었다.

"없네요."

"제게 무슨 용건이십니까?"

"로젤린 경을 안다고 그 동생까지 아는 것은 아니니까요. 만나 뵙고 싶었답니다."

유명한 용병왕과 황실 제2기사단 '깊은숲'의 상급 기사가 경기장에 올라왔다. 종이 세 번 울리며 대회가 시작되었다. 변칙적인 용병들의 검술과 정직하고 파괴력 있는 황실 정통 검술의 격돌은 지루한 대련과 달리 흥미로운 볼거리가 많았다. 클로에도 추임새를 넣어 가며 관전했다. 날카로운 시선으로 두 남자의 결투를 바라보던 칼릭스가 입을 열었다.

"이번 참가자들의 수준이 높다더니, 확실히 볼만하군요."

클로에는 한참 어린 남자의 말에 담겨 있는 승부욕을 읽어 냈다. 하여간 사내들이란. 그녀는 호선을 그린 입술을 부채 아래로 감췄다.

"용병왕에 금화 한 개."

클로에의 말에 칼릭스가 진지한 표정을 지었다.

"저는 깊은숲에 걸어 보죠."

둘 다 말없이 관전하는 시간이 이어졌다. 한참 밀리던 용병왕이 갑자기 기세를 바꿔서 미친 듯 무기를 휘둘렀다. 매서운 일격들이 계속 이어지며, 깊은숲의 상급 기사가 검을 놓치고 말았다. 용병왕의 승리였다. 와아아, 사람들이 함성을 지르며 그의 이름을 연호했다.

승리자 용병왕 페이던! 페이던!

클로에가 칼릭스를 쳐다보지도 않고 손을 내밀었다. 칼릭스도 경기장을 주시한 채 주머니를 뒤져 금화 한 개를 그녀의 손바닥에 놓았다.

"누가 봐도 황실 기사의 승산이 높지 않았습니까?"

"그런가요? 참고로 저 용병왕 페이던은 상단 일로 몇 번 만나 본 적 있답니다. 초반에 고전하는 척해 달라는 부탁을 잘 들어줬지 뭐예요?"

"……."

"그런 눈빛으로 볼 필요는 없어요. 상대가 강하면 아무 소용 없는 것 아닌가요? 상대가 어떤 검술을 쓰는지, 장점이 무엇인지 단점이 무엇인지. 그 정도는 알 수 있으나 강함의 척도는 숫자와 글자로 나타낼 수 있는 것이 아니니. 저 역시 도박을 하는 것과 다름없답니다."

칼릭스의 집요한 눈빛에 클로에가 부채를 펴서 제 얼굴을 슬쩍 가렸다.

"물론 저 상급 기사보다 페이던이 강한 건 알고 있었지만요."

역시 알았잖아…… 칼릭스의 부루퉁해진 표정을 보고 클로에가 눈웃음을 지었다. 뚱한 얼굴이 로젤린과 아주 판박이였다.

"다음은 강철발굽 백작가와 물보라 기사단의 대결이로군요. 물보라가 이길 거예요."

"이쯤 되면 점쟁이가 따로 없군요."

페이던과 패자가 경기장을 내려가고, 두 사람이 올라왔다. 사회자가 그들의 이름을 쩌렁쩌렁 외쳤다.

"강철발굽 백작가의- 충실한 기사! 윌로스 경!"

"황실 제4기사단. 물보라의 하급 기사- 핀 경!"

결과는 그녀가 말한 대로였다.

"칼릭스 경. 저는 앞으로 누가 승리하고 누가 패배할지 알 것 같아요. 물론 모두 최후의 승자는 예상하고 있을 테지만, 그 과정까지 짚어 내는 것은 힘든 일이 아니겠어요?"

"좀 힘든 일, 정도로 말할 수 있는 부분입니까?"

"그럼요. 생각보다도 황금정원의 귀는 아주 넓게 열려 있어요. 돈이 있는 곳에 사람이, 사람이 있는 곳에 정보가, 정보가 있는 곳에 돈이. 제 지론이에요."

상단과 정보 단체를 이끄는 사람다운 말이었다.

"저는 사소하다 말할 수 있는 정보 하나하나 놓치지 않으려 애쓰는 편이랍니다. 그 노력이 칼릭스 경께서 놀라워하신…… 이 대회의 결과를 예측할 수 있게 했어요. 심지어는 오늘 만나지도 않은 레이몬드의 속옷이 연분홍색이라는 사실도 알고 있답니다. 대단하지요?"

"아니요. 저는 그 정보, 알고 싶지 않습니다."

칼릭스가 정색하자 클로에가 살짝 웃었다. 눈꼬리가 처져 더욱 순하게 보였다.

"그런데 왜 몰랐을까요? 칼릭스 경이 그런 어마어마한 행위를 강압적으로 그분에게 몰아붙일 것이라고! 저는 정말 상상도, 예상도, 짐작도 못 했어요."

"……말이 좀, 이상하지 않습니까?"

어마어마한 행위라니. 굉장히 오해의 여지가 다분한, 자극적인 문구였다. 물론 붉은수레바퀴의 칼릭스가 2황자 리카르디스에게 기사의 맹세를 했다고 조목조목 짚어 가며 말할 수 없기에 우회한 표현이겠지만, 그럼에도 기분이 껄끄러웠다.

물보라 기사단의 하급 기사가 승리했다. 바닥에 남은 핏자국을 하인들이 부지런히 치웠다. 클로에는 팔짱을 낀 채 경기장을 내려 보고 있었다.

"저는…… 예상 못 한 요소가 돌발적으로 튀어나오는 상황을 선호하는 사람이 아니에요, 칼릭스 경. 그 자체로도 훌륭한, 잘 만들어진 배가 한 척이 있어요. 하지만 순항을 결정하는 것은 배의 능력만이 아니죠. 바다가 잔잔하길, 그 속에 송곳처럼 튀어나온 암초가 없길 바라야 해요. 여기서 우리는 그날의 날씨와, 암초의 위치를 습득해 폭풍과 암초를 피해 갈 수 있겠죠. 하늘에 맡긴다, 운에 맡긴다. 저는 그런 말들을 좋아하지 않아요. 하늘에 맡길 때는 사람이 할 수 있는 모든 일을 끝낸 후뿐이에요. 그리고 생각보다도 인간이 할 수 있는 일은 굉장히 폭넓고, 깊고, 끝없죠. 적어도 저는 그렇게 생각한답니다."

클로에는 기분이 별로 좋아 보이지 않았다. 말 그대로 암초같이 갑자기 튀어나온 칼릭스 때문일지도 모르겠으나, 피를 보는 것 자체도 불쾌한 듯 보였다.

"말이 길어졌네요. 요컨대, 칼릭스 경이 그분에게 갑작스럽게 밀어붙인…… 어마어마한 그 행위는……."

"표현을 좀 바꾸면 안 됩니까?"

"어머, 그게 중요한 게 아니잖아요. 아무튼, 제국의 굵직한 일 정도는 제 노력으로 알 수 있는 부분이었지만…… 갑작스럽게 튀어나온 칼릭스 경은 그렇지 않으니, 두 눈으로 직접 확인해 보고 싶었어요."

칼릭스는 그녀가 의문스러워하는 부분을 충분히 이해했다. 붉은수레바퀴 백작의 뒤를 따라 걷고 있던 후계자가 갑자기 길을 벗어나다 못해 정반대 방향으로 걸어가고 있었으니. 솔직히 그 자신도 살짝 미친 짓 같다 생각했다. 타인의 눈으로 보았을 때는 더욱 경악스러웠으리라. 충성 맹세를 했을 때의 리카르디스와 잇세리온의 반응만 봐도 알 수 있었다.

주위가 함성 소리로 시끄럽고 먹먹한 가운데 두 사람의 침묵은 그보다도 무거웠다. 한참 뒤 칼릭스가 대답했다.

"그분에게 이미 말씀드렸으며, 그분 또한 이해하셨으리라 믿었습니다만."

"건너 건너 듣는 얘기는 생각보다 제게 큰 믿음을 주지 못하더군요."

"건너 건너 듣는 얘기로 판을 짜시는 분치고는 약한 모습을 보이시는군요."

클로에가 씩 웃었다. 어찌 보면 건방질 수도 있는 말이 신경 쓰이지 않는 모양이었다.

"경우가 다르니까요. 이것은 키를 쥐고 있는 선장의…… 어깨에 올라가 있는 앵무새 역할을 맡고 있는 저에게도 중요하답니다. 배에 타는 선원을 정하는 것은 선장이지만, 앵무새도 저 선원이 일을 잘하나 못하나 정도는 궁금할 수 있잖아요."

참신한 표현이 웃긴지 칼릭스가 슬쩍 입가를 가리며 웃었다. 클로에가 타박하듯 부채로 그의 어깨를 살짝 쳤다. 탁. 소리는 당연히 묻혔다. 지금까지는 장난이었다는 듯, 다들 울부짖는 수준으로 소리를 지르기 시작했다. 로젤린의 등장이었다.

저 멀리 땋은 검은 머리를 한쪽 어깨로 늘어트린 로젤린이 보였다. 건물에서 막 나와 햇빛을 받는 그녀는 노곤하다는 듯 눈을 가늘게 뜨고 있었다. 긴장감이라고는 조금도 없어 보이는 모습이었다. 칼릭스는 제 누이를 바라보며 미소 지었다.

클로에가 눈빛으로 대답을 촉구했다. 칼릭스는 주머니를 뒤지며 슬쩍 일어섰다. 로젤린의 등장에 펄펄 날뛰며 환호하는 군중들 사이에 그가 자연스레 녹아들었다. 여전히 앉아 있는 클로에가 의아하다는 표정으로 바라보았다.

칼릭스는 손에 들린 것을 쫙 펼치고 심드렁하게 대답했다.

"찾아보니 가판대에서 팔더군요. 몇 개 더 사 났는데 필요하면 드리도록 하죠."

클로에가 인상을 찌푸렸다. 하, 하며 기가 찬다는 듯 숨을 내뱉더니 이내 참지 못하고 웃었다.

[아버지가 나와도 우승은 로젤린]

칼릭스가 체면도 버리고 열심히 천 조각을 흔드는 모습을 본 클로에는 눈물을 닦아 내야만 했다. 이게 그 대답인가. 누이 사랑이 지극하단 말이렷다. 생긴 것보단 귀여운 구석이 있는 남자였다.

무투회장이 흔들릴 정도의 어마어마한 환호성 때문에, 시합은 진행되지 못하고 잠시 미뤄졌다.

* * *

로젤린의 상대는 불화살 용병단의 단원이었다. 용병단의 유명세와 더불어 전장에서 혁혁한 공을 세운 것으로 이름을 널리 알린 자였다. 사절단의 일만 아니었더라도 카델, 그가 더 유명했을 정도였다.

로젤린을 어린아이로 만들어 버릴 정도의 거구의 남자는 사나운 인상을 찌푸려 더욱 사납게 만들고 있었다. 수염이 숭숭 나 있는 거친 남자들이 관중석에서 카델의 이름을 연호했다. 저 쥐방울만한 계집에게 본때를 한번 보여 주라며 난동을 피우다가 병사들에게 끌려 나갔다. 한껏 움츠러든 뒷모습이 초라했다.

넓은 경기장 위에 남자의 흉흉한 기세가 가득 찼다. 진행 요원이 진땀을 흘리며 카델의 눈치를 보다 겨우 입을 열었다.

"무기, 허용. 몸싸움, 허용. 암기와 독은 허용하지 않습니다. 승리 조건은 상대가 경기장을 벗어나는 경우, 상대가 패배를 시인하는 경우, 상대가 사망하는 경우, 상대가 전투 불능이라고 제가 판단하는 경우입니다. 항복을 했음에도 공격을 하거나 사망에 이르게 하는 경우에는 탈락과 더불어 조치에 들어갑니다. 주의해 주시기 바랍니다. 서로 예를 지켜 간단하게 인사해 주세요."

"불화살 용병단의 카델."

"하얀밤 기사단의 로젤린."

두 대전자 사이에 끼어 있는 남자의 안색이 더욱 창백해졌다. 그것은 인사가 아니라 자기소개입니다……. 물론 말할 수 있을 리 없었다. 카델이 껄 렁거리며 그녀에게 다가갔다. 로젤린에게 거대한 그림자가 드리웠다.

"어디 한번 그 잘난 솜씨 좀 보자고."

남자의 협박을 멍하니 흘리던 로젤린은 그의 뒤쪽 관중석에서 천 조각을 흔들고 있는 칼릭스를 발견했다. 로젤린이 환하게 웃었다. 카델의 표정이 순식간에 무너졌다. 왜, 왜 날 보고 웃는 거지?

혼란스러워하는 남자를 앞에 두고 로젤린이 손을 번쩍 들어 붕붕 흔들었다. 칼릭스가 천 조각을 바꿔 들었다.

[사랑해요 로젤린]

칼릭스가 있는 방향의 관중석이 난리가 났다. 날, 날 보고 손을 흔드셨어! 날 보고 웃으셨어! 착각이 파도처럼 우르르 일어났다.

카델은 자신이 무시당했다는 걸 깨닫고 얼굴을 붉으락푸르락 물들이는 중이었다. 진행 요원이 매우 지친 표정으로 "집중해 주세요…… 이제 시합 곧 시작하겠습니다……." 하고 말 안 듣는 두 참가자의 주의를 환기시켰다.

두 사람이 일정 거리 이상 멀어지자 관중석이 조용해졌다. 두 사람만이 올라와 있는 경기장에 전쟁터와 같은 흉흉한 기운이 가득 찼다. 바람이 칼날을 지나며 스산한 소리를 냈다.

뎅, 무거운 종소리가 울렸다. 로젤린은 검을 들었다. 카델도 들고 있는 검을 꽉 그러쥐었다.

뎅, 두 번째 종이 울렸다. 눈과 눈이 서로를 포착했다.

뎅. 세 번째 종이 울리며 시합이 시작되었다.

쿠우웅…….

큰 타격음이 종소리의 여운을 뚫고 공간에 울렸다. 사각형의 경기장 밖에서 흙먼지가 우수수 일어났다.

"어?"

"지금 무슨 일이……."

구경꾼들이 당황하기 시작했다. 지금 경기장을 벗어나 벽에 처박혀 있는게, 5초 전까지만 해도 기세등등하던 불화살 용병단의 카델이 맞나? 바닥에서 한참 떨어진 위쪽에 박혀 있던 카델이 스르륵 바닥에 떨어졌다. 처참한 패배자의 모습에 경기를 지켜보던 모든 사람들이 정신을 차렸다. 카델이 맞다!

드디어 상황을 이해한 사람들이 입을 쩍 벌렸다. 눈 깜짝할 새 승패가 갈렸다. 바람같이 돌진한 로젤린은 상대가 무기 한번 휘두를 시간도 주지 않았다. 눈을 씻고도 찾아볼 수 없는 자비! 저 극악무도함! 남자들이 온갖 괴성과 짐승 소리를 내며 환호했다.

여자들도 비명을 지르며 들고 온 꽃을 경기장 안으로 던졌다. 앞선 경기들 또한 훌륭했으나, 이것은 차원이 달랐다. 피 한 방울 나지 않은 승리는 오직 확연한 실력 차만이 이뤄 낼 수 있는 것이므로.

진행자는 멍한 얼굴로 그녀와 카델을 번갈아 보다가 급하게 손을 들어 올렸다.

"스, 승리자는 하얀밤 기사단의 로젤린 에스터!"

우수수 꽃비가 내렸다. 로젤린은 몸을 곧게 펴고서 심장 위에 주먹을 올려놓았다. 기사의 경례에 무투회장은 다시 한번 터질 듯한 함성으로 가득 찼다. 병사와 신관, 의사가 카델에게 달려가는 모습을 뒤로, 로젤린은 경기장을 내려와 대기실로 이동했다.

* * *

대전자들은 크고 작은 상처를 입기 마련이었다. 신관이 언제나 대기 중이라 상처를 치료할 수 있다 하더라도 몇십 분 동안 생사를 건 격투로 소모된 심력을 채울 수는 없었다. 예선전부터 결승전까지 며칠이나 걸리는 이유였다.

오늘은 16강전이 이뤄지는 날이었다.

이틀 전 구매했던 표는 그 당일에만 사용할 수 있기에, 오늘은 새로운 표를 사야 했다. 덕분에 불만이 이만저만이 아니었다. 돈도 돈인데, 구하는 일 자체가 하늘의 별 따기만큼 어려웠다. 평민뿐 아니라 귀족들에게도.

하지만 몇몇 귀족들과 건국을 축하하러 온 타국의 왕족들은 초대권이 있었기에 자리싸움 따위는 먼 얘기……여야 했는데. 싸움은 치열하면 더 치열했지, 덜하지는 않았다. 그것은 '자리가 있느냐 없느냐'의 문제가 아닌, '누구 옆에 앉느냐' 하는 것 때문이었다.

비어 있던 자리가 하나둘 채워질 때쯤 그들은 유달리 눈에 띄는 인물을 발견할 수 있었다. 발타의 유력 후계자 하카브 왕자였다.

하카브의 오른쪽에는 그의 동생 간제가 앉아 있으나, 왼쪽 자리는 비어있는 상태였다. 힐끔힐끔 눈치 보던 작은 왕국, 마람의 왕세자가 그의 곁에 슬그머니 다가갔다. 비어 있는 왼쪽 자리를 차지하기 위함이었다.

하카브가 다가오는 인기척을 느끼고 간제를 향하고 있던 고개를 반대로 돌렸다. 망설이던 왕세자가 어색하게 웃으며 그에게 인사를 건넸다.

"아, 격조하였습니다, 하카브 왕자."

하카브는 그의 말에 살짝 미간을 찌푸린 채 웃었다.

"격조라. 저희가 만난 적 있습니까?"

남자의 얼굴이 발개졌다. 과거 타국에서 만난 적 있으나 그는 까맣게 잊은 모양이었다. 자기소개부터 다시 해야 하나 갈등하고 있을 때 하카브가 낮은 웃음소리를 냈다.

"농담입니다. 알세 마람. 왕세자의 얼굴을 잊을 리가 있겠습니까."

마람의 왕세자는 불쾌한 농담에도 불구하고 하카브가 자신을 기억하고 있다는 사실에 화색을 지었다. 간제는 기가 막힌다는 표정으로 하카브를 바라보았다. 말 한마디에 쥐락펴락. 아주 가지고 논다, 놀아.

그사이 알세 마람은 하카브에게 옆자리에 앉아도 되겠느냐 물었다.

"이런, 왕세자. 미안합니다. 자리를 잡아 놓는 일을 지양해야 한다는 것쯤 알고 있으나, 기다리는 사람이 있습니다. 양해해 줄 수 있습니까?"

"아, 그, 그럼요. 하하."

"어찌나 배려 깊은지. 연회 때 뵈면 마저 얘기를 나누도록 하지요."

"아, 그……."

"즐거운 시간 되시길."

하카브가 웃는 얼굴로 왕세자를 쫓아냈다. 왕세자는 떠나는 중에도 그를 흘끗흘끗 돌아보았다. 구체적으로 약속을 잡고 싶은 모양인데 하카브가 다시 간제 쪽으로 고개를 돌려 버리니 방도가 없었다.

이후로도 마람 왕세자가 거의 잡상인 취급을 받고 쫓겨났다는 것을 미처 보지 못한 몇 명의 도전자가 하카브에게 접근했다. 하지만 단 한 사람도 1분을 넘기지 못하고 다른 자리로 떠나야 했다.

옆이 소란스러운데도 간제는 팔짱을 낀 채 무투회장만 내려다보고 있었다. 하카브가 간제의 어깨를 감싸고는 그녀의 머리에 제 머리를 콩 대었다.

"인기가 많은 것도 피곤하구나. 뭘 그리 보니, 간제. 아직 시합은 시작하지도 않았는데."

"그냥요."

"그냥 뭐?"

하카브가 그녀를 감싼 어깨에 힘을 줬다. 간제가 인상을 팍 찌푸리며 그의 손을 떨쳐 내었다.

"사람들의 머리통을 구경 중이에요. 방해하지 마시죠, 오라버니. 거슬려요."

"머리통? 왜. 따다 주련?"

"알록달록해서 신기하잖아요. 리비타에는 검은색뿐이니."

"그렇지? 나도 사실 적응이 안 된다."

하카브는 뭐가 웃긴지 호탕하게 웃고는 그녀의 머리를 마구 쓰다듬었다. 간제는 심드렁한 표정으로 흐트러진 머리를 다시 곱게 정리했다.

"간제. 내 옆에 누가 앉을지 맞혀 보겠느냐?"

"바이페렘."

"똑똑하구나."

"모르는 쪽이 멍청한 거지요."

"그러게 말이다. 멍청한 놈들이…… 너무 많아."

하카브는 흠 숨을 짧게 내뱉으며 주위를 둘러보았다. 비어 있는 자리를 탐내는 눈빛들이 여전히 떠돌고 있었다. 간제는 그의 웃는 표정의 진정한 뜻을 읽어 냈다. 아까 자신에게 말한 것처럼 머리통을 죄 따 버리고 싶다는 표정이었다.

"그래, 바이페렘."

하카브가 아까 하던 말을 이어 했다.

"어느 쪽을 말하는 걸까."

어느 쪽이라? 간제가 말한 '바이페렘'은 당연히 딤라였다. 현재의 바이페렘 관디테가 딤라의 꼭두각시에 불과하다는 사실은 깊게 생각해 보지 않아도 알 수 있었다. 그러나 간제는 지금 제 오라비가 말한 '바이페렘'이 딤라가 아닌 관디테를 가리키고 있다는 것을 깨달았다.

그 어린애를 기다린다고? 간제가 미심쩍은 듯 물었다.

"바이페렘 관디테는 말을 할 줄 아는 나이긴 한가요?"

관디테는 다가오는 생일에 열한 살이 되는 나이라 했다. 그 얼마 안 되는 나이보다 두어 살 어려 보이는 외양이긴 했으나 당연하게도 일고여덟 살도 말은 할 줄 알았다. 간제는 소녀를 갓난쟁이라 생각하는 것이 아니라, 그 어린 소녀가 말을 이해하고 생각해서 제대로 된 답변을 할 만큼 성장했느냐 의문스러워하는 것이었다. 하카브도 그 뜻을 알아들었는지 피식 웃었다.

"옹알이는 하던데 말까지는…… 글쎄. 우선 만나 봐야겠지."

"섭정관이 있으면 말 한마디 붙이는 것도 힘들 텐데요."

"어제 우연히 일라베니아의 신관들이 라고슈 사절단이 머무는 성에 들렀다는 소식을 들었지. 섭정관의 건강이 좋지는 않은 모양이야. 애석하게도."

'애석하게도.'라는 말을 담는 남자는 여간 즐거워 보이는 게 아니었다. 간제는 심사가 조금 뒤틀렸다.

"웃지 마세요, 오라버니. 꼴 보기 싫어요."

"이놈, 간제. 대체 어디서 배운 말버릇이야."

그때 입구에서 한 무리가 나타났다. 시종 몇을 데리고 온 바이페렘 관디테였다. 하카브의 예상대로 딤라는 보이지 않았다. 빈자리를 탐색하는 관디테를 발견한 하카브가 자리에서 벌떡 일어섰다. 그가 다가서자 시종들이 관디테에게 한 발짝씩 더 붙었다. 소녀가 눈을 동그랗게 뜨고 놀란 기색을 보이다 시종들에게 손을 들어 보였다. 시종들이 불만스러운 표정으로 한 발짝 물러났다.

"이런, 바이페렘이 아니십니까. 운명적인 만남이로군요."

"왕자."

소녀는 자신보다 근 두 배나 커 보이는 하카브를 바라보며 살짝 고개를 까닥였다. 얼굴에는 경계의 빛이 올라와 있었다.

"혹 괜찮으시다면 제가 자리를 안내해 드려도 괜찮겠습니까?"

소녀의 시선이 뒤에 있는 시종을 향했다. 그는 결연하게 고개를 가로저었다. 깜박, 깜박. 관디테의 커다란 눈동자가 흔들렸다. 그 속에서 손쉽게 갈등을 읽어 낼 수 있었다. 하카브의 위험함은 익히 알고 있으나, 정중하게 건네 온 요청을 물리치자니 마음에 걸리는 모양이었다.

소녀가 고개를 끄덕였다.

"부탁한다, 왕자."

하카브가 씩 웃었다. 그는 당연하다는 듯 제 옆자리로 관디테를 안내했다. 하카브라는 껄끄러운 인물을 제외하자면, 키가 작은 관디테에게도 잘 보일 만한 좋은 자리였다. 문제는, 큰 의자에 앉으려니 그녀가 낑낑거리며 올라가야 할 만한 높이였다는 것이다. 왕의 위엄과 체면이 땅에 떨어지기 일보 직전이었다. 관디테가 망설이자 하카브가 한쪽 무릎을 굽혔다.

"바이페렘."

그러고는 제 큰 손을 내밀어 그녀의 무릎 위치쯤에 대었다. 누가 보아도 밟고 올라가라는 얘기였다. 관디테의 눈동자가 흔들렸다.

"안내드린다 하지 않습니까. 괜찮습니다, 바이페렘. 제 어깨를 잡으시고 올라서면 됩니다."

무릎을 굽히자 눈높이가 얼추 비슷해졌다. 소녀가 부끄러운 듯 살짝 눈을 내리깔았다. 그녀는 망설이다가 하카브의 어깨를 잡고 밑에 있는 손을 밟았다. 관디테가 무게를 실어도 그의 손은 미동도 없이 소녀를 받치고 있었다. 하카브는 손을 올려 소녀가 앉는 것을 돕고 나서야 자리에 착석했다.

간제는 웃는 얼굴로 바이페렘에게 인사했다. 관디테도 가볍게 인사를 돌려주었다. 하카브는 두 사람이 인사하는 것을 지켜보다 입을 열었다.

"로젤린 경을 보러 오셨습니까, 바이페렘?"

관디테는 흠칫 몸을 굳힌 일이 애초에 없었던 것처럼 도도하게 턱을 들어 올렸다.

"일라베니아의 용맹한 전사들을 보러 왔다."

"그 어느 용맹한 자라 하더라도 혹한을 이겨 낸 라고슈의 전사만 하겠습니까."

애써 침착한 얼굴을 하고 있는 소녀가 기쁜 듯 감정을 조금 내보였다. 간제는 환장할 것 같아 관디테를 따라온 시종들을 흘겨보았다. 대체 무슨 생각으로 보호자도 없는 저 어린아이를 독사 굴로 데리고 온 건지. 라고슈는 아이들을 강하게 키운다더니 빈말이 아닌 듯했다.

관디테는 경계를 아주 지우지는 않았지만, 나름 즐겁게 하카브와 대화를 나누었다. 그는 어려운 말과 정치 용어를 빼고, 자신이 본 라고슈의 눈 덮인 산, 굳어 보석처럼 빛나는 얼음 결정, 해안가에 남아 있는 고래의 뼈 등. 그 놀라운 광경이 얼마나 가슴 깊이 새겨졌는지 어린아이에게 옛날이야기를 들려주듯 조곤조곤 풀어냈다.

하카브의 얘기가 점점 진행될수록 관디테는 동물처럼 바짝 털을 세우고 경계하는 모습을 누그러뜨렸다.

"테라스로 한번 나갔다가 위에서 얼어붙는 얼음덩어리…… 이름을 들었는데 까먹었군요."

"고드름이다."

"예, 고드름이 떨어져서 머리를 맞고 휘청거리다 얼어 있는 바닥을 밟아 미끄러졌지 뭡니까. 아무도 못 본 것이 그나마 위안입니다."

"아하하!"

소녀가 손으로 입을 가리고 웃었다. 하카브는 소녀를 따라 웃다가 씁쓸한 미소를 띠었다.

"그날이 플로에토와 만난 첫날입니다. 바이페렘."

관디테의 표정이 딱 굳었다. 유폐된 전 바이페렘의 얘기가 나오니 다시 경계의 빛이 올라오기 시작했다.

"저에 대해 많은 말을 들으셨을 겁니다. 위험하다, 나쁘다. 대륙에 피바람을 몰고 오는 자라고. 그 어떤 것도 변명하지 않을 테지만, 제가 구태여 이 얘기를 꺼낸 이유는 플로에토, 그녀만큼은……."

하카브의 눈동자는 저 먼 라고슈를 그리고 있는 것 같았다.

"진정 라고슈를 위했다는 걸 알려 드리고 싶었습니다. 그녀는 이 거대한 대륙의 아버지를 자처하는 일라베니아의 어두운 면을 보고, 그 사실을 외면할 수 없다고 생각했습니다. 하지만 상대는 너무 거대했고, 또 다른 힘이 필요했던 것이지요. 그녀가 나라를 팔아먹은 여왕이라는 오명을 감수하고도 저에게 손을 내민 이유는 모두 라고슈를 위함이었습니다. 물론 지금 라고슈의 행보가 나쁘다는 것은 아닙니다. 라고슈의 위대한 뜻을 품고 있으나, 방향이 달랐을 뿐이라, 저는 그렇게 생각하고 있습니다. 변절자, 배신자. 수많은 오명이 플로에토를 둘러싼 지금이 너무나도 가혹하게 느껴집니다, 바이페렘. 부디."

하카브가 제 입술을 질근거렸다.

"그녀를 용서하라, 어두운 곳에서 꺼내 달라 요청하는 것이 아닙니다. 그저 플로에토가 왜 저에게 손을 내밀었는지, 한 번만 생각해 주시길 청합니다. 바이페렘께서 보셨던 라고슈는 어땠습니까…… 대륙은 죽어 가고 있습니다. 막 즉위하신 바이페렘께 이 이야기는 너무 가혹하리란 것을 압니다. 하지만 라고슈의 추운 땅을 밟고 있는 자들은 모두가 형제. 서로가 서로의 등을 지킵니다. 그런 형제들이 하나둘 죽어 가고 비명을 지르고 있지 않습니까. 위대한 바이페렘. 라고슈의 영원한 서약이시여. 그 소리를 들어 주시길 바랍니다."

대사 준비해 왔나? 아주 말이 강같이 흐르네. 간제는 다리를 꼬고 턱을 괸 채 하카브의 헛소리를 감상했다. 어리다고는 해도 지금의 바이페렘 또한 플로에토가 실각된 이유를 알고 있을 것이다. 그에 관련되어 하카브가 위험하다 교육을 받았을 것이고. 처음 소녀의 얼굴에 경계의 빛이 떠오른 것은 그 때문이리라.

하지만 라고슈에 대한 얘기로 경계심을 조금 풀고, 금기나 다름없는 화제를 직접 꺼내어 어린 소녀를 흔들었다. 플로에토를 그리는 눈빛에서 모두가 위험하다 손가락질한 남자의 진실 어린-진실 어려 보이는- 모습이 보였다.

하카브의 보기 역한 연극이 진심처럼 보이는 이유는 출중한 연기 실력뿐 아니라, 그가 한 말들이 대부분 사실에 기반하고 있기 때문이었다. 라고슈의 많은 형제들이 굶어 죽어 가고 있는 것도 현실이고, 일라베니아는 대륙의 아버지로 누릴 것은 누리되 죽어 가는 땅을 외면하는 것 또한 사실이었다.

성력을 가진 사람들을 아득바득 모아 그러쥐고 남은 영광 한 톨 새어 나갈까 전전긍긍하기만 하는 모습에 환멸을 느끼는 것은 비단 라고슈뿐만이 아니었다.

관디테는 심각한 표정을 짓고 있었다. 하카브의 말을 다 믿지는 않아도 어느 정도 유효한 모양이었다. 관디테는 제 옷자락을 만지작거리다가 아래를 보던 시선을 하카브에게 옮겼다. 하카브가 애절한 표정으로 애써 미소 지었다.

"귀 기울여 들어 주지 않으셔도 되니, 부디 라고슈의 형제들을 살펴 주시길 바랄 뿐입니다. 두서없는 말로 바이페렘의 마음을 어지럽게 해 드려 죄송합니다."

시합을 알리는 사람이 나와 소식을 알렸다. 로젤린의 대전자가 기권을 했다는 얘기였다. 그녀가 등장하기만을 바라던 사람들이 일시에 아쉬운 소리를 냈다.

관디테는 로젤린의 경기 소식에도 하카브의 얘기를 반추하는 듯 제 머리카락을 만지작거리고 있었다. 소녀가 커다란 눈망울로 그를 바라보았다. 하카브는 애처로운 미소를 지었다.

"시든 만디라."

뜬금없는 말이었다. 하카브의 표정이 의문스럽다는 듯 바뀌자 소녀가 눈을 접으며 웃었다.

"라고슈 높은 곳에서 자라는 만디라는 가격을 매길 수 없는 만큼 귀중한 약초다, 왕자. 시든 만디라. 만디라가 시들어 봤자 만디라지. 조금 상하거나 형태가 변하는 걸로 값어치는 변하지 않는다는 라고슈의 속담 중 하나다."

부연 설명이 있어도 영 이해하기 힘들었다.

"왕자에게 일라베니아는 시든 만디라인가 보군. 하기야 과거의 광영이 줄었을지언정, 쉬이 볼 수 있는 상대는 아니. 형세는 비등한 것인가, 왕자? 라고슈의 힘이 발타에 실리지는 못해도 일라베니아에 실리면 안 된다라……."

하카브의 표정이 설핏 굳어졌다. 옆에 있던 간제도 눈을 동그랗게 떴다. 방금 전까지 어린 영양같이 눈을 깜박이던 초식 동물이 기세를 싹 바꾸었다. 하카브의 말에 경계를 내보이던, 웃으며 담소를 나누던 모습마저도 전부 가장에 불과한 것 같았다.

"꼭두각시에 불과한 이 몸에게 무슨 힘이 있다고 이러는지는,"

관디테가 어깨를 으쓱했다.

"대충 알겠다. 섭정관은 나이 들고 라고슈는 아직 혼란하다 이 말인가. 전 바이페렘의 얘기까지 꺼낸 것을 보아 하니, 어쩌면 아직 완전히 그 일파를 뿌리 뽑지 못했을 수도 있겠군."

소녀는 표정 없이 하카브를 바라보고 있었다.

"로젤린 경의 경기가 취소되어 매우 상심할 뻔했으나, 오늘의 외출은 이 몸에게 값졌노라. 왕자가 재밌는 얘기를 들려준 덕이다."

같잖지도 않은 연극 한 편 잘 보았다는 어투였다. 간제는 바보처럼 입을 벌리고 있다가 제 입을 가렸다. 네 발로 걷던 애완동물이 두 발로 걷는 걸 본 느낌이었다. 관디테가 눈을 비비며 하품했다.

"기대되어 새벽 늦게까지 자지 못해 피곤하다. 왕자, 내려가는 것을 도와다오. 이제 슬슬 이 몸의 낮잠 시간이다."

하카브는 가만히 소녀를 바라보다가 일어서서 아까와 같이 손을 내밀어 그녀의 발을 받쳐 주었다. 소녀가 그의 어깨를 잡고, 손을 밟은 후 폴짝 뛰어

내렸다. 그러고는 감사 인사도 없이 돌아섰다. 간제는 당장 쫓아가서 소녀의 볼에 키스하고 싶었다. 간제의 엉덩이가 들썩이던 그때, 소녀가 다시 뒤를 돌아보았다. 아직 무릎을 꿇고 있는 하카브를 보며 소녀가 생긋 웃었다.

"하카브 위 리비타. 이 빚은 언젠가 갚도록 하겠다."

아주 가까운 과거에 들어 본 적 있는 말이었다. 하카브는 총총 멀어지는 어린 그녀를 가만히 바라보다 한참 후에 다시 자리에 앉았다. 그가 한숨을 푹 쉬었다.

"딤라를 아주 빼다 박았군. 라고슈의 여자들은 하나같이…… 정말 정이 안 가. 내 아내들이 그립구나."

간제는 더 이상 웃음을 참을 수 없었다. 그녀의 입에서 어흐흑 웃음소리가 터져 나왔다. 그녀가 몸을 떨어 대며 웃고 있자 하카브가 그녀의 머리에 꿀밤을 놨다.

* * *

첫째 날
32강전 4초
둘째 날
16강전 0초(부전승)
셋째 날
8강전 21초
넷째 날
4강전 23초

누가 승자가 될지, 누가 패자가 될지 알지 못해 두근거리며 가슴 졸이던 매해와는 확연하게 다른 분위기였다. 4초 만에 승리한, 전무후무한 성적의 참가자가 있기 때문이었다. 부전승 제외하면 역대 가장 빠른 승리였다.

반신반의하던 사람들은, 첫 경기 이후로 모두 확신하게 되었다. 믿기 힘들던 그 소문들이 진실에 매우 가깝다고. 정말 딱밤으로 암살자를 죽였단 말인가? 정말로 콧김을 불었더니 암살자들이 날아갔단 말인가? 물론 영 아니올시다 싶은 소문들도 여전히 섞여 있었으나, 다들 믿는 기색이 역력했다.

8강전까지 치러진 세 번째 개방일로부터 이틀 뒤. 다시 무투회장이 열렸다. 오늘도 로젤린은 4강전에서 멋지게 승리를 거머쥐었다.

32강전의 상대, 불화살 용병단의 카렐은 신성력이 뛰어난 신관이 붙어 있었음에도 불구하고 이틀 동안 의식을 되찾지 못했다. 그 소식을 들은 로젤린도 무언가 느끼는 바가 있었는지, 다음 경기부터는 조금 더 힘을 풀고 상대하기 시작했다.

21초, 23초. 모두 1분은 넘지 못했으나, 로젤린을 잘 아는 사람들은 그녀가 상대들을 많이 봐줬다는 사실을 눈치챘다.

23초의 결투 후, 로젤린은 다시 경례를 했다. 승리 이후에 항상 보이던 모습이었다. 몇몇 승리자처럼 물구나무를 선다든지, 한쪽 눈을 감으며 키스를 날린다든지 하는 요란한 행위를 하지 않았으나 그 어떤 모습보다 강렬하게 관중들에게 새겨졌다.

어린아이들이 그녀를 흉내 내어 주먹을 가슴 위에 올려놓았다. 얼굴은 잔뜩 상기되고 눈동자는 투명하게 반짝였다. 아이들의 마음에 들어갈 수 있는 조건은 단순하지만 굉장히 올곧다. 강하고, 멋지고, 정의로운. 좋은 수식어가 잔뜩 붙어 있는 자만이 쟁취해 낼 수 있는 자리였다. 동경의 대상이란 것이 대개 그러하듯이.

꽃비 속에서 경례하던 로젤린의 모습은 칼릭스가 봐도 설렐 정도였다. 개국 이래로 이렇게 멋진 기사가 있었나? 아마 없었을 것이다. 칼릭스는 흡족한 마음에 고개를 끄덕였다.

하지만 이 경우는 뭐랄까……

칼릭스는 말을 잃어버렸다. 다음에 커서 로젤린 경과 결혼하고 말겠다는 소녀의 말을 들은 이후부터였다. 아니, 그 소녀의 어머니가 "신분 차이가 너무 커서 안 될 거야."라고 얘기한 다음부터였던가.

아무튼 단순히 신분 차이만의 문제가 아니라고 생각되어서인지, 칼릭스의 얼굴은 혼란스러운 감정에 물들어 있었다. 울지도 웃지도 못하는 이상한 표정을 본 클로에가 입을 가리며 쿡쿡 웃었다.

오늘도 그제와 똑같은 자리 배치였다.

"미래의 매형이 매우 아리땁네요, 칼릭스 경. 나이 차이가 많이 나는 게 흠이 될까요?"

"……제국……."

"제국법상 동성혼은 안 된다는 고리타분한 말은 말아요."

칼릭스는 진절머리 난다는 식으로 그녀를 흘겨보았다. 레이몬드와 클로에가 어떻게 만나 어떻게 사귀게 된 것인지 문득 의문이 들었다. 그렇게 어울리는 조합은 아닌 것 같은데…….

클로에는 [남편이 나와도 우승은 로젤린]이라 적혀 있는 천 조각을 들고서는 흥겨운 축제 분위기를 만끽하고 있었다.

"사귀자고 먼저 말한 사람도 레이몬드고, 먼저 청혼한 사람도 레이몬드예요."

"혹시 사람 마음을 읽는 재주라도 있습니까?"

"어머? 설마요. 정말 재밌는 분이라니깐."

말을 말자. 칼릭스는 고개를 절레절레 흔들며 시선을 옮겼다. 경기장을 내려와 대기실로 이동하는 로젤린이 보였다. 가까운 관중석 쪽에서 소란이 일어났다. 덩치가 산만 한 남자들이 자리싸움에 져서 무력하게 밀려나 있었다. 승리자들은 그 남자 군단의 반이나 될까 싶은 가느다란 아가씨들이었다. 다들 손수건과 꽃다발 따위를 로젤린에게 내밀고자 난간에 아슬아슬하게 몸을 걸친 상태였다.

"로젤린 경! 여기 한 번만 봐 주세요!"

"경! 제 손수건을 받아 주세요!"

"로젤린 경!"

여자들에게 전운이 감돌았다. 칼릭스는 그쪽을 보며 식은땀을 흘렸다. 마치 맹수들의 격돌 같았다. 그리고 난간은 맹수들의 거친 싸움을 버텨 낼 만큼 튼튼하지 않았다. 삐걱 소리와 함께 난간 한쪽이 우그러지는 것은 순식간이었다.

허리를 난간에 아슬아슬하게 걸쳐 두었던 여자 두 명이 비명을 질렀다. 치마가 걸려 찢어지는 소리가 나며 가느다란 몸뚱이가 바닥을 향했다. 칼릭스가 벌떡 몸을 일으켰다.

갖은 환호와 소란 속에서 로젤린은 난간이 비틀리는 소리를 이미 감지하고 있었다. 그다지 높지 않지만, 인간은 그녀의 생각보다 훨씬 약한 생물이었다. 일찍이 염려의 눈빛으로 주시하고 있던 터라, 사고가 일어남과 동시에 움직일 수 있었다.

꺄악, 꺅. 소리가 채 울려 퍼지기도 전에 로젤린은 잽싸게 달리기 시작했다.

바닥에 미끄러지는 듯 난간 앞에 도달한 로젤린의 위로 여자 두 명이 떨어졌다. 한 명은 왼쪽 팔로 받고, 한 명은 오른쪽 팔로 감싸 안았다. 눈을 질끈 감은 여자들의 심장 소리가 크게 울렸다. 굉장히 놀란 듯했다.

'음. 좋아. 잘 받아 냈어.'

로젤린은 내심 흡족했다. 일순 크게 비명 소리가 울렸던 사고 현장이 조용해졌다. 여자들이 눈을 떴다.

"악! 로, 로젤린 경!"

"꺄악!"

로젤린의 팔과 어깨에 걸쳐진 여자와 품에 안겨 있는 여자가 앞선 비명보다 높은 소리를 냈다. 그 소리를 기점으로 다시 일대가 소란스러워졌다.

봤어? 와…… 여자 두 명을 그냥 깃털처럼 드는구만! 바람과도 같은 빠르기! 남자들이 제 빈약한 근육을 만지작거렸다.

로젤린의 품 안에 안겨 있는 여자의 눈동자가 흐릿하게 초점을 잃어 갔다. 좋은 향기…… 부드럽고…… 멋있어…….

그들의 눈빛에서 어떤 욕망을 느낀 로젤린이 흠칫 몸을 굳혔다. 곧 안전하게 바닥에 도착한 여자들이 달콤한 한숨을 내뱉었다.

"난간에 기대면 위험합니다."

난간에 붙어 있는 문구를 그대로 읊은 것에 불과했으나, 여자들은 크게 감명받은 듯 고개를 세차게 끄덕였다. 두 번 다시는 난간에 기대지 않으리라 굳게 다짐한 사람들 같았다.

로젤린은 한 명의 치마가 찢어진 것을 발견했다. 피 냄새가 나지 않는 것으로 보아 다치지는 않았지만, 깊게 찢어져 허벅지가 보일 정도였다.

"옷이 찢어졌습니다."

"어, 어머."

수많은 사람들의 시선이 그녀의 다리로 향했다. 당황한 여자가 가려 보려 했지만, 크게 찢겨 나간 조각이 있어 어려움을 겪는 중이었다. 로젤린이 제복 겉옷을 벗으며 그녀에게 한 발짝 더 다가갔다.

"실례합니다."

여자의 눈이 휘둥그레졌다. 그 로젤린이, 그 유명한 기사가 자신의 허리에다 제복을 묶어 주는 지금의 상황이 믿기지 않았다. 로젤린의 얇은 셔츠 깃이 여자의 볼을 간지럽혔다. 칼릭스는 멀리서 여자의 눈을 보고 말았다. 아, 안 돼.

로젤린은 몇 번의 시행착오 끝에 찢긴 부분이 가장 잘 가려지는 위치를 찾아냈다. 하얀 제복이 여자의 무릎 아래까지 내려왔다.

"로젤린 경. 이 보답을 어찌해야 할지……."

"구해 주셔서 감사해요, 경……."

여인들이 초롱초롱한 눈빛으로 그녀를 올려 보았다. 수습 기사들이 떠오르는 맑은 눈망울들이었다. 로젤린은 미소를 지으며 여자들을 부드럽게 바라보았다. 안 돼요, 누님! 그만, 그만하세요! 칼릭스의 소리 없는 아우성은 로젤린에게 전달되지 못했다.

"무사하신 걸로 됐습니다."

로젤린은 살짝 묵례한 후 돌아섰다. 여자들은 아쉬워하며 멀어지는 로젤린을 바라보았다. 그때, 몇 걸음 가던 그녀가 멈춰 서 고개를 살짝 틀었다. 곁눈으로 여자들을 흘끗 다시 바라본 로젤린이 말을 이었다.

"옷은 돌려주지 않으셔도 됩니다."

어디서 불어온 바람이 여인들과 로젤린의 사이를 스쳐 지나갔다. 결 좋은 검은 머리가 휘날렸다. 난간 위의 여자들이 들고 있던 꽃송이에서 꽃잎이 날아왔다.

미친, 바람까지 왜 저래. 칼릭스는 절망했다. 심각하게 멋있었다. 심지어는 제 누이의 목소리가 제법 낮은 편이라는 것이 이 상황에 힘을 더하고 있었다.

난간 안쪽에서 지켜보던 아가씨들의 눈빛도 몽롱해졌다. 어두운 건물 안쪽으로 사라져 가는 로젤린의 뒷모습을, 그들은 하염없이 바라보았다. 강하고 상냥한 기사님의 향기는…… 달콤했다. 로젤린이 실제로 경기 전에 달콤한 과자를 많이 먹고 왔기 때문이었으나 그들은 알지 못했다.

* * *

결승 상대는 황실 제1기사단 '얼음창'의 부단장, 마르틴으로 결정되었다. 얼음창 기사단은 가장 강하고 가장 충성심이 깊은 자들이 있는 황제의 최정예 무력 집단이었다. 그들은 가진 충성심만큼이나 황제로부터 많은 영광을 하사받고는 했다. 이런 무투 대회에서 승리하는 것과는 비교도 안 될 정도의.

매년 많은 기사들이 무투 대회에 출전하고는 했지만, 얼음창 기사단에서 참가자가 나온 적은 없었다. 이례적인 일이었다. 심지어는 그냥 단원도 아니고 부단장의 직위에 오른 자였다. 얼음창의 이름 자체로도 이미 충분히 영예로웠으며, 부단장쯤 되는 사람이면 무투 대회에서 얻는 것보다 잃는 게 더욱 많을 수도 있었다. 출전의 이유가 모호했다.

32강전, 1분 12초
16강전, 7분 45초
8강전, 6분 22초
4강전, 9분 59초

얼음창 기사단의 부단장이라는 사실과 더불어 경기 내용이 훌륭하다는 점에서 마르틴의 이름이 로젤린과 함께 사람들의 입에 오르내렸다. 모두 10분을 넘기지 않고, 심지어는 상처 하나 입지 않은 압도적인 승리였다. 길면 1시간 넘게도 싸우는 것이 무투 대회의 일반적인 풍경이었건만, 얼음창의 위명은 헛된 것이 아니었다.

준비가 끝났다. 앞선 패자들의 붉은 흔적이 심란하게 바닥에 들러붙어 있었다. 마르틴은 찝찝한 마음으로 경기장 위로 올라왔다. 맞은편에서 걸어오는 로젤린이 보였다. 2황자의 방패이자 창, 검, 화살, 뭐 이거저거 혼자서 다 해 먹는 주인공이 저기 있었다.

마르틴은 두근거리는 가슴을 겨우 억눌렀다. 성력은 숱하게 접할 수 있었으나, 마력은 그렇지 않았으니. 검 좀 다루고 강하다는 말 좀 듣는 기사들이 몸을 들썩이며 하얀밤 기사단에 접근하는 것은 당연한 일이었다.

마르틴도 그 수많은 기사들 중 한 명이었다. 로젤린과 검을 맞대고, 대련도 하고 결투도 해 보고 싶었다. 얼마나 강한가. 정말로 딱밤으로 암살자의 머리를 날렸는가! 마력은 얼마나 강하고 불길한 힘인가. 보고 싶었다. 기사단장의 만류에도 불구하고 어리고 권력 없는 자들의 출세 관문이나 다름없는 무투회장에 발을 들인 이유가 바로 이 때문이었다.

물론 무투 대회 이전에, 하얀밤 기사단에 공동 훈련 계획서를 찔러 넣기도 했었다. 하지만 하얀밤의 기사단장 스타스는 얼음보다 차가운 얼굴을 하고서는 따로 일정이 있다는 말만 반복했다. 대련만 한번 해 보겠다는데 무척이나 깐깐했다.

오랜 기다림 끝에 드디어 기회가 왔다. 마르틴은 그 어느 때보다 흥분했다. 높은 자리에서 관람 중인 황제의 존재도 잊을 정도였다. 진행자가 다가오다 선뜩한 기운에 발을 잠시 주춤거렸다. 참가자 마르틴의 눈빛이 예사롭지 않았다. 온몸에서 열기가 뿜어져 나오는 것 같았다.

"무기, 허용. 몸싸움, 허용. 암기와 독은 허용하지 않습니다. 승리 조건은 상대가 경기장을 벗어나는 경우, 상대가 미리 패배를 시인하는 경우, 상대가 사망하는 경우, 상대가 전투 불능이라고 제가 판단하는 경우입니다. 항복을 했음에도 공격을 하거나 사망에 이르게 하는 경우에는 탈락입니다. 미리 주의해 주세요. 서로 예를 지켜 간단하게 인사해 주세요."

마르틴은 제복에 손을 문질러 닦은 후 로젤린에게 악수를 청했다.

"제국 1기사단, 얼음창 소속 부단장 마르틴이다."

"하얀밤의 상급 기사 로젤린입니다."

맞잡은 손이 작고 가느다래 놀랐다. 이 손으로, 이 체구로 어떻게 그런 힘을 낼 수 있었던 것이지? 근육의 구조가 다른가? 진행자가 어색하게 웃으며 끼어들려 했지만, 마르틴이 말을 먼저 꺼냈다.

"로젤린 경. 하나만 부탁해도 되겠나?"

"예?"

"나는 경이 모든 경기에서 힘을 온전히 내보인 적 없다고 생각하고 있어."

"그렇습니다."

마르틴이 화색을 띠었다.

"봐주는 것 없이. 최선을 다해, 전력으로 나를 상대해 주게."

로젤린은 땋은 머리를 만지작거리며 관중석 쪽으로 시선을 돌렸다. 하얀

밤 기사단원들이 앉아 있는 그 어디쯤이었다. 그녀는 곧 스타스를 찾아내었다. 스타스는 갑자기 닿은 시선에도 당황하지 않고 고개부터 저었다. 먼 경기장에서 무슨 대화 내용이 오갔는지도 모르면서, 뭐든 안 된다는 얘기를 하고 싶은 듯 보였다.

"안 된다는데요."

"누가! 아, 누구인지는 대충 알겠군. 아니, 어째서!"

"제가 최선을 다하면 상대방이 죽는다고⋯⋯."

그 말을 들은 순간 마르틴의 피부 위로 소름이 돋아났다. 등골이 오싹했다. 교란을 위한 거짓말이나 허세가 아님은 금방 알 수 있었다.

"기사단장님이 절대 최선을 다하지 말라고 하셨습니다."

"⋯⋯스타스 경이 현명했군. 알겠다."

두 사람이 몇 발짝 멀어졌다. 진행자는 참가자 두 명이 대화를 나누는 내내 옆에서 벌벌 떨다가 퍼뜩 정신을 차렸다.

댕, 댕, 댕. 세 번의 종이 울렸다. 충돌은 없었다. 불어온 바람에 흙먼지만 일어났다. 마르틴과 로젤린이 대치 상태로 무거운 침묵을 지켰다. 모두들 침만 삼켰다.

로젤린이 자세를 낮췄다. 격돌 전, 마르틴은 그녀의 기세를 읽고 몸 앞에 검을 세워 방어했다. 캉! 맑고 높은 소리가 울렸다. 로젤린의 검을 막은 마르틴의 몸이 공중에 붕 떴다. 거대한 짐승에게 치인 것 같은 궤도였다.

마르틴은 금속 가루가 탁탁 튀어 오르며 빛을 받는 모습을 목격했다. 모든 것이 느리게 보이는 가운데 그녀의 인영만 다른 시간을 걷는 듯 빠르게 움직이고 있었다.

촤아악, 마르틴의 부츠가 바닥을 긁었다. 잽싸게 검을 바닥에 박아 넣은 덕에 경기장 밖으로 나가지는 않았다. 한 발자국 뒤에 경기장의 끝이 있었다. 경험이 빛을 발했다.

검을 놓치지 않은 것이 용했다. 아직까지도 충격에 손과 검이 징징 떨렸다. 이것이 그녀의 힘? 대단했다. 굉장하다! 마르틴이 웃었다. 그가 쏜살같이 대전자를 향했다. 로젤린도 한 걸음 나아갔다.

챙!

두 번째 충돌이었다. 마르틴이 짧은 시간 동안 여러 번 그녀를 향해 검을 휘둘렀다. 재빨랐다. 로젤린이 평가해도 그 정도였으니, 인간으로 친다면 최상급이었다.

왼쪽, 오른쪽, 허리, 심장, 다리. 굵은 혈관이 있는 지점을 날카롭게 베어 내려 했으나 그 어떤 공격도 그녀를 스치지 못했다.

45초. 로젤린의 대전자 중 가장 오래 버틴 사람의 시간이었다. 그리고 마르틴은 방금 그 시간을 넘어섰다. 공방은 생각보다도 오래 지속되었다. 적당히 하라는 스타스의 경고를 잊지 않은 탓도 있었지만, 검을 나누고 있는 이 시간이 순수하게 즐거웠다. 마르틴도 비슷한 마음인 듯했다.

근육의 질은 훌륭하고, 체격이 너무 크지 않아 검도 재빨랐다. 남성의 이점을 챙겨 일격, 일격이 가볍지만도 않았다. 로젤린은 최선을 다해 겨루고 있지는 않았으나, 수습 기사들과의 대련처럼 완전 봐주는 것도 아니라 좀 신이 났다. 로젤린이 환하게 웃었다.

그 순간 마르틴의 몸이 굳어졌다. 그녀는 그 잠깐을 놓치지 않고 파고들었다. 검의 간격 안쪽, 마르틴의 품이었다. 그의 눈이 커졌다. 로젤린은 남자의 눈동자에 비치는 제 모습을 보며 목에 검을 가져다 대었다. 순식간이었다.

"항복하시겠습니까?"

마르틴의 땀방울이 뚝뚝 떨어졌다. 고작 5분도 안 되는 새에 몸에서 열기가 피어오르는 게 보일 정도였다. 마르틴은 씩 웃더니,

"한 번만 봐주지 않겠나? 내가 얼마나 이 순간을 기다려 왔는데."

라고 했다.

어, 의외의 반응인걸. 보통 이러면 졌다고 하던데.

"알겠습니다."

로젤린은 고개를 끄덕이고 다시 거리를 벌렸다. 진행자가 승리자를 외치려다가 급하게 입을 다물었다. 어? 보통 이쯤에는 졌다고 하던데? 자기들끼리 알아서 봐 달라고 하고, 알아서 봐준 다음에 2차전을 준비하는 지금의 상황을 대체 어떻게 수습하면 좋을까. 관중석도 술렁였다.

두 사람이 다시 검을 부딪치기 시작했다. 관중들은 얼떨떨한 기색을 지우지는 못했으나 곧 빠져들어 관전했다.

마르틴은 몇 번이나 한 번만 더 봐 달라고 했으며, 로젤린은 몇 번이나 그 제안을 승낙했다. 심지어는 검을 제외한 박투도 실행되었고, 달리기 시합과 팔씨름까지 경기장 내에서 이루어졌는데 진행자의 얼굴이 불만했다. 딱히 팔씨름을 하지 말라 규정되어 있지 않아 말릴 수가 없었다.

결승전, 우승자 로젤린(하얀밤 기사단 소속)
대전 시간, 1시간 13분 29초(대전자 마르틴이 허벅지 씨름 후, 근육 경련으로 항복)

* * *

리카르디스는 힐끔 눈알만 굴려 옆에 앉아 있는 황제의 얼굴을 살폈다. 유례없이 이상한 결승전을 목격한 황제의 표정은…… 생각보다 나쁘진 않았다.

"허벅지 씨름은 그래도 좀 버티는 것 같더니, 아깝게 되었다."

나쁘지 않다 못해 굉장히 즐기기까지 한 것 같았다. 리카르디스가 눈웃음 지으며 황제의 말에 수긍했다.

"로젤린 경이야 마력이라는 수단으로 신체를 강화한다 치더라도, 마르틴 경은 정말 훌륭하군요. 역시 폐하의 호위 기사답습니다."

기분 좋은 듯 허허 웃는 황제를 보며 리카르디스는 남몰래 안도의 한숨을 쉬었다. 얼음창의 부단장이 무투 대회에 나오면 어쩌자는 건지…….

얼음창은 황제의 수족이나 다름없는 집단이었다. 로젤린이 승리하는 경우 황제의 심사가 크게 뒤틀릴 가능성도 있었다. 다행히 경기 내용이 이상하게 튀는 덕에 기분 나쁘고 말고 할 상황이 오지 않았다.

심지어는 리카르디스, 엘피디오마저도 넋을 빼놓고 관전했다. 반복 달리기 시합을 할 때에는 손에 땀이 날 지경이었다.

"사람들 다 모여 있는데, 경기가 이게 뭡니까. 황실의 권위가 떨어지겠습니다."

입 벌리고 볼 때는 언제고, 엘피디오가 정신 차리고 공격을 시작했다. 황제의 제일 예민한 부분을 건드리고 있었다.

"하하, 비약이 심하시군요, 형님. 일라베니아 황실의 권위가 고작 기사 두 명 때문에 흔들리리라고는 상상할 수도 없습니다. 보십시오. 마르틴 경의 이름을 연호하는 수많은 자들을요. 더군다나 무투 대회에서 만나는 참가자들끼리 사이가 나빠지는 경우가 왕왕 발생하기도 합니다만, 두 사람은 검으로 얘기하고 땀으로 우정을 쌓았습니다. 건국제의 흥을 돋운다는 취지에 적합한 경기가 아니었습니까, 폐하?"

"그렇지, 그렇지. 다들 즐거워하니 되었다."

엘피디오가 '그게 뭔 개소리야.'라는 눈빛으로 리카르디스를 흘겨보았다. 입에서 흐르는 게 말인지 유수인지 모르겠다는 표정이었다. 리카르디스가 사르르 웃었다. 엘피디오의 얼굴이 일그러졌다.

엘피디오와 리카르디스가 기 싸움 하는 광경은 낯선 것이 아니었기 때문에, 다른 황자와 황녀들은 신경도 쓰지 않았다.

디에즈는 어린 황녀들과 도란도란 얘기를 나누고 있었다. 로젤린 경은 팔굽혀펴기를 몇 개쯤 더 하실 수 있을까요, 오라버니? 100개도 할 수 있지 않을까? 아, 정말요. 정말 대단하네요.

혹시 저를 목말 태워 주실 수도 있을까요? 저 요즘 무거워졌는데. 로젤린 경은 힘이 세니까 되지 않을까? 나눠 받는 말들이 아기자기하고 귀여웠다. 리카르디스는 자기도 모르게 미소 지었다.

하인들이 분주히 경기장을 치웠다. 곧 우승자를 치하하기 위해 황제가 나설 차례였다.

"감개무량합니다, 폐하. 황실의 기사가 우승하는 것이야 자주 있던 일이었지만, 이번은 더욱 그 승리가 크게 다가오는 듯합니다. 크레안 티다니온의 힘을 지닌 자가 승리하였으나, 그녀는 붉은수레바퀴. 일라베니아와 황제 폐하의 충실한 기사입니다."

리카르디스의 큰 재주 중 하나였다. 헛소리, 빤한 아부를 굉장히 진정성 있게 들리게 하는 능력. 클로에는 "전하의 호소력은 얼굴에서 나와요. 정말로."라고 말했는데, 본인은 긴가민가한 기색이었다.

황제는 리카르디스의 말에 완전 취해 버린 듯했다.

"마인을 품으시는 폐하의 자비로우심이 진정 하늘에 닿으셨는지요? 만백성이 칭송하며 우러러볼 위대한 업적입니다."

황제는 감동한 얼굴로 잔을 들었다. 리카르디스도 생긋 웃으며 그를 따라 잔을 들었다. 챙. 유리가 울리는 소리가 청명하고 즐거웠다.

슬쩍 돌아보니 라헤안시가 인상을 찌푸린 채 입을 막고 있었다. '형, 비위도 참 좋네…….'라고 말하고 싶은 걸 간신히 참고 있는 것 같았다. 리카르디스는 황제가 안 보는 사이 청포도 한 알을 뜯어 그에게 콱 던졌다. 라헤안시가 재주 좋게 입으로 받아먹었다.

원래 일정대로라면 황제만 경기장에 내려가야 했지만, 과하게 흡족해 버린 탓인지 리카르디스도 같이 대동했다. 웃음소리가 호탕했다. 횃불로 밝혀진 몇 개의 복도를 지나쳤다. 넓게 트인 공간으로 나오자마자 햇빛이 쏟아져 눈이 부셨다. 황제는 양옆에 일렬로 서 있는 병사들과 얼음창 기사단을 지나쳐 경기장 중앙에 있는 로젤린에게 다가갔다.

로젤린이 한쪽 무릎을 꿇고 고개를 숙였다. 그녀를 따라 관중석에 있던 자들도 모두 자리에서 일어나 무릎을 꿇었다. 정적이 감돌았다.

하늘에 가장 가까운 자. 일라베니아의 통치자. 대륙의 주인. 황제의 등장이었다. 그 누구도 황제의 허락 없이는 고개를 들지 못했다. 그것이 1시간이건, 하루건 간에.

정적이 깔린 경배에 황제의 눈빛이 변했다. 부글부글 끓는 욕망이 느껴졌다. 가장 좋은 걸 먹고, 가장 좋은 것을 입고, 말 한마디로 사람들의 목숨을 좌우하는 가장 높은 권력을 가진 자는 배부를 줄을 몰랐다. 언제나 목말라했다. 그 끝 모를 갈증이야말로 그를 황제로 만든 원동력이었다. 하지만 황제 라이노가 이상한 것이 아니었다. 모든 자의 위에 서 있겠다는 음습한 욕망은 아름다운 권좌와 함께 대물림되었으므로.

리카르디스가 볼 때에는 이성적인 척하는 반미치광이였다. 가장 고상한 척하는 미친놈이 권좌에 앉아 있다. 하지만 권좌에 앉았던 자들은 다 그놈이 그놈이니. 그렇다면 전후 관계가 잘못된 것이 아닌가? 미친놈들이 권좌에 앉은 게 아니라, 권좌가 사람을 미치게 만든다고 보는 쪽이 더 타당할지도 몰랐다.

신의 이름으로 빛나는 그 자리가 정녕?

"고개를 들라."

근엄한 목소리에 로젤린이 고개를 들었다. 황제 너머로 그녀를 바라보던 리카르디스의 표정이 설핏 굳어졌다. 그녀의 얼굴이 평소보다 딱딱하고 날카로웠다. 단순히 기분의 문제가 아니라, 신경이 예민해진 것이 확실하게 티가 났다. 긴장이라도 한 걸까? 그 로젤린이?

황제는 사나운 그녀의 인상에 놀랐는지 잠시 말을 잇지 못했다. 잠시간 침묵이 내려앉은 사이, 로젤린의 눈동자가 또르르 굴러 리카르디스를 향했다. 눈이 마주쳤다. 리카르디스는 로젤린을 보며 다정하게 웃었다. 괜찮다고 말해 줄 수 없으니 웃기라도 해야 할 것 같았다.

'로젤린. 우승 축하한다.'

소리 없이 입만 벙긋거렸지만, 로젤린은 알아들은 듯했다. 딱딱하게 경직되어 있던 표정이 스르륵 풀리고 있는 것만 봐도 알 수 있었다. 황제 라이노는 그나마 덜 사나워진 로젤린의 얼굴을 보고 그제야 말을 편안하게 걸었다.

형식적인 대화가 오고 갔다. 하얀 밤을 부르는 일라베니아의 축복을. 붉은수레바퀴의 로젤린이 황제 폐하를…… 훌륭한 경기였다. 건국의 달을 맞이한…….

경기장을 둘러싸고 있던 병사들이 검을 하늘로 치켜들자 관중들이 환호했다. 꽃과 꽃잎이 휘날리는 가운데 황제가 로젤린에게 검을 하사했다. 그녀는 무릎을 꿇은 채로 두 손으로 검을 받아들였다.

"이델라브힘의 아래, 가장 높이 계신 위대한 분. 황제 폐하께 이 자리를 바칠 수 있는 기회가 오다니……."

[이쯤에서 목멘 듯이 목소리를 좀 떨어 주면 돼.]

[목멘 목소리는 뭐야.]

[……목을…… 조른 것 같은 목소리?]

목멘 목소리가 졸지에 목을 맨 목소리로 둔갑해 버렸다. 잇세리온이 옆에서 어처구니없다는 듯 레이몬드를 쳐다봤다. 둘은 열심히 토론했다. 마지막에는 목 아래를 꾹 눌렀을 때 답답한 그 느낌 정도면 될 것 같다고 합의를 봤다.

"붉은수레바퀴의 오랜 이름에도, 또한 보잘것없는 로젤린이라는 이름에도 영광이 아닐 수 없습니다."

[그리고 이쯤에서는 눈물을 약간 글썽인다.]

[눈물이 안 나면.]

[눈 오래 뜨고 있으면…… 될……걸?]

눈물이 흐르지는 않았지만, 빨개지는 정도까지는 해냈다. 황제는 흐뭇하게 그런 그녀를 내려다보고 있었다.

"저, 저에게."

[말을 한 번 더듬는다.]

[공적인 자리에서 왜 실수를?]

[……그런 약은 수가 필요할 때도 있단다, 로젤린…….]

"죽음의 위기가 저를 휘두를지라도, 기꺼이 감내하겠습니다. 그 모든 것이 오늘을 위한 초석이었다면. 수천 번의 고난이 기다리고 있다 하더라도, 또다시. 몇 번이고. 죽음을 넘어서라도."

[〈입술을 파르르 떤다.〉 별표.]

"아름다운 일라베니아. 영광의 일라베니아. 그 울타리와 방패. 붉은수레바퀴의 로젤린. 가장 험난한 곳에서 가장 빛나고 날카로운 황제 폐하의 검이 될 자의 이름입니다."

[〈눈을 한 번 꾹 감았다가 뜬다. 강렬한 눈빛.〉 밑줄 쫙.]

[강렬한 눈빛은 어떻게 하는 거야.]

[그래, 그거야! 잘하네.]

그때 당시 로젤린은 그냥 멀뚱히 바라보고 있었을 뿐이었다.

타고난 강렬한 눈빛에 황제는 깊은 감명을 받은 기색이었다. 모두가 칭송한 강한 무기가 제 앞에 무릎을 꿇고 충성을 맹세하고 있어서 그랬는지도 모르겠으나, 어찌 되었건 황제는 흡족했다. 그는 고개를 주억거리며 턱수염을 쓰다듬다가 웃음을 터트렸다.

"과연 붉은수레바퀴로구나!"

로젤린이 자리에서 일어나 검을 하늘 높이 치켜세웠다.

"일라베니아의 영광을, 이델라브힘의 축복을!"

로젤린의 목소리가 넓은 공간을 쩌렁쩌렁하게 울렸다. 단단하고 힘이 넘치지만, 은은한 부드러움이 날카로움을 상쇄시켰다. 관중들이 그 목소리에 홀린 듯 일어섰다. 수많은 사람들이 입을 맞춰 같이 외쳤다.

일라베니아의 영광을, 이델라브힘의 축복을! 꽃이 끊이지 않고 뿌려졌다. 그 순간 날카로운 소리가 바람을 타고 울려 퍼졌다.

삐이익---

리카르디스와 로젤린, 그리고 하얀밤 기사단원들에게는 익숙한 소리였다. 사람들은 소리의 진원지를 찾아 마구 헤매었다. 사람들 위로 거대한 그림자가 휙휙 빠른 속도로 지나갔다. 관중들이 하늘을 올려 보았다.

"어, 저기!"

독수리다! 누군가가 말하자 관중석이 더욱 소란스러워졌다. 경기장 위로 높게 날아다니던 독수리가 원을 그리며 관중석을 아슬아슬하게 스치는 묘기를 보였다. 와아아! 비명인지 환호인지 감탄인지 모를 소리들이 마구잡이로 뒤섞였다. 경기장 내부를 멋지게 휘젓던 독수리가 순식간에 바닥으로 하강했다.

그 독수리 또한 로젤린만큼이나 유명 인사라, 얼음창 기사단원들도 크게 경계하지 않고 구경했다. 독수리는 중앙에 와서 느릿하게 날갯짓했다. 휘잉. 휘잉. 바람 소리가 들릴 정도였다. 눈을 빛내던 거대한 맹금류가 로젤린이 팔을 내밀자 천천히 내려앉았다. 황제가 혼이 쏙 나간 얼굴로 독수리와 로젤린을 바라보았다.

"이델라브힘의 영광이 폐하의 곁에 머무시니 일라베니아는 영원할 것입니다."

다른 사람은 모르지만, 리카르디스는 눈치챘다. 로젤린도 은근 당황하고 있었다. 아마 마카롱의 깜짝 이벤트인 모양인데, 어디로 튈지 모르는 게 제 주인이랑 똑같았다.

하지만 이런저런 사정을 모르는 사람들에게는 전율이 일 정도의 광경이었다. 이델라브힘의 사자, 독수리. 선명한 햇빛 아래 그의 영광을 노래하던 때에 독수리가 나타났다. 마치 하늘 높은 곳의 이델라브힘이 땅 아래를 굽어살피는 것만 같았다.

일라베니아가 영원하리라는 승리자의 의례적인 말이 무한한 힘을 얻는 순간이었다. 독수리의 날갯짓을 본 모두가 그렇게 느꼈다.

사람들이 환호했다. 일라베니아의 영광을, 이델라브힘의 축복을!

신의 이름과 나라의 영광을 드높이는 말이었다. 그네들이 불길하다 박해하던 마인의 입에서 나온 말임에도 모두 열기에 취해 있었다. 정말 망각이라도 한 듯이. 그 어떤 승리의 순간보다 무투회장은 크게 진동했다. 웅웅, 공간을 울리는 수백의 목소리는 사람들 마음 안쪽 깊은 곳의 무언가를 타오르게 했다. 황제 또한 분위기에 심취하여 군중들 한 사람 한 사람의 얼굴을 외울 듯 바라보고 있었다.

리카르디스는 이 거대한 공간, 군중의 목소리에 휩쓸린 모든 사람들의 모습을 한 걸음 떨어진 채 바라보았다. 미소 띤 얼굴은 그 아래의 생각을 가늠할 수 없게 만들었다.

'⋯⋯대충 마무리는 되었나.'

황제는 계속해서 몸집을 불리고 손댈 수 없을 만큼 커져 가는 로젤린을 경계하고 있었다. 이런 상황에서 로젤린이 보여 주기식이라 할지라도 무릎을 꿇은 채 충성을 맹세했으며, 그 장면을 많은 사람들이 보았다는 사실이 중요했다. 대개 사람들은 보이는 것으로 판단하고, 황제도 그걸 잘 알고 있는 사람이었다.

소나기처럼 내리는 꽃잎들 사이로 로젤린과 리카르디스는 눈이 마주쳤다.

로젤린은 군중을 흐뭇하게 바라보는 황제를 흘끗 곁눈질로 훔쳐봤다. 그러고는 하사받은 검을 슬쩍 가리킨 후 리카르디스를 콕 집어 가리키더니 엄지손가락을 들어 올렸다.

리카르디스는 고개를 절레절레 흔들며 웃음을 터트렸다. 대충 자신에게 영광을 바치겠다는 말일 것이다. 눈에 안 띄려 작고 소심하게 행동하는 걸 보니 웃음이 그치지 않았다. 로젤린은 리카르디스가 왜 그렇게 웃는 건지 이해 못 해 고개를 살짝 기울였다가, 마지막에는 빙그레 웃었다.

함성 소리는 끊이지 않고 울렸다. 마카롱이 다시 날아올라 회장을 휘저었다. 로젤린은 비행 궤적을 눈으로 그리다가 어느 한곳에서 멈췄다. 황제가 걸어왔던 통로. 그늘진 내부는 밖의 환희가 닿지 않는 듯 차가워 보였다.

그 속에 태양 같은 머리색을 가지고도 어둠에 완전히 녹아든 남자가 서 있었다. 로젤린은 그가 누군지 잠시 알아보지 못했다. 얼음장같이 싸늘한 표정을 하고 있는 익숙한 남자가 낯설었다.

사랑스러운 디에즈, 상냥한 디에즈. 모두가 알던 모습이 아니었다. 예상치도 못했던 상황과 장면이었다. 구름 한 점 없는 좋은 날, 꽃잎이 바람에 흩날리는 아름다운 이 순간에? 어째서?

"영광의 일라베니아!"

사람들의 환성과 꽃잎이 널리 퍼질수록 디에즈의 얼굴은 무섭게 구겨졌다. 칼날같이 서늘한 눈동자에서 눈물이 뚝뚝 떨어졌다. 태양처럼 뜨겁게 일렁이던 황금색 눈동자가 눈물에 차갑게 굳어 가는 듯 보였다.

어째서? 멀리 있어서 묻지 못했으나 그렇다고 옆에 있었다고 한들 묻지 못했을 것이다. 디에즈 전하, 당신은 왜 그런 표정으로, 그런 눈빛으로 그렇게 비참하다는 듯 울고 있습니까?

그 순간, 눈이 마주쳤다. 디에즈는 누군가가 자신을 보고 있음에 놀라지도, 피하려는 시도도 하지 않았다. 그저 로젤린과 빤히 눈을 맞추고 있을 뿐이었다.

* * *

로젤린은 꽃비가 내리는 공간을 벗어났다. 대기실로 향하는 복도는 어두웠다.

그녀는 방금 목격했던 장면을 몇 번이고 반추했다. 환하게 웃는 디에즈의 모습과 눈물을 흘리던 지금의 모습까지. 속이 쓰려 왔다.

디에즈의 눈동자는 그의 친부, 제국의 황제 라이노와 환성이 가득 차 있던 공간을 향하고 있었다. 그의 눈에는 황제의 얼굴이 다르게 보이기라도, 그 공간의 환성이 다르게 들리기라도 했던 것일까.

로젤린은 곰곰이 생각하며 발걸음을 옮겼다. 그러고 보니 자신 또한 황제와 대면했을 당시 알 수 없는 껄끄러움을 느꼈다. 막연한 거부감. 일라베니아 황성을 처음 봤던 순간에 느꼈던 기분과 비슷한 것 같았다. 황제가 리카르디스의 적이라는, 로젤린이 지금 생각할 수 있는 가장 적합한 이유만으로는 부족한 감정이었다.

그녀의 감정은 주로 명확했다. 좋으면 좋고, 싫으면 싫다. 화가 나면 화가 나고, 리카르디스가 예쁠 때는 벅차오른다. 그랬기에 로젤린은 자신이 대단히 이성적이라 판단하던 중이었다. 그런데 이렇게 알지도 못하고, 크게 겪어 본 적도 없는 감정이 제집처럼 속에 들어와 있으니 혼란스러웠다. 머리가 복잡해 그녀는 한숨을 푹 내쉬었다.

"우헤허헉!"

저 멀리 보이는 대기실에서부터 복도 끝까지 시끌벅적한 소리가 퍼졌다. 웃음소리와 괴성이 섞인 흥거운 소리였다. 생각에 깊이 빠져 잠시 인지하지 못했던 듯했다. 로젤린은 어두운 복도를 후다닥 달려 방문을 열었다. 빛이 확 쏟아졌다.

"로젤린 경!"

칼릭스, 레이몬드, 파르딕트, 르윈, 슈텐, 네스터, 바스티안, 클로드. 레티시아와 에버하르트, 헤사까지. 하얀밤 기사단원 중 리카르디스의 호위를 맡은 사람만 빼고 다 와 있는 것 같았다. 넓은 대기실이 거구의 기사들로 꽉 찼다.

"로젤린! 요 예쁜 것! 역시 내 제자야!"

레이몬드가 그녀의 등과 무릎 뒤에 팔을 넣어 번쩍 안아 올리고는 제자리에서 빙글빙글 돌았다.

"재밌어."

발이 붕 뜨는 감각이 즐거웠다. 로젤린이 재밌다고 하자 레이몬드가 "그럼 한 번 더!"하고 뱅글뱅글 돌렸다. 다들 로젤린의 발에 맞지 않으려고 머리를 숙이거나 도망쳤다. 미처 피하지 못한 피해자들이 레이몬드를 욕했다. 레티시아와 에버하르트, 헤사는 로젤린에게 단련된 탓인지 갑작스러운 공격을 능숙하게 피했다. 과연 내 제자들. 틈을 타 로젤린이 흐뭇해했다.

"로젤린 경!"

여기저기에서 그녀를 불렀다. 축하한다! 축하합니다! 경기 멋있었다! 등을 퍽퍽 두드리는 섬세하지 못한 손길이 쏟아졌다. 머리를 헝클어트리고, 헹가래를 쳤다가, 볼을 꼬집기도 하고. 정신이 아주 쏙 빠질 정도였다.

로젤린의 머리 위로 샴페인이 쏟아졌다. 범인은 파르딕트였다. 좋다고 웃고 있던 그는 레이몬드에게 한 대 얻어맞았다. 헤사와 칼릭스도 매섭게 파르딕트를 노려봤다. 수건을 들고 와서 로젤린의 머리를 닦았지만, 곧 소용없게 되어 버렸다.

장난기 넘치는 기사들이 마구 술을 뿌려 대었다. 너 나 할 것 없이 젖고 바보처럼 으허허 웃어 댔다. 다 큰 남자들이 취해서 휘청거렸다. 로젤린이 오기도 전에 일차적으로 술판이 벌어진 탓이었다.

"마르틴 경도 강하지만 역시 로젤린 경이지."

기분이 좋아진 로젤린이 축축하게 젖은 머리를 쓸어 넘기며 웃었다.

"맞습니다. 제가 제일 강합니다."

그녀가 말하면 잘난 척도 아니었다. 잇세리온이 잠시 들어왔다가 술 냄새 나는 방 안의 풍경을 보고 질색했다.

"이 미친 인간들!"

다들 우헤헤헤 웃는 꼴이 제정신처럼 보이지는 않았다. 잇세리온은 급하게 돌아 나가려 했지만, 곧 산만 한 기사들에게 붙잡혀 억지로 샴페인 마사지를 받아야만 했다. 잇세리온의 친동생인 르윈이 주도적으로 했기에 모두들 마음 놓고 부었다. 로젤린도 소심하게 한 컵 분량을 계량해서 동참했다.

"로젤린."

"응."

"잘했어. 멋있었어."

레이몬드가 바보처럼 웃었다. 로젤린은 그로부터 꽃목걸이와 샴페인 한 병을 받았다. 목걸이도 걸고, 샴페인도 터트렸다. 뻥! 소리가 나며 거품이 콸콸 쏟아져 나왔다. 로젤린이 그 샴페인을 제 머리 위에 뿌리며 눈을 감았다. 뜨겁던 머리가 식어 갔다.

황제에게 하사받은 검이 바닥을 뒹굴고 술에 흠뻑 젖었다. 취한 남자들이 온갖 보석으로 치장되어 있는 화려한 검집을 밟고 차고 다녔다. 로젤린도 신경 쓰지 않고 테이블 위에 적당히 걸터앉았다.

흥이 오른 남자들이 윗옷을 벗었다.

"넌 안 돼."

레이몬드가 경고했다. 칼릭스도 문득 불안한지 그녀의 셔츠 단추를 목 끝까지 채웠다. 로젤린은 불만스러운 눈으로 그들을 노려보았다.

기사들은 어느새 자리를 준비해 팔씨름을 하고 있었다. 로젤린과 마르틴의 경기에 영향을 받은 듯했다. 파르딕트가 잇세리온을 이겼다. 고래와 토끼의 싸움이었으니 당연한 결과였다.

"제가 이겼군요, 수석 비서관님!"

"당연히 그러시겠지!"

억지로 팔씨름을 다섯 번을 더 해야만 했던 잇세리온의 말이었다. 로젤린이 아하하 웃으면서 손뼉을 짝짝 쳤다. 잇세리온은 로젤린에게 팔씨름 신청을 받고 다시 버럭 화냈다.

"제가 그걸 하겠습니까?!"

로젤린은 이 상황이 웃겨서 까르륵하며 반쯤 넘어갔다. 그녀가 좋아하는 모습을 본 상급 기사들이 잇세리온을 붙잡고 놓아주지 않으려 했다. 질척거리는 솜씨가 아주 일품이었다.

어느새 고양이 한 마리가 대기실에 들어와 바닥에 흘린 샴페인을 할짝거렸다. 눈이 가늘어진 것을 보니 입맛에 맞는 모양이었다. 로젤린은 다른 기사들 모르게 한 병을 슬쩍 숨겨 두었다.

그때, 누군가가 대기실의 문을 두드렸다. 모두 웃고 즐기는 와중에도 경계를 놓지 않고 있었기에 작은 소리를 포착해 내었다. 상체 탈의 후 근육을 자랑하던 파르딕트가 문을 열었다.

"억!"

그러고는 몸을 흠칫 떨었다. 그의 거구로 가려져 열린 문 너머에 누가 있는지 볼 수 없었으나 무언가를 직감할 수 있게 하는 반응이었다. 남자들이 벗었던 것보다 빠른 속도로 옷을 입기 시작했다.

"이런…… 좋은 때를 방해하였구나."

오랜 세월을 보내 거칠어진 목소리였다. 기사들은 방문자의 정체를 깨닫고 미친 듯이 몸단장을 했다. 추한 모습을 보이는 것은 파르딕트면 족했다.

로젤린이 앉아 있던 테이블에서 폴짝 내려왔다. 파르딕트는 여전히 상체를 탈의한 상태로 굳어 있었다. 로젤린이 그의 등짝을 찰싹 쳤다.

"비켜, 파르파르."

그래도 비키지 않아서 쭉 밀어내야 했다. 로젤린은 그제야 마주친 딤라와 관디테를 보고 환하게 미소 지었다.

"바이페렘! 섭정관!"

입을 가리고 웃고 있던 관디테가 표정을 겨우 가다듬고 턱 끝을 살짝 들었다.

"우승을 축하한다, 로젤린 경. 멋진 모습에 절로 감탄사가 나왔노라."

"감사합니다, 바이페렘."

딤라가 쯧 혀를 차면서 그녀의 젖은 머리카락을 뒤로 넘겨 주었다.

"왜 이렇게 젖었니. 찬기 들면 어쩌려고. 일라베니아의 축하 행사는 그다지 내 마음에 들지 않는구나."

로젤린에게 샴페인을 끼얹은 기사들이 쥐 죽은 듯 침묵만 지켰다. 칼릭스가 웃음소리를 내며 문가로 다가왔다.

"섭정관. 일라베니아의 풍습이 이러한 것은 아닙니다. 저도 잘은 모르겠습니다만 하얀밤 기사단 특유의 행사가 아닐는지."

아니, 저, 저 인간이? 잇세리온이 뒤에서 원망스럽다는 듯 바라보았다.

딤라와 관디테, 로젤린과 칼릭스는 자리를 옮겨 한적한 복도 중앙에 멈춰 섰다. 딤라는 그새 구해 온 천으로 그녀를 둘둘 말았다. 로젤린은 전혀 춥지 않았지만, 가만히 있기로 했다.

"일라베니아에 머무르는 마지막 날에 좋은 모습을 보고 갈 수 있어 다행이구나."

칼릭스와 로젤린이 눈을 동그랗게 떴다. 똑같은 남매의 표정에 관디테가 웃었다.

"일라베니아를 떠나십니까?"

"그래. 더 빨리 떠나야 했지만, 갈라·제르타예의 아이가 큰 무대에서 활약한다는데, 그것은 보고 가야겠다 싶어 오늘까지 미뤘지."

이 시기에 일라베니아에 들르는 이유는 대개 건국제를 축하하기 위함이었다. 하지만 무투 대회는 고작 시작에 불과하며, 건국일은 한참 남아 있는 상태였다.

"플로에토를 끌어내었다고 모든 일이 끝난 것은 아니니 말이다. 바이페렘께서 발타의 왕자가 아직 라고슈 내에 세력을 남겨 둔 느낌이라 말씀하시기도 했고. 그 얘기가 아니더라도 남의 축제가 아닌 나의 상처를 돌봐야 하는 것이 마땅하지 않겠니."

"아직 여독이 쌓여 있으실 텐데…… 긴 여행길이 귀한 분의 몸에 부담이 되지는 않을지 걱정이 됩니다."

칼릭스가 걱정스레 딤라와 관디테를 바라보았다.

"신관들을 부지런히 불러 여기저기를 손보았단다. 엄살을 피웠더니 멈추지 못하고 성력을 퍼붓다가 한 놈은 쓰러지기까지 했지 뭐냐. 덕분에 몸도 기분도 좋아졌구나."

딤라는 악당같이 웃었다. 아, 며칠 성에서 나오지 않으시더니, 다음 여정을 위한 준비였던 것인가. 칼릭스는 안심도 되고, 웃기기도 해서 웃음을 흘렸다.

딤라가 로젤린의 손을 잡았다. 손 가죽이 두껍고 굳은살이 잔뜩 박여 있었다.

"훌륭한 전사의 손이야."

"네. 오늘도 멋있게 이겼습니다."

로젤린이 입꼬리를 쭉 늘려 웃었다. 제 감정이 여과 없이 드러나는 것이 어린아이나 다름없었다. 열 살 먹은 관디테는 혼자 밖에 내보낼 수 있으나, 로젤린은 절대 혼자 내보내면 안 될 것 같았다. 일정을 바꿔야 하나 싶을 정도의 불안함은 로젤린 전에 만나고 온 리카르디스를 떠올리고 나서야 가라앉게 되었다.

하얀 아기 새 때문에 잠깐 흐트러졌던 남자의 본모습은 라고슈의 고요하게 눈 내리는 밤처럼 위험했다. 애초 리카르디스라는 이름을 들은 것 또한, 로젤린과 관련되어 있어서가 아니라 그 자체로 유명했기 때문이었다.

외가의 힘이 강하지 못했으나 본인의 능력만으로 1황자 엘피디오와 비등한 세력을 거느리게 된 2황자 리카르디스. 명석한 머리, 시류를 읽는 눈과 귀, 처세술, 때로는 위험을 감수하는 대담함, 죽음에서 번번이 살아 돌아온 운까지.

여러 가지가 뒷받침되었으나 지금 리카르디스의 위치는 그러한 능력만으로 오를 수 있는 자리가 아니었다. 바닥에서부터 기어오른 집념과 악은 소름이 돋을 정도였다. 현재 대륙에 존재하는 사람 중 가장 성력이 강한 것 또한 그의 무기일 뿐, 그 자체로 빛나는 것은 아니었다.

아름다운 얼굴 뒤에는 칼날처럼 위험하고 날카로운 이면이 숨겨져 있었다. 하지만 그 날카로움이 나타나는 것은 오직 위험이 다가왔을 때, 또한 자신의 사람들을 지킬 때뿐이라는 사실도 잘 알았다.

그런 사내가 로젤린을 귀하게 여기는 모습을 두 눈 똑똑히 보았으니, 로젤린의 위험이 리카르디스로 인한 것일지라도 어딘가 마음이 든든해지기는 했다.

"수많은 위험과 고난이 닥친다 하더라도 이 손으로 헤쳐 나갈 수 있을 것이다."

"예."

딤라는 남은 한쪽 손으로 칼릭스의 손도 잡았다.

"칼릭스. 로젤린. 갈라·제르타예의 아이들아."

"예, 할머님."

"예."

"제르타예는 결코 꺼지지 않는 불꽃이다. 어떠한 짙은 어둠도 밝히고, 세차게 불어오는 눈 폭풍 속에서도 영원하며, 흔들리고 작아질지언정 결국에는 다시 불타오른다. 너희들은 따뜻한 곳에서 자라났으나, 품고 있는 것은 다르지 않다 믿는다."

딤라가 잡은 두 사람의 손에 힘을 주었다. 주름진 손, 굽은 어깨. 작은 노인이었건만, 손아귀 힘에 손끝이 저릴 정도였다.

"이것이 내 유언이다."

칼릭스는 눈을 크게 떴지만, 곧 표정을 가다듬으며 몸을 바르게 세웠다. 그녀가 무슨 말을 하는지 모를 수 없었다. 대륙의 정세가 어지러운 가운데, 자신과 제 누이가 라고슈에 가는 일도, 또한 그녀가 다시 일라베니아에 방문하는 일도. 너무 멀어 희미해 보이는 미래였다. 그리고 그 긴 흐름 속에 딤라는 풍화되어 사라질 것이다. 이것이 마지막이었다.

로젤린도 그 사실을 깨달은 듯 보였다. 그녀는 잠자코 있다가 무릎을 꿇었다. 칼릭스도 그녀를 따라 무릎을 꿇었다. 두 남매의 이마가 꽉 잡은 딤라의 손에 닿았다. 딤라는 잔잔한 미소를 띠고 있다가 남매의 볼에 한 번씩 키스를 했다.

"따뜻하게 입고 다니거라. 이것도 유언이다."

"예."

"……예."

"밥은 세 그릇씩 다 비우고, 고기도 잘 챙겨 먹어야 한다. 이것도 유언이다."

"예, 잘 먹습니다!"

"……."

라고슈의 사절단이 떠났다는 얘기는 금세 퍼졌다. 남의 축제에 찾아와 놓고 즐기지도, 축하하지도 않고 떠난 그들에게 불만을 가진 자들도 있었다. 하지만 정작 축제의 주인공인 황제가 조용한 데다가, 내전이 종식되었다고는 해도 혼란은 그보다 더 오래 지속된다는 사실을 모두 잘 알고 있었다. 중심을 잡아 줄 인물이 필요했을 것이다.

아니, 그렇다면 좀 늦게 방문해서 건국일에 맞추면 되는 게 아니었나? 하는 의문점도 물론 제기되었다. 설마 딤라가 일라베니아의 건국일을 축하해 줄 마음이 없었던 것일까? 물어보지 않았고 답을 들어 보지 않았으니 확신할 수는 없는 일이었다.

그냥 정신이 없었던 거겠지. 아니면 급하게 라고슈에 돌아가야 할 이유가 있었던 건가? 말은 무수했다.

물론 딤라는 부러 건국일을 피해서 온 게 맞았다. 누구 좋으라고.

9

뜨끈한 입술의 감촉이 볼 위에 오래 머물렀다. 실제로는 2초가량이었으나 엘피디오는 그의 배가 넘는 시간이라 느꼈다. 참아 보려 해도 얼굴이 와락 구겨지는 것은 막을 수 없었다. 마치 모서리에 새끼발가락을 찧은 사람 같은, 짜증과 고통이 섞여 있는 표정이었다.

하카브는 그런 얼굴을 보고도 환한 미소를 지었다. 하얀 이가 가지런한 것이 인상적이었다.

"……어서 오시지요, 하카브 왕자."

"환대에 감사드립니다, 엘피디오 황자."

리카르디스보다도 생생한 반응이라 재밌었다. 엘피디오의 석영 성. 그 화려한 응접실에 두 나라의 가장 유력한 후계자들이 마주 보고 앉았다.

"무투 대회는 어떠셨습니까?"

"말로만 듣던 일라베니아의 무투 대회를 본다는 생각에 설레어 잠도 설쳤습니다. 과연 부족한 수면이 불만스럽지 않을 정도로 훌륭한 경기들이었습니다."

하카브의 반짝이는 눈은 엘피디오 너머를 보고 있었다. 경기 내용을 반추하는 것 같았다. 엘피디오가 눈썹을 일그러트린 채 고개를 끄덕였다. 그가 생각하기에도 마지막 결승전만 아니라면 훌륭한 경기가 많았다. 로젤린의 존재 때문에 참가자들 대다수가 검증된 강자들이었고, 자연스럽게 무투 대회의 수준이 올라가게 된 것이다.

결승전 후, 황제에게 검을 하사받는 로젤린의 모습은 무척이나 멋졌다. 엘피디오조차 감탄할 정도였다. 하늘을 가르며 나타난 독수리가 경기장을 둥글게 휘젓고 바람을 일으켰다. 이델라브힘의 현신이라고 해도 믿을 정도의 위엄 어린 등장이었다. 기분 좋아진 황제가 술에 취해 늘어져 있던 모습을 생각하니 뒷목이 뻣뻣해졌다. 리카르디스의 손안에서 놀아나는 한심한 인간 같으니…….

엘피디오의 눈이 사나워졌다. 하카브는 조용히 분노를 곱씹고 있는 엘피디오를 바라보았다. 눈과 얼굴에 욕망이 비쳤다. 욕망 또한 생각의 일부. 이렇게 생각을 내보이는 자가 쉽지 않을 리 없다. 하카브가 이를 보이며 시원하게 웃었다.

"로젤린 경의 무위는 말로만 전해 들었습니다. 눈으로 보니 더욱 대단하더군요. 일라베니아 제국의 미래가 환하게 빛나는 걸 본 것 같았습니다."

아니, 이 미친놈이? 지금 이 자리에 다른 누가 있다고 이렇게 금칠 중인 거지? 엘피디오가 입술을 잘근 깨물었다. 먼저 얘기를 꺼내자니 자존심이 상했다. 이쪽이 아쉽다고 말하는 것과 다를 바가 없지 않은가. 하지만 엘피디오는 기어코 말을 꺼내고야 말았다. 말 그대로 아쉬운 쪽은 하카브가 아니라 엘피디오였다.

"발타로 떠났던 사절단 일로 큰 사고를 당한 내…… 동생. 리카르디스가 최근 평화로운 나날을 보내어 형으로서 기쁘기 그지없습니다. 하지만 모든 근심이 뿌리 뽑힌 것은 아니라 여간 신경이 쓰이는 게 아니군요. 검은달이 언제쯤 다시 뜰는지……."

그러고는 먼 하늘을 바라보던 시선을 하카브 쪽으로 옮겼다. 하카브가 입꼬리를 올려 웃었다. 호탕하게 웃던 아까와는 다른 종류의 미소였다.

"검은달이라…… 그들도 피해가 크지 않겠습니까? 그렇게 강대한 마인이 일라베니아에 있으리라고곤 예상노 못 한 것 같더군요. 하하, 같은 일라베니아 사람들도 몰랐으니 당연한 결과겠지만요. 그래도 그렇게 철저하게 숨긴 덕인지 위기의 순간에 더욱 빛난 듯합니다. 얼마나 다행입니까."

엘피디오가 이를 갈았다. 네 정보가 부족한 탓이 아니냐. 네 옆집에 마인이 있는데 그것도 모르고 뭐 했느냐 타박을 받는데 기분이 좋을 리 없었다.

"이델라브힘께서 도우셨지요. 그러나 습격대를 물리쳤다고는 해도 검은달은 건재하지 않습니까. 치밀하고 끈질긴 집단이니 고작 한 번의 실패로 물러서지는 않을 것 같습니다."

"제국의 황자에게 해악을 끼치려는 크나큰 일을 벌인 자들인 것을요. 그게 실패로 돌아간 이상, 당분간은 정황을 살펴보려는 것이 아닐까요. 대륙의 모든 눈과 귀가 검은달을 주목하고 있을 테니 함부로 움직였다가는 제 살만 깎아 먹는 꼴이 되리란 걸 알겠지요. 그들의 우두머리도 머리를 달고 있으니 말입니다."

너는 머리가 없구나. 엘피디오는 뒷목을 잡을 뻔했다.

"……그렇겠지요. 그래도 이 시기에는 타국의 사람들이 많이 드나드는 만큼 더 위험해지지 않을까, 괜히 염려되어서 말입니다. 그들에게는 좋은 기회가 아니겠습니까."

"기회! 하하. 좋은 말입니다."

일라베니아까지 기어들어 왔으면 뭐라도 해 보라는 말에 엉뚱한 반응이 나왔다. 엘피디오가 미간을 좁혔다. 미쳤나, 갑자기 왜 저래?

하카브는 기회! 기회. 중얼거리며 무릎을 치기도 했다. 찰랑이는 금빛 장신구가 그의 눈동자에 비쳤다. 욕망이 일렁였다. 엘피디오가 의문을 가질 정도의 적나라한 것이었다.

"그렇습니다, 황자."

하카브는 엘피디오를 보고 있지 않았다. 그의 검은 눈동자가 탁자 언저리에 맴돌았다. 하카브가 느릿하게 제 턱을 쓸었다.

"저는 기회를 얻으러 온 겁니다."

하카브의 눈이 먼 곳을 그리고 있었다. 경기 모습을 그리던 때와 마찬가지로.

* * *

"아름다우세요."

거울 속의 로젤린이 자신의 얼굴을 쓸었다. 헤사가 작은 거울을 들고 와 뒷모습도 비춰 주었다. 머리카락이 머리 뒤통수에 동그랗게 말려 있었다. 사이사이 땋은 머리들이 같이 묶여 있는 게 멋스러웠다.

오늘의 머리도 마음에 들었다. 갑자기 고개를 돌려도 제 머리에 철썩 맞지 않을 것이다. 로젤린이 흡족함에 고개를 끄덕이자 헤사도 웃으며 끄덕였다.

헤사가 온 이후로 로젤린의 머리 모양은 다양해졌다. 땋기도 하고, 가르마를 바꾸기도 하고, 반묶음을 해 보기도 하고, 뜨거운 인두를 들고 와 머리를 펴기도 했다. 여기저기 다니며 시녀들에게 배웠다고 한다. 업무며, 검술이며, 성에서의 생활이며 배울 것이 한두 개가 아닌데 그럴 시간이 어디 있었는지.

피로한 소년의 얼굴에서 삶의 고단함이 느껴졌다. 하지만 소년은 우와 우와 소리를 내며 즐거워하는 로젤린의 모습을 보고 피곤함도 싹 잊은 듯이 행복하게 웃었다.

지켜보던 레티시아가 감탄했다.

"나보다 솜씨가 훌륭해."

"손재주가 있는 편이라서요."

레티시아가 손을 내밀자 혜사가 짝 소리 나게 손바닥을 맞부딪쳤다. 선임 두 명과 혜사는 처음보다 사이가 많이 가까워졌다. 하급 기사가 된 두 명은 괜한 텃세 따위를 부리지 않으며 동생처럼 그를 대했다. 로젤린 이외의 사람에게는 벽을 세우던 혜사도 점차 딱딱함을 허물고 있었다. 물론 아직까지 에비하르트와는 비격태격하지만, 처음에 비하면 귀여운 장난 정도로 넘어갈 수 있는 수준이었다.

하하 웃던 레티시아가 무섭게 표정을 바꿨다. 손에는 소매에 가려져 있던 뭉툭한 나무 단검이 들려 있었다. 순식간에 로젤린의 목덜미를 향해 나무 단검이 쇄도했다.

로젤린은 고개만 까딱해서 뒤에서 오는 공격을 피했다.

레티시아는 포기하지 않고 다시 내려찍었다. 어깨 쪽이었다. 로젤린은 휙 몸을 돌려 그녀의 손목을 잡고 바깥쪽으로 크게 돌렸다.

"악!"

근육의 뒤틀림을 따라 레티시아의 몸이 자연스레 돌아갔다. 그녀는 로젤린에게 완전하게 등을 보이는 모습이 되었다. 로젤린은 레티시아의 손에서 떨어진 나무 단검을 낚아채, 그녀의 목에 바짝 갖다 대었다.

레티시아가 반대쪽 손을 들어 올렸다.

"졌습니다."

풀려난 레티시아가 노골적으로 아쉽다는 표정을 했다.

"거울 앞에 있는데 공격하면 어떻게 합니까. 다 보이는데."

"설마 거울을 앞에 두고 공격하겠냐는 허를 찔러 보려 했습니다만……."

"안 하는 게 좋겠군요."

"예, 명심하겠습니다."

로젤린은 그녀를 거울 앞에 앉혀, 위치가 뒤바뀐 상태로 아까의 상황을 재현했다.

"이렇게 하면 보이니까."

로젤린이 레티시아의 뒤로 숨었다. 거울에 얼굴은 비치지만 몸이 가려져 잘 보이지 않게 되었다.

"최소한 이 상태로 찔러야 효과가 있을 거고."

그녀가 나무 단검으로 레티시아의 공격을 그대로 흉내 냈다.

"팔이 움직이는 게 보여 경계하게 됩니다. 그러니 오른손보다는, 왼손으로."

왼손이 은밀하게 레티시아의 목 뒤를 찔렀다. 거울로 보아도 완전한 사각이었다.

"그리고 레티시아 경은 말을 끝낸 후에 공격을 하셨는데 좋지 않습니다. 웃음이 끊기는 지점, 말이 끊기는 지점은 사람들의 시선이 모이기 딱 좋으니, 기왕이면 말을 하는 도중 시도하는 편이 성공률이 높을 겁니다."

"아…… 부족했습니다."

"또한, 몸이 움직이면 목소리에 힘이 들어가기 때문에 그 미묘한 변화를 예상하고 조절하면 좋습니다."

"노력하겠습니다."

헤사가 기가 막힌다는 표정으로 그들을 바라보았다. 이건 검술 훈련이라기보다는…… 마치 암살 훈련?

로젤린은 레티시아와 에버하르트가 하급 기사로 승급하자마자 훈련 내용을 조금 바꾸었다. 로젤린의 습격을 막는 훈련은 그대로 두되, 그들 또한 로젤린을 공격하는 것으로.

정공법으로 상대가 될 리 없었기에 로젤린이 방심한 틈을 노리는 수밖에 없었다. 그러다 보니 두 하급 기사의 몸짓은 미묘하게 암살자를 닮아 가는 중이었다.

아는 것이 힘이라 했던가. 정확하게 아는 만큼 보이기 시작했다. 레티시아와 에버하르트는 지나가는 사람들을 보며 "아, 빈틈."이라든가 "지금이면 죽일 수 있어." 따위를 중얼거리며 사람들을 공격하기 쉬운 최적의 상황과 때를 깨우쳐 갔다. 무고한 하인 몇 명과 기사들이 깜짝깜짝 놀라는 상황이 발생한 후, 두 사람은 무심코 말을 흘리지 않도록 노력하게 되었다.

헤사 또한 제 선임자들이 그러했듯, 하루에도 몇 번씩 습격을 받고 있었다. 심지어는 로젤린뿐만 아니라 레티시아와 에버하르트에게도. 하지만 헤사는 예전의 새끼 사슴 같던 그들보다는 훨씬 훌륭한 야생의 감을 가지고 있었다. 레티시아와 에버히르드의 공격은 10에 8을 막고, 로젤린의 습격도 높은 수준으로 알아챘다. 막는 것은 별개의 문제이긴 했지만.

헤사에게 부족한 부분은 정통 검술이었다. 로젤린은 자신도 처음에는 그랬다며 그를 위로했다. 기초 검술을 레이몬드에게 배웠다고 하니, 옆에 있던 레이몬드가 제 아버지에게 배운 것이라 했다. 마침 지나가던 큰뿔산양 후작이 자신은 선대 후작에게 배웠다고 해서 분위기가 미묘해졌다.

그저 기초에 불과한 검술이 몇 대째 내려오는 가문의 대단한 비법처럼 탈바꿈되었다. 헤사는 비장하게 고개를 끄덕이며 선대 큰뿔산양 후작님께 누가 안 되도록 열심히 하겠다고 말했다. 후작이 흐뭇해하며 헤사의 머리를 쓰다듬고 갔다.

이상하게 제 가문이 엮여 버린 레이몬드는 로젤린과 함께 헤사를 열심히 가르쳤다. 덕분에 나날이 발전해 가고 있는 중이었다.

몇 번 더 암살 훈련인지 뭔지를 반복하던 로젤린과 레티시아는 정각을 알리는 종소리에 화들짝 놀라 자리에서 일어섰다. 약속이 있어 머리를 하고 있었는데 훈련하느라 까맣게 잊고 있었던 것이다. 헤사도 덩달아 놀라 로젤린이 챙겨 가야 할 간식 바구니를 잽싸게 챙겼다.

"다녀오세요, 로젤린 경. 레티시아 경."

소년은 마차가 완전히 시야에서 사라지는 모습을 가만히 지켜보고만 있었다. 시끌벅적하던 공간이 조용해졌다. 헤사는 뻑뻑한 눈을 몇 번 비비고, 여기저기 굳어 있는 몸을 풀기 위해 팔을 위로 쭉 늘렸다. 새벽 늦게까지 공부하고 아침 일찍 일어나는 일정을 몇 주간 반복하다 보니 피로가 축적된 듯했다.

'아!'

주방에 잼을 졸여 둔다고 올려놓고는 깜박했다! 헤사는 황급하게 달리기 시작했다.

한 달도 채 안 되는 시간이라 믿기 힘들 정도로 헤사는 빠르게 업무를 익혔다. 로젤린에게 맡겨진 일부터 시작해, 그녀의 머리 모양을 어떻게 다양하게 예쁘게 할 것인가에 이르는 소소한 일까지.

꽉꽉 짜인 하루 24시간 중 뺄 수 있는 시간은 수면 시간뿐이었으니, 최근 줄어든 잠과 반대로 실수는 늘어나기 시작했다. 저번에는 레이몬드가 로젤린에게 선물한 찻잔을 깨트리기도 했고 중요한 서류를 잃어버려 그녀의 상심한 표정을 보기도 했다.

이번에 잼을 졸일 때 로젤린이 뒤에서 서성이면서 기대하는 티를 팍팍 냈는데, 이것마저 태울 수는 없는 노릇이었다. 로젤린이 울상을 지으며 탄 밑 부분은 그대로 두고 위의 잼을 떠먹으려는 장면이 연상되기 시작하자 마음이 조급해졌다.

헤사는 잠시 멈춰 주위를 둘러보았다. 사람은 보이지 않았다. 발타에서 온 사절단이 신경 쓰이긴 했지만, 여기는 손님들이 머무는 성과 한참 멀리 떨어진 장소였다.

다시 달리기 시작했을 때에는 마력이 다리를 감싸고 있었다. 무거운 족쇄가 끊긴 것처럼 가벼워져 바닥을 딛는 간격이 넓어지고 빨라졌다. 돌아서 가야 하는 길도 벽을 타고 훌쩍 넘었다.

바닥에 착지해 앞으로 뛰어나가는 그 순간. 헤사는 바로 뒤에서 덮칠 듯 빠르게 다가오는 인기척을 느꼈다. 본능적으로 몸을 뒤틀었으나 그보다도 뒤에 있던 사람이 헤사를 찍어 누르는 것이 먼저였다.

퍽!

얼굴이 바닥에 세게 부딪혀 머리가 울렸다. 입이 가려지고 뒷목이 잡힌 채 짓눌렸다. 어떤 상황인지 정확히 알지도 못하면서 식은땀부터 흘렀다. 떨고 있던 헤사는 낮은 웃음소리를 들었다. 자신을 잡고 있는 사람이 내뱉는 것은 아니었다.

저벅. 누군가가 가까이 걸어왔다. 얼굴 위로 남자의 그림자가 크게 드리웠다. 헤사는 자갈 위를 기어가는 개미로부터 시선을 옮겼다. 코앞에 신발이 보였다. 일라베니아에서 흔히 볼 수 있는 양식이 아니었다.

"이런, 놀랐나 보구나."

자상한 목소리였다.

"풀어 주어라, 아순."

등 뒤에서 압박하던 손길이 떨어져 나갔다. 헤사는 덜덜 떨며 바닥을 딛고 상체를 일으켰다. 고개를 들어 올려다보니 황금빛의 장신구로 화려하게 치장한 남자가 기분 좋은 듯 웃고 있었다. 멀리서나마 본 적 있는 인물이었다. 발타의 첫 번째 아들, 하카브 위 리비타.

"……발타의 첫 번째 아들을…… 악!"

하카브가 헤사의 양 겨드랑이에 손을 넣고 불쑥 일으키자 소년이 짧게 비명을 질렀다. 남자가 자상하게 웃어 보였다.

"얼굴이 조금 상했구나. 괜찮느냐."

"…예. 괜찮습니다. 걱정해 주셔서…… 감사합니다."

"거칠게 다뤄 미안하다. 갑작스러운 일이라 나도 놀라서 말이지. 일라베니아에서 마인을 보게 될 줄이야."

하카브는 헤사가 친한 동생이라도 되는 듯 반가워하는 모습을 보였다. 볼에 묻은 흙을 털어 주는 손길이 다정했다. 헤사는 당황해서 눈을 깜박깜박하기만 했다. 발타의 왕자 하카브가 맞기는 한 것 같은데. 나쁜 놈, 죽일 놈, 무서운 놈이라는 평가와 대비되는 행동을 코앞에서 보고 있으니 긴가민 가했다.

"어린아이가 고생 많이 했겠구나, 이곳은 마인들에게 사나운 곳이니 말이다."

사탕이라도 주며 꾀어낼 것 같은 상냥한 말에 혜사는…….

'무슨 헛짓거리지?'

전혀 넘어가지는 않았다. 인상을 찌푸리고 남을 업신여기는 사람보다 웃으며 접근하는 사람이 더 위험할 수도 있다는 가능성. 혜사는 몇 번의 경험으로 알고 있었다. 소년의 경계를 읽은 하카브가 씩 웃었다.

"우선 할 얘기부터 해 볼까…… 혜사 군."

알려 준 적 없던 이름이 낯선 이의 입에서 나왔다. 혜사의 눈이 동그래졌다.

* * *

오늘은 수도에 있는 큰뿔산양 후작의 저택에 방문하는 날이었다. 창문을 열어 두니 마차 안으로 바람이 솔솔 새어 들어왔다. 로젤린은 창문턱에 팔을 건 채 밖을 구경했다.

기분 좋아 콧노래를 부르니 레이몬드가 엉망진창인 가사를 붙여 노래했다. 사슴 고기 스튜, 버터크림 샌드위치, 과일 소스를 뿌린 스테이크, 어쩌고저쩌고. 음식의 이름을 나열했을 뿐인 노래는 부르는 사람의 실력 덕분에 훌륭하기까지 했다. 마차는 엉터리 노래에 맞춰 춤을 추듯 덜컹이며 달렸다.

큰뿔산양의 저택은 웅장했다. 오래된 건물이라 고풍스러운 감은 있어도 세심하게 관리되어 도리어 그게 멋스러웠다. 그 앞에 펼쳐진 정원에는 분수와 화단이 촌스럽지 않게 조화를 이루며 방문객을 반기는 중이었다.

로젤린은 수도에 있는 붉은수레바퀴 가문의 저택을 떠올렸다. 정말 구색만 맞춘, 큰 집. 그 이상 그 이하도 아니었다. 큰뿔산양 저택이 예뻐 부러웠다. 레이몬드는 로젤린이 구경하는 것을 기다려 주었다. 아니, 신나서 그녀를 끌고 다니며 설명했다.

중앙에 큰뿔산양 동상이 하나 있는데, 뿔 한쪽만 새것이었다. "이거 내가 어릴 적에 타다가 부러트려서 이 부분만 새로 해서 붙였잖아." 하고 레이몬드가 낄낄거렸다. 로젤린도 타 보고 싶다고 생각했다. 레티시아는 그녀가 묻기도 전에 "안 됩니다." 하고 정색했다. 레이몬드도 그녀의 의중을 깨닫고 나서는 얼른 정신을 차렸다. 미련이 남은 듯 큰뿔산양 동상을 주시하는 로젤린은 두 남녀에게 질질 끌려갔다.

집사와 하녀장, 하녀와 하인들이 대기하고 있다가 그들이 들어오자 허리를 숙였다.

"어서 오십시오. 저희 큰뿔산양 후작가는 손님의 방문을 환영합니다."

역사가 깊은 후작가에 어울리는 점잖은 태도였다.

펑!

레티시아는 감탄하다가 갑자기 터진 굉음에 비명을 질렀다.

"악!"

무언가가 터지는 소리와 함께 색색의 꽃잎과 종잇조각이 2층에서 떨어져 내렸다. 레티시아는 갑자기 내리기 시작한 꽃비를 아연하게 쳐다보다 다시 시선을 1층으로 옮겨 왔다.

아까까지 점잖게 두 손을 앞으로 모으고 있던 하녀와 하인들이 어디서 꺼냈는지 모를 악기를 들고 연주하기 시작했다. 철컥철컥 박자를 쪼개는 금속 악기도 있었다. 사용인들은 몸을 들썩이고 머리를 휘둘러 가며 격렬하게 연주했다. 광란의 음악 연주회 한가운데 로젤린과 레티시아만 덩그러니 서 있었다.

저 위의 계단에서 누군가가 노래를 부르며 천천히 내려왔다. 레이몬드와 꼭 닮은 남자였다.

노래가 웅장하게 울려 퍼졌다. 남자와 마찬가지로 화려한 복식을 한 여자와 남자들이 화음을 쌓으며 등장했다. 눈 감는 것 하나, 팔을 뻗는 동작 하나하나가 똑같은 것으로 그들의 직업을 유추할 수 있었다.

남자는 느릿한 걸음으로 다가와 로젤린에게 화관을 걸었다. 노래는 여전히 계속되는 중이었다. 레티시아는 어떻게 반응해야 할지 몰라 어정쩡하게 서 있었다.

"레, 레이몬드 부관님."

레티시아가 애타게 상사를 찾았다. 당신의 집이니 당신이 좀 어떻게 해보라는 간절한 뜻이 담겨 있었다. 종잇조각과 꽃잎으로 시야가 어지럽고, 가득 찬 악기 소리가 시끄러워 정신없었다. 한참 둘러보던 레티시아의 얼굴이 굳어졌다.

그렇게 찾아 헤매었던 레이몬드는 하인들 사이에 끼어서 신나게 연주 중이었다. 레티시아의 시선을 느낀 레이몬드가 고개를 끄덕였다. 그녀의 마음을 알아챈 듯했다.

"아, 우리 형."

전혀 알아채지 못했구나. 레티시아는 탄식했다. 누군지 궁금했던 게 아니라, 아니. 누구라고? 우리 형?

레티시아는 다시 고개를 돌려 남자를 바라보았다. 연극배우나 가수가 입을 법한 의상은 화려하다 못해 요란할 정도였다. 노래 실력도 상당히 뛰어난 편이라, 레티시아는 그가 이 환영 행사를 위해 고용된 가수라고 착각하고 있었다.

그런데 저 남자가 큰뿔산양 후작의 장남, 아렌트였다니. 레티시아는 말문을 잃어버렸다. 한 가문의 후계자가 왜, 저러고 있어……?

아렌트는 레티시아를 발견하고 공중에서 떨어지는 꽃을 그대로 잡았다. 그러고는 한 걸음, 한 걸음 그녀에게 다가갔다. 시, 싫어. 레티시아가 어색하게 웃는 낯으로 슬그머니 물러났으나, 금세 따라잡히고 말았다. 아렌트는 기어코 레티시아의 귓가에 꽃을 꽂아 주고 한쪽 눈을 찡긋 감았다 떴다.

아까까지만 해도 눈만 깜박이고 있던 로젤린도 손뼉을 치며 즐기고 있었다. 적응력이 경이로웠다. 레티시아는 존경의 눈으로 제 스승을 바라보았다. 아렌트와 함께 노래를 부르며 계단에서 내려왔던 여자들이 로젤린을 둘러싸며 춤을 췄다. 장신구의 짤랑이는 소리가 화음에 녹아들었다. 로젤린이 웃으며 그녀들과 함께 춤을 췄다.

"로젤린 경······!"

과연 무예의 기재! 반복된 춤사위를 그새 외우고 완벽하게 추고 계신다. 헤사가 봤으면 눈물을 흘리며 마음속에 저장했을 광경이었다. 저택의 입구에서 벌어지는 이상한 무대는 끝을 향해 달렸다.

레이몬드는 기분이 고양된 것인지 무릎을 꿇고 이로 만돌린을 연주했다. 훌륭한 솜씨라서 더 어이없었다. 금속 악기가 차르르르 울리며 노래가 끝났다.

"환영합니다, 손님!"

다들 발갛게 상기되어 있었다. 로젤린은 머리에 꽃잎을 덕지덕지 단 채로 박수 쳤다.

"감사합니다. 훌륭한 연주였습니다."

모두가 행복하게 웃었다. 레티시아만 빼고. 아렌트가 으하하 웃으며 다시 그들에게 다가왔다.

"어서들 오게, 어서들 와! 오랜만의 손님이라 다들 신났지 뭔가!"

"갑작스러운 방문에도 반겨 주셔서 감사합니다."

"무얼, 손님은 언제나 반갑지. 오랜만이로군, 로젤린 경. 요만할 때 봤던 것 같은데 말이야."

아렌트가 제 가슴께에 가상의 선을 그으며 얘기했다. 지금의 로젤린보다 한 뼘 정도 작은 수준이었다. 아마 레이몬드의 수습 기사일 적에 봤던 모양이었다.

후에 레이몬드가 말해 줘서 알게 된 사실은, 둘 다 리카르디스의 아래에 있다 보니 제법 자주 만났다는 것이었다. 심지어는 로젤린이 사냥 대회에서 사고를 당하기 바로 전에도 만났다고 했다. 불과 몇 개월이 지났을 뿐이고, 10대 후반 들어 성장이 멈췄으니 아렌트가 말한 '요만한 때'가 마지막일 리 없었다.

아마 그의 기준에서 작달막한 소녀가 쪼르르 돌아다니며 열심히 검을 휘두르던 모습이 인상 깊었던 것이리라 레이몬드는 추측하는 중이었다. 그래서 로젤린과 언제 만나든 번번이 "로젤린 경. 많이 컸군. 요만했었는데." 하면서 손녀 보는 할아버지같이 굴었다고 했다.

그걸 모르는 로젤린은 '로젤린'이 요만할 때 그와 만났겠거니 생각하며 아렌트의 인사를 받았다. 그의 짙은 나무색 눈동자에 호의의 빛이 담겨 있었다. 아렌트는 레티시아에게 아까 자신의 순발력이 어땠냐며 물었다.

"손님이 한 명 더 오는 걸 몰라서 화관을 하나만 준비했지 뭔가! 내가 아까 떨어지는 꽃을 공중에서 잡았을 때, 크으… 좀 멋지지 않았나?"

"……네."

"뭘 좀 아는 친구로군, 으하하!"

아렌트가 다시 한번 한쪽 눈을 찡긋거렸다. 레티시아는 체한 것 같은 표정을 하면서도 웃었다.

레티시아는 그때서야 떠올렸다. 그녀의 가문인 서리나팔이 변두리의 작은 영지라 미처 접점이 없어 생각하지 못한 부분이었다. 큰뿔산양 후작가의 유별난 가풍은 유명했다. 흥도 많고 음악도 좋아하는 집안이라 주기적으로 공연을 펼치는 것은 예사였다.

레티시아는 이곳이 큰뿔산양 영지의 성이 아님에 감사했다. 만약 그곳에 방문했다면 이렇게 간단하게 끝나지는 않았을 것이다. 한 달 동안 여행길에 올랐던 손님을 붙잡고 장장 3시간의 축하 공연을 펼쳤다던가. 오싹했다.

하얀밤 기사단 내에서 술자리를 가질 때마다 레이몬드가 적극적으로 나서서 노래 부르던 이유를 드디어 알게 되었다.

잠시 사라졌던 아렌트가 화려한 무대 의상을 벗고 깔끔한 정장 차림으로 나왔다.

"형, 어디 가려고?"

"황성에. 아버지가 점심 전까지 오랬는데 손님이 온대서 기다렸지 뭐냐, 으하하!"

"으하하학, 완전 지각이네!"

안부터 밖까지 아주 쏙 빼닮아 있었다. 두 사람은 정말 누가 봐도 형제였다. 하인과 하녀들이 바닥에 떨어진 종잇조각과 꽃을 치웠다. 작은 조각들이라 여기저기 구석구석에 박혀 힘들어하는 모습을 볼 수 있었다.

'아니, 그럴 거면 애초에 안 뿌리면 되잖아.'

레티시아는 잠시 머리를 쓸다가 깊게 생각하고 싶지 않아 넘겨 버렸다. 귓가에 꽂힌 한 송이 꽃은, 고민하다가 제복 상의의 가슴 주머니에 꽂았다.

넓은 응접실에는 이미 일행을 기다리는 사람이 있었다. 짙은 남색 머리카락을 가진 자그마한 여성, 황금정원의 클로에였다. 레이몬드는 한 팔로 그녀의 허리를 감싸며 볼에 입 맞췄다. 기사단 내에서도 장신인 레이몬드의 품에 클로에가 쏙 들어갔다.

"내 부드러운 우유푸딩."

"내 달콤한 허니버터캔디."

"……"

레티시아가 표정을 일그러뜨렸다. 상사의 연애는 눈앞에서 보고 싶은 종류의 것이 아니었다. 로젤린은 처음 보는 농도 짙은 애정 표현에 눈을 동그랗게 뜨고 있었다. 얼마나 뚫어져라 쳐다보는지 레티시아가 그녀의 눈을 가려야 할 정도였다. 클로에는 레이몬드에게 반쯤 안긴 상태로 손님들을 맞이했다.

"어서 와요. 집 안이 어수선한 상황이라 손님을 제대로 맞이하지 못했네요. 무례를 용서해요."

레티시아는 오싹했다. 그 대단한 환대 공연이 제대로 맞이한 게 아니었다니. 로젤린이 가볍게 묵례했다.

"아닙니다. 초대해 주셔서 감사합니다, 클로에 양."

"감사합니다, 영애."

클로에가 눈을 접으며 생긋 웃었다. 그녀는 웃는 얼굴로 로젤린을 가만히 바라보고만 있었다. 그 적막에 의문이 들 때쯤 클로에가 다시 입을 열었다.

"이제 아픈 곳은 없나요?"

"예. 괜찮습니다. 걱정해 주셔서 감사합니다."

그렇다니 정말 다행이에요. 아까보다 더 환하게 미소 짓는 클로에의 표정에서 로젤린은 그녀가 자신에 대해 쌓아 왔던 걱정을 읽어 낼 수 있었다.

그러고 보니 마른가시나무 백작 성에 있을 당시에 치료에 쓰였던 귀한 약초들은 전부 클로에가 보내 준 것이었다. 입에 쓰고 맛도 없어 슬쩍 버리고 싶었으나, 약과 함께 동봉된 편지를 읽고서는 꾸역꾸역 삼켜야만 했다. 예쁘고 단정한 필체. 조곤조곤 안부를 묻는 평범한 내용에서 그녀가 자신을 얼마나 생각하는지 알 수 있었기 때문이었다. 비록 클로에에 대한 기억이 전무하다시피 했더라도.

그 인물이 눈앞에 있었다. 마치 편지의 필체와 내용을 그대로 형상화한 것 같았다. 다정하고, 부드러웠다.

인사를 나누는 사이 테이블 위에 보기도 좋고 맛도 좋아 보이는 다과가 푸짐하게 차려졌다. 레이몬드는 결혼 준비로 자리를 떠야만 했다. 결혼식이 코앞임에도 일주일에 한 번꼴로 보는 약혼녀와 헤어지기 싫어하는 기색이 역력했다. 레이몬드는 풀 죽은 강아지처럼 계속 뒤를 돌아봤다. 결국 클로에가 일어서서 뽀뽀도 해 주고 엉덩이도 두드려 줘야 했다. 레이몬드는 그제야 가벼운 발걸음으로 방을 나섰다.

로젤린은 두 사람이 나누는 사랑의 대화를 흥미진진하게 바라보았다. 레티시아가 식은땀을 뻘뻘 흘렸다. 봐도 괜찮은 건가, 이거.

클로에가 레이몬드를 보내고 자리에 앉았다. 로젤린은 쿠키를 먹지 않고 들고만 있었다. 마음에 걸리는 일이 있었기 때문이었다. 하지만 먹고 싶은 마음이 어디 가지는 않았기에 손에 들린 쿠키 개수가 점점 늘어났다.

"클로에 양, 하나만 여쭤보아도 됩니까?"

"어머, 그럼요."

"방금 전에 레이몬드 경과 입을 맞춘 것은 어째서인지."

클로에는 다시 '네?' 하고 되묻지 않고 부드럽게 웃으며 대답했다.

"사랑하는 사이니까요."

"사랑하는 사이에는 그렇게 입을 맞춥니까?"

역시 못 보게 했어야 했는데! 레티시아는 로젤린과 클로에를 번갈아 보았다. 눈을 동그랗게 뜬 클로에가 고개를 끄덕였다.

"그럼요. 당연한 일이에요. 키스는 사랑한다는 말의 다른 표현이거든요."

로젤린이 기억 상실에 걸렸다는 사실을 알고 있는 클로에는 매끄럽게 대응했다. 어린아이에게 걸음마를 가르치는 상냥함이 비쳤다. 로젤린은 크게 충격받은 듯 고개를 끄덕였다.

"그러면 이마에 하는 입맞춤도 비슷한 겁니까?"

클로에는 눈을 빛내며 상체를 살짝 숙였다. 거리상으로 많이 가까워진 것은 아니었으나 느낌상으로 더 좋은 청중의 태도가 되었다.

"이마에 하는 것은 여러 의미가 있어요. 누가 경의 이마에 키스했나요?"

레티시아가 로젤린을 향해 고개를 확 돌렸다. 눈동자가 덜덜 떨리고 있었다.

"로, 로젤린 경…… 대체 누, 누가……."

클로에는 눈짓으로 레티시아에게 타박을 줬다. 그래 가지고는 잘도 말하겠다는 식이었다.

로젤린은 방 안의 분위기를 대충 눈치챘다. 하카브 왕자가 볼에 뽀뽀했던 때에도 다들 무척 화내지 않았던가. 지금도 약간 그런 게 아닐까? 대놓고 말하면 혼나거나 큰일이 날지도 모른다. 로젤린이 머뭇거리자 클로에가 인자한 미소를 얼굴에 띠었다. 재촉하거나 큰 반응을 보이지 않아 로젤린의 마음도 조금씩 풀려 나갔다. 처음 보는 사람이었음도 이상하게 친숙하고 반가운 마음이 들었다. 가진 고민을 죄다 말하고 싶은 그런 기분이었다.

'로젤린'이 레이몬드의 수습 기사였던 시절. 그녀는 좀처럼 하얀밤 기사단에 융화되지 못하고 겉돌았다. 부단히 노력하였으나 주위 사람들이 받쳐 주지 않으니 상황은 나날이 악화될 뿐이었다.

몇몇 교류를 나눴던 친구들은 1황자파에 속해 있는 가문의 영애들이었기에 진즉에 소식이 끊겼다. 하얀밤 기사단에 입단하는 일을 반대했던 집안에 기댈 수도 없었다.

상관인 레이몬드가 로젤린을 살갑게 챙겨 주었으나, 약한 것이 용납되지 않는 무력 집단에서 로젤린은 제 방황을 온전히 내보일 수 없었다. 그런 때에 만났던 것이 클로에였다.

그녀는 로젤린의 스승이나 다름없었다. 레이몬드가 바깥의 스승이라면, 클로에는 내부를 정리하며 차곡차곡 쌓는 법을 알려 줬다. 그렇다 하더라도 최근 몇 년 동안은 서로의 위치에서 바쁘게 일한 덕분에 1년에 한두 번도 보지 못했다.

그때로부터 시간도 많이 흘렀고, 지금의 로젤린은 그 기억마저도 희미했으나, 감정만은 남아 있었다. 클로에를 향한 신뢰. 호의.

로젤린은 입가를 더듬거리다가 얘기를 꺼냈다. 여러 번 눈치를 보며, 몇 번 말을 멈추긴 했지만, 대화는 느릿하게라도 이어졌다. 한번 물꼬가 트이니 순식간이었다.

클로에의 얼굴에는 평온한 미소가 올라와 있었지만, 손은 스스로의 허벅지를 쥐어뜯는 중이었다.

그러니까…… 사절단이 일라베니아로 돌아올 때의 전투 전, 이마에 입을 맞추시며 축복을 내려 주셨고, 최근에 무투 대회 전에도 한 번 더 이마에 입 맞추셨다. '다른 기사들한테 그러는 모습을 못 봤는데 이게 이상한 거냐?'가 긴 말의 요지였다.

레티시아의 손에서 떨리는 찻잔이 잔 받침대와 부딪쳐 달그락달그락 시끄러운 소리를 냈다. 클로에는 웃음을 꾹 참고 시선을 내렸다. 이 순간만은 레티시아를 타박할 수 없었다. 그녀의 손도 잘게 떨리고 있었다.

'전하······.'

그 대단한 얼굴로 하는 것이 고작 소꿉놀이란 말인가. 하기야 상대가 이렇게 백지 같은 상태이니.

"전하께서 경을 매우 아끼시나 보네요."

로젤린이 환하게 웃었다. 그녀에게 기쁜 말이었던 듯했다.

"전하께서는 종종 그렇게 기사들의 이마에 입을 맞추시곤 해요."

뻥이다.

"무운을 빌고 축복을 하는 거죠. 그래도 모두에게 하는 것은 아니고 정말, 전하께서 믿고 의지하는 기사에게만 하는 거라 자주 못 봤을 뿐이에요."

뻥이다.

로젤린은 고개를 끄덕이며 경청하고 있었다. 전하께서 그렇게까지 자신을 의지했다니! 로젤린은 들뜬 기색을 감출 생각도 하지 않았다. 클로에는 웃음을 꾹 눌렀다.

"그거 아나요, 경?"

"예?"

"전하께서 경에게 하듯이, 경도 전하께 해도 되는 거예요, 그거."

"그렇습니까?"

그럴 리가! 레티시아가 입을 떡 벌렸다. 클로에는 눈을 동그랗게 뜨고는 손바닥을 가볍게 제 볼에 대었다. 저렇게 순수한 얼굴로 눈 하나 깜박하지 않고 거짓말을 하다니. 레티시아는 섣불리 끼어들지도 못하고 초조해했다.

"마찬가지로 전하의 무운을 비는 거예요. 그렇게 믿고 의지하는 기사가 무운을 빌어 주니, 얼마나 든든하시겠어요? 그렇지 않나요?"

"아, 그렇군요. 정말 기쁠 것 같습니다."

"그럼요. 좋아서 뒤로 넘어가실 거예요."

정말로 넘어가겠지. 로젤린은 대단한 정보를 들었다는 듯 진지한 표정으로 고개를 끄덕였다. 클로에는 웃음을 터트렸다.

* * *

로젤린은 제복 상의를 벗었다. 탄탄한 몸이 드러났다.

"팔을 벌려 주시겠어요?"

응접실 한가운데에 서서 허수아비처럼 팔을 들고 있자, 자그마한 여자들이 달라붙어 줄자로 여기저기 치수를 쟀다.

"정말. 사내들의 무심함이란."

클로에는 소파에 앉아 고개를 저었다.

"무도회가 코앞인데 드레스가 아직이라니."

"전에 맞춰 둔 게 있어서 그걸⋯⋯."

"입고 가려고 했다는 말은 제발 하지 말아요. 내 웨딩드레스를 선물해야 하나 진지하게 고민할 것 같으니 말이에요."

로젤린이 입을 다물었다. 신부의 웨딩드레스를 뺏을 수는 없는 노릇이었다.

오늘 클로에가 로젤린을 큰뿔산양 후작 저에 초대한 이유가 바로 이것이었다. 건국제의 무도회가 목전인데 드레스를 준비할 생각조차 하지 않고 있어서. 붉은수레바퀴 백작이야 그렇다 하더라도 칼릭스까지 챙기지 않을 줄은 상상도 못 했다. 날카로운 척하면서 맹한 구석이 있는 게 제 누이랑 판박이였다.

로젤린의 어머니인 에델바이스는 그나마 좀 나은 편이었다. 새로운 드레스를 달에 한 번씩 보낼 정도로 지대한 관심을 보였다. 하지만 핑크색과 연노란색의, 막 사교계에 데뷔하는 열여섯 살 영애들이 입을 법한 스타일의 드레스는 거짓말로도 로젤린에게 어울린다 말할 수 없었다. 클로에는 자신이라면 그것을 입을 바에 벗고 가는 게 낫다 생각했다.

심지어는 명성이 널리 퍼지고, 무투 대회에서 우승해 다시 한번 '로젤린'이라는 이름을 알린 이때. 모두의 이목이 그녀에게 쏠린 이때. 건국제 무도회의 주인공이나 다름없는 이때에 하필 그런 드레스들을 입고 갈 필요는 없지 않은가.

여성 상체 모양의 목각 토르소에는 로젤린이 들고 온 드레스가 걸려 있었다. 소유하고 있는 드레스를 몇 벌 가지고 오라기에, 레티시아가 챙겨 온 것이었다. 에델바이스가 샀던 그 드레스였다. 클로에가 눈을 질끈 감았다. 뭐지, 이것은? 악몽?

"부인, 제발……."

드레스 샵을 운영하는 남작 부인은 알 만하다는 듯 고개를 끄덕였다.

"화려할수록 예쁘다는 인식이 아직까지 위 세대에는 있어서 그런지, 프릴과 리본을 선호하시는 경향이 남아 있기는 합니다만……은 심각하네요, 이것은……."

로젤린의 드레스를 당장이라도 불살라 버리고 싶어 하는 표정이었다.

"이걸 입고 무도회에 가셨으면 두고두고, 대에 걸쳐 얘깃거리가 되었을 겁니다, 로젤린 경."

"좋은 겁니까?"

남작 부인이 작은 눈을 부릅떴다.

"아니요!"

반응이 굉장히 격했다.

"아닙니다!"

"네……."

격정적인 반응에 로젤린이 그녀의 눈치를 봤다. 에델바이스가 보낸 옷 중 가장 빛나고 화려한, 그녀의 심미안으로 보기에 예쁜 드레스였는데……

로젤린과 레티시아는 뭐가 문제인지 파악조차 하지 못한 것 같았다. 클로에는 가슴이 답답했다. 하여간 기사란 족속들은 검밖에 없다. 여자건 남자건 정말.

남작 부인은 방에 늘여 놓은 옷감과 토르소들을 치웠다. 치수는 쟀고 입을 사람도 직접 봤으니 이제부터는 그녀의 영역이었다.

"밤을 새워야 할 것 같네요."

초췌한 얼굴이었다. 로젤린은 괜히 미안해져서 그녀에게 쿠키를 건넸다. 남작 부인은 쿠키를 씹어 넘기며 응접실을 나섰다.

저녁 식사를 한 후, 로젤린은 클로에에게 이것저것 교육받았다. 드레스를 입었을 때의 주의점, 행동, 예법 등. 알고는 있지만 놓치기 쉬운 세세한 부분까지. 1부터 10까지 모두 주입해야 하나 걱정했으나, 다행히도 로젤린이 어느 정도 예법을 기억하고 있어 시간이 단축되었다.

덕분에 남은 시간이 생겼다. 클로에가 부채를 꺼냈다.

"부채 사용법을 배워 보겠어요."

수강생 두 명이 와 소리를 내며 박수를 쳤다.

"귀족 여성들은 부채로 말을 대신하기도 하죠. 혹시 알고 있는 게 있나요, 로젤린 경, 레티시아 경?"

로젤린은 인상을 쓰며 한참을 고심했다. 그녀는 곧 예비로 건네받은 부채를 오른쪽 뺨에 톡 대었다. 일반적으로 말을 긍정하는 뜻으로 쓰이는 행동이었다.

"훌륭해요. 부채를 접어 오른쪽 뺨에 살짝 대면 '네.', 왼쪽은 '아니요.'라는 뜻이에요. 가장 기본이 되는 동작이죠."

레티시아는 큰 충격을 받았다. 그냥 말하면 안 되는 거야? 대체 왜……?

로젤린은 가르쳐 주는 것을 빠르게 흡수했다. 어찌나 다양하고 많은 부채 언어가 있는지, 레티시아가 질려서 고개를 절로 저을 정도였다.

클로에가 부채를 활짝 펴, 코와 입을 가렸다.

"이 동작은 이성에게 사용할 때 '기다려 주세요. 제가 당신에게 마음을 여는 중입니다.'라고 말하는 거예요. 그런데 최근에 다른 뜻이 하나 더 생겼더군요."

클로에는 그 상태 그대로 살짝 인상만 썼다. 일그러진 눈썹이 보였다.

"이건 '내가 당신을 한 대 치고 싶으니 기다리세요.'라는 뜻이에요. 당신이 나에게 매우 무례한 행동을 해서 기분이 나쁘다고 둘러……말하는 거 아니구나. 대놓고 말하는 거죠. 아까와 비슷하지만, 표정 하나로 뜻이 조금 달라졌지요?"

로젤린은 곧 부채를 펼쳐 클로에와 같은 동작을 했다. 날카로운 눈매에서 뿜어져 나오는 눈빛이 매섭게 번뜩였다. 클로에가 잠시 입을 다물었다.

"……로젤린 경. '제가 당신에게 마음을 열게 기다려 주세요.'를 해 보시겠어요?"

로젤린이 고개를 기울였다.

"하고 있는 중입니다."

사나운 눈매의 단점이었다. '내가 널 죽이러 갈 테니 목 씻고 기다려라.'라고밖에 안 보였다. 클로에가 고개를 저었다.

"그건…… 생각해 보니까 요즘에는 잘 쓰는 표현이 아니네요. 그냥 쓰지 말도록 해요."

로젤린이 고개를 끄덕였다. 해가 뉘엿뉘엿해질 때까지 로젤린은 부채를 왼손으로도 들었다가, 돌렸다가, 반쯤 펼쳤다가, 빠르게 부치기도 하고. 다양하게 사용했다.

"오늘 수고했어요. 로젤린 경, 레티시아 경."

"네……."

"네……."

둘 다 잔뜩 지쳐 있었다. 자신보다 훨씬 큰 기사 두 명이 풀 죽은 모습에 클로에가 웃었다.

"아차, 그리고."

클로에가 부채를 반쯤 접어 입술에 가져다 대었다.

"이건 '키스해 주세요.'라는 뜻이에요. 이번 무도회에서 써 볼 일이 있으면 좋겠네요."

풀 죽었던 레티시아가 부활해서 기함했다. 로젤린이 눈을 빛내며 고개를 끄덕였다. 묘하게 설레는 몸짓이었다. 로젤린이 '키스해 주세요.'를 연습하는 것을 본 레티시아가 그녀의 손에서 부채를 뺏었다. 클로에가 호호 웃으며 그들을 구경했다.

* * *

큰뿔산양 후작 저에서 돌아올 즈음에는 어둠이 짙게 내려앉아 있었다. 클로에에게 선물로 받은 부채를 이리저리 가지고 놀고 있으려니 어느새 저 너머에 월장석 성이 보였다. 레티시아는 거리에서 살 것이 있다며 아까 전에 헤어진 터라, 마차에서 내린 사람은 로젤린뿐이었다.

그녀는 기숙사로 향하다가 건물 앞에 쪼그려 앉아 있는 작은 인영을 발견했다. 헤사였다. 로젤린이 가까이 다가가도 무릎을 끌어안은 채 바닥만 보고 있었다. 무언가를 깊게 생각해서 미처 알아채지 못한 것이 아니라, 그녀가 평소에도 고양잇과 맹수들처럼 발소리를 죽이고 다녀 기척이 전혀 나지 않기 때문이었다.

부러 무게를 실어 소리를 내자, 헤사가 천둥소리라도 들은 듯 화들짝 놀라 고개를 들었다.

"로젤린 경."

잔뜩 풀이 죽은 목소리였다. 헤사는 땅을 짚고 일어섰다. 어린 얼굴에 고뇌가 잔뜩 담겨 있었다.

"무슨 일 있습니까?"

"아, 그게. 별일은 아닌데요⋯⋯."

언제나 자신을 향하던 시선은 마주칠 줄을 모르고 방황하고 있었다. 왼쪽, 오른쪽, 어두운 수풀을 향했다가, 다시 바닥. 로젤린은 자세를 낮춰 헤사와 눈을 맞췄다.

"무슨 일입니까."

헤사가 입술을 꽉 깨물었다.

"⋯⋯낮에 잃어버린 물건이 있는데 혹시⋯⋯ 같이 찾으러 가 주실 수 있나요?"

굉장히 중요한 물건인 것 같았다. 로젤린은 별생각 없이 고개를 끄덕였다.

헤사는 월장석 성에서 벗어나 한참을 걸었다. 목적지는 성 밖에 위치한 화려한 정원이었다. 등불이 비추는 장식물과 분수대는 낮의 햇살을 받을 때보다도 더욱 아름다웠다. 로젤린이 호오 소리를 내며 주위를 둘러보았다.

"멀리까지 나왔었군요. 뭘 잃어버렸습니까?"

헤사의 눈에는 아름다운 정원이 보이지 않는 듯했다. 레이몬드에게 선물받은 자신의 잔을 깨트렸을 때, 또한 서류를 분실했을 때. 실수를 저지를 때마다 소년은 발치만 바라본 채 입술을 꽉 깨물고 있었다. 지금처럼.

대체 뭘 잃어버렸기에! 로젤린의 마음에도 슬쩍 걱정이 자리 잡을 때였다. 헤사에게서 돌연 마력의 기운이 퍼져 나오기 시작했다.

"헤사?"

무언가에 대한 방어도, 공격도 없었다. 어떤 행위를 위한 것이 아닌, 목적성 없는 마력은 로젤린을 혼란스럽게 만들었다. 물건을 잃어버렸다더니 갑자기 마력은 왜 사용하는 것일까?

그 순간 로젤린은 정원 저 멀리 여기저기 흩어진 사람들의 기척이 한곳으로 모이기 시작했다는 사실을 깨달았다. 바로 여기. 혜사와 그녀가 있는 분수대 앞으로.

혜사가 고개를 휙 들어 로젤린의 눈을 똑바로 바라보았다. 실수를 저지를 때마다 눈망울 한가득 눈물을 채우고 있던 모습과 달랐다. 눈썹을 찌푸리고는 있지만 울고 있지 않았다.

"조금이라도 얘기를 들어 주세요, 로젤린 경. 그분은 분명 일라베니아의, 2황자 전하의 적이기는 하지만……."

로젤린은 거기까지 얘기를 듣고 주위를 둘러보았다. 저벅저벅. 사방에 포진한 사람들이 가까워졌다. 로젤린은 그들의 정체를 눈치챘다. 뜬금없이 소년의 몸을 휘감은 마력. 그것을 기점으로 다가오는 사람들. 빤하지 않은가. 마인이라는 뜻이었으며, 로젤린이 알기로 자신과 혜사를 제외한 수많은 마인들의 정체라면…….

"로젤린."

하카브의 호위들밖에 없었다. 남자는 열에 달뜬 목소리로 그녀의 이름을 불렀다. 로젤린은 흘끗 뒤를 돌아보았다. 구릿빛의 사내가 두 사람만 있던 장소로 발을 들였다. 그와 동시에 분수대를 둘러싼 미로 정원의 수풀 벽 바로 너머에 수십 명의 사내들이 포진하는 것이 느껴졌다.

하카브가 혜사를 바라보며 생긋 웃었다. 로젤린은 그제야 혜사가 자신을 이곳에 부른 배경에 그가 있다는 사실을 알게 되었다.

"로젤린 경을 속일 생각은 아니었어요. 그래도 그대로 말씀드리면 오지 않으실 것 같아서……."

입술을 짓이기는 행동에서 소년의 머리를 복잡하게 만들었던 갈등을 읽을 수 있었다. 로젤린은 한숨을 푹 쉰 다음에 혜사의 이마에 손가락을 가볍게 튕겼다.

딱!

소리는 가볍지 않았다. 혜사가 이마를 붙잡고 자리에 털썩 앉았다. 눈물을 흘리지 않으려 이를 악물고 있던 소년이 눈물을 줄줄 흘렸다.

"먼저 기숙사에 가 있으세요. 나는 조금 있다 갈 테니."

눈물을 뚝뚝 떨어트리던 혜사는 이마를 누른 채 고개를 끄덕였다. 소년은 정원을 빠져나가면서 몇 번이나 뒤를 돌아보았다. 하지만 로젤린이 앞에 있는 하카브에게 집중하고 있었기에, 볼 수 있었던 건 그림자 진 그녀의 뒷모습뿐이었다.

혜사의 기척이 멀어졌다. 로젤린을 대단한 명화라도 되는 듯 황홀한 눈빛으로 감상하던 하카브가 움직였다.

"드디어 만나게 되었군. 오랜만이다, 로젤린."

"발타의 첫 번째 아들을 뵙습니다."

하카브가 눈을 떼지 않은 채 다가왔다. 뭘 할지 알 것 같았다. 가슴과 가슴이 맞닿을 정도로 가까워질 즘, 로젤린은 한 걸음 물러섰다. 하카브가 눈을 크게 뜨고 그녀를 바라봤다.

"인사를 하려고 했을 뿐인데."

"하기 싫습니다."

"그사이 교육을 했나 보군. 치사한 사람들 같으니."

"일라베니아에서는 친밀한 사이가 아니고서는 불필요한 접촉은 하지 않습니다."

"그럼 친밀한 사이가 되면 불필요한 접촉을 해도 괜찮은 건가?"

로젤린은 골똘히 생각하다가 고개를 끄덕였다.

"네. 아마도."

하카브가 눈을 휘며 웃었다. 그거 희소식이군. 남자가 조용히 중얼거렸다.

"특별한 용건이 없으시다면, 이만 가 보아도 되겠습니까?"

"아니. 특별한 용건이 있어. 로젤린."

하카브가 이를 드러내며 웃었다. 로젤린은 남자가 자신을 부르는 호칭이 거슬려 표정 없이 그를 올려다볼 뿐이었다.

"우선 자세를 바꿀까. 그대의 목이 고생하는 중이니. 이렇게."

하카브가 몸을 숙이더니 한쪽 무릎을 꿇었다. 아까의 상황과 완전히 반전되었다. 이제는 하카브가 로젤린을 올려다보는 모습이 되었다. 로젤린은 답지 않게 당황했다. 음, 이거 좀, 느낌이 이상하다. 남자가 살살 눈웃음을 쳤다.

"어때."

"매우 불편합니다."

"목이?"

"아뇨. 전하의 행동이 저를 불편하게 합니다."

"……누군지는 몰라도 참 딱 부러지게 교육 잘 시켰군. 그냥 즐기도록 해, 로젤린. 나를 그 위치에서 보는 사람은 힉살라 아돈뿐이다. 병을 앓고 계시니 얼마 뒤에는 아무도 없을 테고."

로젤린은 열심히 고민하다가 알맞은 답변을 찾아냈다.

"유감입니다."

하카브가 와하하 웃음을 터트렸다.

"아니, 로젤린. 그 사실은 나를 기쁘게 한다."

"아, 네. 기쁘시겠습니다."

하카브가 잠시 자신의 눈을 덮고 어깨를 들썩였다. 시간이 흐른 후, 드러난 흑갈색 눈동자는 등불에 반짝반짝 빛나고 있었다. 약간 물기 어린 걸 보니 조금 운 것 같기도 했다.

"그래. 기쁘다. 곧 모두가 나를 이렇게 올려다봐야 한다는 것이, 치가 떨릴 만큼 기뻐. 하지만, 로젤린."

하카브가 대뜸 로젤린의 손을 잡았다. 그러고는 제 얼굴 쪽으로 가까이 끌더니 손등에 입을 맞추는 기행까지 벌였다. 하도 물 흐르듯 자연스러운 행동이라 막을 틈도 없었다.

"그대가 원한다면 언제나 나를 그 위치에서 볼 수 있어. 발타의 힉살라가 영원히 그대의 발아래에서 그대를 경배하며, 사랑을 바칠 것이다."

"아니요? 딱히 원하지 않습니다."

단조롭던 대답에 변화가 생겼다. '아니? 뭔 소리신지?'라고 황당해하는 표정까지. 아니라는 대답이야 대충 유추했더라도 상대방이 이렇게 헛소리를 들은 듯한 반응을 하니, 하카브도 약간은 상처받았다.

"지금 당장 대답하라는 게 아니야. 길은 많을수록 좋으니, 그저 내 제안을 기억해 두기만 해. 분명 그대는 언젠가 일라베니아에……."

남자가 잠시 머뭇거렸다. 말을 고르는 중인 듯했다.

"……많이 실망하게 될 테니."

하카브는 조금 더 파괴적이고 적나라한 단어들은 물러 두었다. 현재 일라베니아 황실 소속의 기사에게 일라베니아 욕을 해 봤자 무슨 소용이 있겠는가. 그저 때가 오길 기다릴 뿐이었다.

"그러니 기억해. 발타에서도 한번 말했었지. 리비타의 문은 그대에게 열려 있다."

로젤린은 여전히 무슨 생각을 하는지 알 수 없는 모호한 표정을 걸고 있었다. 하카브가 미심쩍은 듯 물었다.

"……무슨 말인지 알겠나?"

"제가 리비타에 가면 문을 열어 주신다고."

하카브가 쿡쿡 웃었다.

"청혼하는 거야. 내가 그대에게."

청혼? 혼인 전에 남자가 여자에게, 혹은 여자가 남자에게 상대의 허락을 구하는 행위가 아니던가. 하카브와 자신의 결혼? 상상도 가지 않을뿐더러 살짝 불쾌하기까지 했다. 로젤린이 인상을 찌푸리며 싫다 말하려 했지만, 하카브가 말을 덧붙이는 게 빨랐다.

"나는 내 말에 부정하는 답을 듣고 싶어 여기까지 온 게 아니다, 로젤린. 그러니 그대에게…… '좋다'라는 말을 들을 수 있을 만한 제안을 하도록 하지.

그대는 권력이나 재물에 욕심이 있는 부류가 아닌 것 같으니…… 좋아.”

하카브는 말하는 중간중간 그녀의 손등에 입을 맞췄다. 로젤린은 그 만행에도 개의치 않고, 그의 뒷말을 가만히 기다렸다.

“그대가 나의 제안을 받아들인 그때부터, 발타는 일라베니아의 2황자 리카르디스의 우군이 된다.”

쿵! 머리를 세게 한 대 맞은 것 같았다. 하카브는 적이었고, 그녀는 어지간해서는 적을 앞에 두고 제 속내를 내보이지 않았다. 하지만 지금은 경악스러운 표정이 그대로 드러나 있었다. 내용의 중대함을 체감한 것이다.

“기한은 그대가 원하는 때까지. 평생을 바란다면 평생을 바쳐 엘피디오로부터, 또한 황제로부터 그를 보호한다. ‘그때’와 같은 입 발린 동맹이 아니야, 로젤린. 이건 정말…… 나로서도 큰 결심이라는 점을 알아줬으면 좋겠군. 또한 내가 이런 말을 꺼낼 정도로…….”

하카브가 로젤린의 손등에 입을 맞췄다. 꾹, 한 번 누르고 떨어진 입술은 다시 그녀의 손마디에 닿아 더듬듯 천천히 내려왔다.

“그대를 원하고 있다는 사실도.”

손톱 끝까지 그의 입술이 닿았다. 목 뒤로 돋은 소름에 몸이 부르르 떨렸다. 하카브는 후련해 보이는 얼굴로 자리에서 일어섰다.

“이것으로 일단 용건은 끝. 이 말을 하기까지 얼마나 힘들었는지. 그대는 상상도 못 할 것이다.”

딤라에, 리카르디스에. 하여간 얼마나 꼭꼭 숨겨 두던지. 치사하게 말이야. 하카브는 짐짓 인상을 쓰며 제 노고를 더 설명하려다, 빙그레 웃는 것으로 그 말을 대신하기로 했다.

언제나 무심하게 다른 사물을 바라보던 시선이 변했다. 로젤린의 평정이 무너진 것이 보였다. 눈을 동그랗게 뜨고는 간절히 바라보는 모습에 하카브는 가슴 한쪽이 묵직해지는 감각을 느꼈다.

‘이거…… 생각보다도 기분 좋은걸.’

그는 자신이 매고 있던 목걸이를 풀었다. 발타 왕실의 문양이 새겨져 있는 펜던트였다.

"자아, 이건 맹세의 증표로 주도록 할까."

하카브의 한쪽 손이 그녀의 제복 단추를 풀어냈다. 로젤린은 깜짝 놀라 한 걸음 뒤로 물러섰지만, 곧바로 분수대에 막혔다. 남자는 멀어졌던 만큼 다시 거리를 좁혔다. 그리고 제복 안, 셔츠의 단추까지 두세 개 풀어냈다. 목이 드러나자 하카브가 직접 목걸이를 걸어 주었다. 로젤린은 입을 다문 채 그의 행동을 묵인했다. 하카브가 이를 보이며 씩 웃었다.

"그리고 이건 내가 맡아 두도록 하지."

"아……."

로젤린의 셔츠 안쪽에 걸려 있던 싸구려 목걸이가 그의 손에 들어갔다. 축제 때, 리카르디스의 눈동자 색과 비슷해서 샀던 펜던트였다. 망설이는 사이 하카브는 그녀의 목걸이를 자신의 소매 안쪽에 쑥 넣었다.

돌려 달라 말하지 못했다. 로젤린이 어색하게 제 쇄골 아래 늘어진 차가운 금속을 만지고 있자, 달 아래의 검은 남자가 날카로운 시선으로 그녀의 목을 훑었다.

"잘 어울리는군. 아름답다, 로젤린."

한마디를 더 덧붙이려던 하카브의 뒤로 또 다른 구릿빛 피부의 사내가 나타났다.

"전하."

하카브가 고개를 끄덕였다. 로젤린도 눈치챘다. 평범하게 정원을 산책하러 온 사람들이 입구에 발을 들여놓은 듯했다. 아쉬워하던 하카브가 수풀 벽에 나 있는 꽃 한 송이를 뽑아 그녀의 귀에 꽂았다.

"좋은 답을 기다리겠다."

연신 끈적거리며 달라붙었던 것이 무색할 정도였다. 남자는 미련 없이 발길을 돌렸다.

주위를 둘러쌌던 하카브의 호위들이 넓게 퍼지며 정원을 빠져나가는 것이 느껴졌다. 로젤린은 하카브가 사라진 쪽을 바라보다가 걸음을 옮겼다. 머리가 멍했다. 벌어진 셔츠와 제복 단추를 다시 꼭꼭 여몄다. 목걸이를 걸어 주던 차가운 손끝의 감촉이 떠올랐다. 뱀같이 느릿하게 피부 위를 흐르던 손길. 로젤린은 몸을 부르르 떨었다.

정원의 입구에는 아까 전, 큰뿔산양 후작 저에서 돌아왔을 때에 보았던 광경이 그대로 재현되어 있었다. 나무 아래에 쪼그려 앉아 무릎을 끌어안고 있는 소년의 그림자가 작달막했다. 로젤린은 코로 숨을 후 내쉬었다. 헤사가 후다닥 일어나 그녀에게 다가왔다.

"……죄송합니다."

"검은달에 소속되어 있습니까, 헤사?"

"예? 절대로 아닙니다!"

눈동자, 심장 박동, 얼굴 근육의 미세한 반응이 헤사의 말이 진실에 가깝다는 것을 가리키고 있었다. 로젤린은 가만히 그를 바라보다 다시 물었다.

"왕자 전하께서 뭐라 했습니까."

"……경께서는 2황자 전하와 황실을 지키기 위해 한 몸 바칠 테지만, 과연 황실도 그러하겠느냐고요. 몇 세대 전만 해도 마인 사냥을 주도했던 나라의 성질이 과연 시간이 흐른다고 변하리라 믿느냐……."

[군도 잘 알고 있지 않나? 일라베니아의 마인이 얼마나 가혹한 취급을 받는지. 나는 일라베니아와 2황자의 적이긴 하나, 결코 그녀의 적은 아니다. 쉽게 믿을 수 없다는 것 또한 잘 안다. 하지만 잘 생각해라. 2황자의 입지는 단단한 것처럼 보이지만, 그 또한 허상에 불과하지. 황제는 사지로 세 아들을 몇 번이나 집어넣은 사람이다. 중요한 건 그런 위험한 길을 걷는 리카르디스의 뒤에 로젤린이 있다는 것. 여차하면 그를 대신해 죽을 각오로 말이야. 내 말 이해하나? 그의 곁에 있으면 아무리 강한 마인이라 해도 반드시 죽는다는 얘기다.]

로젤린은 다소 기형적일 정도로 일방적이고 단편적인 정보만으로 자라 왔다. 황실을 지킨다. 리카르디스를 지킨다. 그 반짝이는 사명을 황실은 단순한 화살받이로 이용할 뿐인데, 어찌 내 가슴이 아프지 않겠는가. 강요할 생각은 없다. 다른 길도 있노라 알려 주고 싶을 뿐이라고. 리카르디스가 로젤린을 숨겨 두어 만날 방도가 없는데 어찌하겠느냐. 네가 진정 로젤린을 좋아하고 따른다면, 그녀의 의지에 반하더라도 그녀를 위한 길을 선택해야 하는 게 아니겠느냐. 반듯하게 생긴 남자가 구구절절하고 애절하게 말했었다.

입 발린 소리라 생각하면서도 끝까지 무시하지 못했던 이유는, 하카브가 짚은 점들을 헤사 또한 신경 쓰고 있기 때문이었다. 지금의 로젤린은 나라의 영웅처럼 받아들여지지만, 그 또한 한순간에 뒤바뀔 수 있는 위태로운 것이었다. 일라베니아의 마인. 그 위치가 어떤지 헤사는 뼈저릴 정도로 잘 알았다. 그래서 그 수작질에 동조하게 되었는데…….

무섭게 표정을 굳히고 쳐다보는 로젤린을 보노라니, 시간을 되돌려 했던 짓을 취소하고 싶은 기분이었다.

"와, 왕자 전하께서…… 무어라 하시던가요……?"

로젤린이 그의 양어깨를 꽉 쥐었다.

"헤사. 나를 걱정한 건 좋지만, 하얀밤 기사단의 모두는 리카르디스 전하를 위해 존재합니다. 이번 일은 헤사의 본분에 어긋나는 일입니다. 그러니……."

말의 끝이 흐려졌다.

하얀밤 기사단은 일라베니아 신성 제국 2황자 리카르디스를 지킨다.

그렇다면 하카브의 위험성을 아예 배제하는 것을 넘어, 그의 힘을 리카르디스에게 실을 수 있는 기회를 놓쳐서는 안 될 것이다. 하얀밤 기사단의 상급 기사 로젤린. 붉은수레바퀴의 로젤린. 리카르디스를 지키는 자신은…….

왜 그 제안에 대답을 하지 못했을까. 왜 리카르디스의 얼굴만 떠올랐던 걸까.

헤사는 표정을 일그러뜨렸다. 제 어깨를 꽉 쥐고 있는 로젤린이 울 것 같은 얼굴을 하고 있었다. 강하고 멋있는, 바닥만 바라보는 자신과 달리 언제나 앞을 보는 로젤린. 그런 그녀가 지금 흔들리고 있었다.

헤사는 결국 눈물을 뚝뚝 떨어트렸다. 존경하고 좋아하는 로젤린을 위해서 해야만 하는 일이라 생각했다. 후회 따위는 없을 거라 생각했는데.

"잘못했어요…… 로젤린 경."

잘못했어요. 죄송해요. 다시는 안 그럴게요. 소년의 물기 젖은 목소리를 들으면서도 로젤린은 끝내 위로하지 못했다.

* * *

유난히도 밝고 선명한 밤이었다. 하늘이 맑게 개어 별빛 달빛이 고스란히 쏟아졌다. 리카르디스는 클로에에게 받은 서류를 뒤적였다. 주전파 귀족들이 움직이기 시작했다는 내용이 적혀 있었다. 하카브가 일라베니아에 와 있는 지금의 좋은 기회에 그들이 그저 손놓고 있을 리 없었다. 어느 뒷골목으로 돈이 흘러 들어갔다는 걸 보니 암살이라도 할 요량인 듯했다.

리카르디스가 성질을 못 이기고 서류를 집어 던졌다. 죽이지도 못하고 벌집만 들쑤시는 꼴이 될 것이 빤한데, 이 멍청한 자식들이……. 하카브가 머물고 있는 성에 호위 병력을 더 붙여야 하나? 리카르디스가 욕을 뇌까렸다. 멍청한 놈들 때문에 두 배로 고생하게 생긴 셈이있다.

'아니, 리카르디스 황자, 저를 위해……?'

따위로 시작할 감사 인사를 하카브에게 들을 생각만 해도 혈압이 올랐다.

리카르디스는 성질내며 와인 잔을 크게 기울였다. 몇 번 더 행동을 반복하다 보니 어느새 병이 비어 있었다. 취기가 도니 그제야 피로가 몰려왔다.

그는 한숨을 푹 쉬고 일어났다.

침대로 향하던 발길이 테라스에서 우뚝 멈췄다. 리카르디스는 창을 열고 나가 나무 여기저기를 살펴보았다. 로젤린이 보이지 않았다. 저녁쯤 성으로 돌아왔다는 얘기를 들었는데. 무슨 바쁜 일이라도 있는 것일까.

리카르디스는 한참 더 밖을 바라보다가 몽롱한 기운에 눈이 스르륵 감기려 하자 그때야 발길을 돌렸다. 푹신한 침대에 폭 빠진 몸이 무거웠다. 리카르디스는 점점 수면 아래로 가라앉았다.

로젤린이 리카르디스의 방에 발을 늘인 것은 그가 깊게 잠든 후였다. 방 안에 새근새근 평온한 숨소리가 울려 퍼지고 있었다. 로젤린은 발소리를 죽이고 리카르디스의 곁에 다가갔다. 그림자에 어두워진 그녀의 눈동자가 천천히 남자를 훑었다. 감고 있는 눈. 달빛에도 아름답게 반짝이는 긴 속눈썹. 하얀 피부. 평소와는 다른 편안한 차림새. 흐트러진 셔츠 자락, 그리고 그 사이의…….

로젤린은 잠시 숨을 멈췄다. 그녀의 손이 리카르디스를 향했다. 느슨하게 풀려 있는 셔츠 안쪽, 무언가가 빛나고 있었다. 로젤린이 조심스럽게 그의 셔츠 자락을 벌렸다. 숨어 있던 것이 모습을 드러냈다. 잎을 닮은 푸른 색. 누군가의 눈동자를 닮은 펜던트였다.

그걸 보는 순간 로젤린은 제 가슴이 덜컥 멈춘다고 생각했다. 손이 떨렸다.

[잘 어울리는군. 아름답다.]

제 목덜미를 만지던 구릿빛 사내가 한 말이었다. 로젤린은 남자가 만졌던 부분을 지우듯 따라 더듬었다. 서늘한 금속이 만져졌다. 하카브가 청혼을 하며 준 목걸이였다. 고개를 옆으로 돌리자 벽에 걸린 거울이 보였다. 창백해 보이는 하얀 피부 위로 금색의 화려한 장신구가 걸려 있었다.

[그대가 나의 제안을 받아들인 그때부터, 발타는 일라베니아의 2황자 리카르디스의 우군이 된다. 기한은 그대가 원하는 때까지. 평생을 바란다면

평생을 바쳐 엘피디오로부터, 또한 황제로부터 그를 보호한다.]

로젤린은 어느 정도 자신의 강함을 인지하고 있었다. 강하다고 하는 인간들보다도, 그런 인간들의 합보다도 훨씬 강하다는 사실을. 하지만 로젤린은 사절단 일을 겪으며 자신의 힘만으로는 리카르디스를 지키지 못하는 때가 오리란 것을 예감할 수 있었다. 개인의 무력으로는 아무리 강하다고 해도 한계가 있었을뿐더러, 리카르디스를 둘러싼 위협은 단순한 무력으로 해결할 수 있는 종류만 있는 게 아니었다.

할 수 있는 내에서 최선을 다하고 있던 이때에 할 수 있는 일이 하나 더 생겼다. 거대한 집단과의 동맹이 체결되는 것이 자신의 손에 달려 있었다. 말 한마디. 좋다는 말 한마디면 될 텐데.

로젤린은 제 갈등의 이유를 객관적으로 파악하고자 머리를 굴렸다.

'나는…… 전하를…….'

침대 끝이 살짝 내려앉았다. 로젤린이 침대에 걸터앉아 그를 빤히 바라보았다.

'지키고 싶어.'

리카르디스가 몸을 뒤척이더니 반대로 누웠다. 이제는 등밖에 보이지 않았다. 로젤린은 뭔가 울컥 서러워졌다.

'나는 전하의…….'

구름이 달을 가렸다. 어두운 방 안이 더욱 까맣게 잠겼다. 로젤린이 눈을 감았다.

'곁에 있고 싶어.'

그녀 안에 새롭게 움튼 욕망이었다. 하지만 어떤 것이 우선되어야 하는지는 명백했다.

아직 새벽이 걸려 있을 때 리카르디스는 깨어났다. 술을 먹고 자서 그런지 눈을 뜨고도 꿈을 꾸는 듯 멍했다. 한기가 들었다. 리카르디스는 품에 있는 따뜻한 무언가를 끌어안았다. 제 두 팔 안에 폭 들어오는 따뜻한 것이 압박이 괴로운 듯 "으응⋯⋯." 하고 소리를 냈다.

"아⋯⋯ 미안⋯⋯."

"네⋯⋯."

리카르디스가 팔에 힘을 풀고 안고 있는 무언가를 토닥였다. 손에 부드러운 머리카락이 감겼다.

⋯⋯부드러워?

번쩍 눈을 뜬 리카르디스는 한가득 펼쳐져 있는 검은 머리카락의 향연에 소리 없이 경악했다. 덜덜 떨리는 눈동자가 아래를 향했다. 자신의 왼팔을 베고, 오른팔에 꼭 안겨 자고 있는 로젤린이 보였다. 굉장히 가까운 거리에.

리카르디스는 그대로 굳어 버렸다. 내가 끌어안은 게, 로, 로젤린. 뭐, 그대가. 왜, 여기에. 아니, 이불은 어디? 감기 걸리면 어쩌려고, 아니, 아니. 왜 로젤린이 여기에? 꿈속을 헤매다 깨어났더니 더 이상한 상황이 펼쳐져 있었다. 그는 한참이나 눈동자를 마구 굴리며 당황스러워했다.

바람 소리도 읽는 예민함은 어디다 버리고 온 것인지. 로젤린은 새근새근 소리를 내며 숙면하고 있었다. 눈꺼풀이 떨리는 걸 보면 자그마한 자극에 일어날 것같이 보이긴 했지만⋯⋯.

리카르디스는 그녀의 등을 어린아이 어르듯 가볍게 쓸어내렸다. 안 그래도 피곤한 사람인데 잠을 깨울 수 없지 않은가. 스스로에게 변명을 해 가면서. 리카르디스의 손길에 로젤린의 찌푸려진 미간이 서서히 이완되었다. 입꼬리를 움찔거리던 그는 곧 아까와 비슷할 정도로 경악하게 되었다.

로젤린이 꿈틀대며 품으로 더 파고들었다. 허리에 그녀의 팔이 턱 얹어졌다. 그는 헉 소리를 겨우 참아 냈다. 비극은 거기에서 끝이 아니었다. 왜인지는 모르겠지만 셔츠가 어제보다 더 벌어져 있는 탓에, 그녀의 이마가 쇄골 바로 아래 가슴에 찰싹 붙었다. 자고 있어 그런지 몸이 따끈따끈했다.

⋯⋯맞닿은 피부의 온도가 당황스러웠다. 색색, 숨이 맨살결을 간지럽혔

153

다. 리카르디스는 가슴부터 시작된 감각이 제 온몸을 관통하는 것을 느꼈다. 머리끝까지 간질, 간질. 버틸 수 없을 만큼 등골이 오싹거렸다. 리카르디스의 얼굴이 점점 붉게 물들었다.

'하늘에서 땅을 비추는 위대한 이델라브힘이시여. 성스러운 빛으로 어린 백성들을 이롭게 하시고…….'

리카르디스는 성서의 내용을 머릿속으로 암기했다. 그가 아는 것 중 가장 가슴을 차갑게 만들게 하는 문구들이었다. 다행히 소용이 있었다.

리카르디스는 자신과 그녀 사이에 끼어 있는 이불을 조심스럽게 들어 로젤린에게 덮어 주었다. 로젤린이 눈을 감은 채로 입을 우물거리더니 씩 웃었다. 포근해서 기분 좋은 듯했다. 리카르디스는 괴로워하다가 다시 성서를 외웠다. 아니, 왜 저렇게 귀여운 거야.

둥그스름한 이마, 시원시원하게 쭉 뻗은 눈꼬리, 긴 속눈썹, 곧은 콧날, 먹는 꿈을 꾸는지 연신 오물거리는 입까지.

주위를 경계하며 암살자들을 척척 잡아내고 위험이란 위험은 다가오기도 전에 차단해 버리는 대단한 호위 기사처럼 보이지 않았다.

들리지 않는 기척마저 읽어 내는 그녀가 제 품 안에 완전히 늘어져서 자고 있었다. 누군가의 무방비한 모습에 가슴이 설레는 날이 올 줄이야. 1시간이면 1시간, 8시간이면 8시간 내내 로젤린의 자는 모습만 봐도 질리지 않을 것 같았다.

문제는, 이제 슬슬 잇세리온이 일어날 때라는 것이었다.

리카르디스가 팔을 슬쩍 들었다. 그래도 로젤린은 깨어나지 않았다. 자신의 허리에 팔을 두른 채 고른 숨소리만 내고 있었다. 딱딱한 팔베개를 사용하는 사람치고는 굉장히 편안해 보였다. 새어 나오는 웃음을 겨우 억누르고 있던 리카르디스의 표정이 한순간에 뒤바뀌었다.

새벽과 아침 사이의 희미한 햇살에도 문양의 굴곡을 따라 번쩍번쩍 빛을 발하고 있는 금색의 펜던트. 로젤린의 셔츠 안쪽에서 빼꼼 모습을 드러낸 펜던트의 문양이 무엇을 뜻하는지 리카르디스가 모를 리 없었다. 따스하게 데워지고 있던 가슴 안쪽의 온도가 순식간에 서늘하게 가라앉았다.

현 힉살라, 아돈의 직계 혈족들만 사용할 수 있는 고귀함의 증표는 일라베니아에 발을 들인 발타인 중 하카브 왕자와 간제 왕녀만이 지니고 있었다.

리카르디스는 조용히 이를 악물었다. 하카브의 검은 눈동자에 진득하게 달라붙어 있던 욕망이 떠올랐다.

'하카브 위 리비타……'

여유만만하게 웃고 있는 남자의 모습이 그려졌다. 리카르디스는 크게 숨을 들이쉬었다가 내뱉었다.

왕가의 표식을 줬으니, 단순히 내 부하로 오라는 둥의 시시한 얘기가 오가지는 않았을 것이다. 애초 마력이 수준 이상이라고 하면 신분의 고하를 막론하고 왕실과 혼인으로 엮어 버리는 것이 그녀들이 하는 일이었으니. 하카브가 무슨 말을 했을지는 빤했다. 제 열네 번째인가 열다섯 번째 부인이 되라는 그런 얘기였을 테다.

그런 헛소리에 로젤린이 '아, 예. 생각해 보겠습니다.' 하고 받은 목걸이를 고이 걸고 있을 리 없었다. 분명 뭔가 혹할 만한 제안이 있었을 텐데.

리카르디스는 인상을 찌푸린 채 그녀를 내려다보았다. 아침이라 그런지 볼과 입술이 부어 통통해져 있었다. 그 모습에서 리카르디스는 그녀가 양볼에 음식을 잔뜩 욱여넣은 채 씹고 있는 광경을 연상했다. 냠냠. 때를 맞춘 듯 로젤린이 또 꿈속의 무언가를 먹었다. 그녀의 입속에 머리카락 한 올이 무서운 기세로 빨려 들어가고 있어 손으로 쏙 빼내 줬다.

'……설마 먹을 거라든가.'

아니야. 아무리 그래도 로젤린이 거기까지는 아니……겠지. 리카르디스는 미심쩍은 믿음을 기반으로 미심쩍게 확정을 내렸다.

그렇다면 뭘까. 로젤린이 왜 하카브에게 받은 목걸이를 걸고 있는 것일까. 그것이 어떤 의미인지 모르는 것인지, 아니면 알면서도 걸고 있는 것 인지…….

그때, 스르륵 하고 로젤린의 눈이 열렸다.

아침 햇살을 받는 눈동자가 투명하고 아름답게 빛났다. 풀잎 위에 고여 있는 새벽이슬 같았다. 리카르디스는 그녀를 가만히 들여다보았다. 몇 번 눈을 깜빡이던 로젤린의 표정이 점점 바뀌기 시작했다. 잠에 취해 있는 얼굴에 당혹스러운 기색이 떠올랐다.

로젤린은 자신이 뭘 베고 있는지 깨닫고는 화들짝 놀라서 리카르디스의 반대쪽으로 한 바퀴 굴렀다. 하지만 침대가 넓었기 때문에 굴러 봐야 침대 위였다. 로젤린은 엎드린 채 눈을 크게 뜨고 깜빡깜빡하기만 했다.

리카르디스는 옆으로 누워 턱을 괴고는 그녀와 눈을 맞췄다. 눈매를 휘며 환하게 웃으니 로젤린의 얼굴이 딱딱하게 굳었다.

"잠은 잘 잤나, 로젤린 경?"

"어, 아. 저는…… 그, 전하의 등을 보다가 잠시 앉아 있었는데……."

횡설수설하며 이불을 꼭 쥐고 있는 그녀를 보니 이 와중에도 정말 웃음이 나오긴 했다. 로젤린은 당황하다가, 제 목에서 흐르는 목걸이의 감촉을 느끼고는 펜던트를 잡아 얼른 옷 안에 숨겼다. 리카르디스의 눈이 가늘어졌다.

'……그게 뭔지 알고 있군.'

로젤린이 셔츠 단추를 잽싸게 잠그고는 힐끗, 곁눈으로 그를 쳐다보았다. 그녀의 시선이 닿을 즈음 리카르디스는 선량하고 자애로운 미소를 걸고 있었다. 아무것도 보지 못했다는 듯이.

"나갔던 일은 잘 마무리되었고?"

로젤린이 어색하게 고개를 끄덕였다. 참 거짓말이라고는 못 하는 사람이었다.

"별일 없이?"

목이 떨어져 나갈 기세로 고개를 끄덕였다. 부정을 바랐던 대답에 긍정만 돌아올 뿐이라, 리카르디스의 눈빛은 점점 더 깊어졌다.

"그거 다행이군."

목걸이를 숨기는 손길은 다급하고, 시선은 흔들렸다. 리카르디스는 그녀의 불안을 똑똑히 읽어 냈다. 로젤린의 마음을 뒤흔들 만한 일은 몇 가지 없을 것이다. 먹을 것, 가족, 친구…… 그리고 '2황자 리카르디스 황자'의 안위까지.

리카르디스는 그중에서 분명 '2황자 리카르디스'가 하카브의 제안과 관련되어 있을 거라 예감했다. 그녀를 흔들 수 있는 건 자신뿐이라는 교만이 아니었다.

과거 '로젤린'의 영향 때문인지 지금의 그녀 또한 호위에 대해 지나치리만큼 집착했다. 아무것도 모르는 백지 같던 때부터 오늘에 이르기까지. 로젤린은 배우고 성장했으나, 그 사실만큼은 변하지 않았다. 그 일관된 태도 덕에 리카르디스는 자신이 로젤린 안에 얼마나 크게 자리 잡고 있는지 알고 있었다.

의논을 하고 싶었다면 진즉에 말했을 것이다. 입을 딱 다물고 목걸이를 숨기고 있는 지금은 리카르디스도 인내해야만 했다. 가뜩이나 하카브의 수작질로 흔들리고 있는 사람에게 자신의 불안을 내보이는 것은 결코 좋은 수단이라 할 수 없었다. 그가 애써 평정을 유지하는 이유였다.

리카르디스의 눈동자는 셔츠를 꼭 쥐고 있는 로젤린의 하얀 손을 계속해 담고 있었다. 소중한 물건을 감싸고 있는 것처럼 보였다. 속에서 뜨거운 무언가가 울컥 치밀었다. 그저 숨기기 위해 쥐고 있을 뿐이란 걸 알고 있었으나, 머리와 가슴이 각기 따로 사고했다.

차갑게 돌아가는 이성 아래 속은 활활 불타올랐다. 타고 남은 것은 검은 재였다. 거뭇거뭇한 감정의 흔적들로 속이 새카맣게 물들기 시작했다.

황성에 들어온 지 15년. 수많은 사건을 거치며 울고 웃던 그에게 처음으로 낯선 감정이 생겼다. 눈동자가 바닷속 깊은 곳의 빛을 띠었다. 그것은 하카브가 로젤린을 볼 때의 눈빛과 닮아 있었다.

껄끄러운 침묵에 로젤린이 리카르디스의 눈치를 봤다.

"기숙사에서 옷을 갈아입고…… 오겠습니다."

턱을 괴고 있는 리카르디스가 생긋 웃으며 손을 뻗었다. 로젤린의 허리에 큰 손이 닿았다. 리카르디스는 그대로 힘을 줘 로젤린을 자신 쪽으로 쭈욱 끌어당겼다. 시트가 두 사람 사이에서 구겨졌다. 로젤린은 눈을 동그랗게 뜬 채 그의 코앞까지 끌려갔다. '어, 약하고 여린 우리 전하께서 힘이 생각보다 세다!'라고 생각하는 표정이었다.

"로젤린."

리카르디스는 로젤린을 더 끌어당겼다. 몸이 맞닿아 꾹 눌리자, 그녀가 뻣뻣하게 굳었다. 경직된 초록색 눈동자에 리카르디스의 얼굴이 비쳤다. 실크처럼 흘러내리는 은색 머리카락이 한 가닥, 한 가닥 아침 햇살에 빛났다. 리카르디스가 눈을 내리깔며 웃었다. 로젤린의 숨이 멎었다. 미모에 넋을 잃고 있어 미처 몰랐는데, 거리가 좀…… 많이 가까운 것 같았다.

그 사실을 자각한 로젤린이 깜짝 놀라 한쪽 손으로 그의 가슴을 살짝 밀었다. 더 이상은 다가오지 말라는 듯이. 셔츠 자락이 벌어져 있는 탓에 손바닥에 탄탄한 가슴이 그대로 닿았다. 로젤린은 더 당황해 버렸다. 피부가 부드럽다 못해 매끄러울 정도였다. 그녀는 깜짝 놀라 손을 떼었다가, 자신이 왜 그 가슴에 손을 대었는지 깨닫고는 다시 밀었다. 그러고는 다시 당황해서는 떼었다가, 아차 맞다 하고 또 꾸욱 밀었다.

뭘 계속 만지작거리고 있는 건지. 리카르디스는 어처구니가 없어 웃었다. 로젤린의 눈동자가 마구 흔들렸다.

"전하, 뭔가 좀……."

리카르디스는 그녀의 만류, 그녀의 당황에도 아랑곳하지 않고 그대로 이마에 쪽 소리 나게 키스했다. 허억, 숨을 크게 들이켜는 소리가 났다.

"이, 이상한 것 같⋯⋯."

울먹이는 목소리였다.

"좋은 아침이야, 로젤린 경."

공기 속으로 녹아내릴 듯 아련한 미소였다. 하늘을 덮은 먹구름 사이로 새어 나온 한 줄기 햇빛이 드리운 자연 광경보다 아름답고 감동적인 얼굴이었다. 로젤린은 그의 믿을 수 없는 외모에 쩍 굳어 버렸다. 그의 미소가 한층 더 짙어졌다.

하카브 위 리비타. 그 야심 찬 남자가 '리카르디스'를 패로 걸었다니. 대항마로 세울 수 있는 것 역시 '리카르디스'밖에 없지 않겠는가.

* * *

월장석 성의 시녀장, 한나의 입가가 파르르 떨렸다.

"⋯⋯예, 전하? 죄송합니다. 제가 요즘 부쩍 귀가 어두워진 터라⋯⋯."

"아니, 반응으로 미루어 보아 똑바로 들은 것 같다."

"그러니까, 오늘⋯⋯ 봄 햇살에도 스러질 것같이 연약해 보이지만, 속에 가시와 짙은 향을 품고 있는 장미 같은 치명적인 느낌으로 치장해 달라 말씀하신 것이⋯⋯."

"정확하다. 그 느낌으로."

시녀장은 리카르디스의 이상한 명령에 제 귀를 의심했다. 그녀는 한참 동안이나 어떤 말도 하지 못했다.

"전하, 그렇게 말씀하시면 시녀장도 당황하지 않겠습니까."

옆에 있던 잇세리온이 두 사람의 대화에 불쑥 끼어들었다. 한나는 속으로 그를 응원했다. 치장은 무슨. 얼굴에 뭐 하나 바르는 것도 질색하시는 분이 하루아침에 다른 사람이 된 것처럼 저러니 적응이 되지 않았다. 잇세리온 비서관도 비슷한 마음일 것이다.

"전하께서는 이미 희미한 봄 햇살에도 스러질 것같이 연약하지만, 가시와 짙은 향을 품고 있는 장미 같은 느낌을 지니고 계신걸요. 금강석을 깎아서 금강석을 만들어 달라는 말과 진배없습니다."

"……."

그의 뒤에서 상급 기사 르원도 고개를 끄덕이고 있었다. 한나는 기가 막힌다는 표정으로 형제를 바라보았다.

리카르디스가 툴툴거렸다.

"이것 봐, 한나. 잇세리온은 말이 통하지를 않아."

확실하게, 말도 뜻도 통하지 않았다. 한나는 방 안에 모여 있는 시녀들 중 가장 먼저 정신을 차리고 리카르디스가 말한 내용을 다시 반추했다. 따스한 봄 햇살. 그 연약한 무형의 기운에도 스러질 만큼 연약하게. 애처롭게. 하지만 그 속에 짙은 향으로 사람을 유혹하는 치명적인 장미…….

척 봐도 연애다. 월장석 성에서 일했던 10년의 기간 동안 단 한 번도 느껴 보지 못했던 주인의 연애 기류! 한나는 전율했다. 드디어, 월장석 성에도 봄이 오는가!

한나가 조금만 기다려 달라 말하고는 황급하게 시녀를 모두 끌고 나갔다. 보물 창고를 털어 올 기세였다. 시녀들이 빠진 방 안에는 적막이 감돌았다.

르원이 제 턱을 긁적이다가 슬그머니 리카르디스의 곁으로 다가갔다. 잇세리온과 르원 형제도 무슨 일이 있는지 파악하지 못한 상태였다. 설마…… 연애하시나? 월장석 성에도 꽃이 피는 거야? 은근슬쩍 물어보려던 순간, 리카르디스가 그를 먼저 불렀다.

"르원."

"어…… 예?"

"어제 로젤린 경이 누구와 만나 무슨 대화를 했는지. 하나도 빠트리지 말고 알아 와."

꽃은 무슨. 자라난 꽃도 칼로 베어 낼 것 같은 차가운 눈이었다.

"또한, 오늘 누구를 만나 무슨 대화를 하는지까지도."

팔짱을 끼고 저 너머를 날카롭게 응시하는 리카르디스의 얼굴은 글쎄…… 장미의 치명적 어쩌고에 가깝긴 했지만 봄 햇살에 아련하게 흩어지는 어쩌고는 아닌 것 같았다.

"또."

로젤린 경. 대체 무슨 짓을 했나. 르윈이 속으로 한숨을 푹 쉬었다.

"혜사라 했던가."

"혜사가 누굽니까?"

"로젤린 경의 새로운 수습 기사. 불러와라. 그녀 모르게."

르윈은 머릿속으로 명령을 다시 되새겼다. 로젤린 경이 어제 한 일. 로젤린 경이 오늘 할 일. 로젤린 경의 생활 전반을 돕는 수습 기사.

"레이몬드 경도."

심지어는 보호자까지.

'진짜 무슨 짓을 한 건지…….'

르윈은 고개를 절레절레 흔들며 방을 나섰다. 잔뜩 들뜬 걸음으로 돌아오는 시녀장 한나의 모습을 보고 그는 안쓰럽다는 듯한 표정을 지었다. 한나의 기대대로 연애 감정이 조금은 섞여 있을 수도 있지만, 연애 초기의 풋풋하고 싱그러운 분위기보다는 끈적끈적하고 각종 술수가 난무하는 치정에 더 가까운 느낌이었다. 한나가 과연 그걸 바랐을는지…….

르윈은 어깨를 으쓱하고는 발걸음을 옮겼다.

* * *

길이 없어도 자로 잰 듯 반듯하게 걷던 사람 같지 않게, 로젤린은 비틀거렸다. 취객이나 배고픈 강아지처럼 비실거리는 걸음은 왼쪽으로 갔다가 오른쪽으로 갔다가 멈췄다가 아주 난리도 아니었다. 멍하니 있다가 기숙사 건물을 지나치기도 했다. 목적지를 지나쳤다는 것도 20분 후에야 알았다. 그러다 보니 기숙사 방의 문고리를 잡은 것은 리카르디스의 방에서 나오고 정확히 1시간 49분 후였다.

달칵.

텅 빈 것이나 다름없는 정돈된 방 안. 거대한 침대 아래에 혜사가 몸을 웅크린 채 자고 있었다. 본인의 방에서 안 자고 왜 바닥에서…….

'아…… 맞다.'

두 눈이 퉁퉁 부은 소년을 본 순간, 로젤린은 여태껏 잊고 있던 것들을 떠올렸다. 하카브가 건넨 목걸이, 그와 함께 받은 제안, 심지어는 하카브의 존재까지. 아침의 리카르디스가 너무 충격적인 탓이었다.

로젤린은 시트를 끌어 혜사에게 살포시 덮어 주었다. 침대 위로 옮겨 주고 싶었으나, 소년은 두 선임들과는 비교도 안 되게 예민한 야생의 감을 가지고 있었다. 건드리는 그 순간 깨어날 것이 분명했다.

로젤린은 바닥에서 자는 소년을 빤히 바라보며 어젯밤을 떠올렸다.

[……그대가 나의 제안을 받아들인 그때부터…….]

[좋은 아침이야, 로젤린 경.]

하카브의 제안 위로 리카르디스의 해사한 웃음이 번졌다. 뭘 고민을 해 보려 해도 그의 반짝이는 눈동자가, 목걸이가 신경 쓰여 한번 꺼내 보아도, 아까 닿았던 리카르디스의 단단한 가슴이, 이번에는 진짜로 고민 좀 하자 싶어도, 자신을 끌어당기던 큰 손과 이마에 짙게 눌러진 부드럽고 따뜻한 감촉까지!

온 머릿속이 리카르디스였다. 로젤린은 제 허벅지를 꾹 눌러 보았다.

'뭔가 이것보다…… 탄력 있고 피부 결은 부드러운데 단단하고…….'

탄탄한 가슴의 감촉이 선연했다. 기회가 되면 한 번 더 눌러 보고 싶었다.

[보면 심장이 벌렁벌렁하고.]

[맞아, 막 얼굴이 화끈하면서 눈도 못 마주치겠고.]

[진짜 아름다우시지.]

언젠가 동료들과 나누었던 대화가 떠올랐다. 그때 당시에도 공감했던 말이었으나, 지금은 정말 심장이 벌렁벌렁하고 얼굴이 화끈하고 눈도 못 마주칠 것 같았다. 여태껏 그를 어떻게 보아 왔는지도 모를 지경이었다.

로젤린은 마른세수를 했다. 그녀의 움직임에 옷 안쪽에서 금속이 스르륵 흘러내렸다.

'아, 맞다.'

하카브. 또 까먹고 있었다. 로젤린은 이번에는 집중해서 잠깐 그의 제안을 다시 돌이켜 보았다. 혼인하면 리카르디스를 건드리지 않을뿐더러 지켜 주기까지 하겠다. 혼인…… 혼인이라.

[이델라브힘께서 왜 사람을 이렇게 많이 만드셨는지 아십니까, 누님?]

[……어…… 음….]

[혼자서는 그릇된 행동이나 결정을 내릴 때가 많기 때문이지요. 인간은 불완전하고, 때문에 종종 실수를 저지르고는 합니다. 그걸 서로서로 도우며 보완하라 신께서 저희들을 함께 세상의 빛을 보게 만들어 주셨습니다. 그러니 누님, 어떤 일이 있다면 고민만 하지 마시고 믿을 만한 사람들과 함께 그 생각을 나눠 보는 게 어떨까요. 사람 머리 하나보다는 사람 머리 둘, 둘보다는 셋이 나은 법이죠.]

물론, 칼릭스가 말한 내용은 성전에 서술된 바 없으므로 새빨간 거짓말이었다. 그는 제 누이가 발타에서 단독으로 위험한 행동을 하고 다녔다는 사실을 죄다 알게 되었고, 기겁했다. 한 번 더 강하게 경고할 필요성이 있었다. 거대한 세계를 이루는 신을 끌어들여야 하는 정도의 규모로.

덕분에 인상 깊게 새겨져 있었다. 골머리를 앓고 있으려니 칼릭스의 조언이 떠오른 것은 당연한 일이었다. 로젤린은 고개를 끄덕였다. 혼자 고민해서 무얼 하겠나. 답이 나오지를 않는데.

마카롱에게 물어보고 싶었으나 어제부터 통 보이지 않았다. 다른 사람을 찾기 위해 로젤린은 옷을 갈아입고 방을 나섰다.

"정략혼이라. 뭐, 흔한 일 아닙니까."

"귀족 세계에서는, 뭐…… 그렇지."

상급 기사 카일로와 파르딕트가 나란히 팔굽혀펴기를 하는 중이었다. 로젤린은 균형을 맞추기 위해 파르딕트의 등에 걸터앉고, 카일로의 등에 발을 올려놓은 상태였다. 하나, 하면 내려가고. 하나, 하면 올라왔다. 몸이 올라갔다 내려갔다 하는 게 재밌었다.

"카일로 경은 혼인하셨습니까?"

"하나, 아직이지만 약혼녀는 있습니다. 정략 관계이긴 하지만…… 뭐, 나름 사이는 좋습니다."

"파르파르는?"

"하나, 애가 셋이다."

"정략혼?"

"참 나, 이 얼굴을 봐."

음. 정략혼이군. 연애를 할 수 있을 만한 얼굴은 아니었다. 50번째 팔굽혀펴기를 한 카일로가 팔을 편 채로 멈추고는 피식 웃었다.

"연애에서 결혼까지 성공했다고 하얀밤 기사단 내에서는 유명합니다."

로젤린은 헉하고 제 입을 가로막았다.

"징그럽게 쫓아다니고 추하게 매달렸다고. 부인께서 얼마나 노고가 크셨을지……."

파르딕트가 벌떡 일어서 카일로를 덮쳤다. 두 사람 위에 앉아 있던 로젤린이 튕겨 나갔다. 그녀는 그대로 뒤 구르기를 하고는 편안하게 앉았다. 마치 처음부터 그 자리에 앉기 위해 구른 사람 같았다. 로젤린은 나무 그늘 아래에서 두 남자의 싸움을 구경했다.

막 연무장에 발을 들인 레이몬드가 엎치락뒤치락하는 두 사람을 무시하고 그녀에게 다가갔다.

"로젤린, 바닥에 앉으면 옷 더러워지잖아."

보자마자 잔소리였다. 로젤린이 주머니에서 주섬주섬 손수건을 꺼내어 깔고 앉았다. 레이몬드는 그제야 흡족한 듯 고개를 끄덕였다. 한참 두 남자의 싸움을 관전하고 있는데, 시선이 따가웠다. 나무에 기대어 팔짱을 끼고는 흘끗흘끗 내려다보는 레이몬드의 표정이 의미심장했다. 뭔가 할 말이 있는 것 같기도 하고…….

마침 레이몬드가 온 김에 물어볼까? 로젤린이 생각할 즈음 그가 참지 못하고 먼저 말을 내뱉었다.

"혹시! 나에게 무슨 할 말 없니, 로젤린!? 그냥, 뭐 사소한 고민거리라든가, 음. 그런 거 있잖아? 사소한 자신의 미래라든가…… 하는 그런…….."

로젤린은 기다렸다는 듯 레이몬드에게 털어놓았다. 물론 그녀도 하얀밤 기사단에 하카브가 어떤 존재인지쯤은 알고 있던 터라, 조금 둘러말하긴 했다.

귀족 세계에서 흔하다는 정략혼. 조건과 조건만 맞으면 결혼하지 않나. 본인의 목적과 조건이 맞아떨어진다면 하는 쪽이 나은 것일까? 목적과 상관없는 개인적인 감정 때문에 정략혼을 하고 싶지 않다고 말하는 건 너무 철없는 일이겠지? 다들 하는 건데 너무 껄끄럽게 생각할 필요는 없는 거겠지? 딱 그 정도.

레이몬드는 어색하게 입꼬리를 올려 애써 다정한 얼굴을 하고 있었다. 볼 근육이 파르르 떨리는 중이었다.

"로젤린, 무슨 소리야. 요즘 세상에 고리타분하게 정략혼이라니."

"요즘도 많이 하잖아."

"당연히 하는 사람들이야 있지. 가문의 세를 불리거나 동맹을 위한 수단으로. 사랑 없이. 그저 조건만 보고! 하지만 로젤린, 결혼은 신성한 거란다!"

레이몬드의 눈이 이글이글 불타올랐다.

"일생에 한 번뿐인, 서로 다른 사람들이 만나 앞으로 하나의 길을 걸어가리라 약조하는 그 결혼을 단순히 조건만 보고 한다고? 심지어는 별로 하고 싶지도 않은데? 그건 팔려 가는 거야. 결혼이 아니라!"

"맞아, 맞아. 사랑이 전부가 아니겠어."

어느새 싸움을 끝낸 파르딕트가 레이몬드를 옹호했고, 그의 뒤에서 카일로가 툴툴거렸다.

"연애결혼 한다고 정략결혼 하는 사람 너무 무시하시네."

레이몬드가 잠시 카일로를 이끌고 저 멀리에 있는 큰 나무 뒤로 쏙 들어갔다. 뭔가 비밀스러운 얘기를 할 것 같아 청각을 강화해 가면서까지 귀를 쫑긋 세웠으나, 어떤 작은 말소리도 들리지 않았다. 수신호로 얘기하고 있는 듯했다.

레이몬드와 다시 돌아온 카일로가 비장한 얼굴로 말했다.

"정략혼은 쓰레기입니다, 로젤린 경. 두 번 다시 제 앞에서 그런 끔찍한 단어는 입에도 담지 마시죠. 소름 돋습니다."

"……."

뭔가 아까랑 말이 좀 다른 것 같았다.

"사람을 물건 취급 하는 것도 아니고 그게 뭡니까. 그걸 제안하는 놈들도 똑같이 쓰레기입니다. 저희 아버지처럼."

"어우, 그건 좀…… 말이 심하시네요, 카일로 경…… 아무튼, 카일로 경도 이렇게 말하잖아, 로젤린. 내가 뭐라 했어!"

"……바닥에 그냥 앉지 마라?"

"아니, 아니, 뭐…… 그것도 맞긴 한데."

레이몬드가 그녀의 두 어깨를 꽉 쥐었다. 로젤린은 어젯밤 자신이 혜사의 어깨를 잡고 훈계하던 때를 떠올렸다. 친구 레이몬드에게서 과거, 동경했던 상급 기사 레이몬드 경의 얼굴이 보였다.

"로젤린 에스터. 넌 네가 가진 힘에 비해 소극적으로 구는 경향이 있어. 네가 그 조건을 이뤄 내지 못할 것 같아서 상대방의 손에 너의 목적을 쥐어 주려는 거야? 똑똑한 녀석이 왜 이렇게 바보같이 굴어. 우리가 검을 들고 있는 이유가 뭐라고 생각해?"

"……지키려고?"

"기사의 귀감이라 눈물이 나올 뻔했네. 그것도 맞아. 하지만 본디 검은 무기야, 로젤린. 적을 베고 찌른다. 싸워 이기기 위한 무기. 너는 그 무기를 쥘 자격을 지닌 기사고. 그렇다면 휘둘러야지. 싸워서 쟁취해 내야지. 지레짐작 두려워하지 말아. 검을 휘두르지도 못하고 패배를 시인하는 것만큼 기사에게 굴욕적인 일이 어디 있겠어. 너는 강한 아이잖아."

로젤린의 질문은 그저 '정략혼'에 관련되어 있었으며, 자신이 그 대상이라고는 한 번도 말한 적 없었다. 레이몬드가 말한 내용에는 그런 치명적인 오류가 있었지만 로젤린은 미처 깨닫지 못한 것 같았다. 그저 무언가를 골똘히 생각하고 있을 뿐이었다. 레이몬드와 카일로가 휴 하고 그녀 몰래 한숨을 쉬었다.

파르딕트는 계속해서 팔굽혀펴기를 하는 중이었다. 거, 참. 부단장 부관은 입으로 되는감. 하며 작게 속삭이는 소리에 레이몬드가 그의 발을 퍽 찼다. 세 명의 남자가 다시 다투기 시작해, 로젤린은 그 모습을 잠시간 지켜보다가 연무장을 떠났다.

푸른 하늘 저 너머에 불그스름한 기운이 돌고 있었다. 로젤린은 기사단장 스타스, 부단장 나단, 상급 기사 슈텐, 하급 기사 바스티안, 클로에와 네스터 외에도 정원사와 주방장 등. 많은 사람들을 만나 얘기를 나눈 덕에 여러 가지 정보를 알게 되었다.

정략혼의 기원이라든가 폐해, 수많은 실패 사례. 왜인지는 모르겠지만 하카브 욕과 레이몬드와 클로에의 연애담까지.

로젤린보다 인간관계와 정략혼에 대해 많은 정보를 알고 있는 사람들의 조언은 그녀에게 큰 도움이 되었다. 로젤린이 단추를 풀자, 옷 안쪽에서 그녀를 혼란스럽게 만들었던 장신구가 모습을 드러냈다. 로젤린은 그것을 바라보다 이내 끌렸다. 손으로 만지작거리니 잘그락하는 소리가 났다. 근처에 다른 사람들이 지나다니기 시작해, 그녀는 목걸이를 주머니에 집어넣고 발걸음을 옮겼다.

걷다 보니 어느새 리카르디스의 집무실이 보였다. 로젤린은 문 앞에서 잠시 망설였다. 하루 종일 정략혼과 하카브에 대한 욕을 듣고 있을 때에도 머릿속을 떠나지 않았던,

[좋은 아침이야, 로젤린.]

상상 속의 리카르디스가 문 너머에 있을 것이 분명했다. 겨우 가라앉았던 마음이 두근두근하기 시작했다. 로젤린은 차가운 문고리를 체온으로 데워질 때까지 가만히 잡고 있었다.

후, 크게 숨을 내뱉은 로젤린이 문을 두드리고 들어갔다.

'……어?'

뭐지? 또 내가 상상을 하고 있는 건가?

석양빛이 하얀 커튼에 투과되어 어스레 떠도는 집무실 안에 꽃이 잔뜩 장식되어 있는 탓일까? 아니면 아름다운 촛대에서 피어오르는 불꽃들이 문이 열림과 동시에 흔들흔들 춤을 췄던 탓일까? 아니면 그렇게 장식된 공간 속, 갖은 장신구로 치장한 남자가 오늘따라 더욱 청초해 보인 까닭이었을까? 로젤린은 몇 초간 움직이지 못하고 그를 바라만 보았다.

소파에 나른하게 기대어 서류를 보고 있던 리카르디스가 고개를 들었다. 눈이 마주쳤다.

"로젤린."

남자가 눈을 휘며 웃자 눈가가 반짝였다. 로젤린의 심장이 마구 뛰기 시작했다. 아, 아니…… 왜 이렇게 오늘…… 비, 빛나시는 거지? 혼란스러운 그녀는 알지 못했지만 실제로 리카르디스는 평소보다 빛나고 있었다. 머리부터 발끝까지 향유, 갖은 장신구, 화장까지. 솜씨 좋은 시녀장의 손길을 거친 리카르디스는 그야말로…….

'요정?'

요정의 왕 같았다. 같은 현실에 있다고 믿기지 않는 얼굴이었다. 리카르디스의 탄탄한 몸을 감싼 옷은 여느 때보다 노출이 심한 스타일이었고, 심지어는 옷감 자체도 하늘하늘하게 얇아 보였다. 그가 몸을 살짝 숙이자 헐렁한 옷이 가슴과 복근을 드러냈다. 날렵하게 꽉 짜인 근육의 결이 탄력 있어 보였다.

로젤린의 시선은 흘러, 부츠나 구두를 신지 않은 리카르디스의 맨발로 향했다. 사람의 발이 이렇게나 예쁜 기관이리라고는 상상하지도 못했다. 크고 발가락도 길쭉하고, 뼈대도 곧고 예쁜 데다가, 그 위를 가로지르는 핏줄까지도 예뻤다. 바깥 복사뼈에서 다리로 올라가는 선도 어찌나 선명하고 아름다운지. 로젤린은 살짝 분홍색 빛이 도는 그의 복사뼈를 넋 놓고 바라보았다.

"로젤린? 무슨 문제라도 있나?"

혼이 빠져나간 사람처럼 멍하게 있던 로젤린은 이제야 방 안에 다른 사람이 없다는 사실을 알게 되었다. 호위 기사들은 물론이고 잇세리온마저 없었다. 꽃과 촛불로 장식되어 야릇한 분위기가 풍기는 방 안을 휘휘 둘러보고 있으니 리카르디스가 말을 이었다.

"아, 오늘은 다들 급한 일이 있어서…… 나 혼자…… 있었다."

로젤린이 입을 떡 벌렸다. 이상한 사람들이 아닌가! 호위 기사가 급한 일이 있다고 자리를 비워? 카일로 경…… 사람 그렇게 안 봤는데! 잇세리온 비서관님도 너무했다.

눈을 내리깔며 말을 흐리는 남자의 미소에는 어딘가 슬픔이 가득 담겨 있었다. 거대하고 화려한 방과 이 성까지 모두 리카르디스의 것이었으나, 이 거대한 공간에 그만 홀로 남은 듯 외로워 보였다. 로젤린의 가슴 한가득 느껴 보지 못했던 감정이 차올랐다. 노을 지는 하늘보다도 어딘가 마음 한쪽을 시리게 만드는……

리카르디스는 목덜미를 쓸다가 그녀를 흘끗 올려다보았다.

"그대가 와 주어 기쁘다."

고개를 살짝 기울이며 웃는 리카르디스에게서 새벽의 차가운 비를 이겨 내고 마침내 꽃을 피워 낸 은방울꽃 같은 청초한 아름다움이 비쳤다. 로젤린은 벅차오르는 감동에 손을 잘게 떨었다.

겨우 정신 차린 그녀가 머뭇거리며 원래 호위하는 자리로 걸어가려 하자, 소파에 길게 누워 있던 리카르디스가 몸을 일으키며 말했다.

"이리 와. 아무도 없는데 뒤에 있지 말고."

그러고는 제 옆자리를 툭툭 두드렸다. 로젤린은 다른 사람, 기사단장, 기사단장 부관, 부단장, 부단장 부관, 수석 비서관에게 들키면 크게 혼날 걸 알면서도 기어코 그의 옆자리에 앉고야 말았다. 리카르디스가 그녀의 얼굴을 빤히 바라보다 돌연 생긋 웃었다. 심장이 발밑으로 뚝 떨어진 것 같았다.

커튼 틈으로 선명한 붉은빛이 들어왔다. 테이블 위의 유리잔에 반사된 노을이 그의 볼에 한 점 묻어 총천연색으로 빛났다. 로젤린은 홀린 듯 리카르디스를 바라보았다.

"배가 고프지는 않고? 슬슬 그대가 올 때인 기 같아 미리 준비해 뒀다."

테이블 위에는 스테이크와 갓 구워 아직 따끈한 식전 빵과 수프, 그리고 달콤한 디저트와 각종 과일이 꽃과 촛불 사이에 펼쳐져 있었다.

로젤린은 리카르디스가 그걸 권할 때서야 음식의 존재를 눈치챘다. 맛있어 보이는 음식들이지만 그녀는 손을 뻗지 못했다. 가슴 안쪽을 꽉 채운 감정들로 인해 배가 부르기까지 한 것 같았다. 로젤린이 망설이고 있으니 리카르디스가 포도 한 알을 떼어 그녀의 입 안에 쏙 넣어 주었다. 손가락이 입술에 닿았다. 그가 생긋 웃었다.

로젤린은 난생처음으로 맛을 제대로 느끼지도 못한 채로 음식을 입 안에 넣고, 씹고, 삼키는 행동만을 반복했다. 먹는 모습이 관찰당하고 있어서 그랬는지도 몰랐다. 아니면 리카르디스가 흐뭇하다는 듯 웃는 모습에 신경이 쏠려 그랬던 것일지도. 로젤린은 사람들이 흔히들 말하는 '체한다'라는 감각이 무엇인지 이제야 알 것 같았다.

로젤린이 제대로 먹지 못하고 컥컥거리며 불편해하자 리카르디스가 옆에 두었던 서류를 들었다.

"편하게 들어."

그가 씩 웃으며 손을 뻗어 로젤린의 입가에 묻은 빵가루를 훔쳐 내었다. 다정한 손길이었다. 로젤린이 굳어 있는 사이, 리카르디스는 다리를 꼬고 소파에 등을 느긋하게 기대었다. 서류를 바라보는 눈동자가 진지했다.

스테이크 한 점, 그를 한 번 흘끗. 빵 한 입, 그를 한 번 흘끗. 열심히 일하는 로젤린의 입보다도 눈동자가 훨씬 부지런히 움직였다. 그가 쳐다보고 있을 때에는 한없이 부담스러웠는데, 시선이 떨어지니 이상하게 아쉬웠다. 그래도 음식을 편안하게 먹을 수 있다는 장점은 있었다. 이제야 맛이 좀 느껴지기 시작해, 로젤린은 먹는 일에 금세 집중했다. 과일 한 조각 남기지 않고서야 식사가 끝났다.

로젤린은 곁눈질로 그를 바라보았다. 손에 식은땀이 나는 것 같아 손바닥을 마주해 삭삭 비볐다. 리카르디스는 소파의 등에 팔을 걸치고 살짝 고개를 틀어 나른한 눈빛으로 서류를 읽어 내고 있었다.

리카르디스의 가슴이 일정한 속도로 오르내렸다. 숨소리를 듣고 있으니 어쩐지 터질 것 같고 불안했던 마음이 가라앉았다. 로젤린은 오늘 여러 동료와 지인들과 나누었던 대화를 떠올릴 수 있었다. 또한 그 얘기들로 인해 결심했지만 아직까지 확신을 가지지 못한 자신의 마음을 그에게 말해야겠다 생각했던 것까지도.

로젤린이 그가 있는 쪽으로 몸을 틀었다.

"전하. 드리고 싶은 말이 있는데 혹시 지금 바쁘……."

"바쁘지 않다. 전혀."

리카르디스가 기다렸다는 듯, 서류를 읽던 그 표정 그 자세 그대로 손에 들려 있는 종이를 휙 뒤로 던졌다. 공중을 펄럭거리며 날던 종이 몇 장이 바닥에 착지했다.

"저 서류는……."

"내 일기다."

"아, 일기요."

진지하게 읽어 내던 그의 표정이 이해가 갔다. 업무만큼은 아니지만 일기도 중요했다. 칼릭스와 레이몬드가 꼬박꼬박 쓰라고 해서, 로젤린도 벌써 책 한 권 분량을 거의 다 채운 상태였다. 덕분에 나날이 글씨체도 예뻐지고 어휘력도 늘고 있었다. 리카르디스의 유려한 글씨체 또한 일기로 단련이 된 것이 아닐까.

"그래, 무슨 일이지, 로젤린?"

리카르디스가 깍지를 끼어 꼰 다리 위에 올려 두며 그녀를 바라보았다. 로젤린은 한참 뒤에 입을 열었다.

"하카브 왕자한테 청혼을 받았습니다."

리카르디스는 상냥한 표정을 유지 중이었다. 그의 손등 위로 굵은 핏줄이 올라와 있었다.

"음…… 뭐라 하면서? 최대한 자세히 듣고 싶은데."

"'그대가 원한다면 언제나 나를 그 위치에서 볼 수 있어. 발타의 힉살라가 영원히 그대의 발아래에서 그대를 경배하며, 사랑을 바칠 것이다.'라고 한 다음에 제가 원하지 않는다고 하니까 '지금 당장 대답하라는 게 아니야.

길은 많을수록 좋으니, 그저 내 제안을 기억해 두기만 해. 분명 그대는 언젠가 일라베니아에 많이 실망하게 될 테니.'라는 말을 하셨습니다."

리카르디스가 코웃음을 쳤다. 싸늘하게 냉소하는 표정이 평소의 그와 같았다.

"알 만하군. 로젤린, 놀라운 사실 하나 알려 줄까? 나는 일라베니아가 무슨 짓을 해도 실망하지 않을 것이다. 왜냐하면 기대가 있어야 실망도 있는 법이거든. 황실에 들어온 이래로 기대라는 것은 가져 본 적도 없으니 실망할 일도 없어. 도리어 그대가 일라베니아에 실망을 하지 않았다는 것을 전제로 얘기를 꺼냈다는 게 놀라울 뿐이다."

"……그래도 됩니까?"

일라베니아의 황자 전하이신데?

"안 될 게 뭐가 있나. 생겨 먹기를 지긋지긋하게 생겨 먹은 곳인데. 그래. 그리고 또 무어라 하던가."

"'그러니 기억해. 발타에서도 한번 말했었지. 리비타의 문은 그대에게 열려 있다.' 하고 청혼하는 거라며 다시 일러 주셨습니다."

리카르디스가 제 입을 가리고 소리 없이 욕했다. 이 개 같은 자식. 어린애한테 사탕 주면서 꼬시는 것도 아니고…….

"그랬군. 그것참 불쾌했겠어."

"예. 많이 불쾌했는데 참았습니다."

빠른 대답에 리카르디스는 기분이 조금 좋아졌다. 로젤린이 제 주머니를 뒤적이더니 무언가를 꺼내었다. 금색의 펜던트. 오늘 아침만 해도 그녀의 목에 걸려 있던 것이었다. 리카르디스는 그걸 가만히 바라보았다.

로젤린의 시선도 금색의 장신구를 떠돌았다. 잠시간 침묵이 깔렸다.

"전하."

"그래."

"제가 제안을 받아들이면 하카브 전하가 전하의 우군이 되어 준다 했습니다. 엘피디오 전하로부터, 황제 폐하로부터. 보호해 주겠다 약속했습니다."

그녀가 잠시 말을 멈추었다. 리카르디스는 로젤린의 대답을 기다렸다. 그 짧은 순간이 조급했다. 실상 새벽부터 계속된 기다림이기 때문이었다. 억겁처럼 느껴지는 찰나의 순간이 지난 후, 그녀가 뱉은 대답은 '하겠다'도 아니고 '하지 않겠다'도 아니었다.

"전하, 저는 언제나 최선을 다해 전하를 지킬 겁니다. 하지만 저의 힘만으로는 부족한 때가 올 거라…… 생각합니다."

로젤린이 손가락을 움직이자 그녀의 손가락을 따라 금속이 흐르듯 움직였다. 자그락, 자그락. 불쾌한 소리였다.

"그런 일은 절대로 일어나지 않을 것이다. 그렇게는 말하지 못한다."

"사람은 너무 쉽게 다치고 죽습니다."

"그 또한 잘 알고 있다."

로젤린은 꾹꾹 눌러 참고 있던 한마디를, 참고 참다가 내뱉었다.

"그게 두렵습니다."

그녀는 제 손에 들린 목걸이를 가만 응시했다. 거절하겠다 결심을 해서 풀어내기까지 했음에도, 하카브의 제안은 아직 그녀의 손 위에 있었다.

연약하고 위태로운 리카르디스를 보니 문득 불안해졌다. 옆에 꼭 붙어서 지켜야겠다는 결심과, 자신이 과연 할 수 있을까 하는 불안감이 뒤섞였다. 많은 사람들이 조언했고, 그에 따라 다짐을 했으나 확신할 수는 없었다. 가슴 안쪽 깊은 곳부터 느껴지는 한기는 손끝을 차갑게 만들었다.

"로젤린."

리카르디스가 아래서부터 로젤린의 손등을 감싸 쥐었다. 리카르디스의 손 위에 로젤린의 손이, 그리고 그 위에 하카브의 목걸이가 올려져 있었다. 닿은 곳부터 따스해졌다.

"어제 좋은 아침이라 인사를 나누었던 사람이 오늘은 없을 수도 있다. 하나둘 사라져 가고, 사라져 가는 사람들을 기억했던 사람들도 그다음 날에는 없다. 결국 내일에 남을 것은 나뿐이다. 괴로움의 몫은 나눌 수 있는 것이 아니기에 혼자 짊어져야만 하겠지. 죽음마저 반갑게 느껴지는 고통이다. 그걸 알기에 나는 그대의 두려움을 이해한다. 그 감정만이 나를 이루는 전부이기 때문에."

로젤린은 리카르디스가 무슨 말을 하는지 알 것 같았다. '로젤린'. 그녀의 끊어진 기억 속 리카르디스는 누군가가 떠나는 모습만을 보아 왔다. 그가 피눈물을 흘리던 때부터 사망자 명단을 애써 담담한 표정으로 바라보던 때까지. 로젤린은 언제나 리카르디스를 보고 있었다. 그래서 그가 말하는 '이해'가 더욱 처절하게 와닿았다.

"우리에게 잃는다는 것은 가깝고 또 익숙하다. 겪은 적 있기에 그게 얼마나 아픈지도 잘 알아. 그래서 피하고 싶고 두렵다. 그렇지?"

로젤린은 입술을 꾹 깨물고 고개를 살짝 끄덕였다.

"로젤린. 나는 사람은 소중한 것을 위해서는 얼마든지 강해질 수 있다고 생각하고 있어."

리카르디스의 엄지손가락이 그녀의 손목뼈를 문질렀다.

"로젤린."

"……예."

"로젤린 에스터."

"예."

"붉은수레바퀴의 로젤린, 에스터."

"예."

"가장 날카롭고 가장 빛나는."

어딘가 익숙한 말이었다. 로젤린은 기시감의 정체를 떠올려 내었다. 자신이 무투 대회에서 우승했을 적, 황제에게 말했던 입 발린 문구였다. 로젤린이 고개를 천천히 들었다. 하카브의 목걸이에서 벗어난 시선은 그보다도

175

빛나는 사람을 담았다.

"나의 검."

리카르디스가 웃었다. 로젤린은 그를 멍하니 응시하다 입을 열었다.

"예. 전하."

리카르디스가 잡고 있던 손에 힘을 줬다. 아프지는 않지만 아주 단단하게. 로젤린은 저항하지 않고 그의 힘에 따라 손을 움직였다. 펼쳐진 손은 점점 웅크려졌다. 로젤린의 손안에 있던 하카브의 목걸이가 모습을 감추기 시작했다.

"그대는 나를 위해 강해져라."

그리고 기어코, 로젤린의 손은 온전히 무언가를 잡아 낸 모양새가 되었다. 더 이상 찬란한 금색으로 그녀의 마음을 혼란스럽게 했던 목걸이는 보이지 않았다. 부러질 듯 연약해 보였던 남자는 한 꺼풀 무언가를 벗어던진 것 같았다. 흔들리는 사람의 손을 잡고 있으면서도 흔들리지 않았다. 다정하고 부드러운 말투였으나 결코 무르지 않았다.

"나는 그대를 위해 강해지겠다."

리카르디스의 말로 작게 웅크리고 있던 그녀의 다짐이 크게 부풀어 올랐다. 로젤린의 안에 가득 차 있던 우울이 울컥울컥 밀려 나왔다. 눈가가 살짝 젖었다.

리카르디스를 잃는 상상만 해도 사고를 멎게 만드는 두려움이 엄습했다. 하카브의 제안에 갈등한 이유였다. 그녀로서는 감당할 수 없는 감정이었다.

과거 '로젤린'으로부터의 학습. 가슴 안쪽을 할퀴어 그 상처마다 뜨거운 쇳물을 들이붓는 듯 녹아내리며 타오르는 감정. 두 번은 버텨 낼 수 없을 거라, 어리숙한 그녀의 사고보다 그녀의 본능이 먼저 깨달았다. 제안을 거절하겠다 결정했지만, 하카브의 목걸이를 손이 닿는 곳, 언제고 다시 꺼낼 수 있는 위치에 둔 것은 그 때문인지도 몰랐다.

까득……

그녀의 손에서 이상한 소리가 났다. 금속과 금속이 비벼지다 못해 강한 압력에 서로 쏠릴 때 나는 비명 소리였다. 리카르디스는 자신이 쥐고 있는 로젤린의 손이 떨리는 것을 느꼈다. 하지만 그 떨림이 그녀의 혼란으로부터 온 것이 아니란 사실을 알 수 있었다. 꽉 쥐어져 있는 주먹에 뼈가 도드라졌다. 서로가 서로의 틈에 들어가던 장신구가 한계까지 응축되었다.

탕!

쇠 더미 위로. 쇠가 떨어지는 듯한 파열음이 공간을 파도처럼 덮쳤다가 사라졌다. 귀에 이명이 일 정도로 강력한 소리였다. 그녀의 손에서 후드득 목걸이의 잔해가 떨어졌다. 반쯤 구겨진 펜던트와 부속물들이 커튼 틈새로 들어오는 붉은 노을에 반짝거리며 하나둘, 떨어져 내렸다.

로젤린이 주먹을 쥔 채, 그를 바라보며 얘기했다.

"예, 전하."

* * *

문을 열자마자 보게 된 광경에 칼릭스는 소리 없이 경악했다. 알몸의 남자가 방 안을 배회 중이었다. 이게 무슨 미친 상황이지? 칼릭스는 누가 볼까 두려워 얼른 들어가 문을 잠갔다.

알몸의 남자와 단둘이 있기 위해 서두르는 자신의 모습을 문득 돌이켜본 칼릭스의 얼굴에 회의감이 짙게 드리웠다. 마음이 싱숭생숭했다.

레이몬드만큼이나 장신인 잿빛 머리의 남자는 태평하게 돌아다니다가 와인 장을 발견하고는 화색을 지었다.

"오, 비싸 보이는 게 많은데."

남자가 주인의 허락도 없이 병을 하나 꺼내 들었다. 대체 어떻게 알았는지 모르겠지만, 와인장에 진열된 것 중 가장 비싼 와인이었다.

남자가 손날로 병의 목을 퍽 소리 나게 쳤다. 윗부분이 칼날로 잘린 것처럼 예리한 단면을 보이며 떨어져 나갔다. 유리 조각이 들어가는 걸 염려한 것인지 단면을 후후 불던 남자가 와인을 들이켜고는 크으, 아저씨 같은 소리를 냈다.

아끼는 와인이 실시간으로 줄어들고 있음에도 칼릭스는 한마디도 하지 못했다. 어이없어서.

"……마카롱 님. 언제 오셨습니까?"

"아까. 빨리빨리 좀 다니자."

마카롱이 소파에 다리를 벌리고 앉았다. 편해 보였으나 꼴 보기 싫었다. 알몸이다 보니 유독 중심이 눈에 띄었다.

"옷을…… 드릴까요?"

입었으면 좋겠다는 간절한 바람은 "아니. 곧 날아가야 해서 귀찮고."라는 마카롱의 대답에 무산되었다. 정말 보기 싫었다. 칼릭스는 그를 최대한 외면한 채 테이블로 걸어가며 말했다.

"마침 잘 오셨습니다. 저번에 말씀드린 물건이 도착했거든요."

칼릭스가 서랍을 뒤적여 가죽으로 감싼 물건을 조심스럽게 탁자에 올려놓았다. 마카롱은 와인병을 대충 소파에 던지고 그것을 냉큼 집었다.

"그거 맞네."

칼릭스는 소파에 번지는 붉은 자국을 허망하게 바라보며 대답했다.

"……예. '파편'입니다."

사냥 대회 당시 검은달의 암살자들이 사용했던 무기로, 예전에 로젤린에게도 보여 준 적이 있었다. 마른가시나무 백작의 협조로 얻어 낸 암기는 붉은수레바퀴 영지 내에 있는 성에 줄곧 보관 중이었다.

몇 주 전, 마카롱이 '파편'을 구할 수 있는 방도가 없겠냐며, 없어도 구하라는 말도 안 되는 주문만 하지 않았더라도 세상에 나올 일은 없었을 것이다. '파편'의 위험성이 가장 대두되었던 사절단이 돌아왔을 때도 아니고, 새삼스럽게 왜 지금 '파편'을 구해 달라고 한 것일까. 그에 대한 의문은 금세 풀렸다. 황성에 또다시 위험이 들이닥쳤기 때문이었다. 발타의 사절단이라는.

마카롱은 성급한 손놀림으로 끈을 풀어 감싸진 가죽을 벗겨 내었다. 그러자 녹슬어 있는 단검이 모습을 드러냈다. 마카롱의 감각은 평범한 인간들은 결코 보지 못할 무형의 기운을 읽어 내었다. 단검에서 검고 붉은 것이 일렁였다.

마카롱의 눈이 가늘어졌다. 발타에서 보았던, 인간들의 몸에 심어져 있던 검붉은 기운. 거칠게 박동하며 사납게 날뛰는 마력. 이것을 마력이라 불러도 되는 것일까? 씨앗은 같으나 발아 과정과 꽃의 종류가 다르다. 인간들도 참 대단하네. 어떻게 이런 걸 만들었대?

마카롱이 단검을 얼굴 가까이 들었다. 칼릭스가 몸을 움츠리자 사납게 생긴 남자가 그를 비웃었다.

"쫄지 마라."

"……네."

"고분고분한 게 귀여운 맛이 있었네. 알았으면 진즉에 친절하게 대해 주는 거였는데. 아주 쪼금."

"볼일이나 보시죠, 좀!"

마카롱이 낄낄 웃었다. 그는 단검을 들고 샅샅이 훑었다. 남아 있는 '파편'의 양은 아주 적었으나, 이 정도로도 인간에게는 치명적이라 했다.

'흠…….'

잠시간 고민하던 마카롱이 단검으로 제 손등을 그었다.

"마카롱 님!"

칼릭스가 악 소리를 지르며 마카롱의 손을 거칠게 잡아챘다. 하지만 이미 상처를 통해 '파편'이 스며든 후였다.

"미쳤습니까?"

"이놈의 자식이?"

마카롱이 칼릭스를 퍽 쳤다. 칼릭스는 옆구리를 붙잡고 인상을 썼다. 힘은 왜 이렇게 센 거야?

"나한테 안 통하는 거 빤히 알면서 그러니. 오,"

마카롱이 손등을 보며 실실 웃었다. 좀 미친 사람 같았다.

"'파편'이 주제도 모르고 사납게 날뛰고 있어."

칼릭스는 초조한 표정으로 마카롱의 상처와 얼굴을 번갈아 봤다. 로젤린이 '파편'을 결국 이겨 냈으나, 며칠간 생사를 오갈 정도로 마독이 위험하다는 사실은 변하지 않았다. 하지만 칼릭스의 염려에도 불구하고 마카롱은 그를 비웃을 뿐이었다. 칼릭스의 혈압이 올랐다.

마카롱은 눈을 감고 몸 안을 들여다보았다. '파편'은 인간의 신체를 흉내 낸 겉껍질을 헤집고 날카롭게 내부로 파고들었다. 검붉은 마력이 혈관처럼 몸 안에 퍼졌다. 파고든 신체를 게걸스럽게 집어삼키며 지배하려던 '파편'은 곧 짙고 깊은 암흑 속에 발길을 멈췄다.

검은 바다가 '파편'을 도리어 뒤덮기 시작했다. 퍼졌던 길을 따라 빠른 속도로. 바람에 흔들리는 촛불처럼 춤추던 '파편'이 점점 사라져 갔다. 하나의 촛불까지 남김없이 집어삼킨 마카롱이 눈을 떴다. 바로 앞에서 초조한 표정을 하고 있는 칼릭스가 보였다. 마카롱이 씩 웃었다.

"별거 아닌데?"

칼릭스가 깊게 한숨을 내쉬었다. 이 종족은 정말 사람을 피곤하게 만드는 재주가 탁월했다.

"인간들은 고작 이런 거로 난리가 나는구나…… 가엾어라……."

마카롱이 애처로운 눈빛을 가장하며 칼릭스를 쳐다보았다. 손등도 언제 상처가 있었냐고 말하는 양 말끔했다. 칼릭스는 제 걱정이 기우에 불과했음에 안도했다. 다행이었다. 다행이긴…… 했는데…….

"약해 빠져 가지고서는…… 세상에, 애벌레랑 다를 게 뭔지…….."

열 받았다. 칼릭스는 마카롱을 매섭게 노려보았고, 마카롱은 기분 나쁘게 히죽댔다.

마카롱은 펄떡펄떡 날뛰는 칼릭스와 놀아 준 후, 테이블 위로 다시 시선을 돌렸다. 녹슨 암기. 자신에게는 하등 쓸모도 소용도 없는 것.

일정량 흡수하긴 했으나 아직 '파편'은 잔존하고 있었다. 마카롱은 잠시 그것을 보다가 일어섰다. 시야 정면에 마카롱의 신체가 한가득 들어와 칼릭스는 고개를 돌리려 했다.

하지만 계속해서 마카롱을 바라볼 수밖에 없던 이유는, 그의 형체가 점점 일그러지기 시작했기 때문이다. 창백한 피부색에서 갈색으로, 검은색으로 검게 물들며 무너졌다.

칼릭스는 자신도 모르게 입을 가렸다. 찰나의 시간이 지났다. 자리에는 검은 그림자 같은 무언가가 남아 있었다. 흐르는 듯, 무너지는 듯, 흩어지는 듯, 연기같이, 밤하늘을 한 줌 떠 놓은 듯한 형상이었다.

칼릭스는 잠시 말을 잃었다. 온전한 '그것'과의 대면이었다. '그것'은 바람에 흐르는 구름처럼 느리게 움직이며, 탁자에 있는 암기를 완전하게 덮쳤다.

칼릭스는 마카롱의 의도를 알아챘다. 약해 빠졌다고 놀리긴 했으나, '파편'이 인간에게 치명적이라는 사실은 마카롱도 잘 알고 있었다. 사고를 미연에 방지하고자 온전히 흡수하려는 것이 아닐까.

검은 안개 안에서 무언가가 물결치는 것 같았다. 칼릭스는 주저하며 손을 뻗었다. 마카롱의 표면에 닿은 손바닥에 간지러운 무언가가 스쳤다. 칼릭스는 용기를 내서 손을 더 깊이 넣었다. 따뜻하지도, 차갑지도 않았다. 밀도 높은 공기 같기도 하고, 미세한 모래 입자 같기도 했다.

이게 마력인가? 칼릭스는 몸을 떨었다. 평범한 인간으로서는 보지 못할 종류의, 힘의 응집체. 경이로운 광경에서 눈을 뗄 수 없었다. 검은 안개 뒤로 촛불이 아른하게 비쳤다.

검은 하늘의 별같이 빛났다. 아름다웠다.

* * *

마카롱은 곧 황성으로 돌아왔다. 고고한 하얀 성들이 하늘로 뻗어 있는 일라베니아 황실 성은 미관상 보기에는 좋았다. 객관적인 평가였다. 그게 주관적인 평가로 이어지지 않는 것이 안타까울 뿐이었다.

마카롱은 이 장소를 좋아하지 않았다. 보고 있기만 해도 짜증 나고 어딘가 껄끄러웠다. 자주 밖을 떠돈다고 해도, 그 껄끄러운 장소가 집이라도 되는 양 꼭 돌아가는 이유는 오로지 로젤린 때문이었다.

수풀 사이에 아무렇게나 자라 있는 붉은 잡초를 보고는 색이 예뻐 먹고 싶다며 고민하던 로젤린이 떠올랐다. 그 모습만 생각하면 발걸음이 차마 떨어지지 않았다. 독수리는 밤하늘을 날다가 에휴 한숨을 쉬었다.

로젤린의 방. 큰 창을 뒤덮는 그림자는 곧 복슬복슬한 털을 가진 네발짐승으로 변했다. 마카롱은 앞발을 할짝거리고 세수를 했다.

커다란 침대에서 뒹굴고 있으니 헤사가 들어왔다. 시트를 갈고 고양이 미미를 실컷 만진 소년이 뿌듯한 얼굴로 방을 떠났다. 후에 로젤린이 돌아왔다. 미미를 발견한 로젤린이 침대에 뛰어들었다. 그녀는 고양이의 보드라운 배에 얼굴을 묻었다.

"어디 갔었어."

"아, 칼릭스한테."

"뭐 했는데?"

"뭐 좀 먹고 왔어."

'파편'이라는 이름의 무언가를.

로젤린이 충격받은 표정으로 고양이를 보았다. 나를 두고 혼자 뭘 먹고 왔다고? 딱 그렇게 말하는 표정이었다. 고양이가 솜방망이 같은 손으로 그녀의 이마를 툭툭 두드렸다.

"어린애는 먹는 거 아냐."

"나 다 컸어. 스물세 살."

"이게 어디서 먹히지도 않는 공갈을 쳐. 통할 사람한테 하자."

로젤린이 칫 하고는 다시 마카롱의 배에 얼굴을 묻었다. 마카롱이 골골 대고 있자 로젤린이 아차 하며 일어섰다. 다급하게 찬장에서 꺼낸 물건은 샴페인이었다. 그녀가 무투 대회에서 우승했을 당시 기사들이 마시던 종류였다.

마카롱이 빈색하며 섑싸게 인간 여자 모습으로 의태했다. 두 사람이 부어라 마셔라 하는 사이 커다란 샴페인이 금세 동났다. 취하지 않는 두 사람은 입맛만 다셨다. 취하는 기분이 무엇인지 모르겠으나, 상큼한 과실 향을 맡으니 조금 알 것 같기도 했다.

이상하게도 로젤린은 정말 취한 인간처럼 좀 들떠 보이는 기색이었다. 왜 기분 좋아 보이냐 물었더니,

"전하가…… 진짜…… 너무 아름다워."

라는 답변이 돌아와 마카롱은 심드렁한 표정을 지었다. 로젤린은 마카롱의 심심한 반응에 열성적으로 리카르디스의 어디가 아름다운지 설명했다. 반짝거리는 눈가가, 오뚝한 콧날과 각진 턱선이, 탄탄한 가슴이, 복사뼈가!

"……."

마카롱은 복사뼈가 어떻게 생기면 아름다울 수 있는지 도무지 이해할 수 없었다. 로젤린은 옷을 갈아입고서는 창문을 통해 나갔다. 또다시 리카르디스에게 간다고 했다.

고요한 방이 밤에 잠겼다. 로젤린이 나간 창을 가만히 바라보던 인간 마카롱은 다시 고양이로 돌아갔다.

고양이는 소파에서 테이블로 풀쩍 뛰었다. 달큼한 과일의 잔향에 꼬리가 절로 살랑거렸다. 마카롱은 쓰러져 있는 샴페인 입구를 할짝거렸다. 이상하

게 잠이 몰려왔다. 정말 취하기라도 한 것일까.

한 마리의 고양이가 탁자 위에 앉아 꾸벅꾸벅 졸았다.

* * *

아아아악!

비명 소리에 깨어난 마카롱은 자신이 달리고 있다는 것을 깨달았다. 주위를 감싼 공기에 피 냄새가 진득하게 달라붙어 있었다. 가슴 안쪽이 무서울 정도로 박동하고, 온몸이 당장 흩어질 것처럼 떨렸다. 바람이 나뭇잎을 스치는 부드러운 소리가 위협적이었다.

나는 지금 도망치고 있다!

귓가에 여러 명의 목소리가 겹쳐졌다. 도망쳐야 해! 숨어야만 해. 누구도 찾을 수 없는, 깊은 곳으로! 이 다급한 뜀박질은 그 목소리를 따른 것일까. 알 수 없었다. 누가 쫓아와서? 뭐가 무서워서!

뒤를 돌아보았다. 밤중에도 환하게 빛나는 백색의 성이 보였다. 헛구역질이 나서 잠시 발걸음을 멈춰야만 했다. 머리를 숙이자 눈물이 후드득 쏟아졌다. 그런데 뭐지, 이 피 냄새는. 어디서, 어디서 계속 피 냄새가…….

얼굴 위로 흐르는 게 눈물인지 피인지 구분이 가지 않았다.

숨어야 해. 도망쳐야…… 더 깊은 곳으로…… 그런데 손에 묻은 피는 누구의 것이었더라. 머리가 멍했다. 생각 위로 목소리가 덧대어졌다. 누구도 찾지 못할 곳으로…….

아아악, 누군가의 비명 소리가, 금속 무기의 날카로운 소리가 가슴을 두드리고 헤집었다.

아이들이 엉엉 운다. 그 소리에 가슴이 저며 와 눈물이 주르륵 흘렀다. 어디 있지? 둘러보아도 아이들은 없었다. 어둑한 숲길이었다.

빨리 가자. 빨리 도망가자. 더 멀리.

아, 피가.

자꾸만 피 냄새가.

* * *

밤이라는 게 믿기지 않을 정도의 환한 풍경이 창밖에 펼쳐져 있었다. 밤 하늘의 별보다 많은 수의 등불이 하얀 성을 둘러싸고 빛나고 있었다. 이맘때쯤이면 흔히 볼 수 있는 풍경이었으나, 다른 나라에서 방문한 귀족들은 번번이 놀라운 광경에 입을 모아 찬사했다. 밤에도 영광으로 빛나는 일라베니아!

"아름다워."

하카브 또한 하늘까지 닿을 것 같은 등불의 향연에 크게 감명 깊어 했다. 소파에 편안하게 드러누워 보는 창은 마치 한 편의 명화라 보아도 어색함이 없을 정도였다. 지나가는 사람들의 그림자로 인해 이따금 빛이 흔들거렸기에, 살아 있는 것 같은 생동감이 느껴지기까지 했다.

"그 위명이 헛되지 않는군. '축복의 밤'이라…… 어둠을 몰아내는 영광은 이렇게 아름다운 모습을 하고 있었어. 디에즈, 그대도 구경하지 그래. 매년 보는 거라 감흥이 없나?"

디에즈는 맞은편 의자에 앉아 술을 따르고, 삼키고, 테이블에 놓고, 다시 따르고를 반복하고 있었다. 말술인 건 알고 있지만 혼자서 두 병을 넘게 마셨는데 얼굴색 하나 변하지 않다니. 술 한 잔도 못 마실 것처럼 생겨 놓고서는.

"디에즈. 오늘따라 수심이 깊어 보여."

"골치 아픈 일이 많아서 말입니다. 왕자부터 시작해서."

디에즈는 차가운 눈빛으로 그를 내려 봤다.

"농담도 잘하긴."

"진담입니다. 무슨 생각으로 청혼을…… 하…… 설마 로젤린 경이 받아들일 거라 생각하지는 않으실 테고."

"생각보다 흔들리는 모습을 보았지만, 그녀 뒤에 있는 인물들이 워낙 호락호락하지 않으니…… 기대는 살짝 접고 있다."

"살짝이요?"

"한…… 이 정도."

하카브가 테이블 위에 있는 냅킨을 살짝 접었다. 모서리를 새끼손톱만 한 정도로. 디에즈의 눈빛이 싸늘해졌다. 하카브가 피식 웃으며 포도를 집어 먹었다.

"시작이 반이라지 않나."

디에즈는 뭐라 말하려다 고개를 다른 곳으로 돌리고 하 한숨을 쉬었다. 항상 번듯하게 펴져 있던 미간이 찌푸려져 있었다. 그가 미간을 손가락으로 꾹꾹 눌렀다. 감정이 드러나는 게 마음에 들지 않은 듯 보였다.

순간, 디에즈의 눈빛이 변했다. 부드러운 눈매에 날카로운 빛이 서렸다. 그의 시선이 창문이 있는 방향으로 흘렀다.

"밤손님이로군요. 왕자의 피를 취하고 싶은."

"이런. 며칠은 더 두고 볼 줄 알았더니. 성격 급한 사람들일세."

디에즈는 테이블 위에 켜져 있던 초를 후, 하고 불었다. 그리고 천천히 일어나 방 안에 있던 불을 전부 소등했다. 방 안이 금세 어둠에 잠겼다. 디에즈와 하카브의 호위들이 어둠에 눈이 익숙해지도록 기다렸다.

창문 밖에서 금속음이 연쇄적으로 울렸다. 창을 통해 내려다보니 복도에서 흰색 제복을 입은 자들과 어두운 회색 옷을 입고 있는 사람들이 싸우는 중이었다.

"안타깝게도 멍청하기까지 해서 호위들에게 걸린 것 같은데……."

하카브가 웃었다.

"최근에 리카르디스 황자가 성 주위의 병력을 늘려 줬거든. 나를 위해."

"리카르디스가 서류를 던지는 모습이 눈에 선하군요."

"그거 무척이나 보고 싶은걸."

하카브가 정말 유쾌하다는 듯 웃었다.

쨍그랑!

그때, 창문이 깨지며 파편이 방으로 쏟아져 들어왔다. 디에즈가 서 있는 창이 아닌 테라스 쪽이었다. 생각보다 아주 멍청한 건 아닌가. 양동 작전이라…….

디에즈가 창의 커튼을 쳤다. 방 안은 한층 어두워졌다. 암살자들은 어둑한 내부에 잠시 딩황하는 것 같았다. 초 하나 켜지지 않은 방 안은 커튼 너머로 비치는 희미한 등불의 빛으로 어렴풋이 형체만 알아볼 정도였다.

방 안에 서 있던 하카브의 호위들이 검을 빼 들었다. 순수한 마인들로 이루어진 호위 부대였다. 디에즈가 암살자들을 향해 걸어가며 호위들에게 손을 들어 보였다.

"나서지 마세요."

하카브가 포도 한 알을 더 입에 넣으며 웅얼거렸다. 어쩐지 웃음기가 담겨 있는 목소리였다.

"아순. 디에즈 황자 전하께서 나서지 말라 하신다."

두 명의 침입자가 자세를 낮추고 빠르게 달려왔다. 어설픈 위협을 하지 않는 것으로 보아 제법 훈련된 암살자인 듯했다. 하지만 검은달의 암살자에 비하면 어린아이 수준이라 봐도 무방했다.

침입자의 검이 사선을 그었다. 무심한 눈으로 그 공격을 바라보던 디에즈가 가볍게 손을 휘둘렀다. 그의 손등에 부딪힌 무기가 부서져 날아갔다. 암살자가 주춤 물러서며 당황했다.

쉬익.

바람 가르는 소리와 함께 디에즈의 손이 남자의 목을 틀어쥐었다. 컥, 커헉. 비명은 짧았다. 순식간에 목이 뒤틀린 한 남자의 인영이 허물어졌다.

다른 암살자는 디에즈를 지나쳐 하카브를 향해 달렸다. 디에즈는 뒤에서 그의 머리채를 잡아 탁자를 향해 찍어 내렸다. 탁자가 부서지며 과일이 사방으로 날았다.

디에즈가 부서진 나무 조각을 집고는 암살자의 머리에 천천히 집어넣었다. 단단한 두개골의 저항은 그의 힘 앞에 의미 없이 무너졌다. 파삭, 뼈와 근육이 갈라지는 소리가 났다. 피가 끈적하게 흘러내렸다.

와인이 튀고 피가 흐른 그 와중에도 디에즈의 옷은 더러워지지 않았다. 디에즈는 거울 옆에 장식되어 있던 화병의 꽃을 뽑아 바닥에 버렸다. 화병 안에 남은 물이 찰랑거렸다. 그는 그대로 자신의 손에 물을 부어 전투의 흔적을 씻어 냈다.

디에즈는 창가로 다가갔다. 창밖의 전투도 소강상태인 듯했다. 흰 대리석 위로 피가 너절하게 뿌려져 있었다. 창문 유리에 희미하게 인상을 찌푸린 그의 모습이 비쳤다. 디에즈는 다시 손으로 꾹꾹 눌러 미간의 주름을 폈다.

디에즈는 유리에 비친 모습으로부터 시선을 돌렸다. 성 여기저기를 빛내고 있는 등불이 보였다. 밤하늘 별보다 밝고 환한 빛무리가 은하수같이 수없이 이어져 있었다.

아름다웠다. 영광의 일라베니아.

그는 눈을 감았다. 아무것도 보이지 않았다. 환하게 빛나는 하얀 밤 속에서 기어코 어둠을 찾아내고서야 비로소, 마음이 편해진다.

* * *

레티시아와 에버하르트는 야간 경비를 맡았다. 발타의 왕자 하카브와 왕녀 간제가 머무는 성이었다.

레티시아와 에버하르트는 그놈이 뭐가 예쁘다고 밤을 새워 경비해야 하는지 도무지 이해하지 못해, 직접 기사단장 스타스에게 항의했다가 혼났다.

전쟁이 일어나면 책임질 수 있느냐는데, 확실히 그건 두 사람이 책임지기 힘든 사안이었다.

그들은 고개를 끄덕였다. 열심히 경비하겠습니다. 기사단장 스타스는 레티시아와 에버하르트 손에 쿠키를 쥐여 주고 내보냈다. 두 명은 기사단장실을 나오며 묘한 표정을 했다.

"……."

"……지금 우리를 로젤린 경 취급 하신 것 같은데?"

요즘 다들 간식을 가지고 다니더라니, 묘하게 신경 쓰였다. 레티시아와 에버하르트는 이것을 칭찬 간식이라 명명했다. 어쨌거나, 기껏 받았으니 맛있게 먹는 게 도리였다.

레티시아는 마카다미아 쿠키였고 에버하르트는 치즈 블록이 박힌 쿠키였다. 반반 나눠서 사이좋게 나눠 먹다가 헤사를 만나 입 안에 넣어 주었다. 짐을 잔뜩 들고 있는 헤사는 볼을 다람쥐처럼 빵빵하게 채우고는 갈 길을 떠났다.

하카브가 머무는 성에 온 두 사람은 물보라 기사단의 하급 기사 두 명과 교대했다. 다양한 기사단에서 차출된 기사들이 여기저기 배치되어 있었다.

시간만큼 제멋대로인 게 없었다. 어찌나 밤이 긴지. 똑같은 6시간이라 하더라도 낮보다 밤이 훨씬 길게 느껴졌다. 모두가 만든 정적이 지루했다. 심심한 두 사람은 가위바위보와 끝말잇기를 했다. 에버하르트가 헤사에게 배워 온 실뜨기 놀이도 했다.

늦은 밤까지도 성의 시녀들이 돌아다녔다. 비슷한 처지라 가볍게 인사하고 스쳐 지나갔다. 시녀들이 꺅꺅 소리를 내며 에버하르트를 몰래 훔쳐봤다. 에버하르트는 멋진 척하며 어깨를 쭉 펴고 있었다. 레티시아는 그 모습이 꼴 보기 싫어 눈을 가늘게 떴다.

"봤어, 레티시아?"

"어…… 네 멍청한 모습……."

에버하르트가 씩씩댔다. 최근 키가 훌쩍 커서 비등해지긴 했지만 여전히 촉새 같고 바보 같은데. 이런 남자의 뭘 보고 좋아하는지 도무지 알 수가 없었다.

"저기…… 레티시아. 너는 어떤 남자가 좋아?"

"이런 질문을 하지 않는 남자."

에버하르트가 풀 죽었다. 그런데 순간, 그의 분위기가 변했다. 전투 직전의 날카로움이 에버하르트 주위를 감돌고 있었다. 이상을 눈치챈 레티시아가 시야를 넓게 했다. 무언가 거슬렸다.

"레티시아."

"알아."

벌레 우는 소리가 멎었다. 무언가에 놀란 새 두 마리가 갑자기 날아올라 두 사람의 위를 가로질렀다.

"3번 주요 호위 지점!"

에버하르트가 소리를 지르며 검을 뽑아 들었다. 그와 동시에 나무에서 암살자 다섯 명이 쏟아졌다. 기사들을 피해 들어갈 수 없으리란 사실을 깨달았는지 레티시아와 에버하르트를 향해 달려들었다.

레티시아가 왁 소리를 터트렸다. 일정 거리를 두고 경비 중인 다른 병사와 기사들에게 알리기 위함이었다.

"3번 주요 호위 지점, 남자, 다섯! 아니."

레티시아의 눈이 빠르게 움직였다.

"내부로 두 명 침입!"

그녀가 말을 마치는 그 순간 암살자가 짧은 검을 내질렀다. 레티시아는 스으 숨을 들이마시며 바닥에 발을 디뎠다.

쿵!

레티시아의 허벅지가 단단하게 압축되었다. 온몸에서 전달된 팽팽한 힘이 그녀의 검에 실렸다. 돌도 부숴 버릴 듯한 파괴력이 남자의 무기와 함께 팔을 잘라 내었다. 레티시아의 살벌한 얼굴 위로 피가 튀었다.

"아아악!"

레티시아는 팔이 잘린 남자를 발로 차 넘어뜨리고 에버하르트에게 암기를 던지려는 암살자의 머리채를 잡아서 벽에 찧었다. 한 사람을 빠르게 무력화한 에버하르트가 눈짓으로 그녀에게 감사의 인사를 보냈다.

레티시아가 이를 갈았다. 첫 실전을 감히, 하카브를 호위하는 것에 쓰게 만든 이 쓸모없는 자식들…….

감정이 실린 묵직한 공격들이 암살자들에게 쏟아졌다.

후웅!

그녀가 휘두르는 검에서 예사롭지 않은 소리가 났다. 레티시아의 검격에 암살자들이 바람에 날리는 낙엽처럼 흩어졌다.

암기 따위가 날아와도 귀신같이 알아채 쳐 내고, 상황에 따라 유연하게 변화했다. 황실 기사 특유의 탄탄한 기초도 빛을 발해, 빈틈을 찾아보기 힘들었다.

다른 호위 인력이 그들을 도우러 올 무렵에는 이미 정리가 끝나 있었다.

에버하르트가 흐트러진 머리를 쓸어 올렸다. 꿈틀거리며 움직이는 암살자를 발로 차는 태도가 자연스러웠다. 지원하러 온 기사들이 움찔 몸을 떨었다. 같은 하급 기사인데 묘하게 위축되는 기분이었다.

레티시아는 그새 살아 있는 암살자 두 명을 포박해 놓았다. 그녀가 살짝 미소 지으며 지원하러 온 기사들에게 인사를 건넸다.

"수고 많으십니다. 처음 뵙는 분들이군요. 하얀밤 기사단의 하급 기사 레티시아입니다."

피가 묻어 있는 얼굴로, 피가 묻어 있는 손을 내민 것치곤 태평한 태도였다.

* * *

황성이 왈칵 뒤집혔다. 타국의 왕족이 간밤에 암살 위협을 받았다. 다행인지 불행인지 모르겠으나, 불의의 사고는 일어나지 않았다. 2황자 리카르디스가 황실 기사단의 협력을 받아 미리 호위 병력을 늘려 둔 덕이었다. 더군다나 이번 암살자를 잡아낸 것도 하얀밤 기사단의 하급 기사 두 명이었으니, 리카르디스의 평가가 한 단계 올라가는 것은 당연했다.

암살자들은 그 자리에서 사살된 것이 다섯. 두 명은 생포했으나 고문하던 중 혀를 깨물고 자결했다. 배후는 밝혀지지 않았다. 그저 발타의 후계자를 죽이고 싶어 하는 자가 있다는 암시만 남긴 사건이었다.

하카브 왕자는 제 안위가 달린 문제임에도 넉넉한 태도로 사건을 마무리 지으려 했다. 일라베니아의 건국일을 축하하기 위해 모두가 모인 자리가 아니던가. 그러니 모두가 기뻐할 만한 결과만 있었으면 좋겠다고 짧게 언급했다.

하지만 어떤 사람도 그가 강대국의 압력 때문에 속없이 구는 게 아니란 사실을 알았다. 날카롭게 갈린 무기가 검집에 들어가 있는 듯한 모양새였다. 완성되지 못한 검은 검집에 들어가지 못한다. 그가 모든 일에 대비책을 세워 뒀음을 알 수 있었다.

암살자를 간밤에 보낼 정도로 하카브의 죽음을 간절히 원하던 자들도 몸을 웅크렸다. 그들이 건들고 있는 게 벌집이라는 것을 이제야 알아챈 듯했다.

리카르디스가 그걸 이제야 알아 처먹었냐며 길길이 날뛰었다. 등신 같은 작자들이라고도 했다. 분명 인간이라면 그런 생각을 못 할 것이니, 절지동물의 형상일 것이며, 그것도 머리가 없을 게 분명하다고 악담했다.

하카브는 자신이 머무는 곳을 찾은 리카르디스를 촉촉하게 젖은 눈으로 바라보았다. 감격, 감동, 환희. '자신의 호위 인력을 빼서라도 나를 지키고 싶었던 겁니까?'라고 묻는 듯한 눈이었다.

"리카르디스 황자, 저를 위해……."

진정성 있게 떨리는 하카브의 목소리에 리카르디스는 입을 꾹 다물었다.

입 안에서 들끓는 욕설이 행여나 빠져나올세라, 아주 꼭꼭.

하카브가 갖은 수작질로 로젤린을 흔들어 놓은 직후라 감정이 더욱 악화된 시점에서 하카브에게 감사 인사를 듣고 있으려니 절로 열이 뻗쳤다. 하카브가 일라베니아에서 나쁜 일을 당하면 안 된다는 것쯤이야 머리로는 알고 있었으나, 암살자들의 성공을 은근히 바라게 되는 마음은 어쩔 수 없었다.

하카브는 국경을 넘은 우정에 감격하며 리카르디스를 끌어안았다. 심지어는 양쪽 볼에 키스하기까지. 리카르디스는 제 25년 인생을 통틀어 이렇게 살의가 넘친 적이 있넌가 다시 삶을 돌이켜 보았다.

물론 하카브를 마주하고 있는 얼굴은 변함없이 근사했다. 하카브가 같이 식사라도 하자며 리카르디스의 손을 부드럽게 쓸었다. 리카르디스는 생긋 웃었다.

"제국에 온 손님이 큰일을 당할 뻔하지 않았습니까. 일라베니아의 축제를 위해 나쁜 일을 덮어 주신 배려는 감사하나, 이런 일이 다시는 없도록 재정비할 필요성을 느꼈습니다. 그 때문에 처리할 일이 있어 급히 돌아가 봐야 합니다, 왕자. 식사 초대는 다음에 부탁드리지요. 많이 놀라셨을 텐데 마음 잘 추스르시고 다음번에도 웃는 모습으로 반겨 주시길 바랍니다."

"저를 위해 이렇게 힘써 주셨는데…… 너무 제 생각만 했군요. 물론입니다, 황자."

하카브가 리카르디스의 두 손을 꽉 쥔 채 그를 가만히 들여다보았다. 여느 때와 다름없이 잘생기고 아름다운 리카르디스의 얼굴. 냉철함이 언뜻 비치는 그의 행동에서는 어떤 파문도 읽어 낼 수 없었다.

하카브는 사절단 이후 리카르디스를 줄곧 주시해 왔다. 깊게 파고들지 않아도, 리카르디스가 로젤린을 단단하게 보호하고 있다는 사실은 그의 행동으로부터 고스란히 드러났다. 단순히 부하를 위하는 것치고는 과할 정도였다.

그것이 잘 갈고 닦아 날카로운 검을 아끼는 마음인지 다른 종류의 마음인지는 모르겠으나, 결과적으로는 어쨌거나.

그러니 로젤린을 결혼이라는 수단으로 뺏어 오려 했다면 이렇게 웃고 있지만은 못할 텐데. 정말 그녀에게서 어떤 말도 듣지 못한 것일까?

'이런…… 정말 기대를 해 봐도 되는 것인지.'

하카브의 미소가 짙어졌다. 로젤린도 로젤린이지만 이 남자가 흔들리는 모습도 보고 싶었는데. 조금은 아쉬웠다.

그때 리카르디스가 아차, 하는 소리를 냈다. 그가 품을 뒤지더니 곱게 자수가 놓인 주머니를 하나 꺼내었다.

"소란에 잃어버리신 것 같더군요, 왕자. 제 기사가 주워 온 물건입니다."

하카브가 리카르디스의 손에서 주머니를 건네받았다. 한 겹의 천 안쪽에서 잘그락잘그락 굴러다니는 작은 금속의 더미가 느껴졌다. 하카브는 그것의 정체를 눈치챘다.

'이거 참. 정말…….'

주머니 입구를 열어서 보니, 예상했던 대로 자신의 목걸이였다. 로젤린에게 줬던 청혼의 증표가 처참하게 산산조각이 나 있었다. 하카브는 어이가 없어서 웃음을 흘렸다.

"오, 이럴 수가. 잃어버린 줄도 모르고 있었습니다. 세심한 배려에 감사드립니다, 황자. 주워 준 기사가 누구입니까?"

"상급 기사 레이몬드 경입니다."

"레이몬드라면……."

"저번 방문 때 왕자와 첫 번째로 인사를 나눈 자입니다."

아, 그 남자. 발타식 인사를 나눌 때 입을 꼴 보기 싫게 쭉 내밀며 제 볼에 침을 묻힌 남자였다. 로젤린에게 준 목걸이를 다른 사람이 어딘가에서 주웠을 리 없으나, 뭐라 추궁할 수도 없었다. 하카브는 가볍게 코로 숨을 내쉬며 미소를 짓는 것으로 감정을 정리했다. 아쉽긴 해도 로젤린이 그렇게

쉽게 넘어오리라 생각하지는 않았다.

'물론 이쪽도 쉽게 포기할 마음은 없지만.'

한두 번 차인 정도로 꺾이지 않는 불굴의 의지이기는 하지만, 청혼하며 줬던 물건을 부숴서 다른 남자의 손에 들려 보내다니. 아주 약간 상처받기는 했다. 하카브가 생긋 웃었다.

"이렇게 고마울 수가. 때마침⋯⋯."

그는 말을 꺼내며 소매를 뒤적였다. 그의 손에 푸른색의 싸구려 펜던트가 딸려 나왔다. 그걸 보는 순간 리카르디스의 시선이 한층 싸늘하게 굳었다.

"저 또한 '레이몬드' 경의 분실물을 가지고 있었군요. 돌려줄 때를 찾아 다행입니다. 레이몬드 경에게 제 말과 함께 전해 주실 수 있을는지요. 발타 왕실의 문양이 새겨진 중요한 물건을 되찾아 주어 고맙다. 보답하고 싶으니 언제고 찾아와 달라고요."

하카브가 리카르디스의 손에 펜던트를 꼭 쥐여 주며 가까이에서 눈을 맞췄다.

"부디."

클로에는 주인이 없는 집무실에서 홍차를 마시고 있었다. 인기척이 점차 가까워지는 것을 보니 성의 주인이 귀환한 모양이었다. 한데 그 발소리가 누구에게 쫓기는 듯, 혹은 무언가를 쫓아가는 듯 급박하기 그지없었다.

쾅!

문이 열렸다. 클로에가 눈을 동그랗게 뜨고 문 쪽을 쳐다보았다. 라고슈 최북단의 공기가 저렇게도 냉혹할까. 시종 대신 제 손으로 문을 열고 들어온 리카르디스의 얼굴에 싸늘함이 감돌았다. 문을 먼저 열려고 하던 시종이 무안한 손을 허공에 허우적대고 있었다.

리카르디스는 성난 기색으로 단추 세 개를 쭉 풀었다. 열린 옷자락 사이로 드러난 가슴이 오르락내리락하는 중이었다. 천천히 숨을 들이켰다 내쉬는 리카르디스의 행동에서 분을 삭이려는 노력이 비쳤다. 하지만 곧 그마저도 하지 못하고 다시 씩씩. 그가 눈살을 찌푸리더니 머리를 거칠게 쓸어 올렸다.

뒤따라 들어온 잇세리온이 걱정 어린 표정으로 리카르디스의 주위를 맴돌았다. 리카르디스는 한쪽 손은 허리에 얹고, 한쪽 손으로 눈을 가린 채 5분 정도 시간을 보낸 후 입을 열었다.

"잇세리온."

"예, 전하."

뿌드득, 이 갈리는 소리가 났다.

"제발 하카브도 지금 나만큼 열 받았을 거라 말해라."

잇세리온은 여유작작한 미소를 띠고 있던 하카브의 얼굴을 떠올렸다. 잡기를 집어 던지지 않는 것이 용해 보이는 리카르디스보다 훨씬 평온할 것 같았다. 하지만 잇세리온은 눈물이라도 흘릴 기세로 고개를 끄덕였다.

"위험을 무릅쓰고 타국에 발을 들여 로젤린 경에게 접근했으나, 야망이 코앞에서 부서지다 못해 산산조각이 난 채로, 현재 로젤린 경이 가장 소중하게 여기는 리카르디스 전하에게 그 부서진 야망을 건네받은 하카브가! 훨씬 더 상심하고 속이 쓰라린 건 당연하지 않겠습니까, 전하! 부서진 목걸이를 건네는 전하의 미소가 얼마나 근사했는지, 저라면 얄미워서 아주 바닥을 굴렀을 겁니다!"

잇세리온이 필사적으로 항변하자 리카르디스가 눈을 가리고 있던 손으로 허리를 짚었다. 후우…… 숨결 하나하나에도 분노가 뚝뚝 떨어졌다.

"좋아, 그럭저럭 기분이……."

돌연 기세를 바꾼 리카르디스가 소파에 있던 쿠션을 낚아채듯 잡아 벽으로 집어 던졌다. 부드러운 섬유가 그런 파괴적인 소리를 낼 수 있을 줄이야. 클로에는 상상하지도 못했다. 어쨌거나 잇세리온의 필사적인 항변에도 불구하고 리카르디스의 기분은 좋아지지 않은 듯 보였다. 그 와중에도 피해를 최소화하기 위해 벽에다 던진 그의 인내심이 대단할 뿐이었다.

클로에는 분노에 제 몸을 맡기고 활활 불타고 있는 리카르디스를 가만히 지켜보며 홍차를 저었다. 우유가 섞여 금세 탁해졌다. 각설탕을 네 개 넣을 무렵에는 리카르디스도 간신히 무언가를 집어 던지지 않게 되었다.

"추한 모습을 보였군. 그래, 무슨 일이지, 클로에?"

다리를 꼬며 소파에 기대는 리카르디스는 평소와 달리 야성미가 넘쳤다. 클로에는 어깨를 한 번 으쓱하고는 서류를 그의 앞으로 밀었다.

"히카브 암살 선에 발을 들인 귀족 목록을 알아 오라고 하셨잖아요, 전하."

"그래, 그 쓸모없는 인간들. 가만히나 있든가, 할 거면 제대로 하든가. 이것도 저것도 못 하는 머저리 같은 작자들. 뭘 하나 해도 그런 식이겠지. 불쌍한 인생들이로군. 남에게 피해 주지 않고 외딴곳에서 홀로 쓸쓸하게 죽었으면 하는 바람뿐이다."

평소보다 더 독기 어린 비난이었다.

"그거 말고도 좋은 소식을 들고 왔으니 그만 화 푸세요."

"좋은 소식이라. 그대가 그렇게 말할 정도라니. 그건 좀 기대되는군."

리카르디스는 별다른 감흥 없이 말을 내뱉었다가, 클로에의 의미심장한 미소를 보고는 얼굴을 굳혔다. 유순한 인상으로도 음흉함은 가려지지 않았다. 뭔가 기분이 싸했다.

"하지 마."

리카르디스의 말에도 클로에는 예의 그, 미소를 지우지 않은 채였다.

"로젤린 경의 드레스가 완성되었는데, 세상에. 정말 너무너무…… 너어무 예뻐요."

리카르디스의 손이 움찔했다. 클로에가 그 모습을 날카롭게 포착했다.

"그러고 보니, 아직 파트너가 없는 것 같던데…… 로젤린 경에게."

"……빙빙 돌리지 말고 말하지 그래."

클로에가 웃으며 몸을 일으켰다.

"전부 말했는걸요? 좋은 소식."

싱긋 웃은 클로에가 가볍게 무릎을 굽히며 고개를 숙였다. 방을 나서기 위해 걸음을 옮기던 그녀가 돌연 다시 리카르디스를 돌아보았다.

"아차."

리카르디스가 찻잔을 초조하게 만지다가 클로에의 뒷말에 몸을 떨었다. 홍차가 흘러넘쳤다. 클로에와 리카르디스의 시선이 딱 부딪쳤다. 눈매가 능글맞게 휘어져 있었다.

"그러고 보니 로젤린 경의 드레스가 공교롭게도 하얀색이었던 것 같기도……."

리카르디스가 두 손을 들었다. 귓가가 절로 화끈해지는 기분이었다. 건국일을 맞이한 무도회에 하얀색을 사용할 수 있는 것은 황족, 또한 황족의 파트너뿐이었다. 애초 그녀의 드레스를 제작할 때 황족의 파트너가 되리란 사실을 감안했다는 것이었다.

"그만 괴롭히고 나가 봐."

"네에. 아, 맞다. 네스터 경도 파트너가 없다지요? 로젤린 경의 일정을 물은 뒤 꽃집에 갔다던데요? 어쩜, 낭만적이기도 해라."

"젠장, 그것부터 말했어야지!"

리카르디스가 빠르게 클로에를 지나쳤다.

"네스터 경은 꽃다발을 들고 가는데 전하는 그냥 가세요? 빈손으로?"

클로에의 말에 그가 급하게 멈춰 서 거울 속 모습을 한번 확인했다.

"괜찮다. 나는 얼굴이 있으니."

"네에?"

그는 어이없는 말을 남기고 사라졌다. 클로에가 눈을 동그랗게 뜨고 있다가 웃었다.

"귀엽기도 하시지."

잇세리온이 질린 표정으로 그녀를 바라보고 황급히 리카르디스를 따라
나갔다.

* * *

바다협곡의 네스터는 잠시 제 목적을 잃고 자리에 서 있었다. 주위의 구
경꾼들이 그러하듯, 똑같이.

혜사가 딜리는 힘을 이용해 그대로 나무를 밟고 올랐다. 중력의 영향을
받지 않는 듯 가뿐한 몸놀림이었다. 두세 걸음 만에 사람의 키보다 높이 올라간
소년이 나무에 쿵, 발을 굴렀다. 위로 자란 나뭇가지를 디딤돌 삼은 것이라,
그의 몸이 순식간에 아래로 향했다. 몸에 추를 달고 있는 듯 묵직한 공격과
함께였다. 자그마한 인영이 회전하며 공중에 날카롭게 검을 그었다.

로젤린은 발을 살짝 움직여 반걸음 물러서는 것만으로도 공격을 피해
냈다. 소년의 목검이 공중을 가르고 바닥에 박혔다. 혜사는 검을 그대로
손에서 놓아 버리고는 앞으로 굴렀다. 그리고 허리와 엉덩이가 바닥에 닿
기 전, 어깨와 팔로 몸을 튕겨 내었다. 로젤린을 향한 발차기가 칼날처럼
예리했다.

턱, 로젤린이 매서운 발차기를 손으로 막아 냈다. 소년이 공중제비로 폴
짝폴짝 물러났다. 구경꾼들은 감탄하는 소리를 차마 막지 못하고 흘려 버렸
다. 네스터도 본목적을 잊고 손뼉을 쳤다.

사람들의 소리에 혜사는 주위를 휘휘 둘러보았다. 수습 기사, 하급 기사
할 것 없이 주위를 가득 메우고 있었다. 집중하느라 구경꾼들의 존재조차
눈치채지 못했던 것이다. 혜사가 어색한 손놀림으로 머리를 매만졌다. 매일
로젤린의 머리카락으로 공예를 하는 솜씨는 다 어딘가에 버리고 온 듯이.

로젤린이 한층 더 밝아진 얼굴로 다가온 혜사의 머리를 살살 쓸어 주었

다. 바람이 불며 소년의 머리를 더욱 흐트러뜨렸다. 헤사는 눈앞에서 아른 거리는 머리카락과 로젤린의 손길이 간지러워 눈을 감았다.

[헤사, 좋은 아침입니다.]

하카브에게 이용당했던 이틀 뒤의 아침. 로젤린이 평소와 다름없는 인사를 건네며 헤사를 맞이했다. 헤사는 문가에 가만히 서 있다 눈물을 흘렸다. 주적이자 타국 왕족의 말에 혹해서 제 직속상관을 속이는 용서받지 못할 일을 저지르고도, 소년은 어떤 벌도 받지 않았다. 로젤린은 물론이고 일라베니아 2황자이자 하얀밤 기사단의 주인인 리카르디스에게도.

잘못하면 벌을 받는다. 언제나 소년에게 이뤄졌던 공식이 파괴되자 남은 것은 혼란뿐이었다. 로젤린이 더 이상 제 머리를 다정하게 쓰다듬어 주지 않을 거란 사실은 둘째 치고서, 버림받을지 말지의 기로에서 벌벌 떨고 있었는데……

로젤린은 흔들렸던 모습을 완전히 떨쳐 내고서 무뚝뚝한 인사를 하고 있었다. 헤사가 눈물만 뚝뚝 흘리자 손수건으로 눈물을 닦아 주기도 했다. 벅벅, 마치 창문을 닦아 내는 듯한 거친 손놀림이었지만 그게 너무나도 반가웠다.

이후, 로젤린이 잼은 어디 있느냐 물었고, 헤사는…….

[발타의 하카브 왕자 전하께서 저를 오래 붙잡고 있으셔서, 태웠습니다. 전부 왕자 전하 때문입니다.]

하고 사실에 기반하여 죄를 떠맡겼다. 로젤린은 분노하며 하카브에 대한 적의를 한층 더 불살랐다.

헤사의 실수는 하카브와 로젤린, 리카르디스와 리카르디스의 명령을 받은 르원, 잇세리온. 몇몇의 주요 인물들만 알고 있었다. 얘기가 퍼졌다고 가정했을 시 혼란이 야기되는 것은 차치하고서라도, 헤사를 수습 기사로 계속 둘 생각이면 함구하는 것이 좋다며 리카르디스가 조언한 결과였다. 헤사는 언젠가 그에게 은혜를 갚을 수 있으면 좋겠다고 생각했다.

"떨어지는 무게를 이용해서 힘을 더하는 건 좋았지만, 동작이 너무 큽니다."

"네."

"공격이 빗나가도 바로 발차기를 하는 건 좋았습니다. 보통 아래에서 발차기가 올 거라고는 생각 못 하니까요."

혜사가 부끄럽다는 듯 웃었다. 로젤린도 마주 웃어 주었다. 오늘의 간식에 대해 얘기하던 혜사가 순식간에 낯빛을 바꿨다. 로젤린의 저 뒤에서 거대한 꽃다발을 끌어안고 달려오는 남자 때문이었다.

"로젤린 경."

바다협곡의 네스터였다. 혜사는 고개를 숙이고 눈을 치켜뜨는 것으로 불만스러운 마음을 표현했다.

'지긋지긋한 인간 같으니…….'

소년은 '상급 기사'가 얼마나 바쁜지 잘 알고 있었다. 거의 매일매일 아침, 점심, 저녁으로 로젤린을 찾아올 정도의 시간도 없을뿐더러, 다른 기사의 일정을 이렇게 세세하게 알 정도로 할 일이 없지 않다는 얘기였다.

"네스터 경."

네스터는 아까의 혜사 같은 표정으로 웃고 있었다.

"대련 잘 보았습니다. 언제나 대단하십니다. 이 수습생도 나날이 좋아지는 것 같습니다. 아주 훌륭한 기사로 성장하겠군요. 로젤린 경의 수습 기사가 되다니, 참 운 좋은 녀석입니다. 부러워……."

이 사람 자기도 모르게 속마음을 내뱉고 있잖아. 네스터가 하하 웃으며 혜사의 머리를 슥슥 쓸었다. 머리를 짓누를 듯한 거친 손놀림이었다.

"무슨 일이십니까, 네스터 경?"

"아, 그렇지."

남자의 볼에 다시 홍조가 돌았다. 꼴 보기 싫었다. 혜사의 눈초리가 더욱 매서워졌다.

"이, 이걸. 로젤린 경."

네스터가 보석과 레이스, 리본이 주렁주렁 달린 꽃다발을 내밀었다. 지금 저걸 꽃집에서부터 훈련장까지 들고 왔단 말이지. 좀 웃겼겠는걸. 헤사가 속으로 냉소했다.

"건국제 무도회에 가실 때 파트너가 없으시다면……."

"있습니다."

헤사가 냉큼 끼어들었다. 네스터가 소년에게 눈을 부라렸다.

"로젤린 경께서는 파트너가 있습니다, 네스터 경. 안타깝게도 기회는 다음. 콜록콜록……."

생을 기약해 보심이. 뒷말은 억지로 내뱉은 기침 소리와 섞였으나 네스터는 분위기상으로 대충 알아들었다. 네스터가 뭐라 말하기 전, 헤사는 그가 로젤린에게 내밀고 있던 꽃다발을 채 갔다. 물 흐르듯 자연스러운 태도라, 마치 네스터가 헤사에게 꽃다발을 바치고자 얼굴을 붉히고 있던 것처럼 되어 버렸다.

네스터는 제 빈손을 쳐다보며 이 어이없는 기분을 소년에게 피력하고자 했다. 헤사가 그의 눈빛을 읽고 태연하게 말했다.

"아, 실례했습니다, 네스터 경. 하지만 로젤린 경께서는 곧 호위 임무로 본성에 가셔야 하니, 제가 대신 잘 가져다 놓겠습니다."

로젤린 경의 방이 아닌 어딘가에. 네스터는 이 들리지 않는 뒷말도 읽어 냈다. 속이 부글부글 끓었다. 이 쥐방울만한 게…….

로젤린은 헤사가 언급한 제 파트너가 누구인지 열심히 유추하는 중이었다. 딱히 들은 기억은 없지만, 헤사가 있다고 했으니 있는 것이리라.

네스터는 파트너가 있다는 말을 듣고도 자리를 뜨지 못했다.

"실례가 안 된다면 파트너가 누구인지 물어도 되겠습니까?"

알 리 없으니 대답할 수도 없었다. 로젤린이 헤사를 바라보았다. 헤사는 방긋 웃는 얼굴 뒤로 당황스러워했다. 침묵이 길어질 즈음, 헤사는 저 멀리 걸어오는 빛나는 남자를 목격했다. 두리번거리며 누군가를 찾는 것 같은 모습이었다. 혜사의 뇌리에 한 줄기 섬광이 벼락처럼 내리꽂혔다.

"전하입니다!"

소년이 소리쳤다. 그리고 멀리서 걸어오던 전하, 리카르디스는 깜짝 놀랐다. 혜사가 확정하듯 다시 한번 말했다.

"전하께서 로젤린 경의 파트너로 무도회에 가실 겁니다!"

"바로 그거야!"

리카르디스가 숨을 거칠게 몰아쉬며 혜사의 말을 받았다. 리카르디스는 이게 무슨 상황인가 싶어 자신이 말을 내뱉고도 좀 얼떨떨해했다. 혜사도 당황스러운지 눈도 깜박이지 않고 있었다.

네스터는 한 남자와 한 소년의 미묘한 기류를 읽었다. 뭐가 좀 이상한데……?

리카르디스가 빠른 걸음으로 다가왔다. 그들이 경례하려 하자 리카르디스가 가벼운 손짓으로 만류했다. 그는 마치 전력으로 달려오기라도 한 듯, 숨을 거칠게 쉬고 있었다. 땀이 리카르디스의 턱을 따라 흘러내렸다.

리카르디스는 건국의 달을 맞이해 한층 더 화려해진 상태였다. 아름다운 예복, 귀걸이, 목걸이, 반지. 갖은 장신구와 더불어 본래 가지고 있던 잘난 얼굴까지. 갑자기 나타난 남자의 아름다움에 모두가 홀린 듯한 표정으로 그를 바라보았다.

리카르디스가 머리를 뒤로 쓸어 넘겼다. 햇살이 비친 땀 구슬이 영롱했다. 내리깐 눈동자를 덮은 속눈썹이 다이아몬드의 균열처럼 선명하고 아름다웠다. 건조한 입술을 혀가 느릿하게 쓸고 지나갔다. 붉은 입 안에서 새어 나오는 숨소리가 귓가를 간지럽히는 것 같았다.

혜사는 제 나이에 이런 장면을 보면 안 될 것 같아 고개를 돌렸다. 그의 상급 기사인 로젤린은 훌륭한 스물세 살로서 똑바로 리카르디스를 보고 있었다. 그녀는 눈을 부릅뜨고 손을 잘게 떨고 있는 상태였다. 뇌에서 받아들일 수 있는 아름다움의 허용치를 넘어 버린 게 아닐까. 헤사가 막연하게 추측해 보았다.

어느 정도 그 가설이 맞는 것 같긴 했다. 로젤린이 떨리는 손으로 엄지손가락을 세웠다. 파르딕트에게 배운 '최고'라는 표현이었다.

"오늘따라 더욱더 눈이 부십니다, 전하!"

로젤린이 할 수 있는 최대의 격정적인 표현이었다. 마치 세기의 미술 작품이라도 보는 듯한 희열이 서려 있으니, 리카르디스도 머쓱해졌다. 무의식적으로 유혹을 흩뿌리고 있긴 했으나, 제 외모에 관해 아주 무지하진 않았다.

기분이 미묘했다. 그 목석같던 자에게서 저런 반응을 이끌어 낼 정도라니. 요즘따라 부쩍 외모에 자신감을 가지게 되긴 하는데 마냥 기쁘지만은 않고…… 마음이 복잡했다.

"제가 전하와 무도회에 갑니까?"

로젤린의 물음에는 설렘이 묻어 있었다. 리카르디스는 그 곧은 시선에 양심이 찔리는 것을 느꼈으나,

"듣지 못했나, 그대? 클로에가 전해 줬다고 들었다만."

굉장히 매끄러운 연기를 펼쳤다. 리카르디스가 눈을 깜박하며 헤사에게 고마움을 표현했다. 헤사가 남몰래 웃었다. 은혜 갚을 기회가 생각보다 빨리 와서 다행이었다.

10

언제나 손님이 끊이지 않는 월장석 성이 레이몬드와 클로에의 결혼식을 축하하기 위한 사람들로 한층 더 복잡해졌다.

큰뿔산양과 황금정원. 그 외에도 수많은 가문이 참석해 성이 북적였다. 오가는 사람들이 많았으나 모르는 얼굴은 없었다. 경사스러운 날인 만큼 모두 웃는 얼굴로 인사를 주고받았다.

구름 한 점 떠 있지 않은 아주 맑은 날이다. 이델라브힘의 가호가 미치는 것 같으니, 두 사람이 아주 오래오래 잘 살지 않겠느냐. 가벼운 다과와 함께 시작된 의례적인 대화들은 곧 미묘하게 흘러갔다. 만나기 힘들던 인물들이 한자리에 모여 있으니 어찌 보면 당연한 결과였다.

아, 오랜만이오. 건국의 달에는 처음인가. 건국의 달이라고 하니 하는 말입니다만, 이번에 하카브 왕자가 오지 않았습니까. 하는 식의 의식의 흐름을 따라 주제가 무겁게 변했다. 예복을 입은 신부도 그 사이에 끼어 있었다.

"왕자의 의중을 정확하게 파악할 수 없으니, 움직임이 제한되는구만. 엘피디오 전하와는 자주 만나는 것 같긴 합디다."

"굳이 따지자면 엘피디오 전하께서 하카브 왕자가 있는 성에 자주 드나드는 것이죠. 하카브는 그다지 그들의 동맹을 중하게 여기는 것 같지 않아요."

방 안에 모여 있는 중년 남자들이 인상을 찌푸렸다.

하카브는 많은 이들의 예상을 뒤엎었다. 1황자파에 속하는 귀족들과의 만남을 추진한다든가, 여기저기 다니며 분탕질을 친다든가 하는 행위가 일절 없었다는 얘기였다. 굵직한 행사에 얼굴을 비치긴 했으나 건국제에 참석한 타국의 귀족들이 으레 보이곤 하는 행보와 다름없었다.

적지에 발을 들일 정도의 거대한 음모나 목표 따위는 보이지 않았다. 강한 마인인 로젤린에게 한번 접근하려 했다지마는, 그 이후로는 접촉하려는 시도도 없다고 하지 않나. 또한 그들로서는 일국의 후계자가 단순히 로젤린만을 위해 갖은 위험을 감수한다는 가정을 도무지 떠올려 낼 수 없었기에 의문은 계속해 커져 가는 중이었다. 대체 무얼 원하는 것일까.

물론, 보다 자세한 사정을 알고 있는 클로에는 하카브가 정말 로젤린 한 명만을 위해 일라베니아에 발을 들였을 수도 있다는 가능성을 열어 두었다.

표면적으로 발타가 마력을 귀하게 다루는 나라이긴 했으나, 마력은 단순히 강한 무기의 역할만을 맡고 있지는 않았다. 축복의 밤. 죽어 가는 땅 밑에 잠들어 있는 씨앗을 키워 꽃을 피워 내는 강력한 힘의 한 축이 아니던가. 만약 비밀을 알고 있다면 로젤린을 단순한 '강한 마인 한 명'이라 생각할 수 없을 것이다.

하지만 일라베니아 고위 인사의 암살 같은 가능성도 아주 배제할 수는 없었다. 지금은 크게 눈에 띄는 구석이 없다 할지라도. 클로에가 팔짱을 끼고 발을 까딱였다.

"감시의 눈이 줄어드는 때를 기다리는 게 아닌가 하는 생각이 드네요. 무엇이든 확신할 수 없는 상황이라…… 하카브 왕자 쪽으로 빠진 호위를 유지하는 게 좋겠어요. 하얀밤 기사단원들이 당분간 수고를 더 해 줘야 할 것 같네요. 부탁드려요, 나단 경."

나단은 퀭한 눈으로 초콜릿을 섭취했다. 당이 부족한 기분이었다. 클로에가 생긋 웃으며 분위기를 환기했다.

"모두 무운을 빌어요."

"클로에 영애, 그대 또한."

"무운을 빕니다."

피곤해 보이는 중년 남자들이 동시에 초콜릿 쪽으로 손을 뻗었다. 다들 당분에 목말라하는 모습이었다. 큰뿔산양가의 하녀장이 급한 발걸음으로 응접실에 들어왔다.

"영애, 준비를 서두르셔야 한다고 말씀드렸는데!"

"어머, 저도 모르게 그만. 입고 있는 게 웨딩드레스인지 수의인지도 분간 못 할 만큼 정신없어서 말이에요."

클로에의 농담에 공간에 모인 사람들이 껄껄 웃었다. 하녀장만 크게 숨을 들이쉬며 기함했다.

"영애! 그런 무서운 농담을 하시다니!"

하녀장의 무서운 눈빛에 남자들이 분주히 얼굴 근육을 단속했다. 웃겼는데. 확실히 신부 입에서 수의라는 단어가 나오는 건 문제가 있나? 웃겼는데.

그들은 날카로운 눈살에 못 이겨 모두 응접실을 나갔다. 하녀장은 거울 앞의 클로에를 부지런히 단장했다. 클로에는 거울 속 제 모습을 들여다보면서도 계속해서 머리를 굴렸다. 신경 쓸 일이 끊이지 않았다. 거울에 비친 여자가 피곤한 듯 인상을 쓰고 있었다.

똑똑. 열려 있음에도 문가를 두드리는 소리가 울렸다. 클로에는 고개를 돌려 예의 있는 방문자를 확인했다.

"클로에 양."

"로젤린 경."

반가운 손님이 찾아왔다. 로젤린의 손에는 하얗고 작은 꽃다발이 들려 있었다. 여기저기 흔하게 볼 수 있고 끈질긴 생명력을 보여 잡초와 형, 동생 하는 정도의 취급을 받는 꽃이었다.

리쉬. 클로에가 웃음을 흘렸다. 언젠가 로젤린의 소문을 수집하고 다닐 때가 생각났다. 그녀가 동생 칼릭스와 같이 꿀을 쪽쪽 빨고 다녔던 그 꽃. 반가움에 손이 먼저 나갔다.

"리쉬네요. 고마워요."

로젤린이 부드럽게 웃었다.

"맛있습니다."

클로에는 웃음을 터트렸다. 맛있었구나. 그런데 자세히 보고 있으려니 줄기 하나하나의 길이가 일정하지 않고 들쭉날쭉했다. 하얀 레이스로 감싸긴 했으나 어정쩡하고 리본과 어울리지 않았다. 어느 꽃집이 이렇게 엉망으로 만들었지?

"제가 직접 만들었습니다."

"어, 어이구우! 이렇게 귀한 걸!"

클로에가 급하게 꽃다발을 쓰다듬자, 로젤린이 뿌듯해했다. 로젤린은 하나하나 손으로 가리키며 특별히 주목해야 할 점을 설명했다. 레이스는 어머니가 보내 주신 드레스에서 뜯었다. 리본은 저번에 레이몬드가 준 마카롱 포장지에 있던 건데 예쁘다. 리쉬꽃은 월장석 성 정원에서 잘라 왔다. 정원사 아저씨한테 혼났지만 제일 활짝 핀 걸로 골랐다. 리본 묶는 건 헤사가 가르쳐 줬다. 로젤린은 부드러운 목소리로 조곤조곤 얘기했다.

이 작은 꽃다발에 그렇게 긴 역사가 있을 것이라고는. 클로에는 그녀의 말을 깊게 집중해서 들었다. 황금정원, 하카브, 1황자, 발타 어쩌고를 잠시나마 잊을 정도로.

감탄하면서 고개를 끄덕였던 탓에 클로에의 머리카락이 살짝 흘러내렸다. 로젤린이 손을 뻗어 그녀의 머리카락을 귀 뒤로 넘겨 주었다. 클로에가 눈을 동그랗게 떴다.

"오늘 굉장히 반짝반짝하고 예쁩니다."

"어머, 그래요?"

클로에가 꽃다발을 품에 안으며 웃었다. 로젤린이 그녀의 은색 눈동자를 더 깊게 들여다봤다.

"기분 좋아 보이십니다."

그런가요? 내가 기분이 좋았던가? 클로에는 잠시 생각했다. 우중충한 남자들과 골머리 썩는 말들을 했을 때만 해도 기분은 좋지 않았다. 나쁠 것도 없었지만.

클로에는 리쉬 꽃다발을 얼굴 가까이에 가져다 대었다. 약한 향기가 풋풋했다. 아까까지만 해도 집무실이었던 공간이 신부 대기실로 바뀌는 기분이었다. 그러고 보니 결혼을 하는 날이었지. 그녀가 빙그레 웃었다. 기분이 좋아 보인다는 말에, '그런가요?'라는 말 대신.

"그래요. 좋은 날이라."

그렇게 대답했다. 생각해 보니 정말 좋은 날이라서. 그 말에 로젤린이 환하게 웃었다.

* * *

이델라브힘께서는 그 빛 아래 영원한 사랑을 맹세하는 모든 사람들을 축복합니다! 사랑은 깨지기도, 변하기도 하지만 결혼은 결코 깨지지 않습니다. 죽음이 그대들을 갈라놓을 때까지. 위대한 이델라브힘께서 두 사람의 언약을 가호하시니, 사랑이 흔들린다 하더라도 맹세는 영원할 것입니다.

[여자 친구]

[남자 친구]

작위, 나이 따위로 분류되어. 이름이 상하 관계로 쓰이는 삭막한 관계는 더 이상 그만.

[신부] [신랑]

함께 발맞춰 걸어가겠다는 여러분의 다짐과 함께, 부부의 이름은 왼쪽, 오른쪽. 사이좋게, 나란히 놓이게 됩니다. 결혼하세요.

결혼은 인생의 중대한 행사입니다. 모두가 알고 있는 상식이라 하더라도, 그 순서를 되짚을 필요가 있지 않을까요?

신부와 신랑은 웨딩드레스와 정장을 입기 전, 하얀색의 예복을 먼저 입습니다. 호수에 해가 가장 빛나게 떠오를 때, 신부와 신랑은 호수에 들어갑니다. 이델라브힘의 축복 아래 사랑을 맹세하기 위해서입니다.

아니, 호수라고? 깊지 않으냐고요? 물론 깊습니다. 아니, 깊다니! 그럼 안 위험하냐고요? 당연히 위험합니다. 어릴 적 부모님들이 여러분에게 수영을 필수적으로 익히게 했던 이유가 이 때문입니다. 어린아이들이야 수영과 결혼의 상관관계를 유추하는 것에 큰 어려움이 있겠지만, 다 큰 여러분은 다 알 수 있을 테죠. 결혼식을 장례식으로 바꿀 수는 없는 노릇이니까요.

100여 년 전만 하더라도 물에 빠지는 사고가 빈번했습니다. 죽는 사고도 가끔 발생하고요. 물론 익사뿐만 아니라, 마수가 결혼식에 난입한 사고까지 종합한 결과입니다. 여러 가지 위험을 배제하고자 최근에는 인공 호수를 제작하는 방향으로 가고 있으니 안심하세요.

그래도 배우자가 될 분이 자연 호수를 고집하는 경우도 염두에 두셔야 합니다. 이러니저러니 해도 수영은 배워 두는 편이 좋겠군요.

신부와 신랑이 헤엄치는 것에 일가견이 있다는 가정을 하고 다시 결혼식 얘기를 하겠습니다. 두 사람은 호수에 들어갑니다. 호숫가의 얕은 부분도 좋고, 깊은 중앙도 좋습니다. 해가 가장 높이 떠오르고 이델라브힘의 광휘가 비출 때, 두 사람은 맹세합니다. 주고받아야 하는 언약문은 그다지 짧은 편은 아닙니다. 하지만 그렇게 긴 편도 아니니, 꼭 외워 두도록 합시다.

신의 이름 아래 하는 언약은 결혼식의 과정 중 가장 중요한 것이기도 합니다. 이 언약문은 무려 일라베니아의 역사와 함께한 글귀라고 합니다. 몇백 년 동안 대대로 물려 온 언약이라니. 정말 대단하지 않습니까? 영광의 일라베니아! 축복의 이델라브힘!

신관이 두 사람의 언약을 이델라브힘께 전달하면, 호수 밖으로 걸어 나오면 됩니다. 호수를 둘러싼 많은 하객들이 손뼉을 치며 축복하고 있을 겁니다. 신부는 젖은 예복을 벗고 웨딩드레스로, 신랑은 정장으로 갈아입으세요. 이제부터는 인간들의 축제이니! 서류에 대충 사인하고 나면 이제부터 두 사람은 부부입니다. 죽음이 두 사람을 갈라놓을 때까지!

─물론 이 말을 다르게 해석해서 배우자의 죽음을 앞당기려 하는 분도 있습니다. 부디 여러분은 그러지 않길 바랍니다.

* * *

"이 약 파는 것 같은 책자는 뭐지?"

리카르디스는 총 세 장으로 구성된 작은 책자를 뒤적였다.

"최근 인공 호수를 대여하는 방식으로 결혼식을 주도하는 어떤 상단의…… 상단주가 작성한 것이라고 합니다. 클로에 양이 결혼 준비하면서 받은 것인데 심심할 때 보면 아주 재밌다네요. 참고로 상단주는 세 번째 부인을 맞이했다는군요."

리카르디스는 코웃음을 쳤다.

"배우자의 죽음을 앞당겨 맹세를 갈라 버리자는 내용이 더욱 와닿는군."

월장석 성 내에 있는 호숫가 주위로 많은 사람들이 모여 있었다.

큰뿔산양, 푸른등불, 바다협곡, 고래무덤, 가을안개. 여러 가문과 더불어 몇몇 황족들까지. 상단을 이끄는 클로에는 물론이거니와, 레이몬드가 워낙 발이 넓은 덕이었다. 친분이 있는 몇몇만 초대했음에도 월장석 성의 후원이 가득 찼다.

리카르디스는 주위를 둘러보았다. 음식을 먹고 담소를 나누는 화기애애한 사람들, 그 한구석에 이질적인 분위기의 무리가 있었다.

우중충한 남자들이 한 테이블을 끼고 인상을 찌푸린 채, 카드를 뒤적이고 있었다. 파르딕트와 큰뿔산양 후작가의 후계자 아렌트, 몇몇 익숙한 고위 귀족들이 보였다. 그중 단연 돋보이는 사람은 갈색 머리의 낯선 여자였다. 그녀가 패를 펼치자마자 사방에서 앓는 소리가 터져 나왔다. 그녀가 시시덕거리며 금화를 쓸어 모았다. 누가 봐도 도박판이 아닌가.

돈이 다 떨어졌는지 한 사람이 자리에서 일어섰다. 리카르디스는 그 남자에게 가려져 있던, 그 누구보다 카드 게임을 즐기는 중인 4황자이자 현 대신관인 라헤안시를 발견했다.

"왔다! 왔어! 으헤헤!"

아주 집안 망신은 혼자 다 시키고 있었다.

"다 받고, 칩 몽땅 들어갑니다! 쫄리면 패 덮으시든가, 으헤헤헤!"

차마 두 눈 뜨고 볼 수가 없었다. 하지만 의기양양하던 라헤안시는 정확히 10초 뒤에, 아까 전의 여자에게 모든 돈을 내어 줘야만 했다. 라헤안시가 훌쩍훌쩍 울자 따라온 신관들이 양산을 펼쳐서 그를 가리고자 노력했다. 대신관이라는 인간이 도박으로 패가망신하는 꼴이 수치스러운 모양이었다. 그러나 안타깝게도 양산에 신전 표식이 커다랗게 새겨져 있어 그들의 노력은 도루묵이 되었다.

여자는 담배 피우는 남자들 사이에서도 기죽지 않고 거만하게 다리를 꼬고 있었다. 테이블 위에 올라와 있는 금화들이 전부 그녀 앞에 쌓였다.

그녀가 다시 미친 듯이 판돈을 올렸다. 좋은 패를 잡았구나 싶어 모두들 카드를 테이블에 내려놓고 항복했다. 결과적으로 여자는 그 판을 먹지 못했다. 어디선가 나타난 붉은수레바퀴의 칼릭스가 그녀를 끌고 갔기 때문이다.

여자가 떠난 도박판. 라헤안시가 그녀의 패를 뒤집어 봤다.

"투, 투 페어?"

고작 투 페어로 올 인을 한다고? 무시무시한 블러핑의 대가였다. 모두들 떠난 그녀의 자리를 보며 고개를 끄덕였다.

"……."

뭔지는 모르겠지만 그들만의 세상이 형성된 듯했다. 리카르디스는 어처구니가 없어 다른 곳으로 시선을 옮겼다.

디에즈는 5황녀 레이비아와 7황녀 체리트의 손을 잡고 돌아다니며 인사를 주고받았다. 그의 가슴과 허리쯤에 오는 작은 황녀들이 디저트를 먹겠다고 디에즈를 잡아끌었다. 디에즈는 무력하게 끌려갔다.

지방 영지에만 있던 황금정원 자작도 보였다. 서른 넘게 결혼하지 않는 장녀에 대한 걱정을 훌훌 털어 버린 표정이었다. 식은 시작도 안 했건만, 누가 제 딸의 결혼식이 아니랄까 봐 눈물을 펑펑 쏟고 있었다. 그의 퉁퉁한 배 위로 눈물이 떨어졌다. 황금정원 자작 부인이 남편의 흥건해진 배를 보고 깔깔 웃었다.

리카르디스는 하얀 예복을 입고 있었다. 결혼식에서 하얀색의 옷을 입을 수 있는 세 사람 중 한 사람이었다. 신랑과 신부, 그리고 신관.

두 사람의 영원한 맹세를 이델라브힘께 전달할 신관 역할은 리카르디스가 맡게 되었다. 그의 휘하에 있는 두 신하가 맺는 혼인인 만큼이나 리카르디스가 먼저 주례를 자처했다.

클로에는 좀 불만스러워했다. 신부가 주인공인 결혼식에 리카르디스가

213

더 예뻐서 눈에 띈다는 이유였다. 물론 리카르디스는 농담인 줄 알고 넘어갔다.

정오를 알리는 종이 공기를 진동시키며 오랫동안 귀에 머물렀다. 식이 시작할 때였다. 리카르디스는 자리에서 일어나 푸른 월계수 나무 한 그루가 심어진 호숫가로 발을 옮겼다. 라헤안시가 쪼르르 뒤따라와 그에게 성전을 건넸다.

"내 거 써, 형. 무려 대신관님의 성전이라고. 특별히 형에게만 빌려줄게."

그가 꼴 보기 싫을 정도로 으스댔다. 리카르디스는 받은 성전을 곧바로 라헤안시의 뒤에 서 있던 신관에게 돌려줬다.

"잇세리온, 내 것을."

"예, 전하."

어디서 도박하고 온 손으로 과자 기름 묻어 있는 성전을 건네주고 있는 건지. 두 사람의 앞날에 흙탕물을 끼얹고 싶어 작정한 게 아닌가 싶을 정도였다. 라헤안시는 축 처져 하객들 사이로 돌아갔다.

모두 호숫가로 모였다. 성에서부터 호수까지 하얀 천이 길을 인도하고 주위는 꽃으로 잔뜩 장식되어 있었다.

신부와 신랑이 손을 잡고 나올 때였다. 성의 문이 열렸다.

"……?"

쑥스러운 미소를 머금고 있을 신랑과 신부는 어디 갔는지, 날카로운 인상을 더욱 구기고 있는 로젤린만 보였다. 햇살에 눈이 부셔 찌푸리고 있는 것은 알겠지만, 순간적으로 움찔하게 되는 것은 어쩔 수 없었다. 리카르디스도 흠칫했을 정도였다.

로젤린의 손에는 바구니가 들려 있었다. 사람들은 그제야 그녀가 들러리 역할이라는 사실을 깨달았다. 보통은 친분이 있는 어린아이들이 귀엽게 차려입고 신부와 신랑이 가는 앞길에 꽃을 뿌렸다. 때문에, 이렇게 건장한 데다가 무표정한 들러리는 하객들로서도 최초였다.

로젤린의 코가 잠시 움찔거렸다. 리카르디스와 하얀밤 기사단원들만 눈치챘다. 먹고 싶은 걸 참고 있구나. 훌륭하다, 로젤린.

로젤린이 발걸음을 옮기며 꽃을 뿌렸다. 던지는 솜씨가 좋아 가벼운 꽃잎들이 사방으로 잘 흩어졌다. 그녀의 뒤로 새하얀 예복을 입은 신랑과 신부가 등장했다. 두 사람이 로젤린의 뒤를 따라 호수를 향해 걸었다.

클로에는 부드러운 미소를 띠고 있는 반면에 레이몬드는 긴장한 티가 역력했다. 덜덜 떨리는 다리로 인해 그의 예복이 마구 흔들렸다. 하얀밤 기사단원들은 웃지 않기 위해 필사적으로 허벅지를 꼬집고 입술을 꾹 깨물었다. 파르딕트는 어허헉 웃으면서 저 꼴을 보라며 비웃다가 나단에게 눈총을 받고는 곧 제 입을 단속했다.

잔잔한 음악이 흘렀다. 찬송가였다. 인간의 모든 생, 모든 일은 신이 주관하므로.

부서지는 햇살이 찬란하게 두 사람을 축복했다. 신부의 볼이 과일처럼 싱그러웠다. 레이몬드는 호수에 가까워질수록 표정을 일그러트리다가 종국에는 눈물을 펑펑 쏟았다. 8년 짝사랑, 4년 연애 기간의 결실이 눈앞에 보이니, 참을 수 없었던 것 같았다. 클로에는 아이고, 못살아. 하면서도 흐뭇한 미소를 띠고 제 예비 남편을 바라보았다.

콧물 줄줄 흘리며 우는 레이몬드의 모습을 본 파르딕트는 바닥에 엎어져서 울듯이 웃었다. 나단이 참지 못하고 그의 등을 매섭게 때렸다.

두 사람이 발을 멈춘 호숫가 옆에는 리쉬가 몇 송이 피어 있었다. 리카르디스가 고개를 끄덕이며 입을 열었다.

"일라베니아 제국력 589년, 달은 기울고 이델라브힘의 광휘가 떠올랐으니, 호수로 찾아온 두 사람을 축복할 때이다."

그의 말에 답하듯 레이몬드와 클로에가 잠시 눈을 감고 손을 모았다.

"그의 빛 아래에 한날한시. 언약을 맺고자 하는 자는 누구인가."

클로에가 싱긋 웃었다.

"이델라브힘의 딸. 일라베니아의 딸. 황금정원의 첫 번째 딸. 사람과 사람의 유대로써 황금의 꽃을 피우는 자. 클로에 일립소가 영원한 사랑을 찾아왔습니다."

레이몬드는 아직 코를 훌쩍이고 있었다. 붉어진 눈가를 쓸던 레이몬드가 씩씩하게 입을 열었다.

"이델라브힘의 아들. 일라베니아의 아들. 큰뿔산양의 두 번째 아들. 위대한 안디 산맥의 절벽을 건너뛰는 용맹함을 지닌 갈색 산양. 레이몬드 안디가 영원한 사랑을 맺고자 합니다."

스스스, 바람이 불어 월계수의 잎을 스쳤다. 호수가 푸른 하늘과 두 사람의 모습을 담았다.

* * *

로젤린은 처음 본 결혼식에 한시도 눈을 떼지 못했다. 호수에 들어간 두 사람이 서로 언약문을 주고받고, 마지막에 리카르디스의 성력이 두 사람을 비췄다.

호수의 표면에는 태양과 리카르디스의 성력이 아른아른하게 겹치며 마치 두 개의 태양이 하나가 되는 듯한 광경이 그려졌다. 아무것도 모르는 그녀가 봐도 어딘가 엄숙하고 마음속에 깃드는 무언가가 있었다. 황금정원 자작은 위험할 정도로 울다가, 부인이 건네주는 초콜릿을 먹었다.

짧은 예식이 끝났다.

흠뻑 젖었던 클로에와 레이몬드는 웨딩드레스와 정장으로 갈아입었다. 잔잔한 찬송가도 축제에서 들릴 법한 신나는 음률로 바뀌었다. 두 사람의 언약을 지켜볼 때의 조용하게 가라앉은 분위기는 어디 가기라도 한 듯이 모두 본격적으로 술을 마시고 떠들었다.

하얀밤 기사단원들이 폭탄주를 제조해서 레이몬드에게 다가갔다. 짓궂은 표정의 기사들은 그에게 채 다가가기도 전에 새신부에게 막혔다.

"어머. 세상에. 우리 허니버터캔디가 들어가서 헤엄쳐도 될 만한 어마어마한 양이네요."

기사들이 거북한 표정을 지었다. 레이몬드의 애칭이 허니버터캔디라는 것은 알고 싶은 정보가 아니었다.

"그리고 보니 고래무덤의 남자들은 대단한 말술이라지요. 찔끔찔끔 마시는 치졸한 짓은 안 한다고."

"잘 아시는군요, 부인! 고래무덤의 남자들은 정말 고래처럼 들이마시지요!"

파르딕트가 껄껄 웃었다. 클로에는 반짝이는 눈으로 올려다보며 수줍게 웃었다.

"보고 싶네요."

"예?"

"고래처럼 마신다면서요? 보고 싶어요. 제가 고래는 본 적이 없어서."

어라. 뭔가 좀 이상한데. 그렇게 생각했으나 파르딕트는 자신이 들고 온 폭탄주를 단숨에 들이켜야만 했다. 새신부가 보고 싶다는데, 싫다고 할 수는 없는 노릇 아닌가. 독주가 많이 들어가 있었던 탓에, 파르딕트는 결혼식이 끝날 때까지 어느 구석에 쓰러져 있어야 했다. 음식에 정신이 팔려 있던 로젤린이 밟고 지나가도 일어나지 못했다.

하객들은 결혼식의 유물 같은 새신랑 괴롭히기를 할 수 없었다. 웃는 얼굴 뒤로 무시 못 할 압력을 내뿜는 다람쥐 같은 새신부 때문이었다. 허니버터캔디는 우유푸딩 옆에 찰싹 달라붙어 떨어지지 않았다.

"레이몬드."

"전하!"

요즘 통 볼 수 없던 얼굴이었다. 레이몬드는 디에즈를 보고 반색했다. 주위의 시선은 그다지 곱지 못했다. 디에즈가 리카르디스에게 반하는 여러 세력과 얽혀 있음을 다들 알고 있기 때문이었다. 물론 레이몬드도 하얀밤 기사단의 부단장 부관으로서, 모든 정보를 공유하고 있었다.

디에즈가 단독으로 하카브와 접선을 했다는 정보를 들은 순간부터, 레이몬드는 완벽하게 그를 적으로 인식했다. 수년 동안 그래 왔듯이 환한 미소를 보인 것은 실수에 가까운 일이었다. 등을 돌렸다 하더라도 오랜 친구를 보니 반가움이 앞섰다. 레이몬드는 이리저리 휩쓸리는 제 어수룩함이 씁쓸해, 어색하게 웃었다.

"진심으로 축하합니다. 결혼."

"바쁘실 텐데 와 주셔서 감사합니다."

"무슨 말을 그렇게 섭섭하게 합니까."

디에즈가 멀리서 하객들과 얘기를 나누는 클로에를 한번 보더니 다시 레이몬드에게 시선을 옮겼다.

"오랜 염원 아니었습니까. 앞으로 행복만 가득하길 이델라브힘께 간절히 빌겠습니다."

디에즈는 두 손으로 레이몬드의 손을 꽉 붙잡았다. 손길이 따스했다. 금색 눈동자는 반짝거리고 미소는 녹아내릴 듯 부드러웠다. 오랜 친우의 경사를 진심으로 기뻐하는 얼굴이었다. 레이몬드는 가슴이 울렁거리는 기분을 느꼈다. 입가가 어색하게 떨리는 것 같아 신경 쓰였다. 그는 우헤헤 소리를 내며 바보처럼 웃었다.

"그렇습니다. 내 오랜 염원! 진짜 행복해서 죽을 것 같네요."

"벌써 죽으면 어떻게 합니까. 오늘 밤까지는 살아 있어야죠."

디에즈가 천사 같은 얼굴로 엉큼한 농담을 했다. 레이몬드는 그의 옆구리를 제 팔꿈치로 쿡 찌르면서 피식피식 웃었다. 디에즈는 갈비뼈가 부러진 것 같다며 황족 상해죄로 체포하겠다고 정색했다. 가엾게 여겨서 오늘 밤은 넘기게 해 준단다. 두 남자가 되지도 않는 농담을 하면서 낄낄거렸다.

이 평화는 한때에 불과했다. 폭풍이 오기 전야. 그 고요함이 영원히 지속되지 않으리란 것은 이미 모두 알고 있었다. 정세가 흐르며 격류와 같은 것이 몰아치기 시작했다. 이 자리에 있는 모두가 느끼고 있을 것이다. 디에즈 또한.

레이몬드는 직감했다. 가까운 미래에 자신과 디에즈가 함께 있다면, 그 장소가 어디건 간에 필히 전장이라는 말이 어울리는 분위기이리라고.

레이몬드가 디에즈를 와락 안았다. 디에즈는 놀란 듯 잠시 눈을 크게 떴으나 이내 잔잔한 미소를 입에 걸었다. 레이몬드는 그를 숨 막힐 정도로 꾹 안았다.

이, 바보야. 정신 똑바로 차리고 살아! 하고 등을 후려칠 수 있는 때로부터는 너무 멀어졌기 때문에.

* * *

사나운 눈초리들이 주위를 배회했다. 칼릭스는 심드렁한 표정으로 한입 크기의 음식을 집어 먹었다. 사람들의 시선이 더욱 날카로워졌다. 붉은수레바퀴의 입에 들어가는 것은 진흙도 아깝다고 생각하는 것 같았다.

칼릭스는 가장 끈질긴 눈빛을 보내는 젊은 귀족을 향해 고개를 돌렸다. 시선이 딱 마주쳤다. 바다협곡 백작의 삼남인가 사남인가 하는 자였다. 남자는 일순 움찔했으나 주위에 있는 사람들 대다수가 제 편이라는 것을 깨닫고 가슴을 폈다.

칼릭스는 입 안에 있는 음식을 씹으며, 눈 하나 깜박이지 않고 그를 바라보았다. 그 사납고 집요한 시선에 남자가 황급히 고개를 돌렸다.

'끈기 없기는.'

칼릭스는 지나가던 시종의 트레이에서 잔을 집었다. 서늘한 온도가 느껴졌다. 유리잔 하나까지 차갑게 해 두는 세심함이 돋보였다. 물 자국 하나 없는 표면에 수많은 사람들이 비쳤다. 인상을 찌푸리고 있는 남자들의 얼굴이 차가운 온도에 녹아들었다. 칼릭스는 태연하게 그것을 목구멍으로 넘겼다.

월장석 성에 발을 들였을 때부터 감당해야 하는 문제들이었다. 큰뿔산양과 황금정원의 행사였으니, 당연히 하객의 98퍼센트는 2황자파였다. 중립도 간간이 보였으나 1황자파에 속하는 가문은 자신뿐이었다.

"우리 로젤린……."

옆에 있는 자그마한 여자가 우는 시늉을 했다.

"동생이 친구가 없는 걸 알고 있을까?"

"오늘은 시비 안 걸기로 하시지 않았습니까?"

짙은 갈색 머리를 예쁘게 틀어 올린 마카롱이 눈을 크게 뜨고 깜박였다.

"이건 시비가 아니라 진실인걸……?"

약속을 지킬 마음이 전혀 없다는 것쯤은 대충 알 수 있었다. 칼릭스는 나오는 한숨을 와인과 함께 넘겼다.

오늘 아침, 칼릭스는 결혼식에 갈 준비로 분주했다. 레이몬드로부터 받은 초대장 때문이었다.

『'우리가 그런 사이는 아니지 않나?'라고 생각하고 있을, 아, 그냥 의례적으로 보낸 거겠거니 하며 건조하게 초대장을 무시하고 있을, 한때는 내 수습 기사였던 로젤린의 동생, 칼릭스 경을 진심을 담아 초대합니다.』

라는 구구절절한 장문으로 수신인란이 꽉 차 있었다. 때마침 마카롱이 맞은편 소파에서 뒹굴거리고 있었던 터라, 청첩장의 내용을 읽어 줬더니 덜컥 자신도 가겠다는 무서운 말을 내뱉었다. 칼릭스는 경악 어린 표정으로 편지를 바닥에 내팽개치며,

[싫습니다.]

라고 했지만 물론 통할 리 없었다.

밖에서는 누구에게도 시비 걸지 말기, 존댓말 하기 등. 여러 가지를 약속하고 데리고 왔으나 10분도 채 지나지 않아 이 상황이었다. 차라리 쥐나 독수리 모습이면 편할 텐데 그마저도 싫단다. 요즘 마카롱이 빈번하게 인간 모습으로 출몰하는 것과 같은 이유인가 추측만 했다.

왜 요즘따라 인간형으로 많이 다니십니까? 칼릭스의 물음에, 마카롱은 글쎄, 하고는 이상하게 웃었다. 눈썹은 찌푸려져 있고 입꼬리만 올라가 있어 기분이 좋은 건지 나쁜 건지 분간이 가지 않는, 인간 같은 표정이었다.

회상은 짧았다. 칼릭스는 잔 밑에 찰랑거리는 와인을 마저 삼켰다. 마카롱이 자신의 둥그런 뺨에 가느다란 손을 가져다 대며 고개를 기울였다.

"자기 동생이 친구가 없는 헛헛한 마음을 술로 채우는 것을 로젤린은 알고 있을까⋯⋯?"

짜증 난다. 칼릭스가 부루퉁한 얼굴을 하니 주위의 시선이 한층 나빠졌다. 저, 저. 이 경삿날에 저 표정 좀 보라지! 소곤거리는 소리가 주위의 소음에 묻히지 않고 고스란히 전달되었다. 누구 들으라는 듯 쩌렁쩌렁한 목소리였다. 아까 칼릭스가 살짝 웃었을 때는 "웃어?" 하고 정색했던 사람이었다. 뭐, 대체 어쩌라는 건지.

가끔은 되지도 않는 수작질을 거는 사람도 있었다. 어깨를 부딪친다든가, 와인을 뿌린다든가 하는 식의 상투적인 괴롭힘들. 하지만 대부분 시도에만 그쳤다.

칼릭스에게 다가오던 많은 남자들이 그의 얼굴을 보고 그대로 지나쳤다. 굵직굵직한 선을 가진 붉은수레바퀴 백작보다야 날렵하지만, 그의 이목구비를 빼다 박은 탓이었다.

태평한 한낮의 결혼식을 노을 지는 전쟁터로 만드는 사나운 눈매였다. 꽉 다물린 입술과 서늘한 표정이 쉽게 다가갈 수 없는 분위기를 만들어 냈다. 칼릭스는 제 외모의 효용성을 잘 알기에, 숱한 적의 속에서도 여유롭게 돌아다녔다.

'호오⋯⋯.'

마카롱이 속으로 감탄했다. 그 로젤린의 동생인 데다가 제 누이를 대하는 태도가 흐물흐물해서 맹탕인 줄 알았더니, 다른 사람들에게는 제대로 딱딱하다. 마카롱은 음식을 집어 먹고는 손에 묻은 소스를 날름 핥았다. 칼릭

221

스는 익숙하다는 듯 손수건을 꺼내어 그녀의 손을 닦았다.

"칼릭스. 나, 간다."

"예. 예? 어디를!"

목소리가 다급했다. 사고 치려는 로젤린을 만류하는 목소리였다. 이 자식이 날 뭐로 보고. 마카롱은 조금 울컥했다.

"성 구경."

"새삼스럽게요? 매일 보시잖습니까."

"인간 모습으로는 처음이라."

칼릭스는 곧은 눈썹을 일그러트렸다. 그것에 무슨 의미가 있는가? 하지만 그 의문을 입 밖으로 내뱉지는 않았다.

"잠깐만 기다려 보세요."

"뭐."

"이거 들고 가세요."

칼릭스가 제 손에서 주섬주섬 반지를 빼냈다. 붉은수레바퀴 가문의 문양이 새겨져 있는 반지였다.

"이거 중요한 거잖아. 후계자 반지 아냐?"

"혹시 사고를 치거나, 사람을 치면 이것을 보여 주시면 됩니다."

"오, 다 처리해 줄 거야?"

"대신 뭐든 치기 전에 이걸 보고 좀 참으세요."

"그게 본론이겠구만."

"노력이 가상해 보이지 않습니까?"

마카롱이 피식 웃고 칼릭스의 손에서 반지를 받아들였다. 귀여운 맛이 있는 놈이었다.

"누가 괴롭히면 울면서 이 누나를 찾아와라. 놈을 반으로 갈라 주지."

"…가세요……."

"가로로도 가능하고 세로도 가능하다."

"아, 좀 가시라고."

이 자식이? 마카롱이 칼릭스의 발을 세게 밟았다. 칼릭스는 잠시 무릎을 꿇은 채 발을 붙잡고 있어야 했다. 마카롱은 사뿐사뿐한 걸음으로 사라졌다.

* * *

마카롱은 길에서 벗어나 풀숲을 통해 이동했다. 독수리의 모습으로 황성을 전체적으로 둘러봤기에 구조는 어느 정도 파악하고 있었다.

무성하게 자란 풀숲이 마카롱이 입은 드레스를 붙잡았다. 마카롱은 거친 손놀림으로 옷자락을 잡아챘다. 밑단의 레이스가 투둑 뜯겨 나갔다. 몇 걸음도 못 가서 머리카락이 나뭇가지에 걸렸다. 마카롱은 머리에 열이 오르는 것을 느꼈다. 하지만 인간 모습으로 있는 이상 감내해야 하는 문제였다.

땋아 올린 머리는 풀린 지 오래고, 드레스 밑자락에는 풀물이 들었다. 칼릭스가 보면 한 소리 할 몰골이었다.

마카롱은 풀숲에서 벗어나기로 결심했다. 그대로 계속 갔다가는 신전에 도착할 무렵에는 거지꼴이 되어 있으리라. 얼마 걷다 보니 정돈된 거리가 보였다. 마카롱은 무성하게 자란 잎사귀들을 헤치고 깔끔하게 정리된 길에 발을 디뎠다.

"……."

그리고 고개를 들어 올린 순간 눈이 딱 마주쳤다. 마침 말을 타고 가던 남자와.

타는 듯한 붉은 머리. 관록이 느껴지는 흉터를 손 여기저기 달고 있으나 결코 흉악해 보이지 않는 외모를 가진 남자!

고양이 미미의 호감을 한 몸에 받는 미중년. 하얀밤 기사단의 단장, 스타스였다.

그는 레이몬드의 결혼식에 짧게 얼굴을 비친 후, 이런저런 일을 처리하고 다니는 중이었다. 급한 일은 있으나, 그렇다고 그게 이런 수상한 여자를 무시할 만한 이유는 되지 못했다. 스타스가 풀숲에서 막 튀어나온 초췌한 꼴의 여자를 뚫어져라 주시했다.

마카롱은 어색하게 웃었다. 스타스의 눈썹이 눈과 가까이 붙었다. 완전 의심하고 있었다.

젠장, 고양이 미미라면 서류를 찢어도 애교 한 번으로 넘길 수 있을 텐데. 기사단장 스타스는 인간들에게는 가차 없는 자였다. 마카롱은 어정쩡하게 풀숲에 걸쳐 두었던 한쪽 다리를 마저 넘어오게 했다.

그녀가 태연한 손놀림으로 드레스와 머리에 붙은 풀잎을 제거하는 중에도 스타스의 시선은 떨어질 줄을 몰랐다. 아, 상당히 집요하다. 고양이 미미한테 뽀뽀해 달라고 끈덕지게 조를 때부터 알아봤어야 하는 건데.

마카롱은 생글 웃으며 드레스 자락을 잡고 무릎을 살짝 굽혀 인사했다.

"하얀밤 기사단의 단장님이시지요? 아까 결혼식에서 멀리서나마 뵈었답니다."

"레이몬드 경의 결혼식에 참석하셨소?"

무게 잡아 봤자 고양이 미미의 집사일 뿐. 마카롱은 속으로 흥, 코웃음 쳤다.

"어머, 실례했어요. 부족하지만 붉은수레바퀴의 칼릭스 님께서 파트너 자리를 내어 주셨답니다."

"……칼릭스 경과는?"

"붉은수레바퀴의 저택에서 칼릭스 도련님의 일을 돕고 있습니다."

하녀라는 얘기였다. 파트너로 하녀를 대동하는 것은 흔한 일이 아니었다. 하지만 칼릭스가 워낙 여자를 가까이하지 않다 보니 아주 이상한 일만은 아니라고 생각되었다. 그러고 보니 보지는 못했지만, 붉은수레바퀴의 칼릭스가 여자 파트너와 같이 결혼식에 왔다는 얘기는 건너 들었다. 스타스가 수긍하는 기색을 보이자 마카롱이 잽싸게 품에서 무언가를 꺼냈다.

"제가 혹여 실례하거든, 이것을 보여 드리라고 칼릭스 도련님께서 말씀하셨습니다."

붉은수레바퀴 가문의 문양이 그려져 있는 반지였다. 직계 가족들만 지닐 자격이 있는 물건이라, 아무에게나 넘기지 않았을 것이다. 총애받는 하녀인지도 몰랐다.

"나이가 드니 의심만 느는군. 미안하게 되었소."

"아니에요. 번거롭게 해 드려 죄송할 뿐입니다."

"그런데 왜 풀숲을……."

마카롱이 민망하다는 듯 웃었다.

"대신전에 가 보려 했습니다만, 워낙 넓은 터라 길을 잘 몰라……."

스타스는 고개를 끄덕였다.

'이델라브힘의 열렬한 신자인가…….'

마카롱은 스타스가 잠시 딴생각을 하는 사이 인상을 찌푸리고 그를 노려보았다. 거 되게 꼬치꼬치 캐묻네…… 이제 의심이 풀렸으면 가 봐라, 예쁜이.

"그랬군."

"그랬답니다. 그럼 저는 이만……."

"길을 모르지 않소. 데려다 드리리다."

마카롱은 식은땀을 흘렸다.

"어머, 말씀은 감사하지만 제가 어찌 기사단장님의 일정에 끼어드는 무례를 범하겠어요."

"마침 일이 끝나 돌아가던 참이었으니, 거절하지 않아도 되오."

스타스는 허허 웃으며 말 아래로 내려왔다. 그가 은은한 미소를 짓고는 손을 내밀었다.

"손을."

마카롱은 제 말이 다 무시당했다는 것을 깨달았다. 그래, 이 남자 이런 남자였지. 고양이 미미에게도 기어코 프릴 달린 옷을 입히고야 말던……

"배려에 감사드립니다."

마카롱은 스타스의 손을 잡고 발걸이를 구두로 밟았다.

"실례."

곧 허리를 감싸는 손길이 느껴졌다. 몸이 순식간에 위로 쑥 들렸다. 스타스는 마른 짚단 인형 들듯이 마카롱을 들어 안장 위에 앉혔다. 그리고 자신도 날랜 몸놀림으로 마카롱의 뒤에 가볍게 안착했다. 마카롱은 포기했다. 그래. 햇살도 좋으니 잘생긴 남자랑 데이트나 하지, 뭐.

스타스가 가볍게 발로 신호하자 말이 걷기 시작했다. 마카롱이 와아 소리를 냈다. 손 한번 휘두르면 죽어 버릴 동물이 든든하게 느껴졌다. 인간의 형태로 말을 탄 것은 처음이다 보니 신기했다. 그녀가 즐거워하는 모습에 스타스가 흐뭇하게 웃었다. 참 천진난만한 아가씨로군.

"그러고 보니, 이름을 듣지 못했군."

"어머, 제가 말씀을 안 드렸던가요?"

마카롱은 살짝 그를 올려다보았다. 그녀의 입가에 의미심장한 미소가 걸렸다.

"미미라고 불러 주세요."

남자의 눈동자가 커졌다. 마카롱은 속으로 깔깔 웃었다.

"……아버지께서 미미라는 이름을…… 지어 주신 건가……?"

스타스는 이 아가씨의 이름이 제 고양이와 똑같다는 사실도 놀라웠지만, 대체 어떤 이상한 부모가 애완동물 내지는 어린아이의 인형 같은 이름을 딸에게 붙였는가에 대해서도 놀라움을 감추지 못했다.

마카롱은 호호 웃었다.

"설마요."

농담이었나?

"어머니께서 지어 주셨죠."

"음……."

스타스가 깊게 침음했다. 아버지가 어머니로 바뀌었지만 큰 차이를 못 느꼈다.

"그리고 미미는 별명이에요. 본명은 미레이미. 줄여서 미미랍니다."

"그것참…… 대단히……."

이상한걸…… 스타스는 뒷말을 삼켰다.

"대단히 귀엽지요?"

"그건 그렇군…… 대단히 귀여운 이름이지."

스타스가 떨떠름한 얼굴로 고개를 끄덕였다. 스타스의 거대한 밤색 말이 투레질했다. 마카롱은 꺅, 하는 소리와 함께 스타스의 가슴에 바짝 붙었다. 스타스가 하하 웃으며 마카롱의 어깨를 도닥였다.

마카롱은 스타스가 자신을 '이 나이대의 아가씨들은 참 풋풋하군.' 하고 조카를 보는 시선으로 보고 있다는 것을 깨달았다. 그 풋풋한 아가씨, 마카롱은 '참 귀여운 인간이야. 가슴이 탄탄하군.' 따위의 생각을 했지만, 그는 알지 못했다.

다그닥, 다그닥. 느리지도 빠르지도 않은 말발굽 소리가 20분 정도 울렸을 때였을까. 거대한 건물이 보이기 시작했다. 쏟아지는 햇살 아래 장엄한 하얀색 건물이 빛나고 있었다. 마카롱은 잠시 숨을 멈추고 바라보았다.

무소불위의 권력을 휘두르는 황제의 방패이자, 수족. 권력의 근원이며 권좌의 역사를 쌓아 온 모든 일의 시작점. 대신전이었다.

스타스는 친절하게도 자질구레한 수속까지 처리해 줬다. 일라베니아 전역에 위치한 평범한 신전과 달리 대신전은 평민의 출입을 금지하고 있었다. 마카롱은 더럽게 치사하다고 생각했지만, 어찌 되었건 붉은수레바퀴 백작가의 반지를 가지고 있기도 했거니와 하얀밤 기사단의 단장이 데려온 손님이니만큼 대신전의 신관도 그녀를 환영했다.

스타스는 미레이미 양을 잘 안내해 달라고 수습 신관에게 부탁했다. 마카롱은 다시 "미미라고 불러 주세요."라고 했으나 스타스는 못 들은 척했다. 그는 그녀에게 마지막 인사를 하고 급하게 말을 재촉했다. 일이 끝나서 돌아가는 길이라더니 무척 바빠 보였다.

떠나는 스타스의 뒷모습을 바라보던 마카롱은 시선을 돌려 주위를 둘러보았다. 어딜 보아도 순수한 하얀색뿐. 공간은 저가 가진 크기보다 훨씬 넓어 보였다. 비어 보이고, 서늘했다.

눈을 천천히 깜박이던 여자가 순식간에 표정을 바꿨다. 옆에 있는 수습 신관이 방문자의 달라진 분위기에 잠시 흠칫 몸을 떨었다.

"방문을 환영합니다."

"환대에 감사드려요."

표정이 무뚝뚝한 것에 비해 예의범절은 훌륭했다. 풀물이 들어 있는 드레스 자락이 신경 쓰였으나, 신관은 앞장서서 안내했다.

마카롱은 신관을 뒤따라 걸으며 천천히 주위를 둘러보았다. 높은 천장, 거대한 기둥. 빼곡하게 새하얀 색으로 채워진 공간은 화려하게 꾸며져 있음에도 불구하고 경박해 보이지 않았다. 그저 감탄이 나올 정도로 아름다울 뿐이었다.

천장에 가까운 곳에 줄지어 있는 석상들이 마카롱을 빤히 내려다보고 있었다. 저 자애롭고 위엄 어린 모습. 독수리로 이 공간에 들어왔다면 이런 감상을 느끼지 못했을 것이라고 그녀는 생각했다.

바닥에 발을 딱 붙여 사는 두 발 동물의 눈높이에서만 느낄 수 있는, 정말 신이라도 올려다보는 듯한 이 압박감……

익숙하다.

단순한 기시감이라고 보기에는 선명했다. 마카롱의 눈이 뚜렷하게 너른 공간을 훑었다.

[칼릭스. 나, 간다.]

[예. 예? 어디를!]

[성 구경.]

[새삼스럽게요? 매일 보시잖습니까.]

[인간 모습으로는 처음이라.]

문득 칼릭스와의 대화가 떠올랐다. 눈썹을 일그러트리던 그의 얼굴. 인간 모습으로 처음이라? 그것이 당신에게 무슨 의미라도 있는지 묻는 듯했나. 마카롱은 피식 웃었다. 물었다면 '그렇다'고 기꺼이 대답해 줬을 것이다.

과거에도 종종 인간의 모습을 뒤집어쓰고 있을 때가 있었으나 그때와 달랐다. 단순한 흉내 내기가 아닌, 잠자고 있던 세포가 하나하나 깨어나 감각을 채우는 듯했다. 살아 있는 인간을 먹은 적도 없건만. 무엇이 달라진 것일까? 그 몇 번의 의문 끝에 마카롱은 스스로 답을 찾아내었다.

처음으로 꿈을 꾸었다. 인간의 모습이 특별해지게 된 것은 그때부터였노라, 마카롱은 깨달았다.

꿈속에서의 자신은 인간이었다. 비쩍 곯은 팔다리로 어둑한 풀숲을 달리고 있었다. 살과 피로 이루어진 여타 동물들과 달리 마카롱은 물질에서 온전히 멀어질 수 있는 몸이었다. 또한, 마음만 먹는다면 탄력 있는 근육을 가진 강한 동물의 모습으로 변할 수 있었다. 그래서 더욱 괴리감이 들었다.

꿈속에서의 바싹 마른 팔다리는 생김새와 달리 묵직했다. 마치 무거운 돌덩이를 꽉 매어 놓은 듯 무겁고 물속에서 움직이듯 느리고 부자연스러웠다. 흐느적거리며 나아가지 않았다.

그 한 줌도 되지 않는 가느다란 기관을 지탱할 만한 최소한의 힘조차 없었음이 분명했다. 달리는 도중 몇 번이고 넘어졌다. 턱 끝까지 숨이 차올라 숨 쉬기 버거웠다. 목 끝에 단 숨과 피 맛이 진득하게 느껴졌다.

그 악몽 속에서 마카롱은 하얀색의 거대한 건물을 보았다. 그곳에서 벗어나려 했다. 일라베니아 황성을 봤을 때와 마찬가지로 보기만 해도 기분이 역해진다는 공통점이 있으나 생김새가 달랐다.

그곳이 어딜까 막연하게 추측만 하던 중, 오늘 도박판에서 어느 남자를 보고 알게 되었다. 들고 있던 전 재산은 물론이고 목걸이와 귀걸이까지 자신에게 털린, 개털 같은 연분홍색 머리를 가지고 있던 남자.

제 이름을 도박왕 라헤라고 부르라 했다. 잘은 모르겠지만 고위 귀족이 아닐까 생각했다. 도박왕 라헤를 따라왔던 두 명의 남자는 연패하는 그가 부끄러웠는지, 양산으로 가리며 도박왕 라헤의 모습을 외부로부터 차단하고자 했다.

그때 마카롱은 양산에 그려진 어떤 문양을 보게 되었다. 꿈에서 본 건물에 새겨져 있던 것과 같았다.

[도박왕 라헤 님.]

[네, 독수리 기사님.]

[뒤에 계신 분들의 양산에…….]

도박왕 라헤는 뒤를 돌아보고 아차 했다. 양산에 떡하니 문양이 그려져 있었다. 심지어는 위아래 양옆, 네 개씩이나.

[아이고, 답답하게, 이 사람들아. 그걸 고대로 들고 오면 어떻게 하나! 신전에서 나왔다고 차라리 소리를 지르시게들!]

방귀 뀐 놈이 성낸다고, 남자 두 명이 싸늘한 눈으로 도박왕 라헤를 바라보았다. 도박왕 라헤는 뭔가 찔리는 게 있는지 입을 합 다물었다. 앞에서 난리가 났건 어쨌건. 마카롱은 도박왕 라헤가 내뱉은 말을 되새길 뿐이었다.

신전? 꿈속에서 본 것은 황실의 성이 아니라, 신전이었나.

바로 이곳.

마카롱은 어린 수습 신관의 뒤를 따라갔다. 여기는 기도실, 이곳에는 이델라브힘의 동상이 있으며…… 소녀가 조잘조잘 얘기하는 내용은 의미 없이 마카롱을 스쳐 지나갔다. 마카롱은 걸음을 멈추지 않고 신전 여기저기를 눈에 담았다.

수습 신관은 대신전을 처음 방문하는 사람들과 똑같은 반응을 보이는 그녀를 보고 남몰래 웃었다. 눈을 떼지 못하고, 놀라워한다. 하지만 그들이 놀라는 모습이 이해가 가지 않는 것은 아니었다. 어찌 보면 황실의 성보다도 더욱 웅장하게 느껴질 것이다. 신전이라는 공간이 주는 특수성까지 더해진 덕이었으나, 화려하고 아름답다는 것은 누구도 부정 못 할 사실이었다.

수습 신관은 한층 더 밝은 목소리로 방문자를 안내했다.

뎅-

종이 울렸다.

기도 시간을 알리는 소리였다. 종이 느릿하게 움직이며 웅장한 소리를 공간에 가득 퍼트렸다. 신전 내부를 울림통으로 삼아 종소리는 노래처럼 흘렀다. 수습 신관은 더욱 뿌듯해졌다. 대신전을 방문하는 사람들은 내부에서 종소리를 듣고 더욱 놀라고는 했다. 밖에서 듣는 것과는 하늘과 땅 차이였다.

높은 곳에서 울리는 종소리는 뚫려 있는 공간을 통해 대신전 내부로 들어오고, 바람 소리와 함께 동그란 공간을 웅웅 울렸다. 천상의 노랫소리가 이러할까 싶다며 다들 말하곤 했다. 마음을 평화롭게 다스리는 소리였다.

"운이 좋으시군요. 때를 맞추지 않으면 듣기 힘든 것인데…… 정말 아름답지 않습니까? 가끔 감격에 겨워 눈물을 흘리시는 분들도 있으시지요."

두 손을 모은 소녀가 뒤를 돌아봤다. 이 벅찬 마음을 방문자와 공유하고 싶었다.

"미레이미 님?"

신관은 당황했다. 여자가 울고 있었다. 커다란 회색 눈동자에서 차가운 눈물이 끝없이 떨어졌다. 눈썹은 잔뜩 일그러져 있고 입으로는 가쁜 숨을 내뱉었다. 방문자는 공간에 잔류한 소리를 눈으로 좇듯 넓은 공간에서 시선을 떼지 못했다. 턱 아래로 눈물이 뚝뚝 떨어졌다. 물기 젖은 눈동자에 아름다운 대신전의 풍경이 비쳤다.

"저, 정말."

그녀는 눈을 꾹 감았다. 화난 아이가 문을 닫듯, 거칠게 짓눌렀다. 그 사이로 나오는 게 피가 아니라 눈물인 것이 이상하게 느껴질 지경이었다. 소녀는 허둥지둥 품에서 손수건을 꺼냈다.

"아름다운 소리네요."

비틀거리던 마카롱이 하얀 대리석 위에 풀썩 주저앉았다. 서 있을 힘조차 잃어버린 것 같았다.

"꿈결에서 들은 것만 같은……."

마카롱은 제 드레스 자락에 얼굴을 묻으며 숨을 몰아쉬었다. 눈물이 끝없이 그녀의 손등 위로 떨어져 내렸다.

신관은 자신의 예상보다 더 감격스러워하는 방문자의 모습에 크게 당황했다. 눈알만 도르륵 굴리던 신관은 얼마 후 자리에서 벗어났다. 대신전을 방문한 손님이 감동의 여운을 충분히 느낄 수 있도록 배려한 것이었다.

소녀는 멀어지면서도 마카롱을 흘끗흘끗 뒤돌아보았다. 하지만 그녀는 석상처럼 움직이지 않고, 가만히 그 자세로 울고 있을 뿐이었다.

텅 빈 공간이 조용했다. 마카롱은 천천히 일어나 비척거리며 구석으로 몸을 피했다. 눈가에 덧칠해 놓았던 화장이 짙게 흘러내렸다.

쾅!

새하얀 벽을 강타한 손이 파르르 떨리고 있었다. 여린 손등 위로 뼈가 날카롭게 서며, 핏줄이 불뚝불뚝 올라왔다.

종소리가 이명처럼 들러붙었다. 신전 내부를 가득 채우던 소리는 공간을 빠져나간 지 오래였으나, 마카롱의 머릿속에서는 여전히 요란하게 울리는 중이었다. 뎅, 뎅, 뎅. 세 번의 종소리가 수없이, 끝없이, 꿈과 현실의 경계를 깨 버리기라도 하는 듯.

사나운 충동이 가득 차오르는 것은 순식간이었다. 오랜 꿈에서 도망쳤던 공간에 발을 들이니, 보다 뚜렷한 분노가 막연한 두려움을 짓눌렀다.

속에서 뜨겁고 날카로운 것들이 치밀어 올랐다. 몸 안의 근육 하나하나가 당장에라도 터질 듯 수축했다. 견고한 벽에 그녀의 손톱이 하나둘 박혔다. 툭, 투둑…… 벽에 거미줄처럼 균열이 가기 시작했다.

마카롱은 꺾이는 복도 저 너머에서 들려오는 인기척에 숙였던 고개를 천천히 들어 올렸다. 어린 수습 신관들이 기도 시간에 맞춰 이동하는 소리였다.

그녀의 손에 날카로운 손톱이 돋아났다. 관자놀이와 목에 핏줄이 섰다. 눈빛은 흐릿해지며 기이한 안광이 떠올랐다. 하얀 피부는 점점 짙고 질겨지며 두터워졌다. 손이 전부 짐승의 가죽으로 뒤덮였을 무렵에는 사람의 머리만 한 크기로 커져 있었다.

거칠게 호흡하는 마카롱의 입가에서 침이 주르륵 흘러내렸다. 사냥감을 노리는 맹수들과는 판이했다. 자세를 낮추고, 숨과 기척을 죽여야만 사냥의 성공률이 높아진다는 사실을 알고 있으나 제어가 되지 않았다. 마치 마수라도 되어 버린 것 같았다.

머릿속에서 경종이 마구 울렸다. 죽여, 죽여! 눈앞에 있는 모든 것을 죽여 버려! 목소리가 익숙했다. 자신의 것이었다. 떨쳐 내 보려 머리를 흔들었지만, 머릿속과 손끝 발끝까지 가득 들어찬 저주 같은 언어들은 사라질 기미가 보이지 않았다.

마카롱은 벽에 붙어 기다렸다. 저들의 머리를 잘라 내면 이 고통에서 해방이 될까. 그녀는 제 몸을 벅벅 긁었다. 할퀴는 것에 가까웠다. 목이며 가슴이며 얼굴이며. 가리지 않았다. 피부 아래 그녀의 몸을 활활 태우는 분노가 끝없이 돌아다녔다. 괴로웠다.

부산스러운 움직임에 옷매무새가 흐트러지기 시작했다. 그녀의 손톱에 치맛자락이 걸렸다. 둔탁한 송곳니처럼 생긴 손톱은 천 조각을 거칠게 찢어 발겼다. 옷자락 안쪽에 숨겨 놓았던 주머니가 바닥으로 떨어졌다.

땡그랑, 땡그랑! 수십 개의 금화가 쏟아졌다. 도박왕 라헤와 큰뿔돼지 장남으로부터 얻어 낸 금화가 대리석 바닥에 부딪히며 영롱한 소리를 냈다. 햇빛에 반사되는 금화는 사방으로 흩어졌다. 반짝반짝, 벽을 장식하는 빛무리가 찬란하게 공간을 메웠다.

탁.

그때, 금화가 떨어지는 맑고 높은 소리를 뚫고 둔탁한 음이 들려왔다. 마카롱은 멍하니 제 발치를 바라보았다. 수수한 은색 반지가 떨어져 있었다. 붉은수레바퀴 가문의 문양이 섬세하게 조각되어 있는 반지였다.

마카롱은 떨리는 손으로 그것을 집어 들었다. 짐승의 것과 흡사했던 손은 어느새 다시 그녀의 외관에 어울리는 생김새가 되어 있었다. 평범한 인간의 피부에 닿는 금속의 감촉이 차가웠다. 그 온도가 마카롱을 서서히 식혔다.

"아, 진짜?"

어린 수습 신관들이 나누는 대화 소리에 마카롱은 화들짝 몸을 떨며 반지를 꽉 쥐었다. 점점 가까워지고 있었다. 모퉁이만 돌면 곧바로 마주칠 것이다. 마카롱은 황급히 발길을 돌려 장소를 벗어났다.

"이델라브힘이시여! 어린 종의 믿음을 이렇게 보상해 주십니까!"

"인생 역전!"

금화를 발견한 어린아이들이 기쁨의 비명을 지르는 소리가 들렸다. 분실물이지만 한 개 정도는 어떻게 슬쩍해도 되지 않을까? 하고 아이들이 까르륵 웃었다. 아이들이 웃는다. 그리운 소리였다.

발걸음을 재촉할수록 소리가 점점 멀어졌다. 꽉 쥐고 있는 주먹 위로 눈물이 뚝뚝 흘러내렸다. 마카롱은 쫓기는 사람처럼 신전 복도를 내달렸다.

그렇게 한참 지났을 즈음, 어둡던 시야에 눈이 부실 정도의 환한 빛이 번졌다. 마카롱은 그때야 멈춰 섰다. 그녀는 쏟아지는 햇빛을 보고서야 자신이 신전을 빠져나왔다는 사실을 인지했다. 복도를 달렸던 과정이 잘 기억나지 않았다. 뒤를 돌아보니 햇살에 더욱 하얗게 빛나는 백색의 신전이⋯⋯.

마카롱은 나무에 기대어 엉엉 울었다. 흰색의 성들이 하늘 높게 솟아 있고, 아름다운 종소리가 울리고는 했던. 새가 지저귀며 영광을 노래하고 햇살이 따스하게 내리쬐는 아름다운 이곳.

어두운 숲길을 달려 도망가던 꿈속의 인간은 오랜 시간, 먼 거리를 돌고 돌아 다시 처음으로 돌아왔다.

결코, 벗어나지 못할. 반드시 만나게 될.

운명이다. 운명이었다.

* * *

로젤린은 오랜만에 침대에 누웠다. 요즘따라 밤을 새우는 일이 부쩍 버거워지는 느낌이었다. 그녀는 이 피로가 '로젤린'의 육체에 서서히 정착해 가는 과정이 아닌가 생각했다. 보다 인간에 가까워지는 것.

로젤린은 제 몸이 침대에 쑥 빨려든다고 생각했다. 팔다리가 무거운 가운데 침대가 말랑말랑하고 산뜻하게 몸을 받쳐 줬다. 피곤함을 좋아하지는 않지만, 이렇게 피로한 때야말로 느낄 수 있는 아늑함이었다.

그녀는 코를 킁킁거렸다. 시트에서 포근한 볕 냄새가 났다. 로젤린은 곧 잠들었다.

꿈을 꿨다. 불안하게 요동치기도 했고, 목이 메도록 울기도 했는데⋯⋯.

잠들었던 로젤린은 인기척에 눈을 떴다. 짧았던 꿈은 깨어나는 순간 산화했다.

눈앞에는 갈색 머리카락의 여자가 있었다. 바닥에 앉아 있던 그녀와 침대에 누워 있는 로젤린의 눈높이가 딱 맞았다.

"마카롱······."

로젤린은 완전히 잠에서 깨지 못해 말을 뭉개며 그녀의 이름을 불렀다. 아직 해가 뜨지 않아, 방 안은 어두웠다. 얼굴이 잘 보이지 않았다. 마카롱은 로젤린을 가만히 바라보기만 하다가 그녀의 머리를 쓸었다. 부드러운 손길에 로젤린이 스르르 눈을 감았다.

이불이 목 끝까지 덮이는 걸 느꼈지만 로젤린은 눈을 뜨지 못했다. 피곤했다. 감은 눈 위로 시선이 쏟아졌다. 마카롱이 그녀의 가슴 위를 도닥였다. 손이 따뜻했다.

그러고 보니 짧은 꿈 중 기억나는 게 있다. 추운 곳이었다. 습기가 가득 차고 언제나 추웠다. 로젤린이 눈을 감은 채 우물거리며 말했다. 잠기운에 목소리가 잔뜩 흐려져 있었다.

"추웠는데······."

로젤린을 토닥거리던 손이 딱 멈췄다.

"이제 따뜻해."

로젤린이 히죽 웃었다. 따뜻하다. 아늑하다. 코끝에 꽃향기, 시트의 햇살 냄새, 마카롱의 풀잎 냄새가 난다. 그것들이 둥실둥실 자신을 좋은 꿈으로 데려다줄 것 같았다.

로젤린은 자신에게 닿아 있는 손이 잘게 떨리는 걸 눈치채지 못했다. 마카롱은 해가 뜰 때까지 한참을, 오랫동안 가만히 그녀 앞에 앉아 있었다.

11

"끄에엑!"

밖에서 추한 비명 소리가 흘러 들어왔다. 리카르디스는 얕은 잠에서 깨어나 뻑뻑해진 눈을 깜박였다. 방 안은 아직 어두웠다. 커튼 틈 사이로 새벽의 푸르스름한 빛이 새어 들어왔다. 요즘 잠잠하더라니, 다시 시작인 건가?

리카르디스는 몸을 일으켰다. 영 창의성 없는 작자들이었다. 밤과 새벽 사이. 완벽한 어둠은 사람들이 마땅히 경계하기에, 그 어둠이 서서히 물러나기 시작하는 때. 고요함에 조금의 어수선함이 더해지는 시간.

이 푸르스름한 시간을 노린 자들이 단 한 번도 성공하지 못했다는 사실을 알고 있을 텐데 아직까지도 포기하지 않다니. 끈질기다고 해야 하는지 끈기가 있다고 해야 하는지.

밖에서 돼지 멱따는 소리가 들리든 말든 리카르디스는 차분한 손길로 이불을 정돈했다. 무슨 소란이건 간에 로젤린의 선에서 마무리가 될 것이다. 암살자들에게는 자비가 없는 기사였다.

새벽 내내 말라붙은 입 안이 깔깔했다. 리카르디스는 물을 마시며 테라스로 향했다. 암살자는 굳이 안 봐도 그만이나, 로젤린에게 그만하고 올라와서 아침을 먹으라고 해야겠다. 자신에게는 이른 아침이지만 아마 로젤린은 간식으로 생각하고 총 네 끼를 챙겨 먹을 것이다.

뭐가 웃긴지는 모르겠지만 이상하게 웃음이 나왔다. 혼자서 이러고 있으니 좀 미친 사람 같았다. 리카르디스는 흠흠 목을 가다듬었다.

커튼을 치고 테라스의 문을 열자 새벽 공기가 서늘했다. 로젤린, 적당히 하고 경비대에 넘겨…….

리카르디스는 기함했다. 로젤린의 아래에 제압되어 있는 저 남자는.

'저 연분홍색 개털은!'

리카르디스는 급하게 난간에 몸을 실었다.

"로젤린! 죽이면 안 된다!"

"히이익!"

남자가 숨넘어가는 소리를 냈다. 자신이 죽음의 문턱 어딘가에 걸려 있다는 사실을 리카르디스의 말을 통해 깨닫게 된 모양이었다. 로젤린은 부루퉁한 표정을 했다. 딱히 죽일 생각은 없었는데.

곧 경비를 맡던 기사와 병사들이 우르르 몰려왔다. 새벽을 틈타 리카르디스의 방 안에 몰래 침입하려 했던 자의 이름은 라헤안시. 신분은 대신관이었다.

"잘 아실 만한 분께서……."

스타스는 어이없다는 표정으로 라헤안시를 바라보았다. 리카르디스는 자신의 면이 팔리는 듯해 손으로 얼굴을 가렸다. 속된 말로 쪽팔렸다. 곧 두 명의 신관이 헐레벌떡 달려왔다. 그들은 면구스러워하며 고개를 연신 숙였다.

보호자로 호출된 신관들은 저희 대신관님께서……로 시작하는 구구절절한 문구와 익숙한 사죄의 표정으로 스타스의 기분을 빠르게 풀었다. 능숙한 솜씨였다. 어떻게 단련되었는지 알 것 같았던 터라, 리카르디스는 측은한 눈빛으로 그들을 바라보았다.

소란은 빠르게 종식되었다. 칼을 빼 들고 무섭게 달려온 기사들이 어처구니없다는 표정을 하고 돌아갔다. 리카르디스는 테라스 위에서 모든 광경을 지켜보다가 한숨을 쉬었다. 그리고 방으로 돌아가기 전, 손을 까딱하는 것으로 불청객의 입장을 허락했다.

라헤안시는 로젤린의 안내를 받아 월장석 성에 정식으로 발을 들였다. 로젤린은 뒤에서 쏟아지는 끈질긴 시선에 흘끗 돌아보았다. 눈높이가 비슷해서 그런지 눈이 딱 맞았다. 라헤안시는 싱글벙글 웃으며 로젤린을 보고 있었다.

"자네가 그 유명한 로젤린 경인고?"

"예."

라헤안시는 조금 당황했다. 보통은 '그', '유명한' 따위의 수식어가 제 이름과 붙어 있으면 "아닙니다. 헛된 위명이지요."와 같은 겸손한 반응을 하기 마련이었다. 그런 겸손을 기대하고 꺼낸 말은 아니었지만, 너무 당당한 대답이었던 터라 라헤안시도 조금은 당황할 수밖에 없었다. 확실히. 그녀는 로젤린도 맞고 유명한 것도 맞다.

"새벽부터 미안허이. 몰래 리카르디스 황자 전하만 뵙고 가려고 했는데 일이 어찌 이렇게 커져 버렸누."

"몰래 벽을 타고 올라가셨기 때문입니다. 정식으로 방문 절차를 밟으시면 됩니다."

음, 매우 정석적이다. 그걸 몰라서 하지 않은 것은 아니었는데…….

"깜짝 놀라게 해 주려 했던 게지. 내가 도리어 깜짝 놀랐지만 말이네. 자네 대체 어디 있었던 겐가? 이 몸이 분명 두 번이고 세 번이고 주위에 누가 있는지 확인을 했었는데."

"나무 위에서 지켜보고 있었습니다. 수풀 밑으로 기어 오시더군요."

라헤안시의 뒤에서 걷고 있던 신관들이 앓는 소리를 냈다. 그 추한 꼴을 또 보이셨다니…….

로젤린은 라헤안시가 월장석 성의 담을 넘을 때부터 쭉 보고 있었다. 살금살금 수풀 밑으로 기어 오던 라헤안시가 지렁이를 손으로 눌러 터트리는 모습도. 이후에 비명을 지르려다가 주위를 의식하고 급하게 입을 가렸으나, 안타깝게도 지렁이를 터트린 쪽의 손이라 헛구역질을 하는 모습까지. 모두 보았다.

"상상도 못 했느니. 대단히 훌륭한 기사로구나!"

"그렇습니다."

라헤안시가 껄껄 웃었다. 딱딱하고 정석적인 기사의 태도를 고수하면서도 가끔씩 묘한 면이 보인다. 재밌는 기사였다.

얘기를 나누다 보니 어느새 리카르디스의 방 앞이었다. 소란에 깨어난 잇세리온이 퀭한 눈으로 손님을 맞이했다. 머리가 눌려 엉망이었다.

로젤린이 잇세리온에게 "머리 모양이 이상합니다."라고 지적했다. 잇세리온은 힘없이 알고 있다고 대답했다. 로젤린은 그의 머리에서 눈을 떼지 못하며, 어쩐지 새 같아 보인다고도 했다. 잇세리온은 알겠으니 제발 들어가라며 그들의 등을 떠밀었다. 수면 시간이 짧아 화낼 힘도 없는 듯 보였다. 라헤안시는 소동의 주범으로서 제 양심이 콕콕 찔리는 것을 느꼈다.

리카르디스는 편한 옷을 입고 탁자에 걸터앉아 있었다. 한쪽 손에 서류를 들고 읽어 내리기에 여념이 없었다. 사람이 좀 인간미가 있어야지. 방금 일어난 것이 명백한 차림새임에도 얼굴이나 눈이 부어 있는 기색조차 없었다.

콧날은 여전히 우뚝하고 얼굴선은 여전히 날렵하다. 서류를 읽는 눈이 잠에 조금 잠겨 있었으나 도리어 그것이 나른한 분위기를 형성해 평소와 다른 아름다움을 비출 뿐이었다. 창을 통해 들어온 새벽빛이 방 안을 어슴푸레하게 떠도는 가운데 남자의 은발이 반짝였다. 참 그림 같은 광경이다. 라헤안시가 고개를 주억거리며 제 이복형의 눈부신 자태를 감상했다.

"하얀 밤을 부르는 이델라브힘의 축복을, 리카르디스 황자 전······."

'하.'라는 말이 나오기 전 리카르디스가 성질내며 라헤안시에게 서류를 집어 던졌다. 라헤안시는 볼썽사납게 몸을 구기고 팔로 얼굴을 가렸다. 로젤린은 갑작스러운 상황에 눈을 동그랗게 떴다.

"아, 형!"

"형 같은 소리가 나와, 지금? 사람들 다 깨워 놓고 이게 무슨 민폐냐! 내가 창피해서 얼굴을 들고 살 수가 없어!"

신관 두 명이 고개를 끄덕였다. 리카르디스는 제 관자놀이를 꾹꾹 누르다가 소파에 털썩 앉았다.

"그래서, 이 새벽부터."

리카르디스의 푸른 눈동자가 예리하게 빛났다.

"찾아올 아주 급한 이유가."

그의 턱 근육이 움찔거렸다.

"있겠지. 라헤안시."

라헤안시는 그 살기 넘치는 모습에 잠시 흠칫했다가 고개를 급히 끄덕였다.

"그러엄!"

"앉아."

"어! 알았어, 형!"

대답이 재빨랐다. 라헤안시는 리카르디스의 맞은편에 덥석 앉았다. 두 신관들이 다시 신전으로 돌아간 뒤. 테이블에는 간단한 다과가 차려졌다. 라헤안시가 반색하며 쿠키를 집었다.

"아, 이 맛 그리웠어. 월장석 성 주방장이 솜씨가 좋단 말이지."

서두가 불길했다. 역시 그냥 놀러 온 거 같은데. 리카르디스의 눈이 뾰족해졌다. 라헤안시가 볼 가득 쿠키를 넣은 채 입을 열었다. 과자 부스러기가 후두두 떨어졌다.

"아, 별일은 아니고."

이 자식이 진짜? 리카르디스가 울컥하자 라헤안시가 시시덕대며 말을 이었다.

"신관이 살해당했어."

별일이었다.

"황실 내의 숲에서 시체로 발견됐는데 짐승의 소행이라 하더라고. 크게 번질 일은 아니야. 오늘의 보고 끝!"

별일이라면 별일이고 별일이 아니라면 아니었다. 신관이 죽은 일이야 중대사일 수 있지만, 굳이 이 새벽에 월장석 성까지 와서 얘기할 건수는 아니라는 것이다. 리카르디스가 팔짱을 끼고 빤히 라헤안시를 바라보았다.

"뭔가 덧붙여야 할 말이 있는 것 같은데?"

라헤안시가 히죽 웃었다.

"하여간 눈치 빠르다니깐."

"빨리 말해."

"아 뭐, 진짜 별거는 아니고. 내가 보기에는 이번 사건에 미심쩍은 구석이 많다 싶어서."

리카르디스는 찻잔을 느릿하게 만지며 그가 말했던 내용을 반추했다. 신관이 죽었다. 황실 안의 숲에서 발견되었다. 짐승의 소행이다. 확실히 미심쩍었다. 어지간하면 대신전 안에서만 생활하는 자가 황실 숲까지 간 것도 이상하고, 그곳에 사람을 해칠 만한 맹수가 있다는 것도 말이 안 된다.

"시체를 봤어. 아주 난도질이 되어 있었는데, 아, 생각하니까 또 속이 울렁거려."

라헤안시가 입을 가렸다. 리카르디스는 몸을 살짝 뒤로 물렸다.

"짐승이라고 하기에는 신체 일부가 사라진 곳이 없어. 딱히 먹을 생각도 없었는데 사냥을 했다? 뭐, 영역 침범이나 여러 가지 가능성도 있지만, 시체가 너무 걸레짝이야. 성한 곳이 한 군데도 없어. 원한이 가득 찬 살인 사건의 시체 같은 꼴이었다고. 그렇다고 인간이라고 보기에는 또 무리가 있어. 손톱자국이나 힘이나. 뭐, 여러 가지 정황상. 그래도 미심쩍은 구석이 많았는데 시체를 발견한 후 1시간도 되지 않아서 짐승의 소행이다! 땅땅. 결론이 났어. 뭐, 그거야 당연한 일이긴 한데……."

그의 말대로 당연한 일이었다. 건국의 달에 들어선 이때. 심지어는 발타의 왕자와 왕녀가 일라베니아에 있는 이때. 신관이 살해당했다는 소식은 단순한 한 사람의 불행을 넘어서 일라베니아의 명성에 금을 가게 할 수도 있었다. 일라베니아가 단순한 대륙의 패왕이 아닌, 신의 영광을 업고 있는 신성 제국이었기 때문이다.

만약 그 신관이 온전히 칼로 난도질당했다 하더라도, 짐승의 소행이다. 안타까운 사고였다. 그렇게 공표할 판이니 짐승인지 사람인지 범인의 모습이 흐릿하다면, 일라베니아가 내릴 결론은 이미 정해져 있었다.

"그냥 참 공교롭다는 생각이 들어서."

라헤안시가 차를 후르르릅 소리 내며 마셨다. 저놈. 대신관 된 지 얼마나 지났다고 벌써 예법을 깡그리 잊어 먹은 것인지. 리카르디스가 그에게 따가운 눈총을 보냈다.

"때를 기가 막히게 맞추지 않았어? 그 짐승인지 인간인지 하는 거 말이야."

라헤안시가 히죽히죽 웃었다.

리카르디스는 찻잔을 들었다. 약한 김이 모락모락 올라왔다. 리카르디스는 그 속에서 신관이 살해당하는 여러 과정을 그려 보았다. 신관은 으악, 으아악 소리를 내며 몇 번이고 죽었다. 한 번은 날카로운 이빨과 손톱을 가진 짐승. 한 번은 검을 들고 살의를 비치는 인간.

그는 두 종의 범인 후보와 지금의 시기를 맞춰 보았다. 라헤안시가 말했듯 시기가 공교롭다. 물론 우연일 수도 있으나 보다 높은 가능성 쪽으로 초점이 맞춰졌다. 마치 이 사건이 유야무야 묻힐 것을 알기라도 한, 무언가가 저지른 일이 아닌가 하고.

"뭐, 신전 쪽에서 사건을 덮겠다니 내가 더 할 건 없지만. 그냥 알아 두라고. 이 황실 어디 한구석에 위험한 게 있다는 거잖아? 이 아우가 형님이 걱정돼서 새벽부터 달려왔는데 뽀뽀는 해 주지 못할망정 화부터 내다니! 못됐어! 이그, 심술쟁이!"

"나가."

"죄, 죄송합니다, 형님…… 아침만 먹고 가게 해 주세요…… 신전 밥 더럽게 맛없는 거 다 아시면서……."

라헤안시는 당장 쫓겨나도 억울하지 않을 만큼 먹을거리를 입에 욱여넣었다. 리카르디스는 한숨을 푹 쉬었다. 라헤안시가 냠냠 쩝쩝 하며 추잡스러운 소리를 냈으나 혼내지 않았다.

생각이 깊어졌다. 그가 한 말이 리카르디스의 머릿속을 맴돌았다. 이 황실 어느 한구석. 위험한 무언가가 있다.

리카르디스는 로젤린을 바라보았다. 라헤안시를 부럽다는 듯 쳐다보던 그녀는, 닿는 시선을 눈치채고 그와 눈을 맞췄다. 가만 바라보기만 하자 로젤린이 고개를 갸웃 기울였다. 리카르디스는 눈썹을 찌푸린 채 애써 미소 지었다.

* * *

사냥 대회 하루 전. 리카르디스는 대회가 개최되는 장소에 미리 도착했다. 화려하고 아름다운 간이 천막들이 줄지어 있고, 손님들이 걷기 편하시라 융단까지 깔려 있었다. 산이라기보다는 나무가 많은 정원이라고 생각될 정도였다. 내일 대회가 개최되면 갖은 음식이 올라갈 테이블 또한 미리 정리되어 있었다.

로젤린은 주위를 두리번거리며 숲 안에 생겨난 거대한 파티 홀을 감상했다. 사냥 대회를 위해 고용된 용병들과 하인들이 부지런히 움직이고 있는 가운데, 높은 지위를 가진 사람이라고는 리카르디스와 하얀밤 기사단 일원 들밖에 없었다.

그들이 하루 일찍 미리 도착한 이유는…….

"마음에 차지 않는다. 다른 곳."

산을 둘러보기 위함이었다. 리카르디스는 말 위에 앉아, 길을 안내하는 용병에게 도도하게 명령했다. 몇 번이나 마음에 차지 않는다, 좁다, 넓다, 나무가 너무 많다, 사람의 왕래가 잦다 해 가며 퇴짜를 놓기만 열두 번째. 지금으로 열세 번째가 되었음에도 용병은 황송하다는 듯 고개를 연신 숙여 댈 뿐이었다.

용병단 '올가미'는 사냥 대회를 위해 산을 정리하는 역할로 고용된 수많은 용병단 중 하나였다. 황실에 고용되었다 해도 높으신 분에게 직접 의뢰를 받는 게 아니라, 그 높은 분의 아랫사람의 아랫사람의 하인에게 전달받을 뿐이었는데, 이게 웬걸.

눈앞에는 역대 최고의 신성력을 지닌, 어떤 위험한 전쟁에서도 승리만을 이끄셨다는, 만민을 두루 살피시는, 눈부신 아름다움에 3,000명을 실명시킨 전적이 있다는! 그 설원의 월계수 2황자 리카르디스 전하가 계시지 않은가.

올가미 용병단의 단장은 눈물이라도 흘릴 것 같은 표정으로, 리카르디스의 "마음에 차지 않는다." 발언을 가슴에 꼭꼭 새겼다. 가언으로 삼을 것 같은 비장한 얼굴이었다. 리카르디스가 '숲속', '사냥 대회 당일 참가자들이 발길을 하지 않을 만한 곳', '몸을 움직일 만한 공터', '길이 복잡하지 않아 잘 익힐 수 있을 것'의 조건을 충족하는 장소를 왜 찾아 달라고 했는지는 깊게 생각하지 않았다.

2시간 정도를 돌아다닌 후, 단장은 고객의 요구에 응하는 적합한 장소를 찾았다. 리카르디스의 "좋군." 한 마디에 단장은 눈물을 흘리며 돌아갔다.

리카르디스는 하얀밤 기사단원들을 물리고 로젤린과 장소를 둘러보았다. 따라오던 마카롱이 나뭇가지에 앉아 도란도란 얘기를 나누는 그들을 주시하고 있었다.

"내일 꼭 이곳에 와야 해, 로젤린 경. 기억할 수 있겠나?"

로젤린은 눈을 가늘게 뜨고 지나온 장소를 반추했다. 나무, 돌, 지형, 수풀의 모양. 하나하나가 그녀의 머릿속을 스쳐 지나갔다.

"네."

"절대 이 장소를 벗어나면 안 된다."

"예. 그런데 왜 벗어나면 안 됩니까?"

"위험한 것이 그대를 쫓고 있다는 소식을 칼릭스 경에게 들었다. 내가 그자라면 이런 기회를 놓치지 않을 것이다. 무기를 들고 다니는 것이 당연한 공간이니 말이야. 게다가 언제나 동료들과 함께 있던 그대가 혼자 떨어져 행동하는 만큼, 내일은 그자에게 좋은 기회가 될 테지."

로젤린은 "아." 하고 감탄사를 내뱉었다. 그, 나를 쫓고 있다던 위험한 것. 나도 압니다. 하는 표정이었다. 하지만 그 '그것'의 정체를 곧이곧대로 말할 수 없었는지 리카르디스의 눈치를 보며 더듬더듬 말을 얼버무릴 뿐이었다.

"아, 그거, 위험하죠. 압니다."

리카르디스는 피식 웃었다. 정보를 제한하자니 말할 수 있는 게 별로 없는 모양이었다.

"아직 얼굴조차 모른다고 들었다. 기다리다 보면 모습을 드러내겠지."

로젤린이 고개를 끄덕였다.

"충돌은 불가피하다. 마음의 준비를 단단히 해라, 경."

"마음의 준비…… 말입니까?"

"이 장소에 모습을 드러내는 게 누구일 줄 알고? 내가 무기라도 빼고 달려들면 어쩌려고 그러나. 레이몬드면? 칼릭스면? 얌전히 맞아 주고 있을 건가?"

로젤린이 숨을 헉 들이켜며 제 입을 손으로 가렸다. 상상만으로도 너무 충격적이고 상처받은 듯, 눈동자가 쉴 새 없이 흔들렸다. 리카르디스가 나무에 등을 기댄 채 웃었다.

"만약이라는 거지. 누군지 모르지 않나. 그러니 내일 숲에서 만나게 되는 사람이 그대와 얼마나 친밀했건, 그 사람이 얼마나 좋은 사람이었건. 절대 믿어서는 안 돼."

"예……."

"사건이 일어나리란 걸 예견하고 있다는 사실만으로 상황의 우위를 점하기는 힘들지. 그게 장소를 정한 이유다."

로젤린은 주위를 둘러보았다. 이 장소? 다른 사람들 눈에 띄지 않으려는 목적이 아니었나?

"지금 당장의 위험은 피할 수도 있다. 경이 사냥 대회에 나가지 않으면 그만이니. 하지만 그러면 문제는 더 심각해지겠지. 얼굴도, 정체도 모르는 자가 언제 어디서 그대를 노릴지 모르게 되지 않겠나. 일라베니아의 정세는 현재 몹시나 불안하고, 지금보다 상황은 점점 나빠질 가능성이 커. 위험을 다음으로 미루지 않으려는 이유다. 최악을 피해야 하기에 차악을 선택해야만 해. 내가 지키고자 하는 것은 로젤린, 경이지만…… 미끼도 경이다. 위험이 없을 수 없어."

"괜찮습니다."

"내가 괜찮지 않다. 그래서 안전장치가 필요해."

로젤린이 고개를 기울이자 리카르디스는 대답하는 대신 그녀 뒤쪽, 굵은 나뭇가지에 앉아 있는 마카롱을 바라보았다.

"그대의 도움이 필요하다."

로젤린이 뒤를 돌아보았다. 마카롱도 뒤를 돌아보았다. 하얀밤 기사단원들은 저 멀리에 있는 터라 보이지도 않았고, 마른 나무만 늘어져 있는 이 장소에는 리카르디스, 로젤린, 마카롱밖에 없었다.

"마카롱 경."

로젤린이 고개를 홱 하니 돌려 리카르디스를 바라보았다.

"그대가 로젤린을 계속 따라다닌다면 그자가 모습을 드러내지 않을 수도 있다. 같은 황실에 있었던 만큼, 로젤린을 따라다니는 독수리는 저와 같은 존재라고 알고 있을 가능성이 있어. 로젤린 경을 지키는 것도 좋지만, 이번 사냥 대회에서 그자의 꼬리라도 잡아야 해. 그러니 로젤린이 혼자 다닌다는 점이 내일의 일에 전제되어야 한다."

로젤린이 입을 떡 벌렸다. 억, 헉. 같은 존재라고 알고 있을 가능성? 말에 담긴 내용보다, 그걸 말하는 사람이 리카르디스라 경악스러웠다. 독수리는 미동 없이 가만히 리카르디스를 바라보다 입을 열었다.

"애 다 죽어 간 다음에야 건지러 가라고?"

"이번을 놓치면 위험은 더욱 커진다."

"본인이 쫄려서 위축되는 건 어쩔 수 없어도, 그 때문에 주위 사람들의 능력을 과소평가할 필요는 없겠지?"

"상황은 최악을 상정해야 한다. 상대는 과거의 로젤린을 한번 죽였던 사람. 그대 또한 그자의 능력을 모르지 않나. 그대들을 과소평가하는 게 아니라, 그자의 능력을 내가 상상할 수 있는 가장 한계치까지 올린 것뿐이다."

로젤린은 대화가 진행되는 동안 리카르디스와 마카롱을 번갈아 보았다. 아니, 대화가 너무, 자연스럽게 이어지는데. 뭔가 좀 이상하지 않나? 전하는 왜 마카롱이 말하는데 놀라지 않는 거지? 마카롱은 정체가 들켰는데 왜 저렇게 태연해? 어, 어…….

"로젤린 경."

"예! 로젤린입니다!"

로젤린이 화들짝 놀라 대답했다.

"마력을 쓰지 않으면 감지할 수 없는 게 맞나? 그대들끼리도?"

"예, 그렇습니다."

"청각을 강화한다든가, 감각을 예민하게 하는 것에도 마력을 사용해야 하고?"

"……예. 그렇지만 안 써도 다른 사람들보다는 잘 들립니다."

"그렇다면 그자도 경의 뒤를 따르며 별다르게 마력을 운용하지는 못하겠군. 그대에게 들키지 않기 위해서라도. 만나기 전까지는 말이야."

리카르디스는 팔짱을 끼고서 곰곰이 고민했다. 물론 내일 반드시 일이 일어나리란 보장은 없었다. 하지만 일이 일어나지 않으리란 보장 또한 없었다. 무슨 일이든 좋은 것보다 안 좋은 것을 대비해야만 했다. 때문에 위험 인물이 로젤린을 뒤따른다는 가정 아래 계획은 세워졌다.

로젤린은 내일, 사냥 대회가 시작하면 이곳으로 온다. 동족이라는 독수리가 보이지 않음에 의문을 가지고 의심할 수는 있으나, 그녀를 해치고자 하는 자는 이 좋은 기회를 놓치지 않으리라. 리카르디스가 용병단 '올가미'에 한 의뢰는 모두 두 가지였다.

'조건에 부합하는 장소를 찾아낼 것', '사냥 대회가 시작되면 이 장소로 오는 길목 길목에 포진해 있을 것'.

마력을 사용할 수 없다고 해도 일반적인 인간보다 감각이 훨씬 예민할 가능성도 염두에 둬야 한다. 그러니 뒤를 쫓아서는 안 된다. 그저 사냥 대회의 진행을 위해 산 여기저기 퍼져 있는 용병들 중 하나로 보이게끔 한다.

그 사이에 마카롱이 있을 것이다. 인간의 모습으로. '올가미' 용병단의 단장과 얘기해 두었다. 그들과 함께 신입 용병단원인 척 숲속에서 대기한다. 마카롱은 기다리다, 용병단원들로부터 누군가가 로젤린을 쫓아갔다는 정보를 듣고 움직인다.

하지만 단순히 로젤린이라는 유명 인사와 대화하고 싶은 사람일 가능성도 아주 배제할 수는 없다. 그렇기에 마카롱이 움직이는 때는 마력을 느낀 후여야만 한다. 마력을 사용한 것이 추적자이든 로젤린이든 간에 그만큼 상황은 위험하다는 뜻일 테니.

용병단원들은 마카롱이 떠나고 20분 후. 마카롱이 돌아오지 않는다면 지정된 이 장소로 이동한다. 만약 싸움이 벌어진 상황이고, 마카롱과 로젤린이 합세한 싸움에서 그 시간 동안 결판이 나지 않는다면 상대의 무력은 상상 이상이라는 얘기였다.

용병단원들은 강하지 않으나, 인원이 많다. 그에 배가 되는 눈이 있다. 정체 모를 것은 제 목적과 본모습을 숨기는 상황이고, 일반인들의 눈은 마카롱과 로젤린의 힘보다 그것을 강력하게 제재할 무기가 되리라.

간단히 계획을 설명해 주었더니 로젤린이 연신 눈치를 보며 말을 더듬었다.

"마, 마카롱은 그냥 착한 독수리……."

인간으로 변한다니요? 무슨 말도 안 되는 소리를 하시는 겁니까, 전하. 마카롱은 평범한 독수리입니다. 농담이 지나치시네요. 따위를 말하고 싶었던 듯 보였다.

"그래그래, 착한 독수리지만, 내일만 잠깐 인간으로 변해 있으면 된다. 그다음 날부터는 다시 착한 독수리를 하도록 하자."

리카르디스가 다정하게 웃으며 로젤린의 어깨를 토닥였다. 어웁, 어버버…… 당혹스러워하는 로젤린과 달리 마카롱은 코웃음만 지었다.

"내 눈을 벗어난 그 짧은 사이 죽으면 어쩌려고."

"과소평가하지 말라고 했지 않나. 그자의 능력이 미지수이긴 하지만, 로젤린 경이 강한 것 또한 사실이니. 마력을 감지하고 그대가 도착하기까지의 몇 분. 그걸 로젤린 경이 감당해 주리라……."

"믿어?"

"믿는다."

로젤린은 숨죽인 채 마카롱과 리카르디스의 대화를 들었다. 시간이 지났다.

"너는 내게 뭘 바라는 거지? 그자를 만났을 때 내가 뭘 하길 바라? 쫓아내기를? 생포해서 네 앞에 끌고 오기를? 아니면……."

리카르디스는 마카롱이 '그자를 죽이기를 바라느냐?'라고 묻고 싶어 했다는 사실을 눈치챘다. 끝이 흐려진 질문 속에는 적의가 날카롭게 세워져 있었다. 단순히 자신에 대한 좋지 못한 감정을 넘어서 있는 것이라, 리카르디스는 의아했다.

마카롱은 그자를 모르지 않던가? 어째서 저런 반응을 보이는 것일까. 마치 아는 사람이나 소중한 존재라도 되는 듯, 둥글게 감싸고도는 모양새였다.

"로젤린이 무사하기를 바란다. 그대가 바라듯이."

리카르디스의 대답은 누군가를 해치는 것에 중점을 두지 않았다. 의도한 것이 아니라, 정말 중요하지 않기 때문이었다. 그 누군가가 어떻게 되는지, 로젤린만 무사하다면 그걸로 족했다. 맹금류의 따끔한 눈빛이 누그러졌다. 마카롱이 나뭇가지 위에서 날개를 펄럭였다. 하늘을 메울 듯 거대한 날개였다. 마카롱이 움직이자 바람이 불어왔다.

"손을 빌려주겠어."

"감사를 표한다."

"네게 감사를 받을 이유는 없지. 가는 길이 같았을 뿐이니까."

"가는 길이 같음에 감사한다."

"그 또한, 가 봐야 알 문제겠지만."

마카롱이 크게 날갯짓하며 높이 떠올랐다. 바람이 세차게 불어와 리카르디스는 눈을 질끈 감았다. 몇 초 뒤 주위를 둘러봤지만, 마카롱은 사라진 후였다. 거대한 날개가 사라진 공백이 눈에 띄었다. 리카르디스는 구름이 떠다니는 하늘을 잠시간 눈에 담다, 고개를 돌려 로젤린을 바라보았다.

로젤린은 자신의 목 뒤가 바짝 굳는 것 같다고 느꼈다. 혼란스러웠다. 입을 일자로 꾹 다물고 자신을 쳐다보는 리카르디스의 생각을 알 수 없었다. 로젤린이 깊은 추론을 못 한다고 해도, 리카르디스는 그녀가 명확하게 알 수 있게끔 이야기했다.

[상대는 과거의 로젤린을 한번 죽였던 사람.]

붉은수레바퀴의 로젤린이 죽었음을 안다! 그것은 지금의 자신이 과거 '로젤린'과 완벽한 동일 인물이 아니라는 사실을 안다는 말이었다. 마카롱에 대한 다양한 정보는 사실 그녀에게도 적용되는 것이었다. 마력을 사용하고, 변이가 가능하고, 무엇이건 간에! 들켰다. 들통난 것이다!

있을 수 없는 일이었다. 로젤린, 그녀는 자신이 굉장히 치밀하게 행동했노라 자부했다. 그는 알 도리도 방법도 없었으리라. 대체 어떻게? 언제부터? 혼란스러워 머리가 잘 돌아가지 않았다.

로젤린은 뒷걸음질 쳤다. 생각해서 나온 행동이 아니라 본능에 가까웠다. 이 자리에서 도망을 쳐야만 할 것 같은, 벗어나고 싶은 그런 느낌에 발이 먼저 슬금슬금 움직였다. 리카르디스도 그녀의 수상한 기색을 눈치챘다. 눈으로 재빠르게 도주 경로를 훑는데, 모르는 게 이상했다. 리카르디스가 두 손을 앞으로 내밀어 쫙 펴며 만류했다.

"잠깐, 로젤린 경. 로젤린. 나와 얘기 좀 하지."

그가 애써 웃으며 목소리를 한껏 누그러트렸지만, 로젤린은 덫에 걸린 쥐 같은 표정을 고수하며 여전히 발을 꼼질꼼질 뒤로 옮겼다.

"로젤린!"

사실상 그녀가 마음을 먹는다면 말릴 수 있는 사람이 없었기에 리카르디스도 그녀를 놓칠 수밖에 없었다. 세 걸음, 눈치 보며 물러서던 로젤린이 기세를 확 바꿔 뒤돌아 도망쳤다. 앙상한 나뭇가지가 드러난 숲. 몸을 숨길 곳이 별로 없다 하더라도 빠른 속도로 내달리니 벌써 저만큼 멀어져 있었다. 리카르디스는 기함하며 그녀를 좇았다.

지금, 내가, 이, 나이에, 나 잡아 봐라, 놀이를, 전심전력으로!

리카르디스는 언제나 암살 위협을 달고 살았던 몸이라 상급 기사 수준의 훈련을 꾸준히 받고는 했다. 최선을 다해 도망치는 로젤린을 시야에서 놓치지 않고 좇아갈 수 있는 배경에는 그의 체력과 순발력, 운동 능력이 고루고루 힘을 쓰고 있었다.

그러나 체력, 순발력, 운동 능력이 죄 인간의 기준을 훌쩍 넘어선 이가 상대이다 보니, 한계가 점점 다가오기 시작했다. 이 거친 숲을 내달리는 로젤린은 실로 한 마리의 야생 동물 같았다. 이대로는 그녀와의 대화는 고사하고 한마디 꺼내는 것조차 힘들 것 같았다.

리카르디스의 예상 그대로, 잠시 눈을 깜박한 사이 로젤린의 인영은 숲에 스며들어 더 이상 찾을 수 없게 되어 버렸다. 리카르디스는 관성적으로 달리다가 얼마 후 멈춰 섰다.

'그래…… 쉬운 여자가 아니란 것쯤은 알았지만…….'

어려워도 너무 어렵다. 물리적으로.

리카르디스는 눈을 번쩍 떴다. 로젤린. 로젤린 에스터. 네가 가 봤자 어딜 가겠어. 내 주위 반경 내 숨소리를 들을 수 있는 곳을 벗어나지 않은 그 어디쯤이겠지!

"윽!"

리카르디스는 어디를 한 대 맞은 사람처럼 갑작스럽게 신음하며 나무에 팔을 걸쳐 기대었다. 그는 헉헉, 숨을 급하게 몰아쉬다 마른기침을 했다. 그리고 괴로운 듯 인상을 찌푸리며 스르륵 자리에 주저앉았다. 누가 보아도 심장 어디가 아파서 한 걸음도 걸을 수 없는 사람 같았다. 거기에 더해 송골송골 배어 나온 땀이 그 병색을 더욱 짙게 만들고 있었다.

효과는 즉각적이었다. 빠르게 사라졌던 만큼, 그보다 더 빠르게.

"전하!"

나무 위에서 로젤린이 훌쩍 나타났다. 나뭇가지를 잡아 한 바퀴 돌고 바닥에 착지하는 모습이 넋 빼놓고 볼 정도로 멋졌다. 박수라도 치고 싶었지만 리카르디스는 한쪽 무릎을 꿇은 채 거칠게 숨을 몰아쉬는 연기를 계속 펼치는 중이었다. 로젤린이 후다닥 달려와 리카르디스의 어깨를 짚었다.

"시, 신관을!"

로젤린은 일라베니아에서 가장 신성력이 강한 사람이 리카르디스라는 사실을 잠깐 잊은 듯했다. 리카르디스는 제 어깨 위에 올라와 있는 그녀의 손을 꽉 쥐었다. 잡았다. 리카르디스가 작게 중얼거렸다.

"……산책은 잘 다녀왔나, 로젤린 경?"

서슬 퍼런 음색에 로젤린이 화들짝 몸을 떨었다.

"저를 속이신 겁니까?!"

그 아기 고양이 같은 순진한 얼굴로! 로젤린의 얼굴에 배신감이 잔뜩 퍼져 있었다.

"속이긴 누가 속여. 경이 걱정할까 봐 애써 통증을 누르는 중이야."

리카르디스는 심드렁한 표정으로 무성의하게 말했다. 어느 모로 보나 거짓말이었지만 로젤린은 의심의 눈빛을 지우고는 리카르디스의 얼굴을 두 손으로 더럭 잡았다.

"어디가 아프십니까!"

얼굴이 가까웠다. 키 차이 때문에 항상 그녀를 내려다봤으나, 지금은 로젤린이 무릎을 꿇은 리카르디스를 내려다보는 중이었다. 찌푸려진 눈썹에서 걱정이 아른아른 비쳤다. 너무 진지한 표정이라 이제 와 거짓말이라고는 차마 말할 수 없었다.

"……마음이?"

빤한 개소리에도 로젤린은 진지한 표정으로 고개를 끄덕였다.

"확인해 보겠습니다."

어떻게? 마음이 아픈 건 어떻게 확인할 수 있는 거지? 리카르디스의 의문은 곧 풀렸다. 로젤린이 두 무릎을 꿇어 자세를 낮춘 후, 그의 가슴 왼쪽에 귀를 대었다. 리카르디스는 미묘한 표정으로 그녀를 내려다보았다.

"뭘 확인하는지 물어도 되나?"

"평균 심장 박동 수를 확인하는 겁니다. 제가 헤아리는 시간은 시계와 0.5초 정도밖에 차이 나지 않기 때문에, 급한 대로. 말하지 마시고 가만히 있어 주십시오."

그런 재주도 있었단 말이지. 하여간 여러모로 대단했다. 보통은 손목에 손을 대고 확인하겠지만, 거기까지는 배우지 못한 모양이었다. 리카르디스는 얌전히 있었다.

가슴에 얼굴을 바짝 붙인 로젤린은 집중하는지 눈을 감고 있었다. 검은 속눈썹이 길었다. 리카르디스는 손을 움직여 그녀의 어깨를 감싸려 했다.

"심장이 이상합니다, 전하! 너무 빠르게 뜁니다!"

로젤린이 눈을 사납게 부릅뜨며 그를 올려다보았다. 리카르디스는 흠칫 놀라 그녀의 어깨를 감싸려던 손을 선회해 급하게 제 머리를 쓸어 올렸다.

"그래, 그렇겠지. 심장이 빠르게 뛰고 있겠지. 빠르게 뛰는 중이니까."

"많이 아프십니까?"

"죽을 것 같지만 죽지는 않으니 걱정 말아. 그저 심각하게 연약해서 세심한 주의와 관심, 많은 사랑을 필요로 할 뿐이다. 외로우면 남몰래 울고는 하지. 그런데 그런 날 두고 도망쳐? 호위 기사가 호위 대상을 놓고 도망쳐? 내가 숲 어딘가에 쓰러져서 쓸쓸하게 혼자 죽건 말건 나 몰라라 하면서?"

"아, 아니, 저는 그게 아니라……."

로젤린이 뾰족한 것으로 찔린 듯한 불편한 표정을 지으며 그의 눈치를 봤다. 그러고 보니 자신이 도망가는 중이었다는 사실과 왜 도망을 가려 했는지에 대해 모두 떠올린 기색이었다.

"그…… 전하께서……."

로젤린은 우물쭈물하며 말을 흐리더니 입술을 매만졌다. 리카르디스는 침착하게 그녀가 말을 잇길 기다렸다.

"다 안다고 그러시니까, 그러면 제가 로젤린인데 로젤린이 아니라는 것도……."

"알고 있지."

단호한 대답에 로젤린은 덜컥 겁을 먹었다. 그녀는 깊고 황량한 숲을 떠돌던 시절, 자신이 마주쳤던 인간들이 보인 반응을 기억하고 있었다. 괴물, 귀신! 비명을 지르고 도망쳤다. 코앞에 둔 죽음보다 자신을 두려워했다. 로젤린은 자신의 존재 자체가 사람들에게 두려움의 대상이 될 수 있다는 것을 자각하고 있었다.

로젤린은 "알고 있지."라고 대답을 내뱉은 입술에서 시선을 올려 리카르디스를 조심스레 살폈다. 침착하게 감정을 가다듬은 남자의 표정은 평소보다 서늘한 구석이 있었다. 눈동자는 흔들림 없이 자신을 향하고 있으나 그것이 도리어 두려웠다.

리카르디스에게 비치는 제 모습이 어떤지 알 수 없었다. 한순간에 시간을 돌아가, 형태 없이 그림자처럼 어둠에 스며들던 모습으로 그의 앞에 서 있는 게 아닐까. 그런 생각이 들었다.

로젤린은 급하게 시선을 그의 발치로 떨구었다. 리카르디스가 자신을 혐오하는 듯한 표정을 짓는다 상상만 해도 몸이 떨려 왔다. 손끝이 딱딱하게 굳더니 무너져 내리는 기분이었다.

"로젤린."

하, 한숨을 내쉬는 남자의 행동에 로젤린은 눈물이 울컥 나왔다. 리카르디스가 그녀를 향해 손을 뻗었다. 로젤린이 본능적으로 몸을 물렸으나 그의 손이 먼저 그녀의 손목을 잡아챘다.

"로젤린 에스터."

뭔가 화를 꾹 누르는 목소리였다.

"예……."

"내가 왜 그대에게, 내가 그런…… 정보들을 알고 있노라 얘기하지 않았다고 생각하나?"

알 수 없었다. 로젤린은 계속해서 그의 눈을 쳐다보지 않고 코와 입가에만 제 시선을 두었다. 언제든 도망갈 수 있도록 퇴로도 확인했다. 그녀가 숲속을 훑는 것을 눈치챈 리카르디스가 눈살을 찌푸렸다.

"이 사람이 정말."

리카르디스가 잡고 있는 손에 힘을 줘 그대로 그녀를 끌어당겼다. 로젤린의 몸이 닿자 리카르디스가 그녀의 허리에 제 두 손을 감았다. 로젤린이 눈을 크게 떴다.

"도망갈 생각 말고 날 봐. 지쳐서 더 이상은 쫓아갈 수 없으니. 말했지, 연약하다고. 이번에야말로 정말 쓰러질 수도 있다."

뿌리치자면야 얼마든지 뿌리칠 수 있었다. 로젤린이 가만히 그의 품에 있는 이유는, 리카르디스가 먼저 손을 뻗어 오는 지금의 상황에 크게 안도감을 느꼈기 때문이었다. 그의 입에서 어떤 모진 말이 나오고, 경악스러운 말이 떨어진다 해도 감수할 수 있을 만한. 안도감.

그의 목에서 달콤한 향수 냄새가 났다. 품이 단단하고 따뜻했다. 몸이 노곤노곤 흐물흐물하게 녹을 만큼이나.

리카르디스는 경직된 몸을 서서히 이완시키는 그녀를 내려다보며 말을 이었다.

"내가 그대의 비밀을 알고 있다 알리지 않았던 것은, 불필요하다 느꼈기 때문이다. 비밀은 중대했고, 그 중대한 건에 대해 그대가 어떤 생각을 하는지 나는 전혀 몰랐어. 그대가 어떤 반응을 보일지, 예상조차 하지 못해. 물론 좋게 흘러갈 수도 있지. 그러나 혹시나? 만에 하나라도 이것이 그대의 치부라면? 그대가 들키고 싶어 하지 않는 것이었다면?"

리카르디스는 잠시 한숨을 쉰 후 다시 말을 이었다.

"로젤린. 아까도 말했다시피. 나는 모든 상황을…… 최악을 상정한다. 그래서 말하지 않았다. 불필요하게 그대를 상처 입히고 휘두르는 일이 될까 봐. 지금처럼."

로젤린은 눈을 동그랗게 떴다. 생각지도 못한 대답이었다. '그'가 자신에 대해서 어떻게 생각했기 때문에 말하지 않은 것이 아니라, '자신'이 어떤 생각을 할지 몰라 말하지 않았다?

어떤 일에 있어 상대방의 입장에만 신경을 기울이는 그 행위가 사납고 따가울 리 없었다. 부드럽고 따스했다. 로젤린은 그의 말이 진실임을 알 수 있었다. 그녀는 한 번 더 확인받고 싶었다. 불안함에 꼬인 실타래가 이미 슬금슬금 풀려, 종국에는 완전히 풀어질 것을 알면서도 한 번 더.

"제가 왜 상처 입지 않기를 바라십니까?"

로젤린의 손이 그의 팔에 살포시 닿았다. 이번에는 리카르디스의 몸이 살짝 굳었다. 그가 곤란하다는 듯 눈썹을 휘었다.

"당연한 걸 묻고 그래."

남자가 씩 웃고 대답했다.

"내가 그대를 좋아하니까 그렇지."

로젤린은 눈을 크게 떴다. 그러고는 가만히 그를 올려다보기만 했다. 몇 초 후. 로젤린은 환하게 웃었다. 무언가가 녹아내리는 듯, 행복하게.

리카르디스는 도주로를 훑던 그녀의 눈빛, 필사적인 달음박질, 흔들리는 시선에서 그녀가 가진 불안의 크기를 알 수 있었다. 꽝꽝 얼어 있고 꾹꾹 뭉쳐 있는 것들을 어떻게 해야 할지 도무지 알 수 없었건만. 자신의 좋아한다는 말 한마디에 로젤린은 쌓아 뒀던 불안한 감정들을 모두 해소한 듯 보였다.

그녀가 가진 불안이 적은 것이 아니라, 지금의 말을 크고 소중하게 여긴다는 사실을 알 수 있었다. 그 사실에 마음 한편이 어딘가 아려 왔으나…….

"진작 말씀하시지 그러셨습니까! 전하께서 저를 좋아하신다고!"

리카르디스는 찝찝한 표정으로 로젤린을 보았다. 이 사람, 분명 이성 간의 감정은 배제한, 사람 대 사람의 호감으로 받아들였겠지.

"세상에서 제일 좋아한다니깐. 참, 경도. 그것도 몰랐나?"

"아닙니다. 어쩐지 그럴 것 같았습니다."

그렇다 하더라도 뭐 대단한 업적이라도 이뤄 낸 듯 의기양양하게 히히 웃는 모습을 보노라면, 그래 뭐. 이것도 나쁘지 않다 싶었다.

* * *

"검은색인데, 약간 불투명합니다. 크기는 한 이 정도 됩니다."

이제는 숨길 것도 없겠다. 로젤린은 신나서 예전 '그것'일 때의 모습을 설명해 줬다. 바닥에서부터 제 허리까지 둥근 모양을 손으로 그려 가며 아주 열성적이었다.

"아주 귀여울 것 같군. 그 모습으로는 이제 변하지 못하는 건가?"

"예."

"아쉬운걸, 한번 보고 싶었는데."

"아, 마카롱은 할 수 있습니다."

"그래. 못 하지는 않겠지만 안 하겠지."

리카르디스는 잠시간의 만남으로도, 마카롱의 성격을 많이 파악했다. 적의가 넘쳐흘렀다. 그것은 다년간 숱하게 느꼈던 살의는 아니었으나, 꼬장꼬장 늙은 귀족들이 그를 바라볼 때의 시선과 비슷하기는 했다. '아니꼬워, 죽겠다.'라는 표정이었다.

어찌 되었건 호의적인 감정은 전혀 아니었기에, 그 부탁을 순순히 들어주는 마카롱의 모습이 전혀 상상이 가지 않았다. 로젤린도 어느 정도 동의하는지 시무룩한 기색을 띠었다.

한참 말없이 있던 그녀가 갑자기 소매를 급하게 걷었다. 로젤린의 하얀

259

손에 힘줄이 올라오기 시작했다. 리카르디스는 헉, 숨을 삼킬 뻔한 걸 겨우 참았다. 그녀의 피부가 점점 짙어지고 질겨졌다. 가죽이 뒤덮이더니 다시 그 위를 단단한 비닐이 덮었다. 다섯 개의 손가락이 합쳐지며 네 개의 날카로운 손가락으로 변했다.

리카르디스는 깜짝 놀랐지만, 티 내지 않고 그녀의 손을 덥석 잡았다.

"이거 아주 멋있군!"

닿는 감촉도 감촉이고, 온도도 서늘해서 더욱 오싹했다. 말로 듣는 것과 보는 것, 느끼는 것은 하늘과 땅 차이였다. 아쉽다는 말에 뭐라도 보여 주자는 갸륵한 마음에서 나왔다는 사실을 잘 알기에, 리카르디스는 그녀가 변이를 마치자마자 손부터 잡고 봤다.

"이야, 이거 참…… 멋있어. 아주…… 뾰족뾰족해."

여전히 칭찬에는 소질이 없었지만 로젤린은 방긋 웃으며 기뻐했다.

"이거 한 번 휘두르면 사람 몸도 가를 수 있습니다!"

그래서 검은달 놈들의 시체가 다들 그 모양이었던 거군. 이제야 이해할 수 있었다. 리카르디스는 그녀의 검고 거대한 손을 만지작거렸다. 차갑고 단단한 비늘, 날카로운 손톱. 보다 보니 윤기가 잘잘 흐르는 게 아주 멋스러웠다. 집중해서 만지고 있자 로젤린이 신나서 눈 색도 바꿨다가, 동공도 맹수의 것처럼 길게 바꿨다가, 키를 조금 키웠다가, 줄였다가, 얼굴 골격도 조금 바꿔 가며 열심히 자랑했다.

"정말…… 굉장해."

모든 것이 상상 이상이라, 그 말 이외의 것으로 설명할 방법이 없었다. 로젤린이 본래 모습으로 돌아오자 리카르디스는 어색한 손놀림으로 그녀의 얼굴을 매만졌다. 평소 같으면 얼굴을 붉혔을 자신의 행동도 미처 눈치채지 못할 만큼 열중해서 만졌다. 역시 이 얼굴이 제일이었다.

리카르디스는 머뭇거리다 그녀에게 물었다.

"로젤린."

"예."

"음…… 그대는, 예전 로젤린 경의 기억을 일부이긴 하지만 가지고 있는 듯한데, 내 추측이 맞나?"

"예, 시간이 갈수록 로젤린의 기억이 하나둘 떠오르고는 합니다. 전하께 서 저에게 막 성질냈던 것도 압니다."

그, 참. 쓸모없는 것을 떠올리고 그래! 리카르디스는 울컥했다.

"그건, 미안하지만…… 아니, 나는 그대에게 성질을 내지 않았어! 그 녀에게 냈지! 물론, 그것도…… 잘한 것은 아니야. 미안하게 되었어. 아무튼!"

말하다 보니 뭔가 좀 미묘했다. 과거 '로젤린'의 기억이 있는 탓일까. 로 젤린이 그녀와 자신을 동일하게 여기는 것같이 느껴졌다.

"로젤린이 그대 안에 얼마나 자리를 차지하고 있지? 모든 기억이 떠오르 면…… 어떻게 되나. 그러니까, 지금의 그대는, 음…… 없어지는 건가?"

리카르디스는 평소와 달리 느릿하게, 또 잠시 말을 멈추기까지 하며 천 천히 말을 이었다.

로젤린은 그의 질문을 곰곰이 생각했다.

"제가 케이크라면."

굉장한 도입부였다.

"로젤린은 밀가루가 아닐까…… 생각합니다."

굉장한 표현력이었다. 리카르디스는 감탄했다.

"제가 케이크라면, 로젤린이 케이크의 몇 조각을 차지하고, 제가 그 나머 지를 차지하는 식이 아니고, 밀가루에 버터와 우유, 달걀을 더하고 이스트 도 넣은 후 오븐에서 구워 내고 생크림을 바르고 제철 과일을 올린 상태가 저입니다. 원료가 그녀이긴 하지만, 그렇다고 밀가루가 케이크와 동일한 존 재이지는 않으니 케이크는 케이크, 그저 주된 재료가 밀가루일 뿐입니다. 그런 느낌인데, 아시겠습니까?"

"무시무시한 표현력이었다. 내 기사가 문학에 소질이 있다는 사실을 지금 알았군."

로젤린이 어깨를 으쓱했다. 과연 자신이 생각해도 이건 어마어마했다는 듯 뿌듯해하고 있어 리카르디스는 웃었다.

"그러면 모든 상황에 대응하는 그대의 사고는 그대의 것이긴 하나, 그녀의 생각과 기억에 기반한다는 것이겠군."

리카르디스는 그녀의 눈을 빤히 들여다보았다. 로젤린을 보고 있으나, 한순간 과거의 그녀가 스쳐 지나갔다.

"그러면 지금의 온전한 그대에게 묻건대. 로젤린 경의 마지막은. 그녀의 마지막과 생각은 어떠했나?"

리카르디스의 얼굴은 딱딱하게 굳어 있었다. 로젤린의 마지막? 그녀는 기억을 더듬어 갔다.

"아프고 괴로웠습니다. 살고 싶었습니다. 하지만 그 무엇보다도 전하를 지키고 싶은 마음뿐이었습니다."

"그런가. 끝까지 미련한 사람이었군."

로젤린은 순간 울컥했다. 미련하다니, '로젤린'한테!

그러나 인상을 찌푸리며 애써 미소를 짓고 있는 리카르디스를 보자니, 다른 말을 할 수는 없었다. 리카르디스는 허공을 바라보며 후, 한숨을 쉬다가 한참 뒤에야 로젤린을 다시 바라보았다.

"그대는 지금…… 밀가루야."

"저는 인간입니다."

"아니, 그대가 로젤린을 밀가루라 칭하지 않았나."

아, 그런 의미였나. 로젤린이 고개를 끄덕였다.

"아무튼, 나는 지금 눈앞의 그대를 케이크의 재료인 밀가루라고, 딱 지금만 그렇게 그대를 생각하겠다."

"예."

잘 모르겠지만 전하가 그렇다니 그런 것이리라.

"붉은수레바퀴의 로젤린."

"예, 전하."

리카르디스는 담담한 얼굴로 그녀를 바라보았다.

"과거의 그대에게 보낸다."

리카르디스가 로젤린의 두 손을 잡았다.

"모든 것에, 감사한다."

그가 눈을 감으며 고개를 숙였다. 괴롭지는 않지만, 안정적으로 조여 오는 악력이 그녀의 손을 감쌌다. 로젤린은 넋 빼고 그를 바라보았다. 제국의 황자. 리카르디스가 자신의 앞에서 고개를 숙이고 있었다. 너무 이상한 광경이었다.

리카르디스가 한참 후 고개를 들었다. 복잡미묘한 표정이던 리카르디스가 말을 망설이다 입 밖으로 겨우 내뱉었다.

"그녀라면 내 말에 무슨 생각을 했을까, 로젤린?"

"그건 잘 모르겠습니다만, 제가 로젤린이기도 하니까 제 생각을 말해도 됩니까?"

"그래도 된다."

"네, 가슴이 덜컥하고……."

로젤린의 말에 리카르디스는 눈썹을 찌푸린 채 애써 웃었다.

"어디가 아프신가 생각했습니다."

아, 얘가 어디가 아파서 갑자기…… 죽을 때가 되면 사람이 변한다던데…… 따위의 반응이라는 것이었다. 리카르디스가 그녀의 손을 내팽개쳤다. 애수에 잠겼던 얼굴에 독기가 올라왔다.

"슬퍼하거나 눈물 펑펑 흘리는 걸 바라지는 않았지만, 정말 이 여자들 내가 진심을 담아 말하는데, 담백하기가 이루 말할 수 없을 정도로!"

그가 성질났는지 씩씩거리며 뒤돌아 갔다.

"난 미치지 않았지만! 아무튼, 고맙다!"

로젤린은 돌아선 그의 등을 바라보았다. 사실 말하지 않은 것도 있었다. 로젤린의 감각은 시간을 거슬러 갔다. 그의 등을 보던 오랜 나날들이 떠올랐다. '로젤린'의 기억이었다.

아직 다 자라지 못해 어렸던 때부터, 위태로웠던 때. 눈이 부시게 아름답던 날. 비참하게 울던 날까지. 로젤린의 시간 시간마다 리카르디스의 모습이 수놓아져 있었다.

그 모든 풍경에 슬프면 슬픈 대로, 기쁘면 기쁜 대로 색이 다시 덧칠해지는 기분이었는데, 이걸 어떻게 표현하면 좋을까. 가슴 시리게 행복하고, 벅차오르게 슬펐다. 흘러가 버린 시간 속에 개화한 감정들은 빛무리처럼 흩어졌다.

이미 지나가 의미 없다 할 수도 있으나, 그래도 이렇게 가슴 안쪽을 잔뜩 부풀게 할 정도로 가득 메운 반짝반짝하고 아름다운 것을······.

뭐라 표현하면 좋을까. 로젤린은 잘 모르겠다 생각했다.

저 멀리 리카르디스와 로젤린을 부르는 소리가 들려왔다. 하얀밤 기사단원들이 자리에서 갑작스럽게 사라진 두 사람을 찾는 듯했다. 리카르디스가 뒤돌아 그녀를 바라보았다. 눈이 마주쳤다. 로젤린은 웃으며 그의 곁에 섰다.

* * *

날이 밝았다. 비어 있던 공간에 사람들이 채워지자 순식간에 분위기가 변했다. 여러 황족들과 귀족들, 타국의 손님들. 기사단과 병사, 하인들. 넓은 산이 터져 나갈 정도로 복작복작했다.

몇몇 귀족들은 몇 개월 전, 검은달의 암살자들이 불순한 의도를 가지고 침투했던 그때를 잠깐 상기했다. 위치, 장소, 시기. 연관성을 가진 요소는 하나도 없었지만, 그저 '사냥 대회'라는 이름에 막연히 불안감을 가지게 된 모양이었다.

하지만 이곳은 그때의 사건이 일어났던 국경 지대가 아니었다. 무려 대륙의 아버지, 일라베니아의 수도 티가드가 아니던가. 불길한 마의 힘을 믿고 설치는 자들이 함부로 발을 들일 만한 장소가 아니었다. 발타와 거리가 먼 만큼이나 다들 안심할 수 있었다.

뿐만 아니라, 이 산은 이미 몇 주 전부터 통제에 들어갔다. 사냥꾼과 용병들이 수시로 드나들며 위험 요소를 처리했다. 수상한 인물은 물론이요, 눈을 피해 숨어 있던 마수들도 모두 그들의 눈을 피해 가지 못했다. 우스갯소리로 일라베니아 황실 다음으로 안전한 곳이 이 산이라고 말할 정도였다.

리카르디스는 귀부인들이 양산을 들고 돌아다니는 광경을 무표정하게 바라보았다. 무슨 한 달 내에 행사가 이렇게 많은지. 지긋지긋했다.

"웃으셔야 합니다, 전하."

잇세리온이 리카르디스의 뒤에서 조용히 타박했다. 인형 복화술을 하듯 입술 모양에는 변화가 없었다.

"지금 굉장히 의미심장한 표정인 건 아십니까? 지나가는 사람들이 한 번씩 쳐다보고 갑니다."

"아무 일도 없는데 웃고 있는 건 좀 바보 같아 보이지 않겠나?"

"다들 바보처럼 웃고 있습니다. 숲에 숨으려면 나무가 되셔야지요."

그의 말대로, 다들 바보처럼 웃고 있었다. 황제가 있는 거대한 막사를 의식해서인지, 정말로 이 사냥 대회가 즐거워서인지.

지나가던 귀족 무리가 리카르디스 쪽으로 고개를 돌렸다. 리카르디스는 급하게 잇세리온과 마주 보며 호탕하게 웃었다.

"하하하! 사람, 참!"

"어허허, 제가 뭐라고 했습니까, 전하!"

이 상황에 녹아들기에 어색함 없는 바보 같은 웃음소리였다. 귀족들은

265

리카르디스를 바라보다가 저들끼리 다시 얘기를 나누기 시작했다. 리카르디스는 웃음을 딱 멈췄다.

"대체 뭐 하는 짓인지 모르겠군."

하얀색 예복을 입고 있는 신관 무리가 눈에 띄었다. 혹시 모를 부상 때문에 대신전에서 차출된 자들이었다. 라헤안시가 돌부리에 걸려 넘어질 뻔하자 주위에 있던 어린 신관들이 급하게 그를 잡았지만, 다 같이 우르르 넘어지고 말았다.

다들 못 본 척하거나 몰래 웃고 있는 가운데, 리카르디스의 표정이 또다시 굳어졌다. 잇세리온은 제 이마를 턱 짚었다.

황실의 숲속. 신관의 시체가 발견되었다는 사건이 떠올랐다. 위험한 것이 가까이서 도사리는 가운데 아직 정체도 모른다니. 로젤린의 힘, 마카롱의 존재. 자신의 성력까지. 어지간하면 큰일이 일어나지 않으리란 걸 알면서도 상대방이 베일에 가려져 있으니 크기를 가늠할 수 없었다. 불안함이 가시지 않았다.

리카르디스는 날카롭게 주위를 훑다가 로젤린을 발견했다. 그녀는 눈을 가느스름하게 뜨고는 나무에 어깨 한쪽을 기대고 삐딱하게 서 있었다. 햇살의 나른함이 느껴지는 광경이었다. 리카르디스는 의식도 못 하고 입꼬리를 올려 미소 지었다.

"바로 그겁니다, 전하!"

뒤에서 잇세리온이 소곤거렸다. 천년 동안 얼어 있던 얼음도 녹여 버릴 만큼 따스한 미소라며 금칠을 했지만, 리카르디스는 로젤린에게 신경이 쏠려 있는 터라 듣지 못했다.

하얀밤 기사단에서는 로젤린과 슈텐, 클로드가 대표로 사냥 대회에 출전했다. 저 멀리 클로드와 슈텐은 마지막으로 장비를 점검하느라 바쁜데 그녀만 태평했다. 대신 손이 남는 단원들이 로젤린의 검 상태를 확인하고, 화살도 확인하고, 수통이랑 비상식량을 준비했다. 레이몬드가 로젤린의 허리띠에 보조 가방을 단단하게 메는 사이, 네스터가 로젤린의 군마 '초콜릿'의 등 자를 확인하고 있었다.

"……."

다들 사이가 좋아 보여서 다행이다. 리카르디스는 애써 그 유난의 광경을 넘겼다. 기사단원들이 분주히 돌아다니는 모습을 본 로젤린이 슬그머니 보조 가방에서 육포를 꺼내었다. 큰 육포 조각을 한입에 넣고 우물거리던 그녀의 눈이 스르르 감겼다. 입에 잘 맞는 모양이었다.

리카르디스는 그녀에게 다가갔다. 로젤린은 감고 있는 눈으로도 리카르디스의 기척을 읽어 냈는지 대뜸 들려오는 목소리에도 놀라는 기색 하나 보이지 않았다.

"맛있나?"

로젤린이 눈을 반짝 떴다. 그녀는 의기양양한 미소를 얼굴에 띠고는 육포를 하나 꺼내서 리카르디스에게 들이밀었다. 리카르디스는 손으로 건네받지 않고 곧바로 입으로 육포를 잡아챘다. 쫀득하고, 부드럽고, 적당히 짭짤하고 맛있었다. 보조 식량으로 배분되는 육포보다 상등품인 듯했다.

"맛있는걸."

로젤린이 고개를 크게 끄덕였다.

"해풍에 말린 최상품입니다. 바싹 마른 듯 보이지만, 식감은 쫀득쫀득하고, 말린 고기의 진한 육향과 짭짤함이 일품입니다. 세 번의 말리는 과정 중, 마지막에 꿀과 과즙을 바른다고 하는데요, 그 덕에 은은한 단맛이 감돕니다. 이것이 육포의 전반적인 맛을 아우르며 배가시키는 것 같습니다."

"……."

그냥 '맛있습니다.' 정도의 답변을 예상했던 터라 좀 당황스러웠다. 어제부터 느낀 사실이지만, 요즘따라 로젤린의 어휘력이 부쩍 늘었다. 생각해 보니 그저 음식 관련으로만 국한된 것 같기도 했지만 어쨌거나. 리카르디스는 피식 웃었다. 맛있다니 됐군.

물론 로젤린은 나단에게 불려 가 근무 중에는 군것질하지 말라는 충고를 받았다. 예전 같으면 고분고분했을 그녀가 반항하는 소리가 작게 들렸다.

"금식이 원칙인 것은 주의가 흐트러지기 때문이 아닙니까, 부단장님? 저는 먹으면서도 주의가 흐트러지지 않습니다!"

씨알도 안 먹혔을뿐더러 더 혼났다.

"사실…… 전하도 드셨습니다."

물귀신 작전도 통하지 않고 매우 혼났다.

* * *

로젤린이 리카르디스의 막사를 둘러보며 위험 요소를 확인하고 있던 때에 한 남자가 찾아왔다.

"올가미 용병단의 쥬렌즈라 합니다, 전하."

한쪽 무릎을 꿇고 올려다보는 눈빛에 아니꼬워 죽겠다는 감정이 여실히 드러나 있었다. 그가 만약 자기소개를 하지 않았다 하더라도, 리카르디스는 이 잿빛 머리의 남자가 마카롱이라는 사실을 분명 알아챘으리라 생각했다.

"별로 안 친한 사람들은 쥬쥬라고 부르곤 합니다. 그렇게 불러 주시죠."

"……친한 사람들은?"

"없습니다. 제가 워낙 싸가지가 없어서."

여성체의 이름은 뭐라 했더라. 미미였나. 잘은 모르겠지만, 요즘 어린 영애들 사이에서 미미니 쥬쥬니 하는 이름의 인형이 유행한다던데. 미묘하게 입에 담기에 껄끄러운 이름이었다. 그러고 보면 로젤린도 독수리에게 '마카롱', 자신이 선물한 군마에게는 '초콜릿'이라는 이름을 붙였었다.

'혹시 이 종족, 이름 짓기는 영 꽝이라던가?'

리카르디스는 이상한 생각을 하며 그를 바라보았다.

"일어서라."

"가암사합니다."

감사하다는 목소리 같지 않았다. 잇세리온은 뒷목 잡고 쓰러지기 직전이고, 주위의 호위들도 로젤린을 제외하고는 눈빛이 매서워져 있었다.

"제가 수줍음이 많습니다, 전하."

"그런가. 그것참 놀라운 정보인데."

"낯도 많이 가려서 말입니다. 호위를 물러 주시면 안 되겠습니까?"

"안 됩니다, 전하."

스타스가 남자를 쳐다보며 싸늘하게 말을 끊었다.

로젤린에 대한 정체는 하얀밤 기사단 내에 알려지지 않았다. 그저 강한 마인. 세간에 알려진 것과 동일했다. '그녀의 뒤를 위험한 자가 쫓고 있다.', '그를 대비하기 위해 부른 사람이다.'쯤으로 마카롱을 알고 있기에, 경계가 따르는 것은 어쩔 수 없었다.

"되, 될 것 같은데."

로젤린이 소심하게 의견을 냈지만 묻혔다.

"내가 부른 손님이다. 로젤린 경만 남고, 모두 나가 있어."

스타스는 가만히 리카르디스를 바라보았다. 그가 고개를 끄덕이자 스타스는 경례하고 단원을 이끌고 막사를 나섰다. 사람들이 없어지자 마카롱과 로젤린이 동시에 바깥을 쳐다보며 눈을 가늘게 떴다. 잘은 몰라도 사람들이 얼마나 가까이 있는지 판단하는 것처럼 보였다. 사람들이 충분히 물러난 것인지 두 사람이 고개를 작게 끄덕이며 서로를 바라보았다. 곧 마카롱은 한쪽 다리에 무게 중심을 실은 불량한 자세로 팔짱을 꼈다.

"거 되게 귀한 몸이시군요, 전하. 제 얼굴을 모르시니 잠깐 비치고 가려 했습니다만 이거 무서워서 두 번 찾아오겠습니까?"

"보통의 평민이나 용병은 황자를 독대한다고 찾아오지 않으니 그대를 수상쩍게 볼 수밖에 없는 상황이었지. 어쨌거나. 인상적인 첫 만남이었다. 쥬렌즈."

"친근하게 왜 이름을 부르고 그러십니까. 쥬쥬라고 불러 주시죠."

리카르디스는 슬쩍 고개를 돌려 마카롱의 말을 외면했다. 곧 죽어도 쥬쥬라는 단어를 입에 담지 않겠다는 결연함이 언뜻, 눈에 비친 것 같기도 했다. 마카롱은 옆에서 제 입에 육포를 넣어 주는 로젤린의 머리를 쓸었다.

"서로 깊은 얘기는 할 만큼 한 것 같고. 사냥 대회도 다가오니 굳이 얼굴을 맞대고 있을 필요는 없겠죠. 이 잘생긴 얼굴 잘 봐 두시죠. 기간 한정이기는 하지만 아군이니까 헷갈리지 마시고."

"확실하게 익혔다."

잘생긴 얼굴을 운운한 건, 분명 진심이겠지.

"계획이랄 것도 없지만. 어제 한 말은 모두 기억하나?"

마카롱이 무성의하게 고개를 끄덕였다.

"근데 하나 궁금한 게 있는데, 전하."

말이 짧아졌다.

"그 계획이랄 것도 없는 그, 계획에…… 전하가 나름 확신을 가지고 있는 듯한데……."

"확신이란 것은 태어나서 가져 본 적이 없다. 그저 여러 가지 정황을 살피며 최악의 상황을 준비할 뿐."

"어떤 최악이 올지 알아야 준비를 할 수 있는 거 아니야? 그런 의미에서, 전하는 지금. 이…… 상황을 파악하고 있다. 그렇게 여기고 그에 맞춰 대비를 한 거겠지."

"따지자면, 그러하다."

마카롱이 삐뚜름한 미소를 띠었다.

"너는 그놈의, 나의, 로젤린의 뭘 알고 있어?"

존대고 뭐고. 증발해 버렸다. 리카르디스는 개의치 않고 짧은 고민 후 대답했다.

"마력에 근원을 둔 존재. 여러 형태로 변이가 가능하다. 깊이를 가늠할 수 없는 힘을 지니고 있다. 로젤린과 그대가 다른 것은 살아 있는 생물을 먹었느냐, 먹지 않았느냐의 차이. 그 때문에 로젤린 경은 완전한 변이가 불가능하다. 그자는 어떤 부류인지는 모르겠지만. 여기까지 내가 틀리게 알고 있는 부분이라도?"

"꼴을 보아 하니 칼릭스랑 얘기 좀 했겠구나 싶고, 그놈이 먼저 얘기할 리는 없으니 그쪽에서 어느 정도 가설을 세우고 애를 탈탈 턴 모양인데……."

맞다. 리카르디스는 어깨를 으쓱했다. 마카롱이 한쪽 눈썹을 까딱 올렸다.

"너는 네가 알고 모르는 세 명의 사람이 각자 나에 대해 뭘 아느냐 하면, 당신들은 포유류로, 두 발로 걷는 생물이고, 평균 악력은 얼마고, 지능이 높아 먹이사슬의 상단에 위치한…… 따위를 말할 생각인가 봐?"

리카르디스는 잠깐 머뭇거렸다. 어떻게 우리의 정체를 알았느냐, 우리에 대해 얼마나 아느냐. 그게 궁금한 게 아니었던가? 저 존재들을 아우르는, 그들을 관통하는? 생물학적 정보가 아닌?

"그러니 너는 아무것도 모르는 셈이지."

마카롱이 로젤린의 어깨를 감싸 안고 등을 돌렸다. 리카르디스가 그를 잡으려 할 찰나 마카롱이 얼굴만 살짝 뒤로 돌려 리카르디스를 바라보았다.

"지금으로서는 딱히 별다른 수가 없는 건 알고 있지만, 시비 걸고 싶었어."

쓸데없이 솔직했다. 이것도 종족의 특성인가? 어이가 없어진 리카르디스는 힘없이 대답했다. 시비 걸고 싶었다는데 뭐 어쩌겠는가.

"……그래."

* * *

황제 라이노가 사냥 대회를 맞이해 연설했다. 다들 바보같이 웃으며 박수를 쳤다. 선수들의 출전 준비가 끝났다.

사냥 대회는 총 6시간으로, 그사이 동물을 가장 많이 잡은 자가 우승하게 된다. 각 동물마다 점수가 있으며, 당연히 잡기 힘든 개체에 더 높은 점수가 붙었다. 이미 산에는 각종 동물을 풀어 둔 상태로 만일의 사태를 대비해 위험한 맹수는 배제해 놓았다.

로젤린은 짙은 흑색 털을 가진 말의 고삐를 쥐고 공터로 나왔다. 사절단이후 리카르디스가 그녀에게 선물한, '초콜릿'이었다. 로젤린이 초콜릿의 허리를 토닥였다. 리카르디스도 그녀에게 다가가며 초콜릿의 목덜미를 쓱쓱 쓸었다.

"내가 어제 했던 말. 모두 기억하지, 로젤린?"

"네. 이기지 말 것."

리카르디스가 안도의 한숨을 내쉬며 고개를 끄덕였다. 로젤린은 화창하고 따스한 날 덕분인지 평소보다 더 나른해 보였고, 그 태도는 전투태세와는 상당히 거리감이 있었다. 사냥 대회에서 우수한 성적을 거둘 생각이 전혀, 조금도, 생각에도, 꿈에도 없는 듯했다.

무투 대회에 이어 사냥 대회까지 석권하면 그녀의 이름이야 드높여지겠지만, 다소 귀찮은 일에 휘말릴 가능성이 있다. 예를 들면, 황제의 질투라든가. 낯이 화끈해져서 입 밖으로는 내뱉지 못할 말이지만, 실제로 가능성이 농후했다.

때문에 사냥 대회의 1등은 티 나지 않게 얼음창 기사단에 넘기기로 했다. 로젤린은 고개를 끄덕이며 말을 이었다.

"다치지 말 것."

"다쳐 오면 감봉할 거야."

리카르디스의 말에 로젤린이 씩씩 분노를 표출했다. 다친 건 난데 왜 내월급이 깎여야 해!

"3개월 동안."

물론 농담이었지만 로젤린은 곧이곧대로 받아들인 모양이었다. 그녀는 3개월 동안 감봉이 되었을 시, 칼릭스에게 줄 용돈을 제외하고 자신이 사용할 수 있는 금액을 추정하고서는 절망했다. 쥐, 쥐꼬리…… 중얼거리는 걸 보니 어지간히 충격을 받은 게 아닌 듯했다. 리카르디스는 그녀 몰래 웃었다.

"그러니 다치지 말고."

"네. 반드시!"

로젤린은 두 주먹을 불끈 쥐고 대답했다. 이렇게 결연한 표정은 본 적도 없었다. 발타에서 일라베니아로 오는 길, 자신을 지킨다 말했을 때도 이 정도는 아니었다. 리카르디스는 그녀의 볼에 떨어진 속눈썹을 떼어 주며 얼굴을 가까이 했다. 웃고 있던 눈이 진지하게 로젤린을 바라보았다.

"그리고 두 개가 더 남았지? 기억하나, 경?"

"네. 누구도 믿지 말 것."

서로가 서로에게 작고 낮게 속삭였다. 가까이 있는 두 사람만이 들을 수 있을 정도의 소리였다.

"그리고 절대로……."

자리에서 벗어나지 말 것. 말을 미처 내뱉기 전, 익숙한 목소리가 두 사람의 대화를 끊었다.

"전하."

자주 듣진 않았지만, 나른하게 늘어져 있는 특색 있는 목소리라 잊지 못했다. 리카르디스와 로젤린이 그 목소리를 따라 고개를 돌렸다. 간제였다. 발타 일행이 도착한 첫날 이후 보지 못했던 발타의 3왕녀가 사냥 대회에 대뜸 나타났다. 그녀는 호위 및 감시 역할을 하는 발타의 전사들을 대동한 채로 리카르디스에게 다가왔다. 만면에는 웃음이 가득했다.

리카르디스는 좀 놀랐다. 발타의 사절단이 처음 도착한 날 이후로 보이지 않기에, 솔직히 죽었거나 어디 한구석 잘못됐을 줄 알았는데, 멀쩡해 보였다.

"같은 황실 내에 있으면서도 퍽 오랜만인 듯싶습니다."

간제가 사뿐사뿐한 걸음으로 리카르디스에게 다가갔다. 두 사람의 거리는 이제 얼마 남지 않았다. 로젤린은 퍼뜩 정신을 차렸다. 이다음 그녀가 무슨 행동을 할지 너무나도 잘 알았다. 반복된 학습의 결과였다. 로젤린의 예상대로, 간제는 눈을 스르륵 감으며 리카르디스의 볼로 향했다. 로젤린의 가슴이 덜컥 내려앉았다. 그 감정이 무엇인지 눈치채기도 전에 로젤린은 바람같이 움직이고 있었다.

"억."

리카르디스는 강력한 힘을 가진 무언가에게 갑작스레 뒤로 끌려갔다. 로젤린은 리카르디스를 기사단장 스타스에게 내팽개치고 그가 있던 위치에 자리 잡았다. 간제는 다가가던 힘을 멈추지 못하고 그대로 로젤린의 볼에 입을 맞추게 되었다. 쪽. 눈 깜짝할 사이에 일어난 일이었다.

"어머나."

간제는 눈을 동그랗게 떴다. 리카르디스는 스타스의 품에 반쯤 안긴 채로 멍하니 그 광경을 지켜봤다. 이게 지금 무슨…….

상황이 불쾌할 법도 한데, 간제는 인상을 찌푸리기는커녕 연신 싱글거렸다. 로젤린도 고개를 숙여 간제의 볼에 입을 맞췄다. 쪽 소리가 경쾌했다. 하얀밤의 기사단원들이 손으로 각자의 입을 가렸다. 이거 왠지 어디서 많이 본 상황인 것 같은데…….

"발타의 세 번째 딸을 뵙습니다."

간제는 코앞에 있는 그녀의 눈동자를 바라보다가 웃었다. 손은 여전히 로젤린의 어깨에서 떨어지지 않은 채였다.

"로젤린 경. 이렇게 가까이서 볼 거라고는…… 세상에, 피부 좋은 것 좀 봐."

간제가 그녀의 얼굴을 만지작거렸다. 로젤린이 저지른 일을 무례하다 걸고넘어질 수 있었으나, 간제는 그럴 마음이 없어 보였다. 누구에게 키스하든지 인사를 하겠다는 목적은 달성했으니 되었다는 태도였다.

리카르디스는 엉거주춤하게 일어서서 여전히 찰싹 붙어 있는 두 여자를 바라보았다. 무슨 상황인지 감도 안 잡혔다.

"대화를 나눠 본 적은 없지만 나는 경이 참 친근합니다. 제 오라비가 숨 쉬는 것보다 경의 얘기를 많이 해서 그런 걸까요?"

간제의 뒤에서 호위가 자신의 눈을 덮고 가만히 분을 삭이고 있었다. 고생이 많아 보였다.

"그러고 보니 이번 사냥 대회에 출전한다지요?"

"예."

"좋은 성적 거두길 바랍니다. 몸조심하시고요."

"맹수는 전부 처리를 해 두었다 전달받았습니다. 걱정해 주셔서 감사합니다."

"어쩜, 말도 이렇게 예쁘게 할까. 제 오라비가 탐낼 만도……."

"어허허험!"

간제의 호위가 급하게 목을 풀었다.

"제 오라비, 하카브 왕자가 로젤린 경을 탐내는 이유를 알겠지 뭡니까!"

하지만 간제는 전혀 그를 생각해 주지 않았다. 한 번 더 반복하다 못해 강조하기까지. 호위는 안색이 새파래져서 하얀밤 기사단의 눈치를 봤다. 단원들의 표정이 서늘하고 날카롭게 변했다.

간제가 빙그레 웃으며 로젤린을 꼭 껴안았다. 로젤린도 엉거주춤하게 그녀의 등을 감싸 안았다. 귓가에 숨소리가 포근하게 내려앉았다.

"조심해야 할 것은…… 맹수뿐만이 아닙니다, 경."

서로의 숨결이 닿을 거리에서 로젤린과 간제는 눈을 맞췄다. 간제의 눈이 빛나고 있었다. 곧 로젤린에게서 떨어진 간제가 리카르디스에게 불만을 토로했다.

"전하, 저에게 배정된 막사가 글쎄, 병장기를 모아 두는 곳 바로 옆이지 뭡니까! 우당탕 쿠당탕 아주 시끄러워 죽겠습니다."

갑작스러운 상황 전환에 리카르디스가 어색하게 웃었다.

"제가 막사를 옮겨 달라 한번 부탁해 보겠습니다."

"세상에, 참 자상하십니다."

간제가 두 손을 모으며 생긋 웃었다. 리카르디스는 마지막으로 로젤린을 돌아봤다. 눈빛에 담겨 있는 걱정을 읽었는지 로젤린이 고개를 끄덕였다. 그가 했던 말을 충분히 염두에 두고 있다는 뜻이었다. 리카르디스는 그제야 안심하고 돌아섰다.

리카르디스는 간제와 두런두런 얘기를 나누며 막사로 걸음을 옮겼다. 사냥 대회를 위해 모인 사람들의 이목이 그들을 향해 쏠렸다. 정확히는 간제와 간제의 호위 전사들을 향하는 것이었다. 구릿빛 피부, 검은 머리카락, 기묘하게 휘어 있는 무기의 형태. 하나하나가 일라베니아인에게는 위협적이기 그지없는 것들이었다.

줄지은 막사마다 부지런해지기 시작했다. 늘어져 있던 기사들이 눈빛을 달리하고 탈출로를 점검했다. 숲에서 술래잡기하던 라헤안시를 잡아 와 다들 제 막사로 데려가고자 했다. 웃고 즐기던 것을 멈추고 인상을 찌푸렸다. 맑은 웅덩이에 떨어진 미꾸라지 한 마리. 간제는 그 모습을 쭉 둘러보며 웃었다.

리카르디스는 기가 차서 허, 숨을 내뱉었다. 하카브도 없는 이 자리에 왜 나타났나 했더니.

간제는 자기 자신과 발타인들을 '사냥 대회'라는 곳에 떨어트려 그때의 상황을 상기시켰다. 검은달의 암살 부대가 일라베니아의 땅을 침범했던, 그날.

그러니 이것은 경고나 다름없는 셈이었다. 내가 이곳에 있으며, 내 오라비인 하카브 왕자 또한 일라베니아의 중심부에 있다. 검은달은 당신들이 생각하는 것보다 가까이 있으니. 경계하라, 조심하라.

단순히 사람들이 당황하는 모습을 즐기고자 하는 것일 수도 있으나……
리카르디스는 어쩐지 간제가 일라베니아 측을 일깨우기 위해 이 장소에 온
것처럼 느껴졌다.

리카르디스는 살짝 뒤를 돌아봤다. 상급 기사들의 눈빛이 예리해져 있었
다. 그가 피식 웃었다. 이것 참, 대단한 미꾸라지가 아닌가.

바보 같은 웃음소리가 사라진 정적인 공간 속에서 리카르디스는 활짝 웃
으며 말했다.

"오랜만에 뵈어 참 좋군요."

간제가 눈을 동그랗게 뜨더니 숨넘어갈 정도로 웃어 댔다.

* * *

부우우, 사냥 대회를 알리는 나팔 소리가 대기를 울렸다. 수십 필의 말이
한순간에 내달렸다. 로젤린의 뒷모습이 숲속에 푹 파묻혔다. 검은 머리카락
이 한 올도 보이지 않게 되자, 리카르디스는 그제야 막사로 돌아갔다.

사냥 대회는 총 6시간. 기사들이 돌아오기까지는 모두 자신에게 배당된
막사에서 쉬거나, 연회장을 통째로 옮겨 온 것 같은 저 밖에서,

"하하하!"

"호호호!"

저렇게 또 웃고 있어야 했다. 리카르디스는 당연히 전자를 택했다. 신경
쓸 구석이 한두 군데가 아닌데, 바보처럼 웃을 여력 따위는 없었다.

밖에서 유유자적하게 돌아다니던 간제가 막사로 들어가자 또 흥겹게 즐
기는 소리가 가득해졌다. 물론 경계야 늦추지는 않겠으나, 그녀 한 명에게
휘둘리는 모습을 보이기 싫다는 얘기였다. 누가 봐도 인위적인 저 웃음소리
들은 아마 간제, 그녀 한 명만을 위한 연극일 수도 있었다.

그래도 그녀도 나름 손님이라면 손님인 셈. 리카르디스는 제 정신력과

시간을 소모해 간제를 파티에 데려가 에스코트할 생각도 있었다. 그러나 간제는 생긋 웃으며 고개를 가로저었다.

[쉬고 있겠습니다. 조금 뒤에 해야 할 일이 있어서 말입니다.]

참, 그녀는 하는 말 하나하나가 의미심장했다. 그 얘기를 같이 듣고 있던 스타스는 막사에 물 샐 틈 없게 호위를 배치해 놓았다.

리카르디스는 눈을 감고 드러누웠다. 준비된 간이침대에는 사냥 대회라는 이름에 걸맞게 짐승의 털가죽이 올라와 있었다. 짐승의 누린내가 아닌, 향긋한 목재나 풀 냄새가 났다. 로젤린이 생각났다.

한참 누워 생각을 가다듬고 있을 때였다. 음악이 뚝 끊겼다.

"까아악!"

막사로 기사들이 들어옴과 동시에 비명 소리가 울렸다. 르윈. 부단장 나단, 레이몬드, 상급 기사 카일로, 파르딕트.

그들은 리카르디스를 등지고 사방을 경계하는 태세로 칼을 뽑아 들고 있었다. 리카르디스가 침대에서 상체를 일으켰다.

"무슨 일이지?"

눈빛에 비하면 그다지 태도가 다급해 보이진 않았다. 아주 위험한 상황은 아니라는 건가? 부단장 나단이 고개를 끄덕였다.

"중형 마수가 침입했습니다. 곧 정리될 테지만, 만약을 대비해 안을 지키겠습니다."

"인명 피해는?"

"아직까진 없습니다. 간제 왕녀 덕분에 막사와 파티장을 둘러싼 호위 병력들이 열심히 일하고 있던 터라."

크르르……

짐승이 위협하는 소리가 들렸다. 쟁, 쟁. 병장기가 부딪치는 소리가 났다. 리카르디스는 보이지 않는 막사 밖의 풍경을 머릿속으로 그렸다.

검을 든 수많은 사람들을 앞에 두고도, 온몸을 난자당하면서도 두려워하거나 고통스러워하는 소리가 들리지 않았다. 마지막까지도 인간들의 목에 이빨을 박아 넣고 싶어 할 뿐이었다. 제 목숨을 보전하고자 하는 모든 생물의 근원적인 감정이 결여되기라도 한 것처럼.

그는 침대 위에 앉아 가슴 한구석을 서늘하게 만드는 소리가 그치길 기다렸다.

리카르디스는 막사를 나왔다. 상황은 정리된 후였다. 귀부인들이 남편의 품에서 놀란 가슴을 진정시키고 있었다. 리카르디스는 군중들을 헤치고 나아갔다. 사람들의 구경거리가 되고 있는 것은 대가리가 잘려 있는 늑대 한 마리였다.

"늑대?"

분명 마수라는 얘기를 들었는데, 여기저기 붉은빛의 피를 뿌리고 쓰러져 있는 마수는 산에서 평범하게 볼 수 있는 늑대와 생김새가 같았다.

마수는 일반적인 동물의 크기를 훌쩍 뛰어넘었다. 또는 눈이 하나라든가, 입이 크다든가, 주둥이가 길다든가, 팔 한쪽이 뒤틀려 있다든가 하는 식으로 기형적인 부분이 눈에 띄는 경우가 많았다. 하지만 지금 이 늑대 형태의 마수에게서는 그런 점을 볼 수 없었다.

리카르디스의 말에서 그 의문을 알아챈 스타스가 곧바로 대답했다.

"마수입니다. 흰자위가 빨갛고, 이상할 정도로 공격적이며, 갑옷을 일그러트릴 정도의 힘을 가지고 있습니다."

"흠."

리카르디스는 팔짱을 끼고 사체를 내려다보았다.

"잇세리온."

"예, 전하."

"세터 아카데미의 교수 데미안이 말했던 것 기억하나?"

뜬금없는 물음에도 잇세리온은 곧바로 대답했다.

"마수는 동물이 진화를 한 것이라는 주장을 펼친 학자를 말씀하시는 겁니까?"

"그러면 인간이 진화하면 마인이냐며 아카데미에서 쫓겨나기는 했지만 말이다. 이상하게 그가 했던 주장이 떠오르는군. 정말 그냥……."

평범한 동물 같은데. 리카르디스가 턱을 매만졌다.

하지만 평범한 동물이라면 이렇게 위협적인 무기가 가득한 곳에 홀로 쳐들어오지도 않고, 갑옷을 일그러트리는 힘을 지니고 있지도 않을 것이다. 이 기괴한 야수는 그저, 죽을 때까지 눈앞의 모든 것을 파괴하겠다는 일그러진 목적성을 지닌 돌연변이에 불과했다.

스타스가 마수의 사체 위에 제 망토를 덮었다. 그 끔찍한 참상에서 눈을 돌리고 있던 자들, 구경거리라도 되는 양 웃고 떠들던 자들까지. 짧은 사건이 마무리되었음을 깨닫고 자리를 떴다.

리카르디스는 조금 더 자리를 지켰다. 수레에 마수의 사체가 실려 나갔다. 뚝뚝 흐르는 피가 수레바퀴를 붉게 물들였다. 그는 뒤를 돌아 막사를 향했다.

막사를 지키던 레이몬드가 손님의 방문을 알렸다. 누구인지 듣지 않았다 하더라도 알 수 있었으리라. 그 소동에도 얼굴 한번 안 비친 인물일 것이 빤하지 않은가. 그렇다 하더라도 마치 제 막사인 양 편안하게 앉아 있는 간제의 모습을 보니 황당하기는 했다.

"왕녀."

"심심해서 죽는 줄 알았습니다."

간제는 의자에 앉아 발을 까딱거리고 있었다. 잇세리온이 뒤에서 소곤거렸다.

"호위를 다 떼어 놓고 왔습니다."

그 호위들을? 간제가 입만 열면 피곤하다는 듯 눈을 꾹꾹 눌러 대던 그 자들을? 그들은 결코 간제를 혼자 내버려 두지 않을 것이다. 그녀의 안위를 걱정하기보다는, 그녀의 입에서 퍼질 얘기들을 단속해야 하는 자들이므로.
반드시.

"주위가 소란스러운데 혼자 다니시는군요, 왕녀."

간제가 빙그레 웃었다.

"다들 제 막사에서 곤히 자고 있을 겁니다."

"……왕녀를 두고?"

"시끄럽게 좋알대기에 재워 버렸습니다."

막사를 나서던 스타스와 레이몬드가 멈춰 섰다.

"어떤 방법과 어떤 의도로 했는지 물어도 되겠습니까?"

"그자들이 있으면 못 할 얘기가 많으니 말입니다. 그리고 방법은,"

간제가 생긋 웃으며 옷 속에 손을 집어넣었다. 스타스가 리카르디스의
앞을 막아섰다. 간제가 반대쪽 손을 들어 보였다. 공격할 의사가 없다는 뜻
이었다. 그녀의 품에서 길쭉하고 가느다란 무언가가 나왔다.

"환각과 수면 작용을 하는 약재와 독을 적당히 배합한 향입니다. 제가 만
들었지만, 효과가 아주 좋은데, 혹 필요하시다면…….."

"음…… 아니, 그다지 필요할 것 같진 않군요."

리카르디스는 눈짓으로 기사들의 경계 태세를 물린 후에 그녀 앞에 앉았
다. 간제는 발타에서부터 쭉 그에게 말을 걸어왔다. 행동으로, 말로. 얘기하
자, 얘기를 나누자. 당신과 나. 둘이서. 언제나 그렇게 말하고 있었다.

리카르디스는 그녀의 끈질기고 거침없는 행보가 단순히 개인과 개인만의
문제라고 생각하지 않았다. 그렇다면 일라베니아 대 발타? 이름뿐인 왕위
계승권을 가지고 있는 자가, 하카브라는 왕을 두고서 감히?

눈이 마주쳤다. 간제가 눈꼬리를 아래로 떨어트리며 생긋 웃었다.

"리카르디스 전하."

"안 합니다."

간제가 눈을 동그랗게 떴다.

"이…… 이건 좀 당황스럽군요. 제가 무슨 말을 할 줄 아시고? 마저 들어 보시는 것이 어떨까요?"

"싫습니다. 혼인 얘기를 하려던 것 아닙니까."

간제가 와 하고 감탄하며 마구 박수 쳤다.

"저희 왕실에 미래를 읽는다는 명목으로 한자리 꿰차고 있는 늙은이가 있는데 말입니다. 훨씬 솜씨가 좋으십니다."

"그거 영광이군요."

리카르디스가 깍지를 낀 채로 느릿하게 손마디를 훑었다. 간제가 휴 숨을 내뱉었다.

"참 아쉽습니다. 발타의 귀한 아가씨들의 입에서 오르내리는 미모의 주인공을 남편으로 꿰찰 기회라 생각했는데요."

리카르디스가 피식 웃었다.

"눈이 높군요, 왕녀. 미안하지만 나도 눈이 높습니다."

간제가 눈을 동그랗게 떴다가 잠시 후 깔깔 웃었다. 리카르디스도 어딘가 미묘해 보이는 미소를 입에 걸었다. 머릿속이 복잡했다. 한번 찔러 봤는데, 진짜였을 줄이야.

그녀가 단순히 자신에게 첫눈에 반해서 이 자리까지 왔다는 생각은 들지 않았다. 척 봐도, 누가 보아도 그녀는 하카브의 눈에 어긋나 있는 존재였다. 어떻게 지금까지 살아 있는지 의문이 들 정도였다. 혈육의 정?

하카브는 그렇게 달콤한 말이 어울리는 남자가 아니었다. 어찌 되었건 그녀는 살아남았다. 그러고도 제 오라비의 눈에서 멀어질 일만 골라 했다. 죽지 않았다고는 하나 다소 위험성을 내포하고 있다는 것만은 사실.

간제는 어쩌면, 혼인이란 이름의 동맹을 맺고자 이 자리에 왔을지도 모른다. 하지만 이 모든 일이 하카브의 계산속일 수도 있는 상황이었다. 함부로 덜컥 받아들일 수 있을 만한 건이 아니었다.

"발타에서는 사람의 말을 세 번까지는 들어 보라는 속담이 있습니다. 시간과 상황이 달라지며 무언가 변할지도 모르니, 심사숙고하라는 것이지요. 그러니 남은 두 번의 기회는 저 또한 물러 두겠습니다. 무언가 변하는 게 있을 때까지."

세 번의 기회라. 그에게도 나쁘지는 않은 제안이었다. 그녀의 말대로 시간과 상황에 따라 달라질 수도 있는 일이므로. 그녀가 몸을 일으켰다. 리카르디스도 같이 일어났다.

"막사까지 데려다 드리겠습니다, 왕녀. 마수가 처리되었다고는 하나, 한 마리가 아닐 수도 있으니."

"세상에…… 지금 1분 전에 찬 여자를 데려다주겠다 말씀하시는 겁니까?"

"그러기에 왜 호위를 전부 재우고 그럽니까."

간제가 입을 쭉 빼고 툴툴거렸다. 막사의 천을 잇세리온이 걷으려고 하던 차, 간제가 갑자기 발걸음을 멈췄다. 리카르디스도 따라 멈춰 선 후 그녀를 바라보았다.

"재밌는 이야기 하나 해 드릴까요, 전하?"

리카르디스가 고개를 까닥였다. 뭐든 빨리하고 나갔으면 좋겠다고 생각했다.

"마수라 하시니 생각나서 말입니다. 전하께서는 마수가 언제 생겨났다고 생각하십니까?"

리카르디스의 눈썹이 꿈틀거렸다. 언제 생겼느냐? 뭐, 이델라브힘이 세상을 비춘 그날부터니, 대충…… 몇천…… 몇만…… 모르겠다. 리카르디스가 심드렁하게 대답했다.

"글쎄요."

오래됐겠지, 뭐. 무뚝뚝한 대답에서 그 뜻을 읽어 낸 간제가 의미심장하게 웃었다.

"일라베니아와 발타에서 아는 내용이 조금 다르더군요. 그저 여흥으로 들으시면 될 것 같습니다. 저희 문헌상으로는 대략 300여 년 정도? 그때부터 마수가 나타났노라 이릅니다."

리카르디스는 그녀의 말을 찬찬히 되새겼다. 일라베니아 황실은 역사의 보고다. 어릴 적부터 갖은 교육을 받았으나, 그런 비슷한 얘기라고는 한 톨도 본 적 없었다.

마수는 동물, 식물과 같이 그저 세상과 함께 탄생한 무언가가 아니던가? 그런데 고작 몇백 년 전에 갑작스레 생겨난 것이라는 얘기가,

"아."

당혹스러웠다. 리카르디스가 제 입을 가렸다.

'시기가…….'

시기가 맞아떨어진다. 축복의 밤이 사라진 때와.

[그러면, 형. 마력을 강하게 타고나는 핏줄은? 지금 어디 있을까?]

설원의 월계수. 그 반쪽이 되는 마인 가문. 그들이 사라진 때와.

우연일 리 없다. 흩어져 있던 조각들이 아귀가 딱딱 맞아떨어지며 하나의 그림을 그리기 시작했다. 비어 있는 곳이 많아 그 조각에 어떤 그림이 있는지는 알 수 없으나, 전체적인 형상이 어슴푸레 그려지기 시작했다. 리카르디스는 잘게 손을 떨었다.

머릿속에 붉은 수레바퀴가 굴러간다. 마수의 피에 흠뻑 젖은 바퀴가 융단을 더럽혔다. 생을 위함이 아닌 누군가의 죽음을 위해 존재하는 돌연변이. 목에 칼날을 박고도 분노를 터트리던 '그것'의 포효가 생생했다.

* * *

282년. 막 싹이 움터 오는 봄. 아직은 쌀쌀하던 때.

들판에서 어린아이의 시체가 발견되었다. 강한 힘으로 사지를 뽑아낸 비참한 모습으로, 심장이 사라진 채였다.

282년, 첫 번째 꽃망울이 터지던 날.

전의 사건과 비슷한 형태의 시체가 발견되었다. 이 또한, 인간이 한 것이라 믿어지지 않는 잔인한 모습이었다. 그 시체가 짐승의 소행이 아니라 판단한 이유는 발톱이나 이빨의 흔적을 찾을 수 없기 때문이었다.

283년, 햇살이 가장 강하게 내리쬐는 계절.

지방 영지의 작은 마을 하나가 몰살당했다. 또한, 앞선 사건과 비슷한 양상을 띠었다. 범인은 그 마을에 살던 마인이었다. 크레안 티다니온에게 제물로 바치기 위해 사람들을 죽였노라 증언했다. 사건은 그렇게 마무리되었다고 생각했으나, 전역 동시다발적으로 비슷한 사건들이 일어났다.

하얀 밤과 검은 달을 부르는 위대한 힘 중 하나. 마력을 가진 자들이 갑자기 미쳐 버리기라도 한 것일까. 사람들은 서서히 마인을 피하기 시작했다.

284년, 붉은 낙엽이 바닥에 깔린 때.

황실 역사서에 정식으로, 마인이 인간을 잡아먹었다는 얘기가 기록되었다.

284년, 밀이 고개를 숙이는 때.

마인들이 일으키는 끔찍한 사건들에 사람들은 분노했다. 황실 또한 더 이상 이 모든 일을 좌시할 생각이 없다며 성기사들을 전면에 내세운 사냥을 시작했다. 온 대륙, 온 영지에 사람의 살 타는 냄새가 가득했다. 몇몇 강한 마인이 황실로 잡혀가는 걸 봤다 증언하는 사람들이 있으나, 확실치 않았다.

286년, 하얀 눈으로 뒤덮인 날.

남루한 차림의 마인 한 명이 거리를 뛰어다니며 소리를 질렀다. 마인이 저지른 모든 끔찍한 살인 사건들은 황실의 음모라는 얼토당토않은 거짓을 전파했다. 남자는 순찰하던 병사에 의해 즉결 처형당했다. 그 마인이 왜 도망가지 않고 사람 많은 거리를 뛰어다녔는지는 알 수 없었다. 마력을 타고 흐르는 광기가 도진 것이리라.

287년, 축복의 밤.

일라베니아에 불길한 그림자를 몰고 온 마인들의 존재는 어디서도 찾을 수 없게 되었다. 누군가는 마인이 없으면 하얀 밤이 찾아오지 못하는 것이 아니냐 했으나, 올해에 뜬 하얀 밤의 빛은 그 어느 때보다 눈부셨다. 마인, 그 불길한 존재들이 빛을 가리고 있었음이 분명했다.

이델라브힘의 광휘가 내리쬐는 아름다운 나라.
일라베니아여, 영원하라.

* * *

그림자가 드리워진 숲속에는 밖보다 차가운 공기가 머물렀다. 로젤린은 크게 숨을 들이켜고 주위를 둘러보았다. 오감이 예민하게 다듬어지자 보이지 않는 저 먼 곳의 정경까지 머릿속에 그려졌다.

말발굽이 땅을 울렸다. 미미한 진동에 다람쥐가 나무 위로 올라갔다. 나뭇잎을 스치는 소리가 연쇄적으로 일어나며 새 수십 마리가 하늘로 날아갔다. 토끼와 사슴이 무언가에 쫓겨 경중경중 도망쳤다.

잡아, 저기! 저기에 숨어 있다! 남자들이 소리치고, 화살이 빠르게 날아갔다. 환호하는 소리가 메아리처럼 반복되며 울렸다. 정복자들의 거침없는 발걸음. 그 아래 우두둑, 수풀의 나뭇가지가 비명을 지르는 소리까지.

귓가를 울리는 소리가 시끄러웠다. 머리가 어지러워졌다. 로젤린은 인상을 잔뜩 쓰고 초콜릿의 허리를 툭툭 두드렸다. 풀을 뜯고 있던 초콜릿이 투레질을 하더니 천천히 움직였다.

이동할수록 사람들의 기척과 소리가 사라져 갔다. 로젤린은 초콜릿의 목을 끌어안고 찰싹 붙었다. 부드러운 갈기가 그녀의 볼을 간지럽혔다. 불편했던지 초콜릿이 거친 숨소리를 냈다. 그녀는 눈앞에 여우 새끼가 지나가도, 토끼가 달아나도 쫓아가지 않았다.

한참 커다란 짐승 위에서 눈을 감고 있는 그녀의 귓가로 짹짹 소리가 커졌다. 산새들이 복슬복슬한 그녀의 머리 위에 앉기도 하고, 나뭇가지를 가져다 두기도 했다. 로젤린이 몸을 일으키자 산새들이 후다닥 다른 곳으로 날아갔다.

햇빛이 들어오는 양이 많아졌다. 로젤린은 곧고 길게 자란 나무들을 따라 하늘을 쳐다보았다. 아까까지만 해도 무성한 나뭇잎이 지붕처럼 하늘을 가득 덮고 있었는데, 지금은 마른 나뭇잎이 가느다란 나뭇가지에 간신히 매달려 있는 모양새였다.

오래되고 깊은 숲이었다. 산새들이 자신을 위협적이지 않다고 판단할 정도의 긴 시간이 흐른 것이다.

그런데 묘하다.

사라지지 않는 기척이 하나 느껴졌다. 일정한 거리를 두고 멀어지지도, 다가오지도 않는 걸음 소리가 자신을 쫓아왔다. 로젤린의 눈빛이 날카로워졌다.

숲의 초입에서야 사람들이 많으니 의문의 추적자, 그 존재 자체도 확정 지을 수 없었지만 지금 같은 상황에서는 모를 수가 없었다.

리카르디스가 했던 말이 떠올랐다. 위험한 자가 쫓고 있다. 위험해. 누구도 믿지 마. 그 수없는 경고에도 불구하고 로젤린은 오랜 시간 자신을 추적해 온 자가 그다지 위협적이지 않다고 생각했다. 제 존재를 숨기려고 한다든가, 걸음 소리를 죽이는 등의 행위를 하지 않아서일까. 그저 거리를 두고 같이 산책하는 느낌이었다.

그렇다고 해도 누군가가 뒤에 서 있다는 사실은 애써 무시할 만한 사안이 아니었다. 살의를 비치지 않는다 하더라도 온 신경이 보이지도 않는 방향에 쏠리기 때문이었다. 더군다나 리카르디스와 마카롱에게 돌아가면서 위험하다는 말을 300번쯤 들은 지금에야, 바짝 경계할 수밖에 없었다.

로젤린은 자리에 우뚝 멈춰 섰다. 의문의 추적자는 멈추지 않았다. 거리가 점점 가까워져 갔다. 저벅저벅. 부츠에 흙 자갈이 마찰되며 사각거리는 소리가 났다.

로젤린은 보조 가방에서 해풍에 말린 쫄깃 달콤한 육포를 꺼냈다. 씹으며 기다리니 얼마 지나지 않아, 남자는 로젤린과 한 공간 안에 들어오게 되었다. 그녀가 뒤돌아보면 어떤 장애물도 없이 온전히 마주 볼 수 있는 거리.

열세 걸음.

남자는 멈추지 않고 똑바로 걸어왔다.

여덟 걸음.

로젤린은 육포를 우물거리며 허리에 매인 검의 손잡이를 꽉 그러쥐었다.

세 걸음.

"뗵끼."

언젠가 많이 들었던 타박의 말에, 로젤린은 흠칫 몸을 떨었다. 하지만 그녀는 곧 그 목소리가 자신을 향하지 않는다는 사실을 깨달았다.

"그러면 못써요."

남자가 로젤린을 그대로 지나쳐 초콜릿의 주둥이를 찰싹 때렸다. 초콜릿이 황당하다는 듯 그를 노려봤다. 로젤린도 복잡미묘한 표정으로 그를 바라보았다. 위험⋯⋯인물?

"디에즈 전하?"

"아, 로젤린. 억."

초콜릿이 성이 났는지 디에즈의 복부를 주둥이로 꾹꾹 밀었다. 명치 부근이 눌린 그가 아픈 소리를 냈다. 로젤린이 고삐를 틀어쥐어 짐승의 행동을 제지했다. 위험인물은 아닌 것 같았다. 도리어 초콜릿이 그에게 위협을 가하고 있었다.

디에즈가 어색하게 웃으며 초콜릿의 얼굴을 쓸었다. 초콜릿이 고개를 팩 돌렸다.

"갑자기 초콜릿은 왜 때리십니까?"

로젤린은 부루퉁한 목소리로 지금의 심정을 드러냈다. 남의 집 귀한 자식을 왜 때리나. 디에즈가 손을 저으며 급하게 해명했다.

"아니, 로젤린 경. 로젤린. 지금 동물 학대범을 보는 눈빛인 건 알고 있나요?"

"예. 사람의 진정한 모습은 동물과 약자를 대하는 태도에서 나온다고 알고 있습니다, 전하."

"아닙니다!"

디에즈는 무척 당황하는 기색을 보였다. 곧 그는 다급한 몸놀림으로 초콜릿이 고개를 파묻고 있던 수풀에서 무언가를 한 움큼 뜯었다.

"독초입니다. 신경을 마비시키는 것에 탁월한 효과를 보이죠. 효과? 이런 때 쓰는 말이 맞던가…… 아무튼, 초식 동물들이 좋아하는 풀과 비슷하게 생겨서 그런지, 어린 짐승들이 종종 먹고 죽는 경우가 있다더군요. 위험할 뻔했습니다."

로젤린이 화들짝 놀라 안장에서 내려왔다. 그녀는 초콜릿의 입을 쩍 벌리고 샅샅이 훑었다. 곧 풀려난 짐승이 큰 콧구멍으로 씩씩 숨을 내쉬며 분노했다.

"감사합니다, 전하."

로젤린이 고개를 꾸벅 숙였다. 예의를 차리는 게 아니라 정말 고마웠다.

"별말을요……라고 말하고 싶지만, 제법 도움이 되었죠?"

"네."

"그러면 나중에 내 부탁 하나 들어줄래요?"

디에즈가 부드럽게 웃으며 그녀와 눈을 맞췄다. 로젤린은 고민 없이 고개를 끄덕였다. 그녀가 수락했음에도 디에즈는 웃지 못했다. 웃기는커녕 심란해 보였다.

"……저, 로젤린. 지금 할 말은 아니지만, 다른 사람들이 소원이나 부탁을 들어 달라는 둥, 계약을 하자는 둥 하면 알겠다고 바로 대답하면 안 됩니다. 누가 계약서 내밀면 바로 사인하지 말고, 칼릭스 경이나 레이몬드한테 들고 가서……."

"전하."

디에즈가 아차, 정신을 차렸다. 어느새 얘기가 다른 곳으로 새고 있었다. 그가 민망하다는 듯 웃었다.

"하하…… 농담입니다."

전혀 농담 아니었던 것 같지만, 어쨌든 대충 넘어갔다.

"제게 부탁할 일이 있으십니까?"

"언제나 많았죠."

궁금한 것은 못 참는 성격이라 로젤린이 이거냐 저거냐, 갖은 추측을 하며 물어도 디에즈는 하하 웃을 뿐이었다. 로젤린은 혹시 비밀스러운 것을 부탁하려면 다시 생각하라 했다. 요즘 비밀을 털어놓을 상대가 많아진 터라, 이상하게 입이 가벼워진다며.

그녀가 하는 말을 듣던 디에즈가 바람 빠지는 듯 웃으며 알겠다고 대답했다.

"그러고 보니, 로젤린. 이제 말을 굉장히 잘하네요."

"공부 열심히 했습니다. 동화책도 많이 보고."

"대단하네요, 그 짧은 시간 안에."

"힘들었습니다."

솔직히 그렇게 힘들진 않았다. 디에즈가 치켜세워 주는 말에 없던 제 노고가 툭툭 튀어나왔다. 모름지기 힘들게 얻은 것이 더 귀해 보이지 않던가.

"그래도 사교계에 녹아들기에는 좀 힘든 수준이라고 합니다. 더 열심히 할 겁니다."

"괜찮아요, 앞으로 일이 년이면 될 거예요. 기억도 서서히 돌아올 테니까요."

로젤린이 고개를 끄덕였다. 마르고 질긴 나뭇가지가 로젤린의 후드를 잡아챘다. 그녀가 주춤거리자 디에즈가 단검을 꺼냈다. 로젤린은 잠시 몸을 굳히고 그를 주시했다.

위험해, 로젤린. 누구도 믿지 마. 리카르디스가 속삭였다. 그러나 디에즈의 단검은 미련 없이 그녀의 후드를 잡고 있는 가지를 끊어 낼 뿐이었다.

"저도 그랬거든요."

아, 그가 실어증에 걸렸을 때를 말하는 것인가. 로젤린은 고개를 까닥이며 디에즈에게 감사를 표했다.

두 사람은 두런두런 얘기를 나누며 걸었다. 인간들의 발길이 닿아 생긴 좁은 길마저 사라지니, 완전한 숲속이었다.

"마수라도 나올 것 같은 풍경이네요."

디에즈가 흘리듯 내뱉은 말을 들은 로젤린이 고개를 주억거렸다. 과거의 그녀, '그것'이 지내던 숲과 비슷해 보였다. 죽어 가는 땅 위에 간신히 숨만 붙이고 있거나, 아니면 죽은 채 우뚝 서 있거나. 안쪽으로 들어올수록 초록색 잎은 보기 힘들어졌다. 디에즈는 담담한 얼굴로 숲의 풍경을 훑었다.

대륙은 서서히 죽어 가고 있으나, 일라베니아에는 아직 나무가 자라며 과실이 맺혔다. 일라베니아가 쥐고 흔드는 신의 힘. 성력의 진면모였다. 치유력은 인간, 동물, 식물을 가리지 않았다. 심지어는 그 힘이 죽어 있는 대지에까지 영향을 주리라고, 축복의 밤이 순리대로 찾아오던 그때에는 상상도 못 했을 것이다.

땅이 죽어 가고 황폐해져 가자, 어떻게든 황실의 권위를 세우기 위해 성수를 뿌리던 행위가 탁월한 효과를 가져온 것이다. 비록 몇 년, 몇 개월 정도의 가시적인 조치에 불과했을지라도.

로젤린에게 보통의 숲이란, 이렇게 죽음에 반쯤 걸쳐진 풍경이었다. 인간이 되고 한참이 지난 후. 역사를 배우고 나서야 이 모든 것이 어딘가 어긋나 버린, 잘못된 결과라고 알게 되었다.

로젤린은 마른 잎 하나 달고 있지 않은 비어 버린 숲을 찬찬히 둘러보았다. 누군가에게는 죽음의 땅이라지만 그녀는 다르게 느꼈다. 평생을 지내오던 곳이 이러했으니 인간으로 치면 고향의 정경과 쏙 빼닮은 곳에 온 것이나 다름없었다. 편안했다. 로젤린이 눈을 느리게 깜박거리며 나뭇가지를 스치는 햇빛을 받았다.

"아, 로젤린. 그러고 보니 축하 인사가 늦었네요. 무투 대회 우승. 축하해요."

"감사합니다."

로젤린이 빙긋 웃었다. 무투 대회 이후로 다들 우승을 축하해 줘서 어깨가 으쓱했다. 많이 들었지만, 칭찬의 말은 언제나 반가웠다.

"정말 멋있었어요."

"그렇습니다. 제가 정말 멋있었습니다."

디에즈가 맞아요. 정말 멋있었어요. 하고는 웃음을 터트렸다. 미묘하게 놀리는 듯한 느낌이었지만, 어찌 되었건 디에즈도 싱글벙글했고, 로젤린도 기분이 좋은 터라 마주 보고 방긋 미소 지었다.

"우승했을 때 무슨 생각이 들던가요?"

"어마어마한 우승 상금이 비로소 제 것이 되어 기뻤습니다. 제 것이 될 줄은 알았지만 그래도 그 순간 확정이 난 것이니까요."

"음…… 그래요……."

붉은수레바퀴 백작가의 일원이자, 2황자 리카르디스의 호위 기사가 그 영예로운 자리에서 돈을 먼저 떠올렸으리라고는 생각지 못해 디에즈는 당황스러웠다. 로젤린이야 월급의 90퍼센트를 먹는 것으로 소진했고, 그 90퍼센트의 지출도 최대한 절약한 거라는 점에서 우승 상금은 매우 반가운 소득이었다.

우승 상금을 받고 비싼 치즈 한 덩어리를 사서 주방장에게 맡겨 놓았다며, 매끼 치즈 요리가 나와서 좋다고, 아직까지는 안 물린다고 로젤린이 조잘조잘 얘기했다. 나머지는 수도에 있는 음식점을 순회하기 위해 아껴 놓았단다. 그런 얘기를 하던 로젤린이 아, 하고 본래 이야기 흐름을 찾아 돌아왔다.

"리카르디스 전하께서 기뻐하시겠다. 그런 생각도 했습니다. 제가 우승 하면 기분이 좋으실 거라 하셨거든요."

디에즈의 입매가 살짝 굳었다. 눈은 여전히 상냥하게 웃고 있지만 떡딱 하게 굳어 버린 표정 때문인지 어딘가 좀 어색하게 느껴졌다.

"로젤린은 형님을 참 좋아하나 봅니다."

"예쁘니까요."

디에즈의 얼굴에 걸려 있던 어색한 미소가 순식간에 사라졌다. 그는 뭔 가를 골똘히 생각하는 듯 입을 다물고 눈동자를 슬슬 굴렸다. 학술지를 읽 을 때의 표정 같았다. 고민, 고찰, 고심. 리카르디스 전하가 예쁘다는 말이 그렇게 고민할 거리인가?

"아!"

디에즈는 뭔가 깨달음을 얻은 듯한 탄성과 함께 고개를 한 번 끄덕였다. 그는 곧 진지한 표정으로 입을 열었다.

"제가 더 예쁩니까, 형님이 더 예쁩니까."

로젤린은 최근, 스스로 기민한 눈치를 가지게 되었다 자신했다. 이런 경 우에 다른 사람을 칭찬하면, 앞에 있는 사람이 기분이 상할 것이다!

[선의의 거짓말도 있긴 합니다만, 누님…….]

언젠가의 칼릭스가 했던 얘기였다. 하얀 거짓말이라는 것이 존재하는 이 유가 분명히 있으리라!

"디에즈 전하가 더 예쁩니다."

디에즈는 환하게 얼굴을 폈다.

"그럼, 제가 더 좋습니까?"

예쁘면 좋다. 그렇다면 더 예쁜 사람을 더 좋아하는 게 아니냐. 디에즈는 완벽한 논리에 입각한 주장을 펼쳤다. 로젤린은 침울해졌다. 역시 거짓말은 할 게 못 된다.

[거짓말은 더 큰 거짓말을 불러오기 마련입니다, 누님!]

동생의 말은 항상 옳았다. 하얀 거짓말도 결국은 거짓말인 것을……

로젤린은 머뭇거렸다. 그녀가 지키는 침묵이 대답이 되었다.

디에즈가 코로 숨을 내쉬었다. 그럴 줄 알았다는 식의 표정과 눈빛이라, 로젤린은 질책을 받는 듯한 기분이었다. 혼나는 기분.

"거짓말에는 재능이 없군요, 로젤린. 저와는 달리."

디에즈는 그 말을 끝내고 입을 꾹 다물었다. 뭔가 할 말이 많은 표정이었지만 그는 곧 뒤돌아 걸음을 옮겼다. 로젤린이 머뭇거리다 그의 뒤를 따랐다.

같이 걸을 때면 항상 보폭을 맞추던 남자는 제 기분을 나타내기라도 하듯 멀어졌다. 성큼성큼. 필사적으로 발걸음을 놀리는 것도 아니고 가볍게 산책이라도 하는 태도인데도 다리 길이가 길어서 그런지 벌써 저만치 멀어졌다.

로젤린은 여기저기 튀어나온 나무뿌리를 밟으며 열심히 디에즈를 쫓았다. 사박사박, 사뿐사뿐하게 걷는 소리가 뒤따라오자 디에즈의 속도가 느려졌다. 로젤린도 그에 맞춰서 차분하게 걸었다.

디에즈는 입가를 쓸었다. 돌아보지 않아도 한 걸음 뒤에서 의기소침한 얼굴로 따라오는 로젤린이 그려졌다. 굳어 있던 그의 표정이 풀렸다. 두 사람은 그 미묘한 기류를 유지한 채 몇 분을 말없이 걷기만 했다.

그때, 로젤린의 발걸음 소리가 멈췄다. 디에즈는 그녀를 돌아보았다. 로젤린이 마른 수풀을 뒤적이고 있었다.

벼락에 쪼개진 고목, 메마른 땅, 바싹 마른 나뭇가지들이 늘어진 이곳은 황량한 무덤이나 다름없으리라. 온통 칙칙하고 보기만 해도 머리가 쭈뼛 서는 풍경 안에 하얀 꽃 하나가 피어 있었다. 디에즈는 인상을 찌푸렸다. 이렇게 죽어 버린 땅에서도 피어나는가. 대단한 생명력이었다. 지긋지긋하게도.

로젤린은 그 흰 꽃을 부드럽게 뜯어냈다. 아주 소중하고 연약한 것을 보살피는 손길이었다. 흐트러진 검은 머리카락이 망토 위로 흘러내리고, 내리깐 속눈썹이 깜박거렸다. 로젤린이 살짝 미소 지었다. 가슴이 저릿저릿했다. 디에즈는 넋 놓고 그녀를 바라보았다.

로젤린이 꽃의 이파리 하나하나를 곱게 다루는 모습을 보고, 그는 깨달았다. 저것은 선물이었다. 저 색을 닮은, 누군가를 위한.

숨이 막히는 기분에 디에즈는 제 가슴에 손을 얹었다. 멈춰 버렸나 했더니 심장 박동은 어느 때보다 컸다. 고장 난 듯 불규칙적으로 두근…… 두근, 쿵쿵하고 울렸다. 디에즈의 속눈썹이 파르르 떨렸다. 황금색 눈동자가 석양에 물들어 있었다. 디에즈의 눈과 머리카락에서 붉은 햇빛이 부서져 내렸다. 그는 가만히 그녀를 바라보다가 입을 열었다.

"당신은 정말, 형님을 좋아하네요."

이번 그의 말은 로젤린을 향하는 것처럼 보이지 않았다. 그저, 그렇군요. 납득하며 체념하는 기색이 비치는 혼잣말에 가까웠다. 하지만 로젤린은 굳이 그의 말에 답을 붙였다.

"예."

디에즈는 조용히 침묵을 지켰다. 오랜 시간을.

"로젤린."

"예, 전하."

"부탁이 있어요."

부탁? 아까 군마 초콜릿을 구해 준 답례를 말하는 것일까. 디에즈의 표정은 아까의 차가움과 딱딱함이 온데간데없이 부드럽게 변했다. 평소에 보던 그와 조금도 다르지 않았다. 그런데 왜······.

부드러운 목소리에, 주위를 포근하게 만드는 그 미소에 로젤린은 이상하게 한기가 느껴진다 생각했다. 솜털이 쭈뼛 서며, 리카르디스의 목소리가 떠올랐다.

[누구도 믿지 말 것.]

본능이 위험하다 말했다. 로젤린은 한 걸음 뒤로 물러서려던 제 행동을 멈췄다. 디에즈가 위험? 그가 위험하다? 자신에게? 로젤린은 짧은 시간 자신을 휘감고 간 본능의 경고에 살짝 혼란스러워졌다.

디에즈는 곤란한 상황에 있을 때마다 자신을 구해 줬다. 단둘이 있던 때도 많았다. 만약 그가 나쁜 마음을 먹었다면 이보다 좋은 기회가 있었으리라. 예를 들면, 축제 '그림자 없는 밤'에 나쁜 사람들이 모이는 뒷골목에서라든가.

생각해 보면 해 볼수록 디에즈는 아닌 것 같았다. 피어오르는 불안감의 불씨는 너무 작았고, 그 조금의 가능성을 가리는 신뢰는 보다 짙고 커다랬다. 로젤린은 천천히 끄덕였다.

"어떤 부탁입니까?"

디에즈가 두 팔을 크게 벌렸다.

"한 번만 안아 봐도 될까요."

로젤린이 눈을 크게 떴다. 상상할 수 있는 그 너머에서 튀어나온 내용이라 당혹스러웠다.

"갑자기요?"

디에즈가 웃음을 터트렸다.

"사실 이런 말은, 언제 어떤 상황에 꺼내도 이상할걸요."

확실히. 그렇다. 과거 로젤린부터 몇 년 친하게 지내 온 사이라지만 제국 2황자의 호위 기사와 5황자가 포용할 만한 상황이란, 흔하지 않을 것이다.

"그러니까, 뭐랄까. 내 나름의 끝맺음을 하고 싶어서요. 도와줬으면 좋겠어요."

"……전하가 저를 안는 일이 무언가를 끝맺는 데 도움이 됩니까?"

"그럼요. 그래서 하는 부탁이에요."

본인이 그렇다는데 '전하가 저를 안는 일로 전하 나름의 끝맺음을 하실 수는 없으십니다.'를 말할 수는 없는 노릇이었다. 무언가 목에 턱 걸린 듯 껄끄러워 로젤린은 침을 크게 한 번 삼켰다.

로젤린, 위험한 것이 있어. 조심해. 누구도 믿어서는 안 돼. 리카르디스의 말을 잊을 리 없으나…….

"역시…… 좀 그렇죠? 미안해요, 갑자기 이상한 말을 해서."

디에즈가 자신의 머리를 마구 헤집었다. 거친 손놀림에 당황이 묻어 있었다.

"그냥 한번 안아 보고 싶었어요. 내가…… 오랫동안."

그가 로젤린을 똑바로 바라보며 살짝 미소 지었다.

"로젤린을 좋아했거든요."

넓은 숲 공간 어디에도 퍼져 나가지 못하고, 둘 사이에서만 오고 가는 주문 같은 작은 말소리였다. 리카르디스와도 쌓은 적 없는, 깊이를 알 수 없는 유대감이 그녀의 발을 이끌었다.

어두운 밤, 더러운 골목을 손잡고 빠져나올 때. 말하지 않아도 모든 감각을 공유하는 것 같던. 그가 보여 왔던, 그와 그녀가 쌓아 왔던 시간 그 이상의 유대. 마치 본능 같은, 오랜 기억 너머에 새겨져 있는 것.

로젤린은 주춤거리다 디에즈에게 다가갔다. 그녀가 한 걸음 딛자 디에즈가 환하게 웃었다. 그 속에서 읽어 낼 수 있는 것이라고는 동글동글 부드럽고, 예쁜 색채가 가득한 좋은 감정들뿐이었다.

로젤린이 한 걸음 한 걸음 다가갈수록 거리가 가까워졌다. 디에즈는 여느 때와 다름없이 녹아내릴 듯 부드럽게 웃고 있었다. 그의 유리구슬 같은 눈동자가 물속에 담겨 있는 듯 일렁였다.

발과 발끝이 닿을 거리. 로젤린은 그를 올려다봤다. 디에즈가 눈을 천천히 깜박였다. 괜찮다고 말해 주는 것 같았다. 뾰족뾰족하게 서 있던 이상한 경계가 누그러졌다. 누구도 믿지 말 것. 그녀에게 가장 중요한 사람이 했던, 중요한 말이 흐물흐물 녹아내렸다.

로젤린은 열려 있는 그의 품에 얼굴을 묻고 허리를 감싸 안았다. 좋은 향기가 났다. 향유가 아닌 사람의 살냄새와 바싹 마른 천 냄새였다.

툭, 그녀의 이마가 자신에게 닿을 때부터 줄곧 굳어 있던 디에즈가 천천히 팔을 움직였다. 로젤린은 곧 답답할 정도로 그에게 끌어안겼다. 괴롭지는 않았다.

디에즈는 로젤린의 어깨에 제 얼굴을 묻고는 그녀를 더욱 세게 끌어안았다. 그는 떨고 있었다. 추워 보이기도, 아파 보이기도 했다. 언제나 웃고 있던 그의 모습과는 달랐다.

문득 무투 대회의 마지막 날. 그때의 그가 생각났다.

회장의 중간에서 황제가 자신에게 검을 하사하고, 관중들이 환호를 지르는 위로 독수리가 날개를 펄럭이던 그때. 찬란하게 햇살이 내리쬐던 날의 디에즈의 얼굴.

꽉 껴안고 있어 지금은 그의 얼굴을 볼 수 없지만, 어쩐지 디에즈가 그런 얼굴을, 그런 표정을 하고 있을 것만 같았다. 그러고 보니 왜 울었던 걸까? 묻는다는 것을 까먹고 있었다. 이런 상황에서 묻는 것도 좀 이상한 느낌이라, 로젤린은 곰곰이 그때를 돌이켜 생각했다.

그날의 뜨겁게 작열하던 햇살은 똑똑히 기억한다. 널찍하게 뚫린 공간을 가득 메운 사람들의 함성까지도.

[영광의 일라베니아! 이델라브힘의 축복이 있으니 영원하리라!]

아름다운 황금색 눈동자 속에서 들끓던 분노를 똑똑히 보았다. 그것을 가리는 완벽한 가면. 디에즈가 어떤 식으로 웃는지 기억났다. 지금처럼, 아주 다정하게.

순간 소름이 일었다. 안겨 있던 로젤린이 몸을 확 뒤틀었다.

"컥!"

로젤린이 왈칵 비명을 토했다. 디에즈의 품에 선명한 붉은 피가 쏟아졌다. 로젤린의 손이 그의 망토를 세게 그러쥐었다. 힘줄이 굵게 돋아 올라왔다. 손끝이 저릿하고 머리가 삐쭉 서는 고통이었다.

로젤린은 목구멍 끝에서부터 느껴지는 핏물을 느끼고 상황을 겨우 인지했다. 공격당했다. 등 뒤의 완벽한 사각으로부터. 숲의 가지를 치던 용도로 줄곧 들고 있던 단검일 것이다. 몸을 뒤튼 덕에 아슬아슬하게 심장을 스치고 바로 옆에 꽂혔다. 조금만 늦었더라도 큰 타격을 입었으리라.

"아악!"

로젤린은 재차 비명을 질러야만 했다. 일격이 비켜 나간 것을 눈치챈 디에즈가 박혀 있는 단검을 그대로 비틀어 내부를 헤집었기 때문이었다. 뼈와 근육이 벌어지는 고통은 신경을 예민하게, 머리를 무디게 만들었다.

어떤 살의도 느끼지 못했다. 어떤 낌새도 읽을 수 없었다. 사람의 심장. 기관의 중심부를 향한 공격이라고 보기에는 너무나도 온화하고 어떠한 의도도 없었기에, 한순간 디에즈가 실수한 것이 아닌가 생각할 정도였다.

하지만 로젤린은 깨달았다. 등을 할퀸 고통으로부터, 죽어 가는 숲의 향기로부터, 자신이 어떻게 할 수 없는 상황으로부터. 이것은 아주 익숙한 감각이었고, 아주 강렬했다. 깊게 새겨져 있었다.

디에즈. 그였다.

로젤린의 눈꼬리를 타고 눈물이 흘렀다. 어두운 숲. '로젤린'의 뒤를 쫓던 자. 그녀의 죽음을 바라던 자. 한 번 더 제 죽음을 바라는 자. 냉혹한 손톱을 가진.

또 다른 '그것'.

디에즈. 디에즈의 그림자.

* * *

천막이 바람에 천천히 나부꼈다. 틈새로 어두운 숲이 비쳤다. 빗소리를 뚫고, 숨을 들이켜는 소리가 똑똑히 닿았다. 눅눅한 공기를 폐 깊숙한 곳까지 보내는, 그 경악 어린 숨소리!

디에즈는 잠시도 주춤하지 않고 튀어 나갔다. 천 한 장을 경계로 공기의 온도가 바뀌었다. 휘이이, 칼바람이 불었다. 비가 머리와 얼굴 위로 쏟아졌다. 망토를 휘날리며 도망치는 불청객이 보였다.

쿵, 쿵, 쿵!

크게 발을 몇 번 구른 것만으로도 디에즈는 그 사람을 손쉽게 따라잡았다. 디에즈는 망설임 없이 커다란 짐승의 손을 휘둘렀다. 단단하고 날카로운 손톱에 부드러운 살과 근육이 찢겨 나갔다. 어마어마한 힘에 불청객은 말에 치인 것처럼 붕 날아 앞으로 몇 바퀴를 굴렀다. 비틀거리며 일어선 사람이 다시 뛰기 시작했다.

어디지? 어디부터 봤을까. 아까 전 천막 밖을 나갔던 구릿빛 피부의 사내들도 보았을까? 이 손도? 인간의 것이라 믿기지 않는, 이 기괴한 몰골의 손도?

실수. 다른 단어로는 표현할 수 없었다. 습격 전 접선한 검은달의 암살자들이 이번만큼은 리카르디스도 칼날을 피해 갈 수 없을 것이라는 얘기를 했다.

리카르디스가 쉬운 상대가 아니란 사실도 알고 모든 일에 완벽이란 있을 수 없으므로, 그 이야기 또한 그저 그러면 좋겠다는 희망 사항이란 것쯤은 잘 알고 있었다. 그럼에도 막연했던 끝이 조금이나마 보이는 것 같았다.

하, 숨을 쉬고 감회에 잠기는 것이 이상한 일은 아니었다. 누군가의 접근을 허용했던 방심은 그 때문이었다.

대가는 참혹할 것이다. 천천히 쌓아 온 모든 것이 무너질 테니. 상처 입고도 어린 영양처럼 어두운 숲을 헤치고 도망가는 저, 저 인간을 잡지 못하면!

디에즈는 힘차게 내달렸다. 벌어져 있던 거리가 다시 가까워졌다. 젖은 흙과 나무, 피의 냄새. 그 사이를 뚫고 디에즈는 익숙한 이의 향기를 맡았다.

햇살이 잘 어울리는 사람이었다. 웃는 모습이 예쁜 사람이었다. 아, 당신 만은 아니길 바랐건만. 비 오는 밤. 어두운 숲. 달빛 한 점 들지 않는 이곳 에서, 피 흘리는 자가 당신만은 아니길 바랐는데.

방심의 대가는 너무도 참혹했다.

* * *

바람이 단검을 스쳐 지나가자 피 냄새가 났다. 디에즈는 그것에서 문득 오래전의 일을 떠올렸다. 사실 1년도 지나지 않은 시간이었으니 오래전이 라 말할 수는 없었다. 그저 그녀, 진짜 로젤린이 죽은 것이 오래된 일처럼 느껴질 뿐이었다.

필사의 힘으로 디에즈의 품에서 벗어난 로젤린이 몇 발짝 떨어진 곳에서 힘겹게 숨을 골랐다. 그녀는 비틀거리다가 컥컥 소리를 내며 피를 토했다. 깊은 상처의 여파가 고스란히 드러나고 있었다.

디에즈는 그녀를 가만히 바라보았다. 그러고 보니 그랬지. 내가 '로젤린' 을 죽였지. 피 냄새를 맡은 후에야 새삼스럽게 깨닫게 되었다. 그걸 또다시 반복해야 하는 상황이 오리라고는 상상도 하지 못했는데…… 디에즈는 웃 음을 흘렸다.

로젤린은 검을 바닥에 꽂아 몸을 지탱했다. 디에즈가 그녀에게 한 발짝 다가섰다.

인간이라면 치명상. 피 냄새의 농도만으로도 그 상처의 깊이를 짐작할 수 있을 정도였다. 그녀는 혼란스러운 눈빛을 하고 있었다. 당신이 나에게 이럴 줄은 몰랐다는 듯.

디에즈는 고개를 기울였다. 그런 생각은 사실 대단한 믿음을 기반으로 해야만 싹을 틔울 수 있지 않던가?

디에즈는 사냥 대회 출발 전, 리카르디스가 로젤린의 볼을 다정하게 어루만지며 하던 말을 모조리 들었다.

[누구도 믿지 말 것.]

그녀에게 가장 소중한 사람이 믿지 말라 했음에도, 로젤린은 자신을 믿었다. 그것이 못내 기쁘기도…… 허무하기도…….

로젤린은 울었다. 고통의 자극에 나오는 자연스러운 신체 반응이었다. 그녀가 숨을 고르다 입을 열었다.

"로젤린을, 죽인 건……."

그녀의 질문은 확신에 차 있었다. 과거 '로젤린'을 죽인 자가 자신이라는 걸 눈치챈 듯했다. 확실히, 가끔 계기가 주어지면 기억은 한순간에 피어오르기도 했으니. 그녀도 그런 것이리라.

"저예요, 로젤린."

젖은 녹색 눈동자가 안쓰러웠다.

"내가 당신을. 내가 당신의 등을 헤집고, 절벽으로, 죽음으로 내몰았어요."

"왜, 그러셨……습니까."

디에즈는 그녀의 질문을 되새겼다. 왜? 그 말에 이상하게 답하기 힘들었다.

"나는……."

목이 잠겼다. 서서히 숨구멍이 조이는 기분이라 디에즈는 제 목을 감싸고 있던 옷을 신경질적으로 풀어 헤쳤다.

"난, 로젤린."

하지만 그러고도 대답할 수 없었다. 이 무슨 얼간이 같은 작태인지. 디에즈의 표정이 사나워졌다.

파삭, 파사삭.

서로 마주 보고만 있던 그때, 말라비틀어진 나뭇잎과 앙상한 가지를 지나치는 소리가 저 멀리서 들려왔다. 하지만 그보다도 선명한 것은, 마치 심장 박동처럼 뛰는 거대한 마력이었다. 무시무시한 압력을 내뿜으며 빠른 속도로 다가오고 있었다. 디에즈는 그 누군가의 존재를 확정했다. 로젤린의 주위를 날아다니는 맹금류의 왕이리라.

디에즈는 그곳으로부터 시선을 돌려 로젤린을 바라보았다. 그리고 손에 들고 있는 단검을 보았다. 검신을 뒤덮은 피는 아직까지도 뚝뚝 흘러내리는 중이었다. 그 붉은빛이 자신이 무엇을 하고 있었는지를 일깨웠다.

[그러니까, 뭐랄까. 내 나름의 끝맺음을 하고 싶어서요. 도와줬으면 좋겠어요.]

끝맺음.

디에즈가 천천히 눈을 감았다 떴다. 그의 안에서 마력이 퍼지기 시작했다.

한자리에 못 박힌 듯 서 있던 디에즈가 움직였다. 저벅, 저벅. 그녀에게 다가가는 발걸음은 거침이 없었다. 그녀에게 긴 그림자가 드리웠다. 로젤린은 디에즈를 올려다보았다. 미소 한 점, 감정 한 점 읽어 낼 수 없는 차가운 얼굴이었다. 디에즈가 천천히 검을 들어 올렸다.

로젤린은 이를 악물고 바닥에 꽂혀 있던 검을 뽑아 들었다. 그와 동시에 마력이 거대한 소용돌이처럼 그녀를 휘감고, 폭발하듯 순식간에 공간을 메웠다.

자신의 힘을 감당하지 못한 로젤린이 휘청이며 피를 토했다. 그녀가 큰 빈틈을 보였으나, 검날은 로젤린을 조금도 스치지 못했다. 디에즈는 시간이 멈춘 것처럼 굳어 있었다. 그의 눈동자가 아무것도 없는 허공을 응시했다.

그는 로젤린으로부터 뿜어져 나오는 사나운 기운을 생생하게 느꼈다. 온 산을 뒤덮는 강력한 어둠. 마력을 가진 생물이라면 숨죽이고 고개를 조아려야 할 것 같은 이, 거대한 힘. 디에즈의 팔에 소름이 돋았다.

그가 멈칫한 찰나의 순간. 숲속을 가로지르며 다가오던 소리가 막 당도했다. 얼기설기 얽힌 나뭇가지들을 뚫고 무언가가 날아왔다. 디에즈는 빠르게 방어 태세를 취했다.

쿵!

무언가가 터지듯, 찢어지는 소리가 나며 그의 몸이 튕겨 나갔다.

촤아악, 로젤린의 앞을 가로막은 남자의 부츠가 흙바닥을 긁었다. 크게 밀려났던 디에즈가 몸의 균형을 잡았다.

로젤린이 제 앞에 등을 돌리고 선 남자를 힘겹게 올려다보았다. 바람이 불며 잿빛 머리가 흩날렸다. 마카롱이었다. 로젤린은 간신히 지탱하고 서 있던 몸에 힘을 풀고 풀썩 주저앉았다.

"물 마셔."

마카롱이 뒤돌아보지 않고 말했다. 로젤린은 리카르디스가 건네준 성수를 기억해 내고 떨리는 손길로 수통을 열어 마셨다. 큰 효과는 없으나 아주 조금씩 피가 멎는 것 같긴 했다.

그녀가 수통을 다 비워 내는 그 순간까지도 두 남자는 아무 말 없이 서로를 바라보기만 했다. 이따금 바람이 지나가며 스산한 소리를 낼 뿐이었다.

시간이 흘러도 변하는 것은 없었다.

그들 사이의 무거운 침묵을 깬 것은, 두 남자도 로젤린도 아닌 무리를 이룬 발소리였다. 웅성거리는 소리가 점차 가까워지기 시작했다. 급하게 달려오는 소리가 들렸다. 마카롱의 시선이 흘끗 그 방향을 향했다가 다시 디에즈에게 돌아갔다.

디에즈가 가볍게 한숨을 내뱉었다. 세 사람의 침묵으로 팽팽하게 유지되던 긴장이 뚝 끊겼다. 다시 무언가가 일어나도 이상하지 않은 상황이라 마카롱이 몸을 굳히며 그를 경계했다. 하지만 충돌은 없었다.

디에즈가 등을 보이며 돌아섰다. 마치 누군가에게 공격받으리라고는 생각도 못 하는 사람 같았다. 마카롱이 주춤 한 발짝 내디뎠지만, 앞으로 더 이상 나아가지 못했다.

로젤린은 그들의 모습에서 위화감을 느꼈다. 마카롱과 디에즈. 두 사람의 만남이 이번이 처음인 것처럼 보이지 않았다. 사절단에 있었을 때 독수리의 모습으로 지나쳤기야 했을 테지만, 그런 것이 아니라. 뭐랄까. 잘 아는 사이 같았다.

생각은 길지 못했다. 왈칵 피를 토하는 순간 고통이 온몸을 지배했다. 로젤린은 바닥을 보고 피를 뱉어 내다가 힘겹게 고개를 들었다. 흐려진 시야에 점점 멀어지는 디에즈의 등이 보였다. 다시 한번 로젤린이 아픈 기침을 토해 내자, 마카롱이 급하게 그녀에게 다가갔다.

몇 분 뒤, 올가미 용병단의 단원들이 도착했다. 남자들이 경계 태세로 주위를 훑다가 반쯤 쓰러져 있는 로젤린을 보고 기겁하는 소리를 냈다.

"로젤린 경! 아니, 쥬, 쥬쥬 씨, 이게 무슨……."

"알 거 없잖아. 손대지 마."

마카롱이 로젤린을 안아 들었다. 로젤린은 흐르는 눈물을 그의 옷에 비벼 닦아 냈다.

"이제 좀 자."

그 말이 떨어짐과 동시에 로젤린은 수면 깊은 곳으로 가라앉았다.

디에즈는 저 멀리에서 들려오는 경악 어린 목소리에 잠시 발걸음을 멈췄다. 아까 전 그가 있던 곳에서 사람들이 웅성거리고 있었다. 시끄러워 두통이 일 지경이었다. 그는 인상을 찌푸리며 관자놀이를 꾹 눌렀다.

디에즈는 천천히 걸어 그들이 있는 곳으로부터 멀어졌다. 자연히 발걸음은 깊은 숲속을 향했다. 바람이 기묘하게 많이 부는 곳이라 했더니, 끝이 보이지 않는 깊은 절벽이 있었다. 아래에서 위로 바람이 불어왔다. 디에즈는 그곳에 로젤린을 찌른 단검을 떨어뜨렸다. 피 냄새가 실려 와 어지러웠다.

로젤린은 자신이 떠나는 그 순간까지 눈동자에 의문을 담고 있었다. 어째서 당신은 로젤린의 죽음을 바랐는가? 그녀를 왜 죽였어? 왜 나를 또다시 죽이려 해?

답을 해 주지 못한 것은 방해자가 등장했기 때문만은 아니었다. 이걸 어떻게 설명해야 할지, 그는 도무지 알지 못했다.

로젤린 당신은 알 것이다. '우리'가 마음만 먹는다면 그 근접한 거리의 사냥감을 결코 놓칠 리 없다는 사실을. 그럼에도 그녀가 절벽 아래에 떨어졌다는 것. 그게 무엇을 의미하는지, 로젤린. 그대만은 알 것이다.

그렇게 자신의 손으로는 기어코 죽이지도 못해, 벼랑으로 그녀를 몰았던. 제 계획과 쌓아 온 모든 것이 무너지는 위험을 뒤로한 채 떨어지는 그녀를 향해 손을 뻗었던. 내가 왜 또다시. 너를 어떻게.

숨이 막혔다. 손등에 차가운 감촉이 느껴졌다. 바라보고 나서야 눈물이라는 것을 알게 되었다.

* * *

최초의 장면은 철창 안에 죽어 있는 사람들로 시작한다.

황금을 녹인 듯한 금발과 금안의 소년은 침대에 앉아 화려하게 치장된 방 안을 쭉 훑었다. 장식물, 바닥을 덮은 카펫, 창문을 가린 커튼, 일정한 간격으로 배열된 장식물들의 생김새는 그의 취향과는 거리가 멀었다.

내성적인 소년은 별달리 털어놓을 만한 사람이 없었던지, 애완동물이었던 자신, '에파'에게 이 공간이 답답하다 항상 말하곤 했다. 그때는 질릴 정도로 화려한 방 안이라는 감상뿐이었으나.

확실히, 지금 이 '디에즈'의 황금색 눈동자로 본 방 안은 인형의 집이나 다름없었다.

시녀들이 걱정스러운 눈빛을 띠고서는 수발을 들었다.

호숫가 근처에서 사라진 황자가 몇 시간 뒤에 쓰러진 채로 발견된 사건 자체는 차치하고, 그 이후 말을 아주 잃어버린 병증을 앓고 있는 일은 최근 백옥 성의 가장 큰 근심거리였다.

아끼던 애완동물 에파가 사라졌는데, 그 때문이라느니. 뇌 쪽에 어떤 문제가 있는 거라느니. 말은 많지만 이렇다 할 해결 방법은 없는 상태로, 사고 전 방실방실 방긋방긋 잘 웃던 황자 전하께서 입을 조가비처럼 딱 다물고는 무표정하게 있으니 시녀들 또한 말수가 적어지기 시작했다.

시녀들이 음식을 나르자 내내 무표정하던 디에즈의 표정이 확 밝아졌다. 그는 포크를 어설프게 쥐고는 닭 가슴살이 올라간 샐러드를 야무지게 찍어서 먹었다. 세 종류의 버섯이 들어간 수프도 후후 불면서 잘 떠먹고, 빵도 예쁘게 찢어서 잘 씹었다.

이틀 전 막 의식을 차린 사람치고는, 게다가 그 이전에 짧은 입으로 시녀들을 고생시켰던 장본인치고는 굉장한 식사량이었다.

다른 사람들은 그저 잘 드시는 황자 전하가 기특하고 고마워 눈물짓기만 했다. 잘 먹어야 낫는다 하지 않던가. 그게 육체적인 문제 외에도 효험이 있을지는 모르겠으나.

디에즈는 시녀들에게 다 먹은 접시를 두 손으로 건네주는 방식으로, 더 달라는 뜻을 표했다. 시녀들이 흐물흐물해진 얼굴로 제 주인을 바라보고는 얼른 주방으로 달려갔다. 디에즈는 입에 묻은 음식 부스러기를 혀로 핥으며 그들을 바라보았다.

먹는 것, 입는 것, 말하는 것. 행동 하나하나까지 전부 어긋났음에도, 지금의 디에즈와 사고 전의 '디에즈'가 별개의 존재라는 사실을 알아채는 사람은 없었다. 그저 아주 자그마한 이질감. 뭔가 좀……? 고작 그 정도. 의

심까지 미치지도 못하고 흘러가 버린 것들이 대다수였다.

그러나 그 와중 단 한 사람이 바늘 같은 이질감을 눈치챘다. 작지만, 날카롭고 뾰족하다. 박혀 있으니 무시할 수 있을 리가 없다.

과거 '디에즈'가 어머니라 부르던 인간이었다. 겉가죽을 뒤집어쓸 수 있는 괴물의 존재를 알지도 못하면서 제 아들이 아니라는 사실은 어떻게 알았을까. 절절한 피의 연결 고리가 끊긴 것을 직감적으로 알아차리기라도 한 걸까.

하지만 그게 놀랍지는 않았다. 그녀라면 반드시 알아챌 것이라는 확신을 가지고 있었다.

그의 어머니는 소국 힐리사고 왕국, 그중에서도 권세가 대단치 못한 집안의 장녀였다. 일라베니아 황제의 반려가 되기에는 턱없이 부족했으나, 아름다웠다. 그것만으로도 모든 조건이 충족된 셈이었다.

황제의 부인이라고 하면. 나라의 어머니나 다름없다 하지 않나? 나는 그럴 능력도 없고 그리고 싶지도 않은데? 평범하게 비슷한 직위의 귀족과 결혼해서 애 두셋 낳고 평범하게 가정을 지키다가……

물론, 그녀의 의견은 중요하지 않았으므로, 황제의 계획이 달라질 일은 없었다. 혼인 당시 그녀의 나이는 열여섯이었다.

어린 나이. 득세하지 못한 귀족 가문의 여인이 상상한 미래는 이렇지 않았다. 그녀가 현실 감각이 없는 것이 아니라 현실이 너무 괴상하게 흘러간 탓에, 그녀는 황실에서 지내는 모든 나날을 힘겨워했다.

어디든 기대고자 했지만, 그 어디에도 기댈 곳은 없었다. 그녀의 외가 또한 그녀를 팔아넘긴 장사치에 불과했다.

그녀를 원해서 어린 나이에 타지로 끌고 온 황제 또한 전혀 버팀목이 되어 주지 못했다. 황제는 향수병에 걸려 하루 종일 우울해하는 여자를 달랠 만큼 자상하지도 못했고, 그런 귀찮은 일을 도맡을 만큼 그녀에게 애정을 가지고 있지도 않았다.

그저 어려서 풋풋하고 예쁘니 보기 좋다. 딱 그 정도의 관심. 그 정도의 애정. 그것도 애정이라고 부를 수 있다면.

그런 배경에서 디에즈가 태어났다. 아들이 태어난 것이다. 엘피디오가 얼마나 강력했건 간에, 아들인 이상 황태자 후보에 이름을 올리게 되는 것은 당연했다. 조용하던 백옥 성에 사람들이 드나들며 축하하고, 황제도 아들이라는 말에 호탕하게 웃으며 그녀를 칭찬했다. 값은 빛나는 것과 많은 이들이 탐내는 것을 그녀에게 선물했다.

그녀는 찾아냈다. 이 어둡고 무서운 거대한 미로 같은 공간에서 유일하게 잡게 된 실. 미로의 출구를 알려 주는 가느다란 실이 제가 낳은 자식이라는 사실을 알게 되었다.

금발의 사내아이는 아름다울뿐더러 명석했다. 기대는 그만큼 높아졌다. 자랄수록 엘피디오의 세가 급격히 불어나며, 현 황제의 자리까지 위협하는 위치에 올랐음에도 그녀는 디에즈가 다음 대의 황제가 되리라 믿어 의심치 않았다.

덕분에 디에즈는 그녀의 집요한 눈길 아래에서 자라났다. 입는 것, 먹는 것, 배우는 것. 지내는 공간, 온전히 그만의 것이었어야 할 시간. 그의 모든 생각까지.

그런 것은 입에 대면 안 돼, 디에즈. 황제 폐하는 붉은색을 싫어하셔, 디에즈. 아침에는 6시에 일어나서, 7시까지 아침을 먹고, 9시까지 역사학을 공부해야 해. 12시까지는 성전을 읽고, 1시까지는 점심을…… 황족으로서의 몸가짐을…… 황제가 되기 위해서는…… 모든 준비를…… 모두 너를 위해서야.

그런 부모 밑에서 자라서인지, 혹은 원래 그가 그런 성정이었는지. 디에즈는 유약했다. 휩쓸리고, 순응했다. 디에즈는 자주 답답함을 느꼈지만, 그녀를 위해 웃었다.

약해 빠진 것. 과거 '디에즈'에 대한 평가였다. 한때 '디에즈'의 애완동물이었을 때에도 그렇게 느끼긴 했으나, 이따금 그의 생각이 떠오를 때면 평가는 더욱 신랄해졌다.

"디에즈."

아, 또 왔다. 의심의 눈초리와 딱딱하게 굳은 얼굴로 방을 들어서는 그의 어미. 아니, 어머니.

디에즈는 눈을 휘며 생긋 웃었다. 거울을 보고 연습한 결과였다. 과거 '디에즈'의 모습과 똑 닮아 있었으나 그녀의 낯빛은 더욱 창백해졌다. 눈빛이 불쾌했다.

입는 것, 먹는 것, 배우는 것. 지내는 공간, 시간. 모든 생각까지. 전부 그녀의 뜻대로 한다고 해도 자신이 디에즈가 아니라는 사실을 알아챘으리라.

그것이 그녀가 말하는 사랑일까. 징그럽기 그지없었다.

그날 밤 백옥 성이 불타올랐다. 디에즈가 쓰러진 채 발견된 것은 3일 전. 좋지 않은 사건을 최대한 숨기고자 하는 황실의 특성상, 그가 쓰러졌다는 얘기를 아는 것은 백옥 성의 사람들뿐이었다.

그렇게 5황자 디에즈가 화재 전에 쓰러졌고, 깨어났을 때 말을 하지 못했다는 이야기는 백옥 성과 함께 검게 타올라 사라졌다.

너울거리는 불빛이 어두운 하늘을 비췄다. 디에즈는 열기가 닿는 곳에서 탁탁 튀어 오르는 불티들을 손으로 콕콕 찔렀다. 뜨거웠다. 콰르르 소리와 함께 성의 일부가 무너졌다. 디에즈가 한 걸음 물러서자마자 그 자리로 무거운 조각들이 떨어졌다.

디에즈는 걸음을 돌려, 처음 시작한 장소로 향했다. '디에즈'가 사라지고, 지금의 자신으로 변한 호숫가. 그는 꽃이 예쁘게 핀 곳에 자리 잡고 앉았다.

비명 소리가 들리는 듯했다. 도망가지 못하게 치명상을 입혀 두었으니 빠져나오지는 못한다. 불길이 걷잡을 수 없이 커졌다. 성을 잡아먹은 연기가 하늘을 가렸다. 디에즈는 과거 '디에즈'가 하듯 풀피리를 삐삐 불었다.

그만큼 솜씨가 훌륭하지는 못했다.

그는 조각나 알 수 없는 기억을 찾아 이곳에 왔다. 코를 찌르는 선명한 피비린내. 어두운 공간, 춥고 습한, 불쾌한 냄새가 나는 곳. 이름 한번 불러 보지 못한 아이들. 사람들의 비명 소리. 하얗고 뾰족한 성. 울리는 아름다운 종소리.

속을 헤집어 할퀴는 그 기억들 사이, 이상한 게 빼꼼 머리를 내밀었다. 그것은 그에게는 생소한 것이었다. 과거 '디에즈'의 기억이었다.

어떤 소녀의 모습이었다. 구불거리는 검은 머리를 단발로 댕강 잘라 고개를 숙이면 하얀 목덜미가 보이는, 그런 소녀.

그녀는 햇살 아래 몸을 곧게 세우고 똑바로 앞을 응시하며 환하게 웃고 있었다. '디에즈'의 기억은 그녀의 부드러운 미소 뒤에 얼마나 강한 힘이 자리 잡고 있는지 알고 있었다. 누구에게도, 무엇에도 흔들리지 않는. 가슴에 소중한 걸 품고 혼자 발을 내딛는 용기를 지닌 사람이었다.

그녀가 누구인지 알지도 못하면서 뭐가 그렇게 예쁜지, 뭐가 그렇게 빛나는지. 왜 생각만 해도 가슴 한구석이 아릿해지는지. 기억 없이 감정만 물려받은 지금의 디에즈는 황당할 뿐이었다.

그렇게 철창 안, 죽어 있는 사람들로부터 시작한 기억에 이따금 검은 머리 소녀가 섞이기 시작했다. 그 때문에 화가 났다가 기뻤다가, 울고 웃는 나날을 보내게 되리라고는, 풀피리를 삐이 삐이 부는 지금의 디에즈는 알 수 없었다.

디에즈가 기억 속 소녀와 대면하게 된 것은 3년이 지난 후였다.

백옥 성 화재 사건 이후, 충격에 실어증에 걸린 5황자는 별장으로 내려가 오랜 기간 요양한 것으로 알려져 있었다. 실상은 몸의 주인으로부터 기억을 물려받는 과정과 인간의 언어, 황실의 예법을 익힐 시간이 필요했기 때문이었다.

3년이 지나 성장한 디에즈는 예전의 상냥한 미소를 되찾았다. 모두가 그의 귀환을 반겼다. 그중 2황자 리카르디스의 호위 기사인 레이몬드도 끼어 있었다.

어릴 적부터의 오랜 인연이었다. 애완동물일 적에도 몇 번 본 적 있었다. 귀찮게 들러붙으며 쓰다듬었던 인간이라 그다지 좋아하진 않았다. 게다가 멍청해 보이는 외관과 달리 감이 좋은 인간이었다.

하지만 문제가 되지는 않았다. 이질감을 느낀다 하더라도 부모와 동생, 제 수발을 들던 사용인들까지 죄 불타 죽고 혼자만 살아남은 큰 사건을 겪었다면, 심경의 변화가 있어도 이상하지는 않을 것이다.

그렇게 제 속이 음험한 줄도 모르고 레이몬드는 눈물까지 흘려 가며 그를 끌어안았다. 디에즈는 당황했다. 황족은 함부로 건드리면 안 되는 거 아니었나? 예법책에서 그렇게 봤는데?

다 크다 못해 근육이 꽉 압축되어 있는 거대한 남자가 자신을 안고서는…… 운다.

디에즈는 환장할 것 같았다. 지금, 어. 코를 훌쩍거렸는데. 어깨에 묻은 건 아니겠지? 찝찝했다. 그렇게 껴안겨서 싱숭생숭한 마음에 당황하는 와중, 로젤린을 만났다. 레이몬드가 기억하냐고 물었다. 제 수습 기사였는데 이번에 정식으로 하급 기사가 되었단다.

붉은수레바퀴의 로젤린. 로젤린 에스터.

가벼운 미소도 없는 딱딱한 얼굴이 낯설었다. 날카로운 눈빛이 화가 나 있는 듯했다. 언제나 웃고 있던 기억 속의 모습과 달랐다. 그 미소가 자신을 향하는 것은 아니었지만, 그래도 언제나 웃었는데. 뭔가 애타는 마음이 들어 불쾌해졌다. 허약해 빠진 모자란 놈이 별 잡스러운 걸 남기고 가서, 괜히 속을 들쑤시고 있었다.

그녀의 진짜 첫인상이 별로였건 어쨌건, 세 명은 자주 만났다. 아마 레이몬드는 제 마음에 쏙 드는 친구 1과 2가 친해지길 바랐던 것 같았다. 세 번째 만났을 때야 비로소, 디에즈는 로젤린의 그 불만스럽고 화난 것 같은 표정이 기본 표정이라는 사실을 깨닫게 되었다. 그걸 알게 된 후에야 그녀가 조금 보였다.

가끔 건네는 말은 차분했다. 목소리가 좋았다. 바람이 일지 않는 호수의 표면같이 확 튀거나 낮게 가라앉지 않고 조곤조곤했다. 로젤린은 사람의 눈을 빤히 쳐다보는 습관이 있었다. 녹색 눈동자는 햇빛을 강하게 받으면 노란색처럼 보이기도 했다. 검은 머리는 결 좋게 빛났다. 무겁지도 가볍지도 않은 걸음걸이가 사뿐사뿐했다.

내리깐 속눈썹이 팔랑거렸다. 아래를 향하던 눈동자가 스르륵, 움직였다. 시선이 부딪쳤다.

훔쳐보고 있다가 딱 걸렸다. 황실 도서관. 아동용 동화책 뽑아 놓고도 테이블에 엎어져 자고 있는 레이몬드를 제외하고, 두 사람은 이것저것 쌓아 놓고 읽던 중이었다.

그러나 디에즈는 책 대신 로젤린이라는 대상을 열심히 탐구했다. 책을 넘기는 손이 멈춘 지 오래고, 시선도 적나라하기 그지없어 로젤린도 모를 수가 없는 모양이었다. 디에즈는 눈이 마주치고 나서야 자신이 그녀를 오래 바라보고 있었다는 사실을 인지했다.

로젤린은 사람의 눈을 피하지 않고, 가만가만 그 속을 들여다보는 듯한 묵직한 시선을 가지고 있었다. 디에즈도 똑바로 쏟아지는 그녀의 눈을 피하지 않았다. 시간이 지났다. 침묵은 끊어지지 않고 이어졌다.

"크어억…… 쯔…… 어…….."

레이몬드의 비강 그 어디쯤에서 괴상한 소리가 울렸다. 코를 고는 건지 잠꼬대를 하는 건지 통 알 수 없는 소리. 로젤린의 시선이 레이몬드를 향했다. 그녀는 자신이 다 민망하다는 듯, 이상하고 미묘한 표정을 짓더니 곁눈질로 디에즈를 흘끗 쳐다봤다.

내 상사이자 당신의 친구가 바보라서, 민망하죠? 동의를 구하는 눈빛에 디에즈가 피식 웃었다. 레이몬드가 바보 같아서 절로 나온 웃음이었다. 로젤린도 소리 없이 웃었다. 처음 보는 미소였다.

아, 그 웃음이. 소리 없이 온 공간을 메운 포근하고 반짝거리는 것이. 춤을 추듯 너울거렸다.

3년의 세월이었다. 제 것이 아닌 기억이 섞이기 시작한 그때의 날로부터. 1년, 365일. 하루, 24시간, 1시간이 60분, 1분은 60초. 시간 시간마다 피비린내 나는 공간에 갇혀 버린 자신을, 그녀가 햇살 아래로 이끌고는 했다.

어린 당신은 햇살 아래에서 얼마나 많이 웃었던가. 그 3년 동안. 그 헤아릴 수 없는 수없는 시간 속에서. 우리는 얼마나 많이 만났던가.

손이 떨렸다. 눈물이 나올 것 같았다. 이유를 알 수 없는 분노, 어떤 상황인지 모르는 끔찍한 장면. 그게 사실은 중요하지 않지 않을까? 로젤린이 웃는 모습을 보니, 그래. 괜찮을 거라는 막연한 믿음이 생겼다. 그저 말하고 싶었다.

로젤린, 나는, 그 3년 동안. 그 안에 훨씬 많이 흐른 시간 속에서 너를 오랫동안 보고 싶었다고.

많은 얘기를 나누며 그녀가 웃는 모습을 보고 싶었다. 그것을 기억에 새기고, 그 기억에 새롭게 행복해하고 싶었다. 고통의 시간은 너무 길지 않았나. 그것을 끝내기 위해서 나는 여기에 온 것인가?

이상하게 눈이 시린 기분이라 디에즈는 눈을 비비며 시선을 떨궜다. 로젤린을 훔쳐보느라 넘기지도 못하고 아무렇게나 펼쳐져 있는 책이 눈에 들어왔다.

[…그들은 단순히 반인륜적인 사건을 저질렀을 뿐 아니라, 이델라브힘을 등지고…….]

숨이 턱 막혔다. 디에즈는 다급한 손길로 책을 넘겼다. 그 순간만큼은 로젤린이 생각나지 않았다.

[축복으로써 감싸 안고자 한 일라베니아를 배신한 후안무치한 마인들의 행태에 백성들은 분노하였으니…….]

단순한 글자를 넘은 정보들이 머릿속으로 떠오르기 시작했다. 아니야, 무슨 말을. 당신들은 무슨 말을 하고 있는 거야! 악을 쓰고 싶을 만큼 이 책은 그의 기억과 다른 얘기를 했다.

디에즈는 제 머리를 꽉 눌렀다.

장면은…….

철창 안, 죽어 있는 사람들로부터 시작한다.

그것이 무엇을 의미하는지. 제 속을 할퀴던 고통이 무엇인지. 어슴푸레한 윤곽이 보이기 시작했다. 몸이 떨렸다. 누가 목을 조르듯 답답했다. 디에즈는 그 상황에서도 완벽하게 평범한 '디에즈'의 모습을 연기하고 있었으므로, 로젤린은 그의 미묘한 변화를 눈치채지 못하고, 도서관의 창 너머를 바라보고 있었다.

아, 로젤린. 나는 어쩌면 좋을까. 로젤린, 제발 나를…….

[……시간이 흐른다 하더라도 그 죄가 사라지랴.]

12

"푸헤히흐흑!"

경망스러운 웃음소리에 한층 더 열 받았다. 대신관 라헤안시를 모시는 신관 베르움은 인상을 팍 찌푸렸다.

"봐라, 봐라, 자알 봐라. 거봐라. 딱 봐라! 어린애들이나 하는 놀이를 한다고 날 무시했지! 넌 뭐냐, 베르움! 그깟 어린애들 놀이 하나 제대로 못 하는 꼬라지 좀 보라지! 으허, 으후허허헉! 내 10년 묵은 체증이 다 내려간다, 이놈아!"

막사 안에서 심심하다고 찡찡거리며 떼를 쓰기에 압수해 뒀던 카드를 줬더니, 혼자서 카드 게임 하면 무슨 재미냐고 자신을 꾀어낸 것이 대략 1시간 전.

룰을 외워도 눈치가 귀신같은 대신관이 좋은 패를 쏙쏙 빼 가니 20년 세월 이델라브힘께 기도하며 심신을 수양한 시간이 무색할 정도로, 빡쳤다.

오랜 수련을 거친 신관의 성미를 황량한 가시나무 숲으로 만드는 오락거리를 어린아이들의 놀이라 말했다니. 미쳤지, 내가 미쳤지. 이딴 걸 어떻게 자라나는 새싹들에게…….

"졌지! 나한테 졌지! 계속 지고, 지겹지도 않은지 또 졌지! 이야, 이 정도면 진짜 쉽지 않거든. 한 번쯤 이길 법도 한데 말이다!"

베르움이 뚱하게 카드 패를 담요에 던지자 라헤안시가 손을 그에게 내밀고 까딱거렸다. 돈놀이하는 인간이 빚 받으러 온 듯 당당한 태도였다.

"뭡니까, 대신관님."

"졌으니 뭐든 내놓아. 스물여섯 판 진 값."

"이 무슨 날강도……? 그런 말 없었잖습니까!"

"신성한 도…… 아니, 놀이판에서 아무것도 걸지 않다니, 놀이의 신이 노할 것이다!"

당신 방금 도박이라고 말하려고 했지. 그리고 유일신 이델라브힘을 믿는, 그것도 무려 대신관씩이나 되는 사람이 놀이의 신 따위를 운운하다니. 대체 이 인간 누가 대신관 시켜 준 거야?

"신관이 사재 가지는 거 보셨습니까!"

"그러면 옷이라도 내놔!"

베르움과 라헤안시가 아옹다옹 다투는 사이, 그들이 있는 막사 안으로 무언가가 타오르는 냄새가 흘러 들어왔다. 라헤안시가 코를 킁킁 움직였다.

"사냥 대회가 끝날 때가 되었는가 보다."

사냥 대회의 끝을 알리는 연기가 하늘 높이 올라가고 있을 광경이 그의 머릿속에 그려졌다. 베르움은 충격받았다. 카드 게임 시작한 지 1시간도 안 되었다고 생각했는데, 벌써 대회가 끝날 시간이라고? 5시간 정도가 통째로 사라진 셈이었다.

이, 무서운, 사람을 현혹하는…… 악의 놀이 같으니!

"베르움."

"예, 대신관님."

"무슨 일 없는가 알아보고 오너라."

"무슨 일을 말씀하십니까?"

"보통 사람들이 몰리는 곳에는 사고가 일어나기 마련인데, 끝날 때까지 조용해서 심심하단 말이다."

간이침대에 누워서 뒹굴뒹굴하는 라헤안시를 보니, 어수선한 바깥을 돌아다니는 것이 훨씬 나을 것 같았다. 베르움은 미련 없이 일어났다. 라헤안시는 이렇게 뜬금없이 얘기를 꺼낼 사람……이었기 때문에 그는 정말 아무런 쓸모없는 정보까지 모아 갔다.

"물보라 기사단의 할 경이 다람쥐를 잡으려 했는데 너무 귀엽게 생겨서 미처 쏘지 못했다고 합니다. 그래서 여우를 잡으려 했더니, 기르다 방생했는지 배를 보이고 애교를 부려서 또 놓아주었다 합니다. 어떻게 어떻게 너구리 한 마리를 잡았는데, 근처에서 새끼 너구리 두 마리를 발견한 것 때문에 죄책감에 시달리다 우울증 같은 게 생긴 모양입니다. 신관은 몸의 상처는 치료해 주지만, 마음의 상처에는 효과가 없다고 하니 시무룩해서 돌아갔다고 합니다. 참 여린 기사님이 아닌지."

라헤안시의 눈이 살짝 열려 있는 막사의 천. 그 틈새로 비친 하늘을 바라보고 있었다. 붉은 노을 위로 거뭇한 연기가 퍼져 가는 중이었다.

베르움이 담요 위에 널브러진 카드를 뒤적거리는 모습을 본 라헤안시가 반색하며 잽싸게 일어섰다. 베르움이 간신히 체면을 차리며 흐, 흠, 한 판뿐입니다. 하며 새침 떼자 라헤안시가 헤헤 웃으며 고개를 끄덕였다. 라헤안시가 패를 섞는 장면을 바라보던 베르움이 한마디를 덧붙였다.

"아, 그러고 보니 리카르디스 전하께서 1시간 전에 황성으로 돌아가셨다고 합니다. 급한 용무가 있으셨다고."

도박으로 밥벌이하는 듯한 화려한 손놀림으로 패를 섞던 라헤안시의 손이 잠시 멈췄다.

"흠…… 사고는 아니고 사건인가."

베르움은 라헤안시가 패를 섞으며 어떤 수작질을 부리고 있지 않은지 열심히 감시하는 중이라 그의 말에 크게 신경 쓰지 못했다.

"지금 살짝…… 밑에서 패를 꺼내신 거 아닌가요."

"그럴 리가 있남! 거 사람 농담도 잘해!"

사냥 대회는 큰 소란 없이 마무리되었다. 우승자는 얼음창 기사단의 부단장, 마르틴이었다. 황제는 매우 기뻐하며 그의 노고를 치하했다. 마르틴은 황제가 하사하는 금은보화는 받는 둥 마는 둥 하며, 누군가를 찾았다.

마르틴은 곧 사냥 대회를 관리하는 행정관에게서 로젤린의 점수를 비밀리에 입수했다. 믿을 수 없게도, 그녀의 기록은 하위권에 머물러 있었다. 점수로 치면 작은 동물(+5) 네 마리를 잡은 정도였다. 로젤린의 솜씨라고 보기에는 영 허술했다.

마르틴은 이에 대해 묻고자 로젤린을 찾았으나, 사냥 대회의 폐회식이 끝나고도 그녀의 모습은 볼 수 없었다.

* * *

어두운 밤. 로젤린은 눈을 떴다. 비틀거리며 상체만 일으켜 주위를 둘러본 그녀는 지금 자신이 안전한 곳에 있다는 사실을 알게 되었다. 푹신한 침대, 화려하지만 정돈된 방 안. 여기저기 리카르디스의 문양이 걸려 있는 것을 보아 하니 월장석 성 내에 있는 수많은 방 중 하나인 듯했다.

열린 창문으로부터 바람이 불어와 커튼을 흔들었다. 그때마다 날 밝은 밤의 달빛이 새어 들었다.

다친 상처 부위가 저릿하게 쑤셨다. 헤집어진 내부는 아직까지 아물지 않았으나, 많이 호전된 상태이긴 했다. 최근 자신의 재생은 완벽하지 않았고, 더군다나 이렇게 치명적인 상처라면 속도는 더욱 늦어졌다. 아직 완벽하게 성력을 받아들일 수 없는 몸이라 하더라도 그 손길이 닿았노라 짐작할 수 있었다.

로젤린은 몇 가지 장면을 떠올렸다. 앙상하게 뼈만 남은 죽은 숲으로 들어가던 디에즈. 그리고 그를 끝까지 지켜보던 마카롱.

남자 모습의 마카롱은 단단한 벽같이 서 있었다. 그의 뒤에 있던 자신에게 오는 위험을 모두 막아 내기도 하지만, 디에즈를 향하는 위험 또한 막아 낼 것 같았다.

이후 기억하는 마지막 장면은 리카르디스의 찌푸려진 얼굴이었다. 드문드문 흔들리는 마차와 분을 삭이는 숨소리, 자신을 부르는 목소리가 희미하게 기억에 남아 있었다. 아직까지 심장에 칼이 박힌 것처럼 서늘했다. 로젤린은 제 가슴께에 손을 대고 후 숨을 천천히 들이쉬다 내뱉었다.

주위를 둘러보던 로젤린의 고개가 우뚝 고정되었다. 구석의 소파에 누군가가 앉아 있었다. 커튼이 바람에 흔들렸다. 조명같이 환한 달빛이 창문에서부터 소파까지 길을 만들듯 비쳤다.

남자의 깍지 낀 손과 긴 은발이 희게 빛났다. 리카르디스였다. 그가 소파에 앉아 가만히 숨죽인 채 바라보고 있었다. 달빛이 닿지 않아 어둠에 잠겨 있는 리카르디스의 눈과 로젤린의 눈이 딱 마주쳤다.

"전하."

로젤린이 일어나려 하자 리카르디스가 고개를 흔들었다. 그녀가 다시 엉덩이를 침대에 붙였다. 리카르디스는 깍지 낀 채 가만히 제 손마디만 쓸고 있었다. 시간이 길어질수록 로젤린은 불안해졌다.

"왜……."

그의 목소리가 갈라져 있었다. 리카르디스는 고개를 숙이며 제 이마를 짚었다. 그는 아픈 로젤린보다 괴로워 보였다. 떨리는 손 위로 뼈가 곧게 돋고 혈관이 선명하게 올라와 있었다. 무언가를 꽉 쥔 것처럼, 무언가를 꾹 참는 사람처럼 보였다.

"왜 다친 거야, 로젤린."

이상한 질문이었다. 어쩌다 다쳤느냐, 어떻게 다쳤느냐가 아니라, 왜 다쳤느냐? 답을 하자니 애매했다. 로젤린은 자신이 할 수 있는 내에서 최선의 답변을 했다. 어떤 상황이 있었는지에 대한 객관적인 서술.

"디에즈 전하께서 저를 찌르셨습니다. 예전 로젤린을 죽인 것도 그분이셨고, 또 저와 같은……."

"아니, 아니!"

리카르디스의 언성이 높아졌다. 그가 주먹 쥔 손으로 제 이마를 짓누르듯 꾹 눌렀다.

"그건, 전혀 중요치 않아. 내가 알고 싶은 건 그게 아니다, 로젤린!"

로젤린은 흠칫 몸을 떨었다. 사나운 그의 모습이 낯설었다. 오래전 기억을 더듬자면 이런 모습이 있을지도 모르나, 요즘의 그는 항상 눈을 마주치면 웃었다. 딱딱한 표정이 누그러지며 입가가 예쁜 호선을 그렸다.

둘만 남았을 때는 부드러운 목소리로 "로젤린." 하고 부르기도 했다. 그녀는 리카르디스가 자신에게만 예외적으로 행동한다는 것을 언젠가부터 알고 있었고, 그것이 기뻤다. 그 모든 행동이 스며들듯 익숙해지고 있던 때였다.

기뻤던 만큼이나 지금의 리카르디스가 낯설고 무서웠다. 자신을 해칠 것 같아 무서운 게 아니라, 그저 그가 자신을 보고 웃지 않는다는 것. 그 사실 하나만으로도 가슴이 철렁였다.

리카르디스가 바닥을 향하던 고개를 들었다. 날카롭고 뾰족뾰족하고 아프고 사나운 감정들이 그의 눈동자 속에서 소용돌이치는 것이 보였다. 로젤린은 입을 뻐끔거렸다. 뭐라 변명이라도 해야 할 것 같은데, 말이 나오지 않았다.

왜 화를 내시는 거지. 몸이 위축된 만큼 사고도 위축되기 시작했다.

"다치지 말라 했다."

"그, 저는."

서늘하게 끊어 내는 듯한 목소리에 로젤린은 몸을 떨었다. 리카르디스가 자리에서 천천히 일어서 그녀에게 다가갔다. 리카르디스가 침대로 걸음을 옮길수록, 달빛이 그를 비추는 범위가 늘어났다. 허리, 가슴, 턱.

"누구도 믿지 말라."

얼굴까지.

"그렇게 말했었잖아."

달빛이 비친 아름다운 얼굴 위로, 눈물이 한 방울 흘러내렸다.

누구도 믿지 마. 리카르디스가 수없이 얘기했던 것들. 절대 다치지 마. 그 몇 마디 안 되는 짧은 말 안에 담길 수 없는 커다란 걱정들까지. 로젤린은 리카르디스가 왜 이렇게 화를 내고 있는지 조금이나마 이해했다.

믿지 말라 했음에도 믿었다. 다치지 말라 했음에도 치명적인 상처를 입고 돌아왔다. 그는 자신의 모든 말과 걱정이 산산조각이 난 것처럼 느끼지 않았을까. 아무 의미도 없던 것처럼.

"등에서부터 찔린 상처였다. 이것은 디에즈, 그자가 강했기에 그대가 싸워 패배했기에 입은 상처가 아니란 걸 안다. 방심이다. 그를 믿은 것이다. 등을 내줄 만큼이나."

"저는…… 전하, 그게. 디에즈 전하가, 디에즈 전하께서 저를, 구해 주시고, 또, 길을 안내해 주시고, 초콜릿도 구해 주셔서, 부, 부탁이 있다고, 한 번만……."

로젤린은 횡설수설 말하며 침대 시트를 매만졌다. 목적 없이 떠도는, 떨리는 손에서 그녀의 마음이 드러났다. 그녀는 초조했다.

리카르디스는 말을 힘겹게 내뱉었고, 한 마디, 한 글자가 더해질 때마다 괴로운 듯 얼굴을 찌푸렸다. 평소 그가 자신을 혼낼 때 미간에 주름을 가볍게 잡고는 안 돼, 로젤린. 하지 말라 했잖아. 하고 타이르듯 말하는 것을 상상할 수 없을 정도였다.

"그래도 믿지 말라고 했어! 그날에, 그대의 뒤를 쫓는 자가 칼릭스 경이라 해도, 레이몬드 경이라 해도! 나라고 해도 믿지 말라 했어!"

앞에서 무섭게 다그치는 리카르디스의 모습이 흐려졌다. 로젤린은 고인 눈물을 소매로 급하게 닦았다. 그녀의 눈가가 발개진 것을 보고도 리카르디스는 질책을 멈추지 않았다.

"마카롱의 말대로, 나는 그대를 전부 알지도 못하고, 디에즈가 어떤 생각을 하고, 어떤 목적을 가지고 있는지도 몰라. 내가 모르는 사람들이 만나서 일어날 사건에 대해서 내가 어떻게 감히 예측하겠나. 변수가 많고 확실하지 못한 기반 위에 쌓인 계획에는 빈틈이 많을 수밖에 없었어! 위험해, 위험한 것이 당연해!"

리카르디스는 소리치는 도중 무언가를 참아 내듯 입술을 꾹 깨물기도 했고 다른 곳을 보며 눈물을 흘리기도 했다. 그가 머리를 헝클어트리며 다시 말을 이었다.

"그럼에도 내가 그대를 보낸 이유는, 내가, 내가 그대를 믿었기 때문이야. 내가 한 말을, 그대가 들어주리라. 그 약속을 지켜 주리라 믿었기 때문이야! 로젤린. 로젤린 경! 어찌 나를 이렇게 비참하게 만드나, 어떻게 이럴 수가 있어!"

그가 침대 위에 거칠게 두 손을 내려놓으며 헐떡였다. 로젤린은 눈물을 뚝뚝 흘리면서 차마 그에게 손도 대지 못하고 지켜볼 수밖에 없었다. 리카르디스는 고개를 숙이고 잠깐의 시간을 보냈다. 로젤린이 코를 훌쩍이는 소리에 리카르디스가 침대 시트를 꽉 쥐었다.

"아직도 꿈을 꾼다. 그대가 내 품에 안겨 있었다, 로젤린. 그대는 먼지 쌓인 오두막에서 내 눈을 바라보다 감아. 그리고 다시 눈을 뜨지 못해. 피 냄새는 짙고, 감정은 가슴에 칼로 새긴 듯 선명하다. 대륙의 모든 이가 칭송하는 내 성력은 그대에게 닿지 못하니 그대의 피를 닦아 줄 더러운 천 조각보다 못한 존재고, 어딜 보아도 구원은 없다."

피 냄새가 났다. 로젤린이 눈물을 닦다가 고개를 번쩍 들었다. 리카르디스가 쥐고 있는 시트에 붉은색이 배어 나왔다. 손바닥을 손톱이 강하게 파고든 탓이었다. 로젤린이 기겁해서 그에게 무릎걸음으로 다가갔다.

"전하! 손에서 피가!"

로젤린이 손을 뻗었다. 리카르디스는 그녀의 손이 닿자마자 뿌리쳤다. 로젤린은 디에즈에게 찔린 곳보다 더 깊은 안쪽에서 오는 듯한 시린 통증을 느꼈다. 가슴 안쪽이 시큰거렸다.

리카르디스는 고개를 들지 않고 계속해서 침대 시트를 바라보고 있었다.

"오늘도 그대는 나를 마주하다 눈을 감았다. 평범한 인간이었다면 죽어도 이상하지 않은 상처였다. 괜찮을 거라 생각해야만 했다. 비록 그대가 하루하루 인간에 가까워지고 있을지언정. 모든 상처가 보통의 사람들과 다름없이 그대에게 새겨지리란 사실을 알고 있을지언정. 괜찮다. 괜찮을 거다. 강한 사람이니까. 언제나 다시 내게 돌아왔으니까. 이번에도…… 이번에도 괜찮을 거라……."

리카르디스는 한참 가만히 있었다.

"그걸 어떻게 확신을 할 수 있어. 어떻게 내가……."

그는 눈을 꾹 누르더니 몸을 일으켰다. 감정을 쏟아 내는 동안 가려져 있던 눈이 비로소 보였다. 로젤린은 조급한 마음으로 리카르디스를 바라보았다. 그의 아름다운 눈동자가 이렇게까지 서늘해 보이리라고는, 로젤린은 상상도 하지 못했다. 처음 그와 마주했던 때가 차라리 더 정겨울 지경이었다. 서운함이 넘쳐 눈물샘을 자극했다.

"로젤린 경."

로젤린이 울먹거리고 있자, 리카르디스가 그녀의 손목을 잡아 부드럽게 당겼다. 로젤린의 몸이 앞으로 쏠렸다. 리카르디스가 무릎으로 침대를 짚은 채, 그녀를 받아 내었다. 로젤린의 얼굴에 리카르디스의 가슴이 닿았다. 그녀는 자신의 어깨와 등을 감싸 오는 크고 따뜻한 손을 느꼈다. 맺혀 있던 눈물이 또르륵 흘러내렸다.

등을 감싼 리카르디스의 손에서 따뜻한 기운이 흘러 들어왔다. 성력이었다. 몇 분간 말없이 성력을 붓기만 하던 리카르디스가 그녀를 품에서 떨어트렸다.

"내일부터는 라헤안시 대신관을 보내겠다. 쉬어라."

그는 싸늘한 말과 함께 돌아섰다. 로젤린은 어, 아. 변명도 해명도 못 하고 그의 등을 바라만 봤다.

쿵. 문이 닫혔다. 로젤린은 시선을 돌리지 못했다. 아무리 기다려도 문은 열릴 기미가 보이지 않았다. 그녀는 한참 시간이 흐른 후에야 방 안을 둘러보았다.

차가운 온도가 내려앉은 방 안은 어딘가 중요한 것이 빠진 듯 비어 보여 홀로 남은 사람을 쓸쓸하게 만드는 구석이 있었다. 로젤린은 침대에 멍하니 앉아 울다가 자신도 모르게 잠이 들었다.

로젤린은 누군가가 부드럽게 건드리는 손길에 잠시 정신을 차렸다. 불편하게 엎드려 웅크리고 있었는데, 어느새 똑바로 누워 있었다. 로젤린은 부은 눈을 비비며 올려다보았다. 마카롱이었다.

로젤린이 안도감인지 불안함인지 모를 것에 훌쩍훌쩍 울자, 그가 가만히 내려다보다 그녀의 이마를 쓸었다. 그 부드럽고 다정한 손길이 이상하게 서러워 로젤린은 계속 울었다. 언제 잠들었는지 알 수 없었다. 일어나 보니 아침이었다. 마카롱은 없었다.

* * *

이 세상에 대신관을 오라 가라 할 수 있는 사람이 몇이나 되겠느냐마는,

라헤안시는 그 몇 안 되는 사람 때문에 마차를 타고 이동하는 중이었다.

어찌나 말도 많고 불만도 많은지. 이동하는 내내 종알종알, 투덜투덜. 라헤안시와 함께 마차 안에 있는 신관 베르움은 자기도 모르게 인상을 찌푸렸다.

"베르움, 못된 놈. 나쁜 놈! 지독한 노옴! 내 의사도 묻지 않고 덜컥 간다고 말을 해! 내가 바쁜 걸 빤히 아는 놈이 그러느냐?"

"예, 사냥 대회에서 뭘 그리 하셨는지는 모르겠지만, 피곤하시다고 16시간을 꼬박 주무신 것은 압니다. 그렇게 살다간 몸에 곰팡이 핍니다, 대신관님. 제발, 일 좀 하세요."

"아, 싫다. 싫다고! 형님의 호출이야. 잘은 모르겠지만…… 혼난다! 그건인지, 두 달 전의 그건지, 아니면 어제 했던 그건지, 잘은 모르겠지만 엄청 혼날 거라고!"

"형님이 아니라, 황자 전하라 부르셔야 합니다, 대신관님. 신관의 법도를 따르셔야죠. 그리고, 그 건은 뭐고, 두 달 전의 그거는 뭐고, 어제 했던 그거는 뭡니까! 대체 뭘 하고 돌아다니시는 겁니까!"

라헤안시는 베르움의 말이 안 들리는 듯 제 불만만 쏟아 내다, 창밖에 보이는 월장석 성이 점점 가까워지자 울상을 지었다. 종국에는 마차 바닥에 드러누워 데굴데굴 구르기까지. 싫다, 싫다고, 마차 돌려! 온갖 난리를 피우는 통에 베르움은 마음을 경건히 하기 위해 기도를 올렸다. 사람은 때리면, 안 되지. 안 되는 거였지. 이델라브힘이시여.

두 사람은 잇세리온의 안내를 받아 리카르디스의 집무실에 도착했다.

"우리 혀엉! 봐도 봐도 또 보고 싶어서 불렀어? 형의 귀염둥이 라헤안시가 왔어!"

라헤안시는 애써 방긋 웃으며 활기차게 들어갔다. 웃는 얼굴에는 침을 못 뱉는다는데.

"왜 이렇게 늦어!"

'늦어!'도 아니었다. 늦어어! 호통에 가까운 발성이었다. 방에 발을 들이자마자, 리카르디스가 서류를 집어 던지며 반기는 통에 라헤안시는 잽싸게 구석에 찌그러졌다. 그러고 보니 웃는 얼굴에 침 잘 뱉는 우리 형이 있었지.

"이 자식, 네가 하는 게 뭐가 있어서 이렇게 늦어! 부른 게 언제인데! 사냥 대회에서 한 것도 없으면서 피곤하다고 밥 먹고 간식 먹고 침대에서 뒹굴거리기나 했겠지! 이 굼벵이 같은 놈!"

리카르디스가 탁자를 짚은 채 씩씩거렸다. 라헤안시는 억울했다. 자신이 한 잘못이 수두룩한데, 고작 이런 것으로 혼나다니. 이건 단순한 분풀이다! 그는 리카르디스가 모종의 이유로 화가 났으며, 자신은 그 희생양일 뿐이라는 사실을 눈치챘다.

리카르디스가 반대쪽 손에 있던 서류를 탁상에 거칠게 던져 놓았다. 철썩 소리에 라헤안시가 움찔 몸을 떨었다.

"라헤안시!"

"예! 형님!"

"잇세리온을 따라가라. 안내해 줄 거다."

허리에 손을 얹은 리카르디스가 잇세리온 쪽을 대충 가리켰다.

"저, 형님. 업무의 자세한 내용을 좀 말해 주시면…… 네, 감사하겠습니다."

"내 기사 중 한 명이 다쳤다. 치료해라. 네가 사용할 수 있는 한계까지 쏟아부어."

라헤안시는 뜨악하더니 고개를 절레절레 흔들었다.

"성력 다 쓰면 엄청 힘들어지는 거 알잖아! 한 일주일은 비실비실하게 지내야 한다고! 형이랑 교대로 하면 되잖아. 어? 잠깐, 뭔가 이상한데. 형이 있었잖아, 내가 왜 해? 형이 치료해!"

리카르디스는 대답 없이 가만히 탁자의 모서리를 보고 있었다. 매일 보는 탁자에서 새롭게 무언가를 발견한 것도 아니고, 잠시간 골똘히 상념에 빠진 것도 아니었다. 당장에라도 입 밖으로 뛰쳐나오려는 욕설을 참아 내는 표정이었다. 리카르디스의 목과 관자놀이에 핏줄이 올라와 있었다.

그 모습을 목격한 라혜안시가 재빠르게 제 입을 틀어막았다. 잇세리온이 라혜안시 옆에 쪼그려 앉더니 그에게 귓속말했다.

"저라면…… 그냥 하겠다고 할 텐데요."

이런, 멍청하군. 안타깝기도 하지……라는 말이 어울리는 어조였다. 더군다나 리카르디스가 황실 일원이 되기 전부터 보필했던 사람의 말이 아닌가. 신뢰감이 마구 상승함에 따라 소름이 돋았다. 조금 더 버텼다가는 어떤 더러운 꼴을 볼지 몰라!

"만백성을 빛으로 이롭게 하는 것이 나의 기쁨일지니!"

라혜안시는 횡설수설하며 잇세리온의 등을 밀어 방을 얼른 나섰다.

집무실에서 한참 멀어진 후에야 라혜안시는 안도의 한숨을 내뱉었다. 무슨 일이 있어도 단단히 있다. 요즘 들어 제법 말랑해졌던 제 이복형의 성질머리가 다시 원상 복구 되다 못해 더 나아가 가시나무처럼 변하지 않았나.

라혜안시는 눈을 굴려 가며 고민하다가 잇세리온에게 질문을 던졌다.

"로젤린 경이 다쳤나?"

잇세리온이 한쪽 눈썹을 들어 올렸다.

"기밀입니다만 곧 보실 테니. 네. 맞습니다, 대신관님."

"그거참 흥미롭구만. 내가 또 비밀, 기밀. 이런 거에 끔뻑 죽는 인간일세."

"……기밀입니다. 월장석 성에서 나가시면서 전부 잊어 주시길 바랍니다."

"거어참. 사람을 뭐로 보고 그러나! 그런데 왜 형님께서 로젤린 경을 치료하지 않고?"

"……기밀입니다."

"싸웠나? 또 저 더러운 성격 못 이기고 성냈나?"

잇세리온은 도착할 때까지 묵비권을 행사했다. 월장석 성 내에서도 한참 깊게 들어가야 하는 곳. 잇세리온이 문을 두드리자 안쪽에서 문이 열렸다. 문을 연 남자의 존재는 예상 밖이었으나, 이곳에 있는 것이 어색하지는 않

있다. 붉은수레바퀴 가문 특유의 짙은 검은 머리, 아름다운 녹색 눈, 날카로운 눈매. 칼릭스 에스터였다.

"이델라브힘의 눈부신 은총을, 라헤안시 대신관님. 귀한 걸음을 해 주셔서 감사합니다."

라헤안시는 눈물을 흘릴 뻔했다. 그래…… 나는 이런 대접을 받는 사람이었는데, 제 형은 자신을 너무 막 대했다.

"이델라브힘의 눈부신 은총을. 흐흠, 칼릭스 경. 마땅히 와야 하는 자리였네."

거드름을 피우는 태도에 잇세리온이 기가 찬다는 듯 눈길을 주고는 돌아서 나갔다. 방 안에는 한 명이 더 있었다. 큰뿔산양의 레이몬드로, 접시에 토끼 모양으로 자른 사과를 예쁘게 장식해 두고 있었다. 기사도 칼 쓰는 직업이라 그런지 엄청 섬세했다. 라헤안시는 내심 와 하고 감탄했다.

"로젤린, 이것 봐. 이건 나, 이건 칼릭스 경, 이건 우리 로젤린이야. 두 번째로 예쁘고 귀엽지. 제일 예쁜 건 우리 부인이야."

그는 토끼 사과를 하나하나 가리키며 설명하고 있었다. 아무리 다친 사람이라고는 하지만 옆에서 붙어 보살피는 태도가 범상치 않았다.

'……여덟 살짜리 소녀에게도 저러지는 않을 텐데.'

라헤안시가 경악하고 있는 사이, 칼릭스가 그녀의 침대로 다가갔다.

"세상에! 드넓은 초원을 뛰어다닐 것 같은 씩씩한 모습이 누님을 똑 닮았네요."

라헤안시가 칼릭스를 향해 고개를 휙 돌렸다. 저 사람이 정말 붉은수레바퀴의 칼릭스가 맞아? 그 붉은수레바퀴 백작의 후계자? 라헤안시는 2년 전, 침대 밑에 두었던 상한 케이크를 먹었을 때의 표정을 지었다. 대체 이게 뭐지? 자신만 배제된 채 형성된 이 기류는 대체 무어야?

두 남자의 어르고 달래고, 말도 안 되는 이상한 연극에도 당사자인 로젤린은 시무룩한 기색을 지우지 못하고 있었다. 애초에 그들의 말을 잘 듣고 있는 것 같지도 않았다. 로젤린은 라헤안시를 보고 힘없이 고개만 까딱거렸다. 다쳤다는 말을 듣긴 했지만, 다쳐도 보통 다친 게 아닌 것 같았다. 기운이 쏙 빠져 있지 않은가.

"어디이 보자, 보자. 어디를 다쳤는고?"

로젤린은 힘없이 꾸물거리며 뒤돌아 앉았다. 대충 등 어딘가 다쳤다는 얘기인 듯했다. 자세한 위치는 칼릭스가 가르쳐 줬다. 라헤안시는 그녀의 등에 손을 올리고 성력을 불어넣었다.

'어?'

뭔가 이상했다. 스며들어야 하는 성력이 반 이상은 그냥 빠져나가는 느낌이었다. 잘못 느낀 건가 싶어 다시 해 봐도 결과는 같았다. 라헤안시가 고개를 슬쩍 기울이자 지켜보던 칼릭스의 눈빛이 사나워졌다. 그는 마치 기다렸다는 듯 반응했다.

"무슨 문제라도 있습니까, 대신관님?"

있다면 없게 만들어 주겠다고 말할 것 같았다. 세상을 뜨면 문제를 느낄 수도 없게 되겠지? 그렇게도 말할 것 같았다. 라헤안시는 흠칫 떨었다.

"아, 아니. 그게 성력이 잘…… 안, 안 먹혀서?"

"마인이지 않습니까. 원래 그렇습니다."

"쓰으…… 그냥 좀 이상하구나 싶었……."

"마인 치료해 보셨습니까?"

"그건……."

"마인을 치료하신 적 없는 분이 지금의 현상에 대해 이상하다, 평범하지 않다 경솔하게 판단을 내리시는 것은 환자의 마음을 몹시 불안하게 만드는 일인 듯합니다. 환자의 건강을 위해 이 자리에 계신 것이 아닙니까. 높은 지위와 그에 따른 능력을 가지신 분이니 한마디 한마디를 신중하게 하셔야지요."

사나운 질책에 라헤안시는 위축되었다. 심지어 키는 훌쩍 크고, 인상 더럽기로 유명한 가문의 후계자가 무섭게 표정을 굳히니 위압감이 장난 아니었다. 가만히 듣고 있던 레이몬드도 불쑥 끼어들었다.

"잘 안 먹히면 그만큼 더 열심히 쓰셔야죠, 대신관님. 뭐 하십니까?"

"어? 아니, 그게 아니라, 뭔가 좀 그냥 이상해서 잠시……."

"보십시오. 얼굴이 반쪽이 됐습니다! 애가 이렇게 다 아파서 죽어 가는데, 대신관님은 단순한 자신의 호기심에 환자를 외면하시는 겁니까! 그러고도 라헤안시 대신관님께서 진정 어린 백성들을 굽어살피는 이델라브힘의 종이 맞습니까!"

마치 공주님을 둘러싼 맹견과 충견 같았다. 라헤안시는 눈물을 찔끔 흘리며 성력을 열심히 부었다. 내가, 여길, 다시, 오면, 성을 갈겠다! 다짐했으나 생각해 보니 성은 이미 갈아 치운 이후였다.

성력으로 치료하는 중에도 두 남자는 멈추지 않았다. 춥냐, 덥냐. 아프냐, 안 아프냐. 이거 좀 먹어 봐라. 왜 입맛이 없느냐, 다른 음식을 가져오면 먹겠느냐. 아주 난리였다. 라헤안시는 어리둥절한 표정으로 이 상황을 지켜봤다. 대체 제 형이 뭘 어떻게 했기에 이 사달이 났는지 감도 안 잡혔다.

성력을 한 방울까지 짜내어 쓰고 베르움에게 반쯤 업혀 돌아가는 길. 라헤안시는 리카르디스에게 다시 소환당했다. 죽을래, 죽을 거야! 날 좀 내버려 둬! 이 미친 집구석! 발악해도 힘이 없어서 베르움에게 질질 끌려갈 수밖에 없었다.

"차도는."

리카르디스는 의자에 앉아 다리를 꼬고, 팔걸이에 몸을 지탱한 채 이마를 짚고 있었다. 아까보다 버럭 수치는 줄어들었으나, 폭풍 전 고요처럼 느껴질 뿐이라 무서운 건 매한가지였다.

"나쁘지는 않던데? 형이 손을 좀 쓴 것 같더라. 성력을 다 터니까 거의 아물었어. 마인이라 회복력이 좋은 건가? 그렇다 해도 아직까지 큰 움직임은 피해야겠지만."

"기분은 괜찮아 보이더냐."

"……어, 좀…… 안 좋던데."

리카르디스가 이마를 짚고 있던 손을 치우고 그와 눈을 맞췄다.

"어디가 어떻게."

"어, 그게. 약간 시무룩하고, 옆에서 칼릭스 경이랑 레이몬드 경이 보기 역한 애교를 부려도 반응이 없고, 입맛도 없다고 그러고……?"

리카르디스가 인상을 팍 찌푸렸다.

"너, 라헤안시. 대신관이라는 작자가 아픈 사람이 있는데 성력만 쓰고 나오면 그만이냐. 사람이 사람에게 있어, 행할 수 있는 수단이 고작 성력뿐이냐는 말이야. 입은 뒀다 어디에 쓰려고 그러나, 어? 옆에서 좀 달래고, 뭐라도 먹여야 할 것 아니야! 사람이 그렇게 말라비틀어져서 반쪽인데!"

반쪽 운운하는 거 혹시 월장석 성에서 유행하는 말일까.

'이놈의 성…….'

라헤안시는 희미하게 웃는 얼굴로 고개를 끄덕였다. 맹견, 충견 다음에는 광견이라니. 최악이었다. 라헤안시는 20분을 더 혼나고 나서야 월장석 성에서 벗어날 수 있었다. 그는 돌아가는 마차 안에서 서럽게 눈물을 찔끔거렸다.

"당분간은 월장석 성 쪽으로는 침도 뱉지 않을 것이다."

"당분간이 지나도, 월장석 성 쪽이 아니더라도 침을 뱉으시면 안 됩니다. 대신관으로서 몸가짐을 단정히 하셔야죠."

환장할 것 같아 라헤안시는 몸서리쳤다. 석양이 지고 있는 풍경을 구경하던 베르움이 마차 의자에 늘어져 있는 라헤안시에게 물었다.

"로젤린 경의 치료는 잘되었습니까?"

방 밖에서 대기하기는 했으나, 잇세리온과 라헤안시의 대화를 들은 터라 베르움도 치료 대상이 로젤린이라는 사실을 알고 있었다.

"그러엄, 이 몸이 누구더냐."

"마인의 치료는 특별한 게 없습니까? 저는 마인에게 성력을 써 본 적이 없어서 말입니다."

"뭐, 보통의 신관은 마인을 치료할 일이 없긴 하지."

라헤안시는 뭐가 웃긴지 혼자 낄낄거리다가 팔베개를 하고 그를 쳐다봤다.

"나는 예전에도 몇 명 치료해 봤느니라. 마인도 이델라브힘의 빛 아래 살아가는 생명들 아니더냐. 다 똑같다."

"아, 그렇습니까?"

베르움은 고개를 끄덕이다 불신의 눈으로 그를 흘겨보았다. 이 인간이 성 밖으로 나가는 꼴을 못 봤는데 언제 마인을 치료해 봤대? 그 눈빛을 읽은 라헤안시가 창밖으로 제 모자를 던졌다. 베르움이 잔뜩 성내며 마차를 멈추고 주우러 갔다.

* * *

리카르디스는 끈질긴 눈빛에 결국 항복하고, 고개를 돌려 남자를 바라보았다. 제 누이와 똑 닮은 녹색 눈동자가 자신을 뚫어져라 응시하고 있었다.

"남의 집무실에 쳐들어와서, 30분째 나를 바라보는 행위를 뭐라고 해석하면 좋겠나, 칼릭스 경."

"글쎄요. 반했나 보지요."

"로젤린 경의 일로 시위하는 것은 딱 20분까지만 봐주겠다. 10분 초과한 것은 내일 치 시위 분량에서 깎을 것이다. 이제 나가. 그대의 열렬한 눈빛 때문에 집중할 수가 없으니!"

"아, 제 누이와 무슨 일이 있으셨나 봅니다. 무슨 일입니까?"

연기가 제법이었다. 리카르디스의 속이 부글부글 끓었다.

"약간의 문제가…… 있을 뿐이다."

"약간의 문제라니요, 다 낫고도 당분간 호위 임무에서 제외되어야 할 정도로 중대한 문제가 아닙니까! 허심탄회하게 말씀해 주시지요, 저도 이제 전하의 충성스러운 기사인데 이렇게 숨기시려니 섭섭하기 그지없습니다."

"경, 이렇게 말을 잘하는 사람이었나?"

"원래 사람들은 악에 받치면 뭐든 해내는 법이더군요."

리카르디스의 입가가 움찔거렸다. 다른 자라고 하면 그냥 제 성질 다 내보이며 쫓아내기라도 하겠건만, 로젤린과 똑 닮은 데다 그녀가 아끼는 동생이었다. 리카르디스는 손으로 이마를 짚고 잠시 눈을 감고 있다가 한참 후, 홍차의 김이 한풀 식고 나서 다시 입을 열었다.

"삐졌다."

칼릭스가 미심쩍은 표정으로 그를 바라보았다.

"……제 누이가요?"

"내가."

잇세리온과 칼릭스가 얼굴을 와락 구겼다.

"내가 삐졌어!"

제국의 2황자 리카르디스. 아름답고, 고상하고, 영특하고…… 좋은 수식어란 수식어를 다 갖다 붙여도 안타깝지 않다는 평을 받는 인물의 입에서 나오기에는 조금 값싸 보이는 감이 있는 단어였다.

"화가 많이 나셨단 말씀이십니까?"

"아니, 화난 것과 삐진 것은 엄연히 다르다. 그리고 나는 지금 매우 삐진 상태야! 무척이나 토라졌지. 앞에서 사탕을 받았다 뺏겼다를 다섯 번 반복하고 결국 사탕을 받지 못한 여덟 살 어린애보다 심기가 불편해, 알겠나? 그러니 사람 속 좀 그만 긁지, 경. 그대 이전에도 레이몬드 경이 호위하는 내내 어미 잃은 새끼의 눈동자로 나를 바라보다 갔으니!"

칼릭스는 기가 막혀서 잠시 말을 잃어버렸다. 화가 났다고 하면 아직까지 그러느냐며 그를 쪼잔한 남자로라도 만들 수 있겠건만, 본인이 나서서 삐졌다고 해 버리니 공격할 수단이 없어졌다. 애초에 삐졌다는 말 안에 쪼잔함이 가득 들어 있는 느낌이 아닌가. 본인도 잘 알고 있으면서 사용하는 거 같았다.

"예전부터 제 누이와 디에즈 전하가 오죽 막역한 사이였습니까."

"그렇게까지 막역한 사이는 아니다."

"……예, 뭐…… 아무튼 그 기억도 기억이거니와, 누님은 잘해 주고 다정한 사람이면 한없이 약해지는 분이시니까요. 더불어 눈치는 못 챘어도 본능적으로 깨닫고 같은 종족으로서의 유대감 따위를 가졌겠지요. 누님이 방심하지 않았다는 것은 아닙니다. 그러나 디에즈 전하의 탈을 쓴 그것이 누이의 약점을 속속들이 파악해서 파고들었다는 것 또한 무시할 수 없는 사안입니다, 전하."

"당연한 말을 하고 그러나. 찌른 놈이 잘못했지, 찔린 사람이 잘못했겠나? 말해 입 아프다. 로젤린 경은 그저 피해자일 뿐이란 걸 알아. 내 말이 절대적인 신의 뜻도 아니고, 좀 안 들으면 어때서. 무시해도 상관없다. 세상에 완벽이란 없다. 그녀에게도 허점은 있을 수밖에 없어. 그녀의 흔들림 또한, 이해하지 못하는 게 아니다. 그저……."

찌른 놈은 놈이고 찔린 사람은 사람이었다.

"속상한 것이다. 그녀가 언제나 다치는 일에. 나는 그릇이 소스 그릇만도 못한 인간이라, 그 속상함이 이렇게 쪼잔하고 치졸한 방식으로 표출되는 것뿐이다. 다친 사람 붙잡고 울면서 화내는 인간이 정상이겠나? 미친놈이 따로 없지."

정말 굉장한 자기 객관화였다. 칼릭스는 자신이 공격할 것도 없이 자폭하고 있는 리카르디스를 바보처럼 바라보았다.

"……울면서 화내셨군요."

"……그건 몰랐나 보군. 어쨌거나. 안 그래도 작은 소스 그릇이 넘쳐서 찰랑거리는데 흔들지 마라. 더 넘치는 건 그렇다 쳐도 열 받는다."

칼릭스는 제 소매 깃을 만지며 피식 웃었다. 그때 똑똑, 문을 두드리는 소리가 들렸다. 리카르디스가 심드렁한 목소리로 들어오라 했다. 얼굴을 내민 것은 클로에였다. 칼릭스가 일어서서 인사했다.

"클로에 양. 아, 실례했습니다. 부인."

그녀가 생긋 웃었다.

"아직 저도 익숙하지는 않네요. 오랜만이에요, 칼릭스 경."

"무슨 일인가."

리카르디스는 칼릭스와의 대화로 여전히 심통이 나 있어, 툴툴거리며 그녀에게 물었다. 클로에가 애처로운 표정을 하며 두 손 모아 그를 바라보았다.

"전하, 세상에. 로젤린 경에게 화내셨다면서요. 다친 사람에게 어쩜 너무 하시지!"

"이 지긋지긋한……! 뭐, 비밀이란 게 없는 공간인가, 여기는? 다들 황실에 들어오면 눈도 귀도 입도 없는 셈 치라던 공공연한 얘기는 월장석 성내에서만은 통용되지 않는 건가?"

"부부는 한 몸이 아니겠어요, 전하."

"레이몬드 경을 불러와! 감봉할 테니!"

"남편 하나 먹여 살릴 정도로는 벌어서 괜찮답니다. 마음 내키는 대로 하세요, 전하."

클로에가 입을 가리고 호호 웃었다. 리카르디스는 정말로 피곤해 보였다. 단것을 좋아하지도 않는 사람이, 방금 클로에가 내려 둔 초콜릿 쿠키를 마구 집어 먹기 시작했다.

"일단 본론으로 넘어가서, 디에즈 전하와 하카브 왕자에게서는 수상한 움직임을 읽을 수 없었어요. 그저 파티에 얼굴을 비치고, 사람들과 얘기를 나누고는 하지만 했던 말 하고 또 하는 흔히 파티장에서 쓰이는 의례적인 문장의 반복일 뿐이었습니다. 두 사람 간의 접촉도 크게 두드러지지 않아 뭐라 수상하다 꼬집을 수는 없었지만…….”

클로에가 제 턱에 검지를 대고는 고개를 기울였다.

“발타 내부에서는 열심히 대규모 전쟁 준비 중이니 그게 도리어 수상해지는 것이죠. 일라베니아 황실 쪽에서도 발타의 움직임을 포착하고 대비를 하고 있답니다.”

리카르디스는 다리를 꼰 채 까닥였다. 대규모 전쟁. 그걸 준비하면서 적국에 와 있는 머저리가 어디 있단 말인가. 죽고 싶어서 환장한 것도 아니고.

그런데 여기 있다. 일라베니아의 건국을 축하하기 위해 온 발타의 왕자 하카브. 그래서 이상했다. 일라베니아의 중심부를 쳐서 제국을 와해시키겠다는 계획이라면 소수 정예로 이끌어야 하며, 수상한 낌새를 주지 않고 방심시켜야 한다. 그들 나라에서 열심히 물자와 사람을 모아 가며 대규모 전쟁을 준비하고 있다는 기미를 마구 표출하면 안 된다는 뜻이었다.

그들이 궁극적으로 원하는 게 대체 무엇인지 알 수 없었다. 전쟁을 위한 전쟁일 리 없으니, 일라베니아를 먹겠다는 목적은 유효한 것 같은데, 수단이 영 이상해서 그마저도 수상쩍었다. 내가 전쟁을 준비하고 있으니, 너희들도 열심히 전쟁을 준비하라고 판을 깔아 주는 느낌이었다.

“엘피디오는?”

“사절단에서 무사 귀환 하신 전하께 치이고, 폐하께 치이고, 하카브에게 치여서 상심이 커 보이시더군요. 그래서 요즘은…….”

클로에의 시선이 칼릭스로 향했다. 리카르디스도 고개를 돌려 그를 바라보았다. 칼릭스는 눈을 질끈 감고는 고개를 흔들었다.

“딤라 섭정관의 친애를 한 몸에 받고 계시는 칼릭스 경에게 구애하시는 중이에요.”

“그쪽은 사람이 생각하는 범위를 벗어나지 않아서 다행이군. 그래서, 칼릭스 경. 내 형님이 뭐라 구애하던가?”

"요즘따라 잘생겨졌답니다."

실제로 엘피디오가 칼릭스에게 한 말이었다.

"이런, 경에게 반했나 본데."

아까의 복수가 돌아왔다. 칼릭스는 분한 얼굴로 그를 노려보았다. 리카르디스가 씩 웃었다.

"그래, 뭐…… 상황은 대충 알겠다. 하카브는 하카브대로 여전히 수상하고, 발타는 발타대로 전쟁 준비 중이라는 것. 바뀐 게 있다면……."

리카르디스가 흘끗 클로에를 보며 말을 흐렸다. 칼릭스는 그 뒤 내용을 예상할 수 있었다. 그의 수족인 클로에에게 마저 말할 수 없는 정보는 명확했다. 인간이 아닌 존재에 대한 얘기였다.

설원의 월계수 5황자, 디에즈 레예 일라베니아.

언제부터 지금의 '디에즈'였는지는 명확했다. 백옥 성이 불타올라, 혼자만 살아남았던 그때부터였을 것이다.

리카르디스는 칼릭스로부터 정보를 들어 알고 있었다. 마카롱은 사체의 기억을 읽은 적이 없다고 했다. 오직 로젤린만이, 과거 '로젤린'의 기억을 기반해 자라나고 있었다. 두 존재 간의 차이는 명확했다. 살아 있는 것을 먹었느냐 아니냐.

그렇다면 3년간의 요양 끝에 돌아와 완벽하게 예전의 미소를 되찾은 그는 더 이상 검은 덩어리로 돌아갈 수 없는 몸이리라. 그러니 더욱 알 수 없었다. 착하고, 상냥한 디에즈. 그 '디에즈'를 기반으로 해서 자라난 남자가 무슨 생각을 하고 있을지.

검은달과 손잡고 자신을 죽이려 한 배경에는 '디에즈'가 있는지, 디에즈가 있는 것인지. 확실한 것은, 몸의 주인이 머무르던 백옥 성을 태워 그 친지를 다 죽여 버린 잔혹성이 여전히 잠재되어 있다는 것이다. 친우의 심장에 칼을 꽂는, 그 냉정함이.

리카르디스는 지금의 디에즈가 엘피디오에게 이용당하고 있다는 생각을 싹 지웠다. 도리어 엘피디오가 그의 손에 놀아났을 가능성이 높았다. 물론 기세등등한 꼴락서니를 보노라면, 본인이 디에즈의 뜻대로 흘러갔다는 사실을 모르고 있는 것 같으나.

리카르디스는 골치 아픈 듯 고개를 저었다.

* * *

하얀밤 기사단의 상급 기사 카일로는 의자에 앉아 잠시 졸다가 불온한 기운에 눈을 떴다. 창문에 한쪽 발을 올린 로젤린과 눈이 마주쳤다. 카일로가 얼씨구, 하는 표정으로 바라보자 로젤린이 슬그머니 발을 내렸다.

"전하의 명령이니 엉덩이 도로 침대에 붙이길 권하는 바입니다, 로젤린 경. 또다시 명령 불복종으로 근신 기간을 늘리고 싶다면 말리진 않겠습니다."

카일로는 로젤린이 탈출하려고 한 창문의 틀에 팔짱을 낀 채 기대었다. 로젤린은 두 발짝 물러서며 구시렁거렸다. 빛나는 눈을 보아 하니 완벽하게 포기하지는 않은 것 같았다. 카일로는 기가 찬다는 듯 그녀를 흘겨보았다.

명령 불복종으로 한 달간 호위 임무에서 제외된 사람이 또다시 전하의 명령에 불복해? 가만히 방 안에만 있으라는 얘기는 기억을 못 하는 건지, 안 하고 싶은 건지.

로젤린이 다친 날로부터 4일이 흘렀다. 겉보기에 멀쩡해 보일지언정, 상처가 속까지 완벽하게 아물었으리란 보장은 할 수 없어 큰 움직임은 지양해야 했다. 더군다나 아직까지 디에즈의 일도 마무리되지 않은 상황이라 근신 겸, 보호 겸, 감금은 나름 합당한 구석이 있었다. 리카르디스의 삐짐이 치졸하게 발현된 것을 감안하더라도.

"잠깐만 나갔다 오면 됩니다."

"……그러니까, 그걸 하지 말라는 거였는데. 그리고 멀쩡한 문 두고 왜 창문으로 나가려는 겁니까. 여기가 몇 층인지는 알고 있습니까, 경?"

"문 앞에는 두 명이 경비하고 있지 않습니까."

아, 그러니까 하급 기사 두 명보다는 상급 기사 한 명이 상대하기가 더 낫다. 이 말이렷다. 카일로는 왠지 좀 울컥해 버렸다.

"전하께서 왜 저를 이번 경비 임무에 쓰시는 줄 아십니까?"

"적당히 고르신 게 아닐까요. 한가해 보였다든가."

"생각보다 막말을 잘하시는군요, 로젤린 경. 아닙니다. 제 입이 5쿠퍼짜리만도 못하다는 사실을 전하께서 잘 아시기 때문입니다. 레이몬드 경은 로젤린 경이 눈물 한번 글썽이면 입을 다물 사람이지만, 저는 제 숨소리가 잔잔하게 가라앉아 완벽하게 수면 상태로 빠진 것같이 되었을 때, 뒤꿈치를 들고 살금살금 창문으로 다가가 밖으로 나가려는 경의 표정이 얼마나 비장했는지, 미주알고주알, 일장 연설하며 고자질할 준비가 되어 있는 인간입니다. 그렇게 제가 다 털어놓았을 때 전하께서 어찌 반응하시겠습니까. 요즘 하루에도 스무 번씩 소설에 나오는 귀한 집 망나니처럼 패악을 부리시는, 전하께옵서!"

로젤린은 찔끔했다. 리카르디스가 마지막으로 돌아서던 밤을 잊을 수 없었다. 화내며 울던 모습이 눈을 뜨든, 감든 머릿속을 돌아다녔다. 만약 카일로가 다 일러바친다면 그 모습을 다시 봐야 할지도 모르겠다는 생각이 들었다.

그렇지만, 벌써 며칠이나 지났다. 밥을 잘 드시는지, 잠은 잘 주무시는지, 나쁜 놈은 배회하지 않는지. 하나하나가 신경 쓰였다. 몰래 한 번만 보고 오려고 했는데, 푸른등불의 카일로…… 이 남자…… 거슬린다…….

"……그, 눈빛? 뭡니까. 약간 생명의 위협이 느껴졌는데요."

로젤린의 의미심장한 눈빛을 읽은 카일로가 흠칫 몸을 떨었다. 그러나 곧 태세를 바꿔 더욱 기세등등한 모습으로 그녀를 혼냈다.

"힘으로 누르시겠습니까? 때리고 제압하시겠습니까? 저는 한낱 인간. 로젤린 경이 한 대 패면 리코타 치즈처럼 흩어져 버릴 물렁물렁한 인간이니 어디 맘껏 해 보시죠! 산산조각 나서 흩어질 테지만, 마치 짚단 인형처럼!"

두 팔을 쫙 벌리며 제 나약함을 피력하는 기세가 대단해서 로젤린도 한 풀 꺾였다. 정말로 산산조각 나서 흩어질지도 몰라. 진실에 기반한 협박이다 보니 잘 먹혔다.

카일로가 흥 콧방귀를 뀌고는 침대로 돌아가라고 턱짓을 까딱했다. 여유로운 그의 모습에 로젤린은 울컥했다. 그녀는 어지간하면 이래도 저래도 좋은 사람이었으나, 사람을 놀리고 약 올리는 카일로의 행태에는 배겨 낼 수 없이 성이 나고 말았다. 안 그래도 성나 있는 로젤린의 눈앞에서 카일로가 병문안 온 클로에가 선물하고 간 초코 쿠키를 날름 집어 먹었다.

"이, 이익!"

로젤린은 입을 쩍 벌리고 경악스러워하다가 결국 주먹으로 그를 한 대 팼다. 다행히 힘 조절을 한 탓에 카일로는 리코타 치즈 및 짚단 인형이 되지 않았고, 아파하면서도 낄낄 웃을 뿐이었다. 여동생이 두 명이라더니, 어떻게 살아 있지. 이걸 어떻게 안 죽이고 살려 뒀지! 로젤린은 두 여동생의 마음을 절절히 이해했다.

그때 누군가가 방문을 똑똑 두드렸다. 카일로가 제 팔뚝을 문지르며 대답했다.

"들어오시죠."

"내 방입니다! 들어오세요."

카일로를 퍽 밀치고 로젤린이 다시 잽싸게 대답했다. 카일로가 얄밉게 웃었다. 살의가 솟구쳤다.

"교대 시간입니다."

들어온 것은 상급 기사인 바다협곡의 네스터였다. 어마어마하게 화려한 꽃다발 하나, 과일 바구니 하나, 케이크와 샌드위치 바구니 하나를 든 채였다. 로젤린은 반색했고 카일로는 미간에 주름을 잡았다.

"네스터 경. 경비 임무에서 제외되지 않았습니까? 전하께서 이상할 정도로 극구 반대하신 걸로 알고 있는데?"

"아, 파르딕트 경이 담이 왔다고 그래서요. 제가 3번 대리로!"

네스터는 로젤린을 보며 방긋방긋 웃었다. 로젤린도 환하게 웃으며 그의 팔에 걸린 음식 바구니부터 받아 내었다.

'……레이몬드가 문제가 아니겠는데?'

저쪽은 활짝 열린 문이잖아. 열리다 못해 지나가면 꽃가루 뿌리면서 축하해 주는 문이라고. 이렇게 못 미더울 수가. 카일로는 찝찝한 표정으로 그를 바라보았다.

"……경비가 뭔지는 알고 있습니까, 경?"

"하하, 농담도."

농담 아니었다. 카일로는 안으로 들어오는 것도 밖으로 나가는 것도 전부 막으라 신신당부하며, 음식 바구니에서 케이크 하나를 꺼내 들고 도망가듯 퇴근했다. 로젤린이 그 뒤를 광분해서 쫓아갔다. 돌아온 로젤린의 입가와 손에 크림이 덕지덕지 묻어 있었다. 승리자의 처참한 모습이었다.

"단장님이나 전하께 카일로 경 좀 해고해 달라고 전해 주십시오! 진짜 이상한 사람입니다!"

카일로야 그녀의 반응이 재밌어서 놀리는 것이었으나, 네스터가 보기에는 정말 정다울 뿐이었다. 그는 애처로운 표정을 지으며 손수건을 꺼내어 로젤린에게 건넸다.

"사이가…… 좋으시군요……."

"안 좋습니다!"

진노한 그녀를 달랜 것은 네스터가 들고 온 음식들이었다. 그녀는 먹으면서도 가끔 씩씩거렸지만 곧 평안을 되찾았다. 푸딩이 입 안에서 사르르 녹으며, 쌉싸름한 캐러멜이 목구멍으로 넘어가며 분노도 사르르 녹았다.

"몸은 좀 어떠십니까?"

"좋아졌…… 다 나았습니다! 이제 나가도 될 것 같습니다!"

로젤린이 씩씩하게 대답했다. 다 나았다고 하면 이 감금을 멈추지 않을까 기대하는 것이었으나, 네스터는 눈을 마주치자 얼굴을 붉게 물들일 뿐이었다. 그의 수줍은 얼굴에서 자신이 원하는 답을 얻지 못하리라 예상한 로젤린의 표정이 싸늘해졌다. 이 남자, 눈치 없어. 평가가 더 떨어졌다.

"안 피곤하십니까, 네스터 경."

"예, 전혀 피곤하지 않습니다! 짬짬이 자 두어서 아침까지도 쌩쌩하게 버틸 수 있습니다! 잠이 오지 않으신다면 제가 옆에 있으니 걱정 마시죠!"

눈치라고는…… 손톱만큼도 없는……! 로젤린은 분노했다. 때려치워, 다 때려치워!

"나갈 겁니다."

"예?"

"나갈 거라고."

네스터가 당황해서 창문 앞을 가로막았다. 로젤린이 그를 번쩍 들어 침대에 던졌다. 네스터의 눈이 휘둥그레졌다.

"잠깐 나갔다 오겠습니다. 아무에게도 안 들키면 문제없지 않습니까. 남자들이 대범하지를 못해서. 짜증 나, 진짜."

"엇, 로젤린 경!"

로젤린은 투덜거리면서 창문에서 뛰어내렸다. 그 뒤로 네스터의 짧은 비명 소리가 들렸지만, 그녀는 개의치 않았다. 로젤린은 벽을 타고, 풀쩍 뛰어내리며 높은 곳에서부터 빠르게 내려왔다. 마침 퇴근하던 머리가 산발이 된 카일로가 벽을 타고 사삭 내려오는 로젤린을 목격했다.

"내 이럴 줄 알았지."

그는 고개를 절레절레 흔들며 가던 길을 마저 떠났다.

* * *

빛이 부서지는 샹들리에, 아름다운 대리석 위에서 사람들이 춤을 췄다.

음악은 때로는 부드럽게, 때로는 끈적하게 흐르며 파티의 흥을 돋우고 있었다.

리카르디스는 밝은 파티 홀과 대조되는 어둠이 내려앉은 테라스의 난간에 기대 있었다. 그가 샴페인을 눈높이까지 들어 올렸다. 연한 노란빛의 샴페인 속에서 사람들이 오가는 모습이 보였다.

뽀글뽀글, 터지는 기포 너머로 한 사람이 가까이 다가오고 있었다. 물에 빠진 듯 일렁이던 인영이 점점 커졌다. 음악을 뚫고 뚜벅뚜벅 걷는 소리가 날 즈음, 리카르디스는 샴페인을 단숨에 들이켰다.

비어 버린 잔 너머로 디에즈가 빙그레 웃고 있었다. 반짝반짝 빛나는 빛을 등지고, 그가 막 테라스에 발을 들였다.

"형님."

"디에즈."

"같은 황실 내에 있으면서도 너무 오래 못 뵌 것 같아서요."

5일 전 있었던 사냥 대회에서 잠깐 인사한 이후로 처음이니, '너무 오래'라는 말은 어울리지 않았다. 황실 사람들끼리 한두 달 못 보는 것쯤이야 일상이었다. 갖은 행사들로 인해 하루걸러 하루 보고 있는 요즘이 도리어 이상했다.

리카르디스는 사냥 대회 후 4일 동안 월장석 성 내에서 벗어나지 않다가 오늘에야 파티에 참석했다. 그는 모습을 드러내자마자 찾아오는 디에즈의 행동에서, 그 짧은 기간을 보다 길게 느꼈다는 말로부터 디에즈가 자신을 오래 기다렸다는 사실을 눈치챘다.

"아, 오늘 다쳤던 악단의 수석 연주자가 돌아왔습니다. 알고 계셨나요, 형님? 그래서 그런지 평소보다……."

디에즈가 음악에 귀를 기울이는 시늉을 하더니, 이내 하하 웃음을 터트렸다.

"솔직히 잘 모르겠네요. 제가 듣기에는 다 그게 그거라서요. 다 똑같이 좋은데, 강철발굽 백작은 수석 연주자가 없는 음악을 들으면 영혼이 다치는 것 같다고 그러더군요. 맞장구를 치기는 했는데 이거야, 원. 어릴 때부터 음악 쪽으로는 영 안 되더라니."

리카르디스는 무표정한 얼굴로 그를 관찰했다. 온갖 분노를 표출하고 싶은 반면, 평소와 다름없이 상냥하게 말을 걸어오는 그 저의를 알 수 없어 몸이 바짝 긴장 상태를 유지하고 있었다. 이미 제 정체를 다 들켰음을 알 텐데도 바뀐 구석이라고는 어디에도 없었다.

디에즈는 그저 안쪽에서 흘러나오는 음악을 반 박자 늦게 되새기듯 흥얼흥얼 콧노래를 부르고 있을 뿐이었다. 디에즈가 지나가는 시종의 트레이에서 샴페인 두 잔을 들어서는 한 잔을 리카르디스에게 건넸다. 리카르디스가 디에즈의 손에서 잔을 건네받아 꼴깍 마셨다.

"그러고 보니, 로젤린 경은요? 요즘 도통 보이지 않네요. 사냥 대회 이후로 보지 못했는데…… 어디 다치기라도 했나요?"

심장이었다. 진정 살의를 가져야만 내지를 수 있는 일격이었다. 그 행위를 직접 저지른 사람이 내뱉는 말이라고는 믿을 수 없을 만큼 평온했다. 자신이 저지른 죄에 대한 어떤 죄책감도, 그로 인해 제 비밀이 알려질까 전전긍긍하는 조바심도 보이지 않았다.

그 초조함을 숨길 수 있나? 어디 하나 모난 듯 툭 튀어나와야 정상이건만, 마치 모든 일이 없었던 것처럼 굴고 있었다. 모든 것을 알고 있는 지금에서야 디에즈의 미소가 뒤틀려 기괴해 보일 뿐이었다.

"타국의 인사가 많이 돌아다니는 기간이니."

로젤린을 향한 눈과 귀가 많은 기간. 일부러 월장석 성 내부에만 두고 있다는 얘기였다. 그녀가 치명적인 상처를 입었다는 사실을 모르는 자라면 곧이곧대로 들을 얘기였으나, 디에즈는 그 말이 거짓인 걸 알고 있었다. 하지만 그저 고개를 끄덕끄덕. 수긍하는 기색을 보였다.

"그렇군요. 사냥 대회 때 잠깐 마주쳤는데, 아직 못다 한 얘기가 많아서요. 조만간 한번 만나러 가려고요."

달각, 샴페인을 다 비워 낸 디에즈가 잔을 테라스 난간 위에 올려 두었다. 눈이 마주치자 그가 싱긋 웃었다.

"안부 전해 주세요, 형님."

디에즈가 등을 돌려 파티 홀로 걸어 나갔다. 걸음을 멈춘 그가 다른 방향을 잠시간 바라보았다. 등 돌린 얼굴을 볼 수 있을 리 없으나, 섬뜩한 예기가 느껴졌다. 곧 디에즈의 멈췄던 발이 움직였다. 춤추는 인파 속 그가 녹아들었다.

테라스 안쪽의 양옆, 바깥쪽, 테라스 아래에 포진해 있던 기사들도 손잡이를 놓고 경계를 풀었다.

리카르디스는 잠시 테라스를 벗어나 밝은 공간 끄트머리에 발을 들였다. 디에즈가 잠시 멈춰 바라보았던 방향을 보니, 엘피디오와 대화하며 웃고 있는 황제의 모습이 보였다.

리카르디스는 디에즈의 목적이 단순히 황제의 자리에 머문다 생각했다. 그를 단순한 '디에즈'라고 여겼을 때.

하지만 하루아침에 그는 디에즈를 벗어나 가늠할 수 없는 존재가 되어 버렸다. 목적이 무엇일까. 검은달과 손잡고, 자신을 죽이려 하며, 황실에서 숨죽이고 있는 이유가 무엇일까.

그의 생각을 알지 못하니 목적 또한 불분명해졌다. 리카르디스는 파티 홀을 벗어났다.

* * *

"좋아, 리카르디스. 귀찮지만 딱 한 번 얘기해 줄 테니 잘 들어. 하나. 나는 지금 기분이 좋지 않아. 그리고 둘. 지금 몇 시인지 알고 있나 모르겠네. 이런 시간에 숙녀를 찾는 신사가 대체 어디 있어. 마지막으로 세 번째. 최근 무슨 일이 있었는지는 모르겠지만, 손님이 너무 자주 와서 피곤해."

눈이 보이지 않는 여자가 더러운 담요 위에 누운 채 얘기했다. 리카르디스는 감탄했다. 누가 왔다는 소리도 안 했는데, 어떻게 알아챘을까. 매번 있는 일이지만 볼 때마다 신기했다.

"그래서, 그 구구절절하고 긴 말을 요약하면?"

"꺼지라는 거지."

지하 감옥 깊은 곳, 그중에서도 가장 안쪽에 위치한 철창. 과거 검은달의 간부였던 케틀린은 리카르디스를 잡상인이라도 되는 것처럼 손을 휘휘 저어 내쫓으려 했다. 자세히 보니 손가락 몇 개가 없었다. 붕대 위로 핏자국이 보이는 걸 보니 얼마 되지 않은 듯했다. 찾아온 그 '손님' 중 한 명의 짓이리라.

"손가락은 어디 갖다 팔았기에 그 모양이지?"

"말하는 본새하고는. 내 손가락은 네 형이 훔쳐 갔어. 아주 날강도라니까."

"수준 없는 형이라 미안하게 됐군."

케틀린은 흥 하고 고개를 돌렸다. 리카르디스는 철창에 등을 기댔다. 그녀를 찾아온 목적은 뚜렷하지 않았다. 리카르디스로서는 상상할 수도, 가늠할 수도 없는 그 미지의 힘. 그 힘이 마지막 톱니바퀴가 되어 거대한 흐름을 이끌고 있었다.

무언가가 일어나리라는 것은 확실하나, 어떤 방향으로 어떤 방식으로 일어날지는 감을 잡지 못했다. 그러다 보니 자연스레 발걸음이 이곳으로 향했다. 누가 뭐라 해도 검은달에서 간부씩이나 되던 이가 아니던가.

디에즈와 그녀는 마력이라는 공통점을 제외하면 완벽하게 다른 존재였으나, 그들의 행보는 비슷한 점이 많았다. 숨을 죽이고 일라베니아에 칼을 겨눈다. 오랜 시간을 인내한다.

"케틀린."

"부르지 마, 정들어."

"너는…… 일라베니아의 마인으로서, 일라베니아에 어떤 감정을 가지고 있지?"

케틀린이 벌떡 상체를 일으켰다. 그녀는 이상한 표정을 짓고는 그를 바라보았다.

"……진짜 몰라서 묻는 건 아니겠지? 어릴 때는 똑똑했는데……."

진심으로 걱정하는 말투라 리카르디스는 자기도 모르게 피식 웃었다.

"좋은 감정이 아니라는 것쯤은 알지만, 그대의 입으로 직접 듣고 싶어서."

케틀린의 표정이 더욱 심각해졌다.

"욕을 들으면 기뻐하는 그런 부류였나…… 흠이 있다고 생각하니까 인간미 있어 보이긴 하는데, 약간의 부작용이 따르네. 미안한데 좀 멀리 떨어져."

이 여자가 정말…… 리카르디스는 인상을 찌푸렸다.

"대답이나 해, 값은 치르고 갈 테니."

케틀린은 보이지 않는 눈으로 그를 빤히 바라보았다. 바보 같은 질문이었으나 나름 흥미가 동했다. 케틀린이 이곳에 갇힌 수년의 시간 동안 그녀의 심정이나 왜 사건을 저질렀는지에 대해 묻는 사람은 없었다.

그도 그럴 것이, 검은달의 간부에게 누가 '암살을 시도하려 했던 이유가 뭔가요? 어떤 심정에 저지른 것이죠?' 따위를 묻겠는가. 동료는 또 누가 있나, 다른 2차 계획이 있나, 검은달의 권력 구조는? 우두머리의 이름은? 규모는? 필요한 정보만 얻기를 원했을 뿐이었다.

검은달과 일라베니아의 이러한 대치 구조는 하루 이틀 사이에 만들어진 것이 아니었기 때문이었다. 검은달이 일라베니아를 싫어하는 건 당연하다. 일라베니아도 그러하다. 당연한 일에 군이 이유를 알고 싶어 하는 사람은 없었다. 그 덕에 리카르디스가 처음이었다. 의외로 순순하게 대답해 준 것은 그녀의 변덕에 가까웠다.

"일라베니아인이 타국의 그 폐쇄적인 집단의 간부가 되었다는 의미를, 너는 알까."

리카르디스는 케틀린의 질문이 답을 필요로 하지 않는 것 같다 느껴 입을 다문 채 가만히 그녀를 바라보기만 했다.

"지하 감옥에 갇혀 본 적은?"

그녀의 하얗게 비어 버린 눈이 좁은 감옥을 훑었다.

"하루만 있어도 끔찍한 공간에 수년을 갇혀 있으면서, 그러면서도 제 일신의 안녕 따위 상관없이, 제 몸이 닿을 미래는 산산조각 나는 것뿐이리라 예감하면서도 결코 누그러지지 않는 악의의 크기는 어느 정도라 생각해?"

"너의 분노는 황실만을 향하는 것인가?"

"리카르디스. 아니란 걸 알고 있구나."

알고 있었다. 검은달은 황실뿐 아니라, 국경에 근접한 영지나 마을을 몰살시키는 일도 서슴지 않았다.

"죄 없는 이들 또한 분명 존재한다."

"우리는 무슨 죄가 있었을까? 이델라브힘의 빛을 가리고 불길하게 그림자를 드리우기라도 했나. 개소리하지 말고. 아니란 걸 알잖아. 나는 똑같이 되돌려주려 할 뿐이야. 왜, 그러면 안 되는 건가? 내가 용서해야 할 것 같아? 나도 똑같은 죄를 저질렀으니까? 아, 이델라브힘께서는 어찌나 자애로우신지. 뭐든 용서하라 하시네. 네가 얼마나 괴로웠건, 힘들었건, 피부가 화염에 지져지는 고통과, 숨을 말라붙게 하는 까만 연기 속에 죽어 가더라도, 용서해. 뭘 하려 해 봤자 내가 그 나쁜 사람과 같이 나쁘게 될 뿐이며, 용서야말로 진정한 마음의 평화를 찾아 주신다고. 용서해. 용서하라 그래."

웃음을 머금고 얘기하던 그녀의 목소리가 차가워졌다.

"내 빛 아래의 모든 이들이 내 자식이다. 이델라브힘께서 그리 말씀하셨다. 그렇게도 적혀 있었지. 그래. 나 또한 이델라브힘의 자식이다. 그렇다면 용서해. 내 모든 것을. 너희들이 얼마나 괴롭건, 힘들건! 산 채로 피부가 녹아내리는 고통을 느끼더라도! 그리 불타 죽은 시체마저 희롱당하는 것을 네 아이들이 본다 해도! 용서해! 나를 용서해! 너희들이 그렇게 말했으니!"

그녀는 격분해 철창에 쾅 달라붙었다. 손을 뻗어 리카르디스를 잡으려 했지만, 그는 한 발짝 멀어진 상태였다. 멀리 떨어져 있던 병사들이 달려왔다. 창대 끝으로 밀려난 여자가 넘어졌다.

리카르디스가 만류하자 병사들이 주춤주춤 물러서며 그의 눈치를 봤다. 그녀는 바닥을 짚고서 콜록거렸다. 케틀린의 입에서 침이 주르륵 흘러내렸다. 여자는 중얼거렸다. 안광이 기이하게 밝았다.

"남자를 죽이고, 여자를 죽인다. 갓난아이를 죽이고, 노인도 죽이겠다. 칼로 찔러 죽이고 찢어서 죽일 것이다. 굶겨서 죽이고 손가락 하나하나를 뜯어내어 고통에 발버둥 치게 하다 죽이고, 산 채로 땅에 묻고, 물에 빠트리고, 불에 태우겠다. 너희들이 오랜 세월 망각하던 고통이, 뼈에 하나하나 새겨지도록."

여자가 기어 와 철창을 잡고 힘겹게 일어섰다.

"죽어서도, 눈을 감지 못하도록."

그녀가 덜덜 떨며 웃었다. 리카르디스는 철창에 손을 뻗었다. 하얀빛이 그녀의 다친 손을 떠돌았다. 따뜻한 기운이 느껴지자 케틀린이 화들짝 놀라 몸을 뒤로 물렸다. 더러운 것에 닿은 듯 연신 제 손을 옷자락에 닦았다. 아프지도 않은지 거친 손놀림이었다.

"질문의 값을 치른다 했다. 두면 썩어 들어 팔까지 잘라 내야 할 것이다."

케틀린이 깔깔, 감옥이 떠나가라 미친 듯이 웃었다. 그러고는 보이지도 않으면서 병사들 쪽을 바라보며 말했다.

"네놈들은, 네놈들의 주인에게 일러라. 황실에 병신 천치 머저리가 있다고! 이거 하나 못 죽이는 걸 보니 다들 똑같은 수준이겠지마는!"

그녀는 키득대며 웃다가 리카르디스가 있는 쪽으로 고개를 돌렸다.

"어찌 되었건. 고맙게 되었다, 리카르디스. 감옥 생활은 지루해서 이따금 자극제가 필요하기 마련이거든. 그걸로 값을 치렀다 해 주마."

리카르디스는 별다르게 말을 잇지 못했다. 자신이 정말로 이들에 대해 잘 몰랐다는 사실을 인정했다.

검은달과 일라베니아의 싸움은 그저 사상과 사상의 차이라 여겼다. 그러나 별개의 문제로 마인에게 이뤄진 모든 일들은 일라베니아의 업이었다. 자기도 모르게 검은달과 마인을 동일한 선상에 놓고 있었다.

어리석은 일이었다. 일라베니아가 만들었다. 누구는 업보라 부르고 누구는 운명이라 부를 것이었다. 덮쳐 오는 악의는 사납다. 과거 일라베니아가 그들에게 그랬듯이.

리카르디스는 다시 병사들을 저 멀리 물렸다. 그리고 얘기했다.

"그대는 그대의 일을 해라. 원한을 만든 자를 모두 죽여라. 칼로 찌르고, 산 채로 불에 태워라."

"새로워. 오늘따라 유독 그렇단 말이지. 일라베니아의 황자가 할 만한 말은 아니지만…… 음, 어쨌거나 마음에 드는데."

"마음에 든다니 그거 기쁜 얘기로군. 하지만 나는 그 원한이 닿지 않아야 할, 모든 것을 지키겠다. 그것이 일라베니아의 황자가 할 일이므로."

리카르디스는 이 감옥에서는 보일 리 없는 밤하늘을 떠올렸다. 둥그런 달. 세상을 비추는, 또 하나의 빛이었다.

"신이 도와주시겠지."

그가 몸을 돌려 떠나자 뒤에서 케틀린이 철창을 쿵쿵 쳤다.

"하여간 지긋지긋한 신성 제국 놈들! 허구한 날 신 타령이야!"

리카르디스는 걸음을 멈추지 않은 채, 크게 말했다.

"이델라브힘이라 말 안 했다! 내 신이든 네 신이든, 누구에게든 도와 달라 빌어 봐야지!"

"얼굴값 하네. 어디서 양다리를 걸쳐!"

"상관없어! 나는 무신론자거든!"

케틀린의 귓가로 그가 계단을 따라 뚜벅뚜벅 올라가는 소리가 들렸다. 횡하니 가 버렸다. 남은 케틀린은 어안이 벙벙한 듯 입을 벌리고 있었다. 예쁜이가 오늘따라 아주 새로웠다.

리카르디스가 감옥에서 나오자 입구에서 대기 중이던 르윈이 잽싸게 뒤를 따랐다.

"뭐라 합니까. 또 예쁘다 했습니까? 보는 눈은 있어 가지고."

"르윈. 내가 그대에게 칼을 주겠다. 상대는 어린아이다. 한 달이라면 몇 명이나 죽일 수 있겠나."

"……글쎄요. 1분에 한 명이면 1시간에 60명 아닙니까. 일정이 너무 가혹하니, 반절로 줄여서 30명이라고 치면 일주일에 대략 3,000명 정도 죽일 수 있을까요? 쉬엄쉬엄해야 하니 한 달에 대략…… 만 명? 제법 죽일 수 있겠군요."

리카르디스가 걸음을 뚝 멈춰 뒤돌아 그와 눈을 맞췄다.

"한 달에 만 명이라…… 그렇다면 전장에서 만 명의 사상자가 발생하는 시간은?"

르윈이 눈썹을 까딱 들어 올렸다.

"하루면 충분하겠군요."

"그렇겠지."

리카르디스는 다시 월장석 성을 향해 걸었다.

그렇다. 디에즈는 인간보다 훨씬 강할 것이다. 그러나 개인으로는 한계가 있다. 그의 악의가 황실뿐 아닌, 이델라브힘의 빛 아래에 서 있는 모든 것을 향하고 있다면 혼자만의 힘으로는 부족했다.

디에즈는 생각했을 것이다. 무엇이 가장 사람들을 많이 죽였나. 역사가 증명했다. 전염병의 창궐과 전쟁이다. 그러나 신성력이 있는 한, 전염병은 크게 힘을 쓰지 못하고 수그러들 터. 그리하여 남은 것이 전쟁이란 말이었다. 규모가 크면 클수록 죽는 사상자는 늘어난다.

리카르디스의 턱 근육이 꿈틀거렸다. 전쟁은 필연적으로 일어날 것이다. 그게 하카브가 일라베니아 내에 있을 때 일어날 리는 없으니, 그가 돌아간 후라 하더라도 언젠가는. 전쟁은 단순히 일라베니아의 황좌로 걸어오는 길을 여는 수단이 될 뿐 아니라, 그 길 아래 깔린 시체들마저 목적으로 두고 있을 것이다.

바람이 불었다. 지하 감옥 깊은 곳에서 저주를 퍼붓는 여자의 소리처럼 날카롭게 귀를 울렸다.

[죽이서도, 눈 감지 못하도록!]

* * *

리카르디스는 곧장 집무실로 향했다. 돌아오자마자 서류부터 처리하려 드는 그의 뒤에서 잇세리온이 손수건으로 눈물을 찍었다.

"전하, 침실에 들지 않으신 지 벌써 3일째입니다."

어지간하면 무시하겠건만, 잇세리온이 너무 서럽게 울었다.

"그러다 쓰러지십니다!"

쓰러질 것 같은 건 잇세리온 쪽이었다. 더불어 르원도 허리에 팔을 얹고는 짐짓 혼내는 태도로 그를 대했다.

"제가 어릴 적부터 누누이 말씀드렸지요. 건강한 몸에 건강한 정신이 깃든다! 안 그래도 없는 피곤 있는 피곤 다 끌어안고 사시는 분이 수면도 제대로 취하지 않으면 어쩌려고 그러십니까. 지켜보는 저희들 마음도 이해를 해 주셔야지요."

"알았다. 알았다."

두 형제의 공격에 리카르디스는 두 손 들어 항복했다. 아무래도 예전 겨울석류 자작가에서 지낼 때 자신을 길러 준 이들이다 보니 약해질 수밖에 없었다. 안 그래도 두통이 지끈거려 와인을 마시고 소파에서 잠시 눈을 감을까 생각하던 차였다.

그런데 잇세리온이 침대가 주인 얼굴 잊어버리겠다고, 매일매일 새 시트로 갈며 눈물을 흘리는 자신을 아냐며 대성통곡을 하는 통에 오늘은 침실로 들어야겠다 마음먹었다. 아니, 시트를 가는 건 시녀의 몫이 아니었나. 거짓말 같지만, 그냥 넘어가기로 했다.

"물을 받아 두었으니, 씻고 침실로 드시지요."

리카르디스는 잇세리온의 시중을 받아 옷을 벗고 욕실로 들어갔다. 김이 모락모락 나는 거대한 욕조에는 장미 꽃잎이 빽빽하게 떠 있었다. 이거 하지 말라니까 진짜…… 다음 날 장미 향 엄청 난다니깐…….

뜨겁지 않은 온도가 기분 좋았다. 리카르디스는 물을 퍼서 세수했다. 온기가 몸에 스며들어 하, 하는 소리가 절로 나왔다. 그는 눈을 감고 욕조에 기대어 머리를 뒤로 젖혔다. 따뜻한 습기가 코끝을 맴돌았다.

디에즈와 케틀린. 능구렁이 같은 귀족들과 신경전을 벌였던 피곤한 하루였다. 눈을 감아 까만 시야 위로 로젤린이 떠올랐다. 울던 모습이 마지막이라 신경 쓰였다. 잘 지내고 있을지.

"으아악! 이런, 씨……!"

리카르디스는 눈을 떴다가 높은 천장에 팔다리를 쫙 벌려 매달려 있는 로젤린과 눈이 딱 마주쳤다. 기겁해서 욕할 뻔했다. 로젤린이 슬그머니 그의 경악 어린 시선을 피했다. 리카르디스가 얼굴을 붉히며 제 가슴을 가렸다.

아랫부분이야 장미 꽃잎으로 다 가려져 있어도, 잠깐, 들어올 때부터 봤을 거 아냐. 리카르디스가 서슬 퍼런 음색으로 물었다.

"어디서부터 어디까지 봤나."

로젤린이 매달린 채 필사적으로 고개를 저었다.

"아, 아무것도."

모기만 한 목소리였다. 아무것도 안 봤을 리가 있나! 리카르디스가 분개하려던 차, 밖에서 르원이 급하게 그를 부르며 문을 가볍게 두드렸다.

"전하? 무슨 일 있으십니까?"

리카르디스는 식은땀을 흘렸다. 지금, 이 상황을 어떻게…….

"아무 일도 아니다. 잠깐 미끄러졌을 뿐이다."

"예. 아, 전하, 어떤 와인을 드시겠다 하셨지요?"

암호였다. 여기서 페르벨강이라고 했다가는 르원이 떠난 척, 했다가 비밀 통로를 통해 들어올 것이다.

"더거."

"……다른 걸 드시고 싶지는 않으십니까?"

"더거. 더거 17년산! 나는 더거 17년산이 좋다! 맛도 좋고 향도 좋아! 떫은 게 딱 내 취향이야!"

이상 무. 이상 무! 이상 없다고! 리카르디스가 성내자 르원이 물러가는 소리가 들렸다. 리카르디스가 후 한숨 쉬고는 그녀를 향해 손짓했다. 내려와. 그 뜻을 읽은 로젤린이 머뭇거리며 이동했다.

반들반들, 매끄러운 벽에 습기가 맺혀 있는데도 차근차근 잘 내려왔다. 그러다 거의 다 와서는 삐끗하고 미끄러졌다. 리카르디스가 기겁하며 반쯤 몸을 일으켰다. 그의 품에 로젤린이 떨어졌다. 출렁, 욕조 안의 물이 흔들리며 장미꽃이 춤을 췄다.

눈이 딱 마주쳤다. 멀리 있을 때는 몰랐는데, 여기저기 그을음이 묻어 꼬질꼬질했다. 대체 어딜 통해 온 건지 감도 안 잡혔다. 꼬질꼬질한 로젤린이 눈을 깜박거리고 있었다. 리카르디스는 그녀를 안고 고민하다가 찝찝한 목소리로 입을 열었다.

"……옷, 젖었나?"

로젤린이 고개를 끄덕였다. 엉덩이와 등 부분이 축축했다. 리카르디스는 한숨을 푹 쉬고는 그녀를 욕조 안에 내려놓았다. 안 젖었다면 밖으로 바로 건져 내면 될 테지만, 젖은 채로 오래 밖에 있다가 감기라도 걸리면 어쩔 것인가.

로젤린은 따뜻한 온기와 향긋한 냄새가 마음에 드는지, 손으로 살짝 물을 휘저었다. 장미 꽃잎이 울렁거리며 퍼져 나갔다. 리카르디스의 표정이 순식간에 굳어졌다. 이러다간, 보인다! 그가 급하게 그녀의 손을 딱 잡았다. 로젤린이 눈을 동그랗게 뜨고 그를 응시했다.

"로젤린 경. 방 밖으로 걸음 하나 벗어나지 말라 했을 텐데."

싸늘한 목소리에 로젤린은 그날의 뒷모습을 덜컥 떠올렸다. 어떤 감정, 애정 한 줌 읽어 낼 수 없는 사무적인 목소리. 언제나 아름답던 푸른 눈동자가 시리게 차가웠다. 지금처럼. 로젤린은 고개를 푹 떨궜다.

"고개를 숙이지 마라."

"예?"

리카르디스가 황급하게 말했다. 아니, 이 사람이, 아래를 보면 어떻게 해! 장미꽃이 아무리 빽빽하게 떠다녀도 그렇지! 그러나 그런 사정을 알 리 없는 로젤린은 울컥했다. 고개도 내 마음대로 못 숙이나!

"……그렇게 숙이면…… 아무튼 깊은 사정이 있다. 나를 계속 봐라."

로젤린은 다시 눈동자를 굴려 리카르디스를 쳐다보았다. 잔뜩 축 처진 시선이 닿자, 리카르디스는 한층 더 당황했다. 물에 빠진 유리구슬처럼 빛나는 눈을 보니 가슴 안쪽이 덜컥 내려앉는 듯해서,

"아니다, 저쪽. 약간 왼쪽에 저 문양 보이나, 경. 저걸 보고 있어라."

똥개 훈련시키듯 계속 말을 번복해 댈 수밖에 없었다. 로젤린은 의기소침해서 하라는 대로 그의 왼쪽 뒤, 화려하게 새겨진 문양에 눈을 고정했다. 서로에게서 시선이 미묘하게 어긋난 채로 소강상태에 들어갔다. 로젤린이 문양의 개수를 세며 입을 열었다.

"저는 그저…… 전하께서…… 무탈하신지 걱정이 되어서……."

한풀 꺾이다 못해 흩어져 사라질 것 같은 목소리에 리카르디스의 마음이

흔들렸다. 몸도 마음도 건강했던 사람이, 지금은 몸도 마음도 약해져 있지 않은가. 너무 화냈나? 사람이 좀 너무 화내긴 했지.

지금도 비록 명령을 어겼지만, 대화를 하겠다고 온 사람한테 너무 박하게 대한 게 아닌가 하고, 리카르디스의 단단한 마음이 서서히 풀려 가고 있었다.

"전하께서 주무실 때까지 숨어 있다가, 잠깐만 지켜보다 나가려 했습니다….

"……세간에서 그런 그대의 행위를 뭐라 부르는지 아나, 경?"

"충정……?"

"범죄라 부른다. 하지 마. 오늘은 미수에 그쳤으니 봐주겠다."

참고로, 리카르디스의 잠든 얼굴을 지켜보고 싶어 했던 사람은 로젤린뿐만이 아니었다. 몇 년 전, 하루에도 수십 통씩 리카르디스에게 연서를 보냈던 귀한 집 아가씨로, 그녀와 로젤린의 공통점은 둘 다 실패했다는 점이고, 차이점이라면 잡혀갔느냐 잡혀가지 않았느냐로 갈렸다.

로젤린은 "범죄라 부른다."라는 말에 곁눈질로 리카르디스를 흘끗흘끗 바라보았다. 뭔가, 못다 한 말이 있는 듯, 사고 치고 눈치 보는 강아지처럼! 불길함이 엄습했다.

"……그, 봐주시는 건…… 오늘만? 입니까?"

이 사람이 진짜…… 리카르디스가 싸늘하게 그녀를 바라보았다. 과거에 쌓아 온 행적을 신경 쓰고 있는 게 너무 빤히 보였다. 대체 몇 번이나 자는 얼굴을 보고 갔다는 얘기일까.

"그대 진짜…….

"전하, 잠시 들어가도 되겠습니까."

잇세리온이 밖에서 말을 걸어왔다. 로젤린과 리카르디스는 눈을 크게 뜨고 서로를 마주 봤다. 리카르디스가 버벅거리며 대답했다.

"아, 아니. 무슨 일이냐! 나는 혼자만의 시간을 방해받는 걸 매우 싫어

한다, 정말로!"

리카르디스는 자신이 사춘기 소년 같은 대답을 내뱉었다는 사실에 치욕 스러워했다.

"드릴 말씀이 있습니다."

너무나 진지한 목소리라 차마 싫다는 둥, 하는 소리를 낼 수 없었다. 로 젤린은 왼쪽으로 가지도 오른쪽으로 향하지도 못한 채 허둥지둥 당황하는 중이었다. 로젤린이 결의 어린 표정을 하더니 리카르디스에게 소곤거리며 말했다.

"지금은 미끄러워 벽에 매달릴 수 없습니다! 대신 욕조 안에 들어가면 1시 간 정도는 잠수할 수 있으므로! 맡겨 주십시오!"

"……그거 굉장한데."

이런 급박한 상황에서도 그녀의 능력에 감탄이 나왔다. 로젤린이 실제로 욕조로 잠수할 듯 머리를 물에 박으려 하자 리카르디스만 기겁했다. 아니, 들어가면은! 안 되지! 들어가면, 안 된다고! 리카르디스가 그녀의 옷깃을 잡아채 겨우 제지했다. 난장판이었다.

"들어가겠습니다, 전하."

잇세리온이 문을 여는 소리가 들렸다. 로젤린이 헉 숨을 들이쉬었다. 리 카르디스는 이를 악물고 그녀의 어깨를 잡아 돌렸다. 로젤린의 등에 단단한 온기가 닿았다. 리카르디스가 로젤린의 몸을 돌린 채, 그대로 밀착해서 끌 어안았다.

잇세리온이 욕실에 발을 들였을 때는 출렁거리는 붉은 장미 꽃잎들 한가 운데, 리카르디스가 등을 보이며 앉아 있었다. 그리고 바로 그 앞에 로젤린 이 몸을 웅크리고 있었다.

잇세리온과 리카르디스, 로젤린이 전부 한 줄로 나란히 있었기에 잇세리 온은 그녀를 보지 못했다. 그저, 등을 꼿꼿이 펴고 앉아 있는 리카르디스의 자세가 어찌나 척추 건강에 좋을 것 같은지, 감탄할 뿐이었다.

"무슨 일인가, 잇세리온. 이 근처는 물기로 젖어 있으니 들어오지 말고 거기에서 편하게 얘기하도록 해."

배려심이 철철 넘쳤다. 로젤린은 욕조에 입까지 담그고 눈만 데굴데굴 굴렸다. 리카르디스는 검은 머리카락이 물에 퍼지는 것을 보고 재빨리 하나로 모아 그녀에게 넘겨줬다. 로젤린도 제 머리카락을 하늘에서 내려온 동아줄이라도 되는 양 꽉 쥐었다.

잇세리온은 리카르디스의 넓은 등을 보며 아련한 감상에 잠겼다. 그렇게 어리고 작은 아이였는데…….

"그게 언제였지요. 전하께서 겨울석류 자작가에 오신 지가…….."

잠깐. 지금…… 지금 그걸 하는 거야? 지금? 갑자기? 리카르디스는 당황스러웠다. 잇세리온은 작고 어렸던 리카르디스가 얼마나 귀여웠는지, 얼마나 사랑스러웠는지. 그 하나하나의 형용사에 어울리는 추억들을 꺼내어 말했다. 본디 추억은 미화되기 마련이었으나, 잇세리온은 그 미화된 추억을 더 갈고닦아 아름답게 포장하는 사람이었다.

그때 자신을 형아라 부르던 리카르디스가 얼마나 사랑스러웠는지, 르원을 실은 짐마차 100개가 있어도 바꾸지 않았을 것이라며 행복해했다. 그 아름다운 추억의 나날들을 떠올리며 눈물짓는 잇세리온의 뒤로 리카르디스의 얼굴은 잔뜩 붉어져 있었다.

리카르디스가 시선을 슬쩍 내려 로젤린을 내려다보았다. 그녀는 눈에 불을 켜고는 잇세리온의 말을 경청하고 있었다.

전하에게 그런 과거가! 잇세리온 비서관님을 형아라고 불렀대! 사탕이 녹아 없어지는 게 아까워서 먹다가 남겨 뒀대! 선물 받은 망아지가 너무 좋아서 마구간에 가서 몰래 자다가 들켰대! 절대 잊지 않겠다는 듯이 귀담아듣고 있는 그녀의 모습에 리카르디스는 괴로워했다.

누구는 가슴 졸이며 한 사람을 숨기고 있건만, 다른 누구는 즐겨도 너무 즐기고 있었다. 얄미웠다. 리카르디스가 그녀의 볼을 꼬집었다. 로젤린은 꼬집히면서도 즐거운지 손으로 제 입을 가리고 웃었다. 리카르디스는 제 손길이 닿은 곳의 그을음이 닦이는 것을 보고, 물기 젖은 손으로 그녀를 대충 세수시켰다. 어휴, 꼬질꼬질.

물이 첨벙거리는 소리가 들리자 잇세리온의 말이 끊겼다. 리카르디스는 황급하게 해명했다.

"감동적인 얘기였다. 눈물이 찔끔 날 뻔했군."

"그렇지요. 그렇게 어리고 약한 분이셨는데. 언제 이렇게 자라셨는지…… 감개무량합니다."

잇세리온이 일장 연설하던 추억들이 다 흘러간 가운데, 약하다는 말이 남아 리카르디스를 웃게 했다.

"그래. 많이도 약했다."

육체적으로도 정신적으로도.

잇세리온이 그의 등을 가만 바라보다 씁쓸한 미소를 띠었다. 최근 리카르디스가 병적일 정도로 일에 매달리는 이유를 알기 때문이었다. 그 필사적임에 잇세리온은 언제나 가슴을 졸였다. 열중한다는 것은 온 신경과 마음을 다 쏟는다는 것이었다. 지치지 않을 리 없다. 잇세리온은 그가 조금이나마 편해지길 바랐다.

"전하. 전하께서는 언제나 최선을 다하셨고, 그만큼의 결과를 얻으셨습니다."

"잃는 것도 많았다."

"손에 쥔 것을 보셔야 합니다."

"잃은 것에 비하면 미약할 것이다."

"앞을 보지 않으시면, 나아가실 수 없으십니다."

"나아가지 않아도 상관없다 여겼다."

전하…… 잇세리온의 약한 목소리가 욕실을 떠돌았다. 리카르디스는 가만히 숨죽이고 안겨 있는 로젤린을 바라보았다. 흰 셔츠가 젖어 살결이 비쳤다. 그녀의 등에 아프게 새겨진 흉터가 보였다. 리카르디스는 손으로 그녀의 흉터를 덧그렸다. 로젤린의 몸이 흠칫 떨렸다.

"내가 불안해 보였나, 잇세리온."

"그럴 리가 있습니까."

"그러리란 것도 안다. 나를 옆에서 가장 오래 지켜봐 온 사람이지 않나. 그때 눈물 콧물 흘리던 어린아이가 지금까지도 눈물 콧물 흘리고 있으니 어지간히 답답한 게 아니겠지."

"그럴 리가 있습니까!"

"어쩌겠나. 나는 그때와 마찬가지로 변함없이 약한 사람인 것을."

"전하……."

"애달프다는 듯 부르지 마라. 객관적 사실을 짚었을 뿐이다. 자신이 가진 것이 무엇인지 알지도 못하고 쌓여 있는 껍데기에 배불러 하다가는 엘피디오 꼴이 나겠지. 그 본인은 행복함을 만끽하고 있으니 상관은 없겠다마는."

리카르디스는 잇세리온이 바람 빠지는 듯 웃는 소리를 들었다. 품 안에 따뜻한 것이 가득 안겨 있었다. 안도감이 몰려왔다. 리카르디스는 눈을 감았다.

"가혹한 싸움이 벌어질 것이다, 잇세리온. 단 한 순간도 안주할 수 없는 것은, 나뿐만이 아니다. 하물며 그 엘피디오도 칼릭스 경에게 집적거리고 있지 않나. 그러니 걱정 마라. 내가 약하다는 걸 아는 것은 나아갈 방향을 아는 것이다. 발버둥 치는 모습이 괴로워 보일지언정, 그건 나아가리라 내가 마음먹었다는 것이니."

"가시는 길에 언제나 함께하겠습니다, 전하."

툭하면 울고 통곡하는 잇세리온이 담담하게 얘기했다.

"고맙다."

물론 이 말에는 울음을 참지 못했다. 실신할 것처럼 우는 잇세리온을 르원이 데리고 나갔다.

욕실에는 맺힌 물이 똑똑 떨어지는 소리만 울려 퍼졌다. 리카르디스는 그녀의 등에 손을 대고 신성력을 불어넣었다. 로젤린이 무릎을 끌어안은 채, 장미 꽃잎을 가리가리 찢고 있었다.

"……저도, 가시는 길에 언제나 함께 있겠습니다."

리카르디스의 입가에 미소가 번졌다.

"말 안 듣는 사람은 안 데려간다."

"예?"

"말 안 듣는 아이는 내가 전쟁터에서 구를 때 평온하게 성안에서 하녀들의 수발을 받으며 케이크와 호화로운 음식도 먹고 저녁에는 푹신한 깃털 베개를 베고 숙면하게 만들어 버릴 것이다."

로젤린이 화들짝 놀라며 몸을 뒤틀었다. 짚을 곳이 없었는지 장미 꽃잎 사이로 나와 있는 리카르디스의 무릎에 제 손을 지탱했다. 순식간이라 리카르디스는 딱히 막지도 못했다.

코끝이 닿을 정도로 얼굴이 가까웠다. 갑자기 훅 들어온 공격에 리카르디스가 숨을 들이켠 채 그녀를 바라보았다. 로젤린이 눈썹을 찌푸린 채 애절하게 올려다보고 있었다.

리카르디스의 얼굴이 새빨개졌다. 그는 그녀의 손을 찰싹 치며, 제 무릎을 수면 아래로 잽싸게 숨겼다.

"내 몸에 손……끝 하나 대지 마라. 진짜, 농담 아니다. 이 위험한 사람 같으니라고…… 그리고 거리가 너무 가깝다. 떨어져라. 더. 더. 마음에 차지 않는다. 더. 좋아. 딱 적절하다."

로젤린이 엉금엉금 기어, 욕조의 반대편 끝에 도달하자 리카르디스는 앓던 이 빠진 표정으로 흐뭇하게 웃었다. 로젤린은 아까의 항변이 끝나지 않았는지 멀리서 제 의견을 피력했다.

"말 잘 듣겠습니다, 하지 말라는 것 안 하겠습니다. 정말로요."

하지 말라, 안 된다고 말한 그 수많은 나날이 리카르디스의 머릿속을 지나갔다. 정말 신빙성이라고는 없고, 신뢰라고는 가지 않았다.

로젤린은 그 신빙성 없는 말 이후, 계속해서 자신을 왜 그가 가는 길에 데리고 가야 하는가에 대한 장점을 말했다. 강하고, 암살자 잘 잡고, 사냥 잘하고, 길 잘 찾고, 이것도 잘하고 저것도 잘하고……

열성적으로 말하는 모습이 웃겼다. 피와 독, 비명과 저주가 가득한 길이 뭐가 좋다고 함께 가려고 저러는지. 저가 좋아하는 갖은 맛있는 것과 평온한 일상을 두고 어디라고 가려고 하는지.

기분이 싱숭생숭해져 리카르디스는 미묘한 미소를 걸었다. 아까 전까지만 해도 케틀린에게서 갖은 저주를 받고 왔기 때문일까. 그녀와 마찬가지로 비슷한 종류의 분노를 가지고 있는 디에즈와 로젤린이 같은 존재이기 때문일까.

이 맹목. 이 충성. 호의적인 감정들. 의심할 수 없을 만큼 단단하게 굳어져 선명한 것들. 그런 것들이 로젤린을 가득 채우고 있음이, 새삼스럽게 다가왔다.

"내가 그대에게 화를 낸 것은."

"두 번 다시 그러지 않겠습니다, 절대로."

"그대가 잘못했기 때문이 아니다."

"잘못했습니다. 제가……."

"잘못하지 않았다."

리카르디스는 멀리서 자신을 응시하는 그녀를 똑바로 마주했다.

"내가 화를 낸 것은 그대가 다칠 때 나는 아무것도 할 수 없었기 때문이다. 내가 약해 그대를 지킬 힘이 없어서. 답답하고 화가 났다. 자신을 향해야 마땅한 분노를 그대에게 터트렸다. 잘못한 것은 내 쪽이다. 진심으로 미안하다. 로젤린 경. 내가 너무 치졸했다. 스스로를 탓하지 못해, 그 화살을 그대에게 돌렸어."

로젤린이 눈을 깜박거리며 제 입술을 매만졌다. 녹색 눈동자를 굴리며 마구 고민하던 그녀가 자신만만한 표정으로 씩 웃었다.

"모두 용서해 드리겠습니다! 그러면 이제 화나지 않으신 게 맞습니까?"

그런 계산이었던 듯했다. 자신을 향했던 부조리한 분노에 대해서는 전혀 신경 쓰지 않는 듯 보였다. 리카르디스가 웃음을 터트렸다.

칼날이 도사리는 한가운데, 폭풍의 눈, 기름 머금은 장작에 곧 떨어질 불꽃의 존재를 알면서도. 뭐가 웃기다고 이렇게 실없이 웃음이 나오는지. 리카르디스는 아하하 웃다가 고개를 끄덕였다.

"화는 그대가 나야겠지."

"아, 저는 치졸하지 않기 때문에 신경 쓰지 않습니다!"

용서했다면서 사람 공격할 건 다 공격하고 있었다.

"……그래, 그 대범함을…… 본받도록 노력하겠다. 어찌 되었건, 미안하다는 말로 될 일은 아니지. 나에게 바라는 것이 있다면 말해라. 뭐든 들어주겠다."

"뭐든 들어주겠다."라는 말이 끝나기가 무섭게 그녀의 눈빛이 흡사 맹수처럼 변했다. 리카르디스는 내뱉자마자 제 말을 철회하고 싶어졌다. 덫에 걸린 사냥감이 된 기분이었다.

그녀가 인상을 찌푸린 채 중얼거렸다. 아냐, 그건…… 그건 혼나…… 대체 뭘 말하려고 했던 거야! 리카르디스의 팔에 소름이 오소소 돋았다. 로젤린이 마음을 정했는지 고개를 끄덕였다.

"전하."

"……물리적으로 불가능하다든가 사회적 통념에 반하는 일은…… 아니다, 사람이 한 입으로는 두말할 수 없지. 뭐가 필요하나, 경."

입꼬리가 씰룩씰룩 떨렸지만, 리카르디스는 각오했다. 넓은 욕탕, 일정한 간격을 두고 떨어지는 물방울 소리를 뚫고, 그녀가 속삭이는 소리가 들렸다.

"다시 이름으로 불러 주시면 안 됩니까?"

리카르디스는 좀 멍청한 표정을 지었다. 생각지도 못한 소원이었다. 그는 멍하니 그녀의 이름을 흘렸다.

"로젤린."

"예."

로젤린이 환하게 웃었다. 눈썹 끝이 아래로 처지는 모양에서 그녀의 감정을 읽어 냈다. 리카르디스는 시선을 방황하며 손마디로 제 입술을 쓸었다. 그러고 보니 요즘, 언젠가부터 그녀를 로젤린이라 불렀었다. 공식적인 자리에서야 '로젤린 경'이라 불렀으나, 단둘이 있을 때는 높은 비율로 그녀의 이름만.

이번 일로 자신이 화를 내며 '로젤린 경'이라 불린 일이 서운했던 것이리라. 고작 이름 한번 불렸을 뿐인데 로젤린은 행복하게 웃었다. 케이크 한 판을 받았을 때보다, 새로 보는 음식이 가득 채워진 만찬장을 볼 때보다도.

리카르디스의 가슴이 덜컥 내려앉았다. 음식보다 나은 취급을 받았다는 일에 그렇게 기뻐했다는 사실은 조금 나중에 자각했지만, 지금은 얼굴에 열이 올라 현기증이 날 정도였다.

마지막으로 본 것이 우는 모습이라 그랬던 걸까. 욕실에 있는 내내 의기소침하게 눈치 보는 모습만 봐서 그랬을까. 로젤린이 웃는 모습이…….

방황하던 시선이 맞았다. 리카르디스는 당황했다. 따뜻한 온도에 장미 향기가 어지러울 정도로 코끝을 맴돌았다. 욕조 안에 오래 있어서인지 그녀의 피부가 불그스레하게 변해 있었다. 장미 꽃잎이 그녀의 흰 셔츠와 머리카락에 달라붙었다. 흐릿한 수증기가 그녀의 모습을 아른아른하게 만들었다. 아까 전 그녀를 안고 있었을 때의 감각이 손끝에 새겨지듯 떠올랐다.

리카르디스의 얼굴이 붉게 물들었다. 귓가가 화끈해지며, 지금의 상황을 객관적으로 인식했다. 혈액 순환이 원활해지기 시작했다. 이대로 있다가는…… 큰일 난다. 진짜 큰일 나. 비록 그녀가 자신에게 손끝 하나 대지 않았다 하더라도! 리카르디스는 눈을 질끈 감고 악 소리쳤다.

"페르벨강! 젠장!"

쾅!

욕실의 벽 한쪽에서 르원이 튀어나왔다. 그 빠른 등장에 르원이 미리 비밀 통로에서 대기하고 있었다는 사실을 알 수 있었다. 로젤린이 눈을 둥그렇게 뜨고 갑자기 튀어나온 르원을 바라보았다.

인상을 흉흉하게 하고 검을 뽑은 르원이 입을 다물고 욕실 내부를 훑었다. 그는 이내 미묘하기 짝이 없는 표정을 지었다. 너른 욕조, 장미 꽃잎, 남자와 여자. 그리고 호위 기사까지. 아니, 명백히 한 명의 존재가 이질적이잖아. 대체 왜 부르신 거야.

"페르벨강을 드시고 싶으시단 말씀이십니까? 24시간 중 하필 지금 이때에? 잠시도 미룰 수 없을 만큼이나?"

"아니, 새 옷을 들고 와! 로젤린 경이 입을 것으로!"

리카르디스는 붉어진 얼굴로 성질냈다. 르원은 그제야 대충 상황을 눈치챘다. 장미 꽃잎이 큰일을 하고 있구나.

* * *

로젤린은 젖은 옷을 갈아입고 소파에 앉아 기다렸다. 깜빡 졸다 눈을 뜨니 리카르디스가 앞에 서서 자신을 쳐다보고 있었다. 로젤린이 생긋 웃으며 그를 반겼다. 화가 풀렸다던 리카르디스는 그녀와 눈이 마주치자마자 미간을 확 좁혔다. 그가 아직 덜 마른 머리를 쓸어 올리며 중얼거렸다.

"……너 어디 한번 죽어 봐라? 뭐, 그런 건가?"

리카르디스의 말은 로젤린을 향하지 않았고, 그녀도 그걸 알 수 있었다. 그의 뒤에서 르원이 고개를 저었다.

"그럴 리가 있겠습니까, 전하."

"평소에 나에게 불만이 많았나 본데. 때를 놓치지 않고 치고 들어오는 걸 보니."

"에에이…… 그럴 리가 있겠습니까."

로젤린은 그들의 종잡을 수 없는 대화를 잠자코 듣던 중, 리카르디스의 시선이 제 몸을 향한 사실을 알게 되었다. 헐렁하지만 문제없는데.

"급해 보이기에 일단 집히는 대로 들고 온 겁니다! 이 밤중에 여성복을 무슨 수로 구합니까. 시녀들의 옷도 맞지 않을 것이 빤한 데다가 로젤린 경이 전하의 명령에 불복종하여 근신 기간에 몰래 빠져나온 걸 들키면 안 되니, 경의 옷을 가져올 수도 없는 노릇이 아닙니까."

리카르디스는 심기 불편한 얼굴로 허리에 손을 얹고 있었다. 욕실 안에서는 기분 나빠 보이지 않았는데, 역시 이 옷이 문제인가! 로젤린은 급한 마음에 벌떡 일어서며 자신의 옷자락을 잡았다.

"벗겠습니다!"

"아니!"

"안 돼, 경!"

리카르디스와 르윈이 소리 높여 그녀의 행동을 제지했다. 로젤린은 이러지도 저러지도 못하고 눈알만 굴렸다.

르윈이 리카르디스에게 소곤거렸다. 거, 보십시오. 눈치 보지 않습니까. 이런 씨, 여성복도 구비해 두지 않고 뭐 하나, 대체. 아니? 이 전하께서? 말도 안 되는 억지를…… 여성복이 필요한 나날을 보낸 적이나 있으십니까?

멀리 떨어져서 소곤거리며 다투고 있었지만, 로젤린은 모든 대화를 한 음절 한 음절 똑똑히 들었다. 역시 이 옷이 문제인가 본데…… 혹시 여성복을 구해 주지 못해서 미안했던 걸까! 역시 우리 전하. 배려심이 남다르시다! 로젤린은 다시 나서서 의견을 피력했다.

"치마는 불편해서, 바지가 좋습니다. 좀 헐렁헐렁하지만 잘 묶어 뒀습니다!"

"그렇군……."

리카르디스는 자신은 매우 불편하다고 말하고 싶어 하는 듯한 표정이었다.

"어, 그리고 전하의 냄새가 나서 전 좋습니다."

리카르디스의 숨이 잠깐 멈췄다. 르윈이 웃음기를 누르기 위해 입가를 꾹 눌렀다.

"괜찮지 않은 사람이 한 명 있는 것 같긴 하지만······."

"르윈!"

"저는 이만 가 보겠습니다, 전하."

르윈이 음흉한 미소를 걸고 리카르디스를 쳐다보았다. 리카르디스가 소파 위의 쿠션을 그에게 던졌다. 르윈이 슬쩍 피하고는 문을 열었다. 그는 마침 문밖에 딱 달라붙어 염탐 중이던 잇세리온과 눈이 마주쳤다.

"이 형이 왜 이래, 진짜. 촌스럽게."

"이 자식, 르윈. 너는 너무 방임주의야!"

잇세리온은 방 안에 있겠다고 힘으로 밀고 들어오려 했으나, 르윈에게 상대가 될 리 없었다. 질질 끌려가며 반항하는 소리가 들렸다. 소리는 점점 멀어지고 작아졌다. 그리고 뚝. 끊겼다. 풀벌레가 우는 소리가 들렸다.

리카르디스는 문 쪽을 가만히 바라보고 있었다. 이걸······ 이걸 어쩌면······.

"전하? 뭔가 문제라도 있으십니까?"

문제, 많았다. 리카르디스가 고개만 살짝 돌려 그녀를 염탐했다. 흰 셔츠는 그녀의 허벅지까지 내려올 정도로 크고 헐렁했던 터라, 셔츠를 입었다기보다 파묻혀 있다는 말이 더 어울릴 지경이었다. 그에 더해 바지 밑단을 몇 번 접어 올려 가느다란 발목이 보이고 있었다. 로젤린이 입고 있는 옷이 전부 자신의 것이라는 점에서 가슴 안쪽부터 기묘한 열감이 피어올랐다. 달콤한 향이 묘한 분위기의 형성에 힘을 싣고 있었다.

'······달콤한 향?'

리카르디스는 테이블 위를 바라보았다. 고급스러운 향초 여러 개로 장식된 테이블에는 푸짐한 안주와 와인, 잔이 두 개가 준비되어 있었다.

'이럴 시간이 있었어?'

자리를 깔다 못해 조명해 놓은 느낌에 도리어 무언가가 한풀 꺾였다. 좀 우습기도 했다. 리카르디스는 욕실에서부터 계속되었던 당황을 걷어 내고 그녀의 맞은편에 앉았다.

리카르디스는 기왕 차려 놓은 와인을 마시기로 했다. 그가 병을 들자 로젤린이 눈을 빛내며 바라보았다.

"마실 생각도 하지 마. 환자가 어딜."

"……다 나았습니다."

"어림도 없다."

리카르디스는 딱 잘라 말하며 포크로 소시지를 찍어 그녀의 입가에 가져다 대었다. 로젤린은 불만스러워하는 표정을 펴고선 행복하게 받아먹었다.

저녁을 훌쩍 넘긴 시간의 와인 안주라 하면, 치즈나 과일같이 간단한 목록이 주를 이뤄야 할 테지만, 테이블 위는 만찬장을 축소한 듯 한가득 채워져 있었다. 로젤린의 기호에 맞춘 것이 분명했다. 르원, 그 남자. 정말로 치밀했다. 누가 잇세리온 동생 아니라고 할까 봐.

며칠간 칼릭스, 레이몬드를 통해 로젤린이 제대로 밥을 먹지 않았노라 보고를 받았던 참이라, 그녀가 음식에 무서운 열정을 불태우는 것을 보니 마음이 놓였다. 리카르디스는 그녀가 눈길을 주는 접시를 그녀의 앞에 밀어 놓았다. 로젤린이 음식을 맛있게 먹는 모습을 보며 리카르디스는 술잔을 기울였다. 한 잔, 두 잔. 비워지는 잔의 수만큼 취기가 돌았.

로젤린이 상급 기사 카일로를 해임하라며 청탁을 넣고 있을 때, 밖에서 음악 소리가 실려 왔다. 어디에서든 연회가 계속되고 있을 테니 이상한 일은 아니었다. 로젤린이 쫑긋 귀를 세우며 노래를 듣더니 화색을 지었다.

"아는 노래입니다."

"유명한 곡이다."

"춤을 출 때 항상 이 곡으로 연습합니다."

"춤도 출 줄…… 알겠군. 곧 무도회니."

"예, 종류에 따라 다 익혀 두었습니다. 예법 선생님이 더 이상 배울 게 없다고 말씀하셨습니다."

그녀에게 붙여 준 예법 선생은 가을안개 스타스 단장의 첫째 누이로, 그의 성미와 똑 닮아 있어 무엇이든 허투루 넘어가는 법이 없었다. 그녀가 그런 말을 할 정도라면, 정말 뛰어난 성취를 보였다는 얘기이리라.

몇 주 전까지만 해도 어떤 춤도 출 줄 몰라 그녀가 경악하며 찾아왔었는데. 정말 여러모로 재주가 대단했다.

"대신, 파트너가 못한다거나, 보다 뛰어나거나, 합이 잘 맞지 않는다거나, 여러 가지 경우가 있기에 직접 맞춰 봐야 한다고 했는데……."

로젤린이 말을 흐리며 리카르디스를 바라보았다.

"안 되면 다른 동료 기사들에게 부탁하라고 했습니다. 네스터 경이 해 준다고는 했었는데요."

"지금 맞춰 보지."

리카르디스가 냉큼 자리에서 일어섰다.

달빛이 강하게 새어 드는 테라스 앞. 리카르디스는 하얗게 빛나는 로젤린의 얼굴을 보며 왼손을 들었다. 로젤린이 그의 손에 제 손을 겹치며, 춤을 추기 위한 기본적인 자세를 취했다.

리카르디스는 티 나지 않게 당황하는 중이었다. 마주 닿은 손이 가장 문제라고 생각했는데, 그녀의 등과 허리를 감싼 오른손이 더욱 문제였다. 손에 헐렁한 셔츠가 감기더니 가느다란 허리가 천 한 겹을 두고 닿았다. 로젤린의 온기가 생생하게 느껴졌다. 리카르디스는 뻣뻣하게 굳은 채로 잠시 시간을 보내야 했다.

그의 경직은 곧 풀리게 되었다. 로젤린이 흥얼거림과 동시에 리카르디스도 천천히 움직이기 시작했는데, 아니, 세상에.

'무슨…….'

춤을 추기 위해 태어난 사람 같았다. 완벽하다 못해 소름 끼칠 정도로 춤을 잘 췄다. 리카르디스는 한 걸음 떨어져 달빛 아래 춤을 추는 그녀의 모습을 바라보고 싶다 생각했다. 그렇게 잠시 멍하니 있는 사이, 리카르디스는 실수로 그녀의 발을 밟고 말았다.

로젤린은 잠시 움찔했지만 물 흐르듯 다음 동작으로 넘어갔다. 리카르디스는 괜히 멋쩍어 흠흠 하는 소리를 냈다.

"······안 아프나?"

"깃털 같습니다. 하나도 아프지 않습니다."

수치스러웠다. 깃털 같을 리가! 180을 넘는 근육 덩어리 깃털이 어디 있어! 슬쩍 발밑을 보니, 심지어 그녀는 맨발이었다.

"신발은 어디 두었나."

"젖어서 르윈 경이 뺏어 갔습니다. 실내화는 춤을 추기에 적합하지 않은 모양과 형태이기에 벗었습니다. 방해됩니다."

대체 춤에 대한 열망이 얼마나 깊은 건지. 리카르디스는 잠시 춤을 중단하고 신발을 벗었다. 또 그녀의 발을 밟는 불상사가 있을 경우를 대비하기 위함이었다. 하지만 리카르디스는 5분도 지나지 않아 그 결정을 뼈저리게 후회하게 되었다.

리카르디스는 살짝살짝 스치는 온기에 흠칫 몸을 떨었다. 맨손을 잡는 건 그래도 괜찮았는데, 닿을 리 없는 맨발, 그 살갗이 서로 부드럽게 스치니 온 감각이 발로 쏠리는 것 같았다. 로젤린도 간지러운지 웃었다.

리카르디스가 로젤린의 손을 잡아 올려 그녀를 한 바퀴 돌렸다. 머리카락과 셔츠가 나풀거렸다. 리카르디스는 로젤린이 이 동작을 재밌어하는 것 같다 생각해서 그녀를 두세 바퀴 더 돌렸다. 웃음소리가 커졌다.

"전하, 무도회에서 실수하셔도 됩니다. 제가 리드하겠습니다."

힘으로 이리저리 끌려다니는 모습이 상상이 가서 리카르디스는 차마 웃지 못했다. 춤 연습을 좀 해 둬야 할 듯했다. 로젤린이 무도회에 한가득 펼쳐질 음식을 상상하며 흐뭇한 미소를 지었다.

그렇게 꿈과 희망이 넘쳐 나는 공간이었던가, 그곳이? 빛나고 아름다운 선율 속 사람들이 웃고는 있지만, 진심으로 행복한 자는 몇 되지 않을 것이 빤했다. 그녀는 그 극소수에 들어가는 모양이었다. 그게 나쁘다는 건 아니었으나…… 리카르디스는 머릿속으로 남들과 똑같이, 웃고 있을 한 남자를 떠올렸다.

리카르디스는 그녀의 손을 꽉 잡은 후, 자리에 멈춰 섰다. 로젤린도 그의 행동에 거스르지 않고 멈췄다.

"로젤린."

"예, 전하."

"무도회를 기대하는 중 미안하다만…… 좀 지켜 줘야겠다."

"네, 걱정 마십시오!"

로젤린이 씩씩하게 대답하자, 리카르디스가 쓰게 웃었다.

"나 말고."

로젤린의 눈이 확장되었다.

"황제 폐하."

그녀가 입을 떡 벌렸다. 시, 싫…… 싫은…… 입 밖으로 말이 튀어나오기 직전이었다.

"좀 위험한 상황인 듯하다. 황제 폐하가 죽든 말든 나랑 아무 상관이 없고, 사실 빨리 죽었으면 좋을 것 같은 인물 중 한 명이지만, 지금은 곤란해. 지금 폐하가 돌아가셨다간 일라베니아는 십중팔구 내전이 터지고 그 틈을 타서 발타가 쳐들어올 거다. 아니면 엘피디오 그 멍청한 놈이 발타를 끌어들여서 나를 치려고 하거나."

로젤린이 마구 손짓하며 무언가를 설명하려 했다. 안 될 것 같은 이유를 꺼내고 싶은데 그다지 생각나지 않는 모양이었다. 아까만 해도 기분 좋다는 듯 미소를 걸고 있었는데 지금은 그 입가의 호선이 뒤집혀서 안쓰러웠다.

"평생 그러라는 게 아니라, 무도회 때에만. 황제 폐하를 둘러싼 호위는 우습게 볼 수 있는 수준이 아니야. 성기사를 포함해 제국에서 가장 강한 기사들 50여 명이 곁을 항상 지킨다. 일상적으로 금강석 성 내에 있을 때 죽이는 건 힘들 테니, 그 호위망이 얇아졌을 때. 다가오는 건국제의 무도회가 적기라 보고 있다. 사실 그대뿐만이 아니라 하얀밤 기사단을 포함해 여러 가문이 폐하를 지키고 있을 테니 그대가 나서지 않아도 될 가능성이 더 높다."

"아, 그 정도라면⋯⋯."

로젤린이 고개를 끄덕였다.

"춤을 출 시간이 있을까요?"

"근저에서 황제 폐하를 예의 주시 하면서 잠깐 정도는 할 수 있겠지?"

"전하, 춤을 출 때는 그렇게 신경을 분산시켜서는 안 됩니다. 온전히 음악과 파트너, 자신의 몸이 움직이는 것 하나하나를 조절해야 하는 일종의⋯⋯ 예술인 것이죠."

아주 예술인이 다 되어 있었다. 리카르디스가 웃었다.

"그러면 못 추겠군. 아쉽게 되었어."

"⋯⋯그렇지만 저는 희대의 천재라는 말을 들었던 사람인 만큼, 폐하를 지켜보며 춤을 출 수 있을지도 모릅니다."

"그런 수식어를 달고 있었을 줄은 또 처음 알았군. 어찌 되었건 유능해, 역시 내 기사야."

로젤린이 은근히 기뻐하다가 아, 하고 주의를 환기했다.

"그런데 누가 폐하를 노립니까?"

리카르디스는 입을 다문 채 그녀를 눈에 담고만 있었다. 로젤린은 그의 침묵을 의아해하며 바라보다, 들리지 않는 답을 알게 되었다.

* * *

거대하고 묵직한 것이 바람을 가르는 소리가 들렸다. 덕분에 칼릭스는 제 탁자 위로 커다란 그림자가 드리우기 전부터 손님의 존재를 눈치채고 있었다. 탁, 창틀에 무언가가 내려앉았다.

방 안을 가득 메운 날짐승의 그림자가 인간의 형태로 바뀌었다. 회색 머리카락의 남자는 커튼을 뜯어내서 대충 몸에 둘렀다. 터벅터벅 지친 발걸음으로 걸어온 남자가 소파에 드러누웠다.

"마카롱…… 님…….'

칼릭스는 마카롱이 누운 맞은편에 어정쩡하게 서 있었다. 그의 입술은 말을 내뱉지 못하고 달싹거리기만 했다. 마카롱이 죽은 듯 눈 감고 있다가 입을 열었다.

"왜, 자신만만하게 지키네 죽이네 할 때는 언제고 어째서 네 누이 찌른 놈을 머리카락 한 올 상하지 않게 고이 돌려보냈느냐, 따지고 욕이라도 해 보려고?"

"……해도 됩니까?"

"그걸 왜 나한테 물어봐."

칼릭스는 제 얼굴을 쓸다가 턱을 만졌다. 미간은 잔뜩 찌푸려져 있었다. 화가 난 것이 아니라, 난처한 상황에 어찌할 바 몰라 하는 모습이었다.

"그러니까, 제가 욕을 해도 되는 상황입니까? 저는 그곳에 있지 않았으니까요."

기실 그에 대한 원망이 아주 없을 수는 없었으나, 그 사건의 당사자인 로젤린조차 하지 않는 원망을 자신이 무슨 수로? 게다가 제 누이를 다치게 한 5황자 디에즈를 고이 보내 준 자가, 마카롱이었다.

마카롱. 로젤린의 혈육이라도 되는 것처럼 사사건건 트집 잡고 드잡이질 해 대던 그였다. 그 모습이 거짓이 아님을 안다. 마카롱이 얼마나 능숙하게 연기를 펼치는지는 알고 있으나, 로젤린과 자신의 앞에서 보이는 행동과 말을 꾸며 낸 거라 생각할 수는 없었다.

그러니 정말로, 자신이 알지 못하는 영역. 피치 못할 사정이 있었으리라.

칼릭스는 그런 생각에 남은 원망도 털어 낼 수 있었다.

"그래도 되는 상황이었으면 원망하고 욕하고, 아니면 안 하려고? 인간의 이성이라는 것이 그렇게 칼로 무 자르듯 되는 게 아닐 텐데."

"제 착각이 아니면, 욕을 먹고 싶어 하시는 듯 보이는데. 제가 인상이 이래 보여도 욕하는 재주는 없습니다. 누이가 고운 말 바른 말을 쓰라 했거든요. 대신 고운 말로 비꼬기는 잘하는데, 그거라도 어떻게 해 드리자면 해 드릴 수 있습니다."

마카롱이 눈을 감은 채 바람 빠지는 소리를 내며 웃었다.

"어디 해 보든가."

"싫습니다. 욕은 못 하지만, 심성이 삐뚤어져서 남이 해 달라는 걸 해 주는 성질 머리가 아닙니다."

"……이게 이제 기어오르네……."

칼릭스도 그제야 굳은 표정을 펴고 그의 맞은편에 앉았다. 테이블 위에 있는 포도를 한 알씩 뜯어 관성적으로 입으로 넣고 있자니, 마카롱이 느릿느릿한 말투로 다시 말을 꺼냈다.

"로젤린은."

"그 정도의 신성력이 닿으면 죽은 자도 살아날 겁니다."

"꼴에 능력은 있어 가지고."

누구라고 말하지는 않았으나, 그 '꼴에 능력이 있다는 사람'이 리카르디스를 가리키고 있음은 확실해 보였다. 신분이고 사람이고 가리지 않는 저 시비. 저 적의. 며칠 행방불명된 사이 많은 심경의 변화를 거친 것처럼 보였지만, 그 기질은 어디 가지 않은 듯했다.

"그래서 대체, 며칠 동안 어디서 뭘 하셨습니까. 누님께서 걱정이 이만저만이……."

이만저만이 아니었다. 혹시 마카롱이 자신을 떠날지, 혹시 디에즈처럼 자신을 미워하게 된 건지. 물어볼 당사자도 없으니 답도 얻을 수 없어 애먼

속만 끓였더랬다. 마카롱은 가만히 누운 채로 지친 듯 말을 흘렸다. 칼릭스는 귀 기울이며 그의 대답을 기다렸다.

"……나를……."

"예."

"나를 찾는 여행을……."

"……말씀해 주기 싫으시면, 그렇다고 말을 하시면 될 텐데요."

마카롱이 소파 위를 뒹굴며 낄낄댔다. 넓다고는 해도 소파 위. 그렇게 격하게 굴러 댔으니 안 떨어질 수가 없었다. 쿵. 떨어진 마카롱은 일어서려다가 테이블에 머리를 박고 다시 얌전히 누웠다. 테이블이 흔들리며 포도를 담아 놓은 그릇이 바닥으로 떨어져 쨍그랑 소리를 냈다.

눈 깜짝할 새 일어난 일이었다. 칼릭스는 어이없어서 눈만 깜박였다. 떨어진 건 좀 고소했는데, 저렇게 미동 없이 누워 있으니 시체같이 보여 섬뜩했다.

"……아프십니까?"

"겁나게 마음이 아프다…… 저 달은 내 마음을 알까……."

중년의 남성이 술 마시고 주정 부리는 것 같았다. 그러나 칼릭스가 짜증 부리지 못했던 이유는, 살짝 보이는 그의 옆모습에서 무언가를 읽어 냈기 때문이었다. 마카롱은 엎드린 그대로 계속 중얼거렸다.

"이해를 도와주자면……."

"예."

"진짜 로젤린. 지금 가짜 말고."

"……가짜, 아니거든요."

"우쭈쭈, 우리 애기 삐졌니."

달래는 말투가 성의라고는 없었다.

"과거의 누이와는 다르지만 그래도 제 누이이기는 하거든요."

"그래그래, 아주 우애가 두터워 보기 좋다. 아무튼, 상상해 봐. 뭔가 이상한 소리가 들려서, 문을 열고 들어갔더니 너희 어머니가 네 누이의 심장에 칼을 꽂고 있는 거지."

상상만으로도 기가 막혔다. 그런 일이 일어날 수 있을 거라 감히 상상도, 가정도 할 수 없었다.

"너라면 그걸 봤을 때 어쩔 것 같냐."

"…말리……겠지요."

"그리고?"

그리고? 칼릭스는 말을 잇지 못했다. 뭘 어떻게 할까. 왜 죽이려 했느냐 물어봐? 어머니와 대치하고, 싸워? 자신은 뭘, 어떻게 해야…… 혼란스러워하는 칼릭스의 귓가로 나직한 목소리가 꽂혔다.

"그런 거야."

그런 거였다. 칼릭스는 마카롱이 말하고자 한 바를 이해했다. 결코 일어날 수 없는 상황이었다. 혼란스럽고 이해할 수 없었을 것이다. 무엇을 해야 하는지도, 무슨 말을 해야 하는지조차. 마카롱은 자신이 그런 상황에 놓였던 것이라고 이야기하고 있었다.

이후 칼릭스는 다른 점을 조명했다. 마카롱이 그들의 상황을 다른 무엇도 아닌 로젤린, 에델바이스, 칼릭스, 혈연관계인 세 사람에 비유했다는 사실. 그래서 더욱 궁금해졌다. 마카롱에게 디에즈, 그의 존재란 무엇인가.

디에즈가 드러낼 때까지 마카롱은 그의 정체도 모르고 있었다. 그러니, '그것'. 마력으로 이루어진 그 존재들. 그 종족끼리 공유하는 어떤 깊은 관계와 감정이 있다고 봐야 마땅했다. 로젤린에 대한 무조건적인 호의가 어디서 왔는지도 대충이나마 알 것 같았다.

'그렇다면 5황자는 왜 누이를 찔렀나.'

깊은 곳에 잠재된 본능 같은 호의를 짓눌러 뭉개 버리고, 비틀어 쳐 내 버릴 강한 악의가 작용했으리라. 하지만 칼릭스는 그 악의가 로젤린에게 직접적으로 향하는 것이라 생각하지는 않았다. 비록 그의 칼날이 로젤린의 심장을 가르려 했다 하더라도.

그럴 이유도 없었을뿐더러, 제 누이의 말대로 죽이고자 했다면 기회는 많았다. 이보다도 더 좋은 기회들이. 그것을 미루고, 미루고, 미루고, 벼랑 끝까지 몰리고 나서야 터트렸다. 칼릭스는 디에즈가 로젤린을 해친 일련의 과정에서 망설임을 읽을 수 있었다.

그렇다면 왜 해쳐야 했는가? 왜 반드시 해야만 했는가. 방해가 되었기 때문일 것이다.

몇 년 동안 우정을 쌓아 온 로젤린이 아닌, 언제고 2황자를 위해 목숨이라도 바칠 그의 충실한 기사, 붉은수레바퀴의 로젤린. 그녀가 방해가 되었던 것이리라.

디에즈의 알 수 없는 분노는 리카르디스를 향하고 있을 가능성이 높았다. 하기야, 검은달과 손잡고 리카르디스를 죽이고자 수십 수백 번 암살 시도를 한 사람은 엘피디오지만 그 뒤에 디에즈가 있었으니. 리카르디스를 죽이고 싶어 안달 난 사람은 디에즈라고 봐야 했다.

그렇다면 여기서 또, 디에즈는 왜 리카르디스를 죽이고자 하는가? 그 악의는 어디서?

칼릭스가 아는 한, 리카르디스와 디에즈 간의 큰 갈등은 없었다. 그렇다면 과거의 '디에즈'가 아닌, 지금의 디에즈의 감정일지도 모른다. 더욱 깊고 오래된 시간 속에서 차곡차곡 쌓여 왔던.

생각해 보니 마카롱도 인간이고 황실이고 기분 나빠서 한 공기 마시고 살 바에 차라리 벼랑에서 뛰어내려 죽겠다는 말을, 독수리의 모습으로 간간이 하고는 했다. 종이 달라 본능적으로 나오는 거부감이라 생각했는데 어쩌면 마카롱도 디에즈와 같은 감정을 깊숙한 곳에 품고 있는 게 아닐까? 그저 본인의 성정이 유난스럽게 신경질적인 줄 알았는데⋯⋯.

"뭘 봐. 콩만 한 게, 확, 씨⋯⋯."

이렇게.

칼릭스는 인상을 찌푸린 채 맞은편 의자에 앉았다. 뭔가 가슴이 울렁거렸다. 그렇다면 마카롱 또한 그 악의에 잠식되지 않으리라 장담할 수 있나? 디에즈가 그랬듯, 제 누이의 가슴에 칼을 꽂지 않으리라 장담할 수 있나? 로젤린의 걱정이 괜한 것이 아니었다는 사실이 괴로웠다.

"마카롱 님."

마카롱이 발을 까딱이며 계속하라는 뜻을 전했다.

"제가, 마카롱 님에게…… 검을 들지 않아도, 됩니까?"

마카롱이 으하하 하며 웃었다. 웃음이 끊기는 마디마디마다 몸을 꿈틀꿈틀 떨어 대는데 약간 미친 사람 같았다.

"아, 웃긴 놈일세. 들라고 하면 들고, 들지 말라 하면 들지 않을 거냐?"

칼릭스는 대답하지 않았다. 한참 뒤 마카롱이 말했다.

"아까 내가 너의 이해를 돕는다 하고 말했잖아."

칼릭스는 마카롱의 말을 다시 돌이켜 생각했다. 이상한 소리가 들렸다. 문을 열고 들어갔더니 어머니가 로젤린을 찌르고 있었다. 그랬을 때 나는 어쩔 것인가.

'아…….'

칼릭스는 마카롱이 말하고자 하는 바를 깨달았다. 그 상황에 처한 사람을 다름 아닌 칼릭스, 자신에게 빗대지 않았던가. 사고를 못 할 만큼 당황하다 굳어 버렸다가. 어찌할 바를 모르다가.

"그런 나는 결국 어쩌겠어."

로젤린을 지키기 위해서 뭐든 할 것이다.

"그런 거야."

그런 거였다. 칼릭스는 천천히 고개를 숙였다. 그에게 보이지는 않을 것이나.

"기왕 감사할 거면 머리 숙여 절하는 쪽이 좋다. 한참 위에서 네 정수리를 보는 기분이 각별할 것 같아서."

진짜 이 사람…… 성격적으로는 맞지 않는다. 칼릭스는 어처구니없어서 웃었다.

그때 이상한 소리가 들렸다. 창문 너머에서 실려 오는 소리였다.

까득, 까득…… 까드득…….

손톱 같은 날카로운 것이 단단한 무언가를 스치며 다가오고 있었다. 칼릭스는 팔에 돋은 닭살을 쓸며 소리의 근원지를 쳐다보았다. 마카롱도 몸을 돌려 눕고는 머리를 슬쩍 들었다.

까득…….

칼릭스의 목덜미에 소름이 잔뜩 돋은 그때, 열린 창문 틈으로 사람의 손이 불쑥 튀어나왔다. 칼릭스는 악 비명을 지를 뻔했다.

하얗고 가느다란 손이 창문틀을 꽉 부여잡은 몇 초 후, 검은 인영이 칼릭스의 시야로 쑥 솟아났다. 어두운 밤이 배경이기도 했거니와, 그 인간 같지 않은 움직임에 칼릭스는 정말 식겁했다. 두 눈을 질끈 감지 않은 것은 어떤 두려운 검날이라 할지라도 똑바로 마주해야 한다는 가문의 가르침 덕분이었다.

머리가 산발이 된 로젤린과 칼릭스의 눈이 딱 맞았다.

"……누님?"

슬그머니 칼릭스의 눈치를 살피던 로젤린은 바닥에 누워 있는 마카롱을 발견하고는 활짝 웃었다.

"마카롱!"

로젤린이 창문을 훌쩍 넘어 우다다 달려왔다. 헐렁한 셔츠와 바지 차림새에 두 남자의 눈빛이 매서워졌다. 어떻게 봐도 남자의 옷이었다.

"너, 이……."

"누님, 그 옷……."

두 사람이 말을 채 끝내기 전에 로젤린이 마카롱 위로 풀썩 엎어지며 그를 안았다. 놓치지 않겠다는 듯 꼭꼭. 마카롱의 표정이 부드러워졌다.

"어디 갔었어."

로젤린의 볼이 남자의 가슴에 꾹 눌렸다. 덕분에 한쪽 눈이 작아졌다. 마카롱이 그녀를 슬쩍 내려 보고는 씁쓸하게 웃었다.

'모자란 자식이 귀엽다더니…….'

마카롱이 투박한 손길로 그녀의 머리를 쓸었다.

"몸은 어때."

"완전 좋아."

"기분은 어때."

"진짜 좋아."

로젤린이 히히 웃었다. 마카롱이 눈썹을 찌푸린 채 슬쩍 미소 지었다.

"로젤린."

"응."

마카롱이 그녀의 머리를 쓰다듬으며 눈을 감았다.

"내가 지켜 줄게."

로젤린은 왜인지는 모르겠지만, 그 말에 눈물이 왈칵 날 뻔했다.

* * *

누구지?

"어서 와라, 라헤."

이 녹아내릴 듯 다정한 목소리의 주인공은 대체 누구?

"저번에는 수고가 많았다. 덕분에 로젤린 경이 크게 호전되었어."

눈을 휘며 웃는 리카르디스의 얼굴에는 그 어떤 화공도 그려 내지 못할 고고한 아름다움이 은은히 번지고 있었다.

'이…… 상냥한 미소를 짓고 있는 사람은 대체 누구야!'

저번 방문 때만 해도,

[이 자식, 네가 하는 게 뭐가 있어서 이렇게 늦어! 부른 게 언제인데! 사냥 대회에서 한 것도 없으면서 피곤하다고 밥 먹고 간식 먹고 침대에서 뒹굴거리기나 했겠지! 이 굼벵이 같은 놈!]

이라는 말로 환영 인사를 대신했던 인간이! 라헤, 저번에는 수고가 많았…… 따위의 치하와 함께 상냥한 목소리와 미소로 자신을 반기다니. 라헤안시는 코를 씰룩거리며 경직된 미소를 지었다.

"예에, 형님…… 그렇게 말씀해 주시니 이 아우가 아주 기쁩니다……가, 갑작스럽게 방문하겠다 연락을 드려 죄송합니다. 급한 일이 있어서……."

"귀한 손님이 왔는데 세워 둘 수는 없는 노릇이지. 자리에 앉아서 천천히 얘기하자. 뭐라도 들겠니?"

라헤안시의 팔에 소름이 돋았다. 이 형이 어디서 뭘 잘못 주워 먹었나 싶은 생각과 상반되게 말은 공손하기 그지없었다.

"에헤헤, 그래 주시면 감사하죠!"

라헤안시는 연신 꾸벅꾸벅 고개를 숙이며 리카르디스가 손수 안내해 준 소파에 마주 앉았다. 테이블에는 금세 다과가 차려졌다. 리카르디스는 눈을 내리깔고 온화한 표정으로 향을 음미하고 있었다. 햇살이 반짝반짝 떠도는 가운데 느슨하게 소파에 등을 기대고 있는 그의 분위기는 갓 구운 식빵 안쪽보다도 보드랍고 따스했다.

로젤린을 치료했다고 살갑게 대할 거였으면, 그 당일 이 소름 돋는 광경을 목도했으리라.

그는 직감적으로 리카르디스와 로젤린 사이에 불고 있던 냉랭한 겨울바람이 지나갔음을 깨달았다. 라헤안시는 눈물이 찔끔 날 뻔했다. 남의 연애사에 끼어서 내가 이 무슨 못 볼 꼴을…….

"라헤."

"예, 형님!"

기합이 바짝 들어 있는 목소리였다. 리카르디스가 '녀석, 참 귀엽기도 하지.'라는 표정을 지으며 웃었다.

"급한 일이 있다면서."

"아차."

라혜안시는 비로소 본래 목적을 자각했다.

"또 신전 선에서 덮일 사건이라 형한테까지는 소식이 안 들어갈 거 같아서."

달그락.

리카르디스가 찻잔을 내려놓고, 꼬았던 다리를 풀었다. 소파 등받이에서 몸을 일으켜 앞으로 숙이자 그것만으로도 분위기가 확 바뀌었다.

"'또'라⋯⋯."

사냥 대회 전, 황실의 숲에서 난도질된 신관의 시체가 발견되었던 일을 말하는 것이 분명했다. 그런데 또 무슨 일이 발생했다? 이 시기에? 우연일 리 없었다.

"또 시체라도 발견되었나?"

리카르디스의 말투가 평소처럼 돌아왔다. 라혜안시는 숨이 탁 트이는 후련한 기분에 방긋 웃으며 대답했다.

"어! 이번 신관은 목이 잘렸어! 머리는 아직 발견 못 했어!"

대신관이 신관이 살해당했다는 말을 너무나도 해맑게 했다. 리카르디스의 미간이 좁아졌다. 그의 눈이 탁자 언저리를 떠돌았다. 리카르디스가 아래를 내려다본 채 탁자를 손가락으로 탁, 탁, 탁 두드렸다.

"대신전에서 사라진 신관은 있었고?"

"응, 어제 바로 사라졌다네. 대충 사망 추정 시간이 나왔는데 그때랑 비슷하다 하더라고. 보니까 뭐로 쑤셨는지 배가 뚫려서 너덜거리고 팔다리 여기저기 부러져 있고, 어우. 머리는 대체 어디 갔는지 찾을 수도 없고."

"신관이 연쇄적으로 살해당하고 있는데 이걸 덮어? 다들 머리가 어떻게 된 건가?"

"건국일이 코앞인걸. 폐하께서 이 시기에 나쁜 얘기가 도는 걸 두고 볼 위인인감, 어디."

리카르디스가 인상을 찌푸린 채 고개를 절레절레 저었다. 하여간 그놈의 권위는 더럽게 귀중히 여기는 작자였다.

신관이 또 죽었다. 리카르디스는 두 신관 살인 사건의 배경에 디에즈나 검은달이 있으리라 확신했다. 디에즈는 혹은 그들은 무슨 생각으로? 단순한 원한이라면 고작 두 명의 피해에 그치지 않았을 것이다. 그렇다면 필요에 의해서? 5황자의 탈을 쓰고 있는 강한 무언가와 검은달이라는 거대한 세력이 고작 신관 두 명의 죽음으로 이뤄 낼 수 있는 것이 있을까?

와사삭, 와작.

경박하게 쿠키를 씹는 소리에 리카르디스는 상념에서 벗어났다. 라헤안시가 시시덕거리면서 잇세리온이랑 얘기 중이었다.

"형님이 먼저 로젤린 경에게 사과했나?"

"……."

정확히는 라헤안시 혼자 떠들고 있었고 잇세리온은 묵비권을 행사 중이었다. 리카르디스의 인상이 험악해지기 시작하자 라헤안시가 아차 하며 눈치를 다시 살살 봤다.

"헤헤, 형, 소식 잘 물어 왔지?"

"……그래 뭐, 고생했다."

두 사람은 조금 더 얘기를 나눴다. 베르옴이 밤새도록 카드 게임을 연구하고 있다는 둥, 버려진 정원을 공사할 예정이었는데, 도자기를 들고 있는 여인의 석상이 부서져 있어서 어린 신관들이 술렁거리고 있다는 둥. 하카브 왕자가 대신전에 들러서 구경하고 갔는데, 진짜 잘생겼다는 둥, 아니 그래도 형이 훨씬 더 잘생겼으니까 걱정 말라는 둥. 9할 정도가 라헤안시의 쓰잘머리 없는 잡담이었다.

로젤린 경의 머릿결이 좋아서 부러우니 비법이 뭔지 알려 달라는 얘기가 나왔을 때, 리카르디스의 눈썹 위치가 살짝 높아졌다. 그가 심드렁한 얼굴로 입을 열었다.

"로젤린 경을 치료했을 때."

"으응?"

"별다른 점은 못 느꼈고?"

"무, 무슨 말씀을 하시는지?"

"마인이잖아. 성력을 쓸 때 특별한 점은 못 느꼈냐고."

"아, 뭐 약간 성력이 새는 듯이 이상하더라. 마인이라 그런가 봐!"

리카르디스가 소파의 등받이에 몸을 기대며 고개를 삐딱하게 꺾었다.

"그래? 마인이라 그렇다고?"

라헤안시가 등 뒤로 식은땀을 뻘뻘 흘렸다. 이 형이 미쳤나, 숨기고 있던 거 아니었어?

"그으……렇지 않을까요."

리카르디스가 피식 웃으며 자리에서 일어났다. 그의 종착지는 맞은편 소파였다. 리카르디스가 라헤안시의 옆에 붙어 앉으며, 그의 어깨에 팔을 턱 걸쳤다. 라헤안시가 몸을 굳히며 눈만 굴렸다.

"내 동생, 라헤안시……."

서두가 불길했다. 이 형이 진짜 왜, 왜, 왜 이래.

"아직 이리저리 재 보는 모양이구나. 그렇게 빼다간 정작 손을 얹어야 할 때를 놓친다."

리카르디스의 손이 라헤안시의 머리를 자상하게 쓰다듬었다. 라헤안시가 끽, 하며 목 졸리는 소리를 냈다. 흘끗 옆으로 돌아간 라헤안시의 눈동자가 리카르디스와 딱 맞부딪쳤다. 역광으로 빛나는 눈동자가 형형했다.

"목숨을 걸어 보기 좋은 때가 아니더냐. 이 전란의 한가운데. 도박사가 손놓고 있으려고?"

리카르디스가 씩 웃었다.

"로젤린 경에 대해 특별하게 얘기를 나누고 싶으면 다시 찾아오거라. 이제 나가. 일해야 된다."

말을 마친 리카르디스가 일어서서 집무 탁자로 돌아갔다. 라헤안시는 뻣뻣하게 굳어 집무실을 나섰다. 정문에 마차가 기다리고 있었다. 그는 베르움이 열어 주는 마차 문을 유령같이 지나쳤다. 안에 들어와 털썩 앉자 절로 웃음이 나왔다. 라헤안시가 괴상한 소리를 냈다.

"으흐헤히호…… 무서운 형님일세……."

자신이 로젤린의 이상을 알아챌 가능성을 충분히 인지하고 있었다니. 라헤안시가 아는 리카르디스는 '되면 좋고, 아니면 말고'와 같은 도박을 즐기는 부류의 인간이 아니었다. 분명 로젤린이 일반적인 마인과 다르다는 얘기를 자신이 발설하지 않을 거라, 확신을 가진 것이다.

라헤안시가 머리를 벅벅 긁었다.

'좀 반골같이 굴기는 했지.'

거기에다가 뭔 사건만 터지면 쪼르르 달려가서 이르고 있었으니. 자신의 마음이 리카르디스와 로젤린을 향해 기울고 있다는 사실을 손쉽게 알아챌 수 있었으리라.

그렇다 해도 자신이 가지고 있는 것은 정보일 뿐, 어떻게 다뤄야 할지는 미지수였다. 섣부르게 터트렸다가는 얻는 것도 없이 죽기밖에 더 하겠는가. 라헤안시가 그 결과에 대해서 궁극적으로 걱정하는 일은 '죽기밖에'가 아니라 '얻는 것도 없이'였다.

하지만 리카르디스의 말대로 사건은 급격하게 흐르기 시작했다. 큰 것과 큰 것이 부딪쳐 그 사이 소용돌이가 만들어졌다. 라헤안시는 곧 그 소용돌이에 뛰어들 때가 오리란 걸 알았다.

싱숭생숭한 기분을 달래고 있는데 옆에서 베르움이 울컥 화를 냈다. 요즘 카드 게임에서 자주 지더니 성미가 까다로워졌다.

"또 혼나셨습니까, 대신관님? 제발 행실 좀 똑바로 하세요! 제가 부끄러워 견딜 수가 없습니다."

"아니, 이놈이! 오늘은 아무 짓도 안 했거든? 편들어 주는 건 내 양심상 바라지도 않는다만, 누명을 씌우지는 말아야지!"

라헤안시는 창밖으로 제 신발을 던졌다. 베르움이 잔뜩 성질낸 후, 시시각각 멀어지는 신발을 주우러 갔다.

13

짝짝짝짝짝······.

방 안을 울리는 박수 소리는 끊이지 않았다. 라리티아 남작 부인과 그녀의 하인들, 큰뿔산양 후작가의 하녀들, 그리고 클로에까지. 모두 감명 깊은 표정으로 박수 쳤다. 그 옆에서 레티시아도 얼굴을 붉게 물들이고는 영원히 끊이지 않을 듯한 갈채를 보내고 있었다.

이 어찌나 완벽한 작품이란 말인가. 머리부터 발끝까지 흠잡을 곳 없는!

"아름다우십니다, 로젤린 경. 정말로요."

"고맙습니다, 레티시아 경."

클로에는 지난날의 악몽을 잠깐 떠올렸는지 눈물을 글썽이더니 손수건으로 톡톡 눈물을 훔쳐 냈다.

"로젤린 경, 한 번만 제자리에서 돌아볼래요?"

로젤린이 빙그르르 돌았다. 하얗게 빛나는 드레스 자락이 그녀의 움직임에 따라 흔들렸다. 클로에가 눈을 감고 고개를 저었다.

"이보다 더 완벽할 수는 없습니다. 남작 부인, 정말⋯."

"예, 제 인생의 역작입니다! 제 모든 기술과 인력을 동원한!"

로젤린은 거울 앞에서 자신의 모습을 구경했다. 과거 로젤린의 어머니, 에델바이스가 사 준 드레스도 소매와 치맛자락이 풍성하고 반짝반짝해서 예쁘긴 했지만, 그녀의 안목으로도 지금의 드레스가 자신에게 훨씬 어울린다는 것을 알 수 있었다.

치마를 둥글게 부풀린 일반적인 드레스가 아니었다. 몸의 선을 따라 딱 달라붙어 내려오는 드레스 라인은 자칫 밋밋해 보일 수 있었으나 엉덩이 아래를 기점으로 뒤편으로 넓게 퍼졌다. 흰색의 천에는 레이스와 자수를 덧대었고, 반짝거리는 보석도 촘촘히 일정한 간격으로 빛을 발하는 중이었다.

드레스의 상체 부분은 몸 안쪽을 감싼 불투명한 흰색 천 위로 레이스가 겹쳐져 있는 형태였다. 덕분에 가슴을 덮은 하얀색 천으로부터 하얀 꽃과 식물이 퍼져 나가며 자라나는 것같이 보였다. 그 레이스는 어깨와 쇄골을 넓게 드러내며, 팔을 꽉 감싸는 모습으로 마무리되어 있었다. 겹쳐진 천 없이 레이스로만 덮은 팔과 가슴 윗부분에는 로젤린의 살결이 그대로 비치고 있었다.

로젤린이 신은 신발 또한 하얀색에 보석으로 촘촘히 장식되어 있었다. 또한, 대체 보석이 몇 개가 달린 것인지 모를 화려한 귀걸이를 장착한 상태였다.

"귀가 엄청 무겁습니다. 무기로 써도 될 것 같은데요."

로젤린은 여차하면 귀걸이를 던져도 되겠다고 생각했다. 클로에가 기겁하며 손을 내저었다.

"케이크!"

"예?"

"그 귀걸이 한 쌍이면 케이크 860개 정도를 살 수 있어요, 로젤린 경!"

로젤린이 입을 떡 벌렸다.

"저, 저는 대체 귀에 뭘 걸고 있는 겁니까?"

860개의 케이크?

"로젤린 경도, 참. 귀걸이를 걸고 있잖아요? 참고로 옷은 더하면 더했지, 덜하지 않으니까요. 먹다가 묻히고, 누구 패서 피 묻히면 안 되는 거 아시죠? 피는 잘 빠지지도 않아요."

"먹지 않습니다. 싸우지 않습니다!"

"어쩜, 착하기도 하지."

엄청난 결의가 느껴졌다. 클로에가 따뜻한 미소를 지으며 그녀를 바라보았다. 로젤린은 움직이지 못하고 어정쩡하게 굳어 있었다. 목각 인형에다가 드레스를 입혀 둔 것 같았다. 클로에가 호호 웃었다.

"무도회 드레스가 아니라 예복 같네요. 하얀색이라 그런가."

건국제 무도회에서 흰색이 허용되는 것은 오직 황족의 피를 이은 자들과 그들의 파트너뿐이었다. 수백 중에 50명도 안 되는 숫자. 모르긴 몰라도 많은 자들의 이목이 쏠릴 게 분명했다. 그것에는 비단 그녀가 입은 드레스의 색뿐 아닌 많은 요소들이 함께 작용하고 있을 테다.

"약간의 문제를 꼽자면……."

지금 로젤린은 갓 태어난 동물처럼 한 걸음 한 걸음을 조심스럽게 걷고 있었다. 조금 있으면 네발로 기어 다닐 것 같았다. 클로에가 고개를 절레절레 저었다.

"엉덩이 넣고."

클로에가 뒤로 쭉 빠져 있는 로젤린의 엉덩이를 밀었다.

"가슴 펴고. 턱은 살짝 아래로."

클로에는 계속해서 로젤린의 턱을 고정시킨 채 그녀의 날개 뼈 중앙을 부드럽게 눌렀다. 평소에 보던 로젤린의 곧바른 자세였다.

"음, 좋아. 이렇게 다녀야 해요. 알겠죠, 로젤린 경? 엉덩이 빼면 혼나요."

클로에가 가볍게 그녀의 엉덩이를 찰싹 쳤다. 로젤린은 고개를 끄덕였다.

똑, 똑.

누군가가 방문을 두드렸다. 클로에가 짓궂은 미소를 지었다.

"세상에, 참을성도 없으셔라. 로젤린 경, 리카르디스 전하께서 마중 나오신 것 같아요."

로젤린은 조심조심 움직이다가 그녀의 말에 화색을 지었다. 로젤린이 급하게 거울을 보고 머리를 정리했다.

"저, 어디 이상한 곳은 없습니까?"

"그럼요."

"예쁩니까?"

클로에가 새끼 고양이 바라보듯 그녀를 바라보았다. 어쩜…… 귀엽기도 하지.

"세상에서 제일."

클로에가 단언하는 말에 로젤린의 자신감이 상승했다. 라리티아 남작 부인도, 그녀의 하녀들도, 레티시아도, 클로에도, 모두 깜짝 놀라며 칭찬해 주지 않았나.

로젤린, 그녀 스스로 생각해도 오늘의 자신은 매우 심각하게 예뻤다. 이정도면 전하께서 깜짝 놀랄 것이다! 로젤린이 마음의 준비를 끝낸 모습을 보고 클로에가 손짓했다. 문이 열렸다.

* * *

성을 둘러싼 경비는 어느 때보다 삼엄했다. 병장기가 철컥 덜그럭 소리를 울리는 바깥과 달리, 벽 하나를 두고 안쪽은 웃음소리가 가득했다. 춤을 추기도 술잔을 부딪치기도 했다. 황실 내에서 가장 넓은 파티 홀은 과장을 보태어 발 디딜 틈 없이 사람들로 가득 차 있었다.

하얀밤 기사단 내, 무도회에 입장 가능한 단원들은 모두 참석한 상태였다. 음악이 흐르는 공간 속 웃고 있는 그들은 연회를 즐기는 듯 보였으나, 그 누구의 눈에서도 방심을 읽어 낼 수는 없었다. 어떤 감미로운 음악도, 맛있는 음식도 기사들의 경계를 늦추지는 못했다.

아직 황제와 디에즈, 하카브가 모습을 보이지 않았다. 하얀밤의 기사단원들은 목적 없이 돌아다니며 아는 얼굴과 인사를 나눴다.

"인기가 좋으십니다, 단장님."

파르딕트가 음식 접시를 들고 스타스에게 접근했다. 인기가 좋다는 말을 하면서도 시기나 질투 같은 감정은 딱히 보이지 않았다. 스타스에게 연이어 춤을 신청한 여자들이 스물이나 갓 넘었을까 싶은 어린 영애들이라 그런 듯했다. 스타스가 그의 말을 듣고 픽 웃었다.

"그러는 경은 인기가 없군."

스타스도 파르딕트가 춤을 신청하고 거절당하는 장면을 몇 번 목격했다. 파르딕트가 껄껄 웃었다.

"수도 아가씨들의 취향은 아닌가 보죠. 알루웨에서는 제가 한번 뜨면 난리가 납니다."

"자네 가문 영지라고 날조하지 말게."

"날조라니요, 제가 단장님을 한번 고래무덤에 초대해야겠습니다."

툴툴거리던 파르딕트가 지나가던 시종의 트레이 위에 놓인 유리잔을 잡았다. 스타스가 그의 발을 꾹 밟았다. 한심하게 바라보는 눈빛에서 '우리가 놀러 왔나?'라는 뜻을 읽어 내고 파르딕트가 시무룩한 표정으로 다시 잔을 내려놓았다.

사람들이 웅성거리기 시작했다. 귀족과 왕족이 드나드는 문은 1층, 황족과 그 파트너가 입장하는 곳은 2층으로 연회장 안의 계단과 연결되어 있었다. 거대하고 화려한 2층 문이 열리면 아래층에 있던 사람들은 춤을 추고 있든, 대화하든, 음식을 먹든, 밀회를 나누든 상관없이 그곳으로 눈을 빼앗길 수밖에 없었다.

빛이 부서져 내리는 가운데 하얀 옷을 입고 한 계단, 한 계단 내려오는 황족들의 자태는 그 안에 무엇이 들어 있건 고귀함을 의심할 수 없었다.

2층의 육중한 문이 열렸다.

"설원의 월계수, 엘피디오 바르솔 일라베니아 전하 듭십니다!"

"강철발굽, 테레지아 브레헤 백작 영애 듭십니다!"

엘피디오였다. 인성과 상반되는 외모인 만큼이나 하얀 예복이 잘 어울렸고, 그의 에스코트를 받으며 내려오는 아가씨 또한 그에 뒤지지 않는 고고한 자태를 선보였다. 스타스는 직감적으로 많은 사람들을 동요하게 만든 것이 황족의 입장이 아닌, 그 옆의 아가씨이리라 생각했다. 파르딕트도 그 여자를 보고 커헉, 하는 소리를 냈다.

"강철발굽의 미친 개망나니가 언제 풀려났습니까?"

스타스가 깜짝 놀라 그의 발을 다시 꾹 밟았다.

"어느 정도 동의하는 바이지만, 소리 낮추게."

"아차, 아차. 예."

강철발굽의 미친 개망나니, 테레지아. 과거 리카르디스에게 하루에 청혼서 스무 장을 보내고, 그의 뒤를 몰래 염탐하고, 그의 자는 모습을 보기 위해 높은 나무에 올라가는 등⋯⋯의 화려한 전적을 가진 아가씨였다.

이후, 참다못한 그녀의 아버지 강철발굽 백작이 머리카락을 잘라 별장에 처박았다더라, 그 별장에서 하루에 몇십 장씩 성전만 필사하고 있다더라, 소문만 무성하게 있었는데 다시 보게 될 줄이야.

테레지아는 세상에서 제일가는 요조숙녀인 양 사랑스럽게 웃으며 엘피디오와 나란히 발 맞춰 내려왔다. 사람들이 우르르 몰려 엘피디오를 둘러쌌다. 그가 가지고 있는 만큼의 세력이 눈에 확연하게 드러나는 때였다. 엘피디오는 기분 좋다는 듯 웃고 있었다. 리카르디스가 갖은 공을 세웠더라도,

지지 기반이 단단하니 불안감이 가시는 모양이었다.

"정말 어울리는 한 쌍입니다."

"……그건, 정말 그렇군."

외적으로 보기에는 둘 다 잘생기고 예쁘니 흠잡을 구석 없지만, 외적인 부분을 제외하면 흠잡을 구석밖에 없다는 게 정말 잘 어울렸다. 강철발굽 백작이 노심초사하는 표정으로 제 딸을 바라보는 모습을 보니, 아직까지 그녀의 특이한 기질이 사라지지 않았다는 것을 알 수 있었다. 스타스는 돌아다니는 르윈을 손짓해 불렀다.

"경계 대상이 하나 더 늘었다. 예의 주시 하라."

"예. 단원들에게 전달해 두겠습니다."

르윈에게 그 경계 대상이 누구라 꼬집어 말하지 않았음에도 알고 있는 모양새였다. 스타스는 물결치는 거대한 커튼 뒤에서 르윈이 분주히 돌아다니는 모습을 보고 있었다.

"리카르디스 전하께서는 아직…… 모습을 안 보이시는군."

스타스의 귓가로 귀족들이 수군거리는 소리가 들려왔다.

"마인 하나를 등에 업고는 기세등등하지 않소. 이러다간 폐하가 건국일을 선포하고 난 다음에야 연극의 주인공처럼 나타날는지도."

"이번 파트너도 붉은수레바퀴라 합디다."

"내, 참. 리카르디스 전하도 전하거니와 붉은수레바퀴의 딸은 대체 무슨 생각인지. 붉은수레바퀴 백작이 있으면 물어라도 볼 것인데 허구한 날 변방에만 박혀 있으니, 원!"

"어렸을 때부터 그 집 딸이 유난스럽지 않았습니까. 출신이고 뭐고 간에 얼굴이 반반하니 홀랑 넘어갔겠지요. 정신머리가 있는 건지 없는 건지!"

"……."

"……."

남자들의 대화가 잠시 끊겼다. 그들은 그들의 진영에 있는, 붉은수레바퀴의 딸보다 유난스럽고, 미천한 출신이고 뭐고 간에 반반한 얼굴에 홀랑 넘어간, 정신머리가 있는 건지 없는 건지 모를 또 다른 영애의 존재를 자각한 모양이었다. 남자들이 심기 불편한 듯 크, 크흠 하며 애써 강철발굽의 테레지아에게서 시선을 떼어 냈다.

일라베니아를 끌어갈 유력한 후보자에게 잘 보이고 싶은 자들이 웃는 낯으로 엘피디오에게 접근했다. 스타스는 그들의 얼굴을 하나하나 새기듯 바라보았다. 음악이 두 번 정도 바뀌었을 때였을까.

여기저기, 왼쪽, 오른쪽, 뒤쪽. 서로를 향하거나 아슬하게 비껴 나간 시선들이 서서히 한곳으로 모이기 시작했다. 모두의 이목이 살짝 위를 향해 있었기에, 스타스는 리카르디스가 무도회에 도착했다는 사실을 깨닫게 되었다.

"설원의 월계수, 리카르디스 다리우 일라베니아 전하 듭십니다!"

"붉은수레바퀴의 로젤린 에스터 백작 영애 듭십니다!"

문이 열렸다. 사람들이 멍하니 위층을 바라보았다.

"······천사?"

아까 전에 천한 출신, 얼굴만 반반······ 운운했던 자의 목소리였다. 확 뒤바뀐 그의 태도를 그저 웃어넘길 수 없었던 이유는, 스타스가 그 남자와 비슷한 감상을 느끼고 있기 때문이었다.

치장하는 걸 지독히도 싫어해 건국일마다 단출한 차림새로 나타났던 리카르디스 또한 아름답고 손 닿을 수 없는 저 너머의 고고한 한 송이의 꽃 같았으나······ 체스 게임의 승패로 장신구를 더하고 빼는 구질구질한 나날을 탈피한 시녀들의 혼이 담긴 치장의 저력은 가히 치명적이라 말할 수 있었다.

"아, 아름다워!"

사실 건국제에 황족들이 입는 하얀색 예복은 매년 특별할 것 없이 비슷한 형태였다. 다른 이들처럼 색으로 승부할 수 없으니, 화려한 형태를 덧대고, 금실, 은실을 사용한 화려한 자수를 얹고, 또 두르고.

촌스럽다거나 예쁘지 않은 것은 아니었으나 어느 정도 과하다고 느낄 만한 부분도 분명 존재했다.

그러나 리카르디스는 아주 적당히, 과하지 않을 정도로 화려했다. 단정하여 어딘가 금욕적으로 느껴지는 옷의 형태! 색은 고고하고, 형태는 단아하고, 장신구는 화려하게 띄워 주고, 그 모든 아름다움의 마침표는, 얼굴로!

어린 아가씨들이 눈물지었다. 다들 문이 열림과 동시에 환각을 보았다. 리카르디스의 뒤에서 후광이 비치는 그런 환각이었다. 오늘따라 더욱 결 좋게 빛나는 은발, 몸의 선을 따라 붙는 복식은 섬세한 자수로 인해 더욱 그 아름다움이 돋보였다.

여러 개의 반지와 치장한 장신구들이 도리어 모자라 보일 정도의, 저 얼굴. 저, 몸. 완벽하다. 신이 빚은 피조물 중 가장 완벽한 형태!

리카르디스가 살짝 뒤를 돌며 누군가를 바라보았다. 다들 그 후광에 가려 그의 파트너를 깜빡 잊고 있었다.

붉은수레바퀴의 로젤린. 이 공간 안에 리카르디스를 모르는 자는 있어도 로젤린을 모르는 자는 없었다. 타국의 귀족들은 그녀를 소문으로만 들었다. 마인이고, 되게 강하고 뭐, 검은달을 작신 밟아 주었고, 1황자파에 속하는 가문임에도 자신의 신념으로 2황자에게 충성을 바치고. 희한한 행보만큼이나 그녀의 외적인 부분도 많이 퍼져 있는 상태였다.

좋게 봐 줘도 평범한 수준이라는 평가였다. 매섭고 날카롭게 쭉 찢어진 눈매도 눈매고, 체구도 아담한 맛이라고는 없이 길쭉하고 튼튼하고 탄탄하니 여기저기 보이는 어린 아가씨처럼 아기자기하고 풍성한 솜사탕 같은 드레스가 어울릴 리가 없었다.

'음……'

어? 그런데 이게 생각보다. 아니, 예상과는 달랐다.

리카르디스의 에스코트를 받아 계단 하나하나를 내려오는 발걸음은 사뿐사뿐 가벼우면서도 경박하지 않았다. 여러 조명이 비춘 피부가 진주처럼 은은하게 반짝이며 빛나는 가운데, 하얀 피부와 대비되는 입술은 과하게 붉지 않아 자연스러웠다.

계단의 뒤로 로젤린의 하얀 드레스 자락이 스르륵 끌렸다. 몸의 선에 딱 달라붙다가 엉덩이 아래부터 퍼지는 드레스는 인어의 꼬리처럼 우아하게 그녀의 움직임에 따라 살랑였다.

굴곡진 검은 머리를 한쪽 어깨로 늘어트려 날카로운 눈매가 그대로 드러나 있었다. 하지만 매섭기만 한 것이 아니라 잘 벼려진 칼같이, 맹수의 눈과 같이 어딘가 장엄한 기세가 느껴졌다. 어깨는 바르게 펴져 있고, 곧은 자세에는 기품이 어려 있었다. 화려한 드레스는 그녀가 본래 가지고 있는 것을 더 아름답게 포장하고 있을 뿐이었다.

모두 탄성을 터트렸다. 고작 스물 조금 넘은 여자에게서 받을 만한 느낌이 아니었다. 어느 나라 여왕이라고 해도 믿을 수 있으리라.

로젤린을 평가하는 눈으로 바라보던 사람들은 의식도 못 한 채 고개를 끄덕였다. 두 남녀는 개별적으로 떨어트려 놓고 생각해 보자면 전혀 어울리는 조합이 아니었으나, 붙여 놓고 보니 생각보다 잘 어울렸다. 남자 혼자 멀대같이 크거나, 여자가 난쟁이처럼 보일 정도의 부자연스러운 키 차이가 아니라는 사실도 둘의 조화에 한몫 더하고 있었다.

그러나 다른 점보다도 이따금 눈을 마주치며 가볍게 미소 짓는 두 사람의 사소한 행동에서 분위기가 녹아들며 맞춰지고 있었다. 같지 않아 겹쳐질 수는 없으나, 한 그림의 퍼즐같이 맞아떨어지기는 한다는 것이다. 두 사람의 조화가 제법 묘해서 그런지 사람들의 시선은 그들이 계단을 내려오고도 한참 동안 떠나지 못했다.

리카르디스의 눈동자는 로젤린만 담고 있었다. 환한 조명 아래 로젤린은 말 그대로 반짝, 반짝. 빛나는 중이었다. 그녀는 혹시나 모를 위험에 대비해 날카로운 눈빛으로 주위를 훑고 있었다.

그녀의 눈동자에 담긴 풍경이 휙휙 달라졌다. 집중하고 있는 모습이 어찌나 멋진지. 넋을 빼고 볼 수밖에 없었다. 리카르디스의 그 끈질긴 시선에 로젤린이 고개를 돌려 의문스러운 듯 그를 바라보았다.

딱, 두 시선이 맞아떨어졌다. 로젤린의 표정이 순식간에 달라졌다. 아까까지 검날같이 주위를 겨누던 예리함은 온데간데없었다. 어딘가 멍해 보이는 얼굴이었다. 무언가에 홀리기라도 한 듯이.

리카르디스는 무형의 기운에 이끌리기라도 하듯 그녀의 허리에 제 손을 두었다. 로젤린이 멍한 표정을 천천히 누그러트리더니 이내 활짝 웃었다. 빛을 받는 눈가가 반짝였다. 리카르디스는 손에 난 땀을 자신의 옷에 쓱 문질러 닦았다.

처음 봤을 때 얼마나 충격적이었는지, 바보처럼 굳어 한마디도 할 수 없었다. 멈춘 시간 속에 그녀의 머리카락, 눈, 눈썹, 얼굴에 있는 솜털부터 옷의 차림새 하나하나까지 세세하게 보이는 반면 머리는 점차 혼몽해졌다. 문이 열리고, 아름답게 꾸민 로젤린을 본 후 아무 말도 못 한 채 1분이 그냥 흘러가 버렸다.

문이 열렸을 때만 해도 눈을 반짝이며 무언가 기대를 품고 있던 로젤린은 시간이 흘러감에 따라 침울해졌다. 자신이 바보처럼 가만히 바라보고만 있자 실망한 듯 보였다.

그녀가 비 오는 날 버림받은 강아지 같은 표정을 짓는 것을 본 리카르디스는 그제야 정신을 차렸다. 무언가 말하려 했으나 시간이 이미 너무 흘러 버렸다. 모든 것에는 때가 있는 법이건만, 놓쳐 버린 것이다.

오죽하면 클로에가, 상단에 큰 타격을 입어도 입가에 미소를 지우지 않는 그 클로에가 인상을 찌푸리기까지 했다.

지금 파트너가 몇 시간 동안 씻고, 향유로 문지르고, 닦고, 만지고, 바르고, 입는 개고생을 하고 나타났는데, 예쁘다는 말 한마디가 없어? 그러고도 전하가 남자입니까? 그러고도 사람이야! 하고 윽박지르고 싶어 하는 살벌한 얼굴이었다.

이후 리카르디스가 진심을 다해 예쁘다고 칭찬했음에도 로젤린은 그다지 믿는 기색이 아니었다.

[세상에서 그대가 제일 예뻐!]

[거짓말하지 마십시오…….]

[진짜야, 내가 본…….]

[전하가 더 예쁘십니다…….]

확실히 객관적 사실에 입각하자면 여지없이 그렇다 해야 할 테지만, 리카르디스는 곧이곧대로 '그건 그렇지.'라는 대답을 할 정도의 인간 말종은 아니었다. 그는 로젤린의 말에 부정한 후, 최선을 다해, "저기 사람들이 왜 쳐다보는지 아나? 경이 너무 예뻐서다."라든가, "오늘따라 하늘의 별이 흐드러졌다. 경이 너무 눈부셔서 별인 줄 알고 마중 나왔나 보다." 따위의 10세 미만 소녀들에게도 먹히지 않을 법한 개수작을 부렸다.

로젤린은 그 내용보다 리카르디스의 필사적인 자세가 마음에 들었던 것인지, 마음을 풀고 평소처럼 웃어 보였다. 하지만 예쁘다는 말 자체를 받아들인 건 아닌 듯해, 리카르디스는 내내 마음이 쓰였다.

리카르디스의 시선이 연회장을 가득 메운 사람들 중, 이곳을 쳐다보는 젊은 남자들을 향했다. 그들의 눈동자는 정확히 로젤린을 담고 있었다. 흥미, 혹은 호감이 느껴지는 눈빛.

리카르디스가 가볍게 제 볼의 여린 살을 잘근잘근 씹었다.

'저 놈팡이들이 나중에 로젤린에게 접근해 손에 입 맞추며 아름다우시다 개수작질을 하겠지.'

애써 걸고 있는 온화한 표정 위로 살벌한 기세가 비쳤다. 심지어는 로젤린이 예쁘다는 말을 듣고 기뻐할 거라 생각하니 오장육부가 뒤틀려 밤에 잠도 못 잘 것 같았다. 자신이 '아름답다'고 한 말은 의례적인 칭찬이라 받아들였으면서! 물론 거기엔 제 잘못이 있으니 그녀를 원망할 수는 없는 노릇이었다.

쏟아지는 시선과 감탄에 로젤린이 으쓱하는 걸 본 리카르디스는 혈압이 올라서 당장 쓰러질 것만 같았다. 안 된다. 이대로는 안 돼. 진짜. 내가 제일 먼저 기쁘게 해 줄 거야. 다가오는 놈은 죽인다.

잠시간 머릿속으로 모의 살인을 했던 리카르디스가 제정신을 되찾고는 이를 으득 갈았다. 남을 탓할 게 아니었다.

리카르디스 다리우 일라베니아.

'더 하지는 못할망정, 할 말은 해야지.'

나란히 발 맞춰 걷던 중 리카르디스가 로젤린을 불렀다.

"로젤린."

눈이 마주쳤다. 리카르디스는 마음속 깊숙이에서 우러나오는 진심을 담아,

"오늘 그대가 매우 아름다워."

하고 그녀의 허리에 얹은 손에 힘을 줬다.

"내 마음이 설렌다."

리카르디스는 속으로 자신의 뺨을 후려쳤다. 열세 살 소년도 자신보다는 말을 잘할 것 같았다. 하지만 그 허접한 칭찬 문구에도 로젤린은 전에 없는 반응을 보였다.

로젤린이 눈을 동그랗게 떴다가 고개를 슬쩍 아래로 내렸다. 속눈썹이 깜빡거리는 속도가 빨라졌다. 리카르디스는 자신이 지금 망상하고 있는 것이 아니라면, 로젤린이 수줍어하고 있는 것이 확실하다고 생각했다. 그리고 그의 생각대로 로젤린은 수줍어하는 게 맞았다.

로젤린은 여태껏 리카르디스가 한 '예쁘다', '아름답다'는 말은 죄다 그의 내면에 가득 쌓여 있는 상냥함의 발로라 생각했다. 하얀 거짓말.

그도 그럴 것이 그렇게 인상을 찌푸리고, 머리를 헝클어트릴 정도로 고민한 다음에 나오는 말을 누가 믿을 수 있을까. 그것은 둔한 로젤린이라 하더라도 예외가 아니었다. 칭찬이 더해질수록 리카르디스 전하는 참 상냥하시구나 하는 생각만 강화되어 가던 중이었다.

그렇게 도착한 연회장. 로젤린은 여지없이 자신이 할 일을 수행했다. 위

험 요소가 있는지 없는지 파악하느라 신경은 잔뜩 곤두서 있었다. 어느 때보다 누군가의 끈질긴 시선을 빠르게 느낄 수 있었던 것은 그 때문이었다.

로젤린은 고개를 돌려, 집요한 눈길의 근원지를 바라보았다. 조명이 눈부셔 잠깐 눈을 감았다 떴다. 그 사이 리카르디스가 있었다. 리카르디스는 대리석에 반사된 빛무리가 넘실거리는 공간 속에서 자신을 똑바로 바라보고 있었다. 언제나 아름다운 리카르디스였으나, 환한 조명 아래의 그는 정말 벽에 그려진 그림이 튀어나왔다고 말해도 과언이 아니었다.

리카르디스의 부드러운 눈빛과 표정이 로젤린의 마음 어딘가를 간질간질하게 만들었다. 히리에 올라와 있는 단단한 손의 감촉에 몸 안쪽부터 떨려왔다. 여전히 눈을 떼지 않고, 리카르디스는 말했다.

[오늘 그대가 매우 아름다워 내 마음이 설렌다.]

설렌다! 로젤린은 그제야 제 몸 안쪽을 잘게 떨게 만드는, 마음 어딘가가 간지러워 계속 웃음을 배어나게 만드는 이 이상한 마음이 '설렌다'라는 말에 담길 수 있다는 사실을 깨달았다.

한데 이런 마음을 리카르디스가 먼저 말했다. 설렌다고. 놀라운 일이었다. 리카르디스 전하도 설레고 있었다니!

가슴을 뜨겁게 만들던 열은 점점 부풀며 머리로 올라갔다. 고개를 툭 떨굴 수밖에 없었던 것은 기묘한 열로 인해 머리가 무거워졌기 때문이었다. 전에 없던 감정의 자각과 함께 유례없는 반응이 탄생하는 순간이었다.

그 '수줍어하는' 반응에 리카르디스는 계속해서 충격에 빠져 있었다. 그녀가 자신의 진심을 알아챘다 하더라도 '아, 그렇지요? 저도 오늘 제가 굉장히 예쁘다고 생각했습니다.' 같은 반응이 최선이라고 생각했는데. 그보다 한 발짝 더 나아갔다니.

이, 위대한 도약, 인류의 발전은 언제나 한 발짝 먼저 걷는 사람으로부터…… 리카르디스는 마음속으로 횡설수설했다.

"저도."

작은 목소리였다. 리카르디스가 움찔해서 머릿속에서 방방 뛰고 있는 리카르디스를 몰아내었다. 역시 '저도 제가 아름답다고 생각했습니다.'는 빠지지 않는 것인가.

"저도 전하께서 매우 아름다우셔서, 계속 가슴이 두근거렸습니다."

로젤린이 흘끗 위를 올려다보며 배시시 웃었다. 리카르디스의 머릿속에 있던 작은 리카르디스가 폭사했다.

그는 입을 턱 가리고 잠깐 다른 곳을 바라보았다. 다른 사람들의 눈을 의식해서 애써 가라앉히려 해도 달아오르는 얼굴은 막을 길 없었다. 그는 터질 것 같은 가슴이 괴로워 살짝 인상을 찌푸렸다.

"전쟁, 발타."

난데없이 속삭이는 말에 로젤린이 고개를 기울였다.

"엘피디오, 디에즈."

한 단어, 한 단어 내뱉을수록 리카르디스의 얼굴이 점점 원상 복구 되었다. 너무 좋은 마음을 너무 싫은 마음으로 억누른다는 극단적인 방법이긴 했으나 효과는 좋아 보였다.

"하카브."

마지막 한마디를 내뱉은 리카르디스는 완벽하고도 멋진, 아름답고 여유로운 평소의 모습으로 돌아왔다.

그는 눈동자에 의문의 빛을 띠고 바라보는 로젤린을 보고는 큼큼 목을 가다듬고 굽힌 팔을 슬쩍 내밀었다.

"가실까요, 레이디."

로젤린이 방긋 웃으며 리카르디스의 팔 위에 손을 얹었다.

* * *

사람들 사이를 거닐던 로젤린은 스타스를 발견하고는 주위를 천천히 둘러보았다. 음식 냄새에 취한 듯 몽롱하던 눈동자의 빛이 예리해져 있었다. 수백 명의 사람이 있는 너른 홀을 훑어본 로젤린이 리카르디스와 눈을 마주치고 고개를 끄덕였다. 아직까지는 별다른 이상이 없었다.

푸른등불 공작, 큰뿔산양 후작, 바다협곡 백작, 황금정원 자작 등, 리카르디스의 아래에 있는 가문 이외에도 줄지어 그에게 인사하러 다가왔다. 그때마다 로젤린은 한 걸음 앞에 나서서 다가온 사람을 위아래로 훑었다. 심장 박동과 눈동자, 얼굴 근육의 움직임을 통해 어떤 수작을 부리려 하지 않는지 판별하기 위함이었다.

"실례합니다."

머리끝부터 발끝까지, 눈 한번 깜박이지 않고 느릿하게 쳐다보는 그녀의 날카로운 시선에 대부분의 사람들은 덫에 걸린 쥐처럼 옴짝달싹하지 못했다. 로젤린이 가볍게 숨을 쉬며 눈을 깜박이고 한 걸음 물러서면, 그때는 통과라는 뜻이었다.

리카르디스는 어처구니없다는 듯, 파트너로 참석한 그녀를 바라보았다. 호위를 데리고 온 건지, 파트너를 데리고 온 건지 도무지 알 수가 없었다. 외양이 많이 달라졌다 생각했으나 로젤린은 여기서도 여전히 로젤린이었다.

로젤린은 잠시 부단장 나단에게 불려 가 또 혼났다. 리카르디스 전하를 뵙고자 하는 사람마다 예비 범죄자 취급을 해 가며 위아래로 훑어보면 어쩌냐고 펄펄 날뛰었다. 로젤린은 멍한 얼굴로 나단의 잔소리를 흘렸다. 귀담아듣지 않는 방법을 터득한 모양이었다.

로젤린이 혼나는 사이 리카르디스는 저 멀리 사람들에게 둘러싸여 있는 엘피디오에게 시선을 두었다. 눈이 마주치자 엘피디오가 인상을 슬쩍 찌푸렸다. 사람들의 눈을 의식한 것인지, 미간의 주름이 평소보다 약했다.

리카르디스는 혼나고 돌아온 로젤린과 함께 그에게 다가갔다. 속이라도 긁어 놓을 요량이었으나, 엘피디오가 불쾌하다는 듯 발걸음을 돌려 떠난 탓에 아쉽게도 다음 기회로 미뤄야 했다. 르윈이 리카르디스의 뒤에서 어깨를 으쓱했다.

"이야, 엘피디오 전하께서도 나름 성장하신 것 같군요. 예전 같으면 앞뒤 안 가리고 전하께 시비를 걸었을 텐데요. 그러다 도리어 혈압이 오르셨겠지만."

"형님이 약해진 모습을 보니 가슴 한쪽이 아릿해지는군. 놀리는 맛이 있는 사람인데 말이다."

연회가 계속되는 중에도 엘피디오는 리카르디스만 보면 다른 곳으로 자리를 피했다. 급한 용무가 있다는 듯 가장했으나, 다른 사람들조차도 엘피디오가 리카르디스를 피하고 있다는 사실을 알아챘다. 하지만 두 형제 간의 관계라면 같은 성안에 있는 것도 힘든 게 당연한 일이 아니겠냐며 이해하는 분위기였다.

평소의 리카르디스였다면 엘피디오를 주의 깊게 살폈을 테지만, 지금은 보다 중요한 건에 신경이 쏠려 있는 상태였다.

일라베니아의 또 다른 유력 후계자인 리카르디스에게 관심이 집중되는 일은 당연했다. 때문에 연회장에 발을 들인 그 순간부터 리카르디스는 계속해서 사람들에게 둘러싸여 있었다.

그 수많은 사람들 한 명, 한 명을 전부 예비 암살자 내지는 적으로 규정하며 곁을 지키던 로젤린은 시간이 흘러감에 따라 점점 힘겨워하기 시작했다. 입술을 잘근잘근 문다든가, 음식 테이블 쪽을 원수라도 되는 양 쳐다보다가 눈물을 찔끔 흘린다든가 하는 식이었다. 보는 사람의 가슴이 미어질 정도로 슬퍼한 통에 리카르디스는 결국 그녀를 보내 줘야만 했다.

리카르디스는 로젤린의 왼쪽은 레이몬드, 오른쪽은 파르딕트, 뒤쪽은 슈텐으로 평균 키 192센티미터의 거대한 벽으로 둘러싼 후에야 마음껏 먹고 오라 그녀의 등을 떠밀었다.

불안해하던 로젤린은 리카르디스가 스타스와 나단, 카일로를 포함한 호위들에게 보호받는 모습을 보고 걸음을 옮겼다. 도도하지만 재빠른 발걸음이 얼른 먹고 돌아오겠다는 의지를 표출하고 있었다.

그렇게 떨어진 지 15분.

'고작 15분 만에.'

로젤린을 둘러싼 192센티미터의 벽들은 있으나 마나 한 존재로 전락해 버렸다. 음식 테이블에서 이게 맛있네, 저게 맛있네 하며 시시덕거리던 네 명의 기사들을 향해 화려하게 치장한 아가씨들이 돌입했기 때문이었다.

돌도 부수는 악력을 지닌 기사들이 자그마한 여자들에게 둘러싸여 식은 땀을 흘리는 꼴은 어디에서도 보지 못할 진귀한 광경임이 분명했다. 그리고 그 여자 무리를 끌고 왔던 장본인은 얘기를 나누는 시늉만 하는, 로젤린을 쏙 빼앗아 어딘가로 발걸음을 옮겼다.

레이몬드와 슈텐, 파르딕트는 여자들에게 신경 쓰느라 동료 기사 한 명이 사라진 것도 모르는 눈치였다. 멀리서 그 광경을 목격한 리카르디스만 혈압이 올라 잠시 관자놀이를 누른 채 눈을 감아야 했다.

그는 당장 로젤린에게 걸어가려 했지만, 주위를 둘러싼 손님들로 인해 결국 분한 듯 입술을 짓이기는 수밖에 없었다. '차라리 굶길 것을.'이라는 잔인한 생각이 리카르디스의 머리를 스쳤다.

로젤린을 빼돌린 남자는 연회장의 수많은 발코니 중 한 곳에 당도하고서야 발걸음을 멈췄다. 붉은 커튼이 닫힌 듯, 열린 듯 애매하게 반쯤 걸쳐진 곳이었다. 남자는 가볍게 커튼을 젖히며 발을 들이려다가 안쪽의 선객을 보고 멈칫했다. 커튼을 다 닫지 못할 정도로 무언가에 심취해 있던, 한 몸처럼 붙어 있던 남녀가 입술을 부딪친 그 상태로 눈을 크게 떴다.

[키스는 사랑한다는 말의 다른 표현이거든요.]

로젤린은 예전에 클로에가 했던 말을 떠올렸다. 여자와 남자는 몸으로 사랑의 대화를 나누고 있던 것이다! 로젤린은 흥미롭다는 듯 그들을 바라보았고, 그녀의 적나라한 시선에 몸으로 사랑의 대화를 나누던 자들은 당황했다. 커튼을 열어젖힌 남자만 태연하게 상황을 수습했다.

405

"이런, 실례."

남자는 짧은 사과 후에 붉은 커튼을 꼭꼭 닫아 주고, 로젤린을 데리고 다른 발코니로 향했다. 두 번째로 도착한 곳은 텅 비어 있었다.

남자는 붉은 커튼을 묶고 있는 끈을 풀지 않았다. 보통 커튼을 치는 경우는 비밀스러운 대담과 몸의 대화가 이루어지는 것을 가리기 위한 용도였으므로 끈을 푸는 그 순간 갖은 소문이 퍼질 게 분명했다. 로젤린은 거기까지는 몰랐지만, 굳이 그의 행동에 의문을 표시하지는 않았다.

아치 모양의 경계가 연회장 안쪽의 광경을 고스란히 내보내고 있었다. 그러나 발코니는 안쪽보다도 조용하고 어두웠다. 선선하게 불어오는 바람에 로젤린이 연회장으로부터 눈길을 돌린 순간, 그녀는 남자와 눈이 마주쳤다.

남자는 밝은 금발을 뒤로 넘겨 잘생긴 이마를 드러내고 있었다. 눈빛은 그윽하고 코도 오뚝했다. 총체적으로 평하자면 미남이라 말할 수 있었으나, 어딘가 오만해 보이는 구석이 있었다.

남자가 돌연 싱긋 웃었다. 웃으니 인상이 달라져, 쿠키 한 개 정도는 그냥 줄 수 있을 법한 좋은 사람으로 보였다. 그렇다 해도 칼릭스가 낯선 사람은 항시 경계하라는 얘기를 달고 살았던 덕에 로젤린은 의심스럽다는 듯 탐색의 눈으로 남자를 주시했다.

"리카르디스 전하에 대한 비밀스럽고도 은밀한 토론을 하고 싶다고 하셨는데, 이제 얘기를 했으면 좋겠습니다. 빨리 돌아가 봐야 합니다."

"급하시군요, 우선 숨 좀 돌리죠."

남자가 음료가 담긴 잔을 로젤린에게 건넸다.

"나를 기억합니까, 로젤린 양?"

익숙하지 않은 호칭이었다. 로젤린은 잔을 받은 후 살짝 고개를 저었다.

"아니요."

"어릴 적에는 자주 만났었지. 로젤린 양도 나를 오라비라 부르며 잘 따랐고 말입니다."

존대에 애매하게 반말이 섞여 있어, 어찌 보면 무례할 수 있으나 자연스럽게 느껴졌다. 남자가 잔을 들고 있지 않은 로젤린의 반대쪽 손을 부드럽게 잡아 올려 그 위에 입술을 꾹 찍었다. 그가 손등에 입을 붙인 채 말했다.

"기억이 없다니, 이게 우리의 첫 만남이 되겠군. 사자갈기의 드윗. 드윗 아르페커가 아름다운 아가씨에게 인사드립니다."

사자갈기라고 하면…….

사자갈기 공작가. 엘피디오의 어머니이자 일라베니아의 황후인 트리파의 가문이었다. 누구와 비슷하게 생겼다 했더니, 드윗의 얼굴에서 엘피디오가 언뜻 보였다. 같은 금빛이라노 엘피디오와 디에즈보다, 엘피디오와 드윗이 더 형제 같아 보이는 구석이 있었다. 드윗이 디에즈보다 성격이 더 나빠 보이기 때문이었다.

로젤린은 교육받았던 일라베니아 고위 귀족에 대한 정보 속에서 '드윗'이라는 이름을 떠올려 냈다. 사자갈기 공작가의 차남. 그러나 출중한 능력으로 장남을 꺾고 후계 위를 공고히 함.

그러니 자신을 드윗이라 소개한 이 남자가 사자갈기 공작가의 차기 공작이라는 소리였다. 엘피디오에게 힘을 실어 주는 가문의 후계자.

어렸을 적 만났다는 말은 '로젤린'이 리카르디스의 하얀밤 기사단에 들어가기 전의 얘기일 것이다. 지금에 와서는 의미가 없다 못해, 좋지 않게까지 변질될 수 있는 과거의 인연.

이 남자는 왜 자신을 부른 것일까. 로젤린의 눈은 드윗의 입에서 '사자갈기'라는 이름이 나올 때부터 경계의 빛을 담고 있었다.

"만나 뵈어 영광입니다, 아르페커 백작님."

남자는 자신의 작위를 로젤린이 알고 있을 거라고는 예상하지 못한 눈치였다.

하지만 칼릭스에게 갖은 교육을 받은 로젤린으로서는 제국의 단 네 개밖에 없는 공작 가문, 심지어는 엘피디오 세력에서 막강한 영향력을 행사하는 가문의 후계자 작위를 모를 수가 없었다. 초상화가 없어서 얼굴은 못 알아봤다지만.

"기억 상실이라더니 익히는 속도가 빠르군요. 로젤린 양은 예전부터 머리가 좋았죠. 그런데 아르페커 백작님이라니. 로젤린 양에게 그렇게 불리니 기분이 굉장히 미묘한데요. 그냥 예전처럼 편안하게 오라버니라 부르면 됩니다."

"예, 오라버니."

"……."

"무슨 문제 있으십니까?"

"아니. 계속 그렇게 부르면 될 것 같아서."

드윗은 살짝 미간을 찌푸린 채, 곁눈질로 그녀를 보았다. 이거 기분 묘한데, 하고 그가 중얼거렸다.

"그나저나 정말 아름답군요, 로젤린 양. 오늘 보고 깜짝 놀랐습니다. 이렇게 어여쁜 숙녀가 되다니. 어릴 때 칼릭스 경을 괴롭히던 사내놈들에게 몰래 발을 걸곤 하던 말괄량이였는데."

로젤린은 지금 누군가가 칼릭스를 괴롭힌다면 발을 몰래 거는 것 정도로는 끝나지 않을 것 같다는 생각을 했다.

"어릴 때 로젤린 양이 나보고 혼인해 달라며 쫓아다녔던 건 기억합니까? 이렇게 예뻐질 줄 알았으면 그때 그냥 확 결혼해 버렸을 텐데."

"예?"

로젤린은 진심으로 놀랐다. 하지만 드윗은 씩 웃으면서 개구쟁이 같은 표정을 지을 뿐이었다.

"이거야 원, 빌려준 적 없는 100골드도 받아 낼 수 있겠는데."

로젤린은 그제야 그가 한 말이 거짓말이라는 사실을 깨달았다. 로젤린의 눈이 날카롭고 뾰족하게 바뀌자 드윗이 이를 드러내며 웃었다.

"날 너무 딱딱하게 대하니 그냥 농담 한번 해 봤습니다. 아무리 오랜만에 만났다고 해도, 황성 경비병처럼 바늘 하나 안 들어갈 것 같은 얼굴이라니.

아무리 나라고 해도 상처받아요."

그는 연극배우같이 호탕하게 웃더니, 이내 근사한 미소를 지어 보였다. 로젤린은 한껏 분위기 잡은 드윗의 촉촉한 눈빛을 무표정한 얼굴로 멀뚱히 지켜보았다. 딱히 할 말도 없던 터라 입마저 딱 다물고 있자, 그의 반듯한 얼굴에 점점 금이 가기 시작했다. 드윗이 쳇 하는 소리를 잇새로 내뱉었다.

"기억을 잃는다고 기본 성격이나 성향이 바뀌지는 않는 모양이군. 황성 경비병을 꼬시는 쪽이 더 빠를 것 같은데, 이거."

드윗은 멋들어진 미소를 지우고 불량한 자세로 난간에 슬쩍 기대었다. 거리가 몹시 가까우나 정중하던 아까의 모습과 완전히 달랐다. 로젤린은 드윗의 바뀐 태도보다, 그가 내뱉은 말이 신경 쓰여 되물었다.

"저를 꼬시고 계셨던 겁니까?"

주위에 남자들이 많은 직업의 특성상, 로젤린은 '꼬신다'는 은어가 뜻하는 바가 무엇인지 대충 알고 있었다. 고상함으로 무장하고 있는 기사들은 이상하게 여자 문제가 엮이면 고상함을 벗다 못해 천둥벌거숭이처럼 구는 경향이 있었고, 덕분에 저렴해 보이는 어휘도 몇몇 개 익힌 상태였다.

드윗은 허탈해 보이는 웃음을 내보였다.

"인사한답시고 손등에 입술을 5초 정도 붙이고 있으면 대부분은 알아채던데…… 더군다나 그 가까운 거리에서 갖은 교태를 부리며 웃고 집적거리면……."

어쩐지 다른 사람들에 비해 입술이 손등에 닿아 있는 시간이 3.7초 정도 길더라니!

"왠지 허무해지기 시작했어. 솔직히 어디 가서 빠지는 얼굴은 아니라서요, 내가 가까이서 근사한 미소를 보낼 때 두근거리지 않을 여자는 없을 텐데. 얼굴 한번 빨개지지 않다니. 로젤린 양의 심장은 돌로 만들어지기라도 한 거 아닙니까? 리카르디스 전하 곁에 너무 오래 있었나. 월장석 성의 여성 관계자들은 전부 시집을 늦게 가거나 못 갈 겁니다."

뭔가 좀 재수 없었다.

"본인의 능력이 부족한 거 아닙니까?"

"내가 부족한 게 아니라, 리카르디스 전하께서 꽉 차다 못해 흘러넘쳐 애먼 여자들의 눈을 이상하게 만들어 놓은 탓입니다. 저기에도 리카르디스 전하께 홀린 여자가 한 명 있군요."

드윗의 말에 로젤린은 고개를 돌렸다. 연회장 안쪽, 저 멀리에 리카르디스가 보였다. 그리고 그 리카르디스에게 푸른빛 머리칼을 가진 여자가 다가가는 중이었다.

로젤린은 그 여자를 알고 있었다. 주의해야 하는 인물이 추가되었다며 아까 나단에게서 정보를 받았었다. 강철발굽의 테레지아. 과거 수많은 사건을 일으킨 문제아였다. 리카르디스를 향한 그 경악스럽고도 집요한 수많은 사건이 한 사람이 일으킨 일이었다니. 로젤린의 눈빛이 사납게 바뀌었다. 로젤린이 한 발짝 내디딘 순간, 드윗이 그녀의 어깨를 감싸 안았다.

"워어, 진정해요. 로젤린 양. 지금 어떤 얼굴인지는 아십니까? 누구 한 대 칠 것 같은 표정인데. 지금 본인이 얼마나 유명 인사인지 모르는 모양이군요. 눈에 띄는 짓은 안 하는 게 좋습니다. 그리고 아무리 테레지아라도, 이렇게 사람 눈이 많은 곳에서는 잡혀갈 정도의 일은 저지르지 못할 테니 안심해도 될 겁니다."

확실히, 과한 경계 때문에 나단에게 혼난 지 30분도 흐르지 않았다. 지금 달려가서 테레지아를 떼어 내고 구속하려 한다면 이번에는 나단이 정말 뒷목 잡고 쓰러질 수도 있을 것 같았다. 그저 호위만 하고 싶을 뿐인데 왜 이렇게 눈에 띈단 말인가! 하여간 유명한 것도 너무 피곤했다.

로젤린은 리카르디스를 계속해 관찰하는 중이었다. 그는 평소와 같이 웃고 있었지만, 테레지아로부터 한 걸음 물러서는 본능까지는 어찌하지 못하고 있었다.

테레지아가 사랑스럽게 웃으며 리카르디스에게 가까이 다가갔다. 그녀가 비틀거리며 넘어지려 하자 리카르디스는 자기도 모르게 그녀를 지탱했다. 리카르디스의 품 안에 테레지아가 폭 안겼다.

로젤린은 순간 속에서 확 하고 솟아오르는 불길에 머리가 아득해지는 기분을 느꼈다. 그녀의 손이 우악스럽게 부채를 쥐었다. 대가 휘더니 파작, 부서지는 소리가 났다.

그와 동시에 리카르디스의 표정이 굳어졌다. 테레지아가 리카르디스의 팔뚝을 은근히 더듬고 있었다. 로젤린의 얼굴에 살기가 비쳤다. 그녀는 테레지아를 어떻게 처리하면 좋을지 고민하며 부채로 입술을 지그시 눌렀다. 이로 부채의 끝을 잘근잘근 물고 싶은 걸 참고 있던 로젤린은 무언가가 자신의 허리를 더듬고 있다는 사실을 깨달았다.

로젤린이 낯선 감각에 제 허리를 쳐다보았다. 아까까지 어깨 위에 있던 드윗의 손이 허리를 부드럽게 감싸고 있었다. 로젤린의 고개가 드윗을 향했다. 드윗이 웃음기 없는 진지한 얼굴로, 하지만 눈에는 열을 담은 채 그녀를 응시했다.

"설마 지금 그 은밀한 신호를…… 실수라고 말하지는 않겠죠, 로젤린 양."

"예? 무얼 말하는 겁니까?"

드윗이 고개를 끄덕이며 "확실하게 실수였나 본데……." 하고 중얼거렸다.

"여성들이 쓰는 부채의 사용법을 배운 적 있습니까?"

부채의 사용법? 여러 형태와 여러 움직임으로 의사를 표현하는 것? 로젤린은 자신의 부채가 어떤 모양으로, 어디에 가 있는지 확인했다.

"……."

로젤린은 반 정도 펼쳐진 상태로 입술에 닿아 있는 부채를 조심스레 내리고는 드윗의 눈치를 슬쩍 보았다. 그의 얼굴에 퍼져 있는 흐린 미소에 로젤린은 조금 부끄러워졌다. 방금, 자신이 했던 행동이 무얼 뜻하는지는 클로에에게 이미 배워 알고 있었다.

'키스해 주세요.'였다. 그 '키스'가 사랑하는 사람들끼리 나누는 행위라는

411

사실과 더불어, 어딘가 야시시한 느낌이라는 것을 로젤린은 직감적으로 알고 있었다. 이렇게 초면의 사람과 나눌 만한 행위도 아니었고, 나누고 싶지도 않았다. 확실하게 실수를 저지르고 말았다. 로젤린은 고개를 슬쩍 숙이고 웅얼거렸다.

"실수였습니다. 제가 기억 상실이라는 걸 잘 아시지 않습니까?"

"글쎄요, 그렇게까지 잘 아는 건 아니라서."

"신사분이니 숙녀의 실수는 모른 척 넘어가셔야죠."

드윗이 피식 웃었다.

"확실하게 나를 모르는군요, 로젤린 양."

그의 손가락이 로젤린의 턱 끝에 닿더니, 아래를 향한 그녀의 얼굴을 들어 올렸다. 딱히 그 흐름에 거스르지 않았던 로젤린은 드윗의 얼굴을 가까이에서 볼 수 있었다.

"과거에 로젤린 양이 내게 한 말이 있습니다. '드윗 영식께선 신사는 못 되시겠군요.'라고."

드윗은 고개를 숙여 그녀와 얼굴을 가까이했다.

"그런데 지금 어디에 있는 신사를 찾으셨나, 아가씨."

로젤린은 그의 어깨를 슬그머니 밀며 묘한 기류를 깨트렸다.

"제가 오라버니라고 안 불렀나 봅니다."

"……눈치가 있는 건지 없는 건지."

"백작님이라 부르겠습니다."

그 '로젤린'에게서 그런 얘기를 듣다니. 대체 드윗 이 남자, 무슨 짓을 했던 걸까. 로젤린이 께름칙하다는 듯 쳐다보는 눈빛에도 드윗은 연신 혀를 차고 있을 뿐이었다.

"나를 벌레 쳐다보듯 하던 로젤린 양에게 순수한 표정으로 오라버니라고 불릴 기회를 놓치다니. 멍청한 짓을 했어. 이래서 사람은 한때의 욕망에 몸을 맡기면 안 된다고 그러는 건가."

"사이가 별로 안 좋았습니까?"

"로젤린 양은 내 자유로운 행동을 그다지 곱게 보는 부류가 아니었고, 나는 내 형처럼 못마땅하다는 듯 나를 바라보던 로젤린 양을…… 내심 돌이나 한 달간 건조한 바게트라고 생각했던 부류였지."

로젤린은 갓 구운 바게트를 선호하는 편이었다.

"사이가 안 좋았군요."

"그렇다고 지금 나쁠 필요는 없지. 안 그렇습니까, 로젤린 양? 나는 지금의 로젤린 양이 제법 마음에 들거든. 약간…… 뭔가가 빠진 것 같은 느낌이."

어쩐지 욕하는 것 같아 기분 나빴다. 로젤린의 그런 마음도 모르고 드윗이 근사한 미소를 지었다. 로젤린은 조금 어이없다는 듯한 목소리로 얘기했다.

"……꼬시지 마시죠."

"아, 나도 모르게 습관적으로 그만. 아무튼, 나도 예전처럼 물불 안 가리던 때보다는 얌전해졌고, 로젤린 양도 예전보다는 유해졌지 않습니까. 오늘을 기회로 만나면 인사도 하고, 차도 마시고, 술도 마시고, 같이 놀러 나가기도 하고, 로젤린 양은 저를 오라버니라고 부르고, 그렇게 지내죠."

"싫습니다."

"……정말 놀라울 정도로 솔직한데. 특별한 이유라도?"

"개인적으로는 백작님이 좀 웃기다고 생각하고 있지만, 사자갈기는 전하와 반목하고 있으니 저 또한 반목할 수밖에요."

드윗이 씩 웃었다.

"로젤린 양이 잘못 알고 있는 점은, 사자갈기는 리카르디스 전하와 반목하는 게 아니라 엘피디오 전하를 지지할 뿐이라는 것이지."

"그게 그거 아닙니까."

"같은 말이면 똑같이 말하면 되지, 왜 부러 입 아프게 다르게 말합니까. 들어 본 적 있을 텐데, 로젤린 양?"

드윗이 의미심장한 표정을 하며 그녀의 귓가에 속삭였다.

"사자 갈기를 붙잡을 수 있는 것은 용맹한 사람이 아니다."

로젤린이 그를 쳐다보았다. 어느새 또 이렇게 거리가 가까워진 것인지. 정말 틈을 줄 수 없는 남자였다. 로젤린이 부채로 그의 입을 툭 막고는 되물었다.

"그럼 누가 붙잡습니까?"

"동료들이 사자 대가리 앞에서 죽어 가고 있는 동안 덜덜 떨면서 숨어 있다가, 배부른 사자가 잠자고 있을 때야 슬그머니 창을 쥐고 오는."

그가 웃었다. 부채에 가려져 입이 보이진 않았으나 눈이 반달처럼 휘었다.

"비겁한 기회주의자."

그 말을 마친 드윗이 몸을 뒤로 물리며 로젤린과 거리를 벌렸다. 그래 봤자 겨우 한 발짝 떨어졌을 뿐이었다. 다른 사람들에게도 적용되는 것인지는 모르겠지만 상당히 대화 거리가 좁은 사람이었다.

"참고로 말하자면, 사자갈기가 대외적으로 내세운 건 용맹함이 맞으니 아무 데서나 '사자갈기는 비겁한 기회주의자' 이런 말 하면 큰일 납니다, 로젤린 경."

"그러면 말을 해도 되는 곳이 있습니까?"

"로젤린 양이 이 말을 전해 주고 싶은 사람에게 하면 될 것 같군요. 뜬금없이 엘피디오 전하께 말하고 싶은 기분만 되지 않는다면."

로젤린은 누구에게 말을 해도 좋나 혼란스러워했으나, 드윗이 말하고 있는 바는 명확했다. 엘피디오 세력의 주축이나 다름없는 사자갈기의 후계자가 자신의 가문을 비겁한 기회주의자라 칭했다. 완벽한 엘피디오의 편이 아니며, 흐름이 뒤바뀌면 자신 또한 그 흐름을 거스르지 않을 것이니 자신의 주인 또한 바뀔 수 있다는 얘기였다. 그것이 진실이건 거짓이건 간에.

어느 모로 보나 엘피디오에게 도움이 될 만한 얘기가 아닌 만큼 그의 주적인 리카르디스에게 이르라는 말이겠지만, 로젤린은 아직까지는 눈치채지 못한 상태였다.

바람이 세차게 불었다. 검은 머리카락이 흐트러지며 드러난 로젤린의 목덜미를 간지럽혔다. 그녀가 부르르 떨자, 그것이 추워서 나온 행동이라 착각한 드윗이 겉옷을 벗으려 했다.

턱.

드윗은 손목을 감싼 단단한 악력에 순간 악 비명이라도 지를 뻔했다. 홱 고개를 돌려 침입자의 정체를 확인한 그는, 그대로 굳어 버렸다.

어둠 속에서도 인간이라 믿을 수 없을 정도의 아름다움을 발하는 남자가 눈을 빛내며 거친 숨을 몰아쉬고 있었다. 남자의 가슴이 높게 올라왔다가 다시 푹 가라앉았다. 급히 뛰어와 숨이 찬다기보다는 속에 들끓는 화를 진화시키려 차가운 공기를 깊숙이 들이마시는 것처럼 보였다.

달빛에 더욱 희게 빛나는 은발이 하얀 옷 위로 스르륵 흘러내렸다. 제국의 2황자, 리카르디스 다리우 일라베니아였다.

"……드윗 아르페커……."

리카르디스의 목소리가 스산하게 울렸다. 드윗의 목울대가 크게 한 번 움직였다.

리카르디스는 엘피디오와 비교하는 것이 미안할 정도로, 엘피디오에 비하면 한없이 정중하고 점잖은, 그야말로 '황실의 고귀함'이란 단어를 인간으로 형상화한 것 같은 사람이었다. 그런 인식이 박혀 있던 터라, 드윗은 지금 리카르디스가 "……이 새끼……." 하고 작게 중얼거리는 소리를 환청으로 치부할 수밖에 없었다.

드윗이 애써 평정심을 유지하며 웃었다.

"하얀 밤을 부르는 일라베니아의 축복을. 2황자 전하를 뵙습니다."

리카르디스는 대답 없이 싸늘하게 그를 내려다보았다. 드윗은 자신이 뭘 잘못했나 돌이켜 생각했다.

만약 리카르디스가 자신과 로젤린이 대화를 나누는 장면을 보았다면?

로젤린의 '키스해 주세요.'부터 가까운 거리에서 자신이 집적거리는 모습까지 모두 보았을 가능성도 있었다. 각도상 키스를 했다 착각했을 수도 있지만, 다 큰 성인 여자 남자가 밤의 연회에서 끈적한 기류를 보이는 것은 드문 일이 아니었다.

아끼는 부하가 타 세력의 간부쯤 되는 인간과 노닥거리는 꼴이 보기 싫었던 탓일 수도 있었다. 그렇다고 연회가 한창인 때, 집요한 테레지아를 포함한 그를 찾는 많은 사람들을 다 두고 왔다고? 뭔가 좀 이상했다.

드윗은 리카르디스의 등 뒤로 연회장을 확인했다. 아까까지 리카르디스를 둘러싸고 있던 사람들의 얼굴에 당혹스러운 감정이 떠올라 있었다. 인사마저 제대로 하지 않은 게 분명해 보였다. 그러니까, 이 발코니에서 일어난 일을 보자마자 체면이고 사람들의 이목이고 뭐고 간에 무작정 왔다는 얘기였다.

그제야 드윗은 다른 가능성을 떠올렸다. 가만히 자신을 응시하는 맹수 같은 눈빛이 보통 날카로운 게 아니었다. 만약 시선으로 찌를 수 있었다면 난도질이 되고도 남았을 것이다.

'설마⋯⋯.'

드윗이 당황스러운 감정을 얼굴에 내보이자, 리카르디스는 그제야 천천히 그의 손을 풀어 주었다.

어리둥절한 표정의 여자, 당황스러워하는 남자, 화내는 남자.

누가 봐도 순진한 아내를 꼬여 낸 불한당을 족치러 온 남편⋯⋯으로밖에 보이지 않았다. 오늘은 별다른 거사도 치르지 않았건만 익숙한 상황에 직면하게 되다니. 드윗은 속으로 한탄했다. 그가 아픈 손목을 어루만지며 살짝 묵례했다.

"로젤린 양에게 볼일이 있으신 모양이군요. 저는 물러나도록 하겠습니다."

로젤린은 그 순간까지도 뭐가 뭔지 몰라 두 남자를 번갈아 보고 있었다. 드윗은 도망치듯 발코니를 떠나다 조금 멀어졌다 싶을 때 뒤돌아보았다. 리카르디스의 뒷모습이 보였다. 그가 커튼을 묶고 있던 끈을 돌아보지도 않고 끌렀다.

스르륵. 그게 끝이었다.

드윗은 자리에 가만히 서서, 자신의 가슴을 한바탕 휩쓸고 간 위기와 허망한 감정을 곱씹었다. '그' 리카르디스 전하가, '그' 붉은수레바퀴의 로젤린을?

드윗은 싱숭생숭한 마음을 감추지 못하다가 저 멀리에서 화기애애하게 대화를 나누는 아가씨들을 보고는 근사한 미소를 걸친 채 걸음을 옮겼다.

스르륵.

붉은 커튼이 연회장에서 나오는 빛을 가렸다. 음악 소리가 바로 옆의 큰 공간에서부터 흘러나와 잔잔하게 들려오고 있음에도, 어두워진 발코니는 완전히 연회장에서 떨어져 나온 별개의 공간처럼 느껴졌다.

로젤린은 들뜬 기색으로 리카르디스에게 한 걸음 다가섰다. 드윗과의 얘기가 끝나면 곧장 돌아갈 생각이었는데, 빨리 만나게 되어 몹시나 기뻤다. 하지만 리카르디스는 그런 로젤린과 달리 그렇게 기뻐 보이지 않았다.

리카르디스는 인상을 찌푸린 채, 입을 딱 다물고 있었다. 그의 턱 근육이 느릿하게 꿈틀거렸다. 그의 목소리를 들은 것은 조금 더 시간이 흐른 후였다.

"사자갈기 놈이 억지로 한 건가?"

뜬금없는 질문이었다.

"······예? 뭘 억지로 합니까?"

"설마, 그게 뭔지도 모르는 건. 저, 개 같은."

리카르디스는 이를 갈면서 지금은 붉은 커튼으로 가려진, 드윗이 사라진 발코니 저 너머를 바라보았다. 아까 물러간 드윗의 머리채를 잡아끌고 올 기세였다. 하지만 리카르디스가 그의 머리채 대신 쥐어 잡은 것은 자신의 머리였다. 정돈된 머리를 헤집는 그의 손등 위로 굵은 핏줄이 서 있었다. 잘 보니 살짝 떨고 있기까지 했다.

리카르디스는 다른 곳을 보며 분을 삭이다가 다시 로젤린을 향해 시선을 돌렸다. 그의 눈동자가 로젤린의 입가에 고정되었다. 그녀는 눈만 깜박거렸다. 억지로 뭘 해? 드윗이 뭘 했더라?

리카르디스가 천천히 손을 들어 올렸다. 그의 단단한 손마디가 로젤린의 입술을 부드럽게 스쳤다. 리카르디스는 그에 그치지 않고 엄지손가락으로 화장이라도 하듯 로젤린의 입술을 쓸었다.

로젤린은 눈살을 살짝 찌푸렸다. 리카르디스의 손이 닿은 입술부터 시작해 가슴 안쪽 깊은 곳까지 솜뭉치가 굴러가는 듯한 간지러움이 번졌다.

그녀는 이상하게 리카르디스의 눈을 쳐다보기 힘들어서 그의 손을 원수라도 되는 양 뚫어지라 보기만 했다. 하지만 리카르디스가 말없이 정적을 지키고 있었기에, 결국은 고개를 조금 들어 올릴 수밖에 없었다. 리카르디스의 푸른 눈동자가 발코니 밖 정원을 은은히 밝히고 있는 등불로 인해 일렁이고 있었다.

"……입술 화장이 지워졌군."

아까 음식을 먹을 때, 크림이 입에 묻어서 혀로 삭삭 핥았더니 조금 지워졌더랬다. 로젤린이 고개를 끄덕이자 리카르디스의 얼굴이 무섭게 일그러졌다. 세상에, 몹시 야성적이고 멋있었다. 로젤린의 가슴이 설레었다.

리카르디스가 난간에 있는 샴페인 잔을 들어 손수건을 살짝 적셨다. 그러고는 로젤린의 입술을 벅벅 닦았다. 아플 정도로 쓸렸다. 로젤린이 얼굴을 찡그리자 리카르디스가 손수건을 바닥에 내팽개치고는 "하……." 하고 깊은숨을 쉬었다.

"백작이 그대와…… 합의되지 않은 행위를 억지로 한 것이라면 법으로 처벌 가능하다. 내가 증인이니. 결투 재판을 하겠나? 실수인 척하고 죽여도 된다. 내가 무마해 주겠다."

로젤린은 더욱 알쏭달쏭한 표정을 지었다.

"백작님은 저에게 합의되지 않은 행위를 억지로 한 적은 없으십니다."

그러자 리카르디스의 표정이 더욱 사나워졌다.

"그럼 합의된 사항이란 말인가? 그대가 허락했다고? 그러고 보니 입가에 부채를 먼저 가져다 댄 건, 젠장. 로젤린, 내 눈이 잘못된 게 아니었다고? 그래, 그대도 이제 스물세 살, 다음 달 생일이 지나면 스물네 살! 어엿한 성인이라는 걸 내 모르는 바는 아니다만, 그래도 상대는 가려야지. 사자갈기의 드윗? 드윗 아르페커? 그 자유분방한 하반신을 가진 몹쓸 망종⋯⋯ 아니, 나와 반하는 세력의 남자와?"

로젤린은 갑작스럽게 화를 내는 그를 달래기 위해 차분하고 조용한 목소리로 내납했다.

"아, 백작님은 전하와 반목하는 것이 아니라 엘피디오 전하를 지지할 뿐이라고 합니다."

로젤린은 아까 드윗에게 들었던 말을 훌륭하게 써먹었지만, 시기가 좋지 않았다. 리카르디스의 눈에 불이 붙었다.

"로젤린 에스터!"

로젤린은 그제야 분위기를 읽고 입을 합 다물었다. 정확하게 무엇 때문인지는 모르겠으나 리카르디스는 지금 분노하고 있었다. 로젤린은 그가 말한 내용을 반추했다. 합의된 사항. 입가에 부채를 먼저⋯⋯.

이거다.

입에 부채를!

'혹시 입을 맞췄다 생각하시는 건가?'

로젤린은 답을 유추해 냈다. 확실히, 다른 세력의 유력한 가문 후계자와 자신이 입을 맞추다니, 간자라 의심받아도 이상하지 않을 상황인 것 같았다. 리카르디스의 분노는 그 때문에 오는 것이 아니었으나, 로젤린은 거기까지는 알지 못했다.

"아, 아니, 그게 아니라. 전하. 저는 백작님이 리카르디스 전하에 대해 비밀스럽고도 은밀한 토론을 하자고 해서⋯⋯ 아차, 백작님이 말하고 싶은 사람한테 사자갈기는 용맹하지 않다는 얘기를 전해도 좋다고 했는데요, 제가 전하께 말씀드리고 싶다고 말했었던가요?"

리카르디스의 미간이 점점 좁아졌다. 화를 풀기는커녕, 돋우고 있는 모양이었다. 마음이 조급해진 로젤린은 동작을 크게 하며 어떻게든 설명을 이어 가려 했다.

"그러니까, 제가 이렇게 입가에 부채를 가져다 대었는데, 백작님이……."

로젤린이 아까와 같이 부채를 입에 가져다 댄 순간, 리카르디스가 그녀의 손목을 콱 잡았다. 그가 한 발짝 더 다가서며 그녀를 당겼다. 리카르디스의 구두가 로젤린의 두 발 사이로 틈새를 비집듯 들어갔다. 몸이 닿는 가까운 거리. 그의 얼굴에 내려앉은 그림자는 더욱 짙어졌다.

"그게 무슨 뜻인지, 알고 있었나?"

표정은 딱딱하게 굳어 있었고, 목소리는 음산했다. 로젤린은 필사적으로 고개를 끄덕였다. 오로지 대답을 빨리 해야겠다는 마음뿐이었다.

"키스해 주세요……!"

로젤린은 말을 더 잇지 못했다. 어두워진 푸른 눈동자 속에서 불티가 튀는 것 같더니, 손목을 틀어쥔 그의 손아귀 힘이 세졌다. 로젤린이 의문을 가지고 리카르디스를 올려다본 순간, 얼굴이 가까워졌다. 로젤린은 숨을 헉 삼켰다. 코끝이 닿았다. 그 가까운 거리에서 리카르디스가 이를 갈았다.

"알고 있었어?"

베일 듯 날카로운 목소리였다. 로젤린이 덜컥 놀라 한 발짝 뒤로 물러선 순간, 리카르디스가 그녀의 뒷머리를 감쌌다. 곧 차가운 손끝이 로젤린의 뒷목과 귓불에 닿았다. 마찰되는 살갗의 온도가 로젤린을 더욱 움츠러들게 했다.

이후 닿은 것은 차갑고 시린 목소리가 아니라 싸늘해진 누군가의 입술이었다. 로젤린의 입술이 거칠게 짓눌렸다. 그녀는 눈을 부릅떴다.

"읍!"

로젤린은 놀라서 짧은 비명을 질렀다. 입술이 닿은 것만으로도 놀라운데, 더 나아가, 입술 위를 뜨겁고 축축한 무언가가 느릿하게 가로질렀다.

"으읍!"

로젤린은 벌레를 발견한 여섯 살배기 어린아이가 입을 가리고 경악하는 것처럼 비명을 질렀다. 놀랍고, 간지럽고, 알 수 없는 감정이 머릿속을 잔뜩 채웠다.

"저, 전하! 잠시, 만요!"

로젤린이 떨리는 손으로 그의 가슴을 밀어내며 숨 가쁜 애원을 했다. 리카르디스는 무표정한 얼굴로 그녀를 내려다보고 있었다. 로젤린은 그 무표정한 얼굴 속, 미동 없이 자신을 포착한 눈을 보고 부르르 떨었다.

로젤린이 한 걸음 물러서자 리카르디스가 한 걸음 따라붙었다. 몇 번 반복된 짧은 술래잡기는 로젤린의 등이 벽에 닿고서야 끝났다.

로젤린은 눈동자를 굴리며 여전히 당황하는 중이었고, 리카르디스는 벽에 자신의 구두코가 닿을 정도로, 그녀와 바싹 붙어서 섰다. 몸이 틈새 없이 딱 달라붙었다. 로젤린의 가슴이 빠르게 오르내렸다. 그녀의 온기와 심장 소리가 리카르디스를 부드럽게 짓눌렀다. 그는 가만히 로젤린을 응시하다 그녀의 허리를 가볍게 감싸 안았다. 로젤린의 몸이 흠칫 떨렸다.

로젤린의 엉덩이 위, 허리 부근에 올라와 있던 커다란 손이 스르륵 움직이며 그녀의 날개 뼈 아래까지 지그시 쓸어 올렸다. 몇 겹의 천 위로 닿는 감각이 선명했다. 그의 손가락이 로젤린의 척추를 따라 들어간 부분을 부드럽게 덧그렸다.

로젤린은 하, 아. 숨을 불규칙적으로 내뱉으며 몸을 부들부들 떨었다. 닿은 부위부터 오싹오싹한 감각이 퍼졌다. 머리카락이 쭈뼛 설 것 같은 기묘한 감각이었다. 로젤린은 차마 리카르디스와 눈을 마주치지 못하고 그의 목과 턱 선만 바라보았다. 턱이 움직였다. 시야 위에서 소리가 들렸다.

"싫으면 밀어내."

정수리에 무언가가 가볍게 내려앉더니 쪽, 소리가 울렸다. 로젤린은 눈을 크게 뜨고 고개를 홱 들어 올렸다. 리카르디스는 어딘가 날카로워 보이는 미소를 띠고 있었다.

"나는 분명 밀어내라 했어."

로젤린은 옴짝달싹할 수 없었다. 얼굴이 점점 가까이 다가왔다. 어떤 행위가 덮쳐 올지는 이미 알고 있었다. 그걸 맨정신으로 견디기에는 너무 힘들었다. 로젤린은 눈을 질끈 감았다.

입술에 따뜻한 것이 닿았다. 입술과 입술이 몇 번씩이나 부드럽게 맞닿기만 했다. 그의 차가운 입술이 열 오른 로젤린의 온도와 융화될 때까지, 리카르디스는 그녀의 입가와 입술에 끈질기게 입 맞췄다. 서서히 로젤린의 움츠러든 어깨가 내려가기 시작했다. 리카르디스는 로젤린의 경직된 몸이 서서히 이완되고 있음을 느끼고 그녀의 입술을 핥았다. 살짝 깨물고, 그 자리를 핥고, 빨아 올리고, 딱 다물린 입술의 틈새를 정성스럽게.

츱, 츱, 물기 젖은 소리가 울리자 로젤린의 얼굴이 달아올랐다. 그녀가 아, 한숨인지 소리인지 모를 것을 내며 입을 벌리자 뜨거운 혀가 소리를 짓누르며 들어왔다.

저, 전하의 혀, 혀, 혀가. 들어와서는 입 안 여기저기를! 앞니 뒤를! 송곳니와 천장을! 내 혀를 이렇게 저렇게!

그녀의 감탄은 곧 감각에 침식당했다. 팽팽한 이성이 흐물거리기 시작했다. 몸을 꽉 결박한 기분 좋은 압박과 자신의 뒷목을 감싼 리카르디스의 차가운 손끝, 입 안을 뜨거운 온도로 채우는 그 모든 감각이 생생했다.

다리에 힘이 풀릴 것 같았다. 로젤린은 리카르디스의 등을 감싸 안았다. 주름 하나 없이 반듯하던 리카르디스의 예복이 로젤린의 손길로 인해 흐트러지며 구겨졌다. 리카르디스의 머리카락이 그녀의 드러난 살결 위를 흐르며 간지럽혔다. 그의 체취와 섞인 향수 냄새가 그녀의 머리를 멍하게 만들었다.

아, 기분 좋아. 로젤린은 멍한 머리로 생각했다. 한시도 가만히 있을 수 없게 만드는 간지러움에 익숙해지자, 봄날 햇살을 맞듯이 온몸이 노곤해졌다.

리카르디스의 심장 소리가 귀가 아닌 몸으로부터 전해졌다. 그가 움직일 때마다 예복 아래 단단한 근육이 꿈틀거리는 게 느껴졌다. 온기와 맥박, 그의 숨이 그녀를 가득 감싸 안고 있었다. 로젤린은 생각했다. 내가 아이스크림이었다면, 녹아 버렸을 거야. 손가락 하나 남기지 않고, 머리카락 한 올 남기지 않고 흐물흐물하게.

로젤린은 리카르디스의 숨을 들이마시다 그의 입 안에 향긋한 과실 향이 감돌고 있다는 사실을 눈치쳤다. 여태껏 너무 놀라서 미처 몰랐던 듯했다. 자신이 마신 것과 같은 종류의 샴페인이 분명했다. 같은 맛이었다. 그런데 그 질 좋은 샴페인보다, 리카르디스의 향이 더욱 달콤하게 느껴졌다. 계속해서 입을 붙이고도 살 수 있을 것 같았다.

리카르디스가 그녀의 입가를 핥더니 입술에 쪽 소리 나게 키스했다. 그 후로도 핥고, 빨고, 문지르고. 한참을 지분거리던 그가 숨을 가볍게 몰아쉬다 머리를 살짝 뒤로 물렸다.

리카르디스의 시선이 로젤린의 흐트러진 머리카락, 촉촉하고 붉어진 눈가, 젖어 있는 입술을 훑어 내렸다. 리카르디스의 목울대가 크게 울렸다. 로젤린이 자신을 잡아먹을 듯 바라보는 리카르디스를 올려다보며 입을 열었다.

"와…… 저, 전하. 정말…… 좋은 냄새가……."

리카르디스가 어이없다는 듯 노려보다 그녀의 입술을 왕 하고 깨물었다. 입술로 잡아채듯 한 것이라 아프지는 않았다.

"냄새만 좋나?"

"예?"

리카르디스는 자존심 상해 보이는 낯으로 이를 갈며 말을 씹어 내뱉었다.

"기분은 안 좋았냐고. 이왕 한 거, 알아야 할 건 알아야겠다. 어느 쪽이

423

더 기분 좋았지? 누가 한 키스가 더 좋았나! 나야, 드윗 아르페커야! 내가 잘생겼나, 그놈이 잘생겼나! 솔직히 재력으로 보나 얼굴로 보나 내가 낫지 않나? 그대의 취향은 도무지 이해할 수가 없어! 나를 하루 24시간 중 12시간 이상을 보면서 어떻게 다른 남자를 눈에 담을 수 있는 거지? 솔직히, 내가, 좀 잘생겼어야 말이지!"

분통을 터트리는 리카르디스는 평소라면 못 할 말을 마구 쏟아 냈다. 로젤린은 리카르디스의 품에 딱 달라붙어 의아한 표정으로 그를 보았다. 코앞에서 리카르디스가 입술을 짓이기듯 씹고 있었다.

아까까지 부드럽게 닿던 입술이었는데, 그렇게 아프게 눌리는 것이 못내 신경 쓰였다. 로젤린이 그의 입술을 쓸었다. 리카르디스가 흠칫, 몸을 굳혔다가 살짝 고개를 돌려 로젤린의 손을 피했다.

"……겨우 참고 있으니 자극하지 말고, 대답부터 하지 그러나."

리카르디스가 곁눈질로 그녀를 재촉했다. 로젤린은 약간 어색해 보이는 미소를 지으며 대답했다.

"……리카르디스 전하께서 훨씬 잘생기셨고…….."

리카르디스가 흥, 하며 콧방귀를 뀌었다. '당연히 그렇겠지.'라는 자신감이 엿보였지만, 드윗처럼 재수 없지 않았다. 물고기는 물 밖에서 살 수 없다는 것과 같은 절대적인 이치였기 때문이었다. 물고기는, 물에 산다. 리카르디스는, 잘생겼다.

로젤린은 어딘가 심통 나 보이는 그의 얼굴을 보며 계속해 말을 이었다.

"……키스는 백작님과는 안 했습니다."

리카르디스가 잠시 말없이 그녀를 바라보다 눈썹 한쪽을 들어 올렸다.

"혀를…… 그러니까 입만 맞췄나?"

"아니요, 백작님과는 아무것도 하지 않았습니다. 얼굴을 가까이 하긴 했지만, 제가 부채 사용을 잘못했다는 걸 아시고 그냥 얘기만 나눴습니다."

리카르디스는 눈을 동그랗게 뜨고, 10초 정도 그녀의 말을 잠자코 해석하기만 했다. 곧 '안 했다'의 의미를 혀뿐 아닌 입술도 부딪치지 않았다는 '안 했다'로 알게 된 리카르디스의 얼굴이 새파래졌다.

리카르디스는 화들짝 놀라며 로젤린을 꽉 끌어안고 있던 팔을 풀었다. 마치 자신이 왜 그녀를 감싸 안고 있었는지 도무지 모르겠다는 듯한 행동이었다.

한 발짝 뒷걸음질한 리카르디스가 주위를 두리번거렸다. 그러나 쥐구멍을 포함한 숨을 공간은 그 어디에도 없었다. 리카르디스는 세상이 무너진 것 같은, 절망 가득한 얼굴을 큰 손으로 뒤덮어 가렸다. 시간이 흐른 후, 리카르디스는 낮은 목소리로 입을 열었다.

"신청해라."

"예?"

"결투 재판을 신청해라. 실수로 죽여도 문제 될 건 아무것도 없지. 신청해라. 그리고 날 죽여. 심장은 여기다."

리카르디스가 눈을 가린 그대로, 다른 쪽 손으로 주먹을 쥐어 제 심장을 퍽 쳤다. 극단적이기가 이루 말로 표현하기 어려울 정도였다. 로젤린은 그새 부어 열감까지 느껴지는 입술을 매만졌다.

로젤린은 아까 리카르디스가 했던 말 중, 합의 어쩌고 하는 대목을 떠올려 냈다. 그러니까, 지금의 키스는 억지로 한 것이라 잘못했다 말하는 것이 아닐까.

로젤린은 섬세한 레이스의 문양을 매만지다가 조심스레 입을 열었다.

"그, 저는 괜찮습니다, 전하."

"………."

"싫으면 밀어내라고 하셨지 않습니까. 저는 밀어내지 않았습니다."

"충성 맹세를 했다고 배려해 줄 필요 없다. 나는 그대가 이런 행위에 대한 통념을 잘 모른다고 생각했다. 그리고 그게 맞을 거고. 그런 약삭빠른 계산이었던 것이지. 나는 잘생겼고, 솔직히 그대도 나한테 호감이 좀 있지 않나. 그러니까 내가 이렇게 잘생겼으니까, 그대가 잘 모르는 행위에 대해서 그렇게까지 거부하지 않을 거라는 그런 계산을…… 한 것은 아니야. 하지만 은연중에 했을 거다. 금수보다 못한 머저리에게는 죽음이 차라리 자비로울 터. 죽여라."

로젤린이 리카르디스에게 다가서며 그의 팔에 살포시 손을 올려 두었다. 아까 전, 강철발굽의 테레지아가 그를 더듬었던 곳이었다.

그녀의 손길이 닿자 리카르디스는 자신의 손으로 내내 가리고 있던 눈을 드러내 로젤린을 바라보았다. 복잡미묘하고, 죄의식이 가득 들어찬 눈빛이란 걸 로젤린도 알 수 있을 정도였다. 또다시 심장의 위치를 알려 주고 찌르라고 말할 것 같았다.

그 말이 나오기 전, 로젤린이 천진한 표정으로 그를 보며 말했다.

"제가 정말 싫어했다면, 전하께서는 계속 키스하지 못하셨을 거란 걸 잘 아실 텐데요."

리카르디스는 다른 사람이 로젤린에게 입맞춤을 강요하는 장면을 떠올렸다. 입술이 닿기도 전에 머리가 반파되어 있는 결말밖에 나지 않았다. 등골이 오싹했다. 울지도 웃지도 못할 현실적인 위로였다.

"……그건…… 정말 그렇군."

로젤린은 계속해서 찡그려져 있는 그의 표정을 보고 마음이 다급해 몇 마디 더 내뱉었다.

"기분 좋았습니다."

리카르디스의 몸이 흠칫 떨렸다.

"제 귀 뒤를 이상하게 만지면서 입천장을 핥아 주실 때 정말 기분 좋았습니다!"

리카르디스가 앓는 소리를 내며 몸을 비틀더니 난간 위로 푹 엎어졌다. 로젤린이 그의 곁에 다가가 섰다.

"전하?"

"……이건…… 수치도 모르는 인간이 잘못을 저지르고도 좋다며 그 말을 되새기고 있다는 것에서 나온 자괴감의 발로이니…… 그대는 상냥함으로 더 이상 나를 찌르지 마라…… 시궁쥐에게 햇살은 너무 눈부시다…….."

키스를 한 사람은 죽어 가고, 당한 사람은 그를 위로하는 이상한 광경이 수분 이어졌다. 리카르디스는 한참 후에야 마음을 조금 다잡고 몸을 틀어 그녀를 바라보았다.

"로젤린."

"예."

"방금, 그, 걸. 내가 한, 입, 입. 마, 앗…… 이입……."

"키스요."

"…………그래. 그것."

로젤린의 입에서 키스라는 말이 나오자 리카르디스의 얼굴이 다시 붉어졌다. 그가 자신의 입을 가리고는 다른 곳을 바라보며 계속 말을 이었다.

"그 행위는 상대방의 허락이 떨어져야지만 할 수 있는…… 깊은 관계를 맺은 사람들끼리의 교감이다. 그대가, 기, 기분이, 큭…… 기분이 좋았다는 것과는 별개로, 맨 처음 그 행위를 할 때 그대의 의지나 생각을 고려하지 않고 무작정 강요한 것은 명백한 무례야. 나는 그대에게 지금 용서받을 수 없는 큰 죄를 저질렀어. 이건 정말……."

리카르디스가 이를 갈다가 고개를 푹 숙였다.

"미안하다, 로젤린. 그대의 용서를 고맙게 받을 수 없는 것은 내가 이 무례에 대해 그대보다 조금 더 잘 알기 때문이야. 만약, 또다시 이런 일이 발생한다면, 가해자가 나라고 할지라도 폭력을 사용해서라도 이 세상에서 존재를 없애 버려라. 그대와 같은 공기를 마실 만한 가치가 없는 쓰레기다."

잘은 모르겠지만 아까 전부터 극단적인 구석이 있는 것 같았다. 리카르디스가 한탄하며 자신의 손으로 얼굴을 쓸었다. 로젤린은 그를 바라보다 고개를 살짝 기울였다.

"전하께서 반복해 사과하시는 이유가 무엇인지 조금은 알 것 같습니다. 하지만 전하, 저도 키스에 대해서는 무지하지 않습니다. 클로에 양에게 배운 적 있습니다."

리카르디스가 의구심 어린 눈빛으로 그녀를 바라보았다. 클로에? 대체 그녀가 무얼 어떻게?

"키스는 사랑한다는 말의 다른 표현이라고 했는데, 그래서 하신 거 아닙니까?"

리카르디스가 입을 턱 가렸다. 곧 그의 얼굴이 새빨갛게 달아올랐다. 그는 차마 대답도 하지 못하고 그 상태로 천천히 고개를 끄덕였다.

"그대는…… 머리가 좋군."

난데없는 칭찬에도 로젤린은 뿌듯했다. 난간에 등을 기대고 비스듬히 서 있던 리카르디스가 똑바로 몸을 일으켰다. 바람이 불었다. 그의 머리가 넓게 퍼지며 달빛에 빛났다. 아름다운 꽃이 휘날리는 것 같았다. 로젤린은 그를 멍하니 바라보았다. 리카르디스가 그녀에게 한 걸음 다가섰다.

"……그대의 완벽한 지식에 경탄하며 양심 없이 묻겠는데, 로젤린."

"예, 전하."

"내가, 그대에게."

리카르디스가 눈을 내리깔며 자신의 입술을 만졌다. 긴 속눈썹이 떨렸다.

"입을 맞춰도 되겠나?"

로젤린은 갑작스럽게 울리기 시작한 심장 소리에 깜짝 놀랐다. 자신의 심장이 이렇게나 세차게 뛸 수 있었을 줄은 또 몰랐다. 리카르디스에게 들리지 않을까 싶을 정도로 컸다. 피가 빠르게 도는 느낌이 들더니, 귀 끝에 열이 몰렸다. 로젤린은 괜히 손장난을 하다가 예, 하고 그를 바라보며 웃었다.

리카르디스가 다가와 고개를 숙였다. 그가 이마에 쪽 소리 나게 키스하더니 볼에도 입을 맞췄다. 닿는 부위마다 열이 번져 나가는 기분이었다. 코와 코가 스쳤다. 로젤린이 간지러워 웃음을 터트리자 리카르디스가 코앞에서 빙그레 웃었다.

그 다정한, 온기가 느껴지는 시선과 표정에 로젤린의 심장이 덜컥 내려앉았다.

얼굴을 보는 것만으로도 이상하게 가슴이 저며 오는 듯 고통스러웠다. 그것은 로젤린이 내내 그의 아름다움에 찬탄한 것과는 다른 종류였다.

더 이상 그의 눈을 바라볼 수가 없어, 로젤린은 눈을 감았다. 따뜻한 입술이 망설임 없이 그녀의 입가에 살포시 닿았다. 정중하고, 부드럽고, 아주 연약한 것이 부서질까 염려하는 듯한 몸짓이었다.

[키스는 사랑한다는 말의 다른 표현이거든요.]

무슨 말인지 알 것만 같았다.

짧은 키스가 계속되며, 로젤린은 머릿속으로 계속해서 무언가를 생각했다. 그 말밖에 떠오르지 않았다. 쪽쪽, 키스는, 사랑한다는 말의, 쪽, 다른 표현. 사랑한다는 말이야, 쪽.

부러 쪽 하고 내는 소리가 울릴 때마다 로젤린이 흠칫흠칫 반응했기에, 리카르디스는 더욱 적극적으로 소리를 냈다. 로젤린은 아까처럼 제 혼을 쏙 빼놓던 혀 놀림을 기대했다가, 새가 쪼는 새 모이가 된 기분을 느끼게 되어 약간 억울했다. 눈을 살짝 치켜뜨자 리카르디스가 시선을 맞춘 채 입에 쪽! 소리 나게 키스했다.

로젤린의 볼이 화르륵 달아올랐다. 뭐지, 사랑한다는 표현인데 왜 이렇게 몸 둘 바 모르는 기분이 되어 버리고 마는가. 알 수 있을 리 없었다. 그저 장난기 넘치게 미소 짓고 있는 아름다운 남자를 보자니 눈도 시리고, 가슴도 시리고, 그에 반해 얼굴과 몸은 뜨겁게 달아오를 뿐이었다.

로젤린이 바라보자 리카르디스가 제 가슴에 올라와 있던 그녀의 손을 잡아 입 맞췄다. 손끝, 손마디, 손바닥에 도장이라도 찍듯이.

리카르디스는 가만히 그녀의 손바닥에 입술을 붙이고 있다가 다시 얼굴을 확 붉혔다.

"그대는 정말……."

그러고는 그녀의 손으로 자신의 얼굴을 가리듯 묻었다.

"……예뻐."

웅얼거리는 소리가 손바닥에서 울렸다. 뒷목에 소름이 돋아 로젤린은 부르르 떨었다.

"너무 예뻐."

살짝 젖어 있는 목소리였다. 작게 속삭이는 그의 낮은 목소리가 로젤린의 정수리부터 발끝까지 통과했다. 로젤린은 잘게 떨다가 손 위에 있는 리카르디스의 얼굴을 부드럽게 만졌다.

리카르디스가 붉은 얼굴로 고개를 들었다. 로젤린은 눈을 굴리며 망설이다가 그의 입술에 가볍게 입을 맞췄다. 리카르디스처럼 혀를 막 이렇게 저렇게…… 하는 그건 몇 번 더 하고 배워 봐야 할 수 있을 것 같았다.

똑똑.

그때, 무언가를 두드리는 소리가 났다. 리카르디스가 화들짝 놀라 고개를 돌리고, 로젤린도 닫힌 붉은 커튼을 바라보았다. 커튼에서 그런 딱딱한 소리가 날 리 없으니, 누군가가 발코니 문가를 두드렸다고 봐야 했다.

리카르디스가 황급하게 그녀의 흐트러진 머리를 정리하고 살짝 촉촉한 입가를 문질러 닦고, 드레스 자락을 정리했다. 분주한 손놀림과 다르게 그의 목소리는 태연했다.

"무슨 일인가."

"……손님들이, 찾으시기에."

레이몬드였다. 단란한 분위기에 깽판 친 놈의 정체를 눈치챈 리카르디스가 흠칫하고 로젤린을 바라보았다. 보호자가 밖에 있었을 줄이야. 아차 하는 표정이었다.

"이제, 그만, 하시고, 나오시는 것이…… 좋을 듯합니다……."

울음을 삼키는 비통한 목소리였다. 내용은 정중했으나 말투에는 그만 좀 쪽쪽대고 나오라는 분노가 담겨 있었다.

"……혹시 울고 있나, 레이몬드 경?"

"그럴, 리가 있습니까. 이델라브힘의, 영광이 눈부신, 이, 좋은…… 날에요……."

저 피눈물 뚝뚝 떨어지는 목소리로 미루어 보아, 레이몬드는 안쪽에서 일어난 분홍빛 기류를 읽어 낸 게 틀림없었다. 리카르디스는 화끈해진 얼굴을 손부채질로 식혔다.

그는 조금 후, 뻔뻔한 낯을 가장하고 다시 입을 열었다.

"로젤린 경의 입술 화장이 지워져서 그런데, 시녀를 좀 불러오지 그러나."

"크흐흑……."

역시 울고 있었다. 조금 미안했다. 금이야 옥이야 길러 온 고명딸 비슷한 존재인 로젤린을 자신이 덥석 삼킨 게 아닌가. 누가 그렇게 정신 팔려서 로젤린을 놓치라고 했나.

레이몬드가 터덜터덜 걸어가는 소리가 점점 멀어졌다.

그때, 익숙한 음이 두 사람의 귓가로 흘러 들어왔다. 로젤린과 리카르디스가 달빛 아래에서 춤을 췄을 때 작게 들려오던 그 노래였다. 로젤린이 눈을 번쩍이더니, 그의 손을 덥석 잡았다.

그러고는 한쪽 손은 리카르디스의 등에, 한쪽 손은 마주 잡은 채로 자세를 잡았다. 리카르디스가 눈을 크게 뜨자 로젤린이 비장한 목소리로 말했다.

"지금이 아니면! 또 언제 춤을 출 수 있을지 모릅니다. 솔직히 연회장 내부에는 맛있는 것이 너무 많기에. 저에게 춤이냐, 먹을 거냐 하면, 아무리 배부른 상태라고 해도 춤을 선택할 가능성이 너무 낮습니다!"

리카르디스는 로젤린이 스스로를 참 잘 안다고 생각했다. 그녀의 발은 음악에 따라 이미 움직이고 있었다. 리카르디스는 어어 하다가, 그녀의 움

431

직임에 이끌려 같이 춤을 췄다.

공간에 흘러 들어오는 작은 음악 소리와 함께 풀벌레가 울었다. 달빛과 정원의 등불에 로젤린의 드레스가 반짝반짝 빛나며, 연회장이 무색할 정도의 아름다운 빛을 어두운 공간에 그려 냈다.

시원하고 청량한 바람이 두 사람을 스쳤다. 로젤린은 뱅글뱅글 도는 동작을 하며 여지없이 웃다가, 리카르디스의 눈에 비친 달빛을 보고 하늘을 올려다보았다.

구름 한 점 없는 맑은 밤하늘은 거대하고 선명한 달빛을 그려 내고 있었다. 아름다웠다. 언젠가 본 적 있는 환한 달빛이었다.

* * *

여성용 화장품을 가지고 온 레이몬드가 발코니의 문가를 두드렸다.

"들어가겠습니다, 전하."

그새 마음을 많이 정리한 듯이 차분해진 목소리였다. 그러나 들어온 직후, 화장이 말끔하게 지워진 로젤린의 입술을 본 레이몬드는 큭, 하는 신음을 참지 못했다. 그는 손을 덜덜 떨면서도 완벽하게 로젤린의 화장을 고쳤다.

"전하께서는…… 배가 부르시겠습니다……."

애 입술을 아주 그냥……… 리카르디스는 레이몬드가 눈물과 함께 삼킨 뒷말을 어쩐지 알 것만 같았다. 양심이 아주 조금은 찔렸기에 그는 별다른 말을 하지 못하고 밤하늘에 떠 있는 별 개수만 헤아렸다.

레이몬드가 로젤린의 옷매무새를 정리하며 연회장의 현재 상황을 보고했다.

"아직, 1군에 속하는 위험인물들은 모습을 드러내지 않았습니다. 대신 발타 사절단 대다수가 입장했습니다. 철저하게 확인한바, 무기는 없었습니다. 하지만 숨겨 오려고 한다면 피부나 몸 아래에 박는 수단도 있음이 입증

되었기에 어지간하면 접촉은 피하시는 게 좋겠습니다. 발타 쪽 인사가 다가오면 '아, 빈혈이……' 같은 대사를 하시고 로젤린 경의 품에 쓰러지시면 됩니다. 곧바로 다른 곳으로 모시겠습니다."

"……아까 엘피디오를 비웃는 게 아니었는데. 알겠다, 아무튼 그 강철발굽의 장녀는?"

"테레지아 양을 말씀하십니까? 왜 이름으로 안 부르시고."

"내가 그 사람의 이름을 입에 담으면 안 좋은 일이 생기는 것 같아서. 악운을 부르는 주문이라고 할까. 그런 느낌이다. 두 번 다시 입에 담지 않겠다 다짐했었는데, 아까 만났을 때 너무 당황해서 실수로 불러 버렸어. 오늘은 반드시 안 좋은 일이 일어날 것이다. 무슨 상황에든 유연하게 반응할 수 있게 대비하라."

레이몬드가 연민이 담긴 눈빛으로 그를 바라보았다. 대체 얼마나 시달리셨으면…….

"로젤린 경의 이름을 말하면 이상하게 좋은 일이 생긴다."

"그렇습니까?"

"그렇다. 내 행운의 주문 같은 거지."

그 짧은 틈 사이 로젤린의 기분을 좋게 해 주는 일을 잊지 않는 리카르디스의 모습을 보고 레이몬드는 흐린 눈을 하고 먼 산을 쳐다봤다.

세 사람은 발코니에서 나와 연회장에 발을 들였다. 잠시간 사라졌던 리카르디스가 나오자 눈을 번쩍이는 사람들이 여기저기 보였다.

로젤린은 발코니에서 있었던 일로 이상하게 들떴던 마음을 한 걸음, 한 걸음 걸을 때마다 내리눌렀다. 그녀의 감각이 다시 예리하게 주위를 경계했다. 화색이 돌던 얼굴은 차갑게 식고, 눈빛은 날카롭게 세워졌다.

리카르디스는 그런 그녀를 바라보다가 입을 가리고 볼을 살짝 붉혔다. 그의 입에서 작은 혼잣말이 흘러나왔다.

"귀여워······."

"······."

레이몬드는 옆에서 기가 차는 중이었다. 아니, 누구 한 놈만 걸려라. 뼈를 마디마디 역으로 꺾어 버리겠다는 표정을 하고 있는데, 귀엽다니. 어느 모로 보나 귀여운 것보다는 멋있는 쪽에 가깝지 않나. 눈에 대체 뭐가 씌었기에?

"······이제는 거침이 없으시군요, 전하······."

리카르디스가 흠칫 놀라더니 레이몬드를 째려보았다.

"그런 건 적당히 모른 척하는 거다. 딸 빼앗겼다고 언제까지 툴툴거릴 생각인가, 좀생이처럼. 이 제국에 나만큼 괜찮은 남자가 있을 것 같나."

"그, 그건······ 그렇긴 합니다."

객관적 사실이라도 스스로 하기는 힘든 말이었다.

조용히 대화를 나누던 두 남자의 시선이 다시 로젤린에게 쏠렸다. 그녀는 어딘가를 바라보다가 고개를 느릿하게 끄덕이며 부채를 펴 살랑살랑 얼굴 앞에서 흔들었다. '반갑습니다.' 혹은 '안녕하세요.'쯤 되는 행동이었다. 리카르디스는 로젤린의 시선을 따라 움직였다가 사자갈기의 드윗을 보게 되었다. 그가 한쪽 눈을 찡긋하며 미소 짓고 있었다.

리카르디스는 표정을 와락 구겼다.

"드윗, 아르페커와는······ 무슨 대화를 그리 길게 나눴나, 로젤린 경."

로젤린이 고개를 올리며 그와 눈을 맞췄다.

"아, 아르페커 백작님이 말하고 싶은 사람에게 말하라 했습니다. '로젤린 양이 잘못 알고 있는 점은, 사자갈기는 리카르디스 전하와 반목하는 게 아니라 엘피디오 전하를 지지할 뿐이라는 것이지.'라고."

리카르디스가 살짝 눈썹을 들어 올렸다. 아까 전에 로젤린이 했던 말이 아닌가. 덕분에 더욱 머리에 열이 올랐다.

"그게 그거 아닌가."

"제가 그렇게 말했더니, 백작님이 '같은 말이면 똑같이 말하면 되지, 왜 부러 입 아프게 다르게 말합니까. 들어 본 적 있을 텐데, 로젤린 양? 사자 갈기를 붙잡을 수 있는 것은 용맹한 사람이 아니다.'라고 하기에 제가 '그럼 누가 붙잡습니까?' 물었더니……."

토씨 하나 틀리지 않고 그대로 일러바치는 내용을 듣고 있는 리카르디스의 표정이 점점 진지하게 바뀌었다. 그는 제자리에서 팔짱을 낀 채 손가락으로 팔을 톡톡 두드렸다. 저 멀리에 여자들에게 파묻혀 있는 사자갈기의 드웟이 보였다. 로젤린은 계속해서 대화 내용을 읊었다.

"동료들이 사자 대가리 앞에서 죽어 가고 있는 동안 덜덜 떨면서 숨어 있다가, 배부른 사자가 잠자고 있을 때야 슬그머니 창을 쥐고 오는."

리카르디스가 눈을 느릿하게 감았다 뜨며 그녀와 함께 말했다.

"비겁한 기회주의자."

두 사람의 목소리가 겹쳐졌다. 로젤린이 눈을 크게 떴다.

"그 말을 아십니까?"

"……사자갈기 가문을 비하하고 싶을 때 쓰는 욕이나 다름없는…… 아니, 욕이다. 흠, 그걸 제 입으로 꺼내다니……."

대화를 같이 듣고 있던 레이몬드가 머리를 헤집으며 말했다.

"무슨 생각을 하는 걸까요."

"생각이 없을 수도 있다만, 저래 보여도 형을 꺾고 후계 자리를 잡은 놈이다. 내가 최근 이뤄 낸 것은 엘피디오에게 위협적으로 보일지언정, 위험하지는 않아. 사자갈기는 그걸 충분히 알 수 있는 가문이지. 그런데 갑자기 나에게 손을 내민다?"

단순히 수작 부리는 것으로 보기에는 상대의 덩치가 컸다. 그런 잡스러운 수작질을 하기에는 자존심이 허락하지 않을 거란 말이었다.

죽느냐 사느냐 하는 문제에 자존심이 무슨 문제겠느냐만, 리카르디스가 본 귀족들은, 특히 대귀족, 중앙 귀족이라 불리는 그들에게는 죽는 것보다 자존심이 중요할 때도 많았다. 의도를 알 수 없는 접근이 불쾌했다. 개인적인 감정이 섞여 있음은 차치하고서라도.

그 순간 적절한 도움이 왔다. 어느새 다가온 클로에가 레이몬드와 팔짱을 끼며 작게 속삭였다.

"원래도 아주 간섭이 없었다고 말할 수 없지만, 최근 들어 황후 폐하께서 사자갈기 가문을 쥐고 흔드는 게 좀 심해졌지요. 가문의 돈은 내 거, 내 거도 내 거. 이런 식이다 보니, 사자갈기 내에서는 불만이 좀 쌓였다 하더군요. 뭐, 황후 폐하의 아버지인 선대 공작이야 딸을 밀어주고 싶겠지만, 그는 늙은 사자이고, 젊은 사자는 혈기가 좀 넘치는 모양이네요. 얘기를 한번들어 보시는 것도 나쁘지는 않을 수도 있어요."

리카르디스가 로젤린과 엮인 드윗에 대해 껄끄러움을 온 표정으로 나타내자 클로에가 빙그레 웃었다.

"품지 않으셔도 된답니다. 적당히 얘기를 들어 주는 척하고, 드윗이 2황자와 접촉했다며 엘피디오 전하 측에 알려서 배반자로 낙인찍히게 한 다음에, 울며 겨자 먹기로 재산과 정보를 토해 내게 하는 수단으로 그냥 이용만해도 되니까요. 영 내키지 않으시면 그렇게 쓰고 버리셔도 되지 않겠어요?"

개미 한 마리 못 죽일 것 같은 얼굴을 하고서 저런 흉악한 말을 하다니. 정말…… 훌륭했다. 리카르디스가 상큼한 미소를 지으며 고개를 끄덕였다.

"마음에 들어."

레이몬드가 기겁해서 두 사람의 음모를 말렸다. 우선 얘기나 들어 보죠, 얘기나!

리카르디스는 클로에의 흉악한 획책에 흐뭇해하며 주위를 둘러보았다. 엘피디오가 저 멀리에서 지켜보고 있었다. 눈이 마주치자 그는 또다시 다른 곳으로 발걸음을 돌렸다.

무언가 이질감이 느껴졌다.

뎅…….

그때, 멀리서 울리는 종소리가 너른 연회장을 한가득 메웠다. 대신전의 종이 황제가 등장할 시간을 알리고 있었다.

"설원의 월계수, 라이노 기란테스 일라베니아 황제 폐하 듭십니다!"

모두의 이목이 계단 위를 향했다.

쿠구궁……

무거운 문이 열렸다. 하얀 예복을 입은 금발의 미중년이 모습을 드러냈다. 그 옆에서는 엘피디오의 어머니, 황후 트리파가 정답게 그의 팔에 손을 얹고 발을 맞추고 있었다. 두 사람이 모습을 드러내자마자 모두 고개를 숙였다.

황제는 곧바로 계단을 내려오지 않고 가만히 서서 아래에 선 사람들을 응시했다. 제국민들과 건국일을 축하하기 위해 찾아온 타국의 인사들을 바라보는 눈빛이 온화했다.

그가 모습을 드러낸 것을 기점으로 많은 이들의 눈이 바빠졌다. 황제의 호위인 얼음창 기사단, 그리고 위험한 인물이 도사리고 있으리란 것을 알고 있는 하얀밤 기사단원들까지. 모두 신경을 곤두세우며 사방을 경계했다.

한데 아직까지도 하카브는 물론이거니와 디에즈도 모습을 드러내지 않았다. 이상한 일이었다.

리카르디스는 주위를 주시했다. 로젤린도 눈을 가느스름하게 뜨고는 천천히 파티 홀을 둘러보았다. 그녀가 반응하지 않았으니, 인조적인 마인이나 마력, '파편'의 위험은 없다 생각해도 될 것 같았다.

'내가, 잘못 판단한 건가?'

일이 일어나지 않는다면 더 바랄 게 없으나…… 불안감은 가시지 않았다.

황제는 고개를 숙인 자들을 천천히 가로질렀다. 사람들이 몇 발자국씩 물러나며 길을 만들었다. 그가 흐뭇하다는 듯 웃고 있었다.

황제는 계단의 정반대편에 위치한 황좌로 이동했다. 이 너른 파티 홀에 있는 단 두 개의 의자에 황제와 황후가 착석했다. 그가 인자한 목소리로 입을 열었다.

"모두 고개를 들라."

그가 등장하고 10여 분 후에야 모두 고개를 들 수 있었다.

황제는 이 자리를 찾은 모든 이에게 이델라브힘의 축복이 가득하기를 바란다는 의례적인 인사로 포문을 열었다. 나라가 건국되었다는 하나의 주제로 매년 얘기하다 보니 특별함이 있을 리 없었다. 고만고만한 문구의 반복들. 어쩐지 작년에도 들었던 것 같고, 재작년에도, 한 10여 년 전에도 들었던 것 같은 얘기를 반복할 수밖에 없다는 말이었다.

다들 애써 감명 깊다는 듯한 표정을 하고 있었으나 저마다 딴생각을 하고 있을 게 분명했다. 리카르디스도 황제가 거들먹거리며 떠들어 대는 것에는 아랑곳하지 않고 그저 그의 주위로 펼쳐진 상황에만 집중했다.

사람들이 숨소리 하나 내지 않고 황제의 목소리에 귀를 기울이고 있었다. 수백 명의 사람들이 모여 있다고 믿어지지 않는 고요함. 한 사람의 목소리만이 우뚝 선 이 공간 속에……

"어?"

어느 귀족이 멍청한 소리를 냈다. 황제 라이노와 주위 모든 사람의 매서운 눈빛이 그를 향했다. 그러나 남자는 사람들의 시선에 당황하지 않고, 어느 한곳을 보고 있을 뿐이었다.

사람들의 눈동자가 남자가 바라보는 곳을 향했다. 별이 총총한 어두운 밤을 명화처럼 보이게끔 만드는 줄지은 창문들. 그 지극히 평범한 광경 속, 이상한 것이 보였다.

"불이다."

누군가가 중얼거렸다.

창밖으로 보이는 저 멀리, 다른 성이 불타고 있었다. 성의 어느 한구석이 작게 발화한 것이 아니라, 성 자체를 땔감 삼아 활활 타오르는 불빛은 연회장 내부의 조명이 무색할 정도였다. 여태껏 눈치채지 못했던 것이 이상할 정도로.

밤하늘에는 검은 연기가 자욱하게 퍼져 있었다.

삐익!

기사단장 스타스가 손가락을 물어 휘파람을 불었다. 흩어져 있던 하얀밤 기사단원이 리카르디스를 둘러쌌다. 로젤린도 빠르게 전투태세로 돌입해 그를 등지고 다른 사람들의 동향을 살폈다. 스타스의 경고에 정신을 차린 얼음창 기사단도 잽싸게 황제와 황비를 보호했다.

저 멀리서 일어난 일이라고는 하나, 황제가 등장하는 시간에 맞춰 일어난 불? 사고라 보기에는 공교로웠다. 만약 누군가가 발견했다면 진작에 소화 작업에 들어갔어야 했다. 말인즉슨, 성의 경비가 뚫렸다는 것.

리카르디스는 한순간에 성을 잃게 된 주인을 바라보았다. 엘피디오는 인상을 찌푸린 채 그 광경을 바라보고 있었다. 생각보다 침착해 보이긴 했지만, 기분이 좋아 보이진 않았다.

리카르디스가 황제를 보며 르원에게 물었다.

"하카브는?"

"확인되지 않았습니다."

"디에즈는."

"확인되지 않았습니다."

대체 무얼 원하는 건가. 리카르디스는 침착하게 머리를 굴렸다. 디에즈. 원한을 가진 자. 발타와 손을 잡고 전쟁을 준비하는 자. 황제의 목을 노릴 가능성이 높았다. 하지만 황제는 불타는 성으로부터 한참 멀어져 있다.

리카르디스는 하늘을 집어삼킬 듯 타오르는 불꽃을 보았다. 저것은 단순한 속임수다. 이미 위험은 불타는 석영 성을 벗어나 이 홀에 숨죽이고 있으리라. 하지만, 이렇게 화려하게 일을 벌일수록 황제를 보호하는 세력은 더더욱 강해진다.

"2황자 전하!"

얼음창 기사단이 하얀밤 기사단에 협력을 요청했다. 황족들을 모아 같이 보호하려는 듯했다. 리카르디스는 황제에게로 걸음을 옮기면서 계속 머리를 굴렸다. 이러한 사태에는 보통 황족들을 같이 보호하고는 했다. 디에즈가 이를 모를 리 없다. 그렇다면 그가 이런 상황을 바랐을 수도 있다는 것이다. 황족들을 한곳에 모을 필요성? 어째서?

엘피디오는 잽싸게 보호의 원 안에 들어가 있었다. 어린 황녀들도 눈물을 글썽이며 서로의 손을 꼭 잡고 있었다.

그 순간 그의 뇌리를 스치는 한 가지가 있었다.

[이번 신관은 목이 잘렸어! 머리는 아직 발견 못 했어!]

머리가 없는 신관의 시체.

순식간에 소름이 돋았다.

'그걸, 얼굴이 없는 그 시체를!'

어떻게 신관의 옷을 입고 있다는 이유로 신관이라 확정할 수 있단 말인가!

[얼굴 가죽을 뒤집어썼더군요.]

단서를 따라 사고가 흘렀다. 그는 자연스레 로젤린의 호위 첫날을 떠올렸다. 익숙한 시종의 얼굴을 하고, 날카로운 비수를 속에 숨기고 있던 자.

리카르디스가 고개를 들어 황제를 쳐다봤다. 얼음창 기사단이 사람들을 바라보며 단단한 경계를 세우고 있으나, 위험은 그들이 바라보는 방향이 아닌 뒤에 있었다. 황제의 옆에!

리카르디스의 몸이 본능적으로 움직이며, 한 발짝 내디딘 그 순간.

옆에 있던 로젤린이 쏜살같이 뛰쳐나갔다.

그녀는 석영 성이 불타는 것을 기점으로 마력을 몸에 둘러 모든 감각을 날카롭게 세워 둔 채였다. 시각, 청각, 후각. 눈으로, 피부로, 귀로 와 닿는 모든 정보를 그녀는 초에도 수백 개씩 읽어 냈다. 그러던 중, 리카르디스가 황족들이 보호받는 무리로 이동하던 순간 그녀는 느꼈다.

사취. 시체의 썩는 냄새였다. 진한 향수의 냄새가 억누르고 있으나, 로젤린은 그 아래 가려져 있는 역한 냄새를 맡았다. 그것은 리카르디스가 황제가 위험 바로 코앞에 있다는 것을 알아챈 것과 한 치의 오차도 없는 시간에 이루어졌다.

로젤린은 구두를 벗어 던지고, 리카르디스를 보호하던 무리에서 확 달려 나왔다. 저 멀리에서 리카르디스에게 급히 다가오던 레이몬드가 무엇을 눈치채고는 자리를 잡고 두 손을 모았다.

"로젤린!"

그녀의 발이 레이몬드의 손을 꾸욱 밟았다. 레이몬드가 이를 악물고 그녀를 확 튕겨 올렸다. 로젤린이 사람들의 머리 위를 날았다.

휘익, 로젤린이 공중에서 빙글 빠르게 돌았다. 무언가가 빛을 받아 반짝이며 날아갔다. 얼음창 기사단은 갑작스레 황족을 향해 공격해 온 그녀를 막으려 했으나 역부족이었다.

챙그랑.

로젤린의 귀걸이와 누군가의 손에서 떨어진 비수가 대리석에 부딪히며 날카로운 소리를 냈다. 로젤린은 얼음창 기사단의 어깨를 밟고 한 번 더 뛴 다음 황족들이 모인 곳에 있던 남자를 덮쳤다.

"까악!"

황녀들이 비명을 지르며 넘어졌다. 로젤린은 아랑곳하지 않고 남자를 제압했다. 상황을 눈치채지 못한 얼음창 기사단이 로젤린을 막기 위해 무기를 뽑았으나, 하얀밤 기사단원들이 한 명씩 맡아 그들의 팔이나 관절을 꺾으며 필사적으로 방해했다.

"이게 무슨, 불경한!"

"스타스 경, 이게 무슨 짓이오!"

당장에라도 하얀밤 기사단원들을 베어 넘길 듯 이를 갈던 남자들은 정확하게 5초 뒤, 몸을 딱딱하게 굳혔다.

1황자 엘피디오 바르솔 일라베니아의 손을 완벽하게 제압한 로젤린이 그의 얼굴, 턱 뒤를 더듬더니 콱 잡아챘기 때문이었다. 얼굴 가죽이 짝 소리와 함께 벗겨지며, 코와 골격이 뭉개진 흉한 얼굴이 드러났다.

꺄아아악!

황후가 찢어질 듯한 비명을 지르며 뒷걸음질 쳤다. 엘피디오가 들고 있던 단검에 찔릴 뻔한 황제는 아직 상황을 인지하지 못한 듯 제자리에 서 있었다.

리카르디스는 뒤늦게 자리에 도착했다. 수백 쌍의 경악 어린 시선이 모인 곳. 리카르디스는 얼빠져 정신 못 차리는 얼음창 기사단을 보고 버럭 소리쳤다.

"폐하를 보호하라, 사람의 얼굴 가죽을 뒤집어쓴 암살자가 더 있을지도 모른다!"

리카르디스는 그제야 엘피디오가 왜 다가오지 않았는지 그 이유를 깨달았다. 로젤린을 경계하기 위함이었다. 가까이에 접근하면, 그녀가 반드시 알아챘을 것이기에. 대체 언제부터 낯선 자가 '엘피디오'의 가죽을 쓰고 있었나?

리카르디스는 곰곰이 돌이켜 생각하다가 디에즈와 마지막으로 만났을 때, 그가 황제를 바라보고 있었다는 것이 떠올랐다. 그때이 황제는 엘피디오와 얘기 중이었다. 어쩌면, 디에즈는 황제가 아닌 엘피디오를 보고 있었던 것일지도 모른다.

로젤린의 밑에 깔려 제압당해 있던, 엘피디오의 얼굴 가죽이 벗겨진 남자가 미친 사람처럼 웃다가 큰 소리로 말했다.

"위대한 밤, 크레안 티다니온께 이 광영을 바칠 것이다!"

남자가 이를 콱 물었다. 입 안에서 무언가가 부서지는 소리가 났다. 로젤린이 암살자의 머리를 콱 잡아 그대로 바닥으로 내려찍었지만, 이미 그가 무언가를 뱉어 낸 후였다. 남자의 입에서 튄 거뭇한 액체가 바닥에 주저앉아 있던 5황녀 레이비아의 드러난 다리에 한 방울 투둑, 튀었다.

황녀 레이비아가 덜덜 떨다가 제 다리를 쓰다듬었다. 한 방울 피부에 닿은 액체로부터 살이 녹아들기 시작했다. '파편'은 아니었으나, 극악한 독인 듯했다. 레이비아가 다리를 붙잡고 아악 비명을 질렀다.

"아아악!"

"꺄악!"

그걸 기점으로 연회장은 더 큰 혼란에 휩싸였다. 우왕좌왕하는 군중 속에 섞여 있던 발타의 고위 인사들이 일시에 비수를 꺼내 들고 사람들을 공격하기 시작했다. 여기저기 비명 소리가 울려 퍼졌다.

여자, 남자, 아이, 노인 가릴 것 없고 목표도 없이 머리를 잡아서 목을 찌르고, 도망치는 등을 가로지르고, 심장에, 눈에, 배에, 치명적인 일격이 박혔다. 연회장에 피 냄새가 자욱하게 퍼졌다.

하얀밤 기사단은 더욱 결집해 리카르디스를 둘러쌌다. 그들에게 가장 우선되어야 하는 것은 리카르디스의 목숨이었다. 모든 단원들이 연회장에 있는 것이 아니었고, 어떤 위험이 있을지 예상하지 못하는 지금 가뜩이나 부족한 인력을 나눌 수 없었다.

로젤린도 그의 곁을 떠나지 못하고 피 흘리고 비명 지르는 사람들을 바라만 봐야 했다. 하나, 둘. 얼마 전까지만 해도 웃으며 춤을 추던 사람들이 무력하게 바닥에 쓰러졌다. 그 위를 살아 있는 자들이 살고자 무심히 밟고 지나갔다. 끔찍한 광경이었다.

어느 어린아이의 심장에 길쭉한 암기가 박혔다. 소년은 비명을 지르지도 못했다. 심장에서부터 피가 뿜어져 나왔다. 공중에 흩뿌려지는 핏방울들을 본 순간, 로젤린의 시간이 느리게 흘러가기 시작했다. 방울방울, 조명을 받아 빛나는 핏방울에 사람들의 절규가 비쳤다.

로젤린은 어쩐지, 이 장면이 굉장히 익숙한 것 같다고 생각했다. 몸이 떨려 왔다. 숨이 턱 막혔다. 아이의 몸이 서서히 기울어지며 대리석에 가까워졌다.

쿵!

소년의 시체가 바닥에 떨어지며 큰 소리를 냈다. 비명이 가득 찬 난장판 속에서 그 작은 소리가 들릴 리 없으나, 로젤린은 머릿속에 소리가 울리는 것 같다고 느꼈다. 그걸 기점으로 로젤린은 깨어났다. 헉, 숨을 몰아쉬었다. 아직까지 몸이 덜덜 떨리고 있었다.

이 사태를 주도하던 남자들은 점차 제압되었다. 연회장을 지키던 기사와 병사들은 물론이고, 장소에 어울리지 않는 검을 내려놓고 왔으나 본디 무기를 들고 있는 시간이 훨씬 긴 자들이 전면적으로 나섰다.

붉은수레바퀴의 칼릭스, 큰뿔산양 후작 크레이튼, 큰뿔산양의 아렌트, 바다협곡의 자식들, 강철발굽 백작, 사자갈기 공작가의 후계자를 포함한 일라베니아의 귀족들과, 타국의 사람들도 몇 나서서 남자들을 제압했다. 그중 회색 머리칼을 가진 낯선 시종이 나선 이들 중 가장 많은 머릿수를 처리했다.

하지만 사상자는 이미 너무 많이 발생한 후였다.

"ㅇㅇㅇ……."

"아파…… 살려 주세요……."

사람들이 여기저기 쓰러진 채 피 흘리고 있었다. 제압되어 있는 검은 피부의 남자들이 마구 웃었다.

"라이노 기란테스 일라베니아!"

남자 중 한 명이 입을 열었다.

"일라베니아력 589년 건국일을 맞이해, 선물을 보낸다!"

호위들에게 둘러싸여 있던 황제의 눈동자가 크게 흔들렸다.

"진실을 숨기는 비겁자여, 우리는 피로써 시작을 알린다. 피로 쌓아 올린 권좌가 무너질 때가 되었다! 이미 너희들의 손으로 인해 서서히 금이 가고 있었던 그것이, 이델라브힘의 빛과 함께 스러져 갈 때가 되었다! 보아라, 위대한 밤, 크레안 티다니온의 빛이 떠오르리니! 라이노, 기란테스, 일라베니아! 너에게 보낸다! 네 혈육의 피로써, 시작을 알린다!"

남자는 그 말을 끝으로 바닥에 머리를 툭 떨궜다. 바닥으로 피가 번졌다. 제압당해 있던 모든 발타인들 또한 일시에 숨이 끊겼다. 사람들은 숨죽인 채 연회장의 벽에 붙어 그 광경을 지켜보고 있었다.

남자가 남기고 간 정적은 끈적하고 무거웠다. 리카르디스는 창밖을 바라보았다. 석영 성을 불태우는 불꽃은 더욱 커져 하늘을 가득 메우고 있었다.

* * *

케틀린은 인상을 구깃구깃하게 만들고는 보이지 않는 어두운 허공을 훑었다.

그녀는 10년이 넘는 세월 동안 지하 감옥에 수감되어 있었다. 일라베니아 황성의 지하 감옥은 악명 높기로 유명했고, 그만큼 감옥에 머무는 일분 일초는 고통뿐이었다. 몸과 마음이 괴로운 나날뿐이었으나, 건국일이 되자 그 어느 때보다도 속이 부글부글 끓기 시작했다.

그건 지하 감옥을 지키는 병사들이 건국일이랍시고 이델라브힘을 찬양하는 노래를 불러 대기 때문이었다.

연일 계속되는 연회장을 가득 채운 음식들은 그날그날 바로 소비될 만한 양이 아니었고, 남은 음식은 자연스럽게 시종이나 시녀, 이런 말단 병사들의 앞까지 돌아왔다. 1년에 몇 번 없는 포식하는 기간. 귀족 나으리들이 먹는 고급스럽고 맛있는 걸 먹으니 절로 흥도 나고, 근무 수칙에는 어긋나지만, 수통에 담아 온 술을 같이 마시니 더 신나고. 그래서 흥얼흥얼 지하 감옥을 가득 울리게 노래를 불러 대는 것이다.

그걸 더욱 괴롭게 만드는 요소는 가장 큰 목소리로 노래 부르는 병사 두 명 중 한 명은 음치고, 나머지 한 명은 박치라는 점이었다. 사람을 감동하게 만드는 훌륭한 가희가 부른다고 해도 짜증 날 판국이었던 터라, 케틀린은 누워서 감상하다 참지 못하고 일어섰다.

"아, 못 들어 주겠네, 진짜…… 입 닥쳐, 얼간이들아!"

술 취한 병사들이 노래를 멈추며 인상을 팍 찌푸렸다.

"이 건방진……."

철컹.

케틀린은 병사들이 벽에 비스듬히 세워 두었던 창을 드는 소리를 들었다. 오늘도 온몸이 성하지 못하게 두드려 맞으리라. 그래도 그녀는 저들의 돼지 멱따는 소리를 멈춘 것만 해도 기뻤다.

"이런, 혼잣말을 한다는 게 그만."

말투는 내가 실수를 했다는 듯 고분고분했으나, 그녀의 가운뎃손가락이 기상 넘치게 그들을 향해 세워져 있었다. 일라베니아 거리에서 통용되는 욕으로, 해석을 하자면 네 ……를 이렇게 저렇게 만들어 버리겠다는 뜻이었다.

남자들이 허리춤을 더듬어 열쇠를 다급히 찾는 소리가 들렸다. 케틀린은 가만히 팔짱을 끼고 기다렸다. 곧 익숙한 고통이 찾아오리란 사실을 알면서도 표정은 심드렁하기 그지없었다.

병사들이 열쇠를 구멍에 철컥 끼워 넣있다.

"오늘 그 고약한 성질 머리를 고쳐 주마, 하늘 높은 줄 모르는 건방진 것 같으니!"

남자가 황소처럼 씩씩거렸다.

쾅!

그때, 큰 소리가 감옥 안을 울렸다. 무언가 거대한 것이 벽에 충돌한 것 같은 소리였다. 병사의 움직임이 딱 멎었다. 주위를 둘러보아도 이상은 없었다. 위층에서 난 소리가 아닐까. 수감자가 사고를 쳐서 혼쭐을 낸 것인가?

으아아악!

누군가의 비명이 계단 통로를 타고 실려 왔다. 병사는 사태의 심각성을 깨닫고 황급히 케틀린이 갇힌 감옥의 철창문을 다시 걸어 잠갔다. 평소 같았으면 네놈들이 그러면 그렇지, 여자 하나 못 이겨서 꽁무니 빼고 도망친다고 욕설이라도 해 주었을 케틀린도 가만히 입을 다물고 소리의 근원지를 바라보았다.

그녀의 하얗게 변해 버린 눈이 천장 그 어디쯤을 훑었다. 남자들은 느끼지 못했을 것이다. 마력이었다. 몇 개의 벽 너머, 한참 높은 위에서 전해지고 있다는 사실쯤은 알았으나…….

거리, 위치. 모든 것을 혼동하게 만드는 이 거대한 마력의 기운이란! 케틀린의 등골을 따라 소름이 오소소 돋았다.

최하층을 지킬 네 명의 병사를 제외한 나머지 남자들이 모두 위층으로 올라갔다. 케틀린은 철창을 잡고 보이지 않는 눈으로 주위를 둘러보았다.

무슨 일? 대체 무슨 일이 일어나고 있는 것인가?

멀리서부터 들려오는 금속음과 비명은 끊이지 않았다. 감옥 안에서 흔히 들을 수 있는 익숙한 소음과 상황이었으나, 소름 끼칠 정도로 강한 마력의 기운이 그녀의 감각에 섞여 전혀 다른 상황을 만들어 냈다.

마력은 가까워졌다. 한 층, 한 층 더 아래. 천천히 움직이는 마력은 여유롭다기보다는, 사냥감을 진득이 주시하는 뱀의 움직임같이 느껴졌다. 케틀린은 오랜만에 초조한 감정을 느꼈다.

그러나 그 거대한 마력보다 한 발짝 먼저, 소리가 내려오기 시작했다. 뚜벅뚜벅. 돌계단을 지그시 누르며 다가오는 느긋한 발걸음 소리였다.

동향을 살피며 숨죽이던 최하층의 수감자들과 남은 병사들이 꿀꺽 침을 삼켰다. 10초 후, 남자가 모습을 드러냈다.

"냄새나고 더러운걸. 그다지 보기 좋은 광경은 아니군."

여유작작하게 감옥의 풍경을 품평하는 목소리가 익숙했다. 케틀린이 눈살을 찌푸렸다. 10여 년 만에 듣는 목소리였으나, 잊을 리 없었다.

하카브였다. 병사들도 얼굴을 알아봤는지 창을 들고 그에게 돌진했다.

"아악!"

하카브가 부나방 같은 병사들을 보며 쯧쯧 혀를 찼다. 몇 초도 채 지나지 않아, 병사들은 하카브를 둘러싼 호위들에게 공격받아 피를 흘리며 바닥에 쓰러졌다.

"용감한 것과 무식한 건 종이 한 장 차이라더니. 그렇지 않나, 아순."

"예, 전하. 정말 용감하군요."

"……그래."

지하 감옥의 왕처럼 떵떵거리던 병사들의 몰락에 수감자들이 환호하며 철창에 달라붙었다.

"이봐, 나, 나를 꺼내 줘!"

"죽여주는데! 진짜 죽였으니까!"

"잘생겼네……."

고문과 오랜 감금으로 약간 미쳐 버렸는지 독특한 감상평이 많았다. 하카브는 그들의 감상평에 씨익 웃고는 케틀린을 향해 발걸음을 옮겼다.

"오랜만이다, 키티. 살아 있을 줄은 몰랐는데."

케틀린이 얼굴을 와락 구겼다. 키티라고 부르지 말라니까 저 인간이 진짜.

"여기는 어쩐 일로 오셨어요?"

그녀는 하카브가 자신을 구할 목적으로 일라베니아에 발을 들였을 거라고, 새끼손톱만큼도 생각하지 않았다. 하카브에게 모든 인간은 쓰기 쉬운 도구와 다름없다는 사실을 너무나도 잘 알고 있었다.

"아, 이번 건국제에 흥미로운 게 있어서 보러 왔지. 겸사겸사 네가 살아 있는지 확인해 보기도 하고. 그런데 왜 시선이 약간 비껴 나간…… 아, 눈이 안 보이나?"

"한 5년 전쯤부터요. 아니, 그렇다고 일라베니아에 직접 오시면 어떻게 합니까. 그걸 또 아틸라크가 보고만 있던가요. 배를 두른 지방이 머리에도 꽉 차 버리기라도 했나 보죠?"

"말리고 싶어 하기는 하던데 얘기는 못 꺼내던걸. 모두가 자네 같은 줄 아나, 이 사람아. 어디 보자…… 열쇠가…….''

하카브가 주위를 둘러보았다. 아직 죽지 않고 바닥을 기어 다니던 병사가 컥컥거리더니 열쇠를 꺼내 집어삼켰다. 하카브가 미간을 찌푸리며 턱을 매만졌다.

"키티. 병사가 열쇠를 삼킨 것 같은데."

"가르면 되잖아요."

"더럽잖나."

"옆에 애들은 뒀다가 수프 끓여 드시려고 그러시나. 원래도 직접 뭐 하시지도 않는 분이 왜 그러신대."

"아니, 내가 직접 하려고 했다. 대충 10……년쯤 감옥에 갇혀 있던 내 사람을 구하는 감동적인, 그런 상황이니까."

전혀 감동적이지 않았다. 애초에 제 사람을 구하기 위해 일라베니아에 발을 들인 것도 아니면서 감동은 무슨 감동. 케틀린이 철창을 잡고 흔드는 시늉을 했다. 대마인용으로 설치된 두꺼운 강철이 깊게 박혀 있었다. 약해진 몸이 아닌 평범한 육체로 마력을 운용했다 하더라도 부수지 못했을 것이라 의미 없는 시도였다.

하카브의 호위들이 철창을 향해 발길질했다. 소리만 요란했고 꿈쩍하지 않았다.

"약해 빠진 놈들만 골라 데리고 다니시네요."

"그 약해 빠진 놈 중에 아순이 있단다."

"……개중 좀 힘찬 발길질 소리가 있더라니. 아순, 너였구나? 오랜만이다, 세상에."

하카브의 호위, 아순이 앞이 보이지 않는 케틀린에게 무릎을 꿇으며 인사했다. 이게 무슨 바보 같은 상황인지 모르겠어서 하카브는 하하 웃었다.

"전하, 빨리 꺼내 주세요."

"알았다, 알았어. 하여간 성격 급하기는. 애들보고 침 좀 닦아서 가져오라 하마."

10년 이상 감옥에 갇혀 있던 사람보고 할 말은 아니었다. 케틀린은 어이없어서 별다른 말을 하지도 못하고 가만히 기다렸다.

쿵!

위층에서 또 소리가 크게 울렸다. 케틀린이 깜짝 놀라 위를 바라보자 하카브가 반색했다.

"아, 역시 느껴지나?"

"못 느끼는 게 이상하죠. 대체 저…… 저건 뭔가요?"

"뗵. 키티. 저거라니. 그러면 못쓴다."

케틀린은 눈이 멀어 하카브의 얼굴을 보지 못했으나, 잔뜩 들떠 있는 목소리에서 그의 표정을 연상할 수 있었다.

"그래서 저분은 누구시죠? 머리털 나고 처음 보는 마력의 크기라서 좀 놀랐네요."

"저…… 사람은."

하카브가 말을 끌었다. 케틀린은 재촉하지 않고 기다렸다.

"나의 검은 달이다."

어우…… 케틀린은 닭살 돋은 팔을 쓱쓱 쓸었다. 예전에도 시 같은 걸 좋아하더니, 그 기호는 여전한 듯했다.

그러나 케틀린은 '검은 달'이라는 이름을 하카브가 얼마나 귀중히 여기는지 잘 알았다. 으레 발타라는 나라가 마력을 숭배하기를 저를 낳은 어미보다,

제 목숨을 구한 은인보다, 수천 명을 살리고 죽은 위인보다 대단하다 여겼으나, 하카브는 그중에서도 유독 눈에 띌 정도로 마력에 집착하는 모습을 보였다.

마력을 타고나는 자가 많은 발타 왕조에서 미숙아나 다름없이 취급받는 평범한 인간으로 태어난 설움이 표출된 것일까? 느끼지 못하는, 알지 못하는 힘을 숭배하는 그의 모습은 솔직히 케틀린이 보기에는 좀 우스운 감이 있었다. 동경, 갈망. 글쎄, 그 끈적한 욕망을 어떻게 표현하면 좋을지.

그런 하카브가 천천히 다가오는 위협적인 마인을 검은 달이라 칭했다. 그의 검은 달. 그의 크레안 티다니온.

통로에서 다시 한번 발걸음 소리가 울렸다. 하카브처럼 보란 듯 느긋하지도 않고, 일라베니아 황실 한가운데에서 사고를 친 사람처럼 다급하지도 않았다. 그저 일상생활에서 들을 수 있을 법한 자연스러운 걸음걸이에 케틀린은 등골이 오싹해졌다.

거대한 기운, 무서운 살육자, 피 냄새를 몰고 오는 사람의 행동이라 믿을 수 없을 정도였다. 속을 완벽하게 가리는 위장이 상황과 어울리지 않아 괴리감이 들었다.

발걸음 소리가 같은 공간 안에 울렸다. 케틀린은 침을 꿀꺽 삼켰다. 바짝 서 있는 긴장 속에서 하카브가 사랑에 빠진 듯한 목소리로 누군가를 불렀다.

"디에즈."

대답은 돌아오지 않았다. 하지만 케틀린은 하카브의 말로 인해 그 거대한 마력을 지닌 사람이, 디에즈라는 사실을 알 수 있었다. 케틀린은 경악했다. 그녀가 아는 디에즈라고는 일라베니아의 5황자 디에즈밖에 없었다. 디에즈? 그가 마인이었다고?

"이런, 그대의 손이 더러워졌군. 내 옷에 닦아도 된다."

찰싹 소리가 났다. 디에즈가 집적거리는 하카브의 손을 쳐 낸 모양이었다.

뚜벅, 뚜벅.

계속되는 하카브의 질척임을 철저하게 무시하는 남자가 점점 가까워졌다.

디에즈가 철창을 잡았다.

철컹. 그녀를 가두고 있는 검은 쇠가 울었다. 그의 눈이 천장과 벽 깊숙이 파고든 철창의 끝을 가늠해 보고 있었다.

철컹! 한 번 더 세게 흔들렸다. 하카브는 디에즈가 그녀를 꺼내고 싶어 한다는 사실을 눈치챘다. 지금 그가 철창을 흔들고 있지 않더라도 알 수 있었다. 이 최하층으로 오면서 디에즈가 수없이 반복했던 일이기 때문이었다. 갇혀 있는 마인들의 해방. 그자가 어떤 죄를 저질렀건 마인이라면 한 명도 빠짐없이.

마침 하카브의 호위가 병사의 시체 안에서 열쇠를 꺼내어 왔다. 하카브가 찝찝한 표정을 지었다.

"한 번 더 닦거라. 아, 디에즈, 여기에 열쇠가……."

쾅!

손짓하며 호위를 닦달하는 하카브의 말 위로, 귀가 먹먹하게 멀어 버릴 정도의 굉음이 덮쳤다. 하카브는 놀라지 않고 그를 돌아보았다.

마력으로 강화된 일격이 철창을 타격했다. 하지만 우수수, 천장에서 흙먼지와 돌가루가 떨어질 뿐, 꿈쩍도 하지 않았다.

쾅!

디에즈가 다시 한번 철창을 세차게 두드렸다. 철창으로부터 전해지는 진동이 벽을 울렸다.

쾅!

절대 부서질 것 같지 않던 철창이, 휘어지기 시작했다.

쾅!

철창이 닿아 있는 벽에 금이 가기 시작했다. 갈라진 틈으로부터 작은 돌 조각이 떨어졌다.

디에즈가 잠시 동작을 멈췄다. 귀를 먹먹하게 만드는 큰 소리가 잦아들었음에도 투두둑, 도르륵. 돌이 굴러떨어졌다. 그가 숨을 크게 들이켰다가 뱉었다.

쾅!

캉, 콰드득, 끼이익. 소리가 연쇄적으로 울렸다. 서서히 휘어지던 철창이 완전히 구겨졌다. 압력을 이기지 못한 돌벽이 검고 긴 강철을 뱉어 냈다. 갈라진 틈새에서 조각난 돌이 우르르 떨어져 내렸다.

케틀린은 보이지 않는 광경을 머릿속으로 그렸다. 수년간 그녀를 가로막던 거대한 철창이 무너진 모습은 본 적 없어 쉬이 그릴 수 없었다. 그러나 그 우르르 무너지는 소리에, 그들이 쌓아 왔던 것들이 무너지는 그 소리에 그녀는 환하게 웃었다.

케틀린은 앞에 서 있는 남자에게 손을 뻗었다. 더듬더듬. 가슴팍부터 올라간 그녀의 손이 디에즈의 얼굴에 닿았다. 케틀린은 소리 없이 울고 있는 남자의 눈물을 닦았다.

그들은 성을 빠져나왔다. 케틀린은 계속해서 뒤를 돌아보았다.

"10여 년간 갇혀 있으면 감옥이라고 해도, 정이 드는 건가? 뭐가 그리 아쉬워서 그래."

케틀린은 팔짱을 낀 채 입맛을 다셨다.

"엘피디오를 놓고 온 게 아쉬워서요. 갚아 줄 것이 많은데. 아이고."

오래 갇혀 있던 탓에 근육이 약해졌는지 케틀린은 좀처럼 균형을 잡지 못했다. 말 위에 앉은 그녀가 휘청이자, 뒤에 앉은 하카브의 호위가 그녀를 지탱했다. 옆에서 나란히 달리고 있던 하카브가 이런, 하면서 혀를 찼다.

"어쩌면 좋나. 미안하게 되었다, 키티. 네 몫인 걸 몰랐어."

"네? 죽이셨어요?"

"내가 한 건 아니지만, 죽기는 했지. 디에즈가 갑자기 찔러서 깜짝 놀랐지 뭐냐."

하카브는 그때를 잠시 반추했다.

엘피디오와 디에즈, 그리고 자신까지 같이 있던 때였다. 의미 없는 대화를 나누던 중, 어쩌다 '로젤린'에 대한 얘기가 나오게 되었다.

하카브가 계속해 로젤린에 대해 탐욕을 드러내자, 엘피디오의 얼굴은 붉으락푸르락 난리도 아니었다. 자신의 사람도 아니건만, 발타의 후계자가 황실의 '것'을 눈독 들이니 경계심이 드는 모양이었다.

[로젤린 경이야, 충실한 황실의 기사지요. 이번 무투 대회도 황실에 대한 충정을 내세우기 위해 참가한 것이니 말입니다. 다양한 경험을 위해 지금은 리카르디스의 밑에서 수행하고 있으나 이제 그녀도 슬슬 방황을 끝내야 할 때가 되었다고 생각하고 있습니다.]

엘피디오의 말을 들은 하카브는 가소롭다는 표정을 숨기지도 않았다. 엘피디오는 얼굴을 붉히고 큼큼 목을 가다듬었다.

[이건 비밀입니다만, 왕자에게만 특별히 말해 드리죠. 지금쯤이면 붉은 수레바퀴 백작에게 제 인장이 찍힌 청혼서가 도착했을 겁니다.]

하카브가 놀란 듯 눈을 크게 뜨자 그는 기분 좋은 듯 웃었다.

[로젤린 경은 리카르디스 황자에게 충성을 바치지 않았습니까.]

[하, 그거야 어린 시절의 소꿉장난 아니겠습니까.]

그때쯤, 옆에 가만히 인형처럼 앉아 있던 디에즈의 얼굴에서 표정이 사라졌다.

[몰랐군요, 엘피디오 황자께서 로젤린 경을 마음에 두셨을 줄이야.]

[순진한 말씀을 하시는군요, 하카브 왕자. 우리들의 위치에서는 마음에 두고, 두지 않고가 중요한 부분이 아니지 않습니까. '필요하느냐', '필요하지 않으냐'인 것이죠.]

그리고 눈 깜짝할 새였다. 엘피디오는 제 배에 박힌 날카로운 손톱을 보고 나서야 통증을 느낀 것 같았다. 비명을 지를 새도 없이 그는 기절했다.

하카브는 기절할 만큼 좋아서 넘어갈 뻔했다. 아름다운 흰색 털의, 야수의 손. 그것이 무엇을 의미하는지 그는 너무나도 잘 알고 있었다. 그림자! 디에즈가 로젤린과 같은 존재였던 것이다!

그때만 떠올리면 극도의 흥분에 얼굴이 달아올랐다. 케틀린에게 설명하는 지금도 하카브의 얼굴에는 화색이 감도는 중이었다.

"뒤처리에 고생을 제법 했지. 그래, 그건 중요하지 않다. 키티, 들어 봐라. 내가 꼭 일러 주고 싶었다. 그때 디에즈가 '그림자'인 걸 처음 알았는데 말이다."

"그림자? 발타 전승의 그거요? 진짜로 있는 거였어요?"

"그래그래. 디에즈가 그거였다. 진즉 알았으면 좋았을 것을. 아무튼, 그때 디에즈가 얼마나 아름다웠냐면……."

뭐, 엘피디오를 난도질하는 하얀 야수의 손이 소름 끼칠 만큼 아름다워서 눈물을 흘렸다는 둥. 엘피디오를 죽일 계획이 있었던 건 아니지만, 좋은 게 좋은 거 아니겠냐는 둥. 덕분에 황제에게 큰 선물을 보낼 수 있었으니, 이 또한 디에즈의 덕이 아니겠냐는 둥. 케틀린은 그다지 알고 싶지 않던 정보들은 대충 흘려들었다.

그림자. 케틀린은 그 거대한 마력의 정체를 깨우쳤다. 과연, 하카브 왕자가 '나의 검은 달' 운운을 할 법한 일이었다.

몇 대를 거슬러 간, 위대한 영혼 힉살라의 왕비. 유일하게 여자이자 평민 출신으로서 문헌에 이름을 남긴 갈라타. 미모나 학식이 뛰어나지 않은 것은 물론이요, 말도 더듬고 제대로 하지 못하는 천치라는 평을 받는 여자였다.

그런 그녀가 힉살라의 왕비 중 가장 높은 지위를 얻게 된 경위에는, 그녀가 아주 강한 마인이라는 사실이 크게 작용했다. 축복의 밤이 찾아오지 않게 된 때로부터 강한 마인이 기하급수적으로 줄어들고 있었다.

그런 때에 그녀가 나타났다. 발타의 어떤 이와도 견줄 수 없는 거대하고도 압도적인 마력. 힉살라는 발에 입을 맞출 정도로 그녀를 총애했다고 전해졌다. 바로 그 시기부터, 발타의 문헌에 비밀스러운 서류가 추가되기 시작했다.

형태를 따라 '그림자'라 불리는 존재들에 관한 것이었다. 마력을 숭배하는 발타에 그 존재는 더없이 사랑스럽고 위대한 것이었다.

케틀린 또한 검은달의 간부가 되고 나서 그 문헌을 직접 눈으로 확인했었다. 그렇다고 하더라도 직접 본 적 없으니 아무래도 전적으로 믿기 힘들었는데…….

디에즈의 마력을 코앞에서 느끼고 나니, 그 말을 믿지 않는 쪽이 더 힘들 것 같았다.

"그래서 엘피디오는 좀 괴로워했나요?"

"가죽을 벗길 때는 좀 아파 보이던걸. 그때까지 살아 있었거든."

"듣던 중 다행이네요."

"거기에다가 신관 옷을 입혀서 버려둔 덕에 황족 대우를 받지 못하고 화장됐으니, 마음 풀어라, 키티."

시체를 불에 태우는 방식은 신에게 모든 것을 바친 신관들이나 하는 장례였다. 황족들만이 묻히는 영광의 땅을 버젓이 두고서, 태워져 재 한 줌 남기지 않고 사라지는 것은 황족에게는 있을 수 없는 일이었다.

디에즈가 급작스럽게 일으킨 사건을 뒤처리하는 상황에서도 그런 장난질까지 치다니. 어이없기도 하고 웃기기도 했다.

그래도 마음이 다 풀린 것은 아니었다. 엘피디오를 향한 감정은 소소하지만 차곡차곡 쌓아 제법 몸집을 불린 상태였다. 그가 겪었다는, 나름의 고난 정도로는 맞바꿀 수 없었다.

몇 년간 당해 왔던 일을 더하고 곱한 것의 곱절을 돌려주려고 했는데. 어쨌거나 죽인 사람이 디에즈인 데다가 산 채로 얼굴 가죽이 벗겨졌다니 그나마 그걸 위안거리로 삼는 수밖에 없었다.

케틀린이 코를 킁킁거렸다. 아까부터 느끼기는 했지만, 거리가 멀어졌는데도 타는 냄새가 자욱했다.

"뭘 이렇게 태우셨어요?"

그녀는 가까이에 있는 불이, 또한 그 불에서 나는 연기가 얼마나 숨 막힐 듯 밀도 높은지 잘 알았다. 그러나 지금은 탄 냄새가 지나가는 바람 표면에 얇게 달라붙어 있을 뿐이었다. 먼 곳에서 거대한 불이 났으리란 사실을 짐작할 수 있었다.

"아, 엘피디오의 석영 성. 주인이 없어서 기름칠하는 것이 수월했다더구나."

"진즉에 말씀해 주시지. 기분 좋아졌어요."

하카브랑 케틀린이 마주 보고 웃었다. 그녀는 이번에는 조금 더 가벼운 마음으로 뒤를 돌아보았다. 코로 전해지는 붉은빛과 검은 연기의 향이 그녀를 들뜨게 했다. 하카브도 그녀를 따라 불타는 석영 성을 바라보았다. 수도 거리 구석구석에 보일 만한 거대한 화재였다.

"역시 신호는 화려한 쪽이 좋구나. 눈에 잘 띄니 말이다. 슬슬 그쪽도 시작할 것 같은데……."

그의 말이 끝나기 무섭게, 아아악! 누군가가 비명을 질렀다.

성이 불타는 광경을 경악스러운 눈으로 바라보던 군중 중 누군가였다. 어떤 덩치 큰 남자가 침을 질질 흘리며 다른 사람의 등에 식칼을 박고 있었다. 흰자는 실핏줄이 터져 붉게 변해 있고, 몸 여기저기에 근육과 핏줄이 울룩불룩 움직였다. 남자는 이성을 잃은 듯 날뛰었다. 그 남자보다 덩치가 큰 사내들이 달려들었으나, 이성을 잃은 남자는 믿기지 않는 힘으로 다른 이들을 떨쳐 냈다.

거리가 소란스러워졌다. 남자와 같은 증상을 보이는 자들이 기하급수적으로 늘어났다. 케틀린은 마수처럼 날뛰는 사람들에게서 피어오르는 마력의 기운을 읽었다. 이 근처뿐 아니라, 수도 저 멀리 구석구석까지 퍼져 나가고 있었다. 마치 구름에 가려졌던 무수한 별이 바람이 지나며 제 모습을 일시에 드러내는 것처럼.

케틀린이 말 위에 앉아 씩 웃었다.

"제법 장관인데요."

눈이 보이지 않는 여자의 말에 하카브가 크게 웃음을 터트렸다.

* * *

연회장을 휘저어 놓은 발타인들 또한, 마독 '파편'은 아니지만, 독을 들고 있었던 모양이었다. 고통에 신음하며 피를 토하는 사람들이 늘어났다. 다행히도 건국일을 맞아 다수의 신관들이 연회장에 있었던 터라 사태는 빠르게 진정되었다.

리카르디스는 혼란스러운 연회장 내부를 정리하는 것에 앞서 하얀밤 기사단을 모았다.

"하카브를 쫓는다. 빠져나가기 전에 반드시 놈을 죽여야 해."

엘피디오가 죽었다. 모두의 예상을 넘어선 파란이 일게 될 것이다. 발타와의 전쟁 이전에 일라베니아 내부에서 무언가가 먼저 터져 나올 수도 있었다. 갖은 준비를 한 상대를 두고 최선의 대비를 할 수 없는 전쟁의 끝은 쉽게 예상할 수 있었다. 그렇다면, 발타 쪽에도 일라베니아가 당한 것에 걸맞은 혼란을 선물해야 하리라.

하카브는 발타의 힉살라, 아돈을 대신해 왕실을 통제하는 사람이었다. 그가 사라질 경우, 발타의 움직임에는 당분간 제동이 걸리게 될 것이다. 리카르디스가 놀란 황제고 기절한 황후고 뭐고 간에 제일 먼저 하카브를 쫓으려는 이유는 그 때문이었다.

다들 그의 의중을 알아채고서는 고개를 끄덕였다.

하얀밤 기사단원들은 막 도착한 성기사들과 밖에서 경비를 서던 병사들의 무기를 잠시 빌렸다. 빌려주는 사람들과 합의가 되지는 않았으나, 급한 상황이라 하나하나 설명할 틈이 없었다. 로젤린은 얼음창 기사단의 부단장 마르틴에게서 검을 뺏어 왔다.

로젤린은 긴 드레스 자락을 찌익 찢었다. 들쭉날쭉하게 찢어진 드레스는 그녀의 무릎 위에서 살랑거렸다. 시종들이 급하게 말을 몇 마리 데리고 왔다.

다들 번듯하게 차려입은 모양새로 말에 올라탔다. 하, 이랴! 급하게 말을 재촉하는 사람들이 성을 빠르게 가로질렀다.

수도를 둘러싼 성벽에는 동, 서, 남, 북, 총 네 개의 문이 있다. 그들이 어디로 향했을지는 알지 못했다. 곧 비상종이 울리게 되면, 여기저기 횃불이 밝혀짐과 동시에 네 개의 문은 전부 닫힐 것이다. 닫힌 문을 뚫고 갈 자신이 있다는 것일까. 아니면 들키지 않고 도망갈 구멍이 따로 있는 것일까.

리카르디스는 계속해서 머리를 굴렸다. 남쪽 문, 가장 경비가 강한 곳은 피할 것이다. 서쪽, 상인들이 많은 거리. 그 속에 섞이려고 하는가? 목격자가 많으니 피할 수도. 북쪽, 멀리 돌아가야 하는 길을 선택할 가능성은 낮지 않을까?

삐이익————

먼저 살펴보러 떠났던 마카롱이 리카르디스와 로젤린의 머리 위에서 빙글빙글 돌았다. 삐익, 뻑뻑, 깩! 독수리가 무언가 조잘조잘 얘기하자 로젤린이 눈을 크게 떴다.

마카롱이 수상한 무리는 각각 서쪽과 동쪽으로 흩어졌다고 말해 줬다. 둘 중 어느 쪽인지는 확신할 수 없는 상황이었으나, 로젤린은 이상하게 서쪽이 신경 쓰였다. 서쪽 거리는 로젤린이 축제 날 길을 잃고 들어갔던 암흑가가 있던 곳이었다. 디에즈를 만났던 곳.

그때 길을 잃어버렸다는 디에즈의 말을 곧이곧대로 들었었으나, 그 또한 사실이 아닐 가능성이 있지 않을까?

로젤린이 리카르디스에게 가까이 말을 붙여 몰았다.

"전하! 서쪽 아란페디스 거리의, 나쁜 사람들이 모이는 골목을 아십니까? 축제 날에 검은 뱀이 그려진 가면을 쓴 디에즈 전하와 만난 적 있습니다."

로젤린의 말을 들은 하얀밤 기사단원 모두가 고삐를 틀어 방향을 바꾸었다. 로젤린도 재빨리 그들을 따랐다. 아란페디스의 검은독사. 일라베니아의 암흑가 큰손 중 가장 유명한 자였다. 디에즈가 그 표식을 가지고 있었다는 사실은 무시할 수 있을 만한 사안이 아니었다. 지금 같은 상황에서는 더더욱.

뒤에서 파르딕트가 분개하는 소리가 들렸다. 설마 그때 길 잃어버렸을 때 만난 거야? 그걸 지금 말해?

"로젤린, 너 진짜!"

"……아니, 전…… 그때는… 잘못했습니다."

잘못한 것은 빨리 인정해야 했다. 눈치 보던 로젤린의 분위기가 순식간에 변했다. 그녀가 굳은 표정으로 빠르게 주위를 두리번거리기 시작하자 씩씩 화내려던 하얀밤 기사단원들이 일시에 숨을 죽였다.

그녀는 서쪽 거리뿐 아닌, 수도 비스타 전역에 여기저기 모습을 드러내기 시작한 마력을 느꼈다. 마수에게서나 느낄 수 있는 기운이 이질적이었다. 검은달의 인조 마인 부대일까 생각해 보았으나, 그보다도 더 이성을 잃고 날뛰는 느낌이었다. 더군다나 그들이 수도에 있었다면, 분명 그들의 존재를 알아챘을 것이다. 이것은 갑작스럽게 하늘에서 뚝 떨어진 느낌이었다.

석영 성의 화재를 신호로, 검은독사가 마수의 결정을 무작위로 사람들에게 심고 다닌 결과였다. 마수의 결정은 마치 잠자고 있는 씨앗 같아 아주 가까이에서도 미약한 마력이 느껴지는 정도였으나, 그것이 사람의 몸을 토양 삼아 자라나기 시작하면 폭발하듯 기운이 터져 나왔다.

로젤린이 입술을 깨물었다. 앞으로 펼쳐질 상황이 대충 예상되었다.

"서쪽 거리를 마수의 결정과 같은 종류의 마력이 뒤덮었습니다. 수, 스물…… 아니, 스물다섯. 서른셋. 일곱, 계속 늘어납니다. 여기저기에서 날뜁니다. 사람들의 비명 소리를 확인했습니다. 거리에 많은 피해가 예상됩니다!"

리카르디스가 이를 으득 갈았다.

"순순히 잡혀 주지는 않겠다는 건가…… 르원!"

그가 소리치자 무리에 있던 르원이 빠져나와 다른 곳을 향했다.

"치안대에 상황을 알리고 지원 요청하겠습니다! 로젤린 경!"

"맡겨 주십시오."

그 말을 끝으로 로젤린도 무리에서 확 튀어 나갔다. 리카르디스와 하얀 밤 기사단원들이 깜짝 놀라 그녀를 바라보았다.

그들은 곧, 무리가 향하는 정면에서 얼룩무늬의 소 한 마리가 미친 듯이 달려오는 것을 발견했다. 앞에 서 있는 사람들을 머리로 들이받고, 짓밟아 뭉개는 소의 입에서 게거품이 질질 흐르고 있었다. 소의 다리와 머리에서 굵은 혈관과 근육이 울룩불룩 크게 부풀어 올랐다. 금방에라도 온몸이 터질 것 같은 기괴한 형상이었다.

큰 거리로 가기 전의 좁은 길이라 피할 곳도 마땅치 않았다. 로젤린이 리카르디스와 동료들을 뒤로하고 뛰쳐나간 것도 그 때문이었다.

충돌하기 몇 초 전, 로젤린은 고삐를 쥐고 말 위에 섰다.

"로젤린!"

말에서 훌쩍 뛰어내리는 로젤린을 목격한 리카르디스가 그녀의 이름을 불렀다. 로젤린이 고양잇과의 동물처럼 유연하게 착지하고는 앞으로 한 바퀴 굴렀다. 그녀의 시야가 휙휙 바뀌었다. 빠르게 달려오는 소, 바닥, 하늘.

그리고 다시 코앞에는 흰자위가 붉은 짐승이 그녀의 시야를 가득 채우고 있었다.

쿵! 로젤린이 한쪽 발을 박아 넣듯 디뎠다. 그녀의 몸 안 구석구석을, 짐승이 가진 것보다 훨씬 강하고 거대한 마력이 순식간에 타고 돌았다.

쾅!

살과 근육이 있는 두 생물이 부딪쳤다고 믿기지 않는 딱딱한 굉음이 거리를 가득 메웠다. 로젤린의 맨발이 바닥에 박혀 드드득 밀려났다. 그러나 고작 한 걸음 반 정도의 거리.

소의 난폭한 질주로 시끄러웠던 거리가 순식간에 잠들었다. 짐승이 앞발을 들며 일어서려 했으나 로젤린은 그것을 허용하지 않았다. 그녀는 주변을 굴러다니는 부서진 나무 각목을 발로 차서 올려 빠르게 잡아챘다. 짐승의 단말마를 끝으로 상황은 종료되었다.

피를 닦고 있는 로젤린의 뒤로, 타고 온 말이 말발굽 소리를 내며 도착했다. 그녀가 가뿐한 몸놀림으로 등자를 밟고 올라탔다. 하얀밤 기사단원들이 멍하니 로젤린을 바라보았다.

일행은 리카르디스를 에워싸고 달렸다. 독수리는 기사단의 한참 위에서 로젤린과 나란히 비행 중이었다. 거리는 엉망이었다. 사람들이 이성을 잃은 채 날뛰고, 비명을 질렀다. 아까까지 누군가의 얼굴을 핥던 짐승들이 이빨을 드러냈다. 하얀밤 기사단원들은 익숙한 피 냄새를 뚫고 거리를 빠르게 지나쳤다.

로젤린은 크고 작은 여러 개의 길 중, 가장 마력의 기운이 적게 느껴지는 곳을 판별해 달렸다. 위험한 상황이 오면 로젤린이 훌쩍 말에서 뛰어 벽을 밟고 누군가를 덮치고는 했다. 그리고 재빨리 다시 뛰어서 말 위에 앉는 묘기는 누구도 흉내 내지 못할 게 분명했다.

삐이익———

마카롱이 길게 울었다. 무언가가 보인다는 신호였다. 로젤린이 눈을 변형시키며 한계까지 시력을 강화했다. 저 멀리, 말에 타고 있는 무리가 보였다. 후드를 뒤집어쓰고 있어 누구인지 알 수 없었으나, 사람들의 혼란과는 아무 상관 없어 보이는 느긋한 걸음이 무언가를 예감하게 했다.

로젤린이 이를 악물고 박차를 가했다. 그 순간, 그 일행 중 가장 뒤에 있던 누군가가 말의 고삐를 쥐어 걸음을 멈췄다. 그러고는 천천히 후드를 벗으며 뒤를 돌아보았다. 황금색 머리카락이 까만 하늘 아래에서도 밝게 빛났다.

로젤린이 표정을 굳히며 자리에서 멈춰 섰다. 고작 스무 걸음 남짓한 거리였다. 리카르디스와 하얀밤 기사단원들도 곧 도착했다.

"디에즈…… 전하."

로젤린이 조용히 그의 이름을 불렀다. 불타오르던 무언가가 와르르 무너지고, 사람들의 비명 때문에 그녀의 작은 목소리는 그에게 닿지 못할 것 같았다. 하지만 디에즈는 그녀의 말에 반응하듯 평소와 같은 미소를 지어 보였다.

"걱정했어요, 로젤린. 무사해 보여 다행입니다."

언제나 했던 인사말과 함께였다. 로젤린이 가라앉은 시선으로 그를 주시했다. 하늘을 떠돌던 마카롱이 어느 지붕 위에 앉아 그를 바라보았다.

하얀밤 기사단의 부단장 나단이 분을 참지 못하고 검을 뽑았다. 그와 동시에 단원들도 모두 검을 뽑았다. 로젤린도 망설이지 않았다. 디에즈는 자신을 향해 검을 겨누고 있는 로젤린의 모습에 입가의 미소를 지웠다.

"내가 먼저 한 짓이지만 겪어 보니 생각보다 더 유쾌하지 못한 일이로군요. 어쨌거나…… 검은 치우는 쪽이 좋을 겁니다. 로젤린, 당신도."

"제법 화려하게 일을 저질렀더구나, 디에즈. 하카브 왕자는 어디 있지?"

리카르디스가 제 할 말만 하자 디에즈가 그럴 줄 알았다는 듯 픽 웃었다.

"먼저 빠져나갔습니다. 저는 기다릴 사람이 있어서."

디에즈는 그 말을 하며 로젤린을 찬찬히 훑었다. 리카르디스의 인상이 굳어졌다. 디에즈는 한참 그녀를 바라보다 자신의 뒤로 흘끗 시선을 주었다. 그의 뒤에 있던 보라색 머리칼의 여자가 디에즈의 눈짓을 보고, 품에서 무언가를 꺼내었다. 디에즈가 그걸 받아 하얀밤 기사단원들 쪽으로 던졌다.

모두 경계하며 뒤로 물러섰다. 디에즈가 재밌다는 듯 가볍게 웃었다.

"걱정 마세요. 위험한 건 아닙니다."

그의 말대로 위험한 건 아니었다. 반짝이는 작은 구두였다. 어린 영애들이 신을 법한…….

리카르디스는 잠시 무언갈 생각하다가 이를 갈며 분노했다.

"디에즈 레예 일라베니아! 네가 지금……!"

"연회장에 체리트가 없던 걸 알고 계셨던 것 같군요. 덕분에 얘기가 빨라지겠어요. 마음에 듭니다. 그러니, 형님. 형님은 그 선에서 넘어오지 마시고……."

디에즈의 말대로, 리카르디스는 건국일을 맞이한 연회에 체리트가 없다는 사실을 기억해 내었다. 어린 7황녀는 디에즈를 잘 따랐고, 그는 그것을 잘 이용한 모양이었다.

"로젤린, 당신과는 못다 한 얘기가 있어서. 잠깐 같이 걸을까요?"

"헛소리하지 마라, 디에즈!"

"체리트를 데리고 갈 사람도 필요하니까요. 적당히 거지 소굴에 던져 놓을 수는 없지 않습니까. 사람을 먹는다는 얘기도 심심찮게 도는 곳인데요."

리카르디스의 인상이 험악하게 구겨졌다. 디에즈를 처단하고 하카브를 쫓아야만 했다. 목숨의 무게는 결코 같지 않다는 사실을 리카르디스는 잘 알았다. 체리트를 살리는 것, 하카브를 죽이는 것. 무엇이 더 중요한지는 명백했다.

하카브가 살아 돌아가게 된다면 분란과 전쟁은 가속화될 것이다. 어떤 때보다 하카브를 둘러싼 방어가 얇은 지금의 기회를 놓칠 수 없었다. 알고 있다. 잘 알고 있지만…….

리카르디스는 한번 어린 동생을 잃어 본 적 있는 사람이었다. 디에즈는 어쩌면 그런 약점을 파악하고 체리트를 인질로 데리고 있는지도 몰랐다.

하지만 체리트를 구하기 위해서는 로젤린을 홀로 보내야 했다. 그녀가 디에즈에게 어떤 일을 당했던가. 그가 로젤린에게 어떤 짓을 저질렀던가. 날카로운 손톱으로 그녀의 등을 헤집었다. 날카로운 검으로 그녀의 심장을 노렸다.

계속된 시도는 점점 치명적이게 변하고 있었으니. 이번은 정말로 위험할지도 몰랐다.

체리트를 구하고자 하면 하카브와 로젤린을 놓친다. 로젤린과 하카브를 손에 쥐기 위해서는 체리트가 죽는다. 어느 쪽이 더 무거운지는 잘 알고 있음에도 리카르디스는 망설였다.

온기 한 점 느껴지지 않는 시체가 얼마나 차가운지 잘 알기 때문이었다. 그 여린 살결 위의 상처들은, 성력을 아무리 붓는다고 해도 낫지 않으리란 사실을 잘 알기 때문이었다. 그 마지막 모습만 가슴에 박혀 오랫동안 지워지지 않으리란 걸 예상할 수 있기 때문이었다.

리카르디스는 손을 천천히 움직였다. 그의 손이 검의 손잡이를 꽉 잡았다. 리카르디스가 검을 뽑는 그 순간부터 전투는 벌어지게 되어 있었다. 말인즉슨, 인질의 안위는 더 이상 보장할 수 없다는 것.

하카브를, 죽여야 한다. 더 많은 희생이 발생하기 전에, 죽여야만, 반드시! 검 손잡이를 잡은 남자의 손이 덜덜 떨렸다. 손등 위로 굵은 핏줄이 솟았다. 몸 안의 피가 싸늘하게 식으며 손끝부터 굳어 갔다. 그때, 따뜻한 온기가 닿았다.

리카르디스는 고개를 들고 나서야, 자신이 계속해서 아래를 바라보고 있었다는 사실을 알 수 있었다. 그와 로젤린의 시선이 맞닿았다. 로젤린이 경직된 리카르디스의 손을 꽉 쥔 채, 평소와 같은 표정으로 그를 바라보고 있었다. 리카르디스는 그제야 숨을 쉴 수 있었다.

"전하. 걱정 마세요."

여기저기 거리에서 발생하기 시작한 화재로 인해 불쾌한 냄새가 코끝을 맴돌았다. 울음소리와 비명은 점점 커졌다. 주변이 소란하고 마음을 진정시킬 새도 없이 요란하게 울려 대는 가운데. 그녀 혼자 달빛 아래에서 고요하게 서 있었다.

삐이익————

밤하늘에 묻혀 검은 그림자처럼 보이는 독수리가 울었다.

로젤린이 하늘을 한번 보더니, 리카르디스와 기사단원들이 있는 쪽으로 시선을 돌렸다. 어두운 밤, 그녀의 녹색 눈동자에 불꽃이 담겼다.

"황녀 전하를 모시고 오겠습니다."

언제나 초연했던 그녀의 눈동자 속에서 타오르는 것은 리카르디스가 가진 것과 비슷한 종류의 분노였다. 리카르디스는 그녀 또한 누군가를 잃은 적 있는 사람이라는 사실을 잠시 잊고 있었다.

어린 황녀 세티스티아의 시체를 안고 하루 하고도 반나절간 부서진 마차 안에서 울고 있었던 사람이라는 사실을, 그녀의 눈을 보고서야 떠올려 낼 수 있었다. 그래서 리카르디스는 차마 로젤린을 붙잡을 수 없었다.

* * *

서쪽 성벽 문은 닫혀 있었다. 하카브는 어떻게 나간 것인지, 또 디에즈는 어떻게 나갈 것인지에 대한 의문은 곧 풀리게 되었다. 문을 지키는 병사들이 디에즈와 같이 있는 보라색 머리칼의 여자를 보고는 반갑게 인사를 건네며 벌컥 문을 열어 줬다. 큰 정문이 아닌 병사들이 다니는 작은 문이긴 했으나, 그 또한 성벽 밖과 연결된 길이었기에 큰 차이는 없었다.

"오늘 비상종 울린 거 알고 계시죠? 이거 함부로 열어 드리면 안 되는데……."

여자는 씩 웃으며 그들에게 묵직한 주머니를 던져 줬다. 평소에도 그래 왔다는 듯 자연스러운 태도였다. 후드를 뒤집어쓴 로젤린은 히죽히죽 웃는 병사들의 얼굴을 외워 뒀다. 이 나쁜 사람들.

두껍고 높은 성벽을 지나자 공기는 확 달라졌다. 고요하고 어두웠다. 로젤린은 말의 갈기를 쓸며 앞서 걷는 그들을 따랐다.

디에즈의 일행은 검은독사라 불리는 여인 한 명과 일라베니아인으로 보이는 사람 넷, 발타인으로 보이는 사람 넷. 도합 열 명의 소규모 무리로 이동하고 있었다.

하카브는 어디 있을까. 로젤린이 곰곰이 주위를 둘러보았다. 자신의 감각에도 걸리지 않는 걸 보니 멀리 있는 모양이었다.

삐이익, 마카롱이 낮게 날며 울었다. 삑, 깩, 빡, 깨르르륵…… 뭐라고 시끄럽게 우는데, 욕이었다. 디에즈를 향한 것이었다. 디에즈는 대충 알아들었는지 눈썹을 휘며 웃었다. 언제나 보여 줬던 그의 모습과 다름이 없었으나, 로젤린은 이번은 경계를 놓지 않았다.

그가 자신을 찔렀기 때문이 아니라 납치한 소녀의 구두를 무성의하게 바닥으로 던졌기 때문이었다. 로젤린은 속에서 치밀어 오르는 것을 간신히 누르고 얘기했다.

"황녀 전하께서는요."

"하카브 왕자와 함께 있습니다. 머리카락 한 올 상하지 않게 귀하게 여겨 달라 했으니. 걱정 마세요."

"하카브 왕자는 어디 있습니까."

"먼저 떠나라 했으니, 저보다 앞에 있겠죠."

"나에게 무얼 원합니까."

"그냥 얘기나 할까 싶어서요."

그가 먼 하늘을 바라보았다. 별이 쏟아지는 밝은 밤이었다.

"해 주고 싶은 얘기가 있어서요."

디에즈가 천천히 시선을 돌려 다시 로젤린을 바라보았다.

"해야만 하는 얘기가 있어서. 그래서."

얘기를 하자고, 해야만 하는 얘기가 있다고 해 놓고서는 디에즈는 한참을 입을 다물고 있었다.

어느새 좁은 숲길이었다. 나뭇잎이 하늘을 얼기설기 가리기 시작하자 무리 위에서 날던 독수리는 자취를 감추었다. 대신 나무 위를 토도도 뛰어다니는 다람쥐가 그들을 줄기차게 쫓아왔다. 숲길을 천천히 가로지르던 디에즈가 말의 고삐를 쥐었다. 말이 제자리에 멈춰 서며 투레질을 했다.

나뭇잎 사이로 달빛이 떨어졌다. 디에즈는 그 아래에서 로젤린을 바라보았다. 시선은 조금 더 뒤로 비껴 나가 있었다.

로젤린은 뒤돌아보지 않았다. 뒤에 무엇이 있는지는 잘 알고 있었다. 방금 전 지나온 성벽, 거리들, 여기저기 불씨를 틔운 화재와 중앙에서 찬란하게 빛나는 하얀 성까지.

그의 눈동자에 비쳐 황금색으로 덧칠해진 풍경은 아름다웠다.

"내가 이 말을 앞서 하지 않았던 것은……."

디에즈의 흐릿했던 시선이 로젤린에게 닿았다.

"그래도 당신이 변하지 않으리라 생각했기 때문에."

"……."

"무슨 일이 있어도 반드시 리카르디스의 옆에서 검을 들고 있을 것이라, 알고 있었기 때문이에요. 당신이 로젤린이기 때문에."

토도도, 다람쥐가 근처 나무에 자리를 잡았다. 디에즈는 주먹을 꽉 말아 쥐었다. 그의 표정이 한층 더 어두워졌다.

"이건, 그래요. 내가 하려던 말은 아니지만, 그저 궁금해서 물어보는 거예요, 로젤린. 당신이 형님을 따르고 지키고자 하는 건, 그녀의 기억이 있기 때문일까요? 그 오래된 기억에, 고작 조각난 기억에. 나의 것도 아닌 기억에 매달리는 건 왜, 어째서."

잔잔했던 남자의 목소리는 갈수록 분노에 차 흔들렸다. 한 자, 한 자. 그의 감정이 꾸역꾸역 들어가 있어 그녀도 잘 느낄 수 있었다. 조각난 기억, 나의 것도 아닌 기억? 로젤린은 과거 '로젤린'과 자신을 애써 분리하려 하지 않았기에 디에즈의 말이 낯설게 느껴졌다.

"알을 깨고 나온 짐승이 처음 본 무언가를 따르는 각인일까요? 이전에도 그래 왔으니 앞으로도 그래야 한다는 그저 관성적인 행동에 불과할까요. 정말로 당신이 하는 모든 사고, 관념. 그 모든 것이 당신만의 의지로 이뤄지고 있는 게 맞습니까? 그 속에 당신이 있기는 해요?"

디에즈의 입술이 파르르 떨렸다. 그는 눈 하나 깜박이지 않고 질책하는 듯한 목소리로 그녀를 다그쳤다.

로젤린이 고개를 끄덕였다. 자신이 하는 행동에는 로젤린의 기억뿐 아니라 자신의 의지가 있는 것이라고. 리카르디스를 지키고, 그를 위해 검을 드는 행동까지 모두.

디에즈는 대충 답을 예상하고 있었는지 분노하거나 당황하지 않았다. 가만히 그녀를 바라보다 고개를 푹 숙일 뿐이었다. 큰 숨소리를 내는 짐승의 위에 힘을 빼고 앉아 있는 디에즈는 어쩐지 살아 있는 것같이 느껴지지 않았다. 녹아서, 부서져서 달빛과 함께 바닥에 떨어지고 마는 것이 아닐까. 그런 이상한 생각이 들었다.

"로젤린."

그가 작게 속삭였다.

"로젤린⋯⋯."

* * *

"나쁜 장난을 즐기는군요, 황자."

구릿빛 피부의 남자가 천연덕스럽게 말을 걸어왔다. 디에즈는 탁, 소리 나게 책을 덮었다. 방해꾼이 등장해서가 아니라, 이 책 내용이 별 볼 일 없

469

다는 것을 빠르게 파악했기 때문이었다.

"하지 말라고 하면 하는 것이 아이들의 역할 아니겠습니까."

하카브가 책장에 기대어 팔짱을 끼고는 어이없다는 듯 웃음을 흘렸다.

"그런 부류의 아이들을 많이 보아 왔습니다만, 제가 보기에 황자는 그런 아이들과 거리가 멀어 보이는군요."

하카브는 제 턱 아래에 겨우 오는 청년을 내려다보았다. 태양 빛을 한껏 받은 황금색 머리칼과 눈동자를 가진 아름다운 사람이었다. 나쁜 짓을 하다가 들켰다는 자각이 있는 것 같음에도, 행동거지는 여전히 느긋했다. 디에즈는 또 다른 책을 뽑아서 눈으로 대충 훑고 있었다.

일라베니아 제국의 5황자, 설원의 월계수 디에즈.

파티 홀에서 몰래 빠져나가기에 뒤를 밟았더니, 도서관. 심지어는 타국의 인사에게는 열람권이 없는 구역까지 들어가는 게 아닌가.

"피차 마찬가지입니다, 하카브 왕자. 어린아이의 실수나 장난 정도로 치부하고 넘어갈 수 있는 나이가 아닌 줄로 압니다만, 어찌 이런 금지 구역까지 오셨는지."

책을 읽는지 넘기는 것인지 모를 빠른 속도였다. 디에즈는 다시 책을 덮고 끼워 두었다. 하카브가 제 턱을 쓸며 웃었다. 확실히 발타의 1왕자와 제국의 5황자가 대화를 나누기에는 부적합한 장소였다. 일라베니아도 발타도 아닌 라고슈 왕성 내 위치한 도서관. 그 금지 구역 안쪽이었으니.

"서로의 허물은 묻어 두는 걸로 하시겠습니까, 황자?"

"그렇게 하죠."

디에즈는 쳐다보지도 않고 대답했다. 파티 홀에서 생글생글 사랑스럽게 웃던 모습과 달라도 너무 달랐다. 전부 다 연극인 모양이었다.

태양 빛을 받는 황금보다 찬란하다는 둥, 디저트 위를 흐르는 벌꿀보다 달콤하다는 둥, 디에즈 황자가 눈길을 주는 곳에는 그곳이 라고슈라 하더라도 꽃이 필 것이라는 둥의 찬사를 받는 사람처럼 보이지 않았다.

툭툭 내뱉는 말투, 타국의 고위 인사를 앞에 두고 눈길도 주지 않는 태도까지. 하나부터 열까지 완벽하게 그의 평가와 대비되었다.

"한…… 안 가십니까?"

'한가하십니까?'로 들렸다.

하카브는 그가 펼쳤다가 꽂는 책의 제목들을 쭉 훑었다. 죄다 역사 관련이었다. 그것도 일라베니아와 관련된.

하카브는 머리를 굴렸다. 일라베니아 내에 역사서가 없는 것도 아니고, 제국의 황자라 어지간한 책은 다 볼 수 있을 텐데, 굳이 타국의 도서관, 금지 구역까지 왔다는 것은…….

'이것 참.'

하카브는 있는지 없는지 존재조차 몰랐던 디에즈에게 흥미를 느끼기 시작했다. 그는 자신을 무시하고 열심히 책을 읽다가 끼우기를 반복하는 소년의 어깨 위로 제 손을 뻗어 책장을 짚었다. 디에즈는 졸지에 그와 책장 사이에 갇히게 되어 버렸다. 디에즈가 고운 얼굴을 확 찌푸렸다.

"발타에도 재밌는 책들이 많습니다, 황자."

의미심장한 말이었다. 디에즈는 그제야 고개를 돌려 그를 쳐다봤다. 하카브가 빙그레 웃고 있었다. 디에즈는 편하게 책장에 등을 기대며 그와 마주 보았다. 남자는 여전히 싱글벙글하며 가까운 거리에서 내려다보는 중이었다.

"저는 그런 걸 좋아합니다."

"말해 보시지요."

"미신, 속설."

"좋군요. 저도 그런 걸 좋아합니다."

"말도 안 되는, 현실에 있을 수도 없는 소설."

"주로 사람들은 그런 것에 흥미를 느끼고는 하더군요."

"터무니없는 것."

몇 개의 촛불로 밝혀진 도서관 내부는 어두웠다. 그 속에서 황금빛의 황자만이 고요하게 빛을 발하고 있었다. 바다에 잠긴 보물 상자를 보는 기분이었다.

"그래서, 받아들여지지 않는 이야기."

하카브가 웃었다. 그쪽 핏줄은 어지간하면 바보거나 멍청이뿐인데, 황실의 인물이라고 보기에는 머리가 비상했다. 일라베니아에 쓸 만한 인물은 리카르디스뿐인 줄 알았더니······.

"재미있군요, 황자. 마침 제가 그런 이야기를 압니다. 일라베니아의 사람이 듣기에는 한없이 허황하고 터무니없는 소설일 테지요. 흥미가 있으십니까?"

"저희가 있는 곳이 어딘지 다시 한번 상기시켜 드려야 할 것 같습니다."

흥미가 없었으면 금지 구역까지 왔겠냐. 숨겨져 있는 말을 알아듣고 하카브가 웃었다.

"제가 그 이야기를 들려 드린다면, 황자는 저에게 뭘 줄 수 있습니까?"

디에즈가 무표정한 얼굴로 눈만 깜박이더니 그의 말에 답했다.

"일라베니아."

하카브가 피식 웃었다. 제국의 5황자가 주겠다는 대가치고는 크기가 너무 컸다. 그래도 당찬 기세 하나와 내용 자체는 썩 마음에 드는 터라, 그 값을 후하게 치기로 했다.

* * *

발타로 귀화한 일라베니아 병사로부터의 증언이다. 정리된 문서는 소실되어, 그 당시 증언을 그대로 속기한 내용밖에 남아 있지 않다. 다른 병사들의 증언과 대조해 사실 여부를 확인해야 한다.

[수감자들은 식사 시간, 용변이나 수면 시간을 제외하고는 움직일 수 없

습니다. 함부로 움직이지 말 것. 수칙 첫 번째입니다.]

[특별히 수칙으로 정해졌던 이유가 있을까요?]

[그게, 그런 겁니다. 너희들이 날고 기어 봐야 다 우리의 관리하에 있다. 그런 거를 보여 주는 거기도 하고요. 아무리 녹슬어 있다지만 대단한 무기였던 만큼 철저한 통제가 필요하다는 거죠.]

[그랬군요. 이해가 갑니다. 또 다른 수칙에 대해 설명해 주시겠어요?]

[수칙 두 번째는, 함부로 대화해서는 안 된다는 겁니다. 병사들의 이목을 피해 불온한 대화가 오고 갈 수도 있지 않겠습니까? 몇 년 전에는 기침 소리로 신호를 주고받은 적도 있었기 때문에, 숨 쉬는 것 하나하나도 주의 깊게 살피고 처벌했습니다. 허튼 생각을 못 하도록요.]

[오, 물론이죠. 그런데 어린 수감자들은 그걸 이해하기 좀 어려워했을 것 같은데, 그 경우는 어떻게 했죠?]

[어…… 그러니까…….]

(10세 미만 어린 수감자들에게도 똑같이 체벌이 적용되었음을 확인함. 지속적인 학대.)

[대답하기 어려우면 넘어가셔도 됩니다. 다른 걸 얘기해 볼까요?]

[네. 네, 네. 아, 그리고 식사는 아침에 한 번으로 제한했습니다. 일주일에 한 번은 아예 굶는 날이 있고요.]

[일반 범죄자들에게도 똑같이 적용되나요?]

[아니요. 사람 죽으라는 것도 아니고. 평범한 수감자들은 아침저녁으로 식사를 배급하고, 특별 수감자들보다 양도 많습니다. 특별 수감자들은…… 아시잖습니까.]

[그렇죠. 마인이니까요. 그들을 통제하기 위해서는 어쩔 수 없었겠어요.]

[맞습니다. 그렇고말고요. 특별 수감소가 창설된 초창기만 해도 어휴, 밥

을 제대로 먹이니까 철창 뚫고 아주 날아다녔다 합니다. 10년 전만 해도 그런 사고가 빈번했다니, 점점 양이 줄어든 거죠.]

(……중략)

[감옥 내에서 태어난 애들도 많습니다. 근 20년 정도 됐으니까, 어린애들은 뭐, 다 감옥 출신이라 봐야죠. 일단 네 살 정도까지는 어미랑 같이 두고, 입이 트일 무렵이면 떼어 놨습니다. 아이들을 아이들끼리 따로 모아 둡니다. 여차하면 인질이 될 수 있게요. 아무튼, 그렇게 태어난 애들은 이름이 없습니다.]

[이름이 없어요?]

[감옥에서 부모가 살갑게 이름을 붙여 주겠습니까, 누구야 하면서 안아 줄 수나 있습니까. 부를 필요도 없고, 불릴 이유도 없으니 이름도 없었죠. 병사들이 부를 때는 그냥 야, 너. 하거나 창대 끝으로 툭툭 치거나 했죠. 그러고 싶었던 건 아니고, 상부 지침이라. 예, 상부 지침.]

[네, 상부 지침. 하하.]

[어렸을 때부터 들은 게 없다 보니 열몇 살 되는 애들도 제대로 말을 못 해요. 필요한 단어 몇몇 개 빼고는 모르죠. 그러다 보니 사고 능력도 떨어지더라고요. 멍청하고 행동이 더뎌요. 먹을 거밖에 모르고 그냥. 멍하니 있다가 자고, 하라는 거 하고. 그런 식이죠. 그런데 사실, 그게 좀 편해요. 어른들이랑 달리 다루기 편리하니까요. 아, 제가 그랬다는 건 아니고. 다른 병사들이 그렇다 하더라고요.]

(……중략)

[대신전 특별 수감소 내에 근무하면서 불편했던 점이 뭐가 있었나요?]

[지하 깊은 곳이다 보니까 습하고 춥습니다. 곰팡이도 잔뜩 펴 있어요. 일주일만 근무해도 다들 기관지에 무리가 와서요, 어우. 다들 배정되기 싫어했죠. 그런데 월급날 되면 그런 것도 사실 뭐, 버틸 만했어요.]

[힘들었겠어요.]

[힘들죠, 정말 힘듭니다. 아무리 마인이라 해도 그런 환경이다 보니 나이 들거나 어린 수감자들은 못 버티더라고요. 몇 주에 한 번꼴로 시체가 생겨요. 그런데 그 시체를 어쩌겠어요. 치워야 되잖아요? 그런데 아직도 감옥 안에 눈알이 희번덕한 놈들이 있어요. 아주 오금이 저려요. 이건 뭐, 철창 열자마자 폭동이 일어나겠다 싶죠. 실제로도 몇 번 시도가 있었고요. 그렇다 보니 상부에서 어지간하면 철창문 열지 말라 공문이 내려왔거든요. 철창문 안 열고 어떻게 시체를 치우겠냐고요. 환장합니다. 갈고리로 시체 끌어내서 안쪽에서 조각낸 다음에 꺼내야 해요. 냄새도 더 지독하고 처리 과정도 더 귀찮아도 어쩌겠어요. 아주 인간 백정 된 기분이라니까요.]

(중략)

[이제 사건 당일에 대해 말해 주시겠어요?]

[제가 저녁-새벽 교대조거든요. 갑옷 챙겨 입고 장비하는데 뭐, 밖에서 난리가 난 거예요. 헐레벌떡 뛰어갔더니 특별 수감소 문이 열렸다고 그러지, 마인들은 도망갔다 그러지, 신관들은 살해당했다고 하고 난리도 그런 난리가 없더라고요. 여기저기 불타고 있어서 불도 꺼야겠고. 쫓아도 가야겠고, 뭐…… 정신이 하나도 없었어요. 알고 보니까 도망가고 시간이 제법 흐른 후였습니다. 목격자고 뭐고 다 죽이고 가서 몇 시간 동안이나 몰랐던 거예요. 아무 죄 없는 어린 수습 신관들까지 죽였다는데, 아주 잔인한 놈들이지 않습니까?]

[그렇군요.]

[저는 일단 감옥으로 내려갔습니다. 하나라도 남아 있으면 잡을 수 있으니까. 과거 마인 사냥을 할 때는 마인을 앞세워서 마인을 추적했다고 하지 않습니까. 서로를 감지할 수 있는 게 서로뿐이니까요.]

[네.]

[아무튼 그렇게 내려갔더니, 감옥 철창이 전부 열려 있지는 않은 거예요! 그게 다 특별 수감소 방침 덕분이죠. 감옥 열쇠를 모두 들고 있는 게 아니라, 필요할 때 상부에 신청해서 허가받고 받아 오고…… 절차가 아주 복잡합니다. 운 좋게 열쇠 몇 개를 구했지만, 전부 구하지는 못했던 것 같아 보이더군요. 철창이 다른 감옥에 비해서 두껍고 튼튼하다 보니 약해진 몸으로는 부수지 못했던 것 같고요. 아무튼, 이거 됐다 싶어서 살펴보는데, 세상에…… 갇혀 있는 수감자들이 다 죽어 있지 뭡니까. 병사들이 죽였을 리 없잖아요? 그러니까, 그놈들이 도망가면서 데리고 가지 못하는 제 부모, 형제, 자매, 친구, 자식. 다 죽이고 간 겁니다. 얼마나 오싹하던지. 짐승도 그렇게는 안 할 겁니다.]

* * *

시간을 오래 거슬러 가야 하는 이야기이다. 축복의 밤이 매년 잊지 않고 찾아오던 그 시대.

이미 일어난 일이니, 그가 무슨 생각으로 그런 일을 했는가는 그다지 중요하지 않다. 그저 황제는 축복의 밤을 불러오는 영광이 반으로 나뉘는 것을 탐탁잖아 했을 뿐이다. 그리고 그런 권력자 밑에는 언제나 머리를 굴려 수를 쓰는 자들이 있기 마련이니. 그때가 아니었어도 언젠가는 일어날 일이었으리라.

황실은 먹음직한 미끼를 걸어 두고 몇몇 마인을 사주했다. 권력이나 물리적인 협박으로 찍어 누르는 방식 또한 서슴지 않았다. 대륙에 동시다발적으로 일어났던 끔찍한 살인 사건의 배후에는 황실이 있었으나, 누구도 알지 못한 채 시간은 흘러갔다.

사람들의 인식이 변하기 시작했다. 돌을 던져야 하는 대상을 사건을 일으킨 몇몇 마인이 아닌, 그 힘을 가진 자들 전체로 확장한 것이다. 그들이 가진 힘이 온건하지 못하고 다소 위험성을 동반하고 있는 사실 또한 그 커다란 사건의 배경이 되었다.

그중 강한 마력을 타고나는 혈족이 있었다. 사건이 일어나기 전 황제와 영광을 나눠 가지던 자들이었다. 몇 세대에 걸쳐 쌓아 온 우정이 한순간에 꺾일 것이라고는 상상조차 하지 못했던 그들은, 보호라는 이름을 앞세운 황제의 거짓된 약속에 속아 넘어갔다.

사건을 명명백백히 밝히고 사람들의 분노가 가라앉을 때까지 황실 깊은 곳에 숨어 있으라. 오랜 우정이 그대들을 지킬 것이다.

하지만 마인에 대한 원성은 잦아들지 않았다. 시간이 흐를수록 마인들의 입지는 점점 좁아지고, 마인을 향한 거부감은 더더욱 날이 세워지기 시작했다. 그렇게 때가 무르익고서야 황실이 전면적으로 개입했다. 수천이 넘는 황실의 병력이 대대적으로 움직였다. 평화롭던 대륙에 피 냄새가 퍼졌다. 누구는 사냥이라 했고, 누구는 학살이라 했고, 누구는 정화라고 했다.

마인들은 뿔뿔이 흩어졌다. 죽기도 하고 도망가기도 했다. 대륙에서 마력이라는 힘과 마인이라는 존재는 서서히 자취를 감췄다.

황실의 대신전, 그 깊숙한 곳. 강한 마인들은 감금되어 오랜 시간을 보냈다.

몇몇의 아이가 태어났다. 그중, 달을 제대로 채우지 못하고 태어난 아이가 있었다. 다른 신생아들보다 가볍고 작았다. 산모가 제대로 먹지 못했던 탓이 컸다.

그 아이가 태어남과 동시에 감옥 안의 모든 마인들이 눈물을 흘렸다. 아이의 작은 울음소리와 함께 엄청난 마력의 기운이 공간을 가득 메우고 있었다.

그들의 역사가 일렀다. 몇 세대에 걸쳐 강력한 왕이 태어난다. 마력을 타고나는 그들의 핏줄 중에서도 유독 강하고, 응축된 마력을 타고나는 자라 했다. 미숙아로 태어난 아이가 이 상황을 타개해 주리라 기대를 한 것은 아니었다. 그저 강한 마력과 함께 운명을 거머쥐고 있다는 왕의 탄생이 기쁘고, 또 슬퍼서.

아이는 자랐다. 이름도, 어떤 보살핌도 없이.

어린 마인들을 모아 두는 몇 개의 옥방 중 하나. 작은 방 한 개 분량의 감옥 안에는 아이들이 모여 있었다. 누우면 다리도 제대로 펴지 못할 정도였다. 낮에는 가만히 앉아 있어야 했다. 함부로 움직였다가는 매질을 당하거나 물세례를 맞았다. 저녁에는 다닥다닥 붙어서 잠을 잤다.

아이는 유독 약해서 자주 앓았다. 다른 아이들이 더러운 천 조각 따위를 아이에게 덮어 주곤 했다. 아이의 사고는 마음껏 저 바깥의 공기를 맡으며 뛰어다니는 또래 아이들보다 훨씬 더뎠으나, 더러운 천 조각의 온기로부터 배우지 못한 애정을 느끼기도 했다.

감옥 안은 춥고 습했다. 곰팡이가 피어 있고, 이상한 냄새가 났다. 아이가 보아 온 공간은 변함없이 이랬던 터라 신경 쓰이지는 않았다. 그저 언제나 배고플 뿐이었다. 아이가 쥐나 벌레를 입에 넣으려고 하면, 아이보다 두어 살 많은 또 다른 아이가 서둘러 뺏었다.

아이가 열 살이 되었다. 언제나 조용했던 감옥이 시끄러워졌다. 무섭게 매질하고 걷어차던 병사들이 비명을 지르며 쓰러졌다. 피가 고여 아이들이 있는 곳까지 흘렀다. 아이들은 갑작스러운 상황에도 비명을 지르지 못했다. 오랜 기간 학습되어 온 효과로 그저 벌벌 떨며 굳어 있을 뿐이었다.

철창문 몇몇 개가 열렸고, 수감되어 있던 마인들이 감옥 안의 병사들을 모두 죽였다. 그들이 오랫동안 준비해 온 일이었다. 탈옥.

아이가 있는 옥방의 철창문도 열렸다. 어느 여자가 아이를 안아 들었다. 아이는 두려움에 찰싹 매달렸다. 함부로 움직여서는 안 되는데, 소리를 내면 안 되는데, 혼날 텐데, 아플 텐데. 배가 고프고 괴롭게 되는데.

어른들은 그 사실을 잘 알고 있는지 울고 있었다. 그 무섭던 병사들을 죽이면서도 울었고, 열리지 않는 다른 방 앞에서 철창을 두드리며 울었다. 태어난 이후로 접해 보지 못했던 큰 소음과 소란. 아이는 혼란스러웠다.

어른들은 탈출하지 못한 마인들이 사냥개가 되어 자신들을 추적하리라는 사실을 잘 알았다. 또한, 도망친 자들을 잡건 놓치건 간에 이미 탈옥은 일어났으며, 그로 인해 지내 왔던 것보다 더더욱 괴로운 나날이 그들에게 펼쳐질 거란 사실 또한 잘 알았다. 그들이 창을 들고 가족의, 연인의, 친구의, 자식의 심장을 꿰뚫은 이유였다.

여자에게 안겨 계단을 오르던 아이는 뒤에서 퍼지는 비명에 몸을 떨었다. 병사들은 진작에 다 처리했으니, 그 소리가 무엇을 뜻하는지는 명백했다. 하지만 아이의 사고 능력은 그렇게 뛰어나지 않았다. 그저 퍼지는 비명과 울음소리에 가슴이 덜컹. 절로 눈물이 날 뿐이었다.

아이는 곧 한 번도 벗어난 적 없는 지하를 벗어났다.

휘이이, 바람이 불었다.

둥그렇고 새하얀 무언가가 아이를 쳐다보고 있었다. 까만 천장에는 빛나는 조각들이 무수히 박혀 있다. 처음 보는 세계였다. 아이는 멍하니 밤하늘을 바라보았다.

그들은 끊임없이 이동했다. 오랜 세월을 거치며 근육이 퇴화한 탓에 넘어지는 일이 잦았다. 그들은 산 길목에서 상단을 급습해 마차를 얻었다. 야생 동물을 사냥하거나 과일을 채집해 먹을 걸 구했다. 아이는 처음 맛보는 달콤한 과일을 허겁지겁 삼키다가 배앓이를 하기도 했다.

수일이 흘렀다. 몇 개의 마을을 지나쳤다. 간악한 마인들이 탈옥했다는 방문이 여기저기 붙었다. 포위망은 점점 좁아졌다. 필사적으로 도망가고 있으나 목적지는 없었다. 그들은 그저 그 어둡고 추운 공간에서 보다 멀어지길 바랐다.

그들은 산 깊숙이 들어갔다. 한두 명이 이동하는 것이 아니었기에 흔적이 남았다. 저 멀리 사냥개의 울음소리가 들려왔다. 어른들은 넘어지는 아이들을 일으켜 세우고 손으로 잡아끌며, 발걸음을 재촉했다.

밤이 되었다. 검은 숲, 검은 나무 사이사이로 횃불이 빛나며 그들에게 다가왔다. 하늘 위에서 별과 달빛이 찬란하게 내리쬐었다.

사람들은 울었다. 절망하고 화를 냈다. 하지만 종국에는 허름하고 녹슨 날붙이를 꽉 쥐었다. 스르릉, 날카로운 금속음이 아이의 마음을 무섭게 다그쳤다. 아이는 본능적으로 다가오는 불빛들이 온전히 모습을 드러내게 되는 날에는, 영영 하늘의 빛을 잃게 되리라는 사실을 깨달았다.

그 어둡고 무서운 공간 안에 다시 갇히게 될 것이다.

아이는 두려웠다. 두근, 두근 심장이 거세게 뛰었다. 작은 몸 안에서 마력이 불안하게 요동쳤다. 다가오는 병사들이 소리쳤다. 저기에 있다! 저것들을 당장……! 화살이 날아와 아이의 옆에 있던 소년의 머리에 꽂혔다.

아이의 눈동자에 공중에 흩뿌려지는 핏방울이 비쳤다.

그들의 역사가 이른다.

몇 세대에 걸쳐 한 번씩, 강한 마력과 함께 운명을 거머쥔 왕이 탄생한다.

[아… 아, 아아아악!]

몸이 찢어지는 고통에 아이가 비명을 질렀다.

아이의 여린 몸은 그 거대한 힘을 감당해 내지 못했다. 육체가 파괴되기 시작했다. 비명이 울린 숲속. 마인들이 손에 쥐고 있던 무기를 하나, 둘 떨어트렸다. 그들이 덜덜 떨며 바닥에 쓰러졌다.

아이에게 동조해 마력이 널뛰며 폭주했다. 모두의 안에 흐르는 마력이 몸집을 키우며 부풀어 올랐다. 사람들이 괴롭다는 듯 몸을 뒤틀며 피를 토했다. 오랜 세월 시든 육체가 붕괴되기 시작했다. 세포 하나하나가 무너져 내렸다.

아파, 괴로워, 무서워, 죽여! 도망쳐야 해, 복수를, 더 깊은 곳으로, 부디 누구라도! 기억이 산산조각 나며 부서졌다. 가리가리 찢겨 나갔다.

바닥에 작게 웅크려 제 몸을 할퀴고 있던 아이가 눈을 번쩍 떴다.

펑!

그와 동시에 무형의 기운이 터지듯 퍼졌다. 나뭇가지가 꺾이고, 작은 돌들이 바깥으로 밀려났다. 그들을 향해 다가오던 병사들은 갑자기 세차게 불어온 바람에 눈을 질끈 감았다. 몸이 밀려날 정도의 강풍이었다.

한차례 무언가가 휩쓸고 간 숲이 조용해졌다.

바닥을 기어 다니고, 풀숲에 숨어 찌르르 울던 벌레와 산새, 굴속에 있는 작은 짐승과 날카로운 송곳니를 가진 맹수들이 숨을 죽이고 새로운 종의 탄생을 맞이했다.

사람들이 괴롭게 울부짖던 자리에는 수십 구의 시체들이 널브러져 있었다. 그리고 바로 그 옆에서 검은 덩어리들이 뭉글거리며 작게 흔들, 흔들거렸다. 뒤가 비쳐 보이는 그것들을 뭐라고 부르면 좋을까. 나무의 그림자? 움직이는 검은 바위? 숲의 귀신? 어떤 이름도 어울리지 않았다.

그것들은 어둠을 헤치고 다가오는 사람들을 피해 더욱 깊은 숲으로 들어갔다. 남은 기억의 잔재가 그들을 이끌었다. 더 깊게, 더 깊은 곳으로.

병사들이 원했던 것은 살아 있는 마인이었으므로, 시체는 필요하지 않았다. 여기저기 널려 있는 시체는 그대로 버려졌다. 그들의 시체 위로 햇살과 달빛이 지나기를 며칠. 그들의 시체는 순환의 법칙에 따라 짐승들의 먹이가 되었다. 검은 덩어리들이 벗어 놓고 간 광기 어린 감정의 파편 또한, 남김 없이.

이후, 그 산에 서식하는 짐승들의 공격성이 매우 높아져 사람들의 근심 거리가 되기 시작했다. 마치 인간이 원수라도 되는 양, 수년간 차곡차곡 쌓아 온 원한이라도 있는 양. 거칠고, 매섭게 인간들을 공격했다.

그 사나운 맹수들은 마인의 광기를 닮았다 해서 마수라는 이름으로 묶여 살아가게 되었으나, 검고 불투명한, 연기 같은 그것들은 흔적도 없이 그림자 속에 녹아들어 이따금 그림자나 귀신, '그것' 따위로 불릴 뿐이었다.

사람들의 입을 오가는 그들의 이야기는 대부분 그렇게 시작한다.

아, 내가 숲에서 움직이는 그림자를 봤는데 말이야⋯⋯.

이것은 아주 오래된 이야기.

터무니없어, 결코 받아들여지지 않을 이야기이다.

3부

14

새벽이 지나자 비가 내리기 시작했다. 황실의 석영 성을 포함해 수도 거리를 뒤덮었던 크고 작은 화재들은 사람들의 손으로는 어찌할 수 없는 상황에까지 이르렀으나, 때마침 내린 단비로 끝을 맞이했다.

잿빛 하늘 위로 검은 연기가 퍼졌다.

"여기, 누가 제발 도와주세요!"

아주 멀리서 희미한 소리가 들려왔다. 로젤린은 고삐를 잡아 멈췄다. 병사들이 긴장한 기색이 역력한 표정으로 그녀를 바라보았다. 소리를 감지하지는 못했으나, 로젤린과 함께 있던 몇 시간의 경험으로 어떤 일이 일어났다는 사실을 알아챘기 때문이었다.

"구조 요청입니다. 제가 가겠습니다."

수도에 갑작스럽게 나타난 괴인들의 난동으로 많은 사람이 죽었다. 치안대가 감당할 수 있는 수준을 넘어섰기에 황실 기사들 일부가 사태를 진정시키는 것을 도왔다. 그중에는 로젤린도 있었다.

물론 로젤린은 리카르디스의 곁을 떠나지 않으려 했다. 연회장의 사건을 주도한 범인은 모두 수도를 떠났지만, 그렇다고 그게 모든 위험이 없어졌다는 얘기는 아니었다. 하지만 리카르디스는 전에 없던 단호한 태도로 로젤린에게 치안대의 지원을 명령했다. 많은 곳을 돌아다니며 많은 사람을 구하라고.

로젤린은 밤새 여기저기를 뛰어다녔다. 아침 해가 뜰 무렵, 이성을 잃은 사람들은 더 이상 보이지 않았다. 비가 내리기 시작해 불길도 잡혀 갔으나, 그것만으로 끝이 아니었다.

죽은 사람이 수백이고, 다친 사람은 그의 배가 넘었다. 화재와 괴인들의 난동으로 건물은 부서지고 무너졌다. 간밤보다 훨씬 조용해진 아침이라 해도 로젤린의 귀에는 갖은 신음과 비명, 울음소리가 점철되어 있을 뿐이었다.

로젤린이 걸음을 옮기자 병사 몇이 그녀의 뒤를 졸졸 따랐다. 무너진 건물 앞에서 사람들이 엉엉 울고 있었다. 로젤린은 축축하게 젖어 있는 머리를 뒤로 넘기고 말에서 내렸다. 누군가가 그녀를 알아보고 비명을 질렀다.

로젤린 경, 로젤린 경! 제발!

로젤린은 한숨을 후 쉬고는 무너진 벽에 다가섰다. 귀를 기울이자 안에서 약한 신음이 들렸다. 생존자가 있는 모양이었다.

로젤린은 거뭇하게 물든 벽에 손을 가져다 대었다. 장정 다섯이 모여도 들지 못하고, 밀어도 움직이지 못하던 거대한 건물의 잔해가 가볍게 들렸다. 사람들이 환호했다.

"수고하셨습니다, 로젤린 경!"

유명한 로젤린의 활약을 밤새 지켜본 탓인지, 앳된 병사의 눈에는 존경의 빛이 초롱초롱하게 담겨 있었다.

로젤린은 쫄딱 젖은 채, 미처 성으로 돌아가지도 못하고 반쯤 부서진 건물의 지붕 아래에서 비만 겨우 피하는 중이었다. 아무리 초인적인 체력을 지닌 그녀라고 해도 지칠 만큼 고된 일정이었다. 고작 몇 시간 사이에 이렇게 많은 사건이 벌어질 줄이야.

로젤린은 나무 상자 위에 앉아 고개만 끄덕였다. 병사들은 그녀에게 몇 마디 더 붙이고 싶었지만, 상대가 너무 지쳐 보여 물러날 수밖에 없었다. 그들은 미련 가득한 목소리로 경례한 후 발길을 돌렸다.

"어? 이게 여기도 있네요. 꽁지 빠져라 도망치는 와중에 이럴 정신은 어디 있었답니까?"

돌아서던 어린 병사가 툴툴대며 바닥에서 무언가를 주웠다. 쓰러진 과일 바구니 밑에 있던 종이는 여태껏 내리는 비에도 귀퉁이만 젖어 있었다.

"협력자가 있는 거 아니겠냐? 마인이겠지. 하여간 더러운 놈들 같으니."

뒤돌아선 남자들의 뒷모습에는 짙은 그림자가 드리워져 있었다. 남자의 악관절이 느리게 꿈틀거렸다. 더러운 놈들. 한 번 더 욕설을 내뱉었다. 로젤린은 종이에 베인 듯 섬뜩한 기분에 잠시 몸을 굳혔다.

"그게 뭡니까?"

로젤린의 질문에 병사들이 화색을 지으며 뒤돌아보았다. 진득하게 붙어 오던 분위기가 한순간에 깨졌다.

"예! 이게 무엇이냐면!"

"제가 주웠습니다! 예, 로젤린 경! 여기 있습니다! 한번 보시죠. 발타 그 놈들이 얼마나 뻔뻔한지 황성과 거리에 그 사달을 내 놓는 것도 모자라 일라베니아를 모욕했지 뭡니까!"

남자들이 다시 우르르 몰려왔다. 로젤린은 자리에 앉은 채 살짝 눅눅해진 종이를 건네받았다.

　발타 욕을 한껏 퍼붓던 남자들은 지나가던 상관에게 걸려 모조리 끌려가야 했다. 한시가 급한 와중에 놀고 앉았어? 하지만 그런 그들의 상관도 로젤린에게 다가와 수줍게 경례하고서야 만족스러운 듯 떠나갔다.

　홀로 남은 로젤린은 종이를 펼쳐 내용을 살폈다. 갖은 욕설과 이해하기 어려운 비유법을 빼고 요약하자면, 축복의 밤이 떠오르던 먼 옛날. 일라베니아가 홀로 영광을 차지하기 위해 마인을 음해하였다는 것.

　또한 축복의 밤을 위해서는 성력뿐만 아니라 마력도 필요했기에 마인들을 황실의 감옥에 오랜 세월 감금하고 이용했다는 것이었다. 운 좋게 도망친 마인들이 모두 죽어 버리게 된 탓에 더 이상 축복의 밤을 부를 수 없게 되었다는 내용도 있었다.

　[일라베니아는 대륙의 심장에 비수를 꽂아 모두를 죽음으로 몰아가고 있다. 진실을 숨긴 비겁자 일라베니아여! 거짓된 영광을 내려놓고 단죄받을 시간이 도래하였다!]

　로젤린은 마지막 문장에 시선을 오래 두다 중얼거렸다.

　"……단죄받을 시간이 도래하였다."

　멍하니 보고 있던 '단죄받을 시간이 도래하였다!'가 돌연 사라졌다. 로젤린은 갑작스럽게 사라진 종이의 행방을 따라 고개를 올렸다.

　로젤린의 앞엔 마찬가지로 빗물에 축축하게 젖어 있는 인간 남자 형태의 마카롱이 보였다. 그는 어디서 주워 입은 것인지, 꽃이 수놓아진 연분홍색 여성용 상의에 몸에 달라붙는 가죽 바지를 입고 있었다. 복식의 조화에 큰 관심이 없는 로젤린의 눈에도 괴악한 옷차림새였다.

　마카롱이 한쪽 손을 허리에 놓고 삐딱하게 서서는 종이의 내용을 읽었다. 중간중간 감탄사를 넣던 그가 콧방귀를 뀌었다.

　"누가 보면 지들이 당한 줄 알겠어."

　그러고는 종이를 두 번 접어 주머니 안에 쏙 넣었다.

"왜 뺏어 가."

로젤린이 마카롱의 허벅지를 찰싹 쳤다. 비에 젖은 가죽 바지에서 아주 찰진 소리가 났다. 아니, 어떻게 이렇게까지 기막힌 소리가? 로젤린이 가죽 바지를 만지작거리며 탐냈다.

마카롱이 자신의 옷자락으로 그녀의 얼굴을 벅벅 닦았다.

"이게 진흙에서 뒹군 곰이야, 거지야. 분간을 할 수 없어. 꼬질꼬질 드러워 죽겠네. 어디 가서 나 안다고 얘기하지 마, 창피하니까."

곰도 아니고 거지도 아니었다. 보통 평범한 선택지를 넣어 주지 않던가? 로젤린의 눈에 불만스러운 빛이 한껏 담겼다. 마카롱은 피식 웃고는 바닥에서 뒹구는 사과 두 개를 집어 내리는 빗물에 씻었다. 그리고 휙, 로젤린에게 사과 하나를 던졌다.

아삭, 사과를 한입 베어 먹은 마카롱이 반쯤 부서진 문가에 기대었다. 비 내리는 바깥 풍경만 보고 있는 걸 보니 더 이상 대화할 마음은 없는 모양이었다.

로젤린은 키 큰 남자가 반쯤 가린 좁은 문틈 사이의 풍경을 응시했다. 시체가 널브러져 있고, 핏물과 잿물이 뒤섞인 바닥은 엉망이었다. 로젤린은 그 장면을 멍하니 흘리며 사과를 손등에서 팔꿈치까지 굴렸다. 팔꿈치에서 툭 튕긴 사과는 다시 로젤린의 손으로 들어왔다. 빗줄기가 만드는 일정한 크기의 소음이 예민해진 신경을 가라앉혔다.

로젤린은 사과를 두 손으로 잡아 아삭아삭 씹었다. 입 안 가득 상큼한 과즙이 퍼졌다. 로젤린은 그제야 자신이 굉장히 허기졌었다는 사실을 깨달았다. 그녀는 천천히 사과를 씹으며 멍하니 상념에 잠겼다.

디에즈와 헤어지고 돌아오던 때였다. 어둠 속에서 아름다운 성이 불타고, 고개를 들어 보면 시릴 정도로 하얀 달이 자신을 쳐다보고 있었다. 선명한 기시감이 들었다.

[……영영 모른 척할 수는 없어요, 로젤린. 이미 물은 흐르기 시작했고,

당신은 그걸 막을 수 없을 겁니다.]

아주 오랜 옛날의 기억일지도 몰랐다.

* * *

황실은 싸늘한 정적에 잠겼다. 제국의 장자가 죽고, 귀족들이 살해당했으며, 그 주범은 유유자적하게 빠져나간 상황이었다. 사람들은 슬퍼했다. 그리고 분노했다.

사건이 일어났던 당시 연회장 안에는 많은 신관이 있었으나, 쓰러진 모두를 살려 내지는 못했다. 발타의 비수는 급소를 스쳐 지나가는 법이 없었고, 그만큼 치명적이었다. 아무리 리카르디스라고 해도 죽은 자를 살려 내는 기적을 일으키진 못했다.

충분한 시간이 지나지 않았기에 수도는 아직 혼란스러웠다. 그 탓이었을까. 적아를 구분 못 하는 사람들도 더러 생겨났다.

그날. 리카르디스와 하얀밤 기사단만이 '디에즈'라는 제국의 배반자를 발견하는 성과를 이룩했다. 그러나 결과적으로는 하카브도, 3왕녀 간제나 고위 귀족 중 그 누구도, 하다못해 디에즈도 잡지 못한 채 돌아왔다. 그나마 납치되었다 알려진 체리트 황녀를 찾아내긴 했지만……

체리트는 디에즈가 주장했던 것처럼 위험하고 먼 곳에 있던 것이 아닌, 황실 숲에서 고이 잠자고 있었을 뿐이었다. 심지어는 황실 숲에 대체 왜 있는지 모를 아기자기한 침대 위에서 편안하게 쿨쿨. 동화책 한 장을 떼어다 현실에 가져온 듯한 장면에 사람들은 많이 당혹스러워했다. 디에즈 황자는 애초에 그녀를 데리고 가지도 않았고, 해칠 생각도 없던 것이다.

체리트 황녀를 구한 일이 험난한 산과 강을 건너 암살자들과의 전투 끝에 이뤄 낸 결과가 아니라 그런지, '체리트 황녀 전하 구출' 건은 대수롭지 않은 취급을 받게 되었다. 로젤린은 사람들에게 '디에즈와 하카브를 놓친

자'일 뿐이었다. 그 말이 '디에즈와 하카브를 놓아준 자'라고 바뀌는 데에는 많은 시간이 필요하지 않았다.

당장 하카브에게 터트리지 못한 많은 이들의 분노가 로젤린에게 쏠렸다. 연일 계속되는 회의에서는 조금 멀리 있는 전쟁보다 가까이 있는 로젤린의 죄를 명백히 밝혀내기를 더 바랐고, 열 받은 리카르디스가 여러 번 테이블을 뒤엎었음에도 사태는 진정될 줄 몰랐다.

계속해서 감추는 걸 보니 뭔가 켕기는 게 있는 게 아니냐. 떳떳하면 나와서 해명하라는 말만 되풀이될 뿐이라 리카르디스는 여러 조건을 걸고 딱 한 번 회의실에 그녀를 대동하기로 결정했다.

오늘이 바로 그날이었다.

로젤린은 잠결에 손으로 얼굴을 쓸었다. 무언가가 흥건히 묻어 나왔다. 비척거리며 상체를 일으킨 로젤린은 벽에 걸린 거울 속의 자신과 눈이 마주쳤다. 눈물이 뚝뚝 떨어지고 있었다.

꿈은 길고도 짧았다. 코끝을 스치는 퀴퀴한 냄새. 어두컴컴한 공간, 저 멀리서 보이는 희미한 횃불의 빛. 끈적한 철창, 곰팡이와 이끼가 낀 바닥과 벽의 온도. 손가락 하나 움직이지 못하고 덜덜 떨 수밖에 없던 그때의 감정과 모든 감각이 선명했다.

눈을 뜨니 머리는 혼몽했고, 잠에서 덜 깬 몸은 축축 늘어져 현실이 도리어 꿈같이 느껴졌다. 로젤린은 눈물도 닦지 않고서 멍하니 앉아만 있었다. 코를 훌쩍이고 있는 사이, 멀리서 들려오던 발걸음 소리가 점차 가까워졌다.

똑똑, 문을 두드린 소년이 정중하게 "들어가겠습니다." 얘기하고는 문을 열었다.

아무리 깊게 잠들어도 타인의 기척을 예민하게 읽어 내는 로젤린은 언제나 헤사가 깨우기 전에 일어났다. 그래서 헤사는 오늘도 어김없이 "먼저 일어나 계셨네요."라는 말로 아침 인사를 대신할 예정이었는데…….

로젤린과 눈이 마주친 헤사는 그 자리에서 바로 얼어붙어 10초 정도 숨을 쉬지 못했다. 너무 충격받아 눈알도 못 굴리던 소년은 멍하니 다가와 그녀의 입에 아침 사과 한 조각을 물려 주었다. 효과는 즉각적이었고, 로젤린은 눈물을 그쳤다.

그러나 소년은 여전히 회복하지 못하고 유령처럼 방 안을 떠돌아다니며 몸에 익은 청소만 관성적으로 하고 있었다. 중간중간 "모, 몸에도 좋고 맛도 좋은…… 당도 높은 사과…….”라며 반복해서 중얼거리는 걸 보니 몹시 충격받은 모양이었다.

로젤린은 시트를 끌어당겨 아직 덜 마른 눈물을 문질렀다. 헤사가 가져온 따뜻한 물로 세수를 하고 챙겨 준 제복으로 갈아입었다. 몸단장을 끝내고 나니 헤사가 머리를 정리해 묶어 줬다. 소년은 아직까지도 흘끗흘끗 눈치 보기에 여념이 없었다.

로젤린은 헤사의 시선을 뒤로한 채 거울을 바라보았다. 엉망이던 아까와 달리, 평소 같은 자신의 모습이 보였다. 그러나 꿈속에서부터 계속 들러붙어 있던 감정만은 계속해서 가슴을 무겁게 짓누르고 있었다.

"헛소리하면 그냥 무시해."

리카르디스가 부루퉁한 얼굴로 말했다. 이게 최선이란 걸 알고 있으나, 로젤린을 물어뜯을 준비가 끝난 승냥이 굴로 직접 그녀를 데리고 가는 것이 마뜩잖은 듯 보였다. 리카르디스는 쯧 혀를 차고는 시끄러운 영감들 같으니, 라고 악담했다가 아차 하고 로젤린의 눈치를 살폈다. 로젤린은 기분이 저조한 와중에도 그를 보며 살짝 웃을 수 있었다.

"어떤 말이 헛소리입니까?"

"일부러 놓아준 게 아니냐. 이런 거."

"아, 정말 헛소리네요. 알겠습니다, 그냥 무시하겠습니다."

대화를 나누는 사이 회의실 앞에 도착했다. 문이 열리자마자 시선이 쏟아졌다. 로젤린은 자신에게 와서 박히는 날카로운 눈빛들을 보았다. 리카르디스는 자리에 앉으며 사람들 한 명 한 명을 노려보듯 둘러보았다.

"오늘은 부디 그 돌림 노래 같은 지겨운 얘기에서 벗어나 성과를 얻고 돌아갔으면 좋겠군. 어제의 약속을 잊지 않길 바란다. 강압적이고 난폭한 어투, 여러 명이 질문을 겹치며 추궁하는 식의 발언을 허락하지 않는다. 내 기사는 죄인이 아니고, 순수하게 그대들의 궁금증을 풀어 주기 위해 바쁜 와중에 친히 걸음 한 것이란 걸 유념해라."

사람들의 입에서 나오는 질문은 리카르디스가 대충 이러한 경향으로 흘러갈 것이다 하고 짚어 준 예상 질문에서 크게 벗어나지 않았다.

디에즈 전하가 로젤린 경 당신만 독대하길 바라지 않았나, 무슨 얘기를 했나, 체리트 전하의 위치를 들었으면 디에즈 전하를 제압해도 되는 게 아니었나, 그 후 하카브를 쫓으면 되는 일 아니었나, 설마 모종의 거래를 하고 놓아준 거 아니냐. 등등.

시선은 찌를 듯 예리하고 어조는 칼날 같았다.

로젤린은 세간에 떠도는 악의 어린 소문들이 그저 오해에서 비롯된 것이라 생각 중이었다. 사람들은 당시의 상황을 보지도, 알지도 못했으니까. 그래서 설명하면 될 문제라 여겼다.

하지만 사람들은 이미 결론을 내린 상태였다. 이 수많은 시선 가운데 자신은 이미 죄인이었다. 로젤린은 그들이 바라는 대답이 오직 하나뿐이라는 사실을 알게 되었다. 애써 눌러두었던, 꿈속에서부터 이어받은 감정이 널뛰기 시작했다.

머리끝에서부터 무언가가 퍼져 나갔다. 검고, 약하고, 작은 것들이 온몸을 뒤덮어 몸 위를 기어 다니고, 살갗을 물어뜯는 것 같은 기분이었다. 불쾌한 감각에 로젤린의 얼굴이 점점 싸늘해졌다. 질문에 대답하지 않고 차가운 시선을 보내는 그녀 때문에 회장이 술렁였다.

"……경?"

걱정하는 리카르디스의 목소리에 로젤린은 정신을 차렸다. 간신히 감정을 가다듬은 그녀가 고개를 끄덕이며 입을 열었다.

디에즈 전하와는 사적인 대화를 나누지 않았다. 마지막에 황녀 전하의 위치만을 가르쳐 주며 '파편'을 먹여 두었다고 했다. 일라베니아 황실에 내가 아는 또 다른 마인이 없기에, 우선적으로 황녀 전하의 치료를 위해 돌아온 거다.

로젤린은 무미건조하게 응답했다. 그녀의 대답이 마음에 차지 않은 누군가가 펄펄 날뛰었다.

"황녀 전하께서는 그냥 수면제를 복용한 것으로 판명 나지 않았소!"

"디에즈 전하께서 '파편'을 먹였다고 말씀하셨습니다. 도주할 시간을 벌어야 하니 거짓말을 하셨겠죠."

또 다른 남자가 질문했다.

"하카브 왕자가 일라베니아에서 가장 관심을 둔 인물이 경이라는 사실은 알고 있소?"

원하는 대답이 빤하게 보였다. 로젤린은 웃음을 참지 못하고 살짝 흘렸다. 그녀의 실소에 회장이 다시 한번 싸늘해졌다. 로젤린은 개의치 않고 그 질문에 대답했다.

"그렇다 하더군요."

"공적인 자리 이외에 접촉이 있었나?"

"없습니다."

재빠른 대답이었다. 눈 하나 깜박 안 하는 태연한 거짓말에 리카르디스는 내심 감탄했다. 잘한다 잘한다 했더니, 거짓말도 잘했다.

가만히 이 토론을 지켜보던 젊은 귀족이 질문했다.

"일부러 놓아주신 것은 아닙니까, 로젤린 경?"

로젤린은 가만히 입을 다물고 그를 바라보았다. 리카르디스는 그녀가 남자의 질문을 헛소리라고 판단했다는 사실을 알 수 있었다.

"그냥 도망갈 수도 있던 디에즈 전하께서 군이 경을 기다렸다가, 다른 사람들을 떼어 놓고 성 밖으로 데리고 나갔습니다. 하지만 어떤 사적인 대화도 오가지 않았다는 얘기를 경의 입으로만 전해 들었지요. 그리고 돌아왔을 때는 혼자였고, 디에즈 전하며 발타의 그 어떤 누구도 잡아 두지 못했습니다. 구한 것은 애초에 위험하지도 않았던 황녀 전하뿐."

회의실에 모여 있는 귀족들이 고개를 끄덕이며 동조했다.

"의문을 품지 않으려야 품지 않을 수가 없는 상황이 아닙니까. 그렇다고 결백을 증명할 만한 사람이나 물건 따위가 있는 것도 아니고요."

로젤린은 눈을 한번 감고, 숨을 내뱉었다. 무언가를 꾹 누르는 사람의 얼굴이었다. 그녀는 곧 눈을 뜨고 남자를 바라보았다.

"저는 결백합니다."

남자가 피식 웃었다.

"그 말밖에 할 줄 모르시는 것도 아닐 테고."

이쯤, 리카르디스가 손을 들고 만류하려 했으나, 로젤린이 대답한 게 먼저였다.

"그렇다면 제가 결백하지 않다는 증거는 있습니까?"

공간에 잠시간 정적이 일었다. 로젤린을 공격하던 남자는 잠시간 입꼬리만 씰룩였다.

"모든 정황이……."

"어떻게 정황만으로 사람을 죄인이라 확정 지으려 합니까. 저의 결백이 저의 증언으로 증명되지 않는 것처럼, 저의 죄 또한 정황만으로 증명되지 않습니다."

로젤린이 짧게 혀를 찼다.

"증거부터 가져오시고 이 논쟁을 계속하든가 말든가 하시죠."

그녀를 매섭게 노려보던 귀족들의 눈이 커졌다. 그건 리카르디스도 마찬가지였다. 아니, 내 기사가 저렇게 말을 잘해? 순간 과거 '로젤린'을 보는 것만 같았다.

"로젤린 경…… 그대가 말하는 요지는 알겠네만, 무례하군."

로젤린은 나이가 지긋한 귀족을 바라본 후, 정면으로 시선을 옮기고는 몸을 곧게 세웠다.

"붉은수레바퀴의 로젤린 에스터가 설원의 월계수 앞에서 진실 된 맹세를 하고자 합니다."

난데없는 충성 맹세에 귀족들은 눈살을 찌푸리거나 어리둥절한 표정을 지었다. 남들이 당황하거나 말거나 로젤린은 다른 사람들도 익히 따라 말할 수 있을 법한 서약문을 줄줄 외웠다.

"붉은수레바퀴의 로젤린은 검은 달을 가르는 이델라브힘의 검이 되겠습니다. 붉은수레바퀴의 로젤린은 약자를 보호하고 제국에 충성하겠습니다. 영광된 이델라브힘의 광휘 아래, 두 번째 월계수의 기사가 되어 이 목숨을 바칠 것을 맹세합니다."

로젤린은 가슴에 두었던 주먹을 다시 등 뒤로 하고는 자신을 향한 시선을 한 번씩 쭉 마주 보았다.

"그렇게 제 목숨을 걸고 맹세했습니다. 리카르디스 전하께서 제 목숨을 받으셨습니다. 단순한 정황과 제가 마인이라는 이유에서 생겨난 얄팍한 의심 정도로 폄하당할 만큼 가벼운 맹세가 아닙니다."

"아니, 그 맹세야……."

로젤린이 그렇게까지 말했음에도 못 알아먹은 귀족 한 명이 반박하려 반쯤 몸을 일으켰다. 해 봤자, 맹세 그거야 어기면 그만 아니냐는 식으로 말하려고 하는 것이리라. 리카르디스가 느릿한 어조로 끼어들었다.

"설마 맹세쯤이야 어기면 그만 아니냐는 발언을 하려던 것이라면 그만두는 게 좋겠군. 그쪽이야 맹세를 밥 먹듯 어기는지 모르겠으나, 나의 기사들은 그렇지 않은 터라."

남자는 정말 그 말을 하려던 참이었는지 입을 합 다물었다. 리카르디스의 차가운 목소리가 조용한 회의실을 울렸다.

"그 의심은 목숨을 걸고 맹세한 로젤린 경에 대한 무례이고, 또한 그녀의 목숨을 받은 나에 대한 무례다. 이 자리에 로젤린 경이 참석한 것은 요즘의 불안 속에서 그 정황이 한편으로 나쁘게 받아들여지리란 사실을 감안했기 때문이다. 그래서 친절하게 해명이 아닌 설명을 하러 왔지. 로젤린 경은 검은달의 암살자를 제압하며 검은 달을 가르겠다는 맹세를 증명했고, 그대들이 충격받아 따뜻한 침대에서 요양하는 동안 밤새도록 거리를 뛰어다니며 백성들을 구해 약한 자를 보호하겠다는 맹세 역시 증명했다. 티가드의 수많은 백성이 로젤린 경을 칭송하는 소리는 듣지 못한 건지 듣기 싫은 건지 모르겠군."

로젤린은 리카르디스가 사건 당일, 그 혼란한 와중에 자신더러 거리의 상황을 수습하라고 했던 이유가 이 때문이었다는 사실을 지금 눈치챘다. 홀로 디에즈를 따라갔고 누구도 잡아 오지 못했다. 그것만으로도 이런 파문이 일어나리라, 리카르디스는 그때부터 예상했던 것이다.

"백성들은 무지하기에 속은 거고, 그대들은 배운 게 많아 합리적인 의심을 할 수 있는 것인가? 그러면 배운 사람답게 정황만으로는 죄를 입증할 수 없다는 사실을 빠른 시일 내에 깨닫고 증거부터 들고 와라. '그런 행동을 했으니 그런 것이나 다름없다.' 따위의 어린아이 떼쓰는 말은 말도록. 전쟁을 대비해야 하는 때에 이런 쓸잘머리 없는 건수로 시간을 얼마나 허비하려는 셈이지? 발타 측 상황을 유리하게 만드는 걸 보니 그대들은 죄다 간자인가?"

"저, 전하!"

귀족들이 당황하며 얼굴을 붉혔다.

"얼마나 어처구니없는지 대충 가늠이 가는가 보군. 지금 나와 내 기사가 딱 그런 마음이니 잘 되새기길 바란다. 자, 슬슬 마무리 지어 볼까. 그대들은 의문이 있었고, 로젤린 경은 충실히 답했다. 이제부터는 그대들도 신중히 질문해야 할 필요가 있겠다."

리카르디스의 푸른 눈이 시리게 빛났다. 남자들은 입가를 가리며 서로 시선만 주고받았다. 싸늘한 정적 속에 회의는 생산성 없는 말이 몇 번 더 오고 가다가 마무리되었다.

회장이 텅 비었다. 로젤린은 자신을 물끄러미 올려다보는 리카르디스의 눈을 애써 피했다. 그가 왜 쳐다보는지 알 수 있었다. 자신이 생각해도 예민한 반응이었다. 그녀는 자신의 변화가 빠르게 이뤄지고 있음을 자각했다. 디에즈와 대화를 나누고, 그가 준 작은 조각을 흡수한 후부터였다.

변화의 이유를 알고 있는 자신도 당황스러운데 리카르디스는 얼마나 당황스러울까 싶었다. 그에게라도 디에즈와 나눈 대화와 어떤 일이 있었는지에 대해 말해야 하나 고민했으나, 결국은 또 말하지 못했다.

[……후에 말씀드려도 되겠습니까?]

홀로 정리할 시간이 필요했던 로젤린은 모호한 말로 후일을 기약했었다. 리카르디스는 '알겠다'고만 답했다. 그것이 더욱 미안했다.

입술을 달싹거리며 무언가를 말하려 한 로젤린은 결국 한숨만 토해 내었다.

[붉은수레바퀴의 로젤린은 약자를 보호하고 제국에 충성하겠습니다.]

눈부셨던 과거의 맹세가 서서히 빛바래고 있음을 무슨 수로 그에게 말한단 말인가.

마침 교대 시간이었던 터라 로젤린은 리카르디스의 곁에서 벗어날 수 있었다. 생각에 잠겨 복도를 걸어가고 있는데, 여기저기에서 시선이 날아와 꽂히는 게 느껴졌다. 수군수군, 저들끼리 얘기하며 로젤린을 쳐다보고 있었다.

피를 타고 흐르는 부정함이 어딜 가겠어? 남자들의 작은 목소리가 들렸다.

[더러운 것들 같으니.]

지하 감옥의 병사가 침을 퉤하고 뱉는 소리가 겹쳐 울렸다.

탁.

로젤린은 그 자리에서 멈춰 섰다. 그리고 시선을 돌려 사람들을 바라보았다. 크게 화를 내지도 않았고 위협하지 않았음에도, 남자들은 그녀의 시선이 닿자마자 불에 데기라도 한 듯 화들짝 놀라며 흩어졌다. 그러나 여전히 주위에서 수군거리는 소리는 멈추지 않았다. 시선 또한 마찬가지였다.

머리는 싸늘하게 식어 가는 반면, 심장은 빠르게 박동하며 가열되고 있었다. 화가 났다. 당장 어딘가에 터트려 버리고 싶을 정도로.

로젤린은 한참 자리에 서 있다가 다시 걸음을 옮겼다. 탁, 탁. 기사답게 규칙적이고 정돈된 발걸음이 점점 빨라졌다.

[사람이 사람에게 얼마나 나쁜 짓을 할 수 있는지 알고 있나요, 로젤린?]

디에즈가 했던 말이 그녀의 머릿속을 스쳐 지나갔다. 바람 한 점 없어 공기마저 멈춘 것 같던 순간이었다.

[저는 알고 있어요.]

'사람이 사람에게 할 수 있는 나쁜 짓'에 대해 하나하나 자세히 말하는 디에즈의 표정은 평온했음에도 불구하고, 그는 숨 쉬기 버겁고, 못 견디게 고통스러워 보였다.

[……당신도 알고 있을 겁니다. 기억하지 못할 뿐. 하지만 사절단 이후로 조금씩 떠올릴 수 있었겠죠. 그때의 전투로 우리가 잃어버렸던 분노의 파편을 받아들였으니까요.]

로젤린은 디에즈가 말하는 잃어버렸던 분노가 마독 '파편', 정확히는 파편에 섞여 있는 마수의 마력이라는 것을 직감적으로 깨달았다. 파편을 흡수한 후부터 이상한 꿈을 꾸거나, 황실에 대한 거부감이 짙어졌음을 그녀도 모르지 않았다.

[가라앉은 기억을 떠올리게 하는 것은 아주 자그마한 계기면 충분합니다.]

그 말을 하고서 디에즈가 꺼내 든 것은 과거 마카롱이 발타에서 훔쳐 왔던 것보다 큰 마수의 결정이었다. 달빛을 받은 검붉은 결정의 빛이 스산하게 일렁였다.

[이건 당신이 잠시 잃어버렸던 기억을 되찾는 것에 도움이 될 겁니다. 하지만 흡수하지 않는다고…… 영영 모른 척할 수는 없어요, 로젤린. 이미 물은 흐르기 시작했고, 당신은 그걸 막을 수 없을 겁니다.]

디에즈는 로젤린의 발치에 결정을 던졌다. 그녀의 시선이 결정을 따라 이동했다. 시야 밖에서 디에즈의 목소리가 들렸다.

[모든 걸 알게 된다고 당신의 다짐이 달라지리라 기대하는 건 아닙니다. 하지만 생각하고 망설이겠죠. 이따금 이게 옳은 건지, 이대로도 괜찮은 건지. 고민하게 될 겁니다. 그렇길 되길 바랍니다. 부디. 그 망설임이 당신의 발목을 잡아, 어디로도 가지 못하고 멈춰 서게 된다면. 나는 그것만으로도…….]

디에즈는 다람쥐가 떨어트린 돌멩이에 한 대 맞고서도 평온한 표정으로 떠났다. 마카롱은 모든 광경을 보고 있으면서도 디에즈가 준 결정을 회수하려 하지도 않았고, 어떤 말도 하지 않은 채 가만히 지켜보고만 있었다.

로젤린은 풀잎 사이로 빛나는 결정을 손으로 들어 올렸다.

시간이 지나, 꿈에서 흘린 눈물이 차고 넘쳐 현실에서 흐르기까지 일주일도 필요하지 않았다. 거기에는 결정의 힘뿐만 아닌 다른 요소도 작용하고 있었다. 연회장에서 벌어진 피비린내 나는 상황. 이러지도 저러지도 못하는 자신의 무력함과 어둠 속 불타는 하얀 성. 그리고 그 모든 것을 비추는 아름다운 하얀 달까지.

과거와 비슷한 상황들은 로젤린이 잊고 있던 기억을 깨우기에 모자람이 없었다. 모든 기억을 되찾은 것은 아니지만, 자신을 이따금 흔들고는 했던 격렬한 감정이 어디서부터 왔는지 정도는 알 수 있었다. 그렇다 해도 변할 것은 없으리라고 생각했다.

한데 자신을 둘러싼 이 눈빛들이, 적의가, 불합리한 분노가, 거짓을 진실이라 믿는 자들의 모든 행동이.

'짜증 나.'

로젤린은 어느새 달리고 있었다.

'너무 화가 나.'

사람들이 빠르게 스쳐 지나갔다. 그녀는 계속 달렸다. 이 자리에서 벗어난다 해도 결국 자신을 둘러싼 환경이 바뀌지 않으리란 사실은 알았지만, 어디라도 좋으니 달아나고 싶었다.

사람들의 시선이 닿지 않을 곳, 숨을 수 있는 곳.

로젤린은 단숨에 달려, 벽을 타고 창문을 통해 자신의 방으로 들어왔다. 헤사가 미리 따뜻하게 데워 놓은 방 안의 공기가 훅 하고 그녀를 감싸 안았다. 로젤린은 눈을 찡그리며 침대 위에 풀썩 엎어졌다.

"⋯⋯누님?"

뒤에서 익숙한 목소리가 들렸다. 로젤린은 고개만 반대로 휙 돌렸다. 테이블을 끼고 칼릭스와 인간 여자 형태의 마카롱, 미미가 마주 보고 앉아 있었다. 미미는 술병을 테이블 위에 놓고서는 칼릭스에게 작은 목소리로 속삭였다.

"너희 누나 사춘기가 이제야 왔나 보다. 늦되네."

칼릭스는 낄낄거리는 미미를 노려보았다.

"……."

참 신기한 일이었다. 방금 전까지 화가 나서 미쳐 버릴 것만 같았는데…….

로젤린은 침대에서 일어나 그들이 있는 테이블로 걸음을 옮겼다. 그러고는 의자에 앉아 미미를 가만히 바라보았다. 미미는 술을 마시고 크하, 하는 걸걸한 소리를 내고 있었다. 눈이 마주치자 그녀의 눈썹이 위로 솟았다. '뭘 보고 있냐.'라고 말하는 것 같은 얼굴이었다. 당장 터질 것 같던 감정이 스르륵 가라앉기 시작했다.

로젤린은 미미가 들고 있던 술병을 빼앗았다. 달콤한 과실 향이 목 뒤로 넘어가자, 영영 사라질 것 같지 않던 찝찝함이 조금 덜어진 기분이었다. 로젤린은 술병째로 홀짝홀짝 마시며 두 사람을 번갈아 보다가 더럭 얘기를 꺼냈다.

"재밌는 얘기 해 줘."

미미는 뭔 엉뚱한 소리를 하고 있냐는 표정이었고, 칼릭스는 눈동자를 굴리며 당혹스러운 감정을 표출하는 중이었다.

"빨리."

로젤린이 탁자를 탁탁 치며 재촉하자 미미가 합세했다.

"그래, 네 누나가 재밌는 얘기 해 보라잖아."

칼릭스는 초조한지 팔짱을 낀 채 다리를 떨었다. 한참 고민하던 그가 머뭇거리며 재밌는 얘기를 시작했다.

"음, 일주일 전에 알터가 눈에 커다란 멍을 달고서 집무실로 들어오더군요. 부상의 이유를 그다지 알고 싶지는 않아서 묻지 않았는데, 알터가 '이게 어떻게 된 일이냐면요.' 하면서 막무가내로 얘기를 시작하지 뭡니까."

알터와 그의 여동생 일리야는 평소같이 말다툼을 하다가 감정이 격해졌다고 한다. 결국 몸싸움으로 번졌고, 윗사람으로서의 아량이고 뭐고 간에 진심으로 상대하려 했는데 처참하게 패배했단다. 머리 하나는 작은 여동생에게 지고, 분해서 울었다는 알터의 얘기가 너무나 재밌는지 칼릭스는 말하는 중간중간 웃음을 참지 못했다.

정말 감흥도 없고 재미도 없었다. 마치 보고서를 읽는 느낌이었다. 미미의 얼굴에는 싸늘함이 감돌았고, 로젤린은 어느 부분에서 웃어야 할지 몰라 가만히 술병 입구를 물고 있기만 했다. 정적이 길어지자 칼릭스의 얼굴이 점점 붉어졌다.

"……저는, 재밌다고 생각했는데요."

미미는 그 회심의 재밌는 얘기를 반추하다가 눈을 질끈 감고 고개를 흔들었다.

"놀리지도 못할 만큼 처참했다."

로젤린은 칼릭스의 붉어진 얼굴을 보며 테이블에 엎드렸다. 이상하게 웃음이 나왔다. 그녀가 생글생글 웃으며 바라보자 칼릭스가 이것 보라는 표정으로 미미를 흘겼다. 미미가 콧방귀를 뀌었다.

"저거는 너의 재밌는 얘기와 아무 상관 없이 그냥 기분 좋아서 웃은 거야. 원래 순한 애들은 가만히 있다가 혼자 웃고 그래."

"무슨 소리십니까. 제가 얘기하자마자 누님께서 바로 웃으셨는데요."

로젤린이 흐흐 웃었다.

"웃기다."

"보세요."

"또 얘기해 줘."

"잘 논다."

칼릭스는 또 열심히 머리를 굴리며 여러 재밌는 얘기들을 했다. 하나같이 재밌지도 웃기지도 않은 것들뿐이었으나, 최선을 다하여 '재밌고 유쾌한 이야기'를 떠올리기 위해 고뇌하는 모습에 기분이 좋아졌다.

"저번에 아버지와 함께 갔던 음식점 있지 않습니까."

"응."

"저희가 앉았던 자리가 관광 명소처럼 되었다더군요. 이 자리는 붉은수레바퀴 백작이 앉았던 자리, 이 메뉴는 붉은수레바퀴의 로젤린이 한 번 더 시킨 메뉴. 이런 식으로요."

별거 아닌 이야기에 로젤린이 까르륵 넘어가자 미미가 의심스러운 표정으로 그녀를 바라보았다.

"확실하게 뭘 잘못 먹었나 본데."

"무슨 소리십니까. 제 화술이 뛰어난 것을요."

두 사람이 다투는 모습에도 로젤린은 술 취한 사람처럼 헤헤거리기만 했다. 그런 그녀를 잠시간 바라보던 칼릭스가 손을 뻗었다. 굳은살과 흉터가 눈에 띄는 손이 점점 가까이 다가왔다. 로젤린은 눈을 감았다. 부드러운 손길이 머리카락을 정돈하는 걸 느낄 수 있었다. 잠든 아이의 요람을 흔드는 바람이 이러할까.

"무슨 일 있으세요?"

로젤린은 숨을 길게 내쉬었다.

"이상하게 화가 나서."

로젤린이 오리 입처럼 입술을 쭉 뺐다. 칼릭스가 잔잔한 눈으로 응시하고 있었다.

"누님께서 왜 화가 나셨을까요?"

어린아이 어르는 듯한 말투에 미미가 질색하는 표정을 지었다.

"사람들이 계속 나한테 뭐라 그러고."

"나쁜 사람들이네요."

"손가락질했어. 재수 없어."

"교양 없는 인간들이로군요."

"그걸 반대로 꺾어야지 그대로 두냐."

로젤린은 짜증과 분노를 되짚어가며 객관적으로 자기 상태를 파악하려 애썼다. 사람들이 욕하고, 손가락질하고, 아무것도 모르면서 함부로 재단하고. 여러 이유가 있으나…….

"그러니까, 내가 예전에는 모르던 걸 알게 되었는데."

"네."

"그걸 알게 된 이후로부터 모든 게 달라진 기분이야."

"음, 그랬군요."

"그래서 좀 혼란스럽고, 내가 뭘 어떻게 해야 할지 알 수 없어서."

그녀는 다시금 디에즈의 말을 떠올렸다.

[모든 걸 알게 된다고 당신의 다짐이 달라지리라 기대하는 건 아닙니다. 하지만 생각하고 망설이겠죠. 이따금 이게 옳은 건지,]

"무엇이 옳은 건지."

[이대로도 괜찮은 건지.]

"이대로도 괜찮은 건지……."

머리가 복잡했다. 가슴을 죄는 듯한 끈적한 분노와 불안함이 신경을 바늘처럼 가늘고 뾰족하게 만들었다.

과거의 일라베니아는 자신에게 너무나도 잔혹했다. 그리고 제 가족과 친구들이라 생각되는 사람들에게도 무자비하게 굴었다. 그것이 불합리하고 지탄받을 일이라는 것은 그때로부터 시간이 한참 흐른 지금에서야 알 수 있는 일이었다.

하지만, 로젤린은 지금 이 자리. 일라베니아의 황성에 있었다. 일라베니아의 기사로서.

일라베니아를 지킨다. 나는 일라베니아의 강인한 울타리.

일라베니아는 나에게 죄를 저질렀고, 나는 일라베니아를 증오한다.

자신과 자신의 생각과 관념이 충돌하자 맹세가 어그러지기 시작했다. 리카르디스에게는 차마 말할 수 없었다. 그는 자신이 괴롭다고 도무지 견딜 수 없다고 하면 그대로 놓아줄 것만 같았다.

리카르디스의 곁을 떠날 수 없으나, 일라베니아의 과거를 묻어만 둘 수도 없었다. 대체 뭘 어떻게 해야 하는지, 무엇이 옳은 건지조차 알 수 없었다.

칼릭스는 가만히 그녀의 말을 듣다가 고개를 끄덕였다.

"누님."

"응."

"제가 누님의 모든 사정과 생각을 알고 있는 것은 아니고, 또한 제 의견이 전적으로 옳다 생각하지 않기 때문에 함부로 얘기할 수는 없습니다만."

"응."

"새로 마주한 사실은 이따금 자신을 혼란스럽게 만들 수 있어요. 그건 당연한 일입니다. 하지만, 누님. 그때 잊지 말아야 하는 것은, 무엇이 누님에게 가장 중요하느냐……라고 저는 생각합니다."

로젤린이 눈만 깜박이자 칼릭스가 살짝 웃었다. 음, 전혀 못 알아들으셨군. 하는 미소였다. 그리고 로젤린은 정확하게 못 알아들은 게 맞았다.

"가볍게 예를 들어 보자면…… 누님께서 맛있게 드시던 스테이크는 사실, 콩으로 만든 겁니다."

로젤린은 너무 충격받아서 술병을 놓칠 뻔했다.

"어디까지나 예시입니다. 아무튼, 누님. 만약 모든 고기가 콩으로 만들어졌다고 가정했을 때, 기분이 어떨 것 같으세요?"

"너, 너무 혼란스러워."

"그렇죠. 세상에나. 고기인 줄 알았는데, 콩이었다니."

미미가 피식 웃었다.

"저렇게 얘기를 재밌게 하는 아이였는데, 아까는 왜 그랬담."

"……안 바쁘십니까, 마카롱 님?"

"전혀?"

칼릭스가 미간을 좁힌 채 계속 얘기했다.

"⋯⋯그래서 누님은 굉장히 혼란스럽고, 속아 왔던 세월에 분노하게 되겠죠."

아니, 콩을 좋아하지는 않지만, 그렇게까지는⋯⋯.

"하지만 누님은 곧 깨닫게 됩니다."

칼릭스가 깍지를 끼고 거기에다 턱을 괴었다. 칼릭스를 따라 로젤린의 표정도 덩달아 진지해졌다.

"맛만 좋으면 그만 아닐까?"

로젤린은 세상의 이치를 깨달은 얼굴을 하고 있었다.

"콩 맛이 나는 고기보다, 고기 맛이 나는 콩이 더 좋지 않을까?"

"그러네?"

"그렇지요. 누님은 어떤 영양학적 정보보다, 맛을 중요시했던 겁니다."

로젤린이 격하게 고개를 끄덕였다. 미미도 감탄했다. 정말 맞춤형 설명이라며. 칼릭스는 은근 뿌듯해하며 말을 이었다.

"누님께서 앞으로도 접하게 될 수많은 사실들은, 기존의 관념을 완전히 흔들 수도 있습니다. 아무리 똑똑한 사람이라도 모든 진리를 알지 못합니다. 그렇기에 흔들릴 수밖에 없습니다."

칼릭스가 그녀의 손 위로 자신의 손을 조심스레 덮었다.

"일라베니아의 유명한 시인이 사람의 생을 항해에 빗대었습니다. 긴 여행입니다, 누님. 때로는 거친 파도에, 풍랑에, 폭풍에 배는 방향을 잃고 헤맬 수도 있어요. 그렇게 배가 흔들릴 때에 무거운 닻이 있다면 중심을 잡아 떠밀려 가지 않을 것이고, 나침반이 있다면 길을 잃어도 다시 목적지를 향해 나갈 수도 있겠죠."

로젤린은 칼릭스가 말하고자 하는 것이 무엇인지 어슴푸레 이해할 수 있었다.

"지금 누님이 느끼는 혼란 속에 닻이 될 만한 중심과 나침반은 무엇이라 생각하십니까? 그걸 잘 생각해 보세요."

나의 중심.

* * *

비가 쏟아지는 가운데 대신전의 넓은 제단을 둘러싸고, 하얀 옷을 입은 사람들이 모여 있었다. 일라베니아 신성 제국의 1황자, 엘피디오 바르솔 일 라베니아의 장례가 치러지는 날이었다.

아름답게 꾸며진 정원의 중앙에는 하얀 대리석이 원형으로 깔려 있으며, 중앙으로 갈수록 층계가 높아지는 형식이었다. 낮은 단을 세 번 올라서야 도달할 수 있는 중앙에는 사람들의 허벅지쯤 되는 높이의 제단이 솟아 있었다. 그리고 지금 그 제단 위에는 화려하게 조각된 하얀 석관이 올라와 있는 상태였다.

하지만 하얀 꽃에 둘러싸인 채 평안하게 눈을 감고 있어야 할 시신은 보이지 않았다. 석관의 뚜껑이 조금의 틈도 없이 굳게 닫혀 있기 때문이었으나, 누구도 의문을 제기하지 않았다. 모두가 알고 있기 때문이었다. 설령 석관이 열려 있다 하더라도, 엘피디오의 시신을 볼 수 없으리란 사실을.

하카브가 도망치고 리카르디스와 황녀 체리트의 증언으로 5황자 디에즈가 제국을 배반했음이 알려졌다. 발타와의 전쟁이 초읽기에 들어간 것이다. 그럼에도 황후 트리파는 제 아들의 시체가 어디에 있는지 알아내는 것에만 혈안이었다.

엘피디오의 시신이 불태워졌다는 정보를 입수했으나, 황후는 거짓된 정보라 일축하고는 많은 인원을 동원해 황실을 샅샅이 뒤졌다. 그러나 들인 시간과 인력이 무색하리만큼 어떤 흔적도 찾아내지 못했다. 시체가 소각되었다는 소문의 신빙성이 서서히 높아지기 시작했다. 그러나 황후는 수색을 중단하지 않았다.

그것이 엘피디오의 장례가 늦어진 이유였다. 만약 황제가 수색 중단과 장례식의 준비를 명령하지 않았다면, 황후는 한 달이건 1년이건 재가 되어 사라진 엘피디오를 찾았을 것이다.

엘피디오의 신체라고 할 만한 것은 암살자에게서 벗겨 낸 얼굴 가죽뿐이었다. 한 사람이 누워도 널찍한 관 안에는 머리 가죽과 황실 인장이 찍힌 반지만이 들어가게 되었다.

땅에 있을 때 이델라브힘의 빛을 널리 퍼트려 어린 백성들을 보살폈던 위대한 영혼이 드디어 육체를 벗어 던졌으니, 하늘로 가는 길은 영광뿐일 것이다. 죽음은 끝이 아닌 시작이다. 축복받은 영혼은 이델라브힘께 돌아가 영광스러운 신의 나라에 머물게 된다. 때문에 장례식에서 눈물을 보이는 건 아직 그러한 관념을 모르는 아이들뿐이었다.

그러나 지금 제단 위에 올라가 있는 황후는 언제나 보여 왔던 고고한 태도를 내려놓고서는 머리를 풀어 헤친 몰골로 석관 위에 엎어져 있었다. 석관을 쓰다듬다가, 손톱으로 긁어내리다가, 머리를 박고는 숨이 멎을 듯 울었다.

"아, 아아…… 폐하, 제발. 엘피디오를 이렇게 보내시다니요! 전하의 첫 아이가 아닙니까! 어떻게 고작 가죽 한 장만을 남기고 영광된 빛의 길로 떠나라 하십니까! 눈이 없어 길을 보지 못하고 발이 없어 걷지도 못할 텐데, 엘피디오를, 어, 어떻게…… 폐하, 제발. 조금만 더 찾으면 될지도 모릅니다. 발타의 간악한 것들이 일라베니아의 황자를 끝까지 욕보이려 하는 수작일 뿐이니 제발, 폐하!"

아이 잃은 부모의 마음을 다들 감히 헤아리기라도 하는 듯, 차마 그녀를 석관에서 떼어 내지 못했다. 석관 위로 붉은 피가 번졌다. 손톱이 너덜너덜하게 들린 트리파의 손에서 나오고 있었다. 황제는 딱딱해 보이는 얼굴로 그 광경을 지켜보다가 대신관에게 눈짓했다.

나이가 지긋한 대신관은 안쓰러운 표정으로 황후를 보고는 그대로 장례식을 시작했다. 성스럽고 서글픈 노래에 대신관의 축복이 한 구절 한 구절 더해졌다. 트리파의 울음소리는 영광스러워야 할 장례식을 한없이 비참하게 만들었다.

죽음은 시작이 아닌 끝일 뿐이다. 육체를 벗어 던져 무게가 없는 영혼은 그저 떠돌 수밖에 없다. 그 누구도 본 적 없으면서 어떻게 신의 세계를 입에 담나. 죽음 이후에는 아무것도 없다. 그녀의 눈물과 울음소리가 애써 포장해 두었던 죽음을 발가벗겨 사람들 앞에 집어 던졌다.

수백이 가득 차 있는 공간은 마치 대신관과 황후 트리파, 그리고 엘피디오의 석관만 있는 것처럼 고요했다. 투둑, 투두둑. 잘게 쏟아지는 빗소리가 모두의 숨소리마저 가렸다.

다음 대의 황제가 되었을 제국의 1황자 엘피디오 바르솔 일라베니아. 그의 초라한 끝이 모두의 입 안을 쓰게 만들었다.

그것은 리카르디스도 마찬가지였다. 그는 복잡한 마음을 무표정한 얼굴 아래 숨긴 채, 시체 없는 장례식이 거행되는 내내 자리를 지켰다. 황후가 혼절해서 누군가에게 안겨 나가고, 석관 위에 대신관의 성수가 뿌려지고, 그 석관이 땅에 묻힐 때까지. 느릿한 장송곡이 멈추며 식의 끝을 알렸다.

리카르디스는 잎을 툭툭 두드리는 빗줄기 소리에 정신을 차렸다. 물방울이 속눈썹에 맺혔다가 떨어져 나갔다. 흐릿했던 인영이 또렷해졌다. 로젤린이었다.

구름이 뒤덮은 잿빛 공간 속, 비에 젖은 창백한 얼굴이 빛을 잃어 더 어두워진 검은 머리카락에 조금씩 가려져 있었다. 그녀의 눈동자가 석관이 묻힌 자리를 응시하고 있었다.

언제나 보는 얼굴이 새삼스럽게 느껴졌다. 왜일까. 왜 낯선 걸까. 그 이유를 생각하던 리카르디스는 곧 깨달았다. 로젤린은 타인의 시선을 기민하게 눈치챘다. 언제 어디서나 시선이 오는 방향을 바라보았기에, 리카르디스의 기억 속 로젤린은 언제나 자신을 쳐다보고 있었다. 지금처럼 상념에 잠겨 이런 적나라한 시선을 깨닫지 못하는 모습이 낯설었다.

로젤린의 눈빛은 가라앉아 있었다. 리카르디스는 그 속에서 어떤 것도 읽어 낼 수 없었다. 그 또한 참으로 낯선 일이었다.

그 순간 로젤린의 눈동자가 느리게 움직이더니 리카르디스를 향했다. 이번에야말로 눈이 마주쳤다. 멍한 표정으로 그녀가 얘기했다.

"장례식은 처음이라 기분이 이상합니다."

주위의 동료 기사들이 로젤린을 갓난쟁이 보듯 바라보았다. 파르딕트는 고래무덤의 영지에서는 하루에도 두세 놈씩 죽어 간다며, 자랑인지 뭔지 모를 말을 했다. 로젤린이 미간에 살짝 주름을 잡았다.

"한때 암살까지 생각했던 인물의 죽음이지만 그렇게 기쁘지는 않네요."

레이몬드가 급하게 그녀의 입을 막았다. 동시에 기사단원 전원과 기사단장 스타스, 그리고 리카르디스까지 황급하게 주위를 둘러보았다. 다행히 장례식이 끝난 지 오래라 남은 사람은 그들뿐이었다. 하얀 무리에서 안도의 한숨이 동시에 터져 나왔다. 로젤린이 입이 막힌 채 수화로 얘기했다.

[시도한 적 없음]

[여러 차례 반복해 생각만]

[적을 은밀히 죽일 수 있는 건 나밖에 없어 들키게 되리라 예상함]

[……라는 친구의 조언]

리카르디스와 스타스는 진심으로 그 친구에게 고마워했다. 스타스는 그 친구가 자신이 그렇게까지 좋아하지 않는, 올가미 용병단의 임시 단원 쥬쥬라는 사실을 듣고 나서는 미묘한 반응을 보이긴 했다.

리카르디스는 그녀가 더 굉장한 발언을 하기 전에 돌아가기로 했다.

리카르디스와 로젤린은 빗속을 나란히 걸었다. 그녀는 가끔 뒤돌아보았다. 엘피디오의 관을 보는 듯했다. 리카르디스도 로젤린을 따라 뒤돌았다. 장면은 먹구름 때문에 어두컴컴했으나, 안개가 낀 탓인지 희뿌연 빛이 감돌았다. 리카르디스는 자기도 모르게 발걸음을 멈췄다. 잠시 그렇게 바라보고 있자, 로젤린이 물어 왔다.

"전하도 기쁘지 않으세요?"

"음⋯⋯."

그가 곤란하다는 듯 웃어 보였다.

"엘피디오가 죽기만을 바라 왔지만⋯⋯."

세티스티아가 죽고, 이후 밀리아도 제 딸을 따라가듯 목숨을 잃었다. 세티스티아의 죽음에 대해 명확하게 밝혀진 바는 없으나, 엘피디오의 공작이라는 사실을 모르는 사람은 없었다. 증오한다는 말로는 엘피디오와 자신의 관계를 다 설명할 수 없었다.

"그래, 그렇게 기쁘지는 않군. 이건 정말 기분이⋯⋯ 좋지 않아. 한 사람의 죽음에 인도적으로 슬픈 감정이 들어서는 아니야. 나는 그대와 달리 선한 사람이 아니거든."

"전혀 슬프지 않습니다, 저도."

"⋯⋯슬프지 않다고 선하지 않은 건 아니지. 이런저런 사정이 있을 수 있으니까."

리카르디스는 재빨리 말을 바꿨다.

"아무튼. 이런⋯⋯ 찝찝한 감정을 오래 가지고 있는 건 크게 도움이 되지 않으니."

그가 인상을 찌푸리며 젖은 머리를 쓸어 올렸다.

"청소를 해야겠어."

"청소⋯⋯?"

장난스럽게 코를 찡긋한 리카르디스가 미소 지었다.

"기분이 찝찝할 때는 청소를 해야지."

그가 살짝 눈짓하자 뒤따라오던 잇세리온이 빠르게 다가섰다.

"별관 어디…… 지하에 박아 뒀던가."

"예, 전하? 무얼 말씀하십니까."

"초상화."

몇 년 전. 하늘에서 뚝 떨어진 것이나 다름없는 또 다른 황태자 후보, 리카르디스의 존재 덕분에 황제는 평안한 나날을 영위할 수 있었다. 그 어느 때보다 마음이 너그러워진 상태에서 리카르디스의 생일이 찾아왔다. 소원이 있으면 들어주겠다는 황제의 말에 리카르디스는 오직 엘피디오를 괴롭히겠다는 일념 하나로 부탁했다.

언제나 형을 가지고 싶었는데, 엘피디오 형님이 있어 너무 기쁘다. 둘이서 사이좋게 있는 모습의 초상화를 가지고 싶다. 내 일생의 가장 위대한 선물이 될 것이다!

물론 본인에게도 고통스러운 시간이 되리란 예감을 할 수 있었다. 하지만 리카르디스는 그 나이대의 어린아이들에 비해 다양한 종류의 고통에 익숙했고, 어린애 한 명 골리기 위해 그쯤은 아무렇지 않게 해낼 수 있었다.

리카르디스의 소원은 곧 엘피디오의 석영 성으로 전달되었다. 엘피디오가 뭔 미친 개소리냐며 바닥을 데굴데굴 굴렀다고 했다. 그 소식이 그해 리카르디스의 가장 기쁜 선물이 되었다. 엘피디오의 반항은 황제의 강압적인 명령에 끝을 맞이했고, 자존심이 있어 그맘때쯤 입지 않게 되었던 반바지까지 예쁘게 차려입고 나와야만 했다.

여러 우여곡절 끝에 탄생한 초상화에는, 꽃으로 꾸며진 하얀 그네 의자에 아름다운 소년 두 명이 나란히 앉아 손을 잡고 있는 정다운 모습이 새겨지게 되었다. 보이는 곳에 걸어 두자니 흉물스럽고, 버리자니 언젠가는 써먹을 수 있을 거 같아 별관 지하 어디에 처박아 두었다. 돌연 그 흉물스러운 존재를 떠올린 것은 우연이 아니었다.

엘피디오의 석관을 껴안고 눈물을 흘리던 황후 트리파의 모습을 본 이후부터였다. 엘피디오는 자기도취에 빠진 인간이었다. 소설 속 영웅같이 근육이 울룩불룩한 모습의 동상을 세우고, 잔뜩 미화된 자신의 초상화를 성 복도에 쭉 늘여 놓고 감상하곤 했다.

그 많은 엘피디오의 초상들이 이번 사건으로 모두 불탔다. 성인식을 치른 엘피디오의 초상화는 황실에서도 보관하고 있었으나, 어릴 적의 모습을 담은 것은 전부 없어진 것이다. 리카르디스가 가지고 있는 초상화는 대륙에 존재하는 몇 안 되는 엘피디오의 흔적 중 하나가 된 셈이었다.

황후는 야심 있는 여자였다. 엘피디오가 죽었으나 그의 동생 3황자 틸렌드가 있다. 그녀는 또다시 틸렌드를 내세워 자신을 어떻게든 황실에서 솎아내려 할 것이다. 그런 사람에게 선물을 보낸다? 미친 게 아니고서야. 아무리 황후의 모습에서 어머니, 밀리아의 모습을 보았다고 해도 말도 안 되는 일이었다.

엘피디오 때문에 밀리아가 그렇게 되었는데. 수년간의 고통은 고작 엘피디오의 죽음 정도로 해소될 만큼 작은 크기가 아니었다. 당연히 원한은 남아 있었다. 조금도 사라지지 않았다.

그러나 엘피디오는 이젠……

"……초상화를 수정해라. 덧칠해서 나 하나 지우는 것쯤은 화공에게 일도 아니겠지. 엘피디오만 남긴 다음에 황후 폐하께 전달해 드리도록 해라."

잇세리온이 헉, 숨을 들이켰다. 리카르디스에게는 말 못 했지만, 어렸던 리카르디스의 모습이 너무나 귀여워 가끔 지하실에 들러 보고는 했는데! 그, 그걸 지우고 엘피디오 전하만 남겨서 보내라고요? 입 밖으로 내뱉지 못한 말을 대신하여 눈물이 찔끔 나왔다. 아니, 그 이전에 문제는 따로 있었다.

"전하, 이런 말씀 드리기 송구스럽지만, 황후 폐하께서는 지금 전하의 선의를 그대로 받아들이실 만한 상태가 아닙니다."

"그렇겠지."

그간 서로 죽이지 않고는 못 살던 적대 관계의 2황자가 제 아들이 죽자마자 초상화를 보내온다. 이건 위로를 가장한 조롱이요, 가슴에 난 상처를 다시 헤집는 고도의 전략이다! 황후의 성정 문제가 아니라, 황실은 그것보다 더한 일도 일어나는 곳이었다. 선물 하나도 곱게 해석할 수가 없었다. 이런 비극적인 상황이라 더욱. 상대가 자신이라 더더욱.

그럼에도 보내려는 이유는 리카르디스도 잘 알고 있기 때문이었다. 사람이 사람을 떠나보내기에는 수많은 것이 필요하다. 초상화는 필요한 그 한 조각쯤은 될 수 있을 것이다.

"……솔직히 나도 순수한 선의로만 보낸다고 말할 수 없으니, 황후 폐하께서 나쁘게 해석한다고 해도 별다른 변명은 못 하겠어."

동정이고 연민이었다. 그것에 엘피디오를 향한 원망이 얽혀 엉망진창이었다. 이 감정은 머리를 어지럽히다, 가슴에서 떠돌다, 시간이 지나면 발밑에 끈적하게 쌓이게 될 것이다. 그리고 종국에는 자신의 발을 잡아끌리라는 것을 예감했다.

"하지만 필요할 거다. 폐하께도, 나에게도."

그렇기에 두고 가야 했다. 쓸데없는 것에 발목을 잡혀 자리에 멈춰 설 수 없었다. 리카르디스는 고개를 돌려 로젤린을 바라보았다. 그녀는 잇세리온과 리카르디스가 나누는 대화가 무슨 뜻인지 고심하는 표정이었다.

리카르디스는 어떤 장면을 상상했다. 현재와 같은 시간과 공간이었으나 그곳에 로젤린이란 존재는 없었다. '만약'으로 시작하는 의미 없는 가정 속의 장면은 가슴이 섬뜩해질 정도로 현실적이었다.

자신은 혼자였다. 죽은 엘피디오의 관을 보며 혼자 끈적한 감정을 곱씹고 휘둘린다. 앞으로 나아갈 이유가 없으니 멈춰 있기만 한다. 버릴 필요를 못 느끼니 끌어안고 있다. 점점 가라앉다가, 가라앉다가. 결국 그렇게 끝맺는 이야기였다. 한 명이 있는 세상과 한 명이 없는 세상은 그렇게 달랐다.

리카르디스는 로젤린을 응시했다. 로젤린도 시선을 피하지 않고 마주 보고 있었다.

"버릴 것은 버리고."

리카르디스가 손을 뻗어 로젤린의 위로 투두둑 떨어지는 빗방울을 막았다. 그의 눈동자가 그녀를 담았다.

"가지고 갈 건 가지고 가야지. 그건 더 이상 나에게는 필요하지 않으니까."

며칠 뒤, 리카르디스의 선물이 황후 트리파의 성에 도착했다. 잇세리온은 아마도 초상화가 부서진 상태로 반환될 것이며, 사태가 최악으로 치닫는다면 암살자까지도 같이 딸려 오리라 예상해 만반의 준비를 끝마친 상태였다.

하지만 월장석 성에 도착한 것은 황후의 인장이 찍힌 편지 한 장뿐이었다. 고맙다는 한마디만 쓰여 있었다.

* * *

몇 세대가 지나는 긴 시간 동안 아슬아슬하게 지켜지던 균형이 무너졌다. 발타는 '검은달'이라는 광신도 집단 이름 뒤에 숨어 일라베니아를 자극하고, 일라베니아는 압도적인 무력으로 발타를 압박했다.

지지부진하게 작은 전투들이 줄곧 이어지기는 했으나, 이걸 두 나라 간의 전쟁이라고 보기에는 무리가 있었다. 말 그대로 사소한 분쟁에 불과했다.

그렇게 수백 년간 무너지지 않았던 균형을 깨트린 쪽이 발타라는 사실은 일라베니아의 많은 사람들을 당혹스럽게 만들었다.

'그들은 결코 전쟁을 먼저 시작하지 못할 겁니다. 국력의 차이는 명백하며, 하카브 왕자도 그걸 모를 만큼 아둔한 자가 아닙니다. 지는 싸움이 취향이라면 또 모를 일이지만 하하.'라고 호언장담한 것이 무색하다 못해 머쓱해지기까지 한 상황이 되어 버렸다.

발타의 수상쩍은 기색을 눈치채지 못한 것도 아니며, 생각이라고는 할 줄 모르는 머저리들만 수뇌부에 앉아 있던 것도 아니었다. 그저 발타가 하는 전쟁 준비를 수십, 수백 년간 계속된 무력시위의 일환이라 여겼다. 왕실이 건재하다는 것을 백성들에게 보여 주기 위한 연극일 뿐이라고.

더군다나 두 나라 간의 힘 차이는 명백했다. '파편'과 인조적인 마인 부대 정도로는 그 틈을 메울 수 없으리라, 그렇게 생각했는데.

이게 웬걸. 발톱을 드러낸 발타의 일격 하나하나가 매섭기 그지없었다.

건국제 무도회의 참사 이후, 일라베니아는 병력을 대대적으로 움직여 하카브의 뒤를 쫓았지만 결국은 잡지 못했다. 어떻게 확보했는지 모를 도주로와 어떻게 심어 놨는지 모를 첩자들 등.

여러 가지 활약이 있겠으나, 가장 큰 이유는 무도회를 기점으로 국경 지역에 크고 작은 전투가 동시다발적으로 일어났기 때문이었다. 일라베니아의 권력자들은 당장 눈앞에 닥친 위험에 대비해야만 했다.

전투가 잦던 국경 지역은 발타의 공세에 빠르게 대응했지만, 평소와 달리 승리로 가는 길은 버거웠다. 발타의 병력이 예상했던 수와 힘을 한참 넘어서 있었다. 어디에 숨겨서 대체 어떻게 키운 건지도 모를 훈련된 병력이었다.

한 가지 더 경악스러운 사실은 '파편'과 인위적으로 만든 마인 부대는 아직 투입되지도 않았다는 것이었다. 그나마 세 개로 나누어진 남부 국경 관문을 맡은 국경 사령관들의 활약으로 어떻게든 막아 내고 있는 실정이었다.

그뿐이었다면 좋으련만, 국경뿐 아니라 수도 티가드도 피해가 막심했다.

국경 관문처럼 대규모의 병력과 마주하지는 않았으나, 병사보다 암살자라는 말이 더 어울리는 소규모 집단의 행패로 주요 인물 몇몇이 살해당하는 사건이 일어났다. 그중에 일라베니아 제국 군사 조직의 우두머리인 총사령관이 있었음은 말할 것도 없었다.

대체 이게 무슨 일이란 말인가!

"대체 이게 무슨, 개…… 계시 같은 말인지. 하하."

무슨 개 같은 소릴 하냐는 말을 가까스로 바꾼 것이 분명해 보였다. 마른가시나무 백작 세실은 다리를 꼬고 앉은 채 담배 연기를 내뿜었다. 황실에서 온 전령에게 보일 만한 태도는 아니었다. 그나마 황실 전령을 대함에 적당해 보이는 태도는 그린 듯한 미소 하나뿐이었다. 마른가시나무 기사단장인 렉시드는 세실의 시선이 자신을 향하자 눈만 굴려 그녀를 내려다보았다.

"어떻게든 해 보라…… 렉시드, 들었니? 어떻게든 해 보래."

세실은 미간을 살짝 찌푸린 채 차갑게 웃고는 다시 파이프를 물었다. 후, 그녀의 입에서 연기가 퍼져 나왔다. 세실이 쿡쿡 웃으며 말을 이었다.

"지금 사건이 일어난 지가 언제고, 발타 놈들이 여기저기 쳐들어와서 깽판 놓은 지가 언제인데. 이 사태에 대한 해결 방법이랍시고 전령을 보낸 게 병력을 보내며 권한을 위임할 테니 집결하여 연계하라. 이게 아니라. 그냥 어떻게든 해 봐라? 잘 막아 봐라? 믿는다, 힘내라?"

"아, 아니, 마른가시나무 백작! 말을 꼬아서 듣지 마시오. 현재 황실은 엘피디오 황자 전하와 총사령관까지 변을 당하시어, 병력을 재정비하는 시간이 필요하고……."

"총사령관이 살아 있었다 하더라도, 지금의 상황에 큰 영향을 끼치지 못했을 텐데? 그나마 없는 쪽이 개소리가 덜해서 일이 빨리 진행되기는 하겠네. 그리고 엘피디오 황자 전하께서 돌아가신 건 제국의 백성으로 함께 눈물 흘릴 일이기는 하다만, 발타 놈들이 쳐들어오고 있잖아? 무얼 먼저 처리해야 하겠다는 감이 오지 않냐? 살아 있는 사람들도 다 같이 죽으라는 것도 아니고 이게 뭔지."

"중앙 상비군은 일라베니아를 지킵니다, 백작! 발타의 공세가 지난 수십 년과는 비교가 되지 않게 사나움을 내 모르는 것은 아니오. 하지만 아직 그마인 부대의 움직임을 못 읽어 내지 않았소. 그 부대가 수도로 침투한다는 가정을 아주 배제할 수 없음을 알 거요. 이런 상황에서 어떻게 중앙의 병력을 분산시키란 말이오! 변경 주둔군 또한 그에 뒤지지 않는 병력이 있지 않소. 계속 지원 요청을 하는 것은 백작의 무능을 나타내는 일밖에 되지 않으니, 잘 생각하고 발언하기를 바라오."

세실이 눈을 접어 웃었다.

"말 잘했군, 남작. 그래, 아직 마인 부대는 물론이거니와 그 지독한 독마저도 투입되지 않은 상황이지. 이 말이 뭘 뜻하냐면, 전쟁은 아직 본격적으로 시작도 안 했다는 거야. 일라베니아나 발타나 서로 충분히 여력을 남겨둔 상황이지. 하지만 이쪽은 하카브가 수도에서 분탕질을 치는 바람에 위쪽 분들이 너무 불안해하시네? 중앙에서 병력을 많이 빼 주지 못하겠다네? 이게 뭐냐면, 병력의 분산이에요. 왜 분산시키겠냐고, 상대적으로 국경의 방어벽을 얇게 하려는 수작질이 아니겠느냔 말이야. 왜 방어벽이 얇으면 좋을까? 뚫기 쉬울 테니까!"

그녀가 주먹으로 테이블을 내려쳤다. 진동에 찻잔이 달그락거리며 소음을 만들어 내자 남자가 흠칫 몸을 떨었다.

"그렇게 일라베니아 제국 전체 병력의 3할 정도가 주둔하고 있는 관문이 무너지면 어떻게 될 것 같나. 남은 병력으로 막아 낼 수 있을까? 다들 하카브가 사고 치고 간 것 때문에 무서워서 머리가 잠시 굳은 모양이라 내가 좋게 좋게 말로 지원 요청하면서, 여기 뚫리면 네놈들도 다 뒤진 목숨이다. 친절하게 알려 준 것 아닌가."

세실이 파이프를 한번 물고 깊게 숨을 들이쉬었다. 그녀가 후우, 연기를 내뱉자 남자가 콜록콜록 기침을 내뱉었다. 세실이 줄줄 얘기할 동안 얼빠진 듯 입만 벌리고 있던 검은파도 남작이 씩씩거리며 자리를 박차고 일어섰다.

"마른가시나무 백작! 황제 폐하께서 보낸 엄중한 명령에 감히……! 이 무례는 그냥 넘어가지 않겠소! 사태가 끝나고 나서도 인간 백정 짓으로 가까스로 유지하던 지위를 달고 있을지는 내 확답해 드리진 못하겠소."

세실은 생긋 웃으며 소파에 편하게 몸을 기댔다.

"눈치라고는 없는 줄 알았더니, 그래도 엉덩이 차 버리기 전에 얼른 밖으로 꺼지라는 내 뜻은 읽은 건가, 남작? 잘 가시게, 배웅을 꼭 받고 싶다고 해도 그다지 해 주고 싶지는 않아."

검은파도 남작은 얼굴을 붉으락푸르락 물들이다가 크게 콧방귀를 뀌고서는 발걸음을 돌렸다.

쾅!

세계 문이 닫히고 방 안이 조용해졌다. 세실은 등받이에 편하게 기대었다.

"피곤해라……."

"와인을 준비하겠습니다."

"전시인데 무슨 소리야, 라고 하고 싶지만, 한 잔만 딱 마실까?"

"한 잔 정도는 전시에 마시기 딱 좋은 수준이죠."

렉시드가 문가에 서 있던 하인들에게 손짓했다. 세실은 눈을 감은 채 아차, 하고 말을 이었다.

"렉시드. 황제 폐하의 전령이 언제 온다고 했지?"

방금 전에 16세 사춘기 남자아이처럼 씩씩대며 나간 남자가 황제의 전령임을 모르고 한 얘기는 아니었다. 뜬금없을 법한 발언에도 렉시드는 조금의 의문도 갖지 않은 듯 보였다. 그가 와인 한 병을 하인들에게 건네받으며 태연하게 말했다.

"마른가시나무 백작령에 당도하기 전에 실종되었다더군요. 요즘 시국이 보통 흉흉해야 말이지요. 참으로 안타까운 소식이 아닐 수 없습니다."

세실이 눈을 감은 채 씨익 웃었다. 그녀는 오지 않은 황실 전령의 짐에서 황실의 문양이 찍힌 또 다른 서신을 발견했다. 수신자는 붉은수레바퀴 백작 페르탄이었다. 전선에서 한 몸 불사르는 공을 치하함과 동시에 이제 그만 좀 수도로 올라오라고 징징거리는 내용이 고급스럽게 적혀 있었다.

"아니, 이 늙은이가…… 나는 알아서 잘 싸워 보라더니?"

세실이 헛웃음을 내뱉었다. 뭐, 황제의 마음이 이해가 안 가는 것은 아니었다. 이쪽은 투견이고 저쪽은 충견이니. 국경 지역에서 허무하게 죽을 인물은 대체 가능하지만, 황제의 명령에 따라 구르라고 하면 구르고, 죽으라고 하면 죽는 사람은 구하기 힘들 것이다.

위험한 순간에 써먹게 옆에 데리고 있으려는 모양인데, 내용을 살펴보자니 붉은수레바퀴 백작이 꿈적도 하지 않는 모양이었다. 불복은 죽음으로 여기던 인간이 몇 번이나 계속된 것 같은 권고에도 움직이지 않았다? 무슨 심경의 변화일까.

"뭐…… 전달할 필요는 없겠군. 몇 번 동일한 내용을 받은 모양이니."

세실은 테이블 위의 촛불에 서신을 가져다 대었다. 닿은 부분이 검게 물들어 가더니 순식간에 불이 번졌다. 아직 너울거리는 불꽃을 품은 재가 테이블 위로 투둑 떨어졌다.

* * *

쩍!

벼락이 돌을 쪼개는 듯한 소리였다. 손바닥이 뺨을 스친 것만으로 이런 소리가 날 수 있을 거라고는. 통증에 볼을 부여잡는 와중에도 호위대의 대장, 둔은 감탄했다.

"건방진 놈! 이거 놓아라!"

"악!"

지금 막 간제가 또 다른 호위의 정강이를 걷어찼다. 뼈가 부러지는 소리가 나며 남자가 그대로 바닥에 쓰러졌다. 간제의 팔을 한쪽씩 잡고 있는 호위들은 오랜 여행에도 지치지 않았으나, 30분도 채 안 되는 주인의 패악에는 몹시나 고단해 보였다.

간제는 성난 들소보다 무섭게 씩씩댔다. 힘도 들소에 뒤지지 않는 것 같았다. 간제를 둘러싼 마인 호위대는 쩔쩔매며 그녀를 억류하려 노력했다. 하지만 다치지 않게끔 간제를 제압하는 일이란 정말 너무 힘든 일이었다. 3왕녀 간제 또한 그들과 같은 마인이었기에. 심지어는 마력의 양으로 따지면 간제 쪽이 우세했다.

둔은 안 되겠다 싶어 뒤에서 그녀를 확 끌어안았다. 팔까지 끌어안겨 옴짝달싹할 수 없……어야 했는데. 간제가 발꿈치로 호위의 발가락을 무참하게 내리찍었다.

"아악!"

둔의 품에서 빠져나온 간제가 몸을 회전시키며 그의 명치를 팔꿈치로 가격했다. 둔은 그대로 기절했다. 거친 몸싸움으로 산발이 된 간제는 눈을 형형히 빛내며 다음 사냥감을 물색했다. 호위들이 주춤주춤 물러섰다.

"이 버러지 같은 것들이 감히……."

간제의 손등 위로 핏줄이 불룩불룩 솟았다. 기절한 호위대장 둔을 대신하여 부대장이 나섰다.

"왕자 전하의 명령이셨습니다. 일라베니아에서 벗어나기 전까지 어떤 위험과 돌발 상황이 있을지 모르는 터라, 왕녀 전하께서 큰 충격을 받을까 걱정하셔서……."

부대장의 얼굴에 화병이 직격했다. 쨍그랑! 조각이 사방으로 터져 나갔다. 부대장은 얼굴에 달라붙은 화병 조각과 코피를 쓱쓱 닦으며 말을 이었다.

"부득이하게 그런 결정을 내리셨음을 이해해 주십시오."

간제는 이를 갈았다. 지금 호위가 말하는 '부득이하게 내린 그런 결정'은 일라베니아를 빠져나오는 내내 골칫덩이를 수면제로 재워 놓는다는 계획이었다. 확실히 자신이 깨어 있었다면, [여기에 발타의 1왕자 하카브 위 리비타가 있습니다]라고 적힌 깃발을 만들어 흔들었을 것이다.

아무리 그렇다고 해도, 사람을 강제로 재워 둬?

간제가 긴 수면에서 막 깨어나려는 기색을 보이자 호위가 급하게 그녀의 입에 수면제를 들이부었다. 몽롱한 상태의 간제는 남자의 다급한 숨소리에 이변을 깨닫고 호위의 얼굴에 수면제를 냅다 뱉어 냈다. 순간적인 기지로 남자의 소중한 급소를 까 버린 후, 사투는 지금까지 이어지는 중이었다.

뭉텅 썰려 나간 시간이 아까워서 열 받는 것은 차치하고, 호위 놈들이 괘씸해서 간제는 분을 이기지 못하고 성질냈다. 호위들은 이제 그녀를 재우는 일은 포기한 듯 보였다.

간제는 숨을 고르며 주위를 둘러보았다. 가구, 건물의 구조, 새겨진 문양. 발타에서 익숙하게 볼 수 있는 것들이었다. 여기저기 막힌 길이 많았을 텐데 재주 좋게 일라베니아를 벗어난 모양이었다. 리비타의 궁은 아니었다. 문양 양식이 달랐다.

"오라버니는."

"……회의 중이십니다. 방해하지 말라 명하셨으니, 우선 허기를 달래고 계시면 저희가……."

회의 중? 방해하지 말라 하였어? 간제의 눈이 번쩍 빛났다. 주위의 호위들이 간제의 말에 답한 남자를 퍽 쳤다. 이 멍청한 놈이! 그런 식으로 대답하면 불을 질러서라도 방해할 인간인데……!

간제가 움직이자마자 만류의 손길이 사방에서 뻗쳐 왔다. 간제는 바닥을 굴러 회피하고서는 창문을 열고 그대로 뛰어내렸다.

"왕녀 전하!"

"아악! 전하! 아, 내가 진짜!"

"저 개망나니가!"

간제는 바로 아래층의 돌출된 지붕에 착지한 후에 바로 옆 난간에 매달렸다. 호위들이 따라 뛰어내리려 했다. 그녀는 콧방귀를 뀐 다음에 아래층 창문으로 쏙 들어갔다.

쨍그랑!

수놓아진 커튼이 불룩 솟으며 간제가 나타났다. 그녀는 유리창 조각이 쏟아진 바닥에 구르며 벌떡 일어섰다. 방 안에 모여 있던 사람들은 눈만 크게 뜨고 갑작스럽게 나타난 간제를 바라보았다.

간제는 툭툭 옷을 털며 유리 조각을 털어 내었다.

"눈뜬 모습은 오랜만이구나, 간제. 건강해 보여 이 오라비도 마음이 놓인다."

제일 상석에 있던 하카브만 여유롭게 미소 지으며 그녀를 바라보았다.

"그런데…… 어떻게 여기에 온 건지 모르겠구나. 너의 유능함 덕분일까, 호위들의 무능함 때문일까. 말해 주련?"

품에 숨긴 비수 같은 위험함이 담긴 목소리였다. 간제는 머리를 탈탈 털며 한 치의 망설임 없이 말했다.

"호위들이 무능했지요. 긴 시간 동안 잠만 자서 비실거리는 연약한 왕녀 하나 못 막을 정도면 알 만하지 않습니까? 죄 갈아엎고 새로 뽑아 주시지요. 기왕이면 잘생긴 놈들로요."

간제는 맨발로 저벅저벅 방을 가로질러 빈 의자에 앉았다. 옆자리의 중년 남자가 의자를 반대쪽으로 슬쩍 옮겼다. 리비타 왕실의 유명한, 목숨 내놓고 사는 미친 왕녀. 엮이면 피곤할 게 불 보듯 빤했다.

"그래서 여기는 어딘가요."

"제가 대신 대답하도록 하지요, 왕녀 전하."

간제는 목소리를 따라 시선을 옮겼다. 맞은편에 앉아 있는 소녀와 소년이 보였다. 그녀도 익히 아는 얼굴이었다.

발타는 왕실 '위' 가문을 중심으로 다섯 개의 큰 가문이 지배하고 있었다. 그중 쌍둥이 남매가 가주를 맡은 가문이라면 '싱' 외에는 더 생각할 필요도 없었다.

"싱."

간제가 먼저 정체를 유추해 내자 소녀가 빙긋 웃었다.

"남라 싱, 바유 싱. 고귀한 발타의 딸에게 인사드립니다."

소녀는 말 못 하는 소년의 몫까지 말했다. 사랑스러운 외모의 두 남매가 같이 무릎을 꿇으며 인사했다. 간제는 일어난 이래 가장 멍청한 표정을 지었다.

싱은 금속이 우는 소리가 끊이지 않는 곳으로, 검, 활, 갑옷과 각종 고문 기구까지 만들어 내는 전쟁의 표상이라 할 수 있는 가문이었다. 하카브가 일라베니아에서 빠져나오자마자 싱에 들렀다는 것은 아마도…….

간제는 천천히 고개를 돌려 방 안을 둘러보았다. 거대한 테이블을 두고 하카브, 남라 싱, 바유 싱. 그리고 재상 아틸라크와 수년 전에 잡혀갔던 검은달의 간부, 케틀린이 있었다. 또한, 여기에 있을 거라 생각하지 못한 사람들도 다수 보았다. 그들은 간제의 시선이 닿자 무릎을 꿇고 예의를 갖췄다.

"차호트 람가, 고귀한 발타의 딸에게 인사드립니다."

단단한 근육이 눈에 띄는 장신의 여인과,

"브네학스 아문. 고귀한 발타의 딸에게 인사드립니다."

준수한 미남자와,

"코코 사르체. 고귀한 발타의 딸에게 인사드립니다."

흉악하게 생긴 거인과,

"완달 타탄, 고귀한 발타의 딸에게 인사드립니다."

주름이 자글자글한 노인까지.

싱을 포함한 람가, 아문, 사르체, 타탄.

발타를 이끌어 가는 다섯 가문의 가주들이 죄다 모여 있었다. 어디 소풍 나갈 계획을 짜기 위해 모인 것처럼 보이지는 않았다. 간제는 환장할 것 같은 기분에 잠시 천장을 바라보았다.

'아, 리카르디스 전하. 피차 힘든 싸움이 될 테니 알아서 잘 살아남아 봅시다……'

하카브는 테이블에 펼쳐진 지도의 한 점을 빤히 바라보다 돌연 씩 웃었다.

"자, 이제…… 본격적으로 시작해 볼까."

* * *

전운이 감돌았다. 시녀들은 연회 준비를 할 때처럼 항상 지쳐 있었고, 기사들은 실전 같은 대련과 훈련을 하루도 거르지 않았다. 징집과 군의 편제가 마무리되어 언제든지 이 가능한 상태가 되었다.

그러나 황실은 아직까지 침묵하는 중이었다. 나라와 나라의 운명을 건 거대한 전투를 대비한 대군은 그대로 묶여 있고, 고작 1만여 명의 병력을 국경에 지원했을 뿐이었다. 없는 것보단 낫긴 한데 크게 도움이 되는 정도는 아닌, 생색내기 좋은 딱 그 정도. 분통이 터진 마른가시나무 백작이 한 자 한 자 분노를 채운 서신을 보낸 일도 이해가 갔다.

여유로워 보이는 황실의 움직임에 백성들은 안도했다. 별일이 아닌가 보다. 괜찮나 보다. 발타 놈들이 해 봤자지. 그런 식이었다.

황제가 정확하게 노린 바였다. 일라베니아는 누대에 걸쳐 서서히 몰락하는 중이었다. 축복의 밤으로 풍요로웠던 대륙은 메말라서 성수를 들이부어도 잠깐의 곡식을 허용할 뿐이었다. 황금의 땅이라 불리던 일라베니아에서 굶어 죽는 사람들을 보게 되는 것은 이상한 일이 아니게 되었다.

절대적이던 권력에 금이 가기 시작했다. 불만을 가진 자들이 늘어난 시점에서, 황실이 위태로운 상황에 처해 있음이 행동으로 드러나게 되면 문제는 외부가 아닌 내부에서 먼저 터질 가능성도 있었다. 황제가 염려하는 부분이었다.

황실의 핏줄을 죽이고 일라베니아 한복판에서 간악한 짓거리를 저지른 발타에 죗값을 묻는 것은 잠시 요동치는 민심을 다스리고 난 이후일 것이다.

리카르디스는 자리에서 일어나 창가로 향했다. 로젤린이 나무 위에 앉아 있었다. 다리를 흔들거리던 그녀는 주위를 둘러보다가 지나가는 카일로에게 딱딱한 열매를 뜯어 던졌다. 갑자기 봉변당한 카일로가 분노하며 펄쩍펄쩍 뛰었다. 로젤린이 히죽 웃으며 그를 내려다보았다. 참으로 고압적이고도 오만한 미소였다.

리카르디스는 그녀를 뚫어지라 바라보았다. 카일로와 다투는 모습은 평소와 다르지 않지만, 그전에 멍하니 허공을 훑던 그녀는 깊은 생각에 빠진 것처럼 보였다.

'그날' 이후부터였다. 로젤린은 이따금 하던 행동을 멈추고 상념에 잠겼다. 생각은 깊어졌고, 말하는 것도 전보다 능숙해졌다. 어리숙한 사고가 서서히 깨어나는 것 같았다. 리카르디스는 최근 그녀에게서 과거 '로젤린'의 모습을 몇 번씩이나 느끼곤 했다.

변화는 가만히 있을 때 찾아오는 것이 아니었다. 리카르디스는 큰 파문이 그녀를 흔들었음을 알 수 있었다.

[……후에 말씀드려도 되겠습니까?]

그렇게 말한 지가 벌써 얼마던가. 로젤린이 잊고 있는 게 아닌가 싶을 정도였다. 최근 리카르디스는 그녀 앞에 설 때면 초조함을 감추는 것에 급급했다.

똑똑똑.

누군가가 가볍게 문을 두드렸다. 열린 문으로 들어온 사람은 최근 월장석 성에서 일하게 된 시녀였다. 갈색 머리와 잿빛 눈동자를 지닌 자그마한 여자의 이름은 미레이미, 일명 '미미'였다. 올가미 용병단의 쥬쥬와는 남매 관계라는 '설정'이란다.

미미는 황실 시녀가 되기 위한 조건 중 그 어떤 것도 충족하지 못했지만, 월장석 성을 자유롭게 활보할 수 있게 되었다. 든든한 뒷배가 있기 때문이었는데 물론 그 뒷배는 성의 주인 리카르디스였다.

"전하, 차를 가지고 왔습니다."

잇세리온이 있어서인지, 미미는 시비도 걸지 않고 분주히 다과를 차리기만 했다. 정상적으로 일하는 미미를 보자니 과거 생활 청산하고 열심히 살아가려는 무법자를 보는 듯해 리카르디스는 싱숭생숭한 기분이 되어 버렸다.

어, 그런데 보다 보니 뭔가 좀 이상했다. 리카르디스가 눈썹을 까딱하고는 의심의 빛을 담은 목소리로 그녀에게 물었다.

"……내 착각이 아니라면 디저트의 개수가 좀 많은 듯싶은데."

"어머? 전하께서 아까 디저트를 많이 드시고 싶으시다 하셨잖아요?"

미미가 뺨에 손을 대며 곤란하다는 표정을 지었다. 팔자(八)로 휜 눈썹이 애처로워 보이기까지 했다.

"하셨잖아요?"

얼마 가지 않아 온건한 협박이 들어왔다. 역시나, 그 성격이 가 봤자 어디를 가겠나. 과거 청산은 무슨…….

"……뭐, 그랬던 것 같기도 하고."

원래도 바빴던 잇세리온을 내보내는 일은 손쉬웠다. 잇세리온이 나간 후의 미미는 제국의 황자가 아직 서 있음에도 불구하고 불량한 자세로 소파에 걸터앉았다. 그러고는 한껏 양껏 담아 온 디저트를 냠냠 먹기 시작했다. 역시나 본인 몫이었다. 리카르디스는 어색하게 그녀의 맞은편에 앉았다.

"전하 앞에 있는 접시, 그거는 전하 거, 이거, 이거, 이거는 로젤린 거. 나중에 먹여. 그리고 나머지는 다 내 거. 이야, 전하 이름 대니까 주방장이 혼을 쏟아 부어서 만들던데. 앞으로도 종종 해도 되나?"

"……들키지만 말고."

월장석 성 내에서 주인의 이름을 사칭해 디저트를 빼돌리는 간 큰 시녀가 있을 거라고는 아무도 생각 못 하겠지만.

"아이고, 그럼요, 그럼요. 우리 전하께서는 마음도 넓으시지."

미미는 입에 크림을 묻히고 낄낄거렸다. 그러더니 아차, 하고는 제 치맛자락을 뒤졌다. 보기 좀 그런 광경이라 리카르디스는 눈을 질끈 감고 고개를 돌렸다.

"밖에서는 그러면 안 되는 거 알고는 있겠지? 여자 남자 이전에 품위의 문제야."

"나도 격식을 아는 사람이니까, 걱정은 마시죠, 전하."

한참 치마 안쪽을 뒤적거리던 미미가 "아, 찾았다." 하고는 무언가를 불쑥 꺼냈다. 리카르디스는 고개를 돌려 다시 그녀를 바라보았다. 미미의 손에는 접힌 종이가 들려 있었다. 그녀가 종이를 툭 하고 그의 앞에 던졌다. 종이가 들어 있던 장소도 장소고, 건네준 사람이 그녀이기에 의심을 지울 수 없어, 리카르디스는 찝찝한 감정을 고스란히 눈에 담았다.

"이게, 뭐지……?"

격식을 아는 사람, 미미가 포크를 쪽 빨며 씩 웃었다.

"내 마음."

엉덩이 부근 치맛자락 안쪽에서 나온 그녀의 마음. 정말 너무 찝찝했다. 리카르디스는 손가락을 집게처럼 해서 접힌 종이를 폈다. 젖었다 마른 것인지 군데군데 잉크가 번져 있었으나, 읽지 못할 정도는 아니었다.

미미는 종이를 읽어 내리는 푸른 눈동자를 지켜봤다. 무표정한 얼굴, 날카로운 눈빛. 하지만 그 눈동자가 종이의 끝자락에 닿았음에도 그의 얼굴에는 별다른 감정이 떠오르지 않았다. 리카르디스는 아마 그 종이의 존재에 대해, 혹은 종이에 적힌 내용에 대해 이미 알고 있었으리라.

리카르디스는 종이를 다시 두 번 접어 모서리를 잡고는 반대쪽 손바닥에 툭툭 하고 쳤다. 그의 시선은 바깥 창의 어딘가와 상념 깊은 곳을 지나 마침내 미미에게 다시 닿았다.

"혹시 전해 주고 싶은 마음이 '단죄받을 시간이 도래하였다!'인가?"

목소리에서 어떠한 동요도 느껴지지 않았다. 미미는 시간을 잘 맞춰 적당히 우러난 차를 마시고, 입 안 가득 감도는 향을 즐긴 다음에야 대답했다.

"겸사겸사 그것도 전해 주고 싶긴 했지."

리카르디스가 쓸쓸한 미소를 띠었다.

"……과거 설원의 월계수처럼 강한 힘을 타고나는 마인 가문이 있었다. 제국의 음해를 받은 그들은 오랜 세월 감금당해 있다가 탈옥한다. 그러나 일라베니아의 땅을 채 벗어나기 전에 죽는다. 그날로부터 축복의 밤은 찾아오지 않게 되었다…… 내가 따로 신전 관계자에게서 알아낸 것과 발타에서 몇천 장 흩뿌리고 간 이 종이로부터 얻을 수 있는 대략적인 정보지."

"세상에나, 어떻게 그런 일이? 무섭기도 해라."

미미가 심드렁한 말투와 표정으로 답했다.

"그리고 그 이후, 마수라 불리는 흉포한 존재들이 생겨났다. 산과 들, 숲. 사람들이 다니는 길목과 마을. 어디고 나타나서 목숨을 앗아 가는 마수는 일라베니아를 떨게 만들었지. 개체 수가 많이 줄어든 지금까지도 말이야."

발타에서 검붉은 보석을 가지고 올 때까지만 해도 정확하게 정체를 파악하지 못했으나, 최근 마수의 몸에서 생성되는 결정이라 판명되었다. 또한 로젤린의 증언으로 마독 '파편', 인조적인 마인 부대가 지닌 마력과 결정의 마력이 정확하게 일치한다는 것까지도 알게 된 상황이었다. 존재 자체만으로도 위협적이던 마수는 생각지도 못한 방향으로 진화해서 일라베니아의 목을 죄어 오고 있었다.

그렇다면 마수는 어디에서 왔는가?

"사라진 마인 가문에 대해 알게 된 순간부터 의문 하나를 가지고 있었다. 그들이 사라진 즈음, 공교롭게도 축복의 밤 또한 자취를 감추었어. 그들이 아니더라도 강한 마인은 또 태어났어야 하는데 말이야. 그들이 죽은, 혹은 사라진 이후부터 애초에 없었던 것처럼……."

강한 마인이 죽고 다음 세대에 남은 것은 또 다른 강한 마인이 아닌 마수였다. 이것은 단순한 우연이라 볼 수 없었다.

리카르디스는 머리를 마구 헝클었다. 머릿속이 복잡했다. 축복의 밤이 오래 찾아오지 않은 폐해로 마수가 생겨났을까? 축복의 밤이 찾아오지 않은 기간이 이렇게 길어진 것은 처음이니 무엇도 확신할 수 없기는 했다.

그러나, 만약 단순히 그 이유로 마수가 생겨났다면, 강한 마인은 왜 태어나지 않았는가? 대륙을 소생시키는 그 강한 힘이 어딘가에 있다면, 일라베니아가 아닌 그 누군가의 눈에라도 띄어야 말이 된다.

그렇다면 사람들의 눈에 띄지 않는 형태로?

거기까지 생각이 미친 리카르디스는 잠시 멈칫하고는 미미를 바라보았다. 강한 힘을 지니고, 다른 생물의 형태를 흉내 내며, 오랜 세월을 살아온……….

리카르디스는 잠시 입술을 잘근거리며 씹었다.

"맛있어, 전하? 취향이 독특하시네."

그는 미미의 질문에 대답하지 않았다. 깍지를 낀 채 엄지로 턱을 꾹 누른 리카르디스는 한참 후에야 입을 열었다. 말도 안 되는 허황한 소설을 가슴에 품은 남자가 마카롱을 응시했다.

"어디 있을까. 그들은, 그들의 힘은."

정적이 인 공간 속에 바람이 불었다. 마카롱의 머리카락이 살랑살랑 흔들렸다. 그녀가 피식 웃으며 등받이에 한쪽 팔을 걸었다. 다소 불량한 자세였다. 그녀가 가슴 위에 손을 올렸다.

"바로 여기에."

그러고는 다시 그와 눈을 맞췄다. 그녀가 팔을 쭉 뻗어 어딘가를 가리켰다. 리카르디스의 뒤쪽이었다. 그는 자신의 뒤, 창밖에 있을 누군가를 떠올렸다.

"저기에."

그리고 귀를 후비며 무성의하게 말했다.

"그리고 어딘가에 있든가, 없든가 하겠지."

미미의 얼굴이 곧 황당함으로 물들었다.

"너……무 심각하게 놀라는 거 아닌가?"

정말, 너무 놀랐다. 리카르디스는 마카롱이 답변을 마치자마자 손을 내려놓다가 생크림 케이크를 깍지 낀 손으로 박살 내고 포크를 떨어트렸다. 그리고 떨어트린 포크를 어마어마한 반사 신경으로 발로 찼다가 튕겨 오른 포크에 코를 맞았다. 마카롱은 정말 기가 막힌다는 표정으로 리카르디스를 바라보는 중이었다.

"이 꼴을 로젤린이 봤어야 했는데."

통탄하는 어조였다. 놀리는 의도가 느껴졌지만, 리카르디스는 미처 신경 쓰지도 못했다. 머리에서 생각을 담당하는 기관만 슬쩍 빼서 얼음물에 담가 놓은 것 같았다. 동면에 들어간 물고기의 사고가 이러하리라.

리카르디스는 얼얼한 코를 쓱 문질렀다. 그 과정에서 손으로 으깬 케이크의 잔해가 묻었음은 두말할 것도 없었다. 마카롱은 콧잔등 위에 생크림을 묻히고 있는 그를 보고 놀리기 위해 열었던 입을 그대로 닫았다. 상태가 심각해 보였다. 아픈 사람은 놀리는 거 아니니까.

"……그대가 정말……."

대화의 간격이 길어지며 침묵이 지루해질 찰나, 리카르디스가 다시 입을 열었다.

"그대가, 일라베니아 황실의 손에 의해 사라지게 된 그 마인 중 한 명이라는 건가?"

답을 알고 있는 사람에게 다시 답을 말해야 한다니 귀찮기 짝이 없었다. 마카롱은 상황이 특수한 만큼 인내심을 발휘하기로 했다. 믿을 수 없는 일일 테니. 마카롱이 고개를 끄덕였다. 리카르디스의 얼굴이 한층 더 어두워졌다.

"그렇다면, 혹시 그때의 기억은……?"

조심스러운 말투였다. 마카롱은 날카롭게 미소 지으며 턱을 살짝 들었다.

"모두 알지는 못해도, 알 만큼은 알아."

"……대체, 어떻게…… 그때 무슨 일이 일어난 거지?"

리카르디스는 혼란스러운 눈으로 그녀를 바라보았다. 정확히는 갈색 머리 여자의 본래 모습을 머릿속에 그렸다.

육신이 없는 검은 그림자 같은 형태, 죽은 것을 흡수하며 의태하는 능력을 지닌, 인간과는 다른 모습. 동물과 식물, 사람까지. 생명을 가진 것들은 자신을 둘러싼 환경에 따라 진화하거나 퇴화를 반복하며 생을 이어 갔다.

어쩌면 그들의 모습 또한 그러한 흐름의 하나가 아닐까. 그러나 그 흐름이 부자연스럽다는 게 문제였다. 모든 진화와 퇴화는 인식하지도 못할 만큼 오랜 시간에 걸쳐 일어나곤 했다.

그러나 리카르디스가 알고 있는 정보로는 축복의 밤이 사라진 시기와 마수가 생겨난 시기가 크게 다르지 않았다. 그 존재가 무엇이라 해도 변화하기에는 턱없이 짧은 시간일 텐데.

마카롱은 창을 타고 들어오는 바람을 맞으며 탁자 언저리에 시선을 두고 있었다.

"이 모습은."

마카롱이 머리를 헤집으며 멈췄던 말을 꺼냈다.

"걔가 한 거야."

"······로젤린이?"

리카르디스는 눈살을 찌푸리며 고개를 기울였다. 로젤린이 했다? 무얼 했다는 말인지 정확히 이해할 수가 없었다.

"요즘 어린 놈들은 모르겠지만, 나 때는 말이야, 마인들 사이에 그런 말이 있었어요. 몇 세대에 걸쳐 아주 강한 힘을 가진 마인이 탄생한다고. 강한 힘은 필연적으로 운명을 이끄는 힘이 있어서 개인의 삶뿐 아니라 나라, 세계까지도 영향을 미친다고. 뭐, 너희처럼 폐하, 전하, 죽으라면 죽고 살라고 명하시면 살겠어요, 그러지는 않았지만 우리들끼리 그 존재를 왕이라 부르고는 했지."

"왕이라······."

붉은수레바퀴의 로젤린. 그녀의 또 다른 모습은 그런 것이었다. 강한 힘을 지니고 운명을 이끄는 자.

"다행인지 불행인지, 그 일이 일어났던 시기에 몇 세대에 한 번씩 태어난다는 '왕'이, 로젤린이 있었고, 죽음의 위기 앞에서 우리를 결코 죽음에 닿을 수 없는 영역으로 이끌었지. 고통을 느끼는 육신과 오래 쌓인 분노의 기억, 우리를 고통스럽게 만들었던 모든 것을 죄다 버려 버리고서."

리카르디스는 조용히 그녀의 말을 경청했다. 머릿속으로 그려 보려고 해도 단 한 번도 본 적 없고, 상상해 본 적도 없는 광경이라 힘들었다.

"솔직히 나도 그 '왕'이라는 존재에 대해서 잘 몰랐어. '마력 엄청 많은 사람'을 왕이라 말하는 건 줄 알았지. 운명이니 뭐니, 눈에 보이지 않는 것들을 어찌 믿을 수 있겠어. 그래서 그때야 처음 알게 된 거지. 운명을 이끈다는 왕이 어떤 일까지 할 수 있는지."

그녀는 눈을 지그시 감았다가 한참 후에 떴다. 감정을 가다듬은 듯 눈동자는 고요했다.

"우리는 몇백 년의 시간을 지나 다시 원점에 돌아왔다. 이걸 운명이라 부르지 않으면 뭐라 부를 수 있을까."

리카르디스는 석고상같이 표정 없는 얼굴로 마카롱을 바라보고만 있었다. 예상했던 것보다 많이 터져 나오는 정보는 그를 혼란스럽게 만들었다. 그가 입술만 달싹달싹 움직이는 사이 마카롱이 다시 먼저 운을 뗐다.

"전하도 알다시피 내가 이렇게까지 친절한 사람이 아님에도 불구하고 왜 이런 얘기들을 하고 있느냐면, 상황이 아주 드럽게 흘러가고 있어서야."

"……그건, 부정할 수가 없군."

"나는 로젤린이 피 흘리는 것을 바라지 않아. 두 번 다시는. 그 아이를 해칠 수 있는 것은 그 무엇도 없어. 이번만큼은 안 돼."

크게 격앙되지 않은 잔잔한 말투에는 칼날같이 단단하고 예리한 기세가 담겨 있었다.

"하지만 로젤린이 전쟁에 못 나가도록 묶어서 감금시키지는 않을 거야. 내가 로젤린을 지키고 싶은 건 단순히 몸의 안녕을 바라기 때문만이 아니기도 하거니와, 그 아이는 스스로 선택할 권리가 있으니까. 지금 이 상황의 문제점은 단 하나."

앞으로 몸을 숙이고 있던 마카롱이 다시 소파 등받이에 푹 누웠다.

"……로젤린은 과거의 기억이 거의 없었어. 디에즈나 나처럼 일라베니아 놈들의 머리부터 발끝까지 갈아 버리고 싶어 하지 않는 것만 봐도 그렇지. 기억한다고 해도 그저 그때 있었던 상황에 대한 명확하지 않은 감정의 조각 정도가 아닐까."

마카롱은 잠시 숨을 고르고 얘기했다.

"좀 어렸거든."

그 말의 뜻을 이해하는 순간 리카르디스는 충격받아 한동안 눈도 깜박일 수 없었다. 그는 마카롱이 말하는 오랜 과거 속 로젤린의 모습을, 현재와 겹쳐서 상상했다.

검은 머리에 녹색 눈. 강인하고 담대한 기사의 모습은 "좀 어렸거든."이라는 마카롱의 말을 듣는 순간 산산조각 났다. 가슴 깊은 곳에서 격통이 느껴졌다.

얼마나 어렸나. 그때의 상황을 이해하지 못할 정도라고 했다. 상황을 인지하기보다 단순히 그때의 감정만을 새겨 뒀을 정도.

어리둥절해한다. 먹을 것을 좋아한다. 감정이 앞선다. 마카롱, 디에즈와 달리 상황을 파악하는 능력이 더디다. 좋아하는 것을 좋아한다 말하고, 싫어하는 것을 싫어한다 말한다.

어린아이였다. 리카르디스는 비로소 그녀에게 어울리는 껍데기가 지금보다 한참 작은 어린아이라는 사실을 깨달았다.

종의 변화라는 거대한 흐름. 하지만 그것은 위대한 업적이 아닌 한 어린아이가 벼랑에 몰린 결과였다. 무엇을 해야 하는지도 모르는 아이는 숨죽이고, 도망쳤다. 그러나 위태로워진 마지막 순간에는 시간을 빠르게 돌려, 그들에게 덧씌워진 죽음이라는 운명을 벗어나게 했다.

리카르디스는 로젤린에게 들은 것과 칼릭스에게 들은 정보를 떠올려 '그것'의 모습을 그렸다. 죽음이 없어 두려움이 없는, 육체가 없어 고통이 없는, 기억이 없어 분노가 없는 '그것'들.

그 모든 형태에 아이의 희망이 담겨 있음을 알 수 있었다. 한때는 명확하게 정의할 수 없는 존재에 껄끄러움을 느꼈던 것도 사실이었으나, 지금 남은 건 연민뿐이었다. 불쌍하고, 너무 불쌍해서 목 안쪽이 고통스러웠다.

구름이 지나가는지 방 안은 잠시 어두워졌다. 리카르디스는 입을 세게 누른 채로 미동도 없이 앉아 있기만 했다. 흔들리는 눈동자에서 그의 감정이 고스란히 느껴졌다. 마카롱은 희미하게 웃었다.

"디에즈가 로젤린을 불러내서 했던 말은 내가 하지 못한 과거의 이야기야. 왜냐고 묻지 마라. 그냥 입이 안 떨어지는 거니까. 전하 같으면, 잘 살고 있는 아무것도 모르는 애한테 과거에 너는 더럽게 불행했어. 원수의 핏줄들이 코앞에 있는데 왜 당장 찔러 죽이지 않아? 하고 닦달할 수 있을 것 같아? 진짜 좀…… 그래. 아까 말했지. 내가 지키고 싶은 건 로젤린의 몸의 안녕뿐이 아니라고. 디에즈 그 개자식도 미루고, 미루고, 미루고 마지막이 되어서야 한 걸 보면 나랑 비슷한 마음이었겠지."

괜히 들쑤셔 상처 입히고 싶지 않다는 얘기였다. 리카르디스도 공감할 수 있었다. 과거의 그 일 자체가 상처가 될 뿐 아니라, 과거의 일과 '로젤린'의 기억은 공존할 수 없는 것이었다. 로젤린은 기로에 서서 선택을 해야 할 것이고, 그것은 로젤린을 매우 힘들게 할 테다.

"나는, 로젤린이 행복해지길 바라고 있어. 이번에야말로."

"……그래."

리카르디스는 마카롱이 이 한마디를 하기 위해 긴 이야기를 들려준 게 아닐까, 하고 생각했다. 그 아이가 행복해지길 바란다. 그렇게 말하는 그녀의 표정은 많은 사람들에게서 익히 보아 온 것이었다. 소중한 것을 위해서는 뭐든 희생할 수 있는, 그런 사람의 얼굴.

"하지만 내가 생각하는 로젤린의 행복과 걔가 생각하는 스스로의 행복은 같은 곳을 바라보지 않을지도 몰라. 그럴 경우에 우선되어야 할 건, 당연하게 본인의 의사야. 그리고 로젤린은 자신이 가진 기억과 발타 놈들이 뿌리고 간 종잇조각과 디에즈의 말로 어느 정도 과거를 깨우친 상태지. 그러고도, 지금 그 아이는 여기 있는 거야. 전하의 옆에. 고민은 좀 하는 것 같다만."

마카롱이 자리에서 일어섰다. 그리고 테이블에 성큼 발을 얹어 다가오더니 손가락으로 그의 가슴을 툭 찔렀다.

"로젤린이 지키고자 하는 사람은 전하니까, 전하가 직접 한번 물어봐. 어떻게 하고 싶은지. 이후에 로젤린이 남아 있기로 결정한다면…… 나는 맹수용 쇠사슬을 준비해야겠지."

농담처럼 얘기하고 있지만, 어느 정도 진심이 섞여 있는 것 같았다. 리카르디스는 피식 웃었다.

"내가 내 욕심에 로젤린 경을 잡아 두고자 눈물 콧물 흘리면서 곁에 있어 달라, 지켜 달라 조르면 어쩌려고."

마카롱이 훗 소리를 내며 웃었다. 그녀가 몸을 일으키며 기지개를 쭉 켰다.

"그거 볼만하겠는데, 구경해도 되나?"

네가 잘도 그러겠구나, 하는 말투였다. 리카르디스라는 사람이 결코 그러지 않을 것이란 확신이 있는 것 같았다. 아니, 자신을 싫어하는 게 아니었나? 저 믿음은 어디서? 미미가 황당해하는 그를 내려다보며 씩 웃었다.

"이봐요, 전하."

"왜 그러나."

"로젤린이 행복해지길 바라?"

뜬금없는 질문에 리카르디스는 멍한 표정을 지었다. 로젤린이 행복해지길 바라냐니. 그런 건 당연히…… 리카르디스는 대답을 하려다 입술만 짓이겼다. 이상하게 목이 메었다. 리카르디스가 시선을 아래로 한 채 조용히 있자 미미가 웃었다.

"나도 그래."

리카르디스가 울컥 솟은 감정을 가다듬는 사이에 미미는 볼일 다 마쳤다는 듯, 제자리로 돌아가 못다 먹은 디저트를 섭렵했다. 냠냠 쩝쩝 하는 소리에 들쑥날쑥하던 감정이 잔잔해졌다.

리카르디스는 마른세수를 하고 미미를 바라보았다. 그녀는 뭘 쳐다보냐고 한번 성질내다가, 자신이 그리는 행복한 미래에 대해 짤막하게 얘기하기 시작했다.

로젤린이 좋은 거 먹고, 좋은 옷 입고, 햇살이 내리쬐는 아름다운 정원에서, 예쁘게 생긴 잡초도 한번 뜯어 먹고, 나무에 올라갔다가 떨어지기도 하고 - 물론 떨어지지 않겠지만, 이라는 사족이 붙었다. - 어쩌다 다치기도 할테지만, 시간은 상처가 나을 만큼 그 아이에게 허락될 것이라고.

마카롱이 그리는 미래에는 오직 로젤린뿐, 마카롱은 없었다. 그 사실과 더불어 그녀가 말하는 소소하고도 원대한 행복의 내용에 리카르디스는 꾹 참고 있던 눈물을 한 방울 흘리고야 말았다.

물론 그 눈물을 본 미미는 깔깔거리며 놀리기에 여념이 없었다.

* * *

페르탄은 숨을 깊게 들이마셨다. 높은 방벽 위로 흙먼지와 피 냄새가 섞인 바람이 스쳐 지나갔다. 새벽 별이 지지 않은 이른 아침이었다.

"이 전선에서 부관보다 빨리 일어나시는 분은 사령관님이 유일하실 겁니다."

페르탄은 머리를 묶으며 다가오는 부관, 진을 보았다. 목소리에 불만이 가득한 걸 보니, 페르탄이 어디에 있나 여기저기 돌아다니며 허탕을 친 모양이었다.

"잠이 오지 않아서."

"……안 주무셨습니까?"

부관 진은 에휴 한숨을 쉬며 품에서 수첩을 꺼내어 무언가를 쓱싹쓱싹 적었다. 가끔 그녀가 하는 행동이었지만, 무얼 하는 건가 궁금해해 본 적은 없었다. 그런데 오늘따라 묘하게 시선이 갔다.

"그런데, 그건 뭔가. 가끔 내 앞에서만 꺼내서 적던데."

진이 심드렁한 목소리로 말했다.

"백작 부인께 이를 목록을 적고 있습니다. 평소 사령관님께서 사랑의 편지를 보낼 때마다 끼워서 보내고는 하지요. 부인의 말은 들으실 것 같아서. 오늘은 또 '전투의 피로가 쌓였음에도 주무시지 않고 홀로 돌아다니심' 항목이 추가되었습니다. 이번에는 꽤 고전하실 겁니다. 소상히 일러 드릴 예정이라."

어쩐지 답신이 올 때마다 사랑한다는 말보다는 머리 감고 잘 말리시는 게 좋다, 고기만 말고 채소도 드셔라, 혼자 돌아다니시지 마시고 호위를 대동하시라 같은 염려뿐이더라니. 페르탄이 피식 웃자 진의 표정이 이상해졌다.

"죽을병에 걸리셨군요."

아니, '죽을병에 걸리신 겁니까?'도 아니고 확정이었다. 죽을병에 걸린 게 틀림없다! 보좌관의 단언에 페르탄은 한 번 더 웃었다. 진은 소스라치게 한 번 더 놀라며 그에게 다가갔다.

"모시면서 웃는 모습을 단 한 번도 뵈지 못했는데요. 국경 사령관 부관 배, 사령관님을 웃겨라 장기 자랑 대회에서도 안 웃으셨잖습니까. 바르디의 그 재주를 보고도 싸늘한 표정이셨는데."

진은 초조해 보였다. 페르탄도 그녀의 불안을 이해했다. 수년간 무뚝뚝하게 명령 내릴 줄만 알던 상관이 시시껄렁한 농담에 웃고 있었으니. 페르탄은 진의 어깨를 툭툭 두드렸다. 그러고는 성벽 너머, 푸른 새벽을 깨트리는 아침 해를 바라보았다. 바람이 불어 그의 검은 머리를 흩트렸다.

"느낌이 좋지 않다."

전쟁에 거칠어진 얼굴이 딱딱하게 굳었다. 진은 페르탄이 말하는 '느낌'이 얼마나 적중률이 높은지 잘 알고 있었다. 또한, 그녀도 전황에 대해 의문점을 가지고 있었기에 페르탄의 불안을 이해했다.

발타의 병력은 어느 때보다 강력했다. 그러나 발타와 일라베니아를 가로

지르는 관문의 주둔군이 충분히 상대할 수 있는 수준이었다. 방심하지는 않았지만, 조금씩 위기감이 무뎌지기 시작했다.

문제는 마독과 인조적인 마인들이 아직 전장에 모습을 드러내지 않았다는 것이었다. 그 훌륭한 무기들을 내보이지 않는다? 분명 꿍꿍이가 있었다. 여러 상황을 가정했으나, 관문 주둔군이 할 수 있는 일은 매일 밀려드는 발타군을 막아 내는 것뿐이었다.

진이 손톱을 잘근잘근 물자 페르탄이 그녀에게 사탕을 건네었다.

"저는 초콜릿이 좋습니다, 사령관님."

페르탄이 품을 뒤져 사탕을 초콜릿으로 바꿔 줬다. 진은 초콜릿을 입 안에서 녹이며 그를 바라보았다. 성벽 너머를 살피는 남자는 기류를 온몸으로 읽어 내리는 듯했다. 그녀는 페르탄이 말하는 '감'이 이런 느낌이라 생각했다. 가슴 안쪽이 술렁였다.

성벽 아래의 병사들이 페르탄을 발견하고 경례했다. 페르탄은 인사를 받아 준 후 품 안에서 초콜릿과 사탕을 꺼내어 성벽 아래로 후드득 떨어트렸다. 병사들이 망토를 펼쳐서 재빠르게 받아 냈다. 하루 이틀 일이 아니라 그런지 이제는 받아 내는 일도 능숙했다. 피비린내 나는 전장에서의 짧막한 평화였다.

* * *

일라베니아와 발타를 가로지르는 세 개의 관문에서 시시각각 도착하는 파발이 일렀다.

승리하였노라.

승리하였다.

압도적인 승리를 거머쥐었다.

사람들은 불안을 떨치고서는 노래를 불렀다. 어떤 집은 어둠도 빛으로 떨쳐 낼지니, 영광의 일라베니아!

거리에 사람들이 쏟아져 나와 일라베니아의 국기를 흔들었다. 잠시 잠잠했던 주점에도 활기가 넘치기 시작했다. 환한 햇살 아래 웃음소리가 퍼졌다. 스타스는 고삐를 쥐어 걸음을 멈추고는 광경을 눈에 담았다. 옆에 있던 르윈이 의문스러운 듯 그를 바라보았다.

"무슨 문제 있으십니까, 단장님."

스타스는 미간에 주름을 잡은 채 주위를 둘러보는 중이었다.

"문제가……."

뻥! 샴페인의 코르크가 날아가며 소음을 냈다. 사내들이 낄낄거리며 바닥에 술을 질질 흘려 댔다. 그걸 목격한 스타스의 표정이 더욱 모호해졌다.

"있군. 확실하게."

르윈도 눈썹을 까딱였다. 그 문제가 뭔지 알 만하다는 표정이었다.

"축포를 터트리기에는 좀, 많이 이르군요."

"동감일세. 이만 가지."

스타스가 말을 재촉했다. 르윈은 그 뒤를 따르며 깊게 숨을 들이쉬었다. 거리 여기저기에 남아 있는 화재의 흔적에서 아직 탄 냄새가 퍼져 나오고 있었다. 르윈은 고개를 절레절레 저으며 스타스의 뒤를 따랐다.

월장석 성에 도착한 르윈은 여러 보고서를 들고 리카르디스의 집무실 문부터 두드렸다.

"들어와!"

분노가 담겨 있는 목소리였다. 르윈이 알기로 그가 이렇게 감정을 격하게 드러낼 만한 일은 그다지 많지 않았다. 무슨 일이 또 일어난 것이리라.

르윈은 문을 열고 들어갔다. 최근 전선에서 올라오는 모든 보고를 분석하는 일 때문에 집무실 안은 엉망이었다. 그 중앙에 어딘가 초췌해 보이지만, 그것마저도 처연한 아름다움으로 승화시킨 리카르디스가 소파에 늘어져 누워 있었다. 다른 사람들의 눈이 없을 때에도 어지간하면 딱딱한 자세를 고수하는 그답지 않았다.

리카르디스와 달리 그냥 초췌해 보일 뿐인 잇세리온은 퀭한 눈으로 차를 따르고 있었다. 르원은 리카르디스의 곁에 다가가 그의 다리를 주물렀다.

"저 없다고 또 안 주무셨지요."

하여간 나 없으면 잠도 못 잔다니까. 르원이 투덜거리자 리카르디스가 앓는 소리를 냈다. 그가 종아리를 꾹꾹 눌러 주는 것 때문인 것 같기도 했다.

"부부간에 으윽…… 할 것 같은 그런 말은 말지. 지금은 뭐라 할 기력도 없으니."

"무슨 일입니까, 이번에는 또?"

리카르디스가 팔로 눈을 가리고 손으로 테이블을 가리켰다. 그가 가리킨 곳에는 고풍스러운 문양에 금박을 입힌 초대장이 놓여 있었다. 르원은 리카르디스의 다리를 꾹꾹 마사지하며 나머지 한쪽 손으로 초대장을 펼쳤다. 짤막한 문구들을 다 읽은 르원이 이상한 웃음소리를 냈다.

"여기나 저기나, 시기가 많이 이르군요."

그 짧은 사이 잠들었는지 리카르디스의 목소리가 몽롱했다.

"뭐가 또 일렀기에?"

"사람들이 거리에서 축포를 터트리고 노래를 부르고……."

으으윽, 그만…… 리카르디스는 악몽이라도 꾸는 듯 신음했다. 르원은 한껏 안쓰러움을 담아 그를 뒤집고는 머리부터 시작해 여기저기 뭉친 근육을 풀었다. 맞은편에는 잇세리온이 앉은 채 꾸벅꾸벅 졸고 있었다.

르원은 대단한 마사지 기술로 리카르디스를 재워 버린 후 다시 방을 나섰다. 내일 밤, 황실 주최의 연회가 열린다. '이런 뒤숭숭한 시기에 연회가 웬 말인가?'라고 생각할 수도 있으나, 이런 때에만 열리는 연회가 있었으니, 다름 아닌 승전연이었다. 때때로 사기를 북돋우기 위해 열리기도 했지만, 지금의 상황에서는 정말 승리에 심취해서 벌이는 것으로밖에 보이지 않았다. 르윈은 고개를 절레절레 흔들었다.

"정말, 너무 일러……."

* * *

엘피디오의 죽음은 비극이었다. 하지만 귀족은 그 비극으로 일어날 손익 계산이 더더욱 중요한 부류였다. 몇 년간 치열하게 벌어진 1황자와 2황자의 싸움은 리카르디스의 승리로 끝났다. 누구라 공표되지는 않았으나, 그가 황태자였다. 다음 세대를 이끌어 갈 일라베니아의 황제가 될 자!

최근 전선에서의 거듭된 승리를 축하하는 연회에서 전쟁에 관련된 그 누구보다 리카르디스가 조명받을 수밖에 없었다. 언제나 그를 탐탁지 않게 보던 무리조차도 접근해 리카르디스의 비위를 맞추려 했다.

그러나 리카르디스의 태도는 예전과 같았다. 특별하게 승리에 심취해 있지도, 전에 없이 거만하지도, 조금의 방심도 보이지 않았다. 아름다운 얼굴 위에 걸고 있는 웃음은 상대방을 한 발짝 물러서게 하는 효과를 지니고 있었다.

태도는 정중하지만 '선을 넘지 말라'고 경고하고 있었다. 귀족들은 혼란스러워했다. 이제 모두를 포용하고 끌고 가야 하는 한 나라의 후계자가 혼자서 전쟁이라도 치르는 기세였으니.

리카르디스는 귀족들과 간단하게 인사를 하고는 구석으로 가서 파트너로 온 붉은수레바퀴의 로젤린과 이런저런 음식에 손을 댈 뿐이었다.

"아, 이건 처음 먹어 봅니다."

"일라베니아의 북부에서 간간이 잡히는 귀한 새의 알이다. 귀족들 중에서도 못 먹어 본 사람이 제법 있을 정도지. 많이 먹어 둬."

부드럽고 농후한데, 거슬림 없이 조화롭게 톡 쏘는 향채 덕분에 입 안이 즐거운 요리였다. 로젤린은 마음에 드는지 리카르디스가 밀어 주는 족족 접시를 비워 냈다. 르윈이 그의 뒤에서 몰래 속삭였다.

"안 놀아 준다고 원성이 자자합니다, 전하."

"그거 내 알 바는 아니군."

"벌써 황제가 된 줄 아는 거 아니냐는데요. 황제가 되면 안 놀아 줘도 되는가 봅니다."

르윈의 시시한 농담에 리카르디스가 피식 웃었다. 때마침 종이 뎅 울렸다. 황제의 등장이었다. 설원의 월계수, 라이노 기란테스 일라베니아 황제 폐하 듭십니다! 시종이 소리 높여 그의 행차를 알렸다. 모두가 고개를 숙였으나, 그중 리카르디스만 가만히 서 있었다.

황제는 평소보다 수척해 보였다. 장례식 이후 그는 며칠간 금강석 성에 틀어박혀 나오지 않았다. 하지만 그것이 아들을 잃은 슬픔 때문일 거라, 리카르디스는 조금도 생각해 본 적 없었다. 일이 어떻게 이렇게 되었단 말인가! 정도의 감상이겠지 싶었다.

제 지위를 위협할 정도로 뛰어난 아들을 견제하기 위한 꼭두각시 인형. 그러나 결과적으로는 다음 황좌를 물려줄 뛰어난 아들이 죽고 꼭두각시 인형이 살아남았다. 꼭두각시 인형은 충실하며 훌륭했다. 그 누구도 황가의 핏줄이 아님을 의심할 수 없을 정도로. 그 누구도 그 이외의 황태자 후보는 찾지 못할 정도로.

그러한 상황에서 엘피디오의 장례식 이후로 후계자를 공표해야 된다는 귀족들의 발언이 늘어났다. 슬픔은 기쁜 일로 잊힐 테니, 훌륭한 인재가 다음 세대의 일라베니아를 이끌어 나가리란 희망이 필요한 시점이라는 얘기였다.

물론, 리카르디스에게 아부하기 위해 한마디라도 더 얹는 쪽이 훨씬 많기는 했다. 하지만 황제는 아직 시국이 불안정하니 그럴 때가 아니라며 결정을 미뤘다.

리카르디스는 발타와의 전쟁이 정말 끝나고 평화로운 바람이 일라베니아 전역을 스치고 흐른다 하더라도, 황제가 말한 '그럴 때'가 찾아오지 않으리란 사실을 알 수 있었다. 천한 평민을 황태자로? 그것은 커다란 치욕일 것이다.

그렇다고 뜬금없이 머저리라고 공공연하게 알려진 3황자 틸렌드에게 황태자 위를 줄 수도 없었다. 사람들은 바보가 아니다. 왜 모든 조건이 충족된 2황자가 아닌 3황자에게? 그 의심의 씨앗이 생겨나는 것 자체가 황제에게는 위험한 일이었다. 그것이 싹을 틔우고 자라나면 그중 어느 줄기는 진실에 도달할 수도 있었다.

'리카르디스 다리우 일라베니아는 엘피디오의 대항마! 나약한 황제는 제자리를 지키기 위해 평민을 데리고 와 방패로 삼았다!'

이 사실은 리카르디스에게도 약점이지만, 제 체면을 끔찍하게 생각하는 황제에게는 그 무엇보다도 커다란 허물이고 치부였다. 꼭두각시는 더 이상 필요하지 않으니, 이제 불태우는 일밖에 남지 않았다.

연회장에 발을 들인 황제는 무릎을 꿇은 군중 속, 꼿꼿이 서 있는 리카르디스를 발견했다. 그의 얼굴이 굳어졌다. 그제야 리카르디스가 눈을 살짝 내리깔며 무릎을 꿇었다. 교본에 나올 법한, 우아하고도 기품이 넘치는 예의였다.

황제는 예상한 바와 같이 시시껄렁한 소리를 했다. 만약 중앙 상비군까지 전면적으로 나서게 되었다면, 사람들은 불안에 휩싸였을 것이다.

식료품이 동나고, 쿠퍼 한 개짜리 빵을 쿠퍼 열 개는 줘야 살 수 있을 것이며, 신경이 예민해진 자들끼리 잦은 다툼이 일어나 거리의 민심이 흉흉해질 것이 아닌가. 불온한 분자들이 검을 들고 일어서면 백성들의 안전은 더 이상 보장할 수 없었을 것이다. 더군다나 내가 병력을 지원해 준 다음부터 전선에서는 연승하고 있지 않나. 그 정도로 충분했다는 거다.

대충 요약하자면 그쯤이었다. 리카르디스는 '참, 잘나셨어.'라는 감상뿐이었으나 귀족들 중에서는 감화된 사람도 더러 있는 모양이었다. 실제로 맞는 부분도 있기 때문이었다. 불안해진 민심은 어떤 방향으로 나아갈지 모른다. 사람을 해칠 수 있는 것은 날붙이뿐만이 아니기에 그들을 안정시키는 것은 필요한 부분이라 할 수 있었다.

하지만 상대는 발타였다. 심지어 이번에는 일라베니아의 중심부에 사건을 터트리는 만행을 저지르며 큰 전쟁을 예고했음에도 대비는 미숙했다. 다행히도 전력이 우세해서 이기고는 있는 모양이지만, 리카르디스가 보기에 위태롭기 짝이 없는 상태였다.

리카르디스는 옆에 서 있는 로젤린을 바라보았다. 그녀는 또 많은 상념이 담긴 듯한 눈으로 황제를 보고 있었다. 가슴 깊이 똬리를 틀고 있는 불쾌감을 애써 누르는 표정이었다.

[그러니 전하가 직접 한번 물어봐.]

그날 이후로 계속해서 품고 있던 미미의 말이 다시금 떠올랐다. 리카르디스는 가볍게 숨을 고르며 로젤린의 이름을 작게 불렀다.

"로젤린."

싸늘하게 가라앉은 표정의 로젤린이 고개를 돌려 리카르디스를 바라보았다. 찌푸려져 있던 미간이 순식간에 이완되었다. 리카르디스는 내심 흡족했다. 이상한 거 보지 말고 좋고 예쁜 거 보고 마음 풀라는 뜻에 부른 것인데, 효과가 아주 좋았다.

그런데 그 순간, 로젤린의 표정이 순식간에 바뀌었다. 그녀의 시선이 리카르디스에게서 벗어나 바깥쪽을 향했다. 리카르디스도 그녀가 바라본 방향을 따라 고개를 움직였다.

무슨 일이 터진 것일까. 이놈의 연회는 허구한 날, 하여간. 속으로 욕지거리를 한 리카르디스가 스타스에게 눈짓했다. 신호를 받기 전부터 로젤린의 경계를 눈치챈 그들이 거리를 빠르게 좁혀 리카르디스에게 다가왔다.

의문이 깊어 갈 무렵, 아치 모양의 거대한 문으로 한 남자가 헐떡이며 들어왔다. 변경 주둔군의 제복을 입고 있었는데, 이런 연회에 입고 오기에는 부적절한 차림새였다. 심지어는 여기저기 먼지가 묻어 더러워져 있었다. 귀족들이 눈살을 찌푸리며 남자를 바라보았다.

남자가 몇 걸음 걷다가 바닥에 털썩 무릎을 꿇고 고개를 숙였다. 예의를 차린 것일 수도 있으나, 지쳐서 쓰러진 것처럼 보이기도 했다.

"……니다."

호흡이 거칠고 목소리가 작아 잘 들리지 않았다.

쨍그랑!

소리를 따라 시선이 모였다. 리카르디스는 로젤린을 한 걸음 물러나게 하며 자신이 그 앞으로 섰다. 리카르디스가 밟고 선 바닥에는 그녀가 떨어트린 유리잔의 파편이 널브러져 있었다.

"로젤린, 괜찮아."

하지만 대답이 들려오지 않았다. 기묘한 정적에 리카르디스는 살짝 고개를 돌려 로젤린을 바라보았다. 그녀는 눈을 깜박이지도 않고 숨조차 쉬지 않는 것 같았다. 큰 충격이라도 받은 듯이.

그 순간 숨을 가다듬은 남자가 연회장이 떠나가라 외쳤다.

"붉은수레바퀴 백작님께서 전사하셨습니다!"

* * *

땅을 까맣게 덮는 대군이었다. 발걸음 하나하나가 통일되어 있는 잘 훈련된 병력, 질 좋아 보이는 무기와 수백 개가 넘는 공성 무기. 진은 말도 잇지 못하고 차츰 가까워지는 발타의 대군을 바라보기만 했다.

세찬 바람에 흩날리는 깃발에는 발타를 이끌어 가는 다섯 개의 가문 중 하나, '람가'의 문양이 새겨져 있었다. 발타의 수도를 거점으로 한 대

귀족 가문이었다.

진은 곧 정신을 차리고 주위를 둘러보았다. 방벽 위에 올라와 있는 병사들 또한 그 어마어마한 압력에 굳어 있었다. 그녀는 간신히 무기를 붙들고 있기만 한 병사들의 엉덩이를 걷어차고 다녔다.

"정신 차려, 이 새끼들아!"

활 제대로 들어! 기름 들고 와, 준비해! 진은 급하게 달려 성벽의 중앙, 페르탄이 있는 곳까지 금세 도달했다. 페르탄은 다른 사람들의 동요에도 아랑곳하지 않고, 평소와 같은 눈빛으로 점점 전진하는 대군을 바라보고 있었다.

"허, 헉. 사령관님. 봉화를 올리고 증원을 요청하겠습니다."

이 정도 되는 대군이 나타났다면 총공세라 봐도 무방했다. 그렇다면 또 다른 관문까지 공격할 여력은 없을 것이다. 그들의 도움이 필요했다. 수도나 중부의 지원은 너무 늦을 테니 우선적으로 남부에 있는 병력을 끌어모으는 수밖에 없었다.

문제는, 지원 병력이 오기 전까지 버틸 수 있느냐는 점이었다.

기혜란 산맥과 맞닿아 있는 남부 관문의 봉화가 불타올랐다. 발타의 궁수가 쏘아 올린 화살이 때를 알리며 전쟁은 시작되었다.

공성전 1일 차.

산맥과 이어지는 거대한 관문은 견고했다. 그러나 발타 측에서 사용한 공성 무기가 성벽을 넘으며 큰 피해를 낳았다. 불에 타는 거대한 구체는 포물선을 그리며 날아와서는 방벽과 관문 내의 각종 구조물을 산산조각 냈다. 그것만으로도 피해는 막심했으나, 잘 꺼지지 않는 끈적한 화염과 사람의 신경을 마비시키는 독이 은밀하게 퍼졌다.

밤이 지나고 새벽의 여명이 떠올랐다. 햇살 아래 세 줄기의 봉연이 보였다. 다른 관문에서 보낸 신호였다. 세 줄기의 봉화는 '적군 국경 근접'을 뜻했다. 지원군의 발이 묶였음을 알 수 있었다.

공성전 5일 차.

대군이 총력을 펼쳤다. 발타군이 마침내 성벽 위로 올라왔다. 앞선 며칠과는 비교도 안 될 정도의 수라장이 펼쳐졌다.

진은 미친 듯이 검을 휘둘렀다. 그러나 거대한 발타의 병사에게는 어떤 것도 통하지 않았다. 남자의 발길질에 진은 몸을 구부리며 헛구역질했다. 투구가 나가떨어지자 어깨를 스치는 길이의 머리카락이 지저분하게 흩어졌다. 음험하게 웃는 병사가 그녀의 머리채를 쥐어 들었다. 피와 침, 눈물이 범벅된 얼굴을 보고 병사는 흡족한 미소를 지었다.

"이거 계집 아냐. 일라베니아는 내보낼 사내가 없어서 고추 없는 것들도 내보내나?"

사내의 조롱을 듣던 진이 눈을 번쩍였다.

"……대머리, 너. 발타 놈이 아니군."

진은 사내의 말투에 발타가 아닌 왕국 마람 쪽의 사투리가 섞여 있음을 눈치챘다. 아까까지 히죽거리던 남자의 낯빛이 변했다.

진은 단검으로 잡힌 머리카락을 끊어 내고 앞으로 굴렀다. 그러고는 그렇게 자부심 넘쳐 보이는 고추에 냅다 검을 내질렀다. 남자가 끄아악 비명을 지르며 엎어졌다. 진의 단검이 남자의 목젖 깊숙이 박혔다.

기혜란 남부 관문. 페르탄이 오랜 시간 심혈을 기울여 성장시킨 기사와 병사는 마인의 초인적인 힘에도 굴하지 않고 필사적으로 싸웠다. 처참한 전투였으나 결국은 승리를 쟁취해 내었다. 그 선두에는 어느새 얼굴에 하나 더 큰 흉터를 새긴 페르탄이 있었다.

진은 자신이 마주한 병사에게서 얻은 정보를 페르탄에게 전달했다. 마람 왕국의 개입이 있을지 모른다는 얘기에도 페르탄은 조금의 동요도 없었다. 그 또한 알고 있던 정보인 듯했다. 발타 측의 병사들이 조롱을 퍼부을 때마다 항상 성벽 위에 서서 귀를 기울이고 있더라니. 내용을 듣기는커녕 그 속에서 필요한 정보만 쏙쏙 빼먹고 있던 것이다. 진은 어처구니가 없어서 웃었다.

공성전 8일 차.

전투의 피로가 팔다리를 무겁게 했다. 미처 수습하지 못한 동료들의 시체가 마음을 짓눌렀다. 간절히 바랐건만, 오늘도 해가 뜨고 말았다. 남부의 다른 관문에서 지원 요청을 받을 수 없음을 알게 되었다. 하지만 남부 영지와 중부의 병력이 남아 있었다. 시간을 끈다면 승산은 충분히 있으리라.

조금만, 조금만 더 버티자. 진은 붕대를 갈고 방을 나섰다.

진은 어두운 표정으로 무기의 피를 닦아 내는 병사들에게서 피로를 느낄 수 있었다. 땅에는 피와 머리가 잘린 시체가 돌아다니기에, 진은 고개를 들어 하늘을 봤다.

관문의 아침은 언제나 연기와 함께 시작했다. 매일 하나의 봉화를 올리며 이상 없음을 알리던 평화로운 때도 있었지만 최근은 다섯 줄기의 봉화를 피워야만 했다. 다섯 줄기의 봉화는 적과 교전하고 있다는 뜻이었다.

이 기혜란 관문은 물론이고, 며칠 전 적의 접근을 알렸던 바르비트 관문 또한 매일 다섯 줄기의 봉화를 올렸다. 봉화의 개수만큼이나 위험도는 점점 커졌으나, 진정한 위험은 그런 게 아니었다.

지금처럼 이렇게 하늘이 연기 한 점 없이 맑게 개어 있을 때야말로 위험이 닥쳤다 말할 수 있었다. 관문이 제 기능을 잃고 관문과 거리가 떨어져 있는 봉화대까지 함락당하지 않고서야, 어떠한 신호도 보이지 않을 리 없으니.

진은 멍하니 맑은 하늘을 바라보았다. 병사들이 수군거리는 불안한 소리가 그녀의 어깨를 무겁게 짓눌렀다. 허리에 찬 검이 한없이 무르고 약해 보였다. 꺾여서 쓰러져 일어날 수가 없을 것만 같았다.

남부 관문은 총 세 개. 그중 봉화가 올라오지 않은 바르비트는 중앙에 위치하고 있었다. 중앙 관문이 무너졌고, 그곳을 통해 발타의 군대가 쏟아져 들어오고 있을 테다. 또한, 배후에 적을 남겨 둘 리 없으니, 곧 이 관문까지 물밀듯 밀려오리라. 버틴다 해도 승산은 없고, 남은 것은 오로지 패배뿐이었다.

진은 페르탄을 찾았다. 시야가 흐려져 힘들었다. 멀리서 거구의 검은 남자가 천천히 걸어오고 있었다. 페르탄은 여느 때와 다름없었다. 모두에게 깃든 두려움이 그에게는 조금도 닿아 있지 않았다. 병사들은 기혜란 남부 관문의 사령관만을 바라보았다.

진은 페르탄이 자신의 어깨를 탁 하고 붙잡는 손길에 눈물을 뚝뚝 떨어트리며 고개를 들었다. 페르탄은 며칠 전 자신이 죽을병에 걸렸다 확신했던 때와 같은 미소를 걸고 있었다. 진은 어쩌면 그는 그때부터 이러한 상황까지 예측했을지도 모른다는 생각이 들었다.

사령관의 낮은 목소리가 크게 울려 퍼졌다.

"관문은 곧 함락당할 것이다."

병사들이 무릎을 꿇고 통곡했다. 사령관마저 완전히 손놓을 수밖에 없는 상황이 절망스러운 듯했다. 관문이 뚫리면 그때부터 펼쳐질 광경은 감히 상상할 수도 없으리라. 죄 없는 백성들이 죽어 나갈 것이고, 그중에는 병사들의 가족들도 있었다.

"병력을 둘로 나눈다."

바닥만 바라보며 울던 병사들이 고개를 들었다. 사령관의 말은 끊어진 것이 아니었다.

"내 부관 진에게 임무를 맡긴다. 말을 탈 줄 아는 자, 부상당하지 않은 자들을 위주로 차출하여, 관문을 벗어나 가까운 영지민들을 피신. 중부 관문까지 도달한 후, 그곳의 병력과 연계하여 전선을 재구축하라. 전쟁은 이제부터 시작이다."

진도 눈물을 닦고 그의 말을 경청했다. 하나의 단어라도 놓치지 않겠다는 듯, 그녀의 두 눈이 빛났다.

"그리고 남는 자들은 분견대가 영지민을 피신시키고 이동할 때의 시간을 벌어야 한다. 죽음을 각오한 자, 검을 뽑아라! 의미 없는 개죽음은 아닐 것이다. 그대들의 시체가 쌓여 저들을 가로막을지니!"

페르탄이 거칠게 검집에서 검을 뽑아냈다. 검 끝에 아침 해가 걸려 있었다.

"그 끝까지 내가 함께할 것이다!"

힘이 담긴 목소리가 쩌렁하게 울렸다. 진은 기겁했다. 후퇴 후 전선을 재구축할 사람이 사령관이 아니면 또 누가 있단 말인가. 그런 그가 지금 죽음을 각오하고 이곳에 남겠다고 선언했다. 기사, 보병, 창병, 궁병, 부상자 할 것 없이 울음을 그치고 무기를 뽑았다. 진은 페르탄에게 한 걸음 급하게 다가섰다.

"사령관님!"

진이 무어라 말하려고 했으나, 페르탄은 그녀의 반박이 들리지 않는 듯 방벽 위로 가는 계단을 올랐다. 그녀가 뒤를 따르며 항변했다. 사령관의 부재 시, 병력은 혼란에 빠진다. 황실에서도 사령관님의 귀환을 바라지 않더냐.

하지만 페르탄은 어떤 말도 들리지 않은 듯 위로 올라갔다. 시체가 쌓여 있는 땅이 보였다. 페르탄이 가만히 그 광경을 지켜보다 입을 열었다.

"일라베니아를 지키는 일이라 생각해 누구보다 많은 피를 보았다, 진."

"그리하여 훌륭하게 지켜 내셨습니다!"

"일라베니아를 지켜야 한다고 생각, 누구보다 죄를 많이 지었다."

"모두가 그러합니다!"

페르탄은 뒤돌아 성벽 밖, 전장의 반대쪽인 일라베니아를 바라보았다. 저 울퉁불퉁한 산 너머에는 영지가 있고, 사람들이 있을 것이다. 기혜란 관문이 지키고자 하는 땅. 일라베니아.

"붉은수레바퀴는 일라베니아를 지킨다. 그것만이 오랜 나의 사명이었으나, 그 원대한 의미를 미처 알지 못해 많이도 헤매었다. 많은 죄를 짓고, 많은 이들을 희생시키며, 그것만이 일라베니아를 지키는 길이라 생각하여."

페르탄은 눈을 감았다. 먼 곳을 그리는 것 같았다. 산맥 너머의 가까운 영지, 그리고 멀리 있는 붉은수레바퀴 영지, 에스터까지.

"헤매다, 헤매다, 틀린 길을 멀리 갔다가……."

진은 눈물이 나올 것 같아 입술을 세게 깨물었다. 피 맛이 느껴졌다. 자신이 보았던 페르탄은 언제나 가장 위험한 곳에서 가장 많은 사람들을 지켜 낸 위대한 전사였다.

하지만 미처 위로의 말 한마디 내뱉지 못했던 것은, 그의 말 한마디 한마디에 후회가 묻어 있기 때문이었다. 관문을 지키는 그 오랜 세월 동안 단 한 번도 그런 후회를 품고 있었노라 기색조차 보이지 않았던 그의 가장 커다란 마음이었다.

"돌아갈 용기도 없어 걷다 보니 여기로구나."

진은 결국 눈물을 투둑 떨어트렸다. 더 이상 그의 결정을 돌릴 수 없으리란 사실을 직감했다. 그녀는 흐르는 눈물을 닦고 페르탄을 지켜보았다. 훌륭한 전사이자, 지휘관, 기혜란 관문의 사령관, 그리고 존경했던 상관의 마지막 모습이었다.

진은 무릎을 꿇고 그의 망토에 입을 맞췄다.

"검은 달을 가르는, 이델라브힘의 영광을."

일라베니아력 598년. 낙엽이 쌓이는 계절.

기혜란 산맥과 맞닿아 있는 남부 관문, 완전 괴멸.

사령관 붉은수레바퀴 백작은 발타 다섯 가문 중 '람가'의 가주와 격돌 후 사망. 시신을 수습하지 못하다.

병력 1만 5,000 중, 7,000의 분견대는 근처 영지의 주민들을 피신, 중부의 병력과 연계하여 전선을 재구축.

나머지 8,000의 병력은 장렬히 싸워 이틀의 시간을 버텼으나, 전멸하다.

* * *

[언제나 그리는 사벡에게.]

[아름다운 사벡에게.]

[바람이 스치는 기혜란의 성벽 위에서, 사랑하는 사벡에게.]

10여 장이 넘어가는 편지의 수신자란은 언제나 비슷비슷한 의미로 채워져 있었으나, 형태가 전부 다른 것이 재주라면 재주였다. 편지는 열어 보지 않았다. 결국은 한 사람으로 귀결되는 수신자에게 전달하기 전까지 잘 보관할 뿐이었다.

어머니, 에델바이스에게.

칼릭스는 아버지의 부관이 보낸 편지 뭉치를 막 전해 받은 참이었다. 관문이 무너지고 급히 후퇴하는 중에 이런 걸 챙길 틈이 있었다니.

"⋯⋯."

칼릭스는 편지 표면의 마른 핏자국을 손으로 쓸다가 이내 뭉치를 서랍 안으로 집어넣었다.

"⋯⋯설마 황제 폐하 앞에서도 그 표정이셨습니까?"

금강석 성, 붉은수레바퀴 백작 페르탄의 사후 문제로 황제를 짧게 대면한 칼릭스는 나오자마자 알터에게 잔소리를 들었다.

"도련님께서는 안 웃으면 흉흉해 보이니 선량한, '저는 해를 끼치지 않습니다' 미소를 잃으면 안 된다 말씀드렸잖습니까!"

아니, 이놈이? 인상을 찌푸린 것도 아니고 그냥 무표정이었는데 시비를 걸어? 칼릭스는 울컥하다가 한숨을 쉬며 말을 돌렸다. 알터와 시시껄렁한 농담을 할 기력도 없었다.

작위 계승 문제는 생각보다 복잡하게 되었다. 본래는 전대 백작이 살아 있을 때 황제의 허가와 공증을 받고 이뤄지는 절차였으나, 페르탄이 전선에서 사망한 관계로 필요한 서류가 많아졌다.

그리고 그 서류는 죄다 붉은수레바퀴 영지의 성에 잠자고 있었다. 전시이다 보니 특례법으로 어물쩍 넘어갈 수 있을 줄 알았더니 황제가 무척 깐깐하게 굴었다. 분명 뭔가 있겠다 싶어서 자세를 낮춰 황제의 기분을 맞춰 준 덕에 이유는 대충 알아내었다.

국경 사령관이던 제 아버지에게 황성으로 돌아오라는 명령을 몇 번이나 전달했건만 듣지 않았단다. 붉은수레바퀴 백작의 충성심은 내 익히 알고 있다 어쩌고 하긴 했으나, 결국은 명령에 불복했다는 것이 마음에 걸린다는 얘기였다.

칼릭스도 의심을 피해 갈 수 없게 되었다. 그렇다고 문제없는 후계자에게 언제까지 작위를 안 물려줄 수도 없으니, 정식 절차대로 진행하는 정도의 시간은 두고 지켜보겠다는 얘기였다. 칼릭스는 쯧 하고 혀를 찼다.

백작 위를 이어받지 않는 이상, 집단에서 큰 발언권을 얻기가 힘들었다. 무엇보다 작위 문제를 처리하는 것을 우선으로 해야 할 듯했다.

칼릭스는 황성에 온 김에 로젤린을 보러 가기로 했다. 월장석 성에 도착한 칼릭스는 성문 앞에서 기다리던 수습 기사 헤사를 따라 그녀의 방으로 이동했다.

"로젤린 경, 칼릭스 경께서 도착하셨습니다."

"응."

안에서 무뚝뚝한 목소리가 들렸다. 칼릭스는 열리는 문을 따라 들어갔다. 따사롭고 밝은 창밖과 달리 방 안은 어둑하게 그늘져 있었다. 로젤린은 창가에 서서 막 들어오는 칼릭스를 바라보았다.

"칼."

"누님."

혜사가 잽싸게 방을 나갔다. 칼릭스는 분위기 파악이 빠른 소년의 뒷모습을 흘끗 보고는 자리에 앉았다.

"혜사 군도 많이 컸군요."

"처음 만났을 때보다 3.7센티."

"……."

그런 구체적인 수치를 바라지는 않았다. 제 누이가 하루가 다르게 성장하는 수습 기사의 키를 꼬박꼬박 재 볼 만큼 섬세하지는 않으니, 눈대중으로 나온 수치이리라. 그럼에도 지나치게 상세해서 무서웠다.

"칼릭스도 좀 컸어. 1.6센티."

칼릭스는 은근히 기뻐하며 자리에 앉았다. 그는 우선 승계 문제와 관련된 얘기를 로젤린에게 들려줬다. 당분간은 발이 묶이겠지만, 최대한 빨리 처리한 후 따라가겠노라고. 칼릭스는 잠시 말을 끊고 숨을 내쉬었다.

정적 속에서 두 남매는 서로를 바라보았다. 둘 다 번듯하게 차려입은 것에 비하면 어딘가 퀭해 보이는 구석이 있었다. 피로에 찌들어 있는 표정이었다.

붉은수레바퀴 남매는 요 며칠간 굉장히 바빴다. 애도를 보내오는 수많은 귀족들을 상대해야 했고, 중부에 있는 붉은수레바퀴령의 문제로 상의도 하고, 황제도 만나야 했고, 승계 문제 등등. 한 사람의 공백 때문이라고는 믿을 수 없을 만큼 많은 일이 쏟아졌다.

칼릭스는 모두가 자신을 일에 잠기게 해서 미처 슬픈 감정을 떠올릴 수도 없게 만들려는 것은 아닌가 하는 생각까지 했다.

두 사람은 동시에 한숨을 쉬었다. 로젤린은 의자 등받이에 등을 완전히 대고는 고개도 뒤로 꺾었다. 칼릭스는 턱을 괴고는 테이블에 엎드리다시피 했다. 둘 다 완전히 지친 모습이었다. 일이 대충 일단락되자 미뤄

둔 피로가 밀려왔다.

"힘들어."

"저도요."

"아버지 돌아가셨다는 말을 들었을 때는 슬펐는데 지금까지 슬픈 걸 까먹고 있었어."

"……저도요."

정말 그런 책략이었던 것인가? 칼릭스는 자신이 만약 바쁘지 않았다 하더라도 눈물을 흘리지 않았으리라 생각했다. 제 아버지는 언제나 가장 위험한 곳에 있었고, 언제 죽어도 이상하지 않았다. 죽음의 위기도 몇 번이나 건넜다.

쇠가 담금질되며 서서히 단단해지듯, 칼릭스는 어릴 적부터 '페르탄의 죽음'에 단단해졌다. 부고가 도착했을 때 눈물 한 방울 흘리지 않을 정도로. 실감이 나지 않아 그런 것이기도 했다. 하지만 아버지의 부재를 뼈저리게 느끼는 지금도 눈물보다는 한숨만 나왔다.

"비극적인 일이 닥치거든 울기보다 헤쳐 나아갈 방법부터 생각하라 하셨죠. 자식들을 강하게 키우시더니 성공하신 것 같네요."

칼릭스는 어이가 없어져서 웃으며 얼굴을 마구 쓸었다. 그래도 피로가 걷어지지는 않았다.

"아, 그리고 유산 문제는요, 누님."

"대충 알아. 내 몫은 거의 없지?"

매년 새로 작성하여 공증받는 유서에는 후계 문제를 비롯해 재산 분할에 관한 내용이 명시되어 있었다. 올해분은 확인해 보지 않았으나, 과거에 폐기된 여러 장의 유서는 로젤린이 하얀밤 기사단에 투신한 이후부터 언제나 같은 내용이었다. 그러니 올해도 같은 내용일 것이다.

한때 붉은수레바퀴 백작가의 후계자였던 로젤린. 그녀는 구색을 겨우 갖출 정도의 결혼 지참금을 제외하고서는 어떠한 인적, 물적 재산도 붉은수레바퀴

령 밖으로 가지고 나갈 수 없었다. 이 부분에 대해 로젤린이 파악하고 있으리란 생각은 하지 못했다. 그녀의 기억은 아직 불완전했으니까.

"……알고 계셨네요."

로젤린은 피곤한지 눈을 끔벅거리며 고개를 끄덕였다.

"하얀밤 기사단에 입단하겠다고 다툴 때 아버지가 보여 주셨어."

제 아버지지만 정말 성격 별로였다. 딸이 좀 다른 길을 간다고 바로 유산부터 줄이겠다 협박하다니.

"그때 씩씩 화내면서, 결혼할 생각이 없는데 결혼 지참금을 어디에 쓰냐고, 그딴 돈 아버지나 많이 쓰시라 했지."

점잖은 두 사람이 제법 격하게 다퉜던 때의 얘기였다.

"그렇게 말하면서 엄청 속상했는데, 나중에 그 유서가 도움이 많이 됐어."

"……돌아가시지도 않았는데 도움이 되었습니까?"

"음, 처음 하얀밤 기사단에 들어왔을 때만 해도 1황자파의 첩자라며 의심받았거든. 그런데 붉은수레바퀴 백작이 딸을 내쳤다는 소식이 퍼지면서, 그런 의혹이 사라지게 된 거야."

확실히 세간에 알려진 붉은수레바퀴 백작은 제 딸을 첩자로 집어넣기 위해 그런 연극을 벌일 인간은 아니었다. 그가 내쳤다고 하면 내친 것이었다. 로젤린의 충성심을 그런 방식으로 확인했을 줄이야. 칼릭스는 생각하지도 못했다.

"그래서 아버지가 애초에 그런 효과를 노리고 유서를 작성하신 게 아닌가? 했던 기억이 나."

"……그럴 수도 있겠다는 생각이 들긴 하네요. 뭡니까, 그 삐뚤어진 애정은. 어머니에게는 하루에도 수십 번 사랑한다고 말하면서."

"자식들은 좀 강하게 키우는 편이셨으니까. 그래도 그게 정말 나에게 힘이 되긴 했어. '돌아갈 수 없으니까 앞만 보고 갈 수밖에 없다'고 생각했거든."

"……정말 극단적인 응원이네요."

로젤린은 살짝 웃고는 고개를 살짝 틀어 창밖을 바라보았다. 그녀는 말 없이 햇빛이 부서지는 광경을 보다 말을 이었다.

"그래서 결심이 섰어."

과거의 일을 말하는 것 같기도, 현재의 다짐을 얘기하는 것 같기도 한 모호한 말이었다.

* * *

일라베니아의 최남단에 설치된 관문으로 형성되어 있던 전선이 밀려났다. 그것은 방벽 밖에서 이뤄지던 전투가 일라베니아 제국의 영지 내에서 일어난다는 뜻이었다.

기혜란 관문의 사령관이었던 붉은수레바퀴 백작의 판단으로, 근처 영지의 영지민들을 피신시켰다. 그러나 모든 영지를 챙길 수는 없었다. 발타와 인접해 있던 남부 영지의 대다수는 초토화가 되었고 많은 사람들이 죽었다. 그리고 지금도 발타의 검은 손길은 시시각각 가까워지는 중이었다.

또 다른 남부 관문의 사령관인 마른가시나무 백작은 심상치 않은 기색을 눈치채고 전황이 완전히 뒤바뀌기 전에 병력을 보존하여 후퇴했다.

그녀의 영지인 비스타는 난공불락의 상징이라 볼 수 있는 곳이었다. 방벽 하나만 세워져 있는 관문과 달리, 비스타에서는 이런저런 전략과 전술을 사용할 수 있었다. 덕분에 마른가시나무 백작은 거친 공세에도 무너지지 않고 발타군 일부의 발을 묶어 둔 채 공방을 이어 가는 중이었다.

그런 자세한 소식이 아직 전달되기 전, 남부 관문이 함락당했다는 것만 알고 있는 수도는 발등에 불이 떨어졌다.

기병 몇만, 보병 몇만, 궁병을 몇…… 아무튼 시급한 상황이니 최대한 중부를 지원하여 일라베니아를 수호하고 더 나아가 발타를 뿌리 뽑을 수 있도록 하라.

라는 명령을 받은 것은 귀족 그 누구도 아닌, 2황자 리카르디스였다. 나라의 운명이 걸린 문제이니 황가가 직접 나서는 것이 마땅하며, 승리의 상징이나 다름없는 리카르디스가 나서면 흔들리는 민심이 안정되지 않겠느냐는 명목이었다.

상황이 이렇게 흘러가리라고 리카르디스는 예상했었다. 때문에 험난한 앞길을 생각하며 침울해하지도, 기어코 다시 한번 자신을 사지에 밀어 넣으려는 황제의 태도에 분노하지도 않았다.

리카르디스는 전쟁에 관련된 문제로 며칠 밤낮을 새우다 오늘에야 겨우 집무실로 돌아왔다. 그는 방으로 돌아와서도 서류를 손에서 놓지 못했다. 시야에 들어오는 글자들이 흔들거렸다. 몽롱하게 흐려지더니, 까무룩. 눈앞이 어두워졌다.

리카르디스는 눈을 떴다. 아까와 달리 방 안이 어두웠다. 자신이 잠을 자는 것을 보고 옳다구나 한 잇세리온이 재빠르게 촛불을 끄고 나간 모양이었다. 리카르디스는 눈을 비비며 일어나려 했다. 허리 위를 덮은 낯선 온기만 아니더라도 일어났을 것이다. 그는 몸을 살짝 굳히고는 제 옆구리에 찰싹 달라붙어 있는 검은 물체를 바라보았다.

어둠에 익숙해진 시야가 형상을 어슴푸레하게 그려 냈다. 오랜만에 보는 로젤린이었다. 붉은수레바퀴 백작의 사후, 로젤린은 하루도 바쁘지 않은 날이 없었다.

장례 문제, 애도의 뜻을 보내오는 귀족들과의 만남, 전쟁을 위한 단련, 리카르디스의 호위 등. 어지간하면 힘들어하지 않는 로젤린이 연무장 구석에 쪼그려 앉아 조는 모습을 보고 레이몬드가 눈물을 찔끔 흘렸다는 소식을 리카르디스도 들었다.

오늘도 테라스 바깥 나무에서 호위를 하려다가 잠을 버티지 못한 모양이었다. 리카르디스는 이불을 끌어 그녀에게 덮어 주었다. 턱을 괴고 한참 가만히 바라보고만 있는데 그녀가 눈을 떴다.

"……로젤린."

"예."

"내 호위 기사에서 해임한다고 하면, 그대는 어쩔 생각이지?"

로젤린이 느릿하게 눈을 깜박거렸다.

"몰래 따라가서 지키면 됩니다."

"몰래 따라와서 지키지 말라고 한다면."

"사람들의 눈에 띄지 않을 자신 있습니다."

네가 해 봤자 나를 발견할 수 있겠느냐는 자신감이 보였다.

"그때 욕실에서 분명 말을 잘 듣겠다 하지 않았나."

로젤린은 묵비권을 행사했다. 리카르디스는 턱을 괸 채 몸을 모로 해서 그녀를 바라보았다.

"로젤린. 나는 그대를…… 전장에 데리고 가고 싶지 않아."

그녀의 눈이 불만스럽게 변했다.

"이건 그대가 다치지 않았으면 좋겠다는 내 개인적인 사정 이외의 이유다. 굳이 따지자면, 그대의 사정 때문이지."

로젤린이 누운 상태로 팔을 뒤로 해 부스럭거리더니 등 쪽 어딘가에서 접힌 종이를 꺼냈다. 아마도 바지의 허리 부분에 끼워 둔 모양이었다. 마카롱도 그러더니, 요즘 묘한 곳에 종이를 보관하는 게 유행인가 싶었다. 로젤린이 꺼낸 종이는 마카롱이 저번에 자신에게 건네준 것과 같은 발타의 공작물이었다.

"이걸 보신 겁니까?"

"그것 전에도 조금은 알고 있었지."

"어떻게 이게 저랑 연관되어 있다는 걸 아셨습니까? 저도 최근에야 알게 되었는데요."

로젤린이 눈을 동그랗게 하고 신기해하는 걸 보니 이상하게 가슴이 찡했다. 귀여워.

"나도 최근에 알게 되었다. 아무래도 일라베니아의 황자 정도 되는 위치다 보니 이런저런 곳에서 실마리를 얻을 수 있더군."

로젤린은 펼친 종이의 내용을 다시 읽고 있었다. 아마 그녀의 시선이 '단죄받을 시간이 도래하였다!'쯤에 도달하였다 생각했을 때 리카르디스가 다시 입을 열었다.

"발타가 얼마나 악랄한 짓을 벌이고 있건 간에, 대외적으로 내세운 명분은 일라베니아가 과거에 저지른 일과 더불어 그로 인해 벌어진 대륙의 몰락. 그 죗값을 받아 내겠다는 것이지. 그 명분과 그대가 아주 긴밀하게 연결되어 있음을……."

리카르디스는 로젤린이 눈을 말똥말똥하게 뜨고 있는 모습을 보고 말을 흐렸다.

"있음을…… 아, 알고 있나?"

일단 이것부터 확인해야 할 것 같았다.

"조금은요. 전하께서는 어디까지 알고 계십니까?"

"……그대가 들고 있는 종이에 나온, 그 박해받은 '마인들' 중 그대가 있다는 것 정도는 알아. 그대는 어디까지 알고 있나?"

"기억은 완전하지 않습니다. 감옥 안에서 병사한테 창대 끝으로 맞았던 때에 숨도 못 쉬도록 아팠던 건 상세하게 기억나는데, 대부분은 흐릿합니다."

리카르디스의 얼굴이 일그러졌다. 로젤린은 종이에 정신이 팔렸는지 그의 반응을 미처 보지 못했다.

"황성에서 지내다 보니 과거를 연상할 만한 부분이 많은 터라. 여기는 몇백 년 전이랑 그다지 변한 게 없어서요. 신전도 불에 타기는 했지만 복구한 모양입니다."

한없이 어려 보였던 그녀가 갑작스레 몇백 년 연상처럼 느껴졌다.

로젤린은 들고 있는 종이를 한없이 바라보고만 있었다. 종이에 적혀 있는 일라베니아의 수많은 악행들. 그 한 단어, 한 문장에 과거를 반추하는 것이리라. 리카르디스는 그렇게 생각했다.

"그대가 나를 지키기 위해 전장에 따라간다고 한들, 나는 일라베니아 황가의 아들이다. 그대는 결국 일라베니아를 위해 싸우게 되는 것이다. 그대를 아프게 했던 나라를 지키기 위해 희생해야 한다는 얘기야. 그리고 싸워야 하는 상대 중에는 죄 없는 병사들과…… 디에즈가 있겠지."

리카르디스는 입술을 잘근 문 채, 종이를 들고 있는 그녀의 손목을 잡았다. 로젤린의 시선이 그에게 닿았다.

"그대는 이 모든 걸 알고 나를 지키겠다 진정 말할 수 있겠나?"

"예."

대답이 예상보다 너무 빠르고 명확해서 리카르디스는 약간 당황했다.

"음, 아까 전하께서도 말씀하셨지만, 저는 일라베니아가 아니라 전하를 지키기 위해 참전합니다. 결과적으로 같다고 말씀하셨지만, 저에게는 크게 다릅니다. 그리고 황가의 아들이라고 하셨는데……."

로젤린이 우물쭈물하며 눈치를 봤다. 리카르디스가 의아해할 즈음 그녀가 조심스레 말을 꺼냈다.

"그, 친, 아들은 아니시니까? 그래서 이번 전쟁에도 황제가 내보내려 하는 것 아닙니까?"

리카르디스는 잠시간 말을 잇지 못했다. 그녀가 은근슬쩍 '황제 폐하'에서 '폐하'라는 호칭을 빼 버렸다는 것도 눈치채지 못할 만큼 충격적이었다.

"……알고 있었나?"

"예."

"언제부터?"

"하얀밤 기사단에 입단하겠다고 아버지와 많이 다투던 시기에 들었습니다."

그 아저씨가…… 리카르디스는 고인이 된 페르탄을 떠올리며 눈을 지그시 감았다. 로젤린이 가진 맹목적인 충성심이 어디에서 나왔는지 알 것 같았다.

"그리고 전하께서는 발타가 내세운 명분이 저와 긴밀하게 연결되어 있다 하셨지만……."

로젤린이 고개를 슬쩍 기울였다.

"그것 또한 실질적으로 발타가 하고 있는 일을 봐야 합니다. 그들 때문에 죄 없는 사람들이 많이 죽었습니다. 대외적으로 얼마나 타당하건, 나쁜 짓을 저지르고 있습니다."

"……."

리카르디스는 멍하니 그녀를 바라보았다. 참으로 올곧은 사람이었다. 사랑과 자비에 관해 서술된 책에서 볼 법한 대답이었다. 피는 피로 씻기지 않는다. 죄를 죄로 덮어서는 안 된다.

"원한이 있느냐, 없느냐 하면. 정말 많습니다. 하지만 저는 제가 원망해야 할 사람이 누구인지 정확하게 모르겠습니다. 저에게 나쁜 짓을 저질렀던 사람들은 이미 다 죽었을 테고요."

"……그렇겠지."

"엘피디오 전하의 장례식에서 깨달았습니다. 일라베니아 황가가 남아 있기는 하지만, 모두 죽인다고 이 원한이 풀리지는 않을 것 같다고. 저는 대체 과거의 죗값을 누구에게, 얼마나 물어야 합니까?"

어려운 얘기였다. 리카르디스는 입을 다물고 고민했다. 누굴 미워해라, 누구는 미워하면 안 된다. 그것은 타인이 결정할 수 있는 부분이 아니었다.

"많이 배웠지만, 아직 모르는 것도 많기에 섣부르게 결정할 수 없습니다. 만약 제 결정으로 사람들이 다치게 되는 결과가 따라온다면 더욱 신중해야 한다 생각하고요."

"……글쎄, 그대는 모르는 게 많다고는 했지만, 굉장히 현명한 것 같은데."

"아, 그렇습니까?"

로젤린이 씩 웃었다. 리카르디스는 이 와중에도 가슴이 설렌 자신에게 어처구니가 없었다. 그녀는 눈동자를 굴리며 무언가를 생각하는 듯 보였다. 잠시 후, 로젤린이 다시 입을 열었다.

"아주 먼 옛날에요."

동화책의 첫 문장을 읽은 것 같았다. 하지만 그녀의 입에서 나오는 '아주아주 먼 옛날'은 지독하리만큼 처절한 현실이란 사실을 리카르디스는 알 수 있었다.

"그래."

"엄청 아팠습니다. 무섭고 괴로웠고."

"……그래."

"도망치고 숨고 싶었습니다. 흐릿하지만 기억이 납니다."

시선을 멀리 둔 채, 인상을 간간이 찌푸려 가며 말하는 그녀는 기억 속에 남아 있는 고통스러운 감정을 상기하는 듯했다.

"그런데 딱 하나 선명한 기억이 있습니다."

로젤린이 리카르디스 쪽으로 몸을 돌려 누웠다.

"나에게 힘이 있었다면, 지킬 수 있었을 텐데. 지키고 싶다."

리카르디스는 지나온 나날들의 로젤린을 떠올렸다. 언제나 자신의 앞에서 등을 보이며, 검을 빼 들고 있었다. 어떤 상처를 입어도 반드시 자신을 지켜 냈다.

"그렇게 생각한 것이 그때의 마지막 기억입니다. 그리고 그 이후의 시간은 과거의 괴로웠던 시간보다 훨씬 길었음에도 불구하고 잘 기억나지 않습니다. 겨울잠을 자는 동물들이 있지 않습니까? 저는 그, 그림자 같은 모습으로 지낸 긴 시간이 겨울잠을 자는 시기였다고 생각합니다."

"그대는 설명도 참 잘하는군."

리카르디스가 어색하게 칭찬하자 로젤린이 웃었다. 그녀가 곧 말을 이었다.

"그렇게 긴 겨울잠을 자고 눈을 뜨니…… 붉은수레바퀴 성이었습니다."

또 다른 시작의 첫 장이 펼쳐진 순간이었다.

"벽에 걸려 있는 깃발의 붉은수레바퀴 문양을 보고 기억이 났습니다. '붉은수레바퀴의 로젤린은 하얀 밤의 주인을 지킨다.' 아마 그것이 '로젤린'에게 가장 중요한 기억이 아닐까 싶습니다."

"……."

로젤린이 살짝 눈을 감았다 떴다.

"제 과거와 현재는 결국 다르지 않습니다. 소중한 걸 지킨다. 어떤 고통스러운 순간에도, 모든 기억을 잃어버린 때에도 기억했습니다."

리카르디스는 그녀가 가진 진정한 힘이 마력이나 육체의 강인함 따위가 아니란 걸 비로소 알 수 있었다. 무어라 표현할 수 없는 미지의 힘은 그녀의 입으로 구체화되었다. 지키고 싶다. 그 맹세 자체가 로젤린을 움직이게 하고 어떤 희생도 감내할 수 있게 만드는 힘의 결정이나 다름없었다.

"칼릭스가 자신에게 가장 중요한 무언가를 찾으라 했습니다. 알던 사실이 뒤바뀌고, 상황이 달라져 혼란스러울 때에 그것이 중심을 잡아 줄 수 있을 거라고요. 저에게 소중한 사람을 지킨다는 것보다 중요한 가치가 있을 리 없습니다. 그것이 제 중심입니다."

로젤린이 말한 대로였다. 그녀의 과거와 현재. 눈앞의 로젤린과 지금은 없는 '로젤린'. 두 사람은 본질적으로 닮아 있었다. 단순히 외모가 같기 때문이 아니었다.

리카르디스는 그것이 로젤린이 다른 이들에게 '로젤린'으로 받아들여질 수 있었던 이유라고 생각했다. 이질적이지만, 그녀는 달라지지 않았다. 두 사람을 잇는 연결 고리는 그 어떤 것보다 단단했다.

"전하께서는 전쟁과 그로 인한 위험이 제가 감당해 낼 문제가 아니라 하셨지만, 저는 지키고자 하는 것을 위해 검을 들겠습니다. 전하와 하얀밤 기사단, 붉은수레바퀴, 포도밭과 상냥한 사람들, 어린아이들. 비스타의 상인들. 하지만……."

침대에 바르게 누워 있던 로젤린이 손을 들어 올렸다. 그녀는 시트를 매만지고 있던 리카르디스의 손을 맞잡았다. 로젤린은 갓 태어난 아이가 부모의 손을 살피듯이, 그의 길쭉하고 큰 손을 바라보고 있었다. 조심스레 맞닿는 같은 형태의 온도가 서로에게 스며들었다. 리카르디스의 눈가가 파르르 떨렸다.

"저의 힘이 닿지 않는 부분도 있습니다. 과거에 지키지 못한 사람들을, 이번에는 지키고 싶습니다. 하지만 어떻게 해야 하는지, 무얼 해야 하는지 지금의 저로서는 알 수 없습니다. 제힘만으로는 부족할 것 같습니다."

가볍게 맞닿아만 있던 손이 간절하게 그의 손을 쥐었다.

"전하께서 도와주실 수 있습니까?"

리카르디스는 그녀를 가만히 바라보다가 고개를 숙였다. 이마가 닿았다. 로젤린의 눈이 가늘어졌다. 색색거리는 숨소리가 피부에 닿았다. 무게가 실리자 깍지 낀 손이 서서히 시트에 닿았다.

"로젤린."

"예."

그는 로젤린의 아주 오랜 과거를 눈앞에 그렸다. 어린아이는 바싹 마르고 여기저기 상처투성이였다.

아득한 긴 시간을 거슬러 가야만 했다. 너무나도 멀어 보여 차마 닿을 수도 없을 거라 생각했었다. 그러나 그 오랜 고통은 로젤린과 함께 겨울잠을 자고 로젤린과 함께 깨어나 지금 바로 눈앞에 있었다. 손이 닿는 거리에 그녀가 있었다.

"아주 조금 시간이 흐른 뒤에는."

로젤린은 아까 "아주 먼 옛날이요." 하고 자신의 과거를 말하기 위해 운을 뗐던 것과 리카르디스의 말이 어딘가 비슷하다 느꼈다.

"예."

"그대는 조금도 아프지 않을 거야. 무섭지도 괴롭지도 않을 테고."

이마가 맞닿아 있는 채라 숨이 가까웠다. 속살거리며 닿는 숨이 간지러워 로젤린이 살짝 웃었다.

"숨바꼭질과 술래잡기에 재능이 없는 나랑 놀아 주고 있겠지. 아마 10초에 한 번씩 들키고, 5초에 한 번씩 잡힐걸."

그녀가 좀 더 크게 웃음을 터트렸다. 리카르디스도 마주 웃으며 말했다.

"행복하고 좋은 기억들만 그대에게 남도록 내가, 반드시."

"예."

도와 달라는 말의 답에 어울리지 않는 두서없고 장황한 말이었음에도, 로젤린은 환하게 웃었다. 리카르디스의 머릿속으로 수많은 사람들이 지나갔다. 밀리아, 세티스티아, 붉은수레바퀴 백작, 황제, 디에즈, 케틀린.

살아남기 위해 많은 것을 잃어 왔던 투쟁의 시간이었다. 무슨 의미가 있는지도 모를 하찮은 목숨이라 생각했으나, 오늘에야 살아 있음에 감사할 수 있었다.

* * *

총사령관으로 임명되기 바로 하루 전, 황제가 리카르디스를 호출했다. 전장에 보내려는 의도가 명확했으므로, 서로 웃으며 얼굴을 마주할 수는 없을 거라 생각했는데 리카르디스는 평소와 다름없었다.

적의가 조금도 보이지 않는 '2황자'의 모습. 임명서를 보고도 눈 하나 깜빡 안 하며 여유롭게 내용을 읽어 내릴 뿐이었다. 이렇게 되니 괜히 눈치가 보이는 건 황제 쪽이었다. 그는 리카르디스의 눈치를 보다가 목을 가다듬고 급히 얘기를 꺼내었다.

"백성들을 지키는 것은 황가의 의무이니."

리카르디스가 싱긋 웃었다.

"물론입니다, 폐하. 대륙의 정세가 심상치 않은 상황에 황가의 일원으로 어찌 손놓고 있을 수 있겠습니까. 책임이 막중한 자리이기는 하나, 최선을 다해 보겠습니다."

황제는 리카르디스의 얼굴을 빤히 들여다봤다. 의중을 파악하려는 눈빛이 그를 맴돌았다. 황제는 잠시 후 허허 웃으며 제 수염을 쓰다듬었다.

"일라베니아에 악재가 따르는 상황에서, 황태자 위를 내리는 것이 마땅치 않다 여겼다. 전장에서 승리하고 돌아오면 만백성이 널 반길 것인즉. 그때야말로 적기가 아니겠느냐."

리카르디스는 황제가 겸양이 섞인 대답을 하길 바라고 있다는 사실을 눈치챘다. 아니, 제가 어떻게 황태자 위를 받겠느냐…… 따위의. 리카르디스는 대답 대신 내리깐 눈을 들어 올리며 그와 시선을 맞췄다.

"폐하. 혹시 기억하십니까?"

갑작스러운 질문에 황제는 은근한 당황을 내비쳤다.

"무얼 말하느냐."

"어릴 적, 저의 호위 기사단이 창설을 코앞에 뒀을 때 말입니다. 제가 어리석어 '하얀 밤'이 가지는 의미를 미처 다 헤아리지 못해, 그 이름을 달라 청했었지요."

황제의 미간이 꿈틀거렸다. 잊을 리 없었다. 특별한 일이 없는 한, 황족들의 호위는 황실 기사단이 번갈아 가며 맡게 되는 것이 관례였다. 그러나 리카르디스의 경우는 특별했다. 특별하게 두각을 드러내며, 엘피디오의 지위를 위협했다. 그래서 특별하게 위험해졌다. 또한, 황제인 자신이 그 소년을 특별하게 필요로 했다. 여러모로 특별했던 셈이다.

암살자 따위의 손에 허무하게 보낼 수는 없었던 터라, 호위가 더욱 강화될 필요성이 있다고 판단했다. 그렇게 리카르디스의 호위 기사단이 창설을 코앞에 두고 있을 무렵, 리카르디스가 금강석 성을 찾아왔다.

[제 호위 기사단에 '하얀 밤'의 이름을 붙이고 싶습니다, 폐하.]

황제는 정말 너무 기가 차고 어이가 없어서 미처 화내지도 못했다. 일라베니아 신성 제국에서, 심지어는 하얀 밤이 찾아오지 않은 지가 300여 년이 되어 가는 이 시점에서 일개 황자의 기사단을 '하얀 밤'이라 칭하겠다?

이것은 황제의 입장에서는 역모였고, 다른 사람들 입장에서는 자신이 리카르디스를 황태자로 생각하고 있다 말하는 것이나 다름없었다. 황제는 허, 허. 경직된 웃음만 내뱉었다. 리카르디스는 태연한 얼굴로 말을 이었다.

[저의 안전을 위해 특별히 호위 기사단의 창설을 허가해 주셨음을 충분히 인지합니다. 그것만으로도 영광이긴 하나, 저의 쓰임새를 완전하게 하고 싶으시다면, 폐하. 조금이나마 이 싸움이 비등해 보이도록, 힘을 실어 주시는 쪽이 좋지 않겠습니까? 또한, 대외적으로는 제가 대신관 누구보다 신성력이 뛰어나니 하얀 밤을 기원한다는 의미에서 하사했다 하신다면, 과하다고 생각할 수는 있으나 이상하다고 생각하지는 못할 것입니다.]

황제는 그때까지도 리카르디스를 데리고 온 이유를 명확하게 설명한 적이 없었다. 물론 천치가 아닌 이상에야 엘피디오를 저지하기 위한 꼭두각시라는 사실 정도야 알아챘을 것이다. 거기에다가 모든 항목에서 수재 이상의 평가를 받는 그때의 소년이라면 말할 것도 없었다.

하지만 리카르디스가 자신이 황실에 온 이유를 알고 있다는 식으로 말을 꺼낼 것이라고는 생각지도 못했다. 참으로 맹랑했다. 네가 네 아들을 견제하기 위해 날 데리고 왔지 않으냐, 라고 말하고 있었으니.

제 치부를 온전히 내보였다는 당혹스러움이 앞서긴 했으나, 특별 호위 기사단이 창설되어야 할 만큼 위험한 길에 타인을 끌어들였다는 일말의 죄책감이 순간 크게 부풀어 올랐다. 그것이 리카르디스가 '하얀 밤'의 주인이 된 이유였다. 물론 언젠가 가깝거나 먼 미래에 곧 사라지게 될 이름이라는 생각이 깔려 있던 덕도 컸다.

황제는 과거의 상념에서 벗어났다. 어렸던 아이는 더 이상 없었다. 청년은 부서지는 햇살 아래에서 선명한 아름다움으로 빛나고 있었다.

"세계의 가장 큰 축복, 일라베니아의 가장 큰 영광. 하얀 밤이라는 고귀한 이름을 하사해 주신 황제 폐하의 은혜에 감사할 뿐입니다. 그 이름을 지닌 때부터, 이렇게 될 운명이 아니었겠습니까."

껄끄러웠다. 그때의 죄책감이 살아나는 듯, 언젠가 사라질 '하얀밤 기사단'의 미래가 떠오르는 듯. 황제는 입 안에 고여 넘어가지 않는 침을 차와 함께 넘겼다. 리카르디스가 맞은편에서 빙그레 웃고 있었다.

"발타가 일라베니아에 어두운 그림자를 드리운다 할지라도, '하얀 밤'이 결국은 그 어둠을 걷어 내고 제게 승리를 가져다주리라. 그렇게 생각합니다, 폐하."

황제의 낯이 굳었다. 리카르디스가 말하는 '하얀 밤'은 단순히 그의 기사단을 뜻하는 것일 수도 있으나, 황제는 다르게 느꼈다. 그가 축복의 밤을 불러내겠다고 선언하는 것만 같았다.

황제는 가슴속 깊은 곳, 가장 뜨거운 심장 언저리부터 싸늘하게 식어 가는 기분을 느꼈다. 리카르디스는 축복의 밤을 부를 권한뿐 아니라, 축복의 밤을 어떻게 부르는가에 대한 지식 또한 없었다. 그렇게 생각하고 있으나, 불안은 차곡차곡 쌓이기만 했다. 리카르디스가 얼마나 특별한지 잘 알기 때문이었다.

설마? 설마. 몇 개의 가정이 황제의 머릿속을 어지럽혔다. 하지만 그 몇 개의 가정에서 뻗어 나간 수십 개의 미래 속에서도 황제는 같은 결정을 내렸다. 전쟁에 리카르디스를 내보낸다.

그것은 리카르디스가 발타라는 큰 위협을 걷어 낼 수 있을 만한 능력을 지녔다 믿기 때문이기도 했지만, 반드시 그 장소에 그가 있어야 했기 때문이었다. 많은 위험이 도사리고, 어떻게 죽어도 이상하지 않은 곳.

황제가 그린 수십 개의 그 어떤 시간 속에서도 리카르디스는 전장에 있었으며, 또한 수십 번의 죽음을 맞이했다. 반드시 이뤄져야만 할 미래였다.

지금의 리카르디스가 말한 '하얀 밤'이 의미하는 것이 반역과 관련되지 않았다 하더라도. 순수하게 제 안위만을 바라는 소인배라 할지라도.

황제는 곧 표정을 가다듬고 평소와 같이 호탕하게 웃었다.

"그러하다, 리카르디스. 너에게 하얀 밤을 부르는 일라베니아의 축복이 함께할 것이다."

전장으로, 가장 위험한 곳으로. 예정된 미래가 안배된 곳으로 떠나,

"무사히 돌아오길 이델라브힘께 빌고 있으마."

부디 편안한 죽음을 맞이하기를.

* * *

"전장에서 반드시 죽어야 한다는 말을 어찌나 하고 싶어 하던지."

리카르디스는 다리를 꼰 채 무성의하게 말했다. 방 안에 있는 소파, 의자, 테이블 등 적당히 엉덩이 댈 곳에 여기저기 앉아 있는 사람들이 동시에 분개하거나 탄식했다. 욕도 들렸다.

권력을 쥐고 흔들고 싶어 하는 황제에게 우수한 아들이란 정말 너무나도 위협적일 것이다. 그것이 발타와의 전쟁에서 공을 세운, 우수한 아들이라면 더더욱. 리카르디스 휘하 세력의 대다수는 그가 평민이라는 사실을 모르고 있으나, 그러한 이유로 황제가 그의 죽음을 바란다는 것을 납득하는 중이었다.

리카르디스가 다리를 꼬고 무릎 위에 깍지 낀 손을 올려 두었다.

"못난 자식이라 기대에 부응해 드리기는 어려울 것 같다."

"괜찮지 않을까요? 폐하께서도 선황께 못난 자식이셨어요."

클로에가 나긋나긋하게 황제를 욕했다. 남자들이 급하게 입을 가리고 웃음을 삼켰다.

"오늘 모이게 한 이유는, 우리의 적은 발타뿐만이 아니라는 사실을 말해

주기 위해서다. 일라베니아도 적이 될 수 있는 상황이니 발 뺄 기회는 지금 뿐이다. 여태껏 나를 따라 준 공로로 대가 없이 보내 주겠다."

그러나 누구도 대답 없이 조용히 침묵을 지켰다. 리카르디스가 턱을 살짝 들고는 싱긋 웃었다.

"보통은 이런 분위기에서 손을 들기는 힘들지. 내 노림수가 먹혔군."

리카르디스의 농담에 사람들이 웃었다. 그때 한 사람이 손을 들어 올렸다. 파르딕트였다. 리카르디스가 인상을 찌푸렸다.

"경은 안 돼. 가려면 목을 두고 가."

"예? 왜 저는 안 됩니까? 아차, 그게 아니라 질문이 있어서 손을 들었습니다, 전하."

리카르디스가 순식간에 인자한 미소를 띠었다.

"농이었다. 뭔가."

파르딕트가 고개를 돌려 한곳을 바라보았다. 모두의 시선이 모였다. 로젤린이 있는 쪽이었다. 정확히는 로젤린의 옆. 칼릭스에게.

"……칼릭스 경이 왜 여기 있습니까?"

그래, 왜 칼릭스 경이 여기에…… 왜 여기에 있어? 엘피디오가 죽었다고 돌아섰나? 아까부터 신경 쓰였어. 방 안이 작게 속삭이는 소리로 가득 찼다. 소란 속에서 리카르디스가 여상한 목소리로 말했다.

"원래 내 사람이었다."

"예?"

"예에?"

"언제부터……."

"몇 개월 전에 나의 인품을 흠모하였노라 고백했었지."

"……."

기가 찬다는 칼릭스의 표정에 모두가 리카르디스의 말이 거짓이라는 사실을 알아챘다. 로젤린만 눈을 빛내며 칼릭스를 바라보았다. 그랬어?

우리 전하의 인품을 흠모했어? 언제 충성 맹세를 했어? 묻고 싶어 하는 표정이었다.

궁금해하던 사람들은 칼릭스가 제 누이에게 쩔쩔매는 모습을 보며 다들 그가 제 누이 때문에 왔겠거니 하며 대충 넘어갔다.

"그래, 본론으로 들어가서. 내일 출진하기 전에 총사령관 임명식이 있을 것이다. 직위를 받을 사람은 당연히 나고. 전쟁터에서 '총사령관'이 암살 명단 제0순위라는 걸 모르지는 않겠지. 겸사겸사, 전쟁에서 패한다면 그 책임 또한 물으려고 하는 것이고."

"효율 좋은 책략이로군요."

"그렇군. 참 잔머리는 잘 돌아가는군."

리카르디스는 피식 웃었다.

"죽으라고 보내는 곳이다. 전쟁에서 발타의 기세를 눌렀다 싶으면 그 때부터 내가 위험해지겠지. 그러나, 내가 참전하지 않는다 하더라도 결과는 마찬가지였을 거라 본다. 그 누구든 무슨 수를 썼겠지. 그래서 나는 기꺼이 검을 들고 전장으로 가겠다. 조금이라도 내가 내 운명을 택할 수 있는 길이기에 가겠다. 그 사지 속에 아주 좁은 틈의 활로가 있으리라, 믿는다."

앉아 있던 사람들이 모두 일어나 한쪽 무릎을 꿇었다. 리카르디스는 한 사람, 한 사람 눈에 담았다. 마지막은 로젤린이었다.

리카르디스는 자리에서 일어나 테이블을 두 손으로 짚었다. 이런저런 서류로 어지러워진 테이블 위에 섬세한 문양이 그려진 서류가 있었다.

[설원의 월계수, 라이노 기란테스 일라베니아가 설원의 월계수 리카르디스 다리우 일라베니아를 대발타의 병력을 이끄는 일라베니아 총사령관으로 임명한다. 이델라브힘의 가호 아래 일라베니아를 수호하고 대륙을 불안에 떨게 한 발타와의 전쟁에서 반드시 승리하라.]

테이블을 짚고 있던 두 손이 꽉 주먹 쥐어졌다. 숨을 깊게 내뱉은 그가 눈을 천천히 감았다 떴다.

"반드시 승리한다."

무릎을 꿇은 사람들이 천천히 고개를 숙였다.

총사령관, 설원의 월계수, 리카르디스 다리우 일라베니아.

일라베니아력 589년에 발발한 대발타전을 위해 출진하다.

<다음 권에 계속>